이청준

매잡이

Published by MINUMSA

For information address Minumsa Publishing Co.
506 Shinsa-dong, Gangnam-gu, 135-887.
www.minumsa.com

Third Edition, 2005

ISBN 89-374-2019-8(04810)

오늘의 작가총서 19

이청준

매잡이

민음사

차례

소문의 벽

　아무리 깊은 취중의 일이었다고는 하지만, 그날 밤 내가 박준을 대뜸 나의 하숙방까지 끌어들이게 된 데는 어딘지 꼭 그럴만한 이유가 있었을 것만 같다. 왜냐하면 그날 밤 박준이 처음 나의 눈앞에 나타났을 때까지만 해도 그는 아직 나에게는 얼굴도 성도 모르는 생면부지의 사내에 불과했고, 또 그런 박준은 아무리 그가 기괴한 모습으로 나를 놀라게 하려 했다 해도 다방, 거리나 신문 같은 데서, 나는 하루에도 몇 차례씩 그런 돌발적인 사건들을 만나고 있었으니까 말이다. 한데 그런 내가 그런 박준을 하숙방까지 끌어들여 함께 밤을 지낸 것이다. 아무래도 무슨 이유기 있었을 것만 같다. 하지만 나는 지금 당장 그 이유를 생각해 낼 수가 없다. 도대체 어떻게 해서 내가 그를 나의 하숙방까지 끌어들일 생각을 먹게 되었는지, 스스로 납득할 만한 동기가 떠오르질 않는단 말이다.

　십여 일 전쯤 일이었다. 아마 밤 열한시 오십분은 넉넉히 되었을 시각이었다. 그리고 그날 밤도 나는 여느 때나 마찬가지로 콧구멍까지 잔뜩 술기운을 채워가지고 휘청휘청 하숙집 골목을 더듬어 들어가고 있었다. 나의 직업이라는 것이 늘 그렇게 취해 버리지 않고는 견뎌 배길 수가 없는 것이었기 때문이었다. 잡지사 일 말이다. 잡지 일이란 사실 어떻게 보면 쉬운 일 같기도 하지만 또 어떻게 보면 이만저만 어렵게 여겨지지 않을 때도 많은 것이다. 맘먹기에 따라 쉬울 수도 있고 어려울 수도 있는 것이 잡지 만드는 일이다. 이 일은 언제나 자기 창의력과 독자에 대한 책임만을 요구한다. 창의력을 포기해 버리면 독자에 대해 책임도 면제되고 만다. 자기 창의력이나 독자에 대한 책임을 포기해 버린 채 잡지를 만들어가자면 그것처럼 쉬운 일이 없다. 하지만 일단 그것을 포기하지 않으려고 하면 또 그것처럼 어려운 일이 없게 되는 것이다. 잡지에서의 창의력과 책임은 언제까지나 완성될 수가 없고 또 결코 완성돼서는 안 될 성질의 것이기 때문이다. 한데 나는 편집장이라는 나의 부서가 마음에 걸려 있어 그랬는지는 몰라도 어쨌든 그 잡지 만드는 일을 그리 만만스럽게 여기고 있지는 못한 편이었다. 편집장으로서의 나의 작업은 한 달이 새로 시작될 때마다 그 달의 잡지편집 방향을 결정하고, 그것을 수정하고, 그리고 그렇게 결정된 편집안에 따라 거둬들여진 원고들을 효과적으로 종합하면서, 한편으로는 또 나의 재질과 능력에 대해 끊임없이 실망을 계속하는 것이었다. 잡지 일이라는 것을 나는 그만큼은 어렵게, 그리고 그만큼은 책임이 따르는 일로 이해하고 있었던 것이다. 긴장이 되지 않을 수 없었다. 하지만 나에게선 그 긴장이 언제나 만족스러운 작업결과로 해소되지도 못했다. 우리들의 편집안은 언제나 만족스럽지 못했고, 그 만족스럽지 못한 편집의도나마 필자에게 제대로 납득된 글을 얻어낼 수가 없었기 때문이었다. 도대체 원고가 잘 거둬들여지질 않았다. 무슨 이유에선지 요새 와선 통 필자들이 글을 잘 쓰려 하지 않는 것이다. 가까스로 글을 얻어내고 보면 이건 또 이쪽 편집의도하고는 아무짝에도 상관이 없는 남의 소리이기가 십상이다. 하지만 이젠 그런 원고마저도 발을 개고 앉아서는 죽어라 힘이 드는 판이다. 잡지의 책임이고 뭐고를 따질 겨를조차 없는 판국이다. 어느새 마감날이 불쑥 코앞까지 다가들어 버리곤 한다. 나의 일은 그 무의미한 마감날짜와의 무의미한 싸움으로 변해 버린 지가 오래다. 그것도 한두 달로 간단히 끝나주는 싸움이 아니다. 일 년 열두 달 같은 싸움이 끝없이 되풀이된다. 애초의 긴장은 짜증과 체념 속에 맥없이 허물어지고, 그렇게 되면 나는 술을 마시지 않을 수가 없었다.

— 도대체 작자들이 무슨 이유로 그처럼 한결같이 글을 쓰지 않으려고 하는 것인가.

그리고 그렇게 술을 마시고 나면 나는 또 더욱 깊은 허탈감에 젖어들면서 끝내는 그 무의미한 싸움에 그만 끝장을 내어버리고 싶은 생각까지 솟아오르곤 하는 것이었다.

이 몇 달 동안 나의 퇴근길은 늘 그런 식이었다. 그날도 물론 마찬가지였다. 사무실을 나오자마자 나는 으레 몇 군데 술집부터 헤매기 시작했고, 그리고 술이 웬만큼 취하고 나서부터는 나의 그 무의미한 싸움과 퇴직문제에 대해 답답한 상념을 되풀이하기 시작했고, 그러다가 마침내 열두시가 거의 가까워진 다음에는 콧구멍에서 잘 익은 감냄새를 물씬거리며 밤늦게 하숙집 골목을 휘청휘청 더듬어 들어가고 있었다.

한데 그때 불쑥 내 앞에 박준이 나타났던 것이다. 아니 나로서는 물론 그때 그가 박준인지 누군지도 알 수가 없었고, 혹은 그가 선뜻 박준이라고 자기 이름을 대어주었다 해도 그가 무얼 하는 사람인지 정체를 이해할 수는 없었을 것이다. 사내 하나가 후닥닥 골목 어귀

로 뛰어들더니 두말없이 나의 등덜미를 부여잡고는 애걸을 하기 시
작했다.

"형씨, 미안하지만 절 좀 도와주시오."

사내의 갑작스러운 행동에 나는 어리둥절해질 수밖에 없었다.
잠시 어떻게 할 바를 모르고 어둠 속에서 찬찬히 사내를 들여다보
고 있었다. 그러자 사내는 안타까운 듯 한층 더 다급한 어조로 매달
려왔다.

"제발 형씨, 그렇게 노려보지만 말고 날 좀 도와달란 말이오. 난
지금 쫓기고 있는 몸이오."

어서 자기를 어떻게 해달라는 듯 나의 팔을 끌어대기까지 했다.
그러나 나는 아직도 사정을 알아차릴 수 없었다. 정신없이 숨을 헐
떡거리며 허둥대는 꼴로 보아 사내가 지금 누구에겐가 다급하게 쫓
기고 있는 것만은 틀림이 없는 듯싶었다. 하지만 그것만으로는 물
론 내가 사내를 어떻게 해줘야 한다는 엄두가 날 수 없었다. 밤이
너무 늦고 있었다. 그리고 사내가 지금 누구에게 무슨 일로 쫓기고
있는지도 알 수 없었다. 아직은 그를 쫓고 있다는 발소리도 들리지
않았다.

"날더러 형씨를 어떻게 해달하는 거요? 도대체 당신은 누구요?
어째서 이런 밤중에 쫓기고 있느냔 말요?"

나는 술기가 조금씩 걷혀오는 것을 의식하며 사내로부터 한 발
짝 몸을 떼어놓았다. 그러나 사내는 나에게 경계할 틈마저 주지 않
고 계속 매달려왔다.

"아, 그런 건 나중에 이야기하지요. 우선 어디든 저를 좀 숨겨
달란 말입니다. 어서…… 아마 형씨의 집은 이 근처 어디가 아니
겠소……."

박준은 그러니까 그렇게 하여 그날 밤 처음 만난 사람이었다. 그

리고 그를 나의 하숙방까지 들여놓게 된 경위도 대략 그런 것이었다. 나는 그때 어찌 된 일인지 문득 사내를 더 이상 추궁할 생각이 사라지고 말았던 것이다. 그리고 가엾게 떨고 있는 사내를 말없이 나의 하숙방까지 안내하고 말았었다. 어이없는 행동이었다. 술김이었다고는 하지만 역시 잘 납득할 수가 없는 행동이었다. 지금까지도 물론 마찬가지다. 그때 내가, 사내의 정체를 더 이상 추궁할 생각이 사라지면서 그를 나의 하숙방까지 안내하게 되어버린 데는 꼭 그럴만한 나대로의 이유나 느낌이 있었던 것 같은데 그게 아무래도 잘 생각나지가 않는단 말이다.

　하지만 이제 내가 어떻게 해서 처음 박준을 나의 하숙방으로 끌어들일 생각이 들게 되었는지, 그 이유에 대해서는 그만 생각을 그치는 것이 좋겠다. 왜냐하면 아무리 취중에 그런 일을 저지르기는 했어도 그 일로 해서 무슨 피해를 입었거나 적어도 아직까지는 나의 그런 행동을 후회하고 있는 것은 아니니까 말이다. 아니 내 쪽으로만 말한다면 그날의 일은 오히려 그것이 계기가 되어 오늘 이 시대를 살아가는 한 개인의 정신의 궤적과 비밀을 내 나름대로나마 이해할 수 있게 되었고, 무의미한 혼란만 끝없이 계속되어 오던 나의 잡지 일에 대해서도 모종의 해답을 암시받을 수가 있었던 것이다. 하지만 지금 이 이야기는 그렇게 박준을 만나게 된 나의 이유에 대한 것이 아니라 바로 박준 그 사람의 이야기인 것이다.

　우선 그날 밤 이야기를 마저 끝내는 것이 좋겠다. 그날 밤 사내는 방을 따라들어오고부터 거동이 더욱 수상쩍어지고 있었다. 사내는 바로 머리가 돌아버린 광인이었다. 그가 정말 광인인지 아닌지 그때로선 아직 확실한 장담을 할 수가 없는 일이었지만, 하여튼 사내는 바로 그 자신이 그렇게 자기를 머리가 돈 사람이라고 말했다.

처음에는 물론 그런저런 이야기를 하려고 하지도 않았다.

"자, 여기가 내 방인가 봅니다. 이제 기왕 여기까지 왔으니 사정이나 좀 들어봅시다."

방을 들어서자마자 나는 대뜸 옷을 홀홀 벗어젖히며 자초지종을 물었다. 그러나 사내는 이상스럽게 묵묵부답인 채 멀거니 나를 쳐다보고만 있었다.

"도대체 형씬 무슨 일로 그렇게 밤거리를 쫓기고 있었느냔 말입니다. 형씨를 쫓아온 건 어떤 사람들이냐구요."

같은 말을 다그쳐 물어댔다. 그러나 그는 여전히 고집스러운 침묵만 지키고 있었다. 그의 정체나 사건 내력은 끝내 털어놓지 않을 작정이라도 선 듯 나의 말을 무시해 버리고 있었다. 얼핏 옷을 벗을 생각도 않고, 긴장한 눈초리로 나의 일거일동만 가만히 지켜보고 있었다. 그냥 응답이 없을 뿐 아니라 방을 들어온 다음부터는 오히려 사내 쪽에서 내가 수상쩍게 여겨지고 있는 눈치였다. 터무니없이 나를 경계하고 있는 것 같았다. 사내는 그때까지도 아직 어떤 공포에서 완전히 벗어나지 못하고 있거나, 그 공포감 때문에 나의 말을 귀담아들을 수가 없는 것 같기도 했다. 그러다가 이윽고 사내는 겨우 입을 열기 시작했다.

"난 쫓기고 있지 않았어요. 아깐 잠깐 거짓말을 했었지요."

그러고 나서 사내는 내가 어이없어하거나 사연을 캐물을 틈도 없이 선언하듯 단호한 한마디를 덧붙이는 것이었다.

"난 미친 사람이오."

"뭐라고요? 형씨가 미친 사람이라구요."

나는 갑자기 머릿속이 혼란스러워지며 겨우 그렇게 한마디를 물었다. 도대체 그의 말은 어느 쪽을 믿어야 할지 갈피를 잡을 수 없었다. 그러나 사내는 이제 정말 자신의 실성기를 확인이라도 시켜

주고 싶은 듯 입가에다 음산스러운 미소를 흘리고 있었다.

"그런데 아까는 왜 내게 그런 거짓말을 했지요? 누구에겐가 형씨가 쫓기고 있는 거라고 말이오?"

"그러니까 난 미친 사람이라고 하지 않소. 하지만 아까 내가 누구에게 쫓기고 있었다는 것은 꼭 거짓말이라고 할 수도 없어요. 그땐 정말 누가 나를 쫓고 있었을는지도 모르거든요. 아마 그랬을 거예요. 난 그걸 알고 있어요."

"무슨 말인지 통 알아들을 수가 없군요."

정말이었다. 정말로 나는 사내의 거동에 갈피를 잡을 수 없었다. 그의 말대로 정말 그를 머리가 돌아버린 친구로 곧이들을 수도 없었고 그렇다고 그의 말을 전혀 믿지 않을 수도 없었다. 나는 갑자기 어떤 피곤기 같은 것을 느끼면서 한동안 그를 멍하니 바라보고만 있었다. 그러자 사내도 이젠 더 이상 말을 하고 싶지 않은 듯 다시 입을 굳게 다물어버리고 있었다. 도대체 정체를 알 수 없는 인물이었다. 하지만 이날 밤 사내의 정체가 수상쩍은 것은 그가 자신을 스스로 머리가 돈 사람이라고 우겨대면서 이리저리 갈피를 잡을 수 없는 소리만 둘러대고 있는 것 한 가지 사실만도 아니었다. 실상은 이 이야기를 먼저 말해야 옳았을 것이지만, 정체가 수상쩍은 점으로 말하면 그의 행동거지보다도 모습모습이 더욱 심했다. 다름 아니라 그것은 바로 그의 얼굴 때문이었다. 내가 사내의 모습을 똑똑히 볼 수 있었던 것은 물론 그를 방으로 데리고 들어와서 불을 밝히고 난 다음이었다. 한데 그때 나는 밝은 형광등 불빛 아래 드러난 사내의 얼굴을 보고는 뭔가 속으로 놀라움을 금치 못하고 있었다. 사내는 어둠 속에서보다는 의외로 키가 컸고, 그 큰 키 때문에 조금 말라 보인 듯한 몸집에는 꼭 남의 옷을 빌려입은 것 같은 이상스러운 옷차림을 하고 있었다. 어떻게 보면 양복소매가 약간 짧은 것 같기도 했고 또 어떻게 보면 바지통이 터무니없이 넓어 보이기도 했다. 거기다가 사내는 와이셔츠 넥타이도 없이 맨저고리만 훌렁 걸치고 있어서, 그 꼴이 여간 우스꽝스러워 보이지 않았다. 하지만 내가 처음 그 사내를 보고 놀랐다는 것은 그처럼 우스꽝스러운 사내의 차림새 때문이 아니었다. 옷차림 따위는 사내 자신의 말대로 미치광이의 그것이라고 해두면 그만이었다. 놀란 것은 사내의 얼굴모습 때문이었다. 사내의 얼굴이 첫눈에 어디선가 꼭 한번 본 일이 있는 것처럼 익숙했던 것이다. 사내의 얼굴은 한마디로 좀 우악스러워 보이는 입모양과, 세상이 온통 밝은 햇빛 속에 빛나더라도 그 한 곳만은 언제까지나 음울한 그늘이 마를 것 같지 않은 깊은 두 눈으로 간단히 특징지워질 수 있는 그런 인상이었다. 한데 나는 그런 입과 눈을 가진 얼굴을 어디선가 전에 한번 꼭 만나본 일이 있는 것 같았다. 더구나 어떤 두려움 때문에 눈동자들이 엄청나게 확대되어 있는 듯한 사내의 두 눈은 그 큰 눈동자 때문에 더욱더 깊게 강조되어 나의 뇌리를 안타깝게 간지럽히고 드는 것이었다.

——어디서 만난 얼굴일까. 누가 저런 얼굴을 하고 있었던가.

하지만 그런 기억은 첫번에 대뜸 실마리가 잡히지 않으면 아무리 애를 써도 끝내 허사가 되게 마련이다. 아니 성급하게 굴면 굴수록 그런 일은 더욱더 안타깝게 깊은 망각의 수렁 속으로 숨어들어 갈 뿐이다.

사내의 얼굴도 물론 마찬가지였다. 나는 끝내 그 얼굴의 기억을 집어낼 수가 없었다. 그렇다고 자신의 정체에 대해서는 한사코 정직한 말을 회피해 버리고 있는 사내에게 직접 그것을 물을 수는 없었다. 서로 이름이라도 나누어보면 간단히 실마리가 잡힐 듯싶었지만 사내의 태도로는 그것도 선뜻 알아내질 것 같지 않았다. 술기가 가시고 만 탓인지 이젠 나 자신도 그런저런 일이 다 피곤하고 귀찮기만 했다. 모든 일을 아침으로 미뤄놓고 우선 잠부터 좀 자두고 싶었다. 나는 한동안 사내를 건너다보고 있다가 이윽고 자리를 펴기 시작했다. 하지만 나는 자리를 펴고 나서도 금세 그 자리로 기어들어가 버릴 수가 없었다. 역시 사내가 마음에 걸렸다. 사내는 아직도 긴장을 풀지 않고 있었다. 긴장을 풀어버리기는커녕 사내는 아직 저고리도 벗지 않은 채였다. 잠자리를 펴고 있는 동안도 그는 그냥 멀뚱하니 서 있기만 했다. 그러고 있는 사내는 마치 아직도 창밖에서 무슨 발소리가 가까워지고 있지나 않은지, 또는 천장이나 옷장 구석 같은 데서 누가 자기를 숨어 엿보고 있지나 않은지 조심조심 기색을 살피고 있는 것 같았다. 그러나 사내도 사람이었다. 끝끝내 그러고 서서 밤을 지낼 수는 없다고 생각한 모양이었다. 이윽고 사내는 나의 주의가 완전히 그에게서 멀어져버린 것을 알고 나자, 그리고 바깥으로부터도 아무 수상쩍은 기척이 스치지 않은 것을 확인하고 나자, 그제서야 겨우 마음이 좀 놓이기 시작한 듯 슬금슬금 방 구석으로 무릎을 구부려 앉는 것이었다. 하지만 또 그뿐이었다. 흘러내리듯 그렇게 몸을 주저앉히고 나서도 옷을 벗어부칠 기미는 없었다. 궁상맞게 몸을 방구석에 쪼그리고는 다시 나를 경계하기 시작했다. 마치 그의 정체에 대해 내가 새로 무슨 추궁을 가해 오지나 않을지 싶은 듯 근심과 겁에 질린 표정으로 말이다. 하지만 나는 이제 정말로 그에게는 더 이상 관심을 가질 수가 없었다. 취기가 깨어 오는 데서 생긴 무력한 탈수감을 그 이상은 도저히 지탱해 낼 수가 없었다. 사내의 기분을 좀 편안하게 해주고 싶기도 했다.

　—설마 네놈이 정말 미쳐 있는 건 아니겠지. 미쳐 있다면 또 그러고 앉아서 밤을 지샐 테냐. 맘속을 편하게 먹어버렸다.

　"아무렇게나…… 형씨 편할 대로 자리를 잡아보시구려."

　이불자락 한끝을 밀어젖혀 주고는 그만 혼자 잠을 청해 버리고 말았다.

한데 이날 밤 일은 그렇게 내가 먼저 잠이 들어버리고 난 다음이 또 이상했다. 솔직히 말하자면 그때 나는 이렇다 할 이유도 없이 사내가 공연히 가엾어졌고, 그래서 나중에는 그의 곁에서 무모할 정도로 쉽게 잠이 들어버리기까지 했지만, 역시 깊은 내심에서까지 그를 아주 안심해 버릴 수는 없었던 모양이었다. 잠이 들고 나서 채 한 시간도 지나기 전에 다시 눈이 떠지고 말았다. 그러나 사내는 잠이 들어 있었다. 시간이 오래지 않은 것으로 보아 그는 내가 잠이 드는 것을 보고 곧 몸을 누인 모양이었다. 하지만 그게 이상한 것은 아니었다. 사내는 아직도 옷을 벗지 않은 채 이불자락 끝에서 옹색스러운 새우잠을 자고 있었는데, 그것도 그리 이상할 것은 없었다. 이상스러운 것은 전깃불이었다. 그는 잠이 들면서도 전깃불을 그냥 켜놔 두고 있었다. 물론 나 역시도 처음에는 그 전깃불에 대해 별스러운 생각을 가질 수가 없었다. 사내가 미처 생각을 하지 못했던 것뿐이려니, 무심스럽게 넘겨버렸다. 한데 어느 때쯤 해선가 내가 다시 눈을 떠보니 어찌 된 일인지 아까 분명히 내 손으로 꺼놓고 잔 형광등이 다시 환하게 밝혀져 있었다. 내가 잠을 깨게 된 것도 바로 그 밝은 불빛 때문이었다. 이상스러운 느낌이 들기 시작했다. 사내의 짓임이 틀림없었다. 사내는 역시 아까처럼 옹색스러운 새우잠을 자고 있었다. 하지만 형광등을 다시 밝혀놓은 것은 그 사내밖에 다른 곡절을 생각할 수 없었다. 도대체 방 안에서 나와 그 사내 말고는 누가 꺼져 있는 전깃불을 다시 켜놓을 사람이 있을 수 있단 말인가.

하지만 이날 밤 그렇게 두 사람이 서로 전등불을 껐다 켰다 하는 숨바꼭질은 그 한 번만으로 끝난 일도 아니었다. 이날 밤 나는 분명히 꺼놓은 전등불이 다시 밝혀져 있곤 하는 요술을 그 후로도 두 차례나 더 당해 내야 했던 것이다. 그리고 마지막으로 내가 그 요술에 걸려 눈을 떴을 때는 뜻밖에도 그 밝은 불빛만 방 안에 가득할 뿐 한 번도 눈을 뜨지 않는 체하고 있던 사내의 새우잠마저 이미 나의 곁에선 자취를 감추고 없었던 것이다. 사내는 그렇게 새벽같이 나의 방을 도망쳐 나가버린 것이었다.

그러자 나는 갑자기 사내가 정말 머리를 상해 버린 미치광이인지도 모른다는 생각이 들기 시작했다.

그러니까 나는 결국 그날 밤으로 해서는 사내의 정체에 대해 아무것도 알아낸 것이 없었던 셈이 된다. 정체를 알아내기는커녕 궁금증만 잔뜩 더 늘어 있었다. 사내의 이름하며 수상쩍은 행동들의 내력을 알게 된 것은 이튿날 아침 병원을 찾아보고 나서였다.

그날 아침 나는 간밤에 일어난 일을 곰곰 생각하니 새삼스럽게 기분이 상해 오기 시작했다. 뭐라고 해도 그것은 모두가 술김에 저질러진 일임에는 틀림이 없는 사실이었다. 하지만 아무리 취중의 일이었다고 해도 그것을 모두 술기운 탓으로 간단히 잊어버릴 수는 없었다. 어이가 없다가도 사내의 거동들이 하나하나 다시 떠오르곤 했다. 사내가 진짜 미치광이인지 모른다는 생각도 점점 더 짙어져 가고 있었다.

——사내는 정말로 미친 사람이었는지 모른다. 정신이 멀쩡하다면 무슨 심술로 사람을 그렇게 어리둥절하게 할 필요가 있는가.

정신이 멀쩡한 친구라면 도대체 그런 식으로 밤길을 쫓아와서 사람을 놀라게 할 리가 없었고, 초면에 하숙방까지 따라들어와 횡설수설 수상쩍은 소리들을 늘어놓을 필요도 없었다. 게다가 그 괴이한 차림새하며, 까닭없이 자꾸 불안스러워하고만 있던 표정, 또 밤새도록 꺼놓은 전깃불을 몰래 다시 켜놓곤 하던 짓 모두가 광인의 그것이 아니고는 설명할 수 없는 것들이었다.

　　——하지만 사내가 정말 미친 사람이라면 나는 어디서 그런 얼굴을 만났기에 그처럼 한눈에 익숙할 수가 있었을까.

　　광기에 대한 심증이 점점 더 깊이 굳어져가고 있었다. 한데 마음속에서 그렇게 한참 사내의 광기를 굳혀나가다 보니, 어느 순간 또 한 가지 새로운 사실이 문득 머리를 스치고 지나갔다. 나의 하숙집에서 얼마 되지 않은 산중턱엔 언제부턴가 이름 없는 정신병원 하나가 자리 잡고 있었는데 나의 대뇌작용은 그제서야 간신히 그것을 기억해 내고 있었던 것이다. 아침을 먹고 나자 나는 잡지사 대신 곧바로 그 병원부터 먼저 찾아올라갔다. 한데 병원 문을 들어서자마자 나는 그 접수부에서부터 벌써 환자 한 사람이 간밤에 병원을 도망쳐 나간 사실을 확인할 수 있었다.

　　“아, 맞아요. 어젯밤에 우리 병원에서 병실을 탈출해 나간 환자가 한 사람 있었어요. 자정쯤 해서였지요. 한데 선생님께선 그 환자를 만나셨던가요?”

　　접수부 간호원은 내가 미처 물음을 끝내기도 전에 조급한 목소리로 사정을 모두 털어놓았다. 자정이 조금 넘어 당번 경비원이 뒤뜰을 돌아가다 보니, 삼층 병실의 한 창문 쇠창살로부터 침대 시트를 친친 꼬아 만든 밧줄이 허옇게 뜰 아래로 내려뜨려져 있었고, 바로 그 밧줄이 내려진 삼층 병실에는 어느 틈엔가 환자 한 사람이 감쪽같이 자취를 감추고 없더라는 것이었다. 나중에 알고 보니 그 환자가 어떻게 병원 진찰실까지 스며 들어와서 당직의사의 평상복을 훔쳐내다가는 환자복 대신 그 옷을 바꿔입고 간 사실이 드러났고, 그 바람에 병원에선 더욱 큰 소동이 일어났었노라고. 나는 놀라지 않을 수 없었다. 하지만 그보다도 내가 더욱 놀란 것은 간호원이 그때 그렇게 도망쳐 나간 환자의 이름을 일러주었을 때였다.

　　박준일(朴濬一)——간호원의 접수부에는 그 환자의 이름이 그렇게 적혀 있었다. 한데 그 박준일이 바로 박준이었다. 아니 박준일이라는 이름을 듣자마자 그 간밤의 사내를 박준으로 단정해 버린 것은 나의 직감에서였지만, 그러나 그것은 다시 의심할 여지도 없는 사실이었다.

박준——그런 이름의 젊은 소설가 한 사람이 있었다. 요즘은 그렇지도 않지만 이 한두 해 전만 해도 한창 정력적으로 작품을 발표하고 있던 그 젊은 소설가 말이다. 한데 이 소설가의 본명이 박준일인 것이다. 박준일이 그의 진짜 이름이고 세상에 알려진 박준이라는 이름은 그 이름 끝에서 '일' 자 하나를 떼어버린, 이를테면 그의 필명이었다. 언젠가 나는 그가 쓴 글 가운데서 우연히 이런 고백을 읽은 일이 있었다. 그것은 「나의 외자 이름에 대해서」라는 제목이 붙은 짧은 수필 형식의 글이었는데, 그 글 가운데서 박준은 대충 이런 식으로 자기의 이름을 매도하고 있었다.

——나의 이름은 원래 박준일이다. 하지만 나는 언제부턴가 나의 그 이름 석 자(사실 이름만 해서는 두 자뿐이지만)가 무척도 거추장스럽게만 느껴지기 시작했다. 특히 나의 이름 맨 끝에 매달려 있는 '일' 자가 그렇게 느껴졌다. 도대체 나라는 놈의 푼수로는 박가 성 밑에 준자 하나만으로도 이름이 충분하고 남을 텐데 무엇 때문에 거기다 또 '일' 자를 하나 더 붙여 달아놓았는지 모르겠다……. 성 한 자 이름 두 자로 꼭 짝을 맞춰야 하는 작명 버릇 때문인 것 같다. 하지만 나에게는 그 일자 하나가 아무래도 거추장스러웠다. 어떤 때는 좀 주제넘은 느낌이 들기도 했다. 결국 나는 그 일자 하나를 떼어버리고 준자 하나만으로 이름을 삼기로 작정했다. 박준…… 글쎄 그 일자 하나를 떼어버리고 나니 얼마나 간편하고 개운스러운 이름이 되었는가 말이다…….

결국 박준이라는 그의 이름은 원래 이름인 박준일에서 끄트머리

일자를 떼어낸 것이라는 이야기였다. 한데 그때 간호원의 입으로부터 박준일이라는 사내의 이름이 흘러나온 순간, 첫마디에 단박 그 박준의 글이 떠올라왔던 것이다. 하기야 내가 그 간호원으로부터 사내의 이름이 박준일이라는 것을 알아낸 것만으로, 그리고 우연스럽게 읽어둔 글 속에서 박준이라는 젊은 소설가의 본명이 박준일이라는 것을 기억하고 있었다는 사실만으로, 그 두 사람이 같은 인물이라고 금세 단정을 하고 나선 것은 지나치게 경솔했다고 생각될 수 있을는지 모른다. 하지만 그때의 나로 말하면 그런 것까지 돌이켜 따져볼 여지란 생각조차 해볼 수가 없었다. 그럴 필요도 없었다. 간호원의 입으로부터 박준일이라는 이름이 흘러나온 순간 나에게선 간밤부터 계속되어 오던 궁금증, 어디선가 사내를 본 일이 있는 듯싶던 그 안타까운 얼굴 모습이 순식간에 박준일이라는 이름과 결합을 해버린 것이다. 전날 밤 사내의 얼굴은 가끔 내가 신문 문화면 같은 데서 사진으로 보았던 박준의 얼굴, 어딘지 좀 모질어 보이는 입 모습과 우울하도록 깊은 눈을 한 그 박준의 얼굴이 틀림없었다. 놀라지 않을 수 없었다. 이젠 더 이상 접수부 앞에 그러고 서 있을 수가 없었다. 담당의사를 좀 만나보고 싶었다. 의사를 만나 좀 더 자세한 이야기를 듣고 싶었다. 간밤의 궁금증은 이제 그것으로 거의 다 풀려버린 셈이었지만, 그 사내가 박준으로 밝혀진 이상 다시 새로운 궁금증이 생기지 않을 수 없었다. 그렇다고 뭐 내가 전부터 박준과 무슨 특별한 친분이 있어서 그런 것은 물론 아니었다. 이미 짐작을 하고 있을 일이지만 그러니까 나는 그날 밤 일이 있기 전에는 박준이라는 친구를 만나본 일이 없었다. 신문이나 잡지 같은 데서 가끔 그의 글이며 사진 같은 것을 볼 수는 있었지만, 직접 그를 대면하게 된 것은 그날 밤이 처음 일이었다. 그것도 이튿날에 가서야 겨우 그의 이름을 듣고 사진의 얼굴도 기억해 냈을 정도의 괴상한 초대면이었다. 친분이 있을 리 없었다. 하지만 그런 구체적인 친분관계를 떠나서도 박준과 나는 이만저만 긴밀한 관계에 놓이지 않을 수 없는 다른 사정이 있었다. 나는 한 잡지의 편집자였고, 박준은 언제고 그 잡지에다 글을 쓰게 되거나, 글을 써주어야 할 필자의 입장이었다. 그와 나는 애매한 듯하면서도 그처럼 서로 회피할 수 없는 상관관계에 있었다. 게다가 박준은 언젠가 우리 잡지사에 글을 한 편 보내온 일도 있었다. 무슨 이유에선지 문학면을 맡고 있는 안형이 한사코 발표를 보류하고 있긴 하지만(사실 나는 그래서 여태까지 박준과의 대면을 나도 모르게 은근히 피해 온 것인지도 모른다.) 그러니까 박준은 그런 점에서도 더욱 나와는 상관이 없다고 할 수 없는 처지인 것이다. 그의 일이 궁금해지지 않을 수 없었다. 어찌된 연유에선지 박준은 이 일이 년 동안 거의 한 편도 작품을 발표하지 않고 있었는데, 그러던 박준이 갑자기 그런 식으로 정신이 이상해진 것을 알고 나니 궁금증이 더 심해질 수밖에 없었다. 의사를 만나 좀 자세한 이야기를 듣고 싶었다.

잠시 후, 나는 간호원의 안내로 이 병원의 원장 겸 그간 박준을 담당해 왔다는 의사 한 사람과 자리를 마주하고 있었다.

"아, 어젯밤 우리 병원 환자 한 사람이 선생 댁에서 밤을 지내고 갔다고요. 뜻밖에 괴로움이 많으셨겠어요."

간호원이 박사님 박사님 하고 부르는 그 김이라는 의사는 첫마디부터가 몹시 정중하고 신뢰감이 느껴지는 사람이었다. 중년을 넘을까 말까 한 그의 나이와 희끗희끗 새치가 섞인 머리털하며 굵은 안경테 너머에서 온화한 미소를 짓고 있는 눈들, 그런 것들이 모두 알맞게 어울려 의사로서의 그런 깊은 신뢰감을 자아내게 하고 있는 것 같았다.

"저도 대략 짐작이 가는 일이기는 합니다만, 선생께선 그 환자와 진작부터 무슨 특별한 관계가 있었던 것은 아니시죠? 가령 전부터 서로 집을 알고 있었을 만큼 친분이 두터운 사이라든가……."

김 박사는 이미 알고 있는 사실을 확인하고 있기라도 하듯 여유있는 어조로 물어왔다. 도대체 그런 식의 여유란 뭔가 자신에 넘쳐 있는 사람이 아니고는 흉내를 내기도 썩 어려운 것이었다. 나는 의사의 분위기에 슬그머니 자신이 압도되어 오는 것을 느끼고 있었다.

"물론입니다. 전 어젯밤 집으로 돌아가는 골목에서 처음 그를 만났으니까요. 그리고 아침 일찍 그가 집을 나가버린 바람에 여기로 오기 전까지는 아직 그의 이름조차도 모르고 있었던 형편이지요."

"그러셨을 겝니다. 그리고 이름 같은 건 물어봐야 알아낼 수도 없었을 테구요."

김 박사는 만족스러운 듯 고개를 끄덕끄덕해 보인다.

"사실은 우리 병원에서도 아직 그 환자의 이름이나 주소 같은 걸 정확하게 받아내진 못하고 있는 터니까요."

그러나 나는 김 박사의 이 말만은 얼핏 납득이 가질 않았다.

"전 이 병원 접수부에서 환자의 이름을 보고 오는 길인데요."

김 박사는 여전히 태연스러운 대답이다.

"글쎄요. 그게 잘 알 수가 없단 말씀입니다. 그 환자 병세가 그래서 그렇기도 하겠지만, 워낙 정직한 말을 한 일이 없으니까요. 특히 자기의 신분에 관한 것은 죽어라 숨기려고만 들었거든요. 슬금슬금 거짓말을 하거나 아니면 아주 입을 다물어버린다든지……."

"도대체 그 환자의 증세라는 게 어떤 것이었는데요?"

"바로 지금 말씀드린 대로지요. 뭐랄까, 무슨 진술공포증이라고나 할까요. 도대체 자기의 이야기를 하려고 하질 않았어요. 그리고 까닭없이 불안해하고 사람을 두려워했지요. 의사인 나까지도 말입니다.”

“그렇더라도 병원에서 아직 환자의 이름 하나 똑똑히 알아놓지 않았다는 건 이상하지 않습니까. 처음 입원할 때 보호자의 얘기는 있었을 텐데 말입니다.”

나는 접수부에 적힌 환자의 이름이 거짓말이 아니라는 것을 알고 있었다. 적어도 나에게는 이미 그것이 확실한 사실이었다. 그러나 나는 어쩐지 그것을 의사에게 확언하고 나서기가 싫었다. 김 박사에게 좀 더 말을 시켜보고 싶었다. 김 박사도 나의 추궁을 불쾌하게 여기지는 않는 눈치였다.

“글쎄요. 그게 그렇지를 않아요. 사실은 그 환자가 저희 병원을 찾아들게 된 것도 전혀 정상적인 경위에서가 아니었거든요…….”

김 박사는 여기서 잠시 말을 망설이는 듯했다. 그러나 터무니없이 진지해지고 있는 나의 표정을 한번 힐끗 스쳐보고 나서는 생각을 고쳐먹은 듯, “알고 싶으시다면 말씀드리지요.” 하고 다시 말을 잇기 시작했다.

어느 날 저녁때의 일이었다고 했다. 그날은 마침 김 박사가 당직 차례가 되어 일찍 저녁을 먹고 혼자 진찰실을 지키고 있었는데, 그때 느닷없이 젊은 친구 하나가 방문을 열고 들어서더라는 것이었다. 나중에 알고 보니 이 친구가 어떻게 진찰실로 스며들어왔는지 경비나 현관에서는 전혀 눈치를 채지 못하고 있었더라고. 한데 이 친구 문을 들어서자마자 대뜸 김 박사더러 자기의 머리를 좀 진찰해 달라더라는 것이었다. 자기는 아무래도 머리가 좀 이상해진 것 같아 병원을 찾아왔노라고 말이다.

“하지만 난 아직도 별생각이 없이 간호원을 부르려고 했지요. 어느 때나 다 마찬가지긴 하지만, 특히 그런 시각엔 진찰실로 환자를 불쑥 들여보내는 일이 없었거든요…….”

　그런데 어찌 된 일인지 이 친구 펄쩍 놀라면서 제발 다른 사람을 부르지 말아달라더라는 것이었다. 자기는 그간 아무도 만나지 않고 진찰실까지 숨어들어왔으며, 무엇보다도 다른 사람이 곁에 있는 것은 딱 질색이라고.

　"난 그제서야 사정이 얼마간 이해되더군요. 우리 병원을 찾는 환자들은 대개가 그런 엉뚱한 사람들뿐이거든요. 우선 진찰부터 시작했지요……."

　김 박사는 여기서 다시 말을 끊고 나서 이제 이름을 알아놓지 못한 사정을 좀 이해하겠느냐는 듯 나를 바라보고 있었다. 그러나 나는 아직도 김 박사를 이해할 수 없었다. 나는 계속 입을 다물고 앉아 침묵으로 다음 이야기를 재촉하고 있었다. 그러자 김 박사는 할 수 없다는 듯 다시 말을 계속했다.

　"진찰의 첫 단계로 임상심리검사를 시작해 보니 환자의 증세가 참으로 특이하더군요. 도대체 이야기를 하지 않으려는 진술거부증이 있었어요. 그리고 아까 말씀대로 터무니없이 불안해하거나 자기 생각을 거짓말로 슬슬 속여넘기려고 한단 말입니다. 그러면서 덮어놓고 자기의 머리가 이상해진 게 틀림없다고 고집이지 뭡니까. 아니 거짓말을 하거나 불안해하는 것도 모두 그렇게 자기의 머리가 이상해진 것을 확인시키려는 노력에서 그러는 것 같았어요. 하지만 우리도 물론 나중까지 환자의 이름이나 주소를 받아놓지 않은 건 아니었지요. 한데 나중에 보호자 연락을 취해 보니 그것도 모두가 거짓말이었단 말입니다. 그런 주소에 그런 사람이 살고 있지 않다는 거예요. 환자에게 다시 진짜를 대보라고 했지만 어디 대답이 쉽습니까. 게다가 이 환자는 소지품 중에서 자신의 신분이 드러날 만한 것을 지니고 있지 않았어요. 그러니까 바로 어젯밤까지도 그런 상태였었죠."

나는 여기서 다시 의사에게 박준의 이름을 확인해 주고 싶은 생각이 머리를 지나가고 있었다. 의사의 설명은 이제 충분히 납득이 가고 있었다. 그러나 환자의 이름이 박준일임에는 역시 틀림이 없는 사실이었다. 주소가 거짓이었다고 해도 그것은 역시 그랬다. 그러나 나는 이번에도 그것을 말해 주지는 않았다. 또 다른 궁금증이 머리를 앞서고 있었다.

"그렇다면 박사님께선 어떻게 보호자도 없이 그렇게 혼자 불쑥 나타난 사람을 진찰해 주고 게다가 입원까지 시키고 계셨습니까."

"그야 난 의사니까요. 그리고 여긴 병원이 아닙니까."

"그러니까 환자는 제 발로 찾아와서 은혜를 입게 된 병원을 또 제 발로 도망쳐 나간 셈이로군요. 무슨 이유에서였을까요. 게다가 꼭 그렇게 거짓말로 정체를 숨기고 불안해할 이유가 말입니다."

나는 연거푸 묻고 있었다. 의사의 대답 역시 질서정연하고 자신이 넘쳐 있었다.

"말하자면 그 환자의 증세의 일종이지요. 자기는 미친 사람이라고 생각하고, 미친 사람이니까 이렇게 행동해야 한다는, 모두가 그런 강박관념에서 행해진 행동이었단 말입니다."

"그럼 그 친구가 정말 미친 건 아니었단 말씀입니까."

"우리 병원 환자들 중엔 진짜 정신분열증 환자들이 많아요. 한데 이 사람들이야말로 정말 하나같이 병원을 빠져나가고 싶어들 하고 있지요. 기회만 준다면 어젯밤 같은 일은 얼마든지 생길 수 있어요. 하지만 그 환자의 경우는 달라요. 정말로 미친 증세여서가 아니라 미쳐 보이고 싶은 증세였지요. 말하자면 그런 노이로제의 일종이지요. 그래서 난 미처 탈출연극까지는 생각도 못하고 입원실을 진짜 정신장애자들하고는 다른 방을 정해 주지 않았겠습니까."

"그가 정말 미치지 않았다고 그렇게 단정해도 좋을까요?"

"다시 말씀드리지만 난 의사니까요. 그리고 정말로 미친 사람은 스스로 미쳤다고 하는 일이 없습니다. 미친 사람은 절대로 자기가 미친 사람이 아니라고 우겨대기가 일쑤지요. 한데 그 환자의 경우는 반대가 아닙니까. 스스로 미쳤다고 말하는 사람은 정말 미친 것은 아닙니다. 그 환자는 다만 자기가 미쳤다고 믿고 그렇게 생각하고 싶은 것뿐이지요. 그리고 그게 바로 그 환자의 노이로제 증세라고 할 수 있는 것이었구요."

"참으로 이상한 일이군요. 그렇다면 도대체 그 환자에겐 어째서 그런 증세가 생긴 것일까요. 박사님 말씀은 마치 그가 미친 사람 행세를 하고 싶어 한 것처럼 들리는데 말씀입니다."

나는 박준이 간밤에도 아무 이유 없이 꺼놓은 등불을 한사코 다시 켜놓곤 하던 일을 생각하며 열심히 물어댔다. 그러나 김 박사는 이제 여기서 그만 말을 끝맺고 싶은 표정이었다. 내진환자가 있노라는 간호원의 전갈이 있었기 때문이었다.

"물론 그렇게 생각해 볼 수가 있지요. 그리고 내가 알아내고자 했던 점도 바로 그 점이었구요. 하지만 이제 환자도 달아나버린 다음인데 그걸로 애를 먹을 필요가 있을까요."

"한 가지만 더 여쭙고 싶군요. 그 환자가 정말 그런 식으로 미치광이 시늉을 하고 싶은 것뿐이라면 다시 이 병원을 찾아오게 될까요."

나는 김 박사의 시간을 염치없이 오래 빼앗고 있다는 생각에서 미안쩍은 어조로 물었다. 그러나 김 박사도 이젠 더 이상 터무니없는 이야기로 시간을 빼앗기고 싶지가 않은 듯 먼저 자리를 일어서며 대답했다.

"아마 오지 않을 겝니다. 그 환자 정말로 미친 사람 확인을 받고 싶어 여길 온 게라면 적어도 그 점만은 내게서 실패를 하고 말았으니까요. 이젠 뭐 다 끝난 일이지요."

이야기를 끝내고 나서 내가 잡지사로 돌아왔을 때는 벌써 오정이 넘은 시각이었다. 직원들은 모두 점심을 먹으러 나가버리고 사무실이 텅텅 비어 있었다. 그러나 전에 없이 출근을 늦게 하고 나서도 나는 아직 일을 서두를 생각을 하지 않고 있었다. 언제나처럼 마감날이 코앞까지 바싹 다가와 있었고, 게다가 원고들은 부지하세월로 늑장만 부리고 있었다. 하지만 그런 일들은 하나같이 머리에 들어오질 않았다. 아직도 박준의 일이 궁금했다. 내가 병원을 찾아간 것은 간밤부터의 궁금증을 간단히 풀어버리려는 속셈에서였던 게 솔직한 동기였을 것이다. 그리고 병원에서는 나의 그런 애초의 궁금증에 대해 제법 확실한 해답을 주었던 것 같기도 했다. 하지만 병원을 나설 때쯤 해서 나는 간밤의 사내가 바로 박준이라는 젊은 소설가였다는 사실과 그의 증세가 자신의 말처럼 아주 머리가 돌아버린 정도는 아니라는 것을 알게 된 것 외에는, 오히려 더 많은 궁금증을 지니게 되어버리고 있었다——그렇다면 박준은 어째서 그런 식으로 미치광이 시늉을 하고 싶어진 것인가. 한동안은 작품도 내놓지 않고 있던 그가 무엇 때문에 그런 연극을 꾸미게 되었으며, 나중에는 제 발로 찾아간 병원에서까지 그런 식으로 도망을 쳐 나가버린 것인가. 그리고 자꾸만 거짓말을 하고, 까닭없이 불안에 떨면서 사람을 두려워하고 있다는 것이 진짜 그의 증세라면, 그것은 도대체 무슨 이유에서인가. 김 박사는 박준에 관한 한 이제 모든 것은 끝이 났노라고 했다. 박준 때문에 더 이상 골머리를 앓을 필요는 없다고 했다. 그러나 나는 아직 박준을 그렇게 간단히 잊어버릴 수는 없었다. 나에게는 아직도 박준의 일이 끝나질 않고 있었던 것이다. 나는 박준의 사건에서 무엇인가 깊은 암시 같은 것을 느끼고 있었다. 박준이 얼마 전까지만 해도 꽤 많은 사람들의 관심을 집중시키고 있던 젊은 작가였다는 점에서, 그리고 그러던 그가 웬일인지 이 일이 년 동안은 통 작품을 내놓지 않고 있다가 갑자기 그런 꼴이 되어 나타났다는 점에서 나의 예감은 깊어질 수밖에 없었다. 하지만 그것은 모두가 한낱 예감으로였을 뿐이었다. 박준의 동기가 무엇인지, 그리고 거기에서 내가 어떤 암시를 느끼고 있었는지는 아무것도 확실치 않았다. 나는 그저 그렇게 멍하니 자리에 앉아, 사내의 얼굴이 어디서 눈에 익어졌던지를 안타까워하던 간밤처럼 다시 그런 애매한 예감만 쫓고 있었다. 그리고 자신도 모르게 잔뜩 긴장을 하고 있었다. 우선 한 가지 확인을 해보고 싶은 일이 있기는 했다. 그것은 마침 우리 잡지사에 보관되고 있는 박준의 소설을 한번 읽어보는 것이었다. 사실 나는 이름만 자주 보아왔지 박준이 어떤 이야기를 어떤 식으로 하고 있었는지 실제로 작품을 읽어본 일은 별로 없었다. 그의 소설이라도 한 편 읽고 나면 뭔가 좀 잡히는 것이 있을 것 같았다. 우선 그의 소설을 읽어보고 싶었다. 그러나 나는 얼른 그 소설을 꺼내다 읽을 수가 없었다. 박준의 소설은 나의 서랍에 있는 것이 아니라 나와는 두 칸이나 떨어져 있는 안형의 서랍 속에 있을 것이기 때문이었다. 그리고 우리 잡지의 문학면을 담당하고 있는 그 안형의 원고보관용 서랍은 언제나 자물쇠가 굳게 채워져 있다는 것을 알고 있기 때문이었다. 그렇더라도 굳이 그 소설을 보자면 볼 수 없는 것은 물론 아니었다. 다른 열쇠를 사용하면 꺼내볼 수 있었다. 하지만 역시 그렇게는 소설을 내 보고 싶지가 않았다. 박준의 소설이 그렇게 안형의 서랍 속에 보관되고 있는 데는 내력이 있었기 때문이었다.

결국 나는 오후 해가 설핏해질 때까지도 여전히 일을 손에 대지 않은 채 그러고 자리만 지키고 앉아 있었다. 어떻게 생각을 좀 고쳐먹고 일을 시작해 보려고 해도 박준의 생각이 금세 다시 머릿속을 가득 채워버리곤 했다. 어떤 암시 같은 것이 자꾸만 나를 괴롭히고 있었다. 내 나름으로라도 어떻게 박준의 일을 정리해 버리지 않고는 다른 일이 손에 잡힐 것 같질 않았다. 하지만 무엇을 어떻게 해야 할 지도 생각이 나지 않았다. 그저 그러고 멍하니 자리만 지키고 앉아 있었다. 그러나 언제까지나 무작정 그러고 앉아 있을 수만은 없었 다. 퇴근시간이 점점 가까워오자 드디어 나는 한 가지 결심을 했다. 우선 박준에 대한 근래의 동향이라도 좀 알아보자는 것이었다.

"박준이란 젊은 친구 있지 않소."

나는 마침 자리로 들어와 있는 안형에게 조심조심 묻기 시작했 다. 안형은 자신도 글을 쓰는 사람이고, 또 한 잡지의 문학면을 담 당하고 있는 처지인 만큼, 그만한 문단 동정에는 귀가 밝으리라 생 각되었기 때문이었다.

"안형은 요즘 혹시 그 친구가 어떻게 되었다는 이야기 들은 일 없소?"

한데 어찌 된 일인지 박준의 일에 대해서만은 안형 역시 소식이 깜깜해 있었던 모양이었다.

"글쎄요…… 요즘 와선 전혀 얘길 들은 일이 없는데요…… 왜 갑 자기 그 친구의 소식을 알고 싶어 하시죠?"

오히려 나의 질문을 수상쩍어하는 눈치였다. 나는 그런 안형의 표정을 보자 그만 그 앞에서는 박준의 일을 말하기가 싫어져버렸 다. 혹시 소설 이야기나 아닌가 싶어 신경을 곤두세우고 나서는 태 도가 비위를 상해 버렸다. 그러나 이젠 나도 결심이 서 있는 터였 다. 안형 때문에 아주 궁금증을 숨겨버릴 수는 없었다. 나는 대답 대신 전화기를 끌어다 다른 잡지사 친구들을 몇 사람 불러냈다. 그 러고는 박준의 소식을 물었다. 하지만 이 친구들 역시 박준에 대해 서는 소식들이 깜깜했다. 모두가 시원찮은 소리뿐이었다.

"잘 모르겠는걸…… 자네가 모르는 일을 낸들 알 리 있나? 게다가 그 친군 워낙 어울리는 자리도 없는 모양이고 말야."

"글쎄 요즘은 소설도 잘 쓰지 않고, 소식을 잘 아는 사람이 없을 거야."

아무래도 소문으로는 얼핏 확인이 될 것 같지 않았다. 혹시 주소가 어디쯤인가 해도 그 역시 확실치 않다는 것이었다.

"다름이 아니라 그 친구 요즘 머리가 돌아버린 것 같아서 말야…… 그래서 좀 알아보고 싶었던 거야…… 머리가 돌아버린 것…… 아니 엉뚱한 짓만 하는 게 아니고 진짜 미치광이 말야."

나는 화가 나서 일부러 그렇게 소리를 질러대곤 했다. 그러면 그제서야 저쪽에선,

"그으래, 그 친구가 미치광이가 되었어?"

간신히 놀라는 시늉들을 했다. 그러고는 으레,

"그 친구 아무래도 엄살이 좀 심한 것 같군그래."

박준의 형편을 금세 엄살로 치부하려 들기 일쑤였다. 이상한 일이었다. 박준이 미쳐버렸다는 말을 아무도 정말이라고는 믿으려 하지 않는 것 같았다. 모두가 엄살로 여겨버리고 싶어 하는 눈치들이었다. 그리고 그것은 더욱더 나를 화나게 했다. 하기야 김 박사의 말도 박준이 정말 미친 건 아니라 했고, 나 자신도 그런 말을 하면서 어째서 그런 거짓말을 하고 싶어지는지 스스로 이상스러워지고 있기는 했다. 한데 더더욱 이상한 것은 나의 그런 통화를 엿듣고 있던 안형의 반응이었다. 안형은 가만히 턱을 괴고 앉아 나의 전화말을 듣고 있다가는 내가 수화기를 내려놓자,

"아니 박준이 머리가 이상해졌다구요?"

처음으로 관심을 표시하고 나서는,

"그 친구, 작품 주인공들이 늘 그런 식으로 병신스런 엄살쟁이들뿐이더니 이번엔 자신이 직접 그 주인공의 엄살을 흉내내고 있는

게 아녜요?"

묘하게 친구들과 같은 소리를 지껄이고 있는 것이 아닌가. 안형은 물론 박준의 주인공들 가운데 미치광이가 자주 등장하고 있었다는 말을 그렇게 한 것뿐이었는지도 모른다. 아마 그의 말투로 봐서 그것은 사실인 모양이었다. 하지만 나는 그가 박준의 증세를 곧이듣지 않으려는 듯한 어조에 우선 비위가 상했다.

"박준이 정말 미친 척하고 있는 것이라면 그건 진짜로 미친 것보다 더 이상한 일이 아니오? 박준이 왜 그런 짓을 하게 되었는지 이유를 알고 있기나 한단 말이오?"

퉁명스럽게 쏘아버리고 나서 다시 혼자 생각에 잠기기 시작했다.

——아무도 박준이 미쳤다는 것을 믿지 않으려고 하는군. 하지만 박준이 미쳤다는 것은 아닌 게 아니라 사실이 아니지. 그렇다면 박준은 도대체 무엇 때문에 그런 광기를 가장하고 싶어졌단 말인가.

꼬박 퇴근시간이 될 때까지 그 생각에만 골몰하고 있었다. 그러나 안형이 드디어 책상을 슬슬 정리하기 시작할 때에야 허겁지겁 다시 입을 열기 시작했다.

"안형, 언젠가 그 박준이라는 친구로부터 소설이 한 편 와 있는 게 있었지요? 그거 아직도 돌려보내지 않고 있나요?"

그러나 안형은 오늘따라 이상하게 자꾸 박준의 일만 들춰대고 있는 내가 여간 마땅치 않은 모양이었다.

"네, 제게 아직 보관되어 있기는 합니다만…… 왜 이번 달에 그 소설을 내보내려구요?"

안형의 어조에는 묘한 힐난기가 서려 있었다.

그러나 나는 일일이 그런 안형의 기분까지 신경을 쓸 여유는 없었다.

"그야 어쨌든…… 무슨 이야길 쓴 소설인지 우선 좀 읽어보기나 합시다."

주저스러운 기분을 꾹 눌러버리면서 박준의 작품을 요구했다.

"그리고 안형께선 지금 그 소설 고료를 내게 좀 빼내다 주겠소?"

소설 고료도 퇴근 전에 빼내오도록 일렀다. 고료를 찾으라고 한 것은 박준의 뒷소식도 알아볼 겸 퇴근길에 그의 집을 한번 찾아가 볼 생각에서였다. 안형은 끝내 나의 요구를 거절할 수는 없다고 생각한 모양이었다. 결국 박준의 원고를 꺼내주고는 자리를 비켜버렸다. 어쨌든 잘되었다 싶었다. 나는 그 자리에서 박준의 원고를 읽어내려가기 시작했다. 「괴상한 버릇」이라는 제목이 붙은 소설의 줄거리는 대략 이런 식이었다.

소설의 주인공인 '그'는 어렸을 때부터 한 가지 괴상한 버릇을 가지고 있었다. 어른들에게 무슨 꾸중을 들을 일이 있거나 하면 지레 겁이 나서 곧잘 광 속 같은 데로 숨어들어가 잠이 들어버린 척하곤 했다. 꾸중을 들을 일뿐 아니라 부끄럽고 난처한 일이 있을 때도 늘 마찬가지였다. 어른들은 그가 어디론가 자취를 감추고 없으면, 으레 녀석이 또 무슨 일통을 저지른 게로구나 짐작을 했고, 집 안을 이리저리 뒤져서 녀석을 찾아내 놓고 보면, 그때마다 어른들의 그런 짐작은 빗나간 일이 거의 없었다. 한데 그가 걸핏하면 광 속 같은 데서 잠이 들어버린 척하는 것은 그저 그런 식으로 잠을 자는 척하고 있는 것만도 아니었다. 잠을 자는 척하는 요령이 더 괴상했다. 잠을 자는 척하는 것이 아니라 그는 숫제 죽은 사람을 흉내내고 있는 것이었다. 목과 사지를 보기 흉하게 축 늘어뜨리고서는 사람이 가까이 가도 통 숨소리를 내지 않았다. 몸을 비틀어대도 정말 죽은 사람처럼 반응을 보이지 않는다. 건드리는 대로 몸을 흔들거리고만 있는 것이었다. 그래서 '그'는 바로 그런 장난 때문에 더욱 심한 꾸중을 듣곤 했다. 하지만 꾸중을 들어도 '그'의 버릇은 좀처럼 고쳐

지질 않는다. 나중에는 숫제 그 버릇이 동무들과의 놀이로까지 변해 가고 있었다. 걸핏하면 아무 데서나 벌떡 뒤로 나자빠져서는 '나는 죽었다' 고 앙징스럽게 숨을 한참씩 끊어버리는 바람에 옆엣 친구들은 슬그머니 겁을 먹기도 했다. 이윽고 '그' 는 국민학교 입학을 하게 되고, 국민학교를 졸업하고 나서는 다시 중학교를 다니게 되지만 그 버릇만은 여전히 고치려고 하질 않는다. 나이를 먹어 가면 갈수록 '그' 에게선 오히려 그 괴상한 버릇이 나이만큼이나 더 익숙해지고 완벽스러워져 가는 것이었다. '그' 가 고등학교를 졸업하고 대학생이 될 무렵쯤 해서는 그것이 하나의 진지한 휴식술로 발전되고 있었다. '그' 는 집 안이나 학교에서 무슨 낭패스러운 일만 당하고 나면 으레 자기의 어두컴컴한 골방으로 들어가 몇 시간이고 그런 가사상태를 지속하면서 휴식을 취하곤 했다. 기분이 너무 암담스러워질 때도 그랬고, 흥분을 하거나 긴장이 될 때도 그랬다. 그는 이제 숨을 참을 수 있는 시간이 놀라울 만큼 길어져 있었고, 그렇게 숨을 참고 있는 동안은 자기가 정말 숨을 끊어버린 것인지 어쩐지도 잘 알 수 없을 만큼 불편을 느끼지 않게 되어 있었다. 하지만 그것은 '그' 가 숨을 조금도 쉬지 않는 것이 아니라 가슴과 배를 들먹이지 않고 코끝으로만 조금씩 조금씩, 아주 은밀스럽게 공기를 들이마시는 연습에 그만큼 육신이 익숙해져 있는 까닭이었다. 한데 이상한 것은 '그' 가 그렇게 숨을 참고 누워서, 나는 정말로 죽은 사람이 되어 있는 것이다, 라고 생각하기 시작하면 그것처럼 마음이 편해질 수가 없는 것이었다. 그것은 일종의 자기최면이라고도 할 수 있는 것이었는데, 어쨌든 그가 그렇게 생각을 정해 버리고 나면 아무리 절실하게 급한 일도 정말 급한 것 같지가 않고, 불쾌한 일도 더 이상 불쾌해지지가 않는다는 것이었다. 아니 그런 가사상태 속에서는 처음부터 무슨 절실한 일이나 불쾌한 일이 따로 있을 수 없었다. 그것은 바로 그런 생각 자체가 호흡을 잃어버린 육신 속에서 함께 죽어버리기 때문이었다. 그 이상 완벽한 휴식의 방법이 있을 수 없었다. 어렸을 때의 버릇은 이제 '그'에게서 그런 휴식의 방법으로까지 발전되어 있었던 것이다.

한데 그가 대학을 졸업하고 결혼도 하고 난 다음이었다. 결혼을 하고 나니 이젠 '그'의 생활이나 주변이 전보다도 훨씬 복잡해지고 낭패스러운 일도 그만큼 많아졌을 것은 당연한 노릇이었다. 따라서 그에게는 긴장이나 피로가 더욱 자주 찾아왔고, 그때마다 '그'는 그것에서 도망치기 위해 자주 그 가사의 잠을 자야 했다. 그 시간도 더욱더 길어져갔다. 어떤 때는 그 가사의 잠이 하루종일 계속되는 때도 있었다. '그'의 아내는 속이 상해 죽을 지경이었다. 도대체 이해할 수가 없는 버릇이었다. 이해할 수 없는 만큼 청승맞고 끔찍스럽기만 했다. 헤어지는 한이 있더라도 그 꼴만은 더 이상 보고 싶지 않았다. 한데 그러던 어느 날, 이날부터 '그'의 아내는 남편의 그 망칙스러운 꼴을 더 이상 견뎌야 할 필요가 없어지고 만다. 물론 이혼을 해야 할 필요도 없어진다. '그'의 버릇에 드디어 고장이 생긴 것이다. 고장이 생긴 건지 일부러 그랬는지는 끝내 알려지지 않고 말지만 하여튼 이날도 '그'는 밖에서 무슨 일이 있었는지 기분이 몹시 우울해져가지고 와서 또 그 가사의 잠을 시작한다.

"저런 꼴로 늘 죽어 눕기가 소원이람 차라리 정말로 한번 죽어보기라도 하라지."

'그'가 막 그 가사의 잠을 시작했을 때 '그'의 아내가 혼자 무심히 그렇게 중얼거린다. 한데 '그'는 정말로 그것을 마지막으로 다시는 영영 그 가사의 잠에서 깨어나질 않고 만다……

소설을 다 읽고 나자 나는 머릿속이 좀 어리둥절해지는 기분이었다. 이야기가 기대하고는 좀 딴판이었다고 할까, 하여튼 나로서는 박준의 소설이 영 엉뚱스럽게만 느껴지고 있었다. 소설의 작의라는 것도 확실치가 않았다. 물론 박준의 소설 속에서는 그의 이번 사고와 관련하여 어떤 분명한 암시를 읽을 수 있었던 곳이 없는 것은 아니었다. 하지만 박준의 사정을 미리 알고 있지 않거나 소설을 얼핏 한 번 읽어내려가서는 그 속에 어떤 암시가 숨어 있는지, 그리고 그것이 무엇을 말하고자 하는 것인지를 좀처럼 해독해 내기가 힘들게 되어 있었다.

하지만 내가 소설을 읽고 나서 어리둥절해진 것은 그런 박준의 소설 내용 때문만이 아니었다. 그보다도 나를 더욱 어리둥절하게 만든 것은 안형의 태도였다. 내가 소설을 다 읽고 났을 때는 물론 안형이 이미 퇴근을 해버리고 난 다음이었다. 안형뿐만 아니라, 사무실에는 이제 사환아이 하나밖에 나를 기다리는 사람이라곤 아무도 남아 있지 않았다. 책상 위에 안형이 찾아다 놓고 간 원고료 봉투가 눈에 띄고 있을 뿐이었다. 한데 나는 바로 그 안형의 태도가 갑자기 또 마음에 걸려오기 시작했던 것이다. 도대체 그가 박준의 소설을 한사코 꺼려해 온 이유를 알 수 없었다. 소설을 읽고 나니 그의 속셈을 더욱더 납득할 수 없었다.

—도대체 안형에겐 이 소설의 어디가 맘에 들지 않아 한사코 발표를 보류시키고 있는 것일까.

아무래도 그의 내심이 의심쩍어지기만 했다. 소설 내용이 기대와 딴판이었다는 점에서보다, 그런 내용의 소설을 여태까지 내보내지 않고 있는 안형의 태도가 나를 더욱 어리둥절하게 했다.

하기야 안형이 그처럼 박준의 소설을 마땅찮게 여겨온 사실에 대해 새삼스레 어떤 느낌을 갖는다는 것은 어쩌면 좀 멋적은 일이 될는지 모르겠다. 왜냐하면 나는 이전부터도 벌써 안형의 그런 태도에 대해서는 이런저런 구실을 수없이 들어왔고, 그러면서도 아직 나는 한 번도 그의 말에는 완전히 승복을 해본 적이 없었던 것이니까 말이다. 앞서 내가 이 소설에는 쉽사리 그것을 안형의 서랍에서 꺼내다 볼 수 없는 어떤 내력이 있노라 한 것도 바로 그런 이유 때문이었다.

말하자면 박준의 소설에는 그만큼 복잡한 사연과 옹색스러운 입장이 서로 얽혀들어 있는 것이다.

그럼 나는 이제 여기서 잠시 이야기를 거슬러올라가 우리 잡지사가 어떻게 그 박준의 소설을 얻게 되었는지, 그리고 무엇 때문에 그처럼 오랫동안 그의 소설을 세상에 내보내지 않고 있었는지 그 경위나 내력을 밝혀두는 것이 좋겠다. 하지만 그것을 밝히기 위해서는 먼저 나의 잡지 일에 대한 고충도 한 가지 더 고백을 해둬야 할 것 같다. 왜냐하면 나는 지금 박준에 대한 나의 관심의 시작이 사실은 그의 소설 때문이었을지도 모른다는 생각이 들고 있는데, 그 박준의 소설을 얻어 보관만 하고 있게 된 경위야말로 한 잡지의 편집자와 필자 사이의 미묘한 관계의 일면을, 그리고 어떤 기사나 작품이 편집안 결정에서부터 실제로 원고가 집필되고 그것이 다시 활자화하여 독자의 손으로 들어가기까지의 과정 가운데서 편집책임자의 입장을 자주 난처하게 하곤 하는 잡지 작업의 일면을 가장 극명하게 설명해 줄 수 있다고 생각되기 때문이다. 한데 내가 말한 잡지 작업의 고충이란 바로 그 편집자와 필자 사이의 미묘한 갈등에서 비롯되고 있는 것이다.

그럼 도대체 나는 편집자와 필자의 관계를 어떻게 생각하고 있는 것인가. 나의 생각을 잘라말한다면 편집자와 필자의 관계란 한 마디로 글을 얻으려는 사람과 글을 써주는 사람과의 관계라고 할 수 있을 것이다. 그러나 여기에는 물론 몇 가지 단서가 전제되어야 한다. 글을 얻으려는 사람도 그렇고 써주는 사람도 그렇고, 이 관계는 언제나 무조건적인 것은 될 수가 없기 때문이다. 글을 청탁하는 편집자 쪽에서는 자기 쪽에서 미리 설정한 이념이라든가 어떤 일정한 의도 아래서 그것을 최대한으로 충족시켜 줄 수 있는 필자에게 청탁 행위를 하는 것이고, 필자 쪽에서도 역시 한 잡지사가 제시하는 의도를 이의 없이 수락할 수 있거나 아니면 자기의 의도에 잡지의 그것이 수긍, 수정당할 용의를 보충해 줄 때만 그 청탁을 수락하는 것이다. 결국 편집자나 필자나 서로 어떤 일정한 의도가 있는 것이고, 그 의도가 서로 상대방을 통해 자기실현의 가능성을 발견하거나 적어도 용납이 가능한 경우에만 편집자와 필자의 관계는 성립할 수가 있는 것이다.

그렇다면 편집자와 필자의 관계는 다시 이렇게 말할 수 있을 것이다. 어떤 잡지의 편집자와 그 잡지에 글을 쓰는 필자는, 방법은 조금씩 다르지만 양쪽이 서로 동의하고 어떤 공동의 이념에 공동으로 봉사하고 있는 사람들이다. 아니 따지고 보면 양자는 그 방법에서마저도 별로 다를 바가 없다고 할 수 있다. 편집자나 필자나 근본적인 뜻에서는 양쪽이 다 자기진술이라는 것을 업으로 삼고 있는 사람들이고, 잡지 편집이나 집필 작업은 결국 그 자기진술이라는 것이 최초의 성격이 되고 있기 때문이다. 원래부터가 작가(작가라고 말해야 뜻이 더 명료해질 듯하다.)라는 것은 세상을 향해 뭔가 끊임없이 자기진술을 계속할 의무를 자청하고 나선 사람들이지만, 잡지 편집자 역시 언제나 성실한 자기진술(결국 편집의도라는 것이 그런 것이 아닐까.)을 계속하고 있어야 한다는 점에서는 작가와 조금도 다를 바가 없는 것이다. 다만 필자(또는 작가)는 그 진술이 소설이라든가 하는 보다 직접적인 방법으로 행해지고 있는 데 비해 잡지 편집자는 자기의 잡지 속에서 그 의도를 이차적으로 실현하게 된다는 점, 그리고 잡지 편집자에게는 자기진술을 실현하기 위해 필자들을 동원하고 그 필자에게 일차적인 진술을 요구할 권리가 부여되고 있다는 점에서 처지가 조금씩 다르다고 할 수는 있다. 그러나 그렇게 해서 이루어지게 된 필자와 편집자의 진술이 결국 잡지라는 한 권의 책 속에서 서로 의좋게 만나게 된다는 점을 생각하면 그 방법이라는 것도 별로 큰 차이가 있는 것이라고는 할 수 없다. 한데 이처럼 서로 공동의 이념에 봉사해야 하고 작업 방법에서도 안팎의 차이는 있을망정 서로 불가분의 입장에 있는 필자와 편집자의 관계란 사실은 말처럼 그렇게 수월하지가 않은 것이다. 바로 그 편집자의 의도라는 것이 좀처럼 서로 같은 지점에서 만나지지가 않기 때문이다. 아니 그것이 확실하면 할수록 상대방을 수긍하고 용납하는 경우가 드물어질 것은 당연한 노릇인지도 모른다. 하기야 요즘처럼 대개의 필자들이 잡지 같은 덴 처음부터 글을 잘 써주려 하지 않거나 어쩌다가 글이라는 걸 써주는 필자들도 편집자의 의도나 자기진술의 욕망 같은 것하고는 애초부터 상관을 두지 않으려는 판국이고 보면, 이것저것 문제가 될 수도 없는 일이긴 하다.

하지만 잡지를 포기하지 않는 한 필자와 편집자의 관계란 역시 문제가 되지 않을 수 없다. 그리고 필자와 편집자의 관계가 수월치 못하면 못할수록 괴로운 것은 편집자 쪽이 될 수밖에 없다. 편집자가 아무리 성실한 진술의 의도를 마련하고 있는 경우라도, 그 의도를 완성시켜 줄 필자를 만나기란 여느 때도 보통 어려운 일에 속하는 것이 아니다. 하지만 그건 그래도 좋다고 하자. 그보다 더 난처한 일은 그가 어떤 필자를 만났다 해도 그 필자가 애초의 진술의도에 적합한 글을 써내 주지 않을 경우이다. 아니 그와 반대로 어떤 필자가 먼저 글로 완성해 온 의도를 무슨 이유에서든 잡지 쪽에서 용납할 수 없는 경우도 종종 생기곤 한다. 문제는 바로 그런 경우들이다. 나의 잡지 일에 대한 고충이라는 것은, 그리고 가끔 편집자와 필자 사이에 생기곤 한다는 반갑지 않은 갈등은 바로 그런 경우에서부터 비롯되는 것이다. 박준의 경우도 그런 경우라 할 수 있었다.

그럼 이제 여기서부터 나는 그 박준의 소설에 대해 함께 이야기를 해나가도 좋을 때가 온 것 같다. 다시 말해 두지만 박준의 소설이야말로 지금까지 내가 말한 편집자와 필자 사이의 미묘한 관계의 일면을 가장 잘 설명해 줄 수 있을 뿐 아니라 그 이야기 속에는 박준이라는 인간의 됨됨이나 그 인간에 대한 기왕부터의 나의 관심도 비교적 소상히 설명될 수가 있으니까 말이다. 그렇다고 박준의 경우 모든 것이 지금 말한 필자와 편집자의 관계 속에서만 설명될 수 있다는 것은 물론 아니다. 그는 우선 일반 필자가 아닌 소설 필자였다는 점에서도 그렇게는 될 수 없었고, 또 우리가 그의 작품을 기고받게 된 경위도 다른 사람들과는 조금 구분이 되고 있었다. 하지만 박준의 경우 역시 우리 잡지와는 편집자와 필자의 관계임이 틀림없는 사실이었다. 그의 소설에서 비롯한 갈등도 일단은 그런 관계 속에서 충분한 설명이 가능한 것이었다. 언젠가 박준은 우리 쪽에서 청탁을 내기도 전에 스스로 자기의 소설을 한 편 나에게 우송해 왔다. 물론 우리 잡지에 그 소설을 발표하고 싶다는 의사에서였다. 그러니까 그것은 아마 박준이 문단을 나온 후로 이삼 년간 정력적인 작품활동을 계속하고 난 뒤, 그즈음부터는 웬일인지 그의 이름이 차츰 사라져가고 있던 무렵이었다고 기억되는데, 그러던 어느 날 느닷없이 그의 소설이 우리 잡지사로 날아든 것이다. 나는 물론 전부터도 그에게 한 번쯤 소설을 청탁해 보고 싶던 터이었다. 한데 얼핏 차례가 올 것 같지도 않고 또 직접 문학면을 담당하고 있는 안형의 눈치가 탐탁스러워하는 것 같지도 않아 그럭저럭 기회를 미루고만 있던 판이었다. 뜻밖에 굴러든 작품이 고맙지 않을 리 없었다. 다행이다 싶어 그 달로 곧 내보낼 생각을 하고 작품을 안형에게 넘겼다. 그 작품이 누구에게로 온 것이든 그것이 문학 담당자의 소관에 드는 원고인 이상, 일단은 안형의 검토가 있어야 하고, 또 게재 여부에 대한 최초의 결정권도 실상은 그 안형에게 속하는 사항이기 때문이었다. 한데 그때 안형은 박준의 소설을 읽어보고 나서는,

"이 소설 안 되겠어요. 그냥 내보냈다가는 공연한 말썽이 생길 것 같군요. 좀 놔두고 다시 생각해 봐야겠어요."

웬일인지 한마디로 보류 결정을 내려버리는 것이었다.

"왜 이야기가 신통칠 않습니까?"

"아니 뭐 이야기가 신통칠 않다기보다도……."

"웬만하면 그냥 내보내도록 하지 그래요. 우리로선 박준 씨 소설이 처음 아닙니까."

"글쎄요. 그렇긴 합니다만…… 역시 좀 더 두고 생각해 보는 게 좋을 것 같군요."

끝내 고집을 꺾지 않으려는 눈치였다.

알 만한 일이었다. 안형은 전에도 종종 그런 고집을 부린 일이 있었다. 안형은 그 자신도 문학공부를 하고 있는 사람이었고, 그래서 그는 이따금 다른 잡지에 자기의 평문을 발표하기도 하는 처지였다. 한데도 그는 이상스럽게 같은 문학 필자들에 대해서는 까다로운 데가 있었다. 자세히는 알 수 없었지만 자신의 취향이나 문학 이념이 용납할 수 없는 동업자들에게는 여간해서 지면 배당을 해주지 않으려는 것 같았다. 바깥에서 들은 소문도 그랬다. 어쩌면 그는 바로 그 자신이 문학을 공부하고 있는 문학도였기 때문에 그런 점에서는 더욱 인색하고 가혹해질 수밖에 없는 입장이었는지도 모른다. 하지만 나는 안형의 그런 태도에 얼핏 동의할 수가 없었다. 한 작가와 편집자의 문학적인 주장이 서로 달라 있을 경우, 편집자는 그처럼 철저하게 자기 의도만을 주장할 권리가 있을까. 의심이 되

지 않을 수 없었다. 아니 이 말은 편집자와 필자의 관계에 대한 앞서의 고백을 스스로 배반하고 있는 것처럼 보일 수도 있다. 하지만 나는 안형의 경우만은 역시 편집자의 권리를 다소간 양보하는 편이 옳으리라고 생각하고 있었다. 안형의 책임 지면이 다름 아닌 문학면이고, 우리 잡지가 종합지라는 사실 때문이었다. 이 말 역시 안형의 책임 지면이 문학면이라 해서 편집자의 취사선택 없이 아무렇게나 긁어모은 원고를 마구 구겨넣어도 좋다는 뜻은 물론 아니다. 문학면 원고에도 편집자의 일정한 편집의도가 개입해야 하고 필자와 원고의 취사선택이 따라야 하는 것은 두말할 나위가 없다. 하지만 문학면은 잡지의 다른 지면과는 역시 좀 다른 점이 있을 법해 보이는 게 사실이다. 필자의 선택과 원고청탁 과정에서부터 다른 지면의 원고들에서보다는 편집자의 의도가 깊이 개입해 들어갈 수가 없다. 도대체 문학면의 원고들이란 어떤 일정한 편집자의 주장이나 그것에 의한 필자의 선택도 중요하겠지만, 그보다도 원고 속에 담겨진 필자(이 경우는 대개 작가가 되겠지만)의 창작의도나 그 성과가 더욱 중요하게 읽혀져야 하는 것이니까 말이다. 그런 경우라도 편집자의 의도는 그 원고를 잡지 속에 처리하는 과정이나 방법 속에서 얼마든지 완성될 수 있을 것이다. 아량을 가질 수만 있다면 그런 문학 원고들을 애초의 편집의도에 상처를 입히지 않고도 얼마든지 떳떳하게 처리할 방법이 마련될 수 있었다. 적어도 나는 그렇게 생각하고 있었다. 그런데 안형은 자기의 지면에 대해 전혀 그런 아량을 지니려 하지 않았다. 내키지 않는 사람들에겐 처음부터 지면을 나누려 하지 않았다. 그리고 무엇이 어떻게 되어 그런지는 잘 알 수 없었지만 박준 역시 안형에게는 오래전부터 그런 달갑지 않은 필자에 속하고 있는 것이 거의 틀림없는 사실 같았다. 한창 박준의 소설이 관심을 끌고 있었을 때까지도 그에게는 청탁 의사를 가져보지 않은 안형이었다. 박준의 소설이 저절로 굴러들어온 것을 보고 한 마디로 보류 결정을 내려버린 것은 박준에 대한 안형의 그런 평소 생각이 작용하지 않았다고 할 수 없는 일이었다. 물론 안형은 그것을 보류하면서 '공연한 말썽'이 생길 것 같다는 구실을 잊지 않은 것만은 사실이었다. 그리고 그 '공연한 말썽'이란, 아마 작품의 내용이 좀 과격해서 애초의 창작의도하고는 상관없이 필자나 편집자가 엉뚱한 봉변을 당하게 될지 모른다는 우려에서가 아니면, 이미 구경꾼도 박수도 사라진 무대 위에서 저희들끼리 흥분하기를 좋아하는 문학논쟁 청부업자들을 또 한 번 준동시키게 될지 모른다는 문학도적인 양심에서 나온 말일 수가 있기는 했다. 그러나 지금까지 보아온 태도나 바깥소문으로는 안형이 그런 뜻으로 한 말 같지는 않았다. 나의 생각으로는 그 어느 것도 아니고 다만 자기의 취향에 맞지 않은 것을 그런 식으로 얼버무리려는 변명에서 나온 말만 같았다. 편집자의 양식으로는 쉽게 용납될 수 없는 태도였다. 문학면 편집자로서는 지나치게 편협스러운 그의 취향을 비난하지 않을 수 없었다.

하지만 나 역시도 이젠 그러는 안형을 더 이상 간섭할 수는 없었다. 안형의 처분에 소설을 맡겨둘 수밖에 없었다. 변명이 될지 모르지만 역시 소설 원고에 대한 최초의 결정권은 안형의 소관사항이었고, 적어도 나는 한 부서에 대한 그만한 독자성과 권리를 보장해 주는 것이 나의 책임이라 생각했기 때문이었다. 그리고 그만한 독자성이 보장된 다음이라야 비로소 한 부서 담당자로서의 책임이 누구에게나 깊이 실감될 수 있으리라 믿고 있었기 때문이었다.

하여튼 박준의 소설은 그렇게 되어 결국 우리 잡지사에서 불운한 낮잠을 자게 된 신세가 되고 말았는데, 사실을 말하자면 또 그 한 달만으로 간단히 낮잠을 끝낼 수가 없었던 것이 더욱 문젯거리였다. 안형은 웬일인지 다음 달이 되어도 여전히 박준의 소설에 대해서는 관심을 보이려 하지 않고 있었다.

"어떻게 이번에는 박준 씨 작품을 내보내게 됩니까?"

지나가는 말처럼 물어보면,

"글쎄요. 좀 더 두고 보지요."

여전히 같은 대답뿐이었다. 아니 안형은 박준의 소설을 그 한두 달뿐 아니라 거의 반년 가까이를 책상 속에다 배짱 좋게 묵혀두고 있었다. 그리고 어느 날은 드디어 박준으로부터 한 장의 항의문이 날아들었다. 박준이 직접 나타나지 않고 원고를 보내왔을 때처럼 우편으로 보내온 것이었다. 그것도 무슨 눈치가 엿보였는지 안형을 제쳐놓고 직접 나에게 보내진 것이었다. 도대체 당신은 무엇을 하고 앉아 있는 사람이기에 남의 소설을 받아놓고도 가타부타 응답이 없느냐, 그토록 편견투성이로 빚어진 작자들이 어떻게 감히 잡지를 만들고 앉아 있느냐는 것이었다. 이쪽 태도가 그만큼 못마땅했을 것도 당연한 노릇이긴 했지만 아직 인사조차 없는 처지치고는 보통 괴팍스러운 친구가 아니었다. 하지만 나는 박준의 그런 모욕적인 힐난에 대해서는 화를 내려 하지 않았다. 다짜고짜 욕을 퍼붓고 덤벼드는 그가 오히려 호감이 갔기 때문이었다. 괴팍스러운 성미도 어딘지 쉽게 이해될 수 있는 것으로만 여겨졌다. 더욱이 그가 마지막으로 이렇게 협박조로 내뱉고 있는 대목에 이르러서는 이상스럽게 씁쓸한 공감마저 느껴지고 있는 형편이었다.

——알아서들 해보시오. 왜 실어주지도 않은 원고를 찾아가려고 하진 않느냐고 묻겠지요. 하지만 당신네들이 그처럼 나의 원고에 치사한 편견을 가지고 있다면(겁을 먹었대도 마찬가지요.) 그런 원고를 다시 찾아낸들 어디서라고 더 나은 잡지양심을 만날 수 있겠소. 잡지란 잡지는 모두가 다 마찬가지지요. 아마 그것은 당신들 잡

지쟁이들이 더 잘 알고 있을 거요. 알아서들 해보시오.

화를 낸 것은 오히려 안형 쪽이었다.

"이 친구 이제 보니 정말 못된 친구로구먼그래. 어디 그럴 테면 얼마든지 그래 보라지. 그런다구 안 내보낼 소설을 내보내주나…… 글쎄 이쪽도 다 그럴만한 생각이 있어서 이러고 있는 것인데 뭐 치사한 편견이 어떻구 어때?"

편견 때문이 아니라 정말 그럴만한 사정이 있었기라도 한 듯 화를 내며 박준을 나무라려 들었다. 그리고 다시는 가부간의 말이 없이 훌쩍 몇 달을 더 넘겨버리고 있었다. 그간에 들리는 소문으로는 어떤 술자리에선가 박준이 이제는 안형에게 애원을 하다시피 매달린 일이 있었다고 하지만, 그것은 믿을 수도 확인할 수도 없는 이야기였다. 그야 사실이든 아니든 그즈음부터는 어찌 된 일인지 다른 잡지에서도 박준의 소설은 별로 눈에 띄는 일이 드물어지고 있어서 도대체 그의 소설이 어떤 것인지 한번 원고나 읽어보고 싶었으면서도 나 역시 늘 이런저런 구실이 생겨 기회를 미루고 있었던 참인데, 그러다가 드디어는 이번 일이 생기고 만 것이다. 우리가 박준의 소설을 얻어 보관하게 된 경우나 사정은 대략 그러한 것이었다. 편집자와 필자의 관계로는 가장 바람직하지 못한 경우가 될 수밖에 없었다.

한데 이제 그 박준의 소설을 읽고 난 지금으로선, 그런 내용의 소설을 끝내 백안시해 오고만 있는 안형의 처사가 새삼 나를 미심쩍고 어리둥절하게 하고 있는 것이다.

사무실 문을 나왔을 때는 어둠이 꽤 짙어지고 있었다. 나는 일단 거리로 나온 다음 한동안은 목적도 없이 들끓는 인파 속에 무작정 휩쓸리고 있었다. 한 식경이나 인파 속을 헤매고 난 다음에야 나는 겨우 나의 행선지를 조금씩 의식하기 시작했다. 눈가림을 해놓은 말처럼 나의 발길이 제멋대로 혼자 나를 이끌어가고 있었다. 하지만 나의 발길은 하숙집 쪽을 향하고 있는 것은 아니었다. 물론 박준의 집을 향하고 있지도 않았다. 실상 나는 오늘 저녁 그 박준의 집을 한번 찾아가 보기로 한 것이 처음 예정이었기는 했다.

안형이 찾아다 준 박준의 고료를 주머니에 쑤셔넣고 사무실을 나온 터이기도 했다. 하지만 이젠 시간이 너무 늦고 있었다. 그렇게 조급히 서둘러야 할 이유도 없었다. 또 주소만 가지고는 그렇게 쉽집이 찾아질 것 같지도 않았다. 무엇보다 박준의 일에 너무 신경을 쏟고 있는 내가 우스워져오기도 했다. 터무니없이 자기 예감 같은 것에 쫓겨대고 있는 내가, 그리고 그 예감 때문에 어린애처럼 덤벼대고 있는 내가 거리를 나서면서부터는 별스럽게 쑥스러워지고 있었던 것이다.

—읽어보셔야 실없는 미치광이 이야긴걸요 뭐. 존재론적인 입장에서 보아 그의 인간 관찰은 지나치게 편협하거나 에고이스틱한 결점이 있어요. 그러다가 공연히 미치광이 흉내까지 내게 되구……엄살이 너무 심한 탓이죠.

원고를 건네주면서 혼잣소리처럼 지껄여대고 있던 안형의 말은 박준에 대한 나의 관심까지를 함께 비난하고 싶은 눈치가 분명했다. 그것은 나의 관심에 대한 어떤 경고처럼 들리기도 했다. 무엇보다 안형의 그 말이 나를 더욱 쑥스럽게 하고 있는 것 같았다. 내 생각부터 좀 가다듬어야 할 것 같았다.

나의 발길은 평소의 버릇대로 주점가를 향하고 있었다.

하지만 주점을 들러 술잔을 앞에 하고 앉아서도 나는 역시 박준에 대한 나의 관심을 양보할 수는 없었다. 생각을 아무리 가다듬고 나도 그렇게 되어지지가 않았다. 금세 다시 어떤 예감이 몰려오고, 알 수 없는 조바심에 몸이 들썩들썩했다. 나는 결국 주점에서도 자

리를 일찍 일어설 수밖에 없었다. 시간이 좀 일렀지만 이젠 집으로
밖에 들어갈 데가 없었다. 나는 주점을 나왔다. 그러고는 곧바로 집
을 향해 차를 잡아타 버렸다. 한데 이때부터가 문제였다. 어찌 된
일인지 이날 밤 일은 모든 것이 나의 예정과는 딴판으로 돌아가게
되어 있었던 모양이었다. 집에서는 정말 뜻하지도 않았던 일이 일
어나 있었다. 다름 아니라 이날 밤 나의 하숙방에는 간밤의 사내,
그 박준이 언제부턴가 나를 기다리고 있었던 것이다. 그것도 박준
이 간밤처럼 길목에서 우연히 뛰어든 것이 아니라 이번에는 숫제
주인도 없는 방까지 숨어 들어와 있다가 느닷없이 나를 놀라게 했
다. 처음엔 물론 그런 일이 벌어져 있으리라고는 상상조차 할 수 없
었던 나였다. 차에서 내려 흐느적흐느적 하숙방까지 돌아온 것이
그러니까 한 열시쯤 되어서였을까. 그럭저럭 알알해진 술기운 속에
서 무심히 방문을 열고 들어서려는데, 아무래도 방 안 공기가 좀 심
상치 않게 느껴졌다. 그러나 나는 아직도 설마 무슨 일이 있으랴 싶
어 막 스위치를 올리려는 참이었다. 등 쪽에서 다시 무슨 기척 같은
것이 느껴져서 얼핏 뒤를 돌아다보니 아, 거기 시커먼 그림자 하나
가 나를 우뚝 지켜보고 서 있지 않은가. 순간 나는 머리끝이 일시에
하늘로 곤두서며 술기운이 싹 가셔오는 것을 느꼈다. 아니 정확히
말하자면 나는 그때 미처 그처럼 질서정연하게 놀라고 있을 여유도
없었다. 엉겁결에 우선 스위치부터 올려붙였다. 그러고는 다시 한
번 질겁을 하고 놀라지 않을 수 없었다. 갑자기 환해진 불빛 속으로
모습을 드러내고 있는 사내, 그 사내가 바로 박준이었던 것이다. 정
말로 괴이한 일이었다. 도대체 박준이란 사내는 어떻게 되어먹은
인물인가. 어떻게 되어 그가 또다시 나의 방을 찾아오게 된 것인가.
나는 무슨 도깨비에게라도 홀린 것처럼 정신이 얼떨떨했다. 그러나
박준은 나의 놀라움 같은 건 아랑곳도 하지 않는 눈치였다. 물론 어

떻게 다시 나를 찾아오게 되었는지 사연 같은 걸 말하려는 기미도
보이지 않았다. 웬일인지 그는 방으로 들어오면서 자기의 신발도
함께 숨겨들어와 있었는데, 그는 아직도 그 신발을 한 짝씩 두 손에
다 나눠들고 있다가는, 갑자기 빛을 쏘기 시작한 형광빛에 눈이 부
신 듯 그 신발짝으로 이리저리 불빛을 가려대고 있었다. 그러고 있
는 박준은 마치 오랫동안 한방에서 기거를 같이 해온 동료라도 맞
아들이듯 거동이 태연스러웠고, 어느 쪽인가는 또 나에 대해 지극
한 신뢰감까지 느끼고 있는 듯싶었다.

　"박형이군요. 잘 와주었어요. 난 오늘 아침 박형이 아무 말도 없
이 나가버려서 여간 걱정이 되지 않았지요."

　간신히 마음을 가라앉히고 나서 나는 비로소 박준에게 첫마디를
건넸다. 그의 심중을 고려해서 될수록 달래는 듯한 어조로 목소리
를 조용조용 말했다. 그러나 박준은 내가 그렇게 조심스럽게 말을
시작했는데도 무슨 영문인지 금세 눈초리가 이상스럽게 변하기 시
작했다. 평온스럽던 얼굴에 갑자기 불안기가 서려들며 나를 유심스
럽게 바라보았다. 뭔가 나의 말 속에 수상쩍은 것이 느껴진 모양이
었다. 그러자 나 역시 이내 짐작가는 일이 있었다. 나의 말 속에 그
럴만한 실수가 있었던 것이다. 첫마디부터 그를 대뜸 '박형'이라고
말한 것이 잘못이었다. 박준은 자기의 정체에 대해서는 무엇이나
감추려고만 든다고 했다. 간밤에도 나에겐 이름자 하나 말해 주질
않던 그였다. 한데 나는 방금 그를 박형이라고 불러버리고 만 것이
다. 내 깐에는 좀 더 깊은 친밀감을 느끼도록 해주기 위해서였다.
박준은 그런 나의 실수를 댓바람에 알아차려 버린 것이다. 그러나
이제 기왕 일이 그렇게 되어버린 것, 실수를 변명하는 것이 박준에
게는 오히려 더 해로울지 모른다는 생각이 들었다.

　"아 참, 내가 오늘 아침 박형의 병원엘 간 이야기부터 먼저 말해

야겠군요. 난 오늘 아침 박형이 집을 나가버린 걸 알고 나서 박형의 병원엘 찾아갔었어요. 혹시 박형이 거기로 돌아가 있나 해서 말이오. 한데 박형은 병원으로 돌아가질 않은 모양이더군요."

나는 그의 이름이 박준이라든가, 그가 있어온 곳이 병원이었다는 사실, 그리고 그 밖에도 박준의 정체에 관해선 무엇 하나 빠짐없이 속속들이 알고 있다는 듯 천천히 말하기 시작했다. 이미 나는 박준과 함께 또 한 밤을 나의 방에서 새울 수는 없다고 생각했기 때문이었다. 김 박사의 말로는 그가 정말 머리가 돌아버린 것은 아니라고 했다. 그는 다만 머리가 돌아버린 것처럼 생각하고 있고, 또 그렇게 믿고 싶어 하는 것뿐이라고 했다. 나 자신도 물론 김 박사의 말을 의심하고 있지는 않았다. 왜 그가 그런 식으로 자신을 미치광이로 믿고 싶어 하는지, 왜 그렇게 미치광이 행세를 하고 싶어 하는지 하루종일 그것만을 생각해 오고 있었던 것도 사실이었다. 하지만 막상 박준을 앞에 하고 나니 그가 정말 미쳐 있건 미친 사람 행세를 하고 있건 나에게는 그것이 아무 차이도 없는 것처럼 생각되었다. 어째서 그런 짓을 하고 다니느냐고 물어본댔자 대답을 기대할 수도 없을 것 같았다. 그렇다면 오히려 내 쪽에서 그의 광기를 곧이듣는 척해 주는 것이 더 나을지 모른다는 생각이 들었다. 아주 미친놈 취급을 해주는 것이 그에게는 오히려 만족스러운 편일지 모른다. 그는 김 박사에게마저 자신의 광기를 설득하려 하다 그것을 실패하고 병원을 뛰쳐나갔다고 하지 않던가. 이날 밤만은 어떻게 하든 박준을 진짜 미친놈처럼 다시 병원으로 끌어다 주리라 마음을 정해 버리고 있었다. 박준을 위해서나 나를 위해서나 그 편이 더 나으리라 여겨졌던 것이다.

"박형이 돌아오지 않으니까 병원에선 야단들이 나 있더군요. 박형이 돌아오기를 기다리느라 밤잠을 못 잤다는 거예요. 그러지 않았겠어요. 그 사람들, 전부터도 박형의 일을 여간 걱정해 오지 않았다니까요. 박형도 그렇지요. 보아하니 박형은 정신이 이만저만 흐리지 않은 것 같은데 그런 사람이 이렇게 병원을 나와 돌아다니니 어디 될 법이나 한 일이오? 그러니 난 오늘 밤도 박형을 여기서 함께 지내게 하고 싶지만 아무래도 그래선 안 될 것 같아요. 병원에서는 지금도 박형을 기다리느라 잠들을 못 자고 있을 테니까 말요. 자, 그러니 어떻게 하면 좋겠어요."

나는 진짜로 미친 사람을 상대하고 있는 듯한 착각 속에서 박준을 달래고 있었다. 다른 방법으로는 당장 박준을 설득할 재간이 생각나지 않았기 때문이었다. 그러나 효과는 그것으로 이미 충분했다. 말이 시작되자마자 박준의 표정은 아까보다 더욱 불안스러워져 가고 있었다. 내가 그를 진짜 미치광이로 믿고 있는 듯한 말투에는 얼마간 안도의 빛 같은 것이 보이기도 했지만 그것도 순간뿐이었다. 말을 계속하는 동안 박준의 불안기는 점점 심한 경계심 같은 것으로, 그리고 그 경계심이 나중에는 다시 어떤 공포감으로까지 깊어져가고 있었다. 그러다가 내가 말을 끝낼 때쯤 해서는 드디어 그 박준이 이상하리만큼 기가 죽어버리고 마는 것이었다. 어쨌든 다행이었다. 그는 이제 두려움을 감추지 못하면서도 나의 말에는 무슨 일이든 고분고분 순종을 해오려는 눈치가 분명했다.

"자, 그럼 너무 늦기 전에 병원으로 가요. 혼자선 좀 뭣할 테니까 병원까지 내가 바래다줄 테니까요."

나는 새삼 위압적인 태도를 취해 보이며 명령하듯 박준을 재촉했다. 그리고는 시무룩하게 기가 죽어 있는 그를 방에서 끌어내다시피 하여 병원을 향해 집을 나섰다.

"어떻게 용케 다시 선생 댁을 찾아갔던 모양이군요."

일이 순조로우려고 그랬던지 병원에는 마침 김 박사가 또 당직 의사로 남아 있었다. 그는 별안간 들이닥친 우리 두 사람을 보고는 여간 놀라는 기색이 아니었다. 하지만 그는 밤이 너무 늦어서 그런지 박준에 대해 당장 무슨 조처를 취하려고 하지는 않았다. 두 사람을 맞아놓고도 그 한마디밖에는 도대체 무슨 신통한 말이 없었다. 남은 병실이 있으면 오늘 밤은 우선 그곳에서 박준을 재우게 하라고 숙직 간호원에게 간단히 한마디 일러주고는 더 이상 박준에 대해서는 관심을 가지려 하지 않았다. 어떻게 보면 화가 나 있는 사람 같기도 했다. 박준 역시 병원 문을 들어서고 나서부터는 집에서보다 더욱 풀이 죽어 있었다. 그는 가엾을 정도로 이 사람 저 사람 눈치를 살피고 있더니, 김 박사의 지시가 내리자 이젠 정말 모든 것을 단념해 버린 듯 고분고분 어디론가 간호원의 뒤를 따라가 버렸다.

"기가 죽어 있는 꼴이 꼭 탈옥을 감행했다가 붙들려 온 죄수 같군요."

박준이 사라져가는 뒷모습을 바라보고 있다가 비로소 내가 입을 열었다. 김 박사의 기분이 어딘지 흐려 있었기 때문에 일부러 장난기를 섞고 있었다. 그러자 김 박사도 이젠 어쩔 수 없는 모양이었다. 사정이야 어떻든 일부러 자기 병원의 환자를 붙들어 온 사람에게 끝내 입을 다물고 있을 수는 없었으리라. 이윽고 그의 입가에 희미한 미소가 번지기 시작했다.

"그런데 어떻게 이곳으로 오자니까 환자가 고분고분 따라오긴 합디까."

담배까지 뽑아 권하며 새삼스러운 어조로 물어왔다. 나는 물론 그런 김 박사의 질문을 피할 이유가 없었다. 김 박사로부터는 아직도 박준에 대해 듣고 싶은 이야기가 얼마든지 많았다.

"그러지 않으면 어쩌겠어요. 병원 소리가 나오니까 처음엔 기분이 몹시 시무룩해지는 것 같았지만, 막상 반항을 하려고 하지는 않더군요. 금세 기가 죽어버리며 이상할 정도로 고분고분해졌어요."

나는 얼른 대답하고 나서 이번에는 내 쪽에서 묻고 싶은 말들을 생각하고 있었다. 그러나 한번 입을 열기 시작한 김 박사는 미처 내 쪽에서 입을 떼기도 전에 다시 질문을 계속해 왔다.

"하지만 노형께서는 어떻게 저 환자를 다시 이곳으로 데려올 생각이 나셨지요? 보호자도 주소도 없는 환자를 말입니다. 우리가 그 환자를 환영해 주리라고 생각하셨나요?"

'선생' 으로 시작된 나의 호칭을 어느새 '노형' 으로 바꾸어버린 김 박사는 웃지도 않고 나를 건너다보고 있었다. 나는 그 김 박사의 말이 좀 이상스럽게 들린 데가 있었으나 시치밀 떼버리는 수밖에 없었다.

"물론이지요. 당연히 환영해 주리라고 생각했지요."

"그건 어째서요?"

"여긴 병원이 아닙니까? 그리고 박사님은 의사이시고 말씀입니다."

나는 아침절에 김 박사가 두 번씩이나 되풀이하던 말투를 흉내내며 대답을 계속해 나갔다. 그러자 김 박사도 마침내는 나의 말투를 알아차렸는지 피식 실소를 머금고 말았다. 그러고는 질문을 중단한 채 잠시 나를 바라보고 있었다. 그러자 이번에는 내가 김 박사를 향해 묻기 시작했다.

"하지만 그렇게 물으시는 걸 보니, 혹시 오늘 밤 저의 행동에 무리한 점이라도 있었습니까?"

그러나 김 박사는 이때 나의 상상과는 조금 다른 생각을 하고 있었던 모양이었다. 아니 아까부터 그가 기분을 흐리고 있었던 것도 사실은 내가 상상한 이유하고는 거리가 있었던 모양이었다.

"아닙니다. 노형의 처분은 백번 옳았어요. 그리고 이렇게 말씀드린다고 저 환자가 다시 우리 병원으로 오게 된 것을 환영하지 않는다는 뜻은 결코 아니구요. 하지만 역시 노형께서 오늘 밤 그런 식으로 환자를 데리고 온 것은 좀 어떨까 하는 생각이 드는군요."

뭔가 다른 말을 하고 싶은 표정이었다.

"그건 어째서요?"

이번에도 나는 김 박사의 앞서 말투를 그대로 흉내 내고 있었다.

"물론 환자가 고분고분 말을 잘 들었다고 하지만 아까 그 환자의 눈빛을 보셨지요? 여간 실망을 하고 있는 표정이 아니지 않았습니까. 그건 말하자면 노형께 대한 실망, 아니 좀 더 정확하게는 노형께 대한 원망 같은 것이었어요. 노형께서 그를 이 병원으로 다시 끌고 온 데 대한 원망 말씀입니다."

"……."

"아직 자세한 말을 듣지 못해서 잘 모르겠지만, 내 짐작으로는 아마 그 환자가 어젯밤 노형에 대해 퍽 마음이 놓이는 데가 있어서 오늘 다시 찾아갔던 것 같아요. 한데 노형께선 그를 대뜸 이리로 끌고 오셨거든요."

"그럼 역시 제가 그를 데리고 온 건 잘못이었군요."

"아닙니다. 여긴 역시 병원이니까요. 병원은 환자가 싫어하더라도 찾아와야 할 의무가 있는 곳이지요. 내 말은 그가 병원으로 오는 것을 너무 싫어하지 않도록 해서 데려올 수가 없었느냐 하는 것뿐이지요. 다만 그뿐이에요. 그리고 사실은 나 자신도 그러기 위해 어떤 방법이 가능한지는 생각하고 있질 못한 터이구요."

김 박사는 이제 오히려 나를 위로하고 있었다. 하지만 나는 아직도 김 박사가 생각하고 있는 것처럼 박준을 다시 병원으로 끌고 온 행동을 후회하고 있지는 않았다. 보다 궁금한 일들이 머릿속에서 꼬리를 물고 있었다.

"그렇다면 도대체 그 친구가 제게 안도감을 느낄 수 있었던 점이란 어떤 것이었을까요?"

"그야 그 환자는 언제나 자기의 정체를 숨기고 싶어 했으니, 그걸 캐물으려는 사람은 늘 경계하고 두려워하게 마련이지요. 노형께선 아마 그렇질 않았던 게 아닙니까. 도대체 그 환자의 경운 누구에게나 심한 피해망상증을 가지고 있었으니까요. 그게 불신감이라든가 자기 이야기를 하지 않으려는 거부증세 같은 것으로 변해 갔고, 나중에는 그런 것 때문에 마구 거짓말까지 하게 되고 있지 않습니까. 그 환자가 병실에 들어앉아서도 어떤 땐 꼭 누가 자기를 쫓아와 붙잡아가기라도 할 듯 벌벌 떨고 있는 걸 보면 아마 이해가 되실 겁니다. 솔직한 말씀을 드리자면 그 환자가 일부러 미친 사람 행세를 하고 싶어 하는 것도 사실은 바로 그런 자기 정체를 숨기기 위한 일종의 보호 조처라고 생각해 볼 수가 있어요. 이를테면 그는 다른 사람들이 정말로 자기를 미친 사람으로 인식해 줄 때 마음이 편해지는 어떤 묘한 불안감과 비밀을 지니고 있는 거지요. 노형께 어떤 안도감을 느낄 수 있었다는 건 모두 그런 관계 때문이지요."

"그럼 어젯밤에도 그는 누군가 틀림없이 자기를 뒤쫓아오고 있다고 했는데, 그것도 공연한 강박관념 때문이었을까요?"

나는 김 박사의 말이 사실일지도 모른다고 생각하면서 계속 진지하게 묻고 있었다.

"어젯밤엔 병원을 도망쳐 나갔으니까 그 강박관념이 훨씬 더 구체화되고 있긴 했겠지요. 누군가가 정말 자기를 뒤쫓아오고 있는 것처럼 말입니다. 하지만 그것도 물론 우연한 구실에 불과했던 거예요. 그는 다른 때도 항상 누구에겐가 쫓기고 있다고 생각하고 있었거든요."

"무엇이 그를 그처럼 불안하게 했을까요?"

그러나 김 박사는 여기에 와서는 좀 자신이 없어지는 듯했다. 한동안 대답을 망설이고 있더니 드디어는 대답 반 변명 반으로 이렇게 말하고 있었다.

"글쎄요. 그게 바로 환자의 의식 심층에 숨어 있는 병인의 정체인데 그걸 쉽사리 찾아낼 수가 있어야죠. 환자가 저렇게 정신과적 인터뷰를 응하려 하지 않으니 말입니다. 하지만 이 환자의 경우 그 불안의 요인에서부터 출발하여 이젠 자기 병을 일부러 과장하고 싶어 하는 데로까지 증세가 발전되어 있는 것은 틀림없는 사실이에요."

무엇 때문에 박준이 그렇게 불안해지고 있는가. 박준을 쫓아대고 있는 그 불안한 그림자의 정체는 무엇인가. 그리고 무엇 때문에 박준은 그렇게 자기의 증세를 스스로 과장하고 싶어 하는가, 그런 것은 김 박사도 알 수가 없는 모양이었다.

그러나 이날 밤 나와 김 박사의 이야기는 여기서 끝나지 않았다. 김 박사가 대답이 막히는 것을 보자 나는 화제를 바꾸어 그제서야, 내가 박준을 일찍부터 알고 있었다는(물론 이름만으로였지만) 사실, 그리고 박준일이라는 환자의 정체는 김 박사도 이미 알고 있을 박준이라는 젊은 소설가라는 사실을 실토했다. 그리고 언제든 나는 그 박준의 집을 찾아가 이 소식을 전하겠으며, 그의 가족과 연락이 될 때까지는 자신이 그의 임시보호자가 되어도 좋다고 말했다. 김 박사는 그 말을 듣고는,

"내 아침부터 어쩐지 노형의 관심이 깊더라 싶었지요."

아무쪼록 믿음직스러운 보호자가 되어달라고 한바탕 유쾌한 웃음을 웃어제꼈다. 그러고는 이제 정말 환자의 보호자라도 만난 듯이 박준의 증세와 그간의 경위에 대해 하나하나 다시 설명을 시작했다. 김 박사는 우선 박준의 병세가 진짜 정신이상이 아니라는 점을

다시 한번 강조하고는, 진짜 미치광이와 노이로제 환자의 차이를 이렇게 설명했다. 그에 의하면 우리가 방금 박준에게서 볼 수 있는 불안신경증이나 강박신경증 같은 노이로제의 증상은 흔히 말하는 미치광이의 그것과는 전혀 다른 것이라는 것이었다. 진짜 정신병 환자는 어떤 충격 같은 것에 의해서 그의 의식작용 전체가 질서를 잃어버리고 마는 것이지만 노이로제 환자는 어떤 일정한 사물에 대한 반응이나 사고의 과정에서 자기를 극복하지 못하고 있을 뿐(김박사는 그것을 정신작용이 아니라 감정의 조화가 상실된 것이라 했다.) 그 밖에는 전혀 보통 사람과 다른 데가 없다는 것이었다. 노이로제 환자들은 대개 옛날에 경험한 어떤 충격적인 사건이나 그 사건의 기억, 또는 그렇게 충격이 심하지는 않더라도 일상적으로 늘 되풀이해서 경험하게 되는 어떤 괴로운 긴장감 같은 것을 지니고 있기가 십상인데, 노이로제란 그런 것들이 환자의 의식 밑바닥에 깊이 뿌리를 박고 있다가 어느 계기엔가는 그것이 원인이 되어 심한 정신적 갈등을 일으키기 시작하고 나중에는 터무니없는 불안감 같은 것에 빠져버리는 현상이라고. 가다가는 이 노이로제 환자 중에 머리도 아프고 배도 아프고 하는 식으로 신체적인 병증이 나타나기도 하나 그것도 사실은 해부학적인 병증이 아니고 모두 이 정신적 갈등에서 온 의사병증일 뿐이라는 것이다. 그러니까 노이로제 환자에게선 무엇보다도 그 갈등의 원인이 되고 있는 정신적인 요인을 찾아서 그 비밀을 벗겨주고 갈등을 해소시켜 주면, 배가 아프거나 눈이 멀었거나 그것이 원인이 되어 나타난 모든 병증도 저절로 사라져버리게 된다는 것이었다. 어쨌든 노이로제와 정신병은 그렇게 근본이 다르다는 것이었다. 그리고 노이로제는 다만 일정한 부분의 인격장애에 불과한 질병으로서 그 장애요인을 찾아 환자를 납득시켜 주면 그만이라는 것이었다. 박준의 경우도 물론 마찬가지라고 했다. 한데 김 박사는 박준의 경우에는 그의 의식 심층에 숨어 있는 갈등의 원인을 좀처럼 찾아내기가 어렵다는 것이었다.

"절대로 자기 이야기는 입 밖에도 내려고 하질 않지 않습니까. 그건 처음에 그 환자가 우리 병원을 찾아왔을 때부터도 그랬어요."

김 박사의 이야기는 이제 다시 박준에게로 돌아가고 있었다.

"웬 사람이 제 발로 병원을 찾아들어와 놓고는, 들어오자마자 의사의 지시는 한마디도 따르려 하질 않는단 말입니다. 어쨌는지 아십니까. 그러니까 그게 내가 그 환자를 맡고 난 첫날이었어요. 난 환자에게 옛날에 있었던 일들을 기억이 미치는 대로 한번 이야기해 보라고 했지요. 소위 기초적인 임상심리검사라는 걸 시작한 거지요. 한데 이 환자 첫마디부터 대뜸 나를 경계하기 시작한단 말이에요. 갑자기 눈초리에 적의를 띠면서 입을 딱 다물어버린단 말입니다. 첫날부터 인터뷰를 실패하고 만 거지요. 나중에 보니 이 환자 어쩌다가 한마디씩 하는 소리가 모두 다 거짓말이 아니겠어요. 임상심리검사는 그 외에도 여러 가지 방법이 있지만 어떤 방법에서도 마찬가지였어요. 나를 속여서 진짜 미친 사람 흉내까지 내보이는 게 아닙니까. 당신은 정신이상이 아니다, 정신이 이상하다고 생각하고 있는 것뿐이라고, 다만 그러고 싶어 하는 것뿐이라고 아무리 말해 줘도 소용이 없어요. 어떻게 되어먹은 증세인지 며칠 경과를 두고 볼 수밖에 없었지요. 그러다가 어젯밤엔 그런 일까지 생기고 만 거예요."

"참 별놈의 괴상한 노이로제도 다 있군요."

난 정말로 기이한 생각이 들고 있었다.

"하지만 그렇게 괴상할 것도 없어요. 노이로제 환자들이란 대개 치료과정에서 어느 정도 그런 저항을 보이기는 합니다. 환자 자신의 저항이 아니라 그 병인의 저항이지요. 이 환자의 경우는 처음부터 정도가 좀 심한 것뿐이지요.”

“저항이 그토록 심하다면 어째서 굳이 그런 면담이나 자기진술을 통해서만 그를 치료할 필요가 있습니까?”

이야기는 처음 모양으로 다시 내가 계속해서 물어대고 김 박사가 답변을 하는 형식으로 이어지고 있었다. 그러나 김 박사의 대답은 이제 더없이 자신에 넘치고 있었다.

“그의 증세가 바로 노이로제니까요. 노이로제란 아까도 말씀드렸듯이 그게 가장 효과적인 치료방법이거든요. 물론 어떤 경우에는 약물요법이라든가 쇼크요법 같은 다른 정신외적 치료법이 행해질 수도 있긴 하지요. 하지만 내가 가장 신용할 수 있고 또 효과를 기대할 수 있는 것은 역시 환자 자신의 정신분석적인 인식을 통한 저항인자의 해소인 것입니다.”

진술공포증이라는 박준의 증세와 자기진술을 통해서만 그 증세의 병인을 찾아 해소해야 한다는 김 박사의 치료방법은 그러니까 서로 기이한 배반을 하고 있는 셈이었다. 잔인한 아이러니였다.

“그럼 박사님께선 앞으로도 박준 씨에게 자기진술이라는 걸 계속시킬 작정이십니까?”

“물론 그래야지요. 나의 진단과 치료방법에 실패의 기록을 남기고 싶지는 않으니까요. 적어도 의사라면 자신의 진단결과에 대해 그만한 자신과 책임을 가져야지 않겠습니까.”

“하지만 전 어쩐지 좀 잔인한 느낌이 드는군요.”

“잔인해도 할 수 없지요. 좋은 결과는 방법을 합리화할 수 있는 것이니까요.”

“결과만 좋아진다면…… 하지만 그러다 혹시 진술을 얻기도 전에 환자가 아주 진짜로 미쳐버리는 건 아닙니까. 어제 오늘 거동만 해도 저 같은 문외한에겐 진짜 미친 사람과 거의 다른 데가 없어 보이는데 말씀입니다."

"그렇기도 하셨겠죠. 워낙 노이로제라는 병은 증세가 심해지면 정신병의 초기증상과 흡사한 데가 있으니까요. 심한 우울증이나 공포증 같은 것은 의사도 종종 혼동을 일으키는 수가 있어요. 그리고 때로는 노이로제가 정말 정신분열증으로 전이되어 가는 경우도 있을 수 있지요. 하지만 이 환자의 경우는 염려할 필요가 없을 거예요. 같은 우울증이나 공포증이라 해도 정신병적인 것과 노이로제성은 전혀 다르니까요. 환자의 정신력이나 전기 뇌파기로 뇌활동을 검사해 보면 금세 구분이 되거든요."

"정말 자신이 만만하시군요."

김 박사는 정말 자신이 만만했다.

"그래서 병원과 의사라는 직업이 따로 있는 거 아닙니까."

"하지만 병인을 알아내는 일이라면 그렇게 굳이 잔인해져야 할 필요는 없지 않겠습니까."

나는 너무나 자신만만한 김 박사의 어조에 차츰 비위가 거슬려 오기 시작했다.

"아까 말씀드린 대로 박준은 소설을 쓰던 사람이었습니다. 혹시 그의 소설 가운데서 그런 걸 찾아볼 수는 없을까요?"

은근히 항의를 하고 나섰다. 그러나 김 박사는 나의 말에 천천히 고개를 가로젓고 있었다.

"그럴 필요까진 없어요. 얼마간 도움을 얻을 수 있을는지는 모르지요. 하지만 소설이란 원래가 꾸며낸 이야기가 아닙니까."

"소설이 꾸며낸 이야기일지는 모르지만 소설가에겐 그것이 그의 현실의 전부이니까요. 소설이란 그것을 현실로 가진 한 개인의 이야기가 될 수도 있지 않겠어요?"

그러나 김 박사는 여전히 고개를 가로저어 버리고 말았다.

"하지만 환자의 진술을 통해 비밀을 찾아내려는 것은 그 비밀에 대한 의사의 호기심 때문이 아니라는 점을 아서야죠. 이건 어디까지나 치료행위거든요. 환자에게 자기진술을 계속하게 하는 것 그 자체가 일종의 치료행위란 말입니다. 환자의 비밀은 어차피 환자 자신의 입으로 말해져야 해요. 그리고 난 언젠가는 꼭 그렇게 되리라 믿고 있구요."

확신에 찬 얼굴로 단언하고 있었다.

"어떻게 소설을 읽어보니까 재미있어요?"

이튿날 아침 사무실을 나가자마자 안형은 기다리고 있었다는 듯이 먼저 내게 물어왔다.

내게 박준의 소설을 내준 일이 아직도 마음에 걸려 있었던 모양이었다. 허슬퍼슬 웃음을 띠고 있는 얼굴이 뭔가 변명을 하고 싶어하는 표정이었다. 어차피 잘되었다 싶었다. 그러잖아도 나는 박준의 소설로 안형과는 다시 이야기를 좀 나누고 싶던 참이었다.

"재미있고말고요. 아주 재미있게 읽었어요."

흐트러진 테이블 위를 정리하면서 약간 과장스러운 목소리로 대꾸했다. 그리고 테이블 정리를 대충 끝내고 나서 나는 박준의 소설을 꺼내들고 안형 쪽으로 다가가며 다시 말을 이었다.

"그런데 안형은 이 소설의 어디가 그렇게 마땅찮은지 알 수 없더군요."

나도 모르게 목소리가 좀 퉁명스러워지고 있었다. 안형은 나의 그런 말투가 너무 갑작스러웠는지 잠시 입을 다문 채 대꾸를 해오지 않았다. 그 허슬퍼슬한 웃음만 계속 눈가에 머금고 있었다. 나는 말을 계속했다.

"물론 난 소설에 대해선 문외한이니까 내가 소설을 잘못 보았는

진 모르지요. 그리고 그 소설이 어떤 유파나 경향에 속하고 있는 것
인지도 나는 물론 알 수 없어요. 하지만 어쨌든 그 소설이 나에게
무척 재미있게 읽힌 것만은 사실이거든요. 안형의 처사를 이해할
수가 없었어요."

그러자 이번엔 안형도 자존심이 상한 듯 불쑥 나의 말을 가로막
고 나섰다.

"난 박준의 소설이 재미없다고 말씀드린 일은 없었지요. 다만
쓸데없는 말썽을 일으키기 싫으니까 두고 생각해 보자는 것뿐이었
지요."

"난 안형의 그 쓸데없는 말썽이라는 것도 이해할 수 없었다니까
요. 이것도 내가 잘못 본 건지는 모르지만, 나는 이 소설이 특히 어
떤 문학이념에 상처를 입히게 된다거나, 설사 문학적인 주장이나
태도에 다른 점이 있다고 해도 그것까지 용납 못할 만한 요소는 찾
아볼 수가 없었거든요."

"소설을 꽤 주의해서 읽으신 모양이군요. 하지만 전 조금 생각을
달리하고 있어요. 물론 어떤 특정한 문학이념이나 태도 같은 것과
관련을 시키려고 하진 않았지만 말씀입니다."

"생각을 달리하다니요?"

나는 계속해서 안형을 추궁해 들어갔다. 그러자 안형도 이젠 제
법 열이 오르기 시작한 모양이었다. 이야기가 상당히 장황해지고
있었다. 박준의 소설은 한마디로, 선량한 독자를 속이고 있다는 것
이었다. 박준의 소설에는 '그'라는 주인공이 걸핏하면 잠이 든 체,
또는 숨을 쉬지 않고 죽어버린 체하는 버릇이 있다. 그리고 그 버릇
은 나이가 들어감에 따라 점차 괴상한 휴식의 방법으로 발전하여,
결국에는 주인공을 죽음으로까지 이르게 한다. 그런데 이 소설의
경우 주인공의 버릇은 도대체 괴상하기만 한 '버릇'일 수 없다는

것이었다. 절대로 단순한 버릇이어서는 안 된다는 것이었다. 그것은 애초 이 세상 사람이면 누구나 마음속에 간직하고 있을 수 있는 비밀, 인간성의 어떤 불가사의한 일면인데, 이 소설의 경우 그것은 그저 단순히 인간성의 한 불가사의한 비밀로서가 아니라 현실을 외면하고 성실한 생존에의 사랑을 포기한 슬픈 습성으로 매도되어야 했다는 것이다. 그리고 그것을 매도당해야 할 우리들의 슬픈 습성으로 확인시켜 주기 위하여 박준은 그의 주인공이 자주 그 몹쓸 습성 속으로 달아나게 한 현실적이고 구체적인 압박요인들을 말해 줬어야 했다는 것이었다.

"왜냐하면 우리들에게 중요한 것은 우리 자신 속에 숨어 있는 어떤 비밀을 만난 놀라움이 아니라, 그 비밀과 현실 사이에 꾸며지고 있는 생존의 방정식에서 보다 명확한 해답을 얻어내는 일이거든요. 분명하게 강조되어야 했던 것은 그 비밀을 만난 놀라움이 아니라, 주인공으로 하여금 늘 자신의 슬픈 습성을 택하도록 강요한 현실의 압박요인들이었어요. 그런데 그것은 거의 이야기하지 않고 자꾸 그 버릇만을 되풀이 강조하고, 그 버릇에 스스로 경탄을 금치 못함으로써 박준은 독자의 관심을 엉뚱한 데로 끌어가 버렸어요. 독자를 속인 거지요."

들고 보니 안형의 주장은 그럴듯한 데가 많았다. 아닌 게 아니라 나는 박준의 소설을 읽으면서 가장 흥미를 느끼고 있었던 곳이 바로 그 주인공의 기이한 버릇이었고, 또 박준의 사고와 관련해서도 거기에서 가장 깊은 암시를 받았던 것이 사실이다. 그런데 안형의 이야기를 듣고 보니, 박준의 소설은 또 그런 결점을 지니고 있었던가 싶어지기도 했다. 나는 안형의 말에 적잖이 놀라고 있었다. 하지만 내가 놀란 것은 반드시 안형의 말에서 박준의 결점을 보았기 때문만은 물론 아니었다. 내가 소설을 잘못 읽었다는 깨달음에서도 아니었다. 안형이 뭐라고 해도 나는 내가 읽은 이야기가 아직 틀린 거라고는 생각하고 있지 않았다. 내가 놀란 것은 박준의 소설에는 내가 읽은 것 외에 또 하나의 다른 이야기가 있었다는 것을 깨닫게 된 데서였다. 방금 말한 안형의 이야기가 바로 그것이었다. 도대체 한 편의 소설에서 그처럼 다른 두 개의 이야기를 읽을 수 있단 말인가. 아니, 보는 사람에 따라 하나의 이야기가 둘이 될 수도 있고 셋이 될 수도 있는 것은 어쩌면 당연한 노릇인지 모른다. 내가 박준의 소설에서 어떤 인간성의 비밀과 만나고 놀랐다면, 안형은 또 안형대로 그 이야기를 어떤 생존의 방정식 위에서 당위론적으로 해석해 볼 수도 있었을 것이다. 그것은 어쩔 수 없는 일이었다. 한데 안형은 어떻게 그토록 오랫동안 자기의 해석만을 지켜올 수 있었단 말인가. 어떻게 그토록 남의 방법은 용납할 수가 없었단 말인가. 놀라운 것은 바로 그점이었다. 그러나 나는 이제 그런 안형 앞에서 박준의 소설이 나로선 충분히 완성되어 있었다는 점을 주장하고 싶은 생각은 없었다. 오히려 그 안형의 방법 속에서 박준을 변호하고 싶었다. 나는 절대로 박준이 독자를 속이고 있었던 것은 아니라고 말했다. 현실적인 압박요인이 아주 무시되고 있었던 것도 아니며 독자들이 그의 기묘한 습성에 동의만을 하게 되지도 않을 것이라 했다. 이야기 끝에서 등장한 주인공의 아내는 주인공을 가사의 잠 속으로 도망치게 하는 모든 현실요인의 상징적 존재로 보여지며, 그이상의 잡다한 설명은 오히려 그녀가 지닐 수 있는 상징성이나 암시의 효과를 감소시킬 뿐이 아니냐고 했다. 그러나 안형은 여전히 고개를 가로저었다.

"주인공의 아내가요? 하긴 박준도 그런 의도에서 그녀를 등장시킨 듯싶기는 하더군요. 그러나 어림없는 이야기지요. 그녀의 존재를 그런 식으로 해석해 주기에는 박준이 앞에서 너무 주인공의 버릇을 강조하고 있었지요. 그녀는 의미 없는 에고와 자기 환상에 빠진 주인공을 더욱더 형편없는 엄살쟁이로 만들고 있을 뿐이었어요.”

“그렇다면 이 소설을 내보냈을 때 생길지 모른다는 말썽이란 도대체 어떤 것입니까? 안형의 얘기대로라면 말썽이고 뭐고 처음부터 그런 게 생길 리도 없지 않아요. 작품 자체가 어떤 발언을 완성된 목소리로 말하지 못하고 있는 형편이니까 말입니다.”

할 수 없었다. 나는 말줄기를 다시 처음으로 돌리는 수밖에 없었다. 그러나 안형은 이제 더욱더 자신을 얻어가고 있었다.

“그렇지요. 작품 자체가 소재 해석에 실패하고 있었다는 말씀은 저도 물론 동감이에요. 하지만 말썽으로 말하면 미완의 작품을 내보냈을 때보다 더 무의미한 말썽이 있겠어요? 되지도 않은 작품을 곧잘 칭찬하고 나서는 자들이 또 틀림없이 준동을 시작할 테니 말입니다.”

안형은 진심을 이야기하고 있지 않는 듯했다. 특히 ‘말썽’이란 말을 할 때 그는 야릇한 미소까지 짓고 있었다.

“아무래도 안형의 편집(偏執)만 같군요. 그 사람들에게는 박준의 소설이 또 어떤 다른 형식으로 완성되어 있을 수도 있지 않을까요? 한데 안형은 끝끝내 다른 사람의 해석 방법은 용납하지 않으려 하거든요.”

“편집이라도 할 수 없죠. 저로서는 이 시대의 요구라는 것을 일단 그런 식으로 받아들이고 있으니까요. 사실을 말씀드리자면 전 그 소설이 어떤 식으로 완성되어 있느냐 아니냐 하는 그런 것은 별로 관심을 두어보지 않았어요. 제겐 소재 해석만이 문제였죠. 작가가 어떤 소재를 만나 그것을 해석하는 방법은 그 작가가 자기의 시대양심에 얼마나 투철해 있느냐 하는 문제가 결정지어 주는 거라고 생각되기 때문이죠. 박준의 소설은 바로 그런 점에서 저의 기대를 외면해 버렸어요. 제가 박준의 소설이 충분히 완성되지 못했다는 것은 그런 저의 관심 속에서지요."

안형의 이야기는 결국 박준의 소설이 무의미한 한 개인의 비밀 쪽으로 독자의 관심을 끌고 감으로써 자기 시대의 요구를 배반했고, 그리하여 소재 해석과 작품 완성에 다같이 실패를 하고 말았다는 것이었다. 박준이 이 시대의 작가인 이상, 그는 절대로 자기 시대양심의 가장 우선적인 요구를 배반해서는 안 되며, 그것을 제외한 모든 창작행위는 가혹하게 매도당해 마땅하다는 투였다. 이를테면 안형의 시대관이 그렇게 되어 있는 모양이었다.

"하지만 그 역시 안형의 편집이 아닐까요? 가령 모든 작가들에게 자기 시대의 요구나 압력을 꼭 안형과 같은 정도로 받아들여야 한다고 고집하는 것이나, 또는 그것을 똑같이 받아들이고 있는 경우라 해도 어떤 일정한 방법 속에서만 그 시대정신에 투철해질 수 있다는 식의 생각이 말입니다. 박준의 소설이 그런 식으로 씌어졌다고 해서 그 소설이 전혀 우리 시대를 외면해 버렸다고 장담할 수는 없지 않을까요?"

나는 이제 웃을 수밖에 없었다. 웃으면서 농반 진반으로 말을 계속해 나갔다. 그러자 안형 역시 이젠 농반 진반으로 웃으면서 대답했다.

"아무래도 절 지독한 편집쟁이로 만들어놔야 속이 시원하실 모양이군요. 하지만 적어도 그만한 자기편집만이라도 고집할 수 있는 것은 오히려 용기에 속할 일이 아닐까요?"

"그것을 용기라고 말한다면 그만 용기조차 갖지 못한 잡지쟁이도 있단 말요?"

"그만 용기라니요. 그걸 용기로 치기 싫어하시는 걸 보니 진짜 비겁한 잡지쟁이들을 못 보신 모양이군요. 이를테면 작품이나 작가에겐 동의를 하면서도, 말썽이 두려워 발표를 꺼리고 있는 경우 같은 거 말입니다."

이야기가 좀 엉뚱한 데로 흘러가고 있었다. 그러나 안형은 이번에야말로 진짜 자신있는 화제가 시작되고 있다는 듯 의기양양해지고 있었다. 나 역시 이 새로운 화제에는 흥미가 일지 않을 수 없었다.

"그럼 그 말썽이라는 것이 두려워 정말로 작품을 얻어놓고도 내보내질 못하고 있는 곳도 있단 말인가요?"

"있다뿐입니까. 오히려 그게 두려워 그러는 건 동정할 여지라도 있지요. 보다 악질적인 경우는 자기의 기호나 편집을 소문이나 말썽이 두려워서인 것처럼 공연한 엄살로 필자를 협박하려 드는 사기꾼까지 나도는 판인걸요. 저야말로 자신의 편집을 솔직히 시인해 버리는 용기를 칭찬받아야 마땅하지요."

뜻밖이었다. 그런 소문이 있기는 했다. 하지만 잡지사 간에 정말로 그런 사연으로 글을 내보내지 않으려는 곳이 있다는 것은 처음 듣는 말이었다.

"박준에게도 그런 경우가 있습니까? 우리 말고도 박준의 소설이 그런 사정으로 못 나가고 있는 경우가 있습니까?"

나는 갑자기 호기심에 쫓기며 안형을 다그치고 들었다. 한데 안형의 대답은 더욱 뜻밖이었다.

"지금 제 말씀은 꼭 박준의 소설에 관한 것만은 아니지만 박준의 경우도 그런 일이 있긴 하지요. 그 R진가 하는 계간지에 박준의 소설이 연재되다 만 일이 있지 않습니까. 들리는 얘기로는 그게 박준이 미리 원고를 다 써다 준 전작물이었다는데, 한두 번 나가다 중단이 되고 말았거든요."

이번에도 처음 듣는 이야기였다. 언젠가 박준의 소설이 R지에 연재된다는 건 알고 있었지만, 그것이 도중에 중단되고 말았다는 사실은 안형의 말을 듣고서야 처음 안 일이었다.

"그 소설이 도중에서 중단되고 말았었나요? 이유가 무엇이었습니까?"

나는 대뜸 자신의 목소리에서 긴장기를 느끼기 시작했다. 그러나 안형의 대꾸는 수월스럽기만 했다.

"소설 내용이 좀 어떤가 싶다는 핑계라더군요."

"내용이 어떤 것이었게요?"

"저도 다 읽어보진 않아서 알 수 없어요. 하지만 내용이야 뭐 어떻겠어요? 연재를 시작할 때 벌써 내용은 다 검토가 끝났을 게 아니냔 말입니다. 용기가 없었기 때문이겠죠."

"용기……."

"아니라면 아까 말씀대로 R사 친구들이 좀 장난이 심했을 수도 있구요. 왜 그러는 수가 많지 않아요. 신기가 싫어지면 괜히 엉뚱한 소문을 들먹이면서 지레 겁을 먹는 척 쑤군쑤군해서 봉변을 당하고도 불평 한마디 못하게 기를 죽여버리는 버릇 말입니다."

"그 소설 원고 아직도 R사에 보관되고 있겠지요?"

"박준은 원래 한번 투고한 원고는 다시 찾아가질 않는 사람인 모양이더군요."

오후 해가 어지간히 기울어오자 나는 기어코 R사로 달려가서 박준의 원고를 얻어내 오고 말았다. 이번에도 역시 나는 그 박준의 소설을 읽어버리지 않고는 좀이 쑤셔 견뎌 배길 수가 없었기 때문이었다. 이유야 어느 쪽이 되었건 이번 것 역시 끝까지 햇빛을 보지 못하게 되고 말았다는 점이 특히 나의 호기심을 사로잡았다. 하기야 김 박사는 박준을 위해서는 굳이 소설을 읽을 필요가 없다고 했다.

무엇이나 그렇게 자신만만하기만 한 김 박사는 거인처럼 믿음직스러운 데가 있었다. 하지만 나는 그런 김 박사의 태도가 덮어놓고 마음에 들고 있었던 것은 아니었다. 너무 자신만만한 태도에서는 어딘지 독선의 냄새 같은 것이 풍기고 있었다. 나는 무엇보다도 그 독선의 가능성이 위태롭게 느껴지고 있었다.

──박준이 병원을 도망쳐 나온 것은 바로 그 김 박사의 거인다운 곳을 견뎌낼 수 없었던 때문이 아니었을까. 박준을 다시 김 박사에게 끌어다 맡긴 것이 그를 위해 필요한 일이었을까.

간밤에 병원을 나오면서도 나는 그런 생각을 하고 있었다. 김 박사가 너무 자신만만했기 때문에, 나는 오히려 그 김 박사의 말을 모두 신용해 버릴 수가 없었던 것이다. 어쨌든 나는 박준의 소설을 찾아다 읽어야겠다고 생각했다. 김 박사는 치료행위가 될 수 없기 때문에 그것을 읽을 필요가 없다고 했지만, 나는 박준의 치료행위로서 그것을 읽으려는 것은 물론 아니었다.

박준의 치료를 위해서라기보다 오히려 자신의 궁금증, 나 자신의 견딜 수 없는 호기심을 위해서 그것을 찾아보고 싶었던 것이다.

R사에서는 뜻밖에도 선선히 나의 요구에 응해 주었다. 안형의 말대로 R사에서는 물론 용기가 없어서였건, 장난기가 심해서였건, 소설을 중단한 사연에 대해서는 한마디도 말이 없었다. 나의 요청을 듣고 나서는 공연히 심각한 얼굴을 지으며 쉬쉬하는 표정으로, 그러나 구세주라도 만난 듯 2회분의 연재가 나간 잡지까지 껴서 소설 원고를 선뜻 내게 넘겨주었다.

나는 사무실로 돌아오자 곧 소설을 읽기 시작했다.

소설의 제목은 '벌거벗은 사장님'이었다.

주인공은 어떤 기업체의 말단직원들의 통근차를 끄는 운송부 소속 운전사. 그런데 어느 날 사장님이 느닷없이 이 친구에게 자기 차를 운전하도록 명령한다. 기왕 운전사 노릇을 할 바엔 바람직한 자리다. 하지만 주인공은 이 명령을 별로 달가워하지 않는다. 사장 차를 끄는 운전사는 얼마 안 가 그 사장 차 운전사 자리뿐 아니라 종당엔 회사까지 쫓겨나게 되곤 하는 이상한 관례가 있었기 때문이었다. 그것은 사실이었다. 어찌 된 일인지 이 회사의 사장은 나이도 별로 많지 않은 친구가 별스럽게 운전사를 자주 갈아치우는 버릇을 가지고 있었다. 한 달 이상 자기 차를 같은 사람에게 끌게 하는 일이 없었다. 사장과 막 얼굴이 익어질 만하면 영락없이 사장은 운전사를 갈아치워 버리곤 했다. 사람을 갈아치우면 회사 안에서 다른 차를 끌게 내버려두지도 않았다. 회사를 아주 내보내 버리는 것이 상례였다. 그러고는 또 회사 안의 다른 운전사 한 사람을 자기 차로 끌어다 앉히곤 했다. 그리고 그 사람 역시 같은 경로로 한 달쯤 후엔 다시 회사를 쫓겨나가는 것이었다. 알 수가 없는 일이었다. 한데 더욱 이상스러운 것은 그렇게 많은 운전사들이 회사를 쫓겨나갔어도 한 번도 그 이유가 밝혀진 일이 없다는 것이다. 내보내는 사람도 한번 사람을 갈아치우고 나면 그뿐 말이 없었고, 쫓겨나가는 사람도 어떻게 조치가 취해진 것인지 도대체 불평 같은 걸 남긴 일이 없었다.

"글쎄, 몰라도 좋을 일을 알아버린 죄라네. 알고 있는 일을 생판 모른 체하고 지낼 수는 없는 노릇이구 말야."

"말 한마디 천연스런 얼굴로 감추지 못한 것이 화근이었지. 하지만 차라리 이젠 마음 편히 회사를 떠날 수가 있을 것 같네그려."

"언젠가는 자네도 알 때가 오겠지."

저마다 알 듯 모를 듯한 소리들만 남기고는 무력하게 회사를 떠나가 버리곤 했다. 그렇게 회사를 떠나간 사람이 벌써 열 명도 더 넘고 있었다. 그때마다 다른 운전사를 보충해 들이지 않았다면 아마 지금쯤은 회사 안에 운전사가 한 사람도 남아나지 못했을 판이었다. 하니까 회사에선 그때마다 사장 차로 자리를 옮겨간 운전사의 자리를 또 다른 곳에서 구해 들여야 했고, 새로 들어온 사람이 어느 정도 서열이 정해지면 그 역시 어느 땐가는 또 사장 차로 자리를 옮기게 되곤 하는 것이다. 주인공에게도 바로 그 차례가 온 것이다. 자랑스럽기는커녕 걱정이 되지 않을 수 없다. 사장 차를 끌게 되었다는 것은 이제 한 달 남짓 후엔 바로 모가지가 잘리게 되었다는 거나 마찬가지였다. 하지만 그는 다른 사람들처럼 비실비실 웃으면서 무력하게 회사를 쫓겨나도 좋은 처지가 아니었다. 집안사정이 그랬고, 자기의 생애에 대한 어떤 마지막 집념이 그랬다. 그러나 한번 명령을 받은 이상 사장 차를 끌지 않을 재간은 없다. 그는 어떤 일이 있더라도 자기만은 다시 회사를 쫓겨나지 않도록 노력해 볼 결심으로 사장 차를 끌기 시작한다. 차를 끌면서도 도대체 무엇 때문에 사장이 그토록 많은 사람을 금세금세 갈아치우게 되었는지 그 이유를 열심히 생각한다. 그리고 자기도 모르게 다른 사람이 쫓겨나게 된 구실을 만들어주지 않으려고 온갖 주의를 기울인다. 하지만 그 이유는 물론 찾아질 리가 없고, 이유를 알 수 없으니 조심을 해도 어떤 식으로 해야 할지 방법을 알 수 없다. 그러던 어느 날—젊은 사장님은 시내에서 멀리 떨어진 어떤 깊은 산골짜기로 차를 몰게 한다.

"오늘 밤 일은 절대로 아는 척하지 말게. 본 것도 못 본 체 들은 것도 못 들은 체 잊어버리란 말야. 그리구 내일 아침은 오늘 밤 우리가 여길 왔던 사실조차 없었던 걸로 하구."

사장은 차를 타고 가면서 그런 당부를 한다. 주인공은 비로소 올 것이 왔구나 싶어 찔끔 사장의 눈치를 살피며 순종을 맹세한다. 이윽고 사장은 골짜기의 어떤 집 앞에다 차를 세우게 한 다음 운전사를 이상한 창고 같은 방 속에 감금해 버리고는 혼자 그 집 안으로

사라져버린다. 한데 운전사는 그 창고 같은 방 안으로 들어서자 이
상한 광경을 목도한다. 창문 하나 없이 사방이 밀폐되어 있는 방 안
은 바깥일을 살필 수도 들을 수도 없게 되어 있는 영락없는 감방이
다. 방 안에는 벌써 자기 말고도 먼저 와 있는 운전사 차림의 사내
들이 여남은이나 한데 몰려앉아 있다. 그리고 주인공은 비로소 그
사내들로부터 방금 그의 사장이 사라져 들어간 비밀의 집에 관해
뜻밖의 이야기를 듣게 된다.

그들의 말에 의하면 지금 그 집에서는 상상도 할 수 없는 해괴한
일들이 벌어지고 있다는 것이다. 그 집에는 넓은 목욕풀이 있고, 호
화로운 침실이 있고, 술과 춤과 여자를 즐길 수 있는 밴드와 홀이
있고, 도박장이 있고, 비밀 영화관이 있고, 하여튼 사람이 세상에
태어나서 해보고 싶은 것을 하룻밤 사이에 모두 한꺼번에 즐길 수
있는 것이 모조리 갖추어져 있는데, 그것들은 한결같이 아주 은밀
스럽고 교묘하게 꾸며져 있어서 바깥에서는 눈치조차 챌 수 없게
되어 있다는 것이다. 그리고 사람들은 이 집에서의 밤을 더욱 즐겁
게 하기 위해 이 집을 들어서는 사람은 모두가 실오라기 하나 걸치
지 않은 나체가 되도록 되어 있으며, 그래서 한번 이 집 문을 들어
선 사람은 한결같이 나체가 되어 술과 여자와 춤을 원껏 즐기게 된
다는 것이었다…….

박준의 소설이 발표된 것은 거기까지였다. 그러니까 R사에서 그
의 소설을 중단해 버린 것도 바로 그 대목에서였다. 하지만 이야기
는 원고지에서 다시 계속되고 있었다.

주인공은 비로소 이유를 깨닫게 된 것이다. 몰라야 했을 것을 알
게 되어버린 것이다. 실수였다. 그것은 주인공이 미처 어디를 어떻
게 조심해야 할지도 알기 전에 당해 버린 실수였다. 하지만 그 실수
는 물론 주인공 자신의 책임은 아니었다. 그 실수는 주인공의 조심

성과는 상관없이 어차피 그를 찾아오게 되어 있었던 것이다. 하지만 어쨌든 이제 주인공은 이유를 알게 된 셈이었다. 그의 사장이 한 달도 못 가서 금세 운전사의 목을 잘라야 했던 것은 모든 운전사들이 비밀을 지켜주지 못했기 때문이라고 생각한다. 아무것도 모른 체, 오늘 밤 일은 있지도 않은 것으로 하라던 사장의 다짐도 바로 그 비밀 때문이라고 생각한다. 주인공은 몸이 으스스해진다. 어떻게든 오늘 일은 끝내 모른 척하리라 마음을 다져먹는다. 사장님을 회사나 집안에서 얼마나 점잖은 어른으로 알고 있는가를 생각하면 더욱 말조심을 해야겠다고 생각한다. 잘못 입을 뻥긋했다가는 모가지를 잘리게 되리라. 비밀이 알려지기도 전에 운전사들이 먼저 모가지를 당해 버리곤 하는 걸 보면 한마디만 입을 잘못 놀려도 사장은 어느새 약속이 지켜지지 않았다는 걸 알아내는 방법이 있는 듯싶어진다. 그것은 아마 누군지는 알 수 없지만 사원들 사이에까지 사장의 정보통이 속속들이 뻗쳐 있다는 증거가 되기도 했다. 한데 문제는 바로 그 운전사의 본능이었다. 한두 번 사장님을 그 비밀의 장소로 안내하는 동안 녀석은 아무래도 누구에겐가 그 이야기를 털어놓지 않고는 배겨낼 수가 없어진 것이다. 이젠 사장님의 비밀을 알게 되었노라. 그리고 회사에선 까닭도 없이 자주 운전사의 목이 잘려나간 이유도 알게 되었노라. 그것은 참으로 희안한 사실들로 여겨지기 시작한다. 공연히 자신이 대견스러워진다. 그런 사실을 오직 혼자서만 알고 있어야 하는 처지가 답답해 견딜 수 없다. 말을 할 수 없는 것은 처음부터 알고 있지 않은 것이나 마찬가지다. 아니 처음부터 모르고 있는 사람은 답답하지나 않을 것이다. 그는 사실을 알고 있기 때문에 오히려 더욱 고통스럽다. 하고 싶은 말 한마디를 하지 못한다는 것이 그토록 고통스러운 일이던가. 선배 운전사들이 결국은 입을 한 번 뻥긋해 보고 회사를 쫓겨나간 것도 이해가 되고 남을 것 같다. 하지만 역시 말을 할 수는 없다. 한마디라도 입을 잘못 벌렸다간 금세 누군가에 의해서 그 소리는 사장님의 귀에까지 들어갈 것이다. 회사를 쫓겨나갔다간 정말 큰일이다. 회사를 쫓겨나지 않으려면 누구에게나 입을 꼭 다물고 지내는 수밖에 없다. 주인공은 끝끝내 입을 다물려고 한다. 회사를 쫓겨나지 않기 위해서다. 하지만 너무도 그렇게 하고 싶은 말을 참다 보니 종당엔 신경과민 증세가 생기고 만다. 누군가가 꼭 자기의 언동 하나하나를 살피고 있는 것 같다. 언제나 감시를 받고 있는 심경이다. 회사 안에서는 벌써부터 자기가 곧 쫓겨나게 되리라는 소문이 나돌기 시작하고 있다. 아무도 믿을 수 없다. 소문에 묻혀 보이지도 않는 눈들이, 귀들이 사방에서 자기만을 감시하고 있는 것 같다. 회사에서뿐 아니라 집 안에 있는 마누라까지 의심스러워진다. 그는 이따금 넋이 나간 사람처럼 멍해 있기도 하고 때로는 딴생각을 하다가 종종 주의력을 잃어버릴 때가 생기기 시작한다. 드디어 그는 그 주의력 결핍 때문에 운전사로서의 자격을 상실하고 회사를 쫓겨나고 만다…….

　박준의 소설은 대략 그런 줄거리였다. 안형의 말마따나 이 소설 역시 미친 사람 비슷한 이야기였다. 그리고 R지 친구들이 정말 무슨 말썽이 두려워서였거나, 혹시 그저 장난기가 심해서 맹랑한 소문으로 박준을 협박해서였거나, 어느 쪽 때문에 연재를 중단해 버린 것인지는 쓸데없는 간섭 같아서 말하기가 싫지만, 이 소설의 경우, 앞서 소개한 「괴상한 버릇」과는 상당한 거리가 있는 작품 같았다. 한마디로 박준의 이번 소설은 현대판 「임금님의 귀」에 해당하는 것이었다. 옛날 어떤 임금님이 당나귀처럼 커다란 귀 때문에 수많은 이발쟁이의 목을 베어버렸는데, 그중에서 용케 목숨을 건지고 나온 한 사내가 그 임금님의 우스꽝스러운 귀의 비밀을 말하지 못해 병이 들어 죽을 뻔하다가 동구 밖 대나무숲에다 가슴속의 말을 외쳐대고는 병을 여의게 되었다는 우리나라의 옛 민화(우리나라 고유의 것은 아니더라도) 말이다. 이 작품에서 박준이 하고 싶은 이야기란 결국 우리들에게 옛날 이발쟁이 경우에서와 같은 '구원의 숲'이 있을 수 없다는 것, 그렇기 때문에 어떤 진실을 목도하고도 그것을 어떤 다른 이해관계나 간섭 때문에 말하지 않으려고 한다면, 그것은 곧 보다 큰 파국을 초래하는 자기부정의 비극을 낳게 한다는 뜻이 아니었을까. 이를테면 전자에게서는 한 인간이 지니고 있는 내면의 비밀을 캐고 그것을 설명하고 싶어 했다면 뒤엣것은 그 인간성의 비밀을 캐낸 데서부터 출발하여 한 걸음 더 나아가 어떤 식으로 그것을 이야기해야 하는가, 그리고 왜 그럴 수밖에 없는가 하는, 이를테면 안형이 말한 바대로 시대의 요구라든가 그 시대의 인간들의 권리나 의무의 양상 같은 것들이 오히려 더 강하게 암시되고 있는 듯싶었다. 그런 뜻에서 이 두 편의 작품은 뿌리가 어디에 닿아 있건 꽤 목소리가 다른 소설들이라고 할 수 있었다.

그런데 이 두 편의 작품들은 결국 양쪽 다 빛을 보지 못하고 만 것이다. 하나는 '시대양심' 이라는 것에 바탕을 둔 편집자의 문학이념과 어긋난다는 이유에서, 그리고 다른 하나는 소위 그 '말썽의 소문' 을 두려워하는 용기없는 편집자의 조심성(글쎄 안형은 그것을 다만 박준의 입을 막아버리려는 협박일 뿐인지도 모른다고 했지만 말이다.)에 의해서.

어쨌거나 나는 소설을 다 읽고 나사 이센 황급히 되근을 서둘렀다. 출입구 쪽에서 사환애 녀석이 나를 기다리느라 꾸벅꾸벅 졸고 앉아 있었다. 이날도 사환애 말고는 사무실이 이미 텅텅 비어 있었다. 벌써 저녁 일곱시. 나는 그 텅텅 빈 사무실에서 혼자 박준의 소설을 읽고 있었던 것이다. 나는 사환애를 깨워놓고 서둘러 사무실을 빠져나왔다. 그러고는 술집도 들를 생각을 않고 곧장 박준의 병

원을 향해 차를 잡아탔다. 소설을 읽고 나니 뭔가 또 할 말이 있는
듯싶었기 때문이다. 박준의 소설은 어딘지 지금 그의 증세와도 깊
은 관련이 있는 것처럼 느껴지고 있었다. 이를테면 그의 소설에 나
타나고 있는 두 개의 다른 목소리는 바로 박준 자신의 작가양심이
나 태도로 바꿔보아도 무방한 것들이었다. 박준은 분명히 어떤 갈
증을 느끼고 있었다. 그의 두 번째 작품에서도 역력히 읽을 수 있듯
이, 한 작가가 어떤 진실을 도출해 내고 그것을 자유롭게 말할 수
없을 때, 그는 거기서부터 분명히 어떤 갈증을 느끼게 될 것이 틀림
없었다. 그렇다면 도대체 박준이 목도한 진실을 자유롭게 말할 수
없게 만든 것은 무엇인가. 박준은 소설 속에서 그것을 '목이 잘리
지 않기 위한 이해관계' 때문이라 했고, 그 이해관계의 키를 쥐고
있는 '사장님'의 눈에 보이지 않는 감시와, 그런 것들이 모두 합해
진 자기에 대한 '간섭 때문'이라고 했다. 하지만 아직도 모든 것이
명백하다고는 말할 수 없다. 지금 알려진 것만도 두 편이나 그의 소
설은 퇴장당하고 있다. 이를테면 박준은 그처럼 작가로서의 진술을
방해받고 있는 것이다. 작가로서의 진술의 권리를 완전히 박탈당하
고 있는 셈이다. 심지어는 그러한 작가적 양심과 현실의 비극을 우
화적으로 소설화하고 있는 작품마저 게재가 중단되고 말았다. 하지
만 박준이 아무리 그런 식으로 자기진술의 욕망을 좌절당하고 있었
다고 해도 아직 그것만으로는 그가 그처럼 심한 갈등 속으로 빠져
들어가야 할 이유가 충분해질 수는 없다. 그에게선 오히려 새로운
투지와 오기가 격발됨직도 하다. 그 정도의 간섭으로는 그처럼 광
기까지 가장하여 그 속으로 자기를 피난시켜야 할 만큼 불안스러워
질 이유가 될 수 없다. 문제는 아직도 확실하지 않았다. 소설에 나
타나고 있는 것은 다만 하나의 암시에 불과하거나 이차적인 결과일
뿐이었다. 박준이 그처럼 불안해져야 했던, 보다 구체적이고 명백

한 갈등의 요인은 아직도 확실해지지 않고 있는 것이다. 하지만 어쨌든 나는 소설을 읽고 나자 병원을 찾아가고 싶어졌다. 김 박사건 박준이건 누군가를 한번 다시 만나보고 싶었다. 그리고 뭐가 되었든 이야기를 하고 싶었다.

병원에는 마침 또 김 박사가 나를 기다리고 있었다라고 하는 것은 오늘도 또 김 박사가 당직 차례일 리는 없고, 그런데도 그는 아직도 병원 진찰실에서 할 일 없이 자리를 지키고 있었기 때문이다.

"역시 또 오시는군요. 내 오늘도 꼭 와주시리라 짐작을 하고 있었지요."

진찰실을 들어서자 파이프담배를 피우고 있던 김 박사는 정말 나를 기다리고 있었기라도 한 듯 유유한 표정으로 미소짓고 있었다.

"글쎄요. 어떻게 또 그렇게 되는군요. 하지만 박사님께선 마치 절 기다리고 계셨기라도 한 것 같군요."

스스럼없이 자리를 잡고 앉으니까 김 박사는 다시,

"기다리고 있었다기보다두…… 그 뭐 예감이라는 게 있지 않습니까. 무슨 하고 싶은 말이 생기면 그 말을 하고 싶은 사람이 곧 나타나줄 것 같은 예감 말입니다."

역시 김 박사는 뭔가 나에게 하고 싶은 이야기가 생긴 모양이었다. 그 이야기를 들려주기 위해 일부러 병원을 나가지 않고 있노라는 투였다. 생각해 보면 좀 터무니가 없어 보이는 의사였다.

——이자가 어느새 박준의 일에 이처럼 관심을 갖기 시작했는가. 아니 이 의산 무엇 때문에 박준을 처음부터 그렇게 무턱대고 병원으로 받아들여 놓게 된 것일까?

아무래도 납득이 잘 가지 않는 의사였다. 하지만 나는 물론 그러는 김 박사를 비난할 이유는 없었다. 그리고 그런 식으로 말한다면 박준의 일에 공연히 넋을 잃고 뛰어다니는 나 자신부터 먼저 어떤 이유가 있어야 한다. 하지만 나에게도 이유는 없다. 도대체 이런 일에 이유 같은 건 필요가 없는 것인지도 모른다. 굳이 어떤 이유를 생각해 내고 싶어 한다는 게 오히려 우스운 노릇 같다.

어떤 절실한 예감 같은 것을 지닐 수 있을 뿐이다. 다만 그런 예감뿐이다. 하지만 그런 예감이야말로 우리의 이해 속에서는 어떤 구체적인 설명보다 더욱 명확하고 정당한 이유가 될 수 있을 것 같다. 도대체 이유 같은 건 있어도 좋고 없어도 좋은 것이다. 그보다도 나는 먼저 김 박사의 이야기에 관심이 쏠리기 시작했다.

"왜 박준에게 무슨 일이 있었습니까?"

나는 천천히 담배를 꺼내 물면서 궁금스러운 표정을 지었다. 그러자 김 박사가 비로소 입을 열기 시작했다. 짐작대로 박준에게 한 가지 사고가 생겼다는 것이다. 간밤의 일이었다고 한다. 그러니까 그것은 전날 내가 병원을 물러나오고 나서 한 시간도 채 지나기 전이었는데, 그때 병원에선 우연히 정전사고가 생겼었다고 한다. 나중에 알고 보니 그것은 병원뿐만 아니라 부근 전신주의 변압기 사고 때문에 일대가 모두 함께 겪은 일이었는데, 그러나 병원에서는 이날 밤 그 정전사고 때문에 뜻하지 않은 소동이 일게 되었다는 것이다. 소동의 주인공이 박준이었다는 것은 말할 나위도 없다.

"다름 아니라 바로 그 박준이라는 환자의 괴상한 버릇 때문이었죠. 전에도 말씀드린 일이 있지만, 이곳 환자들은 별스런 기벽을 한두 가지씩 꼭 가지고 있거든요. 박준 씨도 물론 마찬가지였어요. 아니 박준 씨로 말하면 그런 기벽이 유독 심한 편이었지요. 한데 어젯밤 사고는 바로 그 박준 씨의 기벽 때문이었어요."

그러고 나서 김 박사는 박준의 기벽이라는 것을 이렇게 설명했다. 박준은 평소부터도 늘 자기의 주위가 어두운 것을 싫어해 왔다는 것이었다. 그는 저녁부터 아침까지 늘 주위를 대낮처럼 환히 밝혀두고 지냈고, 낮에도 날씨가 좀 우중충하면 곧잘 전깃불을 밝혀두곤 한다고 했다. 잠을 자고 있을 때도 마찬가지였다. 박준은 불을 밝혀놓지 않고는 도대체 자리에 들지 않으려 했고, 잠을 자다가도 혹시 누가 스위치를 내려놓으면 금세 잠을 깨고 일어나 버린다는 것이었다.

김 박사의 말을 듣다 보니 문득 나는 박준과 함께 밤을 지내던 날의 일이 다시 생각났다. 그날 밤 꺼놓은 형광등이 자꾸만 다시 밝혀져 있곤 하던 수수께끼의 주인공이 김 박사에 의해 다시 박준으로 확인되고 있었다.

김 박사는 말을 계속했다.

"한데 어젯밤 갑자기 정전이 되고 보니, 이 친구 걱정이 되지 않을 리 있었겠어요? 간호원 한 사람이 이 환자의 병실을 살피러 갔다는 겁니다."

진짜 소동은 바로 거기서부터였다. 간호원이 병실을 들어서자마자 박준이 느닷없이 발작을 일으켜버렸다는 것이었다. 나중에 알고 보니 간호원은 그때 어둠 때문에 손전등을 켜 들고 병실로 들어섰는데, 그 전깃불빛을 얼굴에 받자마자 박준은 별안간 비명 같은 소리를 지르며 번개같이 간호원에게로 달려들더라고.

그러고는 난폭스럽게 전깃불을 후려뜨리며 미칠 듯 화가 나서 간호원의 목줄기를 마구 눌러대더라는 것이었다.

"경비원이 쫓아간 것은 환자의 발작이 아니라 목을 졸리고 있던 간호원의 비명소리를 듣고였어요."

소동 경위는 그런 것이었다. 사건 자체는 별로 대단스러운 일같이 보이지 않을 수도 있었다. 하지만 나는 이야기를 듣고 나니 아무래도 이날 밤 박준의 발작이 예사로운 일로 생각되지 않았다. 박준의 발작 그 자체보다도 김 박사의 이야기가 더욱 심상치 않게 들리고 있었다. 김 박사의 이야기를 듣고 있는 동안 나는 그의 이야기 중에서 박준의 발작과 관계되고 있는 듯한 몇 가지 사실들이 박준의 발작 이상으로 나를 긴장시키고 있음을 느꼈다.

"도대체 박준은 어째서 꼭 불을 밝혀놓아야 잠이 들 수 있었을까요? 그리고 전짓불을 보고는 왜 갑자기 발작을 일으킨 것입니까?"

"아주 중요한 걸 물으시는군요."

잠시 입을 다물고 있던 김 박사는 그동안 나에게서 그런 질문을 기다리고 있었기라도 한 듯 이번에는 박준의 버릇에 대해 다시 설명을 시작했다.

"글쎄, 나 역시도 어젯밤 우연히 그런 발작이 나기 전까지는 환자가 특히 어둠을 싫어하는 이유를 알아내지 못하고 있었거든요. 그야 물론 앞서도 말씀드렸듯이 모든 환자들에게서 볼 수 있는 일반적인 병증의 하나임에는 틀림이 없지요. 하지만 이제까지의 관찰로는 영 그 원인을 분석해 낼 재간이 없었단 말입니다. 한데 어젯밤 발작을 보고는 비로소 어떤 힌트를 얻을 수 있었어요. 무슨 얘기냐 하면, 환자가 그토록 어둠을 싫어하게 된 것은 직접적으로 그 어둠 자체를 싫어하기 때문이 아니라, 그 어둠으로부터 연상되는 어떤 다른 공포감이 있었기 때문이었다는 것입니다. 이를테면 그 전짓불 같은 것이 바로 그런 거지요. 환자가 진짜 발작을 일으키도록 심한 공포감을 유발시킨 것은 어둠이 아니라 그 어둠 속에 나타난 전짓불이었단 말씀입니다. 환자에겐 그 어둠이라는 것이 늘 전짓불을 연상시키고 있는 공포의 촉매물이었지요."

"그렇다면 앞으로의 문제는 박준이 무엇 때문에 그 전짓불에 공포를 느끼게 되는지 그걸 알아내는 것이겠군요. 그게 바로 박사님께서 자주 말씀하신 최초의 갈등요인이 아니겠습니까?"

"옳은 말씀이에요. 전짓불의 비밀이야말로 박준 씨의 치료에는 무엇보다 중요한 열쇠가 되고 있지요."

"하지만 어젯밤 박준이 전짓불을 보고 놀랐던 것만으로는 그가 어째서 그것에 대해 공포감을 지니게 되었는지, 그리고 그 전짓불의 공포라는 것이 박준에게 어떤 의미를 지니고 있는 것인지 아직 설명하실 수가 없으신 것 아닙니까?

"아직까지는 그런 셈이지요."

"역시 그의 소설에 대한 관심을 좀 가져보시는 게 어떨까요?"

나는 박준의 소설들과 전짓불 사이에는 뭔가 깊은 상관이라도 있는 듯한 예감에 사로잡히면서 은근히 김 박사를 권해 보았다. 그러나 김 박사는 박준의 소설에 대해서는 여전히 관심을 보이려 하지 않았다.

"역시 그럴 필요는 없어요. 별로 기분 좋은 방법이 아니기는 하지만, 이젠 최소한 환자로 하여금 전짓불의 내력을 포함한 모든 비밀을 털어놓게 할 최후의 방법만은 찾아진 셈이니까요."

의사는 뭔가 의미있는 미소를 짓고 있었다. 그러나 김 박사는 그 방법이 어떤 것인지에 대해서는 말을 하지 않았다. 좀 더 시간을 기다려보라고 언제나처럼 자신만만한 웃음을 웃고 있을 뿐이었다.

전짓불 때문에 생긴 박준의 발작 사건 이후부터 나는 더욱 사무실 쪽으로는 마음을 돌릴 수가 없게 되어버렸다. 박준이 무엇 때문에 전짓불을 보고 발작을 일으켜버렸는지 하루빨리 확실한 이유를 알고 싶었다. 김 박사는 그 전짓불의 내력뿐 아니라 박준의 비밀을 모두 털어놓게 할 방법이 있노라고 무척 자신만만했다. 그래서 그는 박준을 위해 그의 소설까지 들춰낼 필요는 없다고 말했다. 하지만 나는 그 김 박사만을 기다리고 있을 수가 없었다. 이미 박준의 소설을 두 편이나 읽고 있는 나로서는 그의 증세와 소설을 좀 더 심각하게 관련지어 생각하지 않을 수 없었다. 뿐만 아니라 나는 그 두 편의 소설로부터 어떤 강한 암시까지 받고 있는 터였다.

전짓불은——그의 작품 속에서 암시되고 있었던, 작가로서의 그의 진술의 권리를 간섭 방해하고, 마침내는 박준 자신의 의식에까지 어떤 장애를 초래케 한 갈등요인의 구체적인 내용이었다. 나에게는 그렇게 생각되고 있었다. 박준의 전짓불과 소설이 전혀 무관하게 보여질 수가 없었다. 김 박사에게 박준의 소설을 좀 더 권해 보지 않은 것은 아직도 자신을 가질 수가 없었던 것뿐이었다. 그리고 그 박준의 전짓불로써 내가 김 박사를 찾아가 하고 싶었던 이야기는 이미 충분해져 버리고 있었기 때문이었다. 그러나 전짓불은 분명히 그의 소설과 어떤 관련이 있었다. 어찌 생각하면 그 전짓불은 이미 그의 소설 속 어디엔가 숨겨져 있었던 것 같기도 했다. 확실하지 않은 것은 다만 그것이 어디에 어떤 식으로 숨겨져 있었는지 정체를 알아낼 수 없는 것뿐이었다.

그의 다른 소설들을 찾아나서지 않을 수 없었다. 나는 온통 그런 식으로 박준의 일에만 정신이 팔려 있었다. 옛날에 발표된 작품들을 찾아 읽고 주소를 따라 집을 찾아가 보기도 했다. 하지만 그의 집에서는 박준에 대해 무슨 신통한 흔적을 찾아볼 수가 없었다. 판잣집들이 무더기져 있는 신촌 고갯마루——거기서도 언덕배기를 한참 더 기어오른 다음에야 나는 겨우 박준의 집이라는 곳을 찾아낼 수 있었는데, 그 집에는 이상하리만큼 박준의 흔적이 말끔히 사라지고 없었던 것이다. 책이라든지, 원고지라든지, 일기장이나 무슨 메모집 같은 것 하나도 그의 방에는 남아 있는 것이 없었다. 그런 것들은 박준이 집을 나가기 전에 이미 하나하나 어디론지 자취를 감추고 말았다는 것이었다. 그러나 내가 박준의 집에서 그의 흔적을 찾아볼 수 없었다는 것은 무슨 그런 것을 얻을 수 없었다는 뜻만은 아니다. 박준은 그의 가족들에게서마저 이미 머나먼 곳으로 떠나버리고 있었던 것이다.

가족이라야 칠순이 넘어 보이는 그의 모친과 이미 결혼적령기를 놓쳐버리고 있음에 틀림없는 누이동생뿐이었지만, 그 육친들마저도 박준에 대해서는 별스럽게 태도들이 냉담했다. 박준의 소식을 전하고 나서 내가 혹시 무슨 도움될 일이 없느냐고 묻자 그 누이동생이라는 여인은,

"그러니까 이제 와서 저희더러 어떻게 하라는 거지요? 선생님께선 무엇 때문에 오빠 일에 그토록 관심이 대단하시죠?"
고마워하기는커녕 차디차게 공박을 하고 들었다. 나는 어리둥절해질 수밖에 없었다. 그리고 비로소 박준에겐 찾아줄 만한 보호자도, 더 이상 그의 병세를 캐어볼 이웃도 없다는 것을 깨달았다. 나는 아직까지 주머니에 뒹굴고 있는 그의 원고료를 꺼내놓고(그러는 편이 낫다고 생각되어서였다.), 그리고 혹시 박준에 대해 무슨 상의할 일이 있으면 연락을 바란다고 사무실 전화번호를 적어놓고 나서 집을 나오고 말았었다. 하지만 나는 그것으로 박준의 증세에 대한 궁금증을 중단해 버릴 수는 물론 없었다. 계속해서 그의 소설을 찾아 읽고 행적을 수소문해 보곤 했다. 그러는 나를 보고 안형은,

"이제 그만 일을 좀 돌볼 만한 때가 된 듯싶은데요. 덕분에 이번 달엔 아무래도 발행날짜를 맞출 수가 없겠어요."
노골적으로 불만스러운 얼굴을 지어 보이곤 했다. 아직 원고조차 덜 걷힌 형편이라는 것이었다. 하지만 나는 그런 안형의 불평도 아랑곳하지 않았다. 아랑곳할 필요가 없다고 생각했다.

——박준의 일이 확실해지기 전에는 다시 일을 시작하기가 싫은걸.
그런 투였다. 이상스럽게도 나는 최근 얼마 동안 원고가 전혀 잘

걷히지 않는다든가, 잡지 일이 잘 되어나가지 않는다든가 하는 이유가 박준에게서 찾아내지기라도 할 것처럼 그렇게만 생각되고 있었다. 그리고 어떤 식으로든 그것이 밝혀지기 전에는 잡지 일이라는 것이 무의미하게만 여겨지고 있었다. 예감이었다. 그러나 나는 그런 예감을 머릿속에서 몰아낼 수가 없었다.

그러던 어느 날이었다. 이날은 뜻밖에 재미있는 일이 한 가지 생겼다. 사무실 화장실에서 생긴 일이었다. 건물이 헐어서 그렇기는 하겠지만 우리 사무실 화장실은 여느 건물들의 그것보다는 유난히 불결한 데가 많았다. 명색은 수세식이었지만 언제나 물이 잘 나오지 않아서 용법이 바뀌어진 지 오래였다. 여기저기 타일이 떨어진 것은 둘째 치고, 물바께쓰에다 화장지통하며 청소 수세미 같은 것들이 언제나 너절하게 널려 있었다. 물론 고급 화장지가 비치되어 있을 리도 없었다. 화장지는 신문이나 휴지 조각을 적당한 크기로 찢어 못에다 꽂아놓고 있었다. 하여튼 그런 식으로 좀 민망스러운 화장실이었다. 그래서 나는 좀처럼 그 화장실을 사용하는 일이 드물었다. 일이 간단한 경우에야 물론 그런저런 불평까지 할 필요가 없었지만, 시간을 요할 때는 될수록 다른 곳을 찾았다.

한데 이날은 어떻게 일이 그렇게 불가피했던지 내가 그곳을 찾아들게 되었다. 뜻밖의 일이란 거기서 생긴 것이었다. 엉거주춤 코를 쳐들고 앉아 있던 나의 시선이 우연히 못에 걸린 신문지 조각 위에 머물고 있었다. 한데 바로 그 신문지 조각이 문제였다.

—— 이달의 화제작, 화제 작가.

신문지는 벌써 이태쯤 전에 발간된 어떤 주간지의 한 조각이었는데, 거기에는 우선 그런 제호가 크게 눈에 뜨이고 있었다. 그리고 그 제호 한쪽으로는 그달에 발표된 박준의 소설 한 편이 몇몇 평론가들로부터 합평되어 있고, 다른 한쪽으로는 그달의 화제 작가로서 박준을 인터뷰한 기사가 실려 있었다.

나는 정신이 번쩍 들었다. 신문지 조각을 못에서 빼어냈다. 그러나 금세 실망이 되고 말았다. 기사가 별로 읽을 만한 곳이 남아 있지 않았다. 대부분의 기사가 다른 조각으로 찢어져나가 버리고 없었다. 하지만 그 찢어져나간 다른 조각들을 찾아낼 수가 없었다. 이미 휴지로 사용이 되고 만 모양이었다. 남아 있는 것은 그의 인터뷰 기사 중의 몇 마디뿐이었다. 나는 그것이나마 찢어지다 남은 데서부터 기사를 읽어내려가기 시작했다.

——당신은 아까 내가 위험한 질문이라고 한 말의 뜻을 아직 잘 알아듣지 못한 모양이다. 그렇다면 내가 좀 더 설명을 하겠다…….

아마 기자의 어떤 질문에 대한 답변을 부연하고 있는 모양이었다. 박준은 이야기를 꽤 길게 계속하고 있다.

——어렸을 때 겪은 일이지만 난 아주 기분 나쁜 기억을 한 가지 가지고 있다. 6·25가 터지고 나서 우리 고향에는 한동안 우리 경찰대와 지방 공비가 뒤죽박죽으로 마을을 찾아드는 일이 있었는데, 어느 날 밤 경찰인지 공빈지 알 수 없는 사람들이 또 마을을 찾아들어왔다. 그리고 그 사람들 중의 한 사람은 우리 집까지 찾아들어와서 어머니하고 내가 잠들고 있는 방문을 열어젖혔다. 눈이 부시도록 밝은 전짓불을 얼굴에다 내리비추며 어머니더러 당신은 누구의 편이냐는 것이었다. 하지만 어머니는 그때 얼른 대답을 할 수가 없었다. 전짓불 뒤에 가려진 사람이 경찰대 사람인지 공비인지를 구별할 수 없었기 때문이었다. 대답을 잘못했다가는 지독한 복수를 당할 것이 뻔한 사실이었다. 하지만 어머니는 상대방이 어느 쪽인지 정체를 알 수 없는 채 대답을 해야 할 사정이었다. 어머니의 입장은 절망적이었다. 나는 지금까지도 그 절망적인 순간의 기억을, 그리고 사람의 얼굴을 가려버린 전짓불에 대한 공포를 생생하게 간

직하고 있다.

한데 요즘 나는 나의 소설 작업 중에도 가끔 그 비슷한 느낌을 경험하곤 한다. 내가 소설을 쓰고 있는 것이 마치 그 얼굴이 보이지 않은 전짓불 앞에서 일방적으로 나의 진술만을 하고 있는 것 같다는 말이다. 문학행위란 어떻게 보면 가장 성실한 작가의 자기진술이라고 할 수 있다. 한데 나는 지금 어떤 전짓불 아래서 나의 진술을 행하고 있는지 때때로 엄청난 공포감을 느낄 때가 많다는 말이다. 지금 당신이 한 것 같은 질문을 받게 될 때가 바로 그렇다…….

박준의 말은 거기서 일단 끝이 나고 있는 듯이 보였다. 그리고 신문이 찢어져나가 버린 것도 거기서부터였다.

그러나 나는 이제 그것만으로도 충분했다. 충분하다기보다는 뜻밖의 수확에 우선 기분이 흡족스러웠다. 신문은 아마 안형의 서랍쯤에서 나온 것일 것 같았다. 내가 갑자기 박준의 일로 설치고 다니는 바람에 안형은 요즘 비위가 잔뜩 상해 있었다. 문학기사로 스크랩을 해뒀다가 소제를 해낸 것일는지 모른다. 그것을 아마 사환애녀석이 화장실 못에다 찢어 걸어놓은 것이리라……. 하기야 그게 어떻게 해서 우리 사무실 화장실까지 굴러들어오게 되었건 그걸 상관할 바는 아니다. 중요한 것은 내가 그것을 보게 된 것이다. 내가 보게 된 박준의 그 몇 마디가 중요한 것이다.

박준의 이야기는 바로 그 전짓불의 이야기였다. 비로소 전짓불의 정체가 드러난 것이다. 게다가 박준은 그 이야기 속에서 자기의 문학과 전짓불이 어떤 불가분의 관계 속에 있음을 분명한 어조로 암시하고 있기까지 했다. 나의 추측대로였다. 사무실로 돌아오자 나는 다시 기분이 들뜨기 시작했다. 이젠 박준에게서 그 전짓불이 어떻게 해서 오늘의 증상에까지 발전해 오게 되었는지, 그리고 그 전짓불과 박준의 소설은 좀 더 구체적으로는 어떤 식으로 관련되고 있는지, 그것만 밝혀지면 모든 것이 명백해질 수 있었다. 우선 박준을 인터뷰한 신문사를 찾아가서 기사를 마저 읽어보는 것이 좋을 듯싶었다. 바로 박준의 소설 가운데서 그 전짓불이 발견될 수 있다면 그보다 더한 다행이 없겠지만, 그럴 가망은 좀처럼 보이지 않았다. 우선 신문사를 찾아가서 그때 말한 박준의 생각만이라도 자세히 알아보는 편이 나을 것 같았다.

그런데 일이란 한번 실마리가 풀리기 시작하면 이상하게 이리저리 인연이 닿게 되는 모양이다. 이날은 연거푸 뜻밖의 일만 일어나고 있었다. 점심 겸 신문사를 찾아가기 위해 막 사무실을 나서려는 참이었는데, 나로서는 의외의 인물로부터 전화가 한 통 걸려왔다. 그런데 이번에는 또 그 의외의 전화가 신문사를 찾아갈 일을 덜어주고 만 것이다. 전화를 걸어온 사람은 다름 아닌 박준의 누이였다. 여인의 이야긴즉, 자기가 지금 나의 사무실 근처까지 나와 있는데, 시간이 있으면 좀 만나서 의논해 보고 싶은 일이 있다는 것이었다. 나는 곧장 다방으로 내려갔다. 한데 여인을 만나고 보니 의논할 일이라는 게 다름이 아니었다. 여인은 책보자기에다 박준의 소설 원고를 한 뭉치 싸들고 나와 있었다. 한 오륙백 장쯤 된 중편소설 원고였다.

"오빠가 집을 나가기 얼마 전에 내게 맡긴 거예요. 이 원고를 제게 맡기면서 오빠는 아마 자기가 머지않아 미쳐버리게 될지도 모른다고 하더군요. 물론 곧이들을 수가 없었지요. 오빠 평소에도 늘 머릿속에 빈 데가 많은 사람이었거든요. 터무니없는 일에 괜히 안절부절 조바심을 치는 일도 많았구요. 그때도 물론 오빠 농담처럼 실없이 웃고 있었어요. 그러면서 자기가 정말 미쳐버리기라도 하면 이 소설을 어디다 가져다 팔아보라는 것이었어요."

띄엄띄엄 사정을 털어놓고 있는 여인의 목소리는 그날처럼 여전히 냉랭했다.

"그런데 요전엔 박준 씨가 정말 자신의 예언대로 되어 있다는 소식을 전했는데도 그런 말씀을 하시지 않았지요?"

의아스러워하는 나에게 여인은,

"오빠의 소설을 팔고 싶다고 해도 쉽사리 저의 생각대로 일이 되어지진 않았을 테니까요. 전 한동안 오빠가 소설을 써가지고 나가는 것만 보았지 그 소설들이 어디로 팔리거나 발표되는 걸 본 일이 없거든요."

걸핏하면 다시 원고뭉치를 들고 일어서 버릴 기세였다.

"그런데 오늘은 어떻게 다시……?"

"오빠가 너무 가엾어졌기 때문이에요. 병원을 찾아가 보고 싶어졌어요."

"그러시겠지요. 물론 그러셔야죠."

"하지만 꼭 선생님 잡지사에서 원고를 팔아주시라는 뜻은 아니에요. 일전에 선생님께서 알 수 없는 돈봉투를 내놓고 가신 걸 보고 전 선생님네 사무실에도 이미 오빠의 소설이 들어와 있다는 걸 짐작하고 있으니까요. 정말 원고를 사줄 데만 알선해 주시면 되는 거예요."

소설은 내가 맡을 수밖에 없었다. 아니 여인의 말이 아니더라도 이미 나는 그 소설을 내가 맡을 작정을 하고 있었다. 우리 사무실에서 그 원고를 사주고 안 사주고는 전혀 다른 문제였다. 자기가 미친 다음에나 팔아보라고 마지막 남기고 간 소설이었다. 그가 누이에게 농담처럼 했다는 말을 보면 그는 그 소설을 쓸 때부터 자신이 언젠가는 정말 미친 사람이 되어 있거나, 적어도 그렇게 알려지게 될 것을 점치고 있었음이 분명했다. 그런 소설을 섣불리 놓칠 수가 없었다.

나는 일단 소설을 맡기로 하고 나서 여인을 돌려보냈다. 원고료는 며칠 여유를 가지고 기다리되, 병원 일은 내가 우선 급한 대로 양해를 구해 놓겠으니 언제라도 맘내킬 때 찾아가 보라고 했다. 그러고는 곧 박준의 소설을 안고 다시 사무실로 올라갔다. 이젠 인터뷰기사를 읽어보기 위해 신문사를 찾아가는 일 따위는 아무것도 급할 것이 없었다. 우선 원고부터 읽어보고 싶었다. 점심도 사무실로 시켜오게 하면 그만이었다.

나는 사무실로 올라오자 곧장 원고를 읽어내려가기 시작했다.

한데 그 박준의 소설이 이번에는 정말로 나에게 신문사를 갈 필요가 없게 만들어버리고 있었다. 전짓불이 —— 바로 그 소설 속에 박준의 전짓불이 번쩍이고 있었던 것이다. 이상스럽게도 박준은 이년쯤 전에 말한 그 전짓불을 소설 속에서 직접 이야기하고 있었던 것이다. 전짓불은 소설의 곳곳에서 무섭게 번쩍이고 있었다. 아니 박준의 이번 소설은 바로 그 전짓불을 위해서, 그리고 전짓불에 의해 모든 이야기가 진행되어 나가고 있는 판국이었다. 어찌 보면 박준 자신이 전짓불 아래 앉아 끊임없이 그 전짓불의 강한 조명을 받으면서, 소설을 쓰고 있었던 것 같기도 했다.

—— 아마 이건 제가 국민학교 사학년쯤 되었을 때의 일 같군요. 국민학교 사학년 때라면 그러니까 6·25 전란으로 마을 청년들이 한창 군대들을 나가던 때였지요. 한데 그 무렵 순경들은 마을로 들어와서 징집영장을 받지 않은 청년들도 마구 붙잡아다 입영을 시키는 수가 있었어요. 그 때문에 마을에서는 가끔가다 한 번씩 소동이 일어나곤 했지요. 쫓고 쫓기고 하느라고 말예요. 그러던 어느 날 밤이었습니다. 어머니와 내가 막 안방에서 잠을 자려고 불을 끄고 있는데 집 뒤쪽 골목에서 갑자기 퉁퉁거리는 발소리가 들려오기 시작했어요. 발소리에 뒤따라 우리 집 뒷마당에서 쿵 하고 뭐가 떨어지는 소리가 들려왔어요. 그런데 쿵 소리는 다시 발소리가 되어 앞으

로 돌아오더니 후닥닥 우리가 자고 있는 방문을 열고 다짜고짜 방 안으로 뛰어드는 것이었어요. 아주머니 접니다, 지금 순경에게 쫓기고 있어요, 그러면서 그는 숨도 돌릴 사이 없이 다락으로 기어올라가는 것이었어요. 그 목소리는 우리가 잘 아는 마을 청년이었지요. 어머니는 곧 사태를 짐작한 듯 아무 말 없이 방문을 고쳐닫았어요. 저는 벌써부터 가슴이 무섭게 두근거려지기 시작했어요. 저 역시 사정을 짐작할 수 있었거든요. 어머니가 막 문을 고쳐닫고 자리로 돌아오는데 과연 또 하나의 발소리가 뚜벅뚜벅 다가오더군요. 그러더니 그 발소리는 바로 우리들 방문 앞에서 딱 소리를 멈추는 것이었어요. 실례합니다, 날카롭고 재촉스러운 소리와 함께 백지 창문에 불빛이 번쩍거렸습니다. 저는 가슴이 떨려와서 정말 죽을 지경이었지요. 어머니는 그 소리에 막 잠이 깬 사람처럼 졸리는 목소리로 게 누구요, 하고는 눈을 비적비적 부벼대며 문을 열었습니다. 한데 아, 바로 그 순간이었어요. 열어젖힌 문밖에선 갑자기 무시무시하게 밝은 전짓불빛이 방 안으로 가득 쏟아져 들어오는 것이 아니겠습니까. 그 불빛 때문에 뒤에 선 사람은 모습도 알아볼 수 없게 말입니다. 하지만 그 불빛 뒤에 선 사람이 누구인가는 물론 보지 않고도 알 수 있었지요. 그 사람은 여전히 전짓불빛을 방 안으로 쏘아대면서 방금 청년 한 사람이 방으로 들어오지 않았느냐고 묻고 있었어요. 청년들을 붙잡으러 나온 순경이 분명했지요. 하지만 저는 그가 순경이라는 것을 알고 나서도 그 무시무시한 전짓불 때문에 가슴을 진정시킬 수가 없었어요. 도대체 전짓불은 어째서 늘 이쪽에서 대답할 수 없는 것만 묻고 있는가 원망스럽기만 했어요. 하지만 제가 아직도 계속 가슴을 떨고 있었던 것은 청년을 숨겨놓고 나서 그의 물음에 어떻게 대답을 해야 할지 몰라서 그랬던 것만은 물론 아니었어요. 역시 그 전짓불빛 때문이었지요. 뒤에 선 사람의

88

얼굴을 절대로 볼 수 없는 그 무시무시한 전짓불 말이에요…….

박준의 소설은 이를테면 그런 식이었다. 좀 더 자세히 이야기하자면, 이것은 소설의 주인공인 G가 그의 환상 속에 나타난 심문관에게 자신의 과거를 고백하고 있는 대목의 하나인데, G가 그런 식으로 환상의 심문관 앞에 자기의 과거를 고백하게 된 경위는 이러했다.

어떤 청년운동 단체의 간부직원인 G는 어느 날 저녁 하루의 일을 끝내고 집으로 돌아오다 문득 이상한 환상에 빠져버린다. 집으로 돌아오는 좌석버스 속에는 한결같이 무겁게 입을 다문 시민들이 피곤한 어깨를 기대고 앉아 있다. 한데 G는 그 무거운 침묵과 얼굴이 보이지 않는 사람들의 어깨 뒤에서 갑자기 무시무시한 공포를 느끼기 시작한다. 그는 문득 그 모든 사람들이 서로 무엇인가 침묵으로 이야기를 하고 있음을 느낀다. G는 물론 그 침묵의 대화가 무슨 내용인지는 확실히 말할 수가 없다. 그러나 G 자신도 그들과 함께 그 침묵의 대화를 나누고 있음을 분명히 느낀다. 그 느낌 속에서는 대화의 내용도 제법 확실한 것 같다. 한데 G는 한동안 차 속에서 그런 환각에 빠져들어가다가 느닷없이 어떤 음모의 피의자로 체포당해 있는 자신을 발견한다. 그는 그 음모 사건에 관해 심문관의 취조를 받기 시작한다. 그러나 심문관은 G에게 구체적으로 어떤 음모 사건이 모의되고 있었으며, 그것과는 G가 어떻게 관련되고 있는지를 직접적으로 추궁하지는 않는다. G는 다만 자신의 생애에 관해 그가 기억해 낼 수 있는 모든 것을 진술할 것을 심문관으로부터 요구받는다. 그 음모 사건이라는 것과 상관이 있거나 없거나, 또는 자신이 중요하다고 생각하고 있거나 말거나 기억해 낼 수 있는 모든 것을 가식없이 진술하라는 것이다. 심문관은 G의 그런 진술로부터 그가 어떤 식으로 그 음모 사건과 관련되어 있으며, 그것이 어떤 가공할 범죄인지를 가려낼 참이라는 것이다. G 역시 그 요구를 수락한다. 그는 자신이 어떤 음모를 꾸미고 있었는지 전혀 기억이 없다. 심문관 앞에 서고 보니 잠깐 그런 기분이 들고 있었던 것은 사실이었다. 하지만 그건 막연한 기분뿐이다. 그리고 그런 기분마저도 아주 옛날에나 그런 일이 있었던 것처럼 까마득하다. 분명히 음모를 꾸민 사실이 없었다. 그렇다면 심문관의 요구를 기피할 이유가 없다. 진술한 진술이 자신의 혐의 유무를 가장 정확하게 가려내 줄 수 있다면 이야말로 자기 쪽에서 먼저 바라고 나서야 할 바였다.

그러나 G는 망설이지 않을 수 없다. 심문관의 정체를 알 수가 없다. 심문관은 한 번도 G가 본 일이 없는 제복을 입고 있다. 모자의 모양도 이상스럽고 제복에 달린 부착물이나 장신구의 풍속도 모두 눈에 선 것들뿐이다. 사내의 정체를 알 수 없다는 것이 공연히 이쪽을 불안하게 한다. 공연히라기보다도 이 정체를 알 수 없는 사내에 겐 어떤 식의 진술이 자신의 결백을 증명하는 데 가장 효과적일지를 알 수 없다. 정체를 알 수 없는 사람 앞에서 가장 정직한 자기 이야기를 해야 한다는 사실부터가 바로 불안한 일이었다.

그러나 G는 진술을 행하지 않을 수는 없다. 그는 결국 그 심문관의 정체를 알 수 없는 데서 온 본능적인 불안 속에서 진술을 시작한다. G가 자신의 과거를 심문관 앞에 고백하게 된 경위는 대략 그러했다. 한데 그렇게 해서 시작된 G의 과거는 어찌 된 셈인지 온통 그 전짓불하고만 상관되고 있는 일들뿐인 것이다. 첫 대목부터가 앞에서 보인 것과 같은 식이었다. 아니 앞에서 본 것이 그 진술의 첫 대목은 아니었다. 그것은 두 번째였다. G의 첫 번째 진술은 마침 박준이 그의 인터뷰 중에서도 말한 바 있는 그 어린 시절의 봉변에 관한 것이었는데, 아는 바와 같이 그것도 물론 전짓불에 관한 이야기였다. 그러니까 그것은 앞에서 소개한 대목보다는 일 년쯤 전 일이 되는 셈인데(그래서 박준도 소설 속에서 그것을 두 번째로 고백시키고 있었지만), 그때 일에 대한 G의 진술도 이렇게 되어 있었다.

——저의 고향마을은 남해안 어느 조그만 포구 근처였습니다. 때는 6·25 사변이 터지고 나서 삼 개월 남짓 지난 1950년 가을 무렵이었어요…….

이때 괴뢰군은 유엔군의 인천상륙으로 벌써 남해안 근처에서는 자취를 감추고 말았지만, 퇴로를 차단당한 일부 낙오병력과 지방 공비들은 곳곳에서 여전히 준동을 계속하고 있었다. G네 마을 일대에는 아직도 국군이나 경찰대가 진주해 들어와 있지 않았기 때문이었다. 십 리 안팎에 있는 포구로는 며칠 만에 한 번씩 어마어마하게 큰 배들이 태극기를 휘날리며 돌진해 들어오곤 했다. 하지만 그 배들은 언제나 포구 안으로는 들어오지 않고 멀찌감치서 마을을 기웃거리고만 있다가 하룻밤이 지나고 나면 어디론지 다시 포구를 떠나가 버리곤 했던 것이다. 포구를 기웃거리고 있던 배들은 밤이 되면 일대의 반공인사들을 모아싣고 어디론지 날이 밝기 전에 포구를 떠나가곤 한다는 것이었다. 하지만 배가 그렇게 한 차례씩 마을 앞을 스쳐가고 나면 G네 마을 일대에선 오히려 더 많은 엉뚱한 희생자들이 생겨나곤 했다. 배가 떠나가고 나면 한동한 숨을 죽이고 있던 지방 공비들이 다시 마을사람들에게 무서운 보복을 감행해 오곤했기 때문이었다.

그럴 무렵이었다. 한번은 G네 마을에 이런 일이 있었다. 이날은 이웃 포구로 배가 들어간 것을 본 사람들도 없었는데, 밤이 되자 느닷없이 한 무리의 무장부대가 G네 마을로 스며들어왔다. 괴한들은 마을로 들어오자 집집마다 짝을 지어 다니며 젊은 남자들을 불러냈다. 그러고는 영문을 알 리 없는 마을 남자들에게, 우리는 어스름새에 배를 타고 들어온 경찰들인데 마을이 안전해질 때까지 그 배로 함께 피신을 해가는 것이 어떠냐고 했다. 마을 남자들이 옳다구나 그들을 따라나섰다. 한데 그 무장 괴한들을 따라나선 마을 사람들은 동네 어귀도 빠져나가기 전에 모두 무참한 죽음을 당하고 말았다. 괴한들은 지방 공비였다. 배가 오지 않은 것은 말할 것도 없었다. 공비들은 자기들을 소원시하고 진짜 경찰대를 환영하는 지방민들에 대한 앙갚음으로 그런 복수극을 꾸몄던 것이다. 한데 참극은 거기서 끝나질 않았다. 아직도 공비들의 난동이 심하다는 소식을 듣고 이번에는 다시 진짜 경찰대가 마을로 들어왔다. 그러나 어찌된 일인지 마을 사람들은 이번에도 배가 포구로 들어간 것을 알아보지 못하고 있었던 모양이었다. 마을 사람들 중에는 이번에야말로 정말 자기들을 피신시켜 주려는 경찰대 앞에 이런 엉뚱한 연극을 해 보인 사람들이 있었다.

"난 죽어도 국방군은 따라가지 않소. 난 인민군대 편이오. 인민군댈 따라가면 따라갔지 죽어도 국방군은 못 따라가오."

그렇게 말한 사람들은 이번에도 물론 지방 공비들이 속셈을 뜸떠 보려는 수작으로만 믿어버린 축들이었다. 화를 당하지 않기 위해 그들 앞에서 일부러 그렇게 말을 한 것뿐이었다. 그러나 경찰대는 사정을 이해할 리 없었다. 마을 사람들은 다시 화를 입고 말았다. 그러자 G네 마을 일대는 이번에야말로 진짜 무서운 공포로 휩싸이기 시작했다. 배가 와도 걱정이고, 안 와도 걱정이었다. 어느 쪽이 어느 쪽인지를 분간할 수 없으니, 한밤중에 갑자기 일을 당하고 나면 어떻게 화를 면할 길이 없었다. 밤이 무서웠다. 밤이 되면 모두가 남자들은 집을 비우고 도망갔다. 산에서 밤을 지내고 아침에야 집으로 돌아오곤 했다. 그러던 어느 날 밤 드디어 G의 집에도 그런 무서운 일이 닥쳐오고 말았다. 이날 밤 일을 G는 이렇게 진술하고 있었다.

——그날 밤 저는 어머니와 함께 단둘이서 집을 지키고 있었습니다. 한데 밤중쯤 되자 느닷없이 밖에서 쿵쿵거리는 발소리가 났고, 어머니와 저는 그 발소리에 놀라 잠을 깨고 말았어요. 눈을 뜨자마자 백지 창문이 덜컹 열리면서 눈부신 손전등 불빛이 가득히 방 안으로 쏟아져들어왔어요. 눈을 뜰 수도 없을 만큼 강한 불빛이었지요. 한데 그 불빛 뒤에서는 사람의 모습도 보이지 않은 채 카랑카랑한 목소리만 울려오는 것이었어요. 이 집은 남자들이 모조리 어딜 갔어, 남자들은 다 어딜 가고 꼬맹이하고 아주머니만 남아 있는 거야, 그런 소리였지요. 올 것이 왔구나 싶었습니다. 전 속이 떨려 감히 그 불빛을 쳐다볼 수도 없었어요. 하지만 어머니는 저보다도 더 기가 질려버린 모양이었어요. 기어들어가는 목소리로 애원하듯 간신히 대답을 하고 있었어요. 우리 집에는 원래 다른 남자가 없고 식구가 두 사람뿐이라는 것이었어요. 하지만 전짓불은 곧이들으려 하지 않더군요. 거짓말 마라, 우린 다 알구 왔다, 남자들은 다 어딜 갔느냐, 누굴 따라간 게 틀림없는데, 따라간 사람들이 누구 편이냐는 것이었지요. 무섭고 답답한 일이었습니다. 왜냐하면 전짓불의 추궁대로 아버지는 정말로 밤이 두려워 집을 비우고 달아나고 없었으니까요. 전짓불은 정말 그것을 알고 있는 것 같았어요. 전짓불의 정체만 알 수 있었다면 물론 대답이 어려운 것은 아니었지요. 하지만 그 전짓불의 강한 불빛 때문에 그 뒤에 선 사람이 어느 편인지는 죽어도 알아낼 수가 없었습니다. 아아 그 전짓불이 얼마나 원망스럽고 무서운 것이었는가를 지금도 잊을 수가 없군요. 사실을 말할 수가 없었어요. 그러나 어머니는 끝끝내 대답을 하지 않을 수는 없었지요. 전짓불이 자꾸 대답을 강요했기 때문이죠. 어머니는 결국 울음 섞인 목소리로 애원을 하기 시작했어요. 아버지가 밤새 어디론가 집을 나가 있는 것은 사실이지만, 그러나 그것은 누굴 따라가기

위해서가 아니라 그저 세상이 시끄러워 잠시 피신을 해간 것뿐이니 용서를 해달라구요. 그러나 전짓불은 믿질 않더군요. 거짓말이다, 당신의 남편은 누굴 따라간 게 틀림없다, 그게 어느 편이냐, 아주머니는 누구 편이냐, 사정없이 추궁을 하고 들지 않겠습니까. 그러니까 어머니는 다시, 우리는 아무것도 모르고 그저 농사나 지어먹는 사람이다, 누구를 따라간 일도 없고 누구의 편이 된 일도 없다, 무식한 죄로 그러는 것이니 제발 허물을 삼지 말아달라……. 이 아주머니 정말 반동이구면, 누구의 편이 아니라니 그런 반동적인 사상은 용서할 수 없다, 전짓불 뒤에서 비로소 그런 소리가 들려왔어요. 겨우 전짓불의 정체가 밝혀진 것이었지요. 하지만 그때는 이미 때가 너무 늦어 있었어요. 우리들이 만약 보잘것없는 한 늙은이나 나어린 꼬마둥이가 아니었더라면 절대 전짓불의 용서를 받을 수 없었겠지요. 하지만 우리들은 다행히 장정한 남정네가 아니었어요. 그리고 늦게나마 정체를 알아낸 어머니의 애원으로 우리는 겨우 화를 면할 수가 있었어요. 하지만 아침에 일어나 보니 이날 밤 사이 마을에는 또 많은 새 희생자가 생겨나고 있었어요. 끔찍스런 전짓불의 강요에 못 이겨 그 전짓불 뒤에 숨은 사람의 정체를 점치려다 실패한 사람들이었지요. 사람들은 좀처럼 그 전짓불의 정체를 알아맞힐 수가 없었던 거예요…….

결국 G의 진술은 그때의 그 강렬한 전짓불빛의 인상으로 첫 출발이 시작되고 있었다.

한데 G에게는 그 첫 번 진술을 전짓불 이야기로 끝내고 나자 뜻하지 않은 일이 벌어지고 만다.

"사람이 태어나고 나서 맨 첫 번째로 기억되고 있는 일이 하필 그 전짓불이라니 이상한 일이군요."

느닷없이 심문관이 탐탁지 않은 표정을 지어버린 것이다. 그러고는 도저히 그럴 리가 없다는 듯 의심스러운 눈초리로 G를 바라보는 것이다. 하지만 문제가 생긴 것은 그러는 심문관에게서가 아니었다. 그러는 심문관을 보게 된 G 자신에게서였다. G는 심문관의 태도에 갑자기 다시 공포감이 일기 시작한다. 아닌 게 아니라 G 자신도 왜 하필 그런 이야기가 맨 첫 번째 기억으로 간직되고 있었는지 스스로 의문스러워진다. 이번엔 좀 다른 이야기를 생각해 내보려고 한다. 그러나 어찌 된 셈인지 금세 다른 이야기가 떠올라주질 않는다. 이번에도 또 그 전짓불에 관한 이야기가 떠오른다. 그는 안타깝고 초조해진다. 자꾸만 심문관의 눈치가 보아진다.

——이자의 정체는 도대체 무엇인가. 나의 결백은 결국 이자에 의해 증명되게 되어 있는데, 작자의 마음에 들 수 있는 이야기란 도대체 어떤 것이어야 하는가.

우선 그것부터 좀 알고 싶어진다. 하지만 그러면 그럴수록 머릿속엔 도무지 전짓불뿐이다. 그리고 전짓불은 더욱더 강하게 빛을 내쏟고 있다. 자신의 과거는 모든 것이 그 전짓불하고만 상관되고 있는 듯 여겨질 지경이다. 또는 그 기억 속의 전짓불에 가려 다른 일은 아무것도 볼 수가 없는 것 같기도 하다.

할 수 없다. 그는 다시 전짓불의 이야기로 두 번째 진술을 계속한다. 진술이 한 대목씩 끝날 때마다 심문관의 표정이 어떻게 달라지고 있는가를 세밀하게 살피면서.

하지만 두 번째 진술이 끝나고 나자 심문관은 드디어 짜증을 내버리고 만다. G의 이야기가 모두 그 전짓불 한 가지로 일관하고 있는 것은 분명히 정직한 진술이 될 수 없으며, 그것은 곧 G를 의심하기에 충분한 근거가 될 수 있다고 한다. G는 더욱 겁을 집어먹는다. 심문관의 마음에 들도록 좀 더 정직한 진술거리를 기억해 내려고 머리를 쥐어짠다. 하지만 아직도 그는 심문관의 정체를 알고 있지 못하다는 불안 때문에 도저히 그 이상 정직한 진술거리를 생각해 낼 수 없다.

그는 몇 날 며칠을 퇴근 때마다 버스 속에서 같은 환상의 괴롭힘을 당한다. 이상하게도 G는 버스만 타면 다시 전날과 똑같은 환상에 빠져들고, 그것은 며칠씩이나 끝이 나지 않고 있었던 것이다. 날마다 같은 식으로 정직한 진술거리를 생각한다. 그리고 심문관의 정체를 궁금해한다. 그는 이제 그 전짓불 때문에 머리가 돌아버릴 지경이다. 그러나 그가 심문관의 마음에 들도록 정직한 진술거리를 찾아보려 하면 할수록, 그리고 심문관의 정체를 알고 싶어 하면 할수록 기억 속에서는 전짓불빛만 더욱 강하게 빛을 쏘아오고 다른 것은 깡그리 그 전짓불 뒤로 숨어들어가 버리곤 하는 것이었다. 그리고 그러다간 또 뜻밖에 다른 하나의 전짓불의 기억만을 찾아내게 되어버리곤 하는 것이다.

──대학 시절의 이야길 하지요. 입학식을 하고 나서 나는 집을 정하지 못하고 있었어요. 천상 가정교사 자리를 구해 들어가야 할 형편이었는데 그게 곧 구해지지 않았거든요. 그래서 저녁이 되면 전 일찍 국수를 하나 사먹고 수위가 문을 채우기 전에 강의실로 숨어들어갔어요. 그러고는 날이 어서 어두워지기를 기다리는 것이었습니다. 밤이 되면 저는 책상을 몇 개 모아서 자리를 만들고 그 위에 누워서 기다리는 것이었습니다. 저는 아직 잠이 들어버려서는 안 되었으니까요. 교사 안을 순찰하러 나온 수위에게 들키면 두말 없이 쫓겨나게 되거든요. 저는 그러고 기다리고 있다가 수위가 다가오는 기색이 있으면 재빨리 그 수위가 다가오는 쪽 창턱 밑으로 가서 납작 엎드린 채 그가 지나가기를 기다렸습니다. 그러면 수위는 그때 손전짓불로 교실 안을 휙휙 둘러보는 것이었어요. 그 수위의 불빛이 얼마나 무서운 것이었는지 모릅니다. 사람은 보이지 않

고 불빛만 번쩍거리는 그 전짓불이 말입니다. 그 불빛이 기다랗고 곧은 장대처럼 되어 교실 안의 어둠을 이리저리 들추고 다닐 때 저는 뱃속에서 들려나오는 꼬르륵 소리조차 조마조마해졌어요. 물론 그런 때는 어렸을 적의 전짓불과 공포까지 함께 살아났지요. 그러나 이젠 그 전짓불 앞에 어느 쪽을 선택해서 말할 여지도 없었습니다. 물론 애원으로 용서를 받을 수도 없었구요. 전 이젠 어린애가 아니었거든요. 전짓불은 이제 그 자체가 저에게는 참을 수 없는 공포였어요…….

대학 시절의 이야기마저도 결국은 철저하게 그 전짓불로만 연결이 지어지고 있었다. G의 진술은 끝끝내 그런 식이었다. 군영생활 삼 년에 대해서도 그랬고, 가정생활, 교우관계 모두에 대해서도 그랬다. 모두가 그 전짓불투성이었다. 그리하여 그는 결국 자신에 관한 가장 정직한 진술을 끝까지 실패하고 만다. 그리고 어느 날 드디어 심문관은 G에게 진술을 중단시킨다. 기나긴 심문이 끝난 것이다. 심문이 끝났으니 이젠 심판이 내려질 차례였다. 심판이 내려졌다. 정직한 진술을 실패하고 만 G는 말할 것도 없이 유죄였다.

박준의 소설은 이렇게 끝나고 있었다.

"우선 나는 지금까지 당신의 진술을 검토한 끝에 당신의 유죄심증을 굳히게 되었습니다."

사내는 선언하듯 말하고 나서 한동안 G를 가만히 건너다보고 있었다. 그러너니 이윽고 그는 불안 때문에 감히 입도 열지 못하고 있는 G에게 유죄심증 이유를 설명하기 시작했다.

"그 이유는 이렇습니다. 하지만 이유를 말씀드리기 전에 먼저 말해 둬야 할 것은, 사실 우리는 당신의 진술내용을 당신에 대한 유죄심증의 근거로는 삼지 않았다는 점입니다. 그럴 필요가 없었지요. 왜냐하면 당신의 혐의사실은 당신의 진술태도 그것만으로도 이미

심증이 충분해지고 있었거든요. 당신이 진술한 이야기의 내용이 아니라 그 태도에 의해서 말입니다. 자 그럼, 이제부턴 바로 그 당신의 진술태도와 관련하여 유죄심증의 이유를 말하지요. 그 이유는 이렇습니다. 첫째로 당신은 우리에게 체포당해 있다는 사실, 그것을 부인하려고 했던 것입니다. 당신과는 전혀 다른 새로운 질서를 가지고 있는지도 모를 우리에게 당신이 체포당했다는 사실——지금 모든 것이 거기서부터 출발되고 있는 것입니다. 우리가 당신을 체포하게 된 경위 그것은 문제가 되지 않습니다. 당신 자신도 그것을 잘 모르고 있지만 우리 역시 그것은 중요하지 않습니다. 어쨌든 당신이 우리에게 체포되었다는 사실, 우리들 쪽으로 보면 그것은 곧 당신의 최초의 혐의점이며 그것으로 우리에겐 당신을 심문할 권리가 생긴 것입니다. 한데 당신은 그 최초의 혐의사실과 그리고 우리들이 당신을 심문할 권리를 쉬 인정하려 하지 않았어요. 물론 당신은 그것을 내게 말한 일은 없었지만, 그렇기 때문에 당신의 심중에선 그것이 더욱 용납될 수가 없었던 것입니다. 그것은 우리에게 훌륭한 유죄심증의 이유가 되었지요. 둘째번 이유는 당신이 줄곧 우리의 정체에 대해 불요부당한 의문을 품고 있었던 점입니다. 당신은 진술을 하면서 자꾸만 우리들의 정체를 알아내고자 했습니다. 그러나 우리의 비밀은 영원한 것입니다. 어쩌면 우리 자신도 그것은 모르고 있는 것인지 모릅니다. 그것을 알아내고 싶어 하는 것은 죄악입니다. 그런데 당신은 그 죄악을 범했습니다. 그래서 당신은 늘 진술을 망설이고 정직한 진술을 하지 못했습니다 당신이 우리의 정체를 궁금해하고 그것 때문에 정직한 진술을 할 수 없었다는 것은 또 하나의 음모 가능성을 노출한 것이지요. 이젠 밝혀도 상관이 없는 일이지만, 사실 나는 처음부터 당신에게 어떤 음모가 있었으리라고만 믿고 있었던 것은 아니었어요. 하지만 그러면서도 내가 당신에게 처음부터 음모 혐의를 걸어 진술을 요구한 것은, 그것이 바로 우리들의 심문방법이기 때문이었지요. 그런 경우 진짜 피의자들은 대개 극도의 공포감을 갖게 되고, 그리하여 어떻게든 혐의를 벗어보려고, 다른 식으로 혐의사실이 드러날 것은 꿈에도 생각지 않고 마구 엉뚱한 진술을 늘어놓게 되게 마련이거든요. 물론 그렇게 해서 진짜 혐의가 밝혀진 사람이 많은 것은 아니지요. 하지만 그 몇 되지 않은 사람을 철저히 색출해 내기 위해서는 모든 사람들이 일차 음모 혐의자가 되어주는 수밖에 도리가 없지요. 어쨌든 음모 혐의는 가장 좋은 심문방법입니다. 그래서 당신에게도 같은 방법을 취했던 것이지요. 한데 당신은 바로 그런 방법에 의해 훌륭하게 자신의 음모 가능성을 드러내준 것입니다. 우리들의 정체에 대한 불요부당한 의혹, 그리하여 끝끝내 정직한 진술이 불가능했던 점, 그것들은 용서받을 수 없는 음모의 가능성인 것입니다."

사내가 겨우 말을 끝냈다. 끝내고 나서 다시 G를 바라본다. G는 어이가 없었다. 사내의 말은 어느 하나도 선선히 승복을 하기 힘들었다. G가 사내들에게 체포당했다는 사실, 그것으로 모든 것이 새로 시작되며, 그것으로부터 G에겐 진술의 의무가 발생한다는 것은 말할 것도 없고, 사내의 정체에 궁금증을 느끼고 있었다거나, 그 때문에 정직한 진술을 행하지 못했다는 점에 대해서도 사내는 도대체 초논리적인 독단을 고집하고 있었다. 사내의 말을 승복할 수가 없었다. 아니 사내 식으로 한다면 G에게는 오히려 그 시내를 설득시킬 보다 명백한 논리가 얼마든지 많았다. 하지만 G는 입을 다물고 있었다. 이미 모든 것이 끝난 것이다. G가 뭐라고 해도 사내는 이미 유죄의 심증을 굳히고 있노라 했다. 사내의 심증이 그런 식으로 굳어진 마당에 불복 이유를 말해 봐야 사내는 이제 그 심증 자체가 또 모든 것의 시작이라고 할 것이고, 자칫하면 그 불복의사까지를 새로운 음모의 심증으로 삼으려 덤빌지 모르는 일이었다. G는 모든 것을 체념하기로 작정하고 가만히 입을 다물고 있었다. 그러나 사내가 계속해서 입을 다물고 있었으므로 G는 끝내 참을 수가 없어졌다.

"도대체 절 어떻게 할 작정입니까?"

G는 초조하게 묻기 시작했다. 그러나 사내는 이제 정말 할 일을 다 끝내 버린 듯 여전히 여유만만한 표정이다.

"형을 선고받아야지요. 이것은 당신들의 풍속에 의하면 일종의 재판에 해당되는 것이니까요."

"하지만 음모의 심증만으로 어떻게 형이 선고될 수 있다는 것입니까?"

"그러나 당신은 이미 그 형벌을 선고받고 있는걸요. 당신의 진술 속에서 당신은 자신의 범죄만큼한 형벌을 선고받고 그리고 그 형벌은 이미 집행까지 되고 있는 거란 말입니다."

"알 수가 없군요. 어떤 식으로 형벌이 선고되고, 벌써 그 집행이 이루어지고 있다는 것입니까?"

사내는 빙그레 웃고 있었으나 이제 그 웃음 속에는 잔인한 살기가 숨겨져 있었다.

"당신의 전짓불과 나에 대한 두려움, 그것은 이미 스스로 선택한 당신의 수형의 고통이지요. 그리고 당신은 그렇게 스스로 선택한 수형의 고통 때문에 이미 반쯤은 미친 사람이 되어 있거나 앞으로도 계속 미쳐갈 게 틀림없습니다. 당신은 우리들의 심판에 앞서 자신의 형벌을 그렇게 스스로 선고받고 있는 것입니다……."

"……."

이날 밤 나는 며칠 동안 뜸해 있던 병원으로 다시 박준을 찾아갔다. 소설을 읽고 나니 이제 나는 박준에 대해 거의 모든 것이 확실해진 듯싶었다. 안형의 말대로 박준은 마치 그 한 편의 소설을 써놓고서 자신이 직접 주인공이 되어 현실 속에서 그 소설의 사건들을 연출해 나가고 있는 것 같았다. 전짓불에 대한 것이 그랬고, 일방적으로 진술(그 용어마저도)을 요구당하고 있는 상황이 그랬다. 소설의 주인공처럼 박준이 무엇인가 김 박사를 못 미더워하고 있다는 것도 의심할 여지가 없었다. 박준에게 끊임없이 진술을 요구하고 있는 김 박사는 바로 박준 자신의 심문관이었다. 그리고 소설 속의 전짓불빛도 박준 자신의 것이었다. 박준은 벌써 이 년 전에 자신의 입으로 그 전짓불의 이야기를 말한 일이 있었다. 그리고 이 년이 지난 지금 박준은 바로 그 전짓불의 이야기를 소설로 직접 써 내놓은 것이다. 소설 속의 전짓불빛이 박준의 것일 수 있다는 것은, 그리고 소설 속의 주인공 G가 바로 박준 자신이라는 것은, 그가 소설 속에서 '진술'이라는 말을 유독 자주 사용하고 있는 것으로도 더욱 분명해질 수 있다. 물론 진술이라는 말은 박준뿐 아니라 김 박사도 즐겨 쓰는 말이었고, 나 자신도 잡지 일을 일종의 간접적인 자기진술 행위라고 고백한 일이 있지만(어쩌면 우리들은 모두가 그 진술과 관련하여 그것을 요구받으며 살아가고 있는 것인지도 모른다.), 박준은 소설은 쓰는 사람인 만큼 무엇보다 자기의 소설 작업을 그 자신의 진술행위로 이해하고 있었음이 틀림없는 것이다. 그러므로 G는 박준 그 자신일 수 있으며, G로 하여금 정직한 진술을 방해하고 있는 요인들은 바로 박준 자신이 소설을 쓰면서 당하고 있는 모든 방해 요인들을 상징하고 있을 수 있는 것이다. 그리하여 박준은 그 정직하려고 하면 할수록 오히려 실패만 거듭하게 될 수밖에 없는 한 작가의 슬픈 파멸을 G의 이야기를 통해 말하고 싶어 했던 것이다.

　한데 그 박준은 지금 병원의 김 박사로부터 끊임없이 고문을 당하고 있는 터이다. 아니 김 박사는 이미 견딜 수 없이 공포스러운 전짓불 뒤로 사라지고 그는 지금 눈부신 전짓불빛의 심문을 당하고 있는지도 모를 일이었다. 그래서 그는 그 전짓불 뒤에 숨은 김 박사의 정체를 끝없이 불안해하면서 스스로 고통을 당하고 있는지도 모를 일이었다.

그것은 한마디로 연극기로 단정해 버릴 수가 없는 것이었다. 혹은 연극기라고 해도 상관은 없었다. 하지만 그것은 단순한 연극기가 아니었다. 도대체가 이젠 박준이 그런 소설을 써놓고 나서 그 소설을 현실 속에서 연출해 나가고 있는 것이 아니라, 반대로 그의 현실과 의식이 그런 소설을 쓰게 한 것이라고 해야 옳은 것이다. 가령 박준이 처음에는 진짜 연극기에서 그런 증세를 가장하기 시작했다 해도 김 박사의 추궁이 계속되는 한 그는 이제 정말 미치광이가 되고 말지도 모르는 형편이었다. 아니 그의 소설의 주인공은 그 심문 과정에서 벌써 수형의 고통까지를 함께 감내하고 있었다는 식으로 결말이 지어지고 있는 것이다.

김 박사의 추궁을 중단시켜 놓지 않으면 안 되었다. 무엇보다 우선 내가 박준을 위해 해야 할 일은 그 불안을 되풀이 경험시키지 않도록, 그래서 그의 공포가 더 이상은 깊어지지 않도록 하는 것이었다. 김 박사로 하여금 더 이상 진술을 요구하지 못하게 하는 것이었다.

김 박사는 이날도 역시 병원을 나가지 않고 있었다. 알고 보니 김 박사는 병원 안쪽에 바로 살림집이 붙어 있다고 했다. 다른 할 일이 없다 보니 노상 자신이 병원을 밤까지 지키게 된다는 것이었다.

박준에게선 예상대로 아직 확실한 진술을 얻어내지 못하고 있었다. 전짓불에 대해서도 물론 아무 원인을 찾아내지 못하고 있었다. 이날 오후에 환자 누이라는 여자가 잠깐 한 번 병원을 다녀간 일이 있었을 뿐 박준은 날이 갈수록 점점 더 말이 적어지고 공포심만 늘어간다는 것이었다. 경과를 모두 듣고 난 다음, 비로소 나는 김 박사에게 박준의 소설 이야기를 시작했다. 그의 소설의 줄거리를 설명하고 전짓불의 내력을 일러주었다. 그 소설 속의 전짓불과 관련하여 박준이 얼마나 자기진술이라는 것을 두려워하고 있는가를 김 박사에게 납득시키려고 했다. 그러면서 나는 김 박사에게 이젠 더이상 박준을 추궁하지 말아달라고 노골적으로 간섭을 하고 들었다. 이 이상 무리하게 진술을 계속시키려 했다가는 박준이 정말 미쳐버릴지도 모른다고 협박을 하기도 했다. 그러나 김 박사는 역시 의연했다. 여태까지 자기의 방법이 낭패를 거듭하고 있는 것은 부끄러운 일이지만, 그러나 아직도 자신이 있다는 것이었다. 정 뭣하면 마지막 비상수단을 사용해서라도 박준의 진술을 기어코 얻어낼 자신이 있다는 것이었다. 그 마지막 비상수단이 어떤 것이냐는 물음에는 그저 빙긋이 미소만 짓고 있었으나 하여튼 김 박사는 여유가 만만했다. 박준의 소설도 참고가 될 수는 있을지언정, 그것이 치료의 원칙이 될 수는 없다고 했다. '인터뷰'를 중단하는 것은 환자의 치료를 포기하는 거나 마찬가지라는 것이었다. 그는 신념과 사명감으로 가득한 사나이였다. 그 신념은 꺾이어진 일도, 꺾을 수도 없는 것인 듯했다. 그러나 이제 나는 그런 김 박사의 태도가 조금도 마음에 들지 않았다. 아무리 그가 자신만만해 있어도 마음이 놓이질 않았다. 지나치도록 신념에 넘치고 있는 그의 태도가 오히려 위태롭게 느껴지고 있었다. 박준이 가엾었다. 나는 김 박사에게 박준을 한번 만나고 싶다고 했다. 김 박사는 내가 박준을 만나보는 것은 누구를 위해서도 도움이 될 수 없을 것이라고 했다. 그러나 나는 아무래도 마음이 집혀 병원을 그냥 돌아나올 수가 없었다. 고집을 피워 기어코 박준을 만나고 말았다. 그것도 물론 그의 병실까지 내가 직접

찾아들어가서였다. 그런데 박준은 과연 김 박사의 자신만만한 태도
와는 사정이 영 딴판이었다. 박준의 몰골은 정말 말이 아니게 초췌
해져 있었다. 이 며칠 사이에 벌써 보기 흉하도록 불쑥 튀어나온 광
대뼈하며, 그 광대뼈 뒤로 불안하게 숨어들고 있는 두 눈동자에는
진짜 광기 같은 것이 어리고 있었다. 내가 본 박준의 모습은 그런
것이었다. 그리고 그 박준은 나를 보자 더욱더 심한 불안에 싸여들
고 있는 것 같았다. 나는 그러는 박준에게 일부러 무슨 말을 시키려
고 하진 않았다. 쓸데없이 아는 체하는 소리를 하지도 않았다. 병실
안을 휘 한번 둘러보면서, 그가 불안해할 필요가 없는 몇 가지 위로
말만을 남기고 이내 다시 병실을 나오려고 했다. 한데 바로 그때였
다. 눈치만 살피고 있던 박준이 느닷없이 문 쪽으로 걸어가는 나를
가로막고 나섰다.

"나를 좀 도와주시오."

앞을 가로막고 서서는 형편없이 기가 죽은 목소리로 애원을 하
기 시작했다.

"나는 미친 사람이 아니오. 제발 여기서 나를 나가게 해주시오.
당신이라면 아마 내가 이곳을 나가도록 도와줄 수 있을 것이오."

엿듣는 사람이 있을까 싶은지 문 쪽 동정을 살펴가면서 마구 내
게로 매달려오는 것이었다. 마치 내가 하숙집 앞 골목에서 처음으
로 그를 만났을 때, 그가 나의 도움을 애걸해 오던 바로 그날 밤처
럼 말이다. 고백의 내용이 그때하고 정반대가 되어 있을 뿐이었다.
나는 당황하지 않을 수 없었다. 갑자기 당한 일이라 어떻게 해야 좋
을지를 알 수 없었다. 그의 말을 어떻게 알아들어야 할지 얼핏 판단
이 서지 않았다. 이 친구가 이젠 정말로 미쳐버린 것이나 아닌가.
진짜로 미친 사람은 한사코 자기가 미치지 않았다고 고집을 세운다
던가. 그러나 아직도 나는 박준이 정말로 미쳐버린 것이라고는 믿

을 수 없었다. 어찌할 바를 모르고 내가 한동안 어리둥절해 있으니
까 박준이 다시 애원을 계속했다.

"정말이지 여기서는 이제 더 이상 견딜 수가 없어요. 여기는 정
신병원이 아닙니까. 그런데 왜 제가 여기에 이렇게 갇혀 있어야 하
느냔 말씀이에요."

"하지만 박형은 박형 자신이 스스로 이곳을 찾아오지 않았던가
요?"

비로소 내가 한마디 반문했다. 그러나 박준은 이제 조금도 망설
이지 않았다.

"그땐 일부러 그랬던 것이지요. 제가 일부러 미친 척하고 있었다
는 것은 의사도 알고 있어요."

"일부러? 무엇 때문에 일부러 그런 짓을……?"

연거푸 물어대는 소리에 박준은 뭔가 갑자기 면구스러운 구석이
떠오르는 듯, 공연히 풀기없는 미소를 히죽거리기 시작했다.

"그야 사람은 미친 사람 취급을 받을 때가 가장 편한 것이 아닙
니까. 미친 사람은 어떤 세상일로부터도 온통 자유로울 수 있거든
요. 책임을 추궁당할 일도 없고 협박을 당하며 쫓겨다닐 일도 없지
요. 정신병원보다 안전한 곳이 없는 것처럼 보였어요. 그러나 이곳
에 들어와 보니……."

어딘지 짐작이 가는 소리였다. 하지만 박준의 대답에는 역시 좀
수상쩍은 곳이 느껴지고 있었다.

"그렇다면 왜 박형은 김 박사에게 그 점을 납득시키려 하지 않고
있지요? 김 박사가 그 점을 납득한다면 박형은 금세 이곳을 나갈 수
있을 텐데 말이오."

한데 박준은 여기서만은 금방 대답을 하려 하지 않았다. 원망스
러운 눈초리로 나를 쳐다보고만 있었다. 약간 지나치고 있다는 생

각이 들었으나 나는 다시 박준에게 물었다.

"왜 박형은 그것을 김 박사에게 말하지 않고 나에게 따로 도움을 청하는가 말입니다. 글쎄 박형은 지금 그런 부탁을 하고 있는 내가 누군지를 알고 있기나 하는가요?"

"그야 아직은……."

"한데 박형은 왜 아직도 내게 그것을 물으려고 하지 않지요? 내가 누군지도 모르면서 도움을 청하려고 하지요?"

"그야 물어봐야 진짜를 가르쳐주진 않을 테니까요. 절 거짓말로 속여버릴 게 뻔한 일인걸요. 물으면 뭘 합니까."

박준의 목소리는 어느새 형편없이 기가 죽어 있었다.

이튿날도 나는 일찌감치부터 사무실을 나와 있었지만 박준의 일 때문에 도대체 자리를 지키고 싶은 생각이 없었다. 이번 달 잡지 일은 이제 나의 머리에서 완전히 자취를 감춰버리고 없었다. 사무실을 나온 것은 순전히 기계적인 습관에서였다. 잡지 일은 안형이 도맡다시피 하고 있었다. 집에서나 사무실에서나 나는 도무지 박준뿐이었다. 어떤 식으로든 박준의 일이 결말나지 않고는 아무것도 손을 대고 싶은 생각이 나지 않았다. 게다가 이날은 전날 밤 일 때문에 더욱 마음을 가라앉힐 수 없었다. 전날 밤 나는 박준을 만나고 나서 다시 김 박사와 한참 실랑이를 벌이고 있었다. 인터뷰를 그만두지 않으려면 차라리 박준을 병원에서 내보내 주는 것이 낫겠다고 핏대를 세우며 덤벼들었다. 그러나 김 박사는 역시 신념이 대단한 사람이었다. 의사로서의 사명감도 지나칠 만큼 투철했다. 자기로서는 절대로 인터뷰를 중단할 수 없으며, 더구나 그런 식으로 환자를 병원에서 내쫓을 수는 없는 일이라고 했다. 결국은 내가 지는 수밖에 없었다. 그러나 막상 그런 식으로 항복을 하고 나서도 마음이 놓일 수는 없었다. 필시 김 박사 쪽에서 잘못을 저지르고 있는 것 같았다. 다만 나는 의사로서의 김 박사의 권위 앞에 그 잘못을 드러내 보여줄 수가 없었을 뿐이었다. 조마조마한 느낌이 가셔지질 않았다. 그리고 그런 조마조마한 기분이 이튿날까지도 계속 나를 괴롭히고 있었다. 나는 이리저리 사무실을 서성대고만 있었다. 박준에 대해 아직도 뭔가 미진한 것이 남아 있는 게 분명했지만, 그것이 무엇인지, 그리고 나는 박준을 위해 지금부터 무엇을 어떻게 해야 할지가 통 생각나질 않았다. 그러나 나는 여전히 박준의 생각을 포기해 버리려고 하진 않았다. 무엇인가 그를 위해 생각을 계속하고 있어야 할 것 같은 기분이었다.

드디어 한 가지 생각이 떠올라왔다. 화장실 휴지조각에서 잠깐 읽다 만 인터뷰기사를 마저 읽어보고 싶었다. 전짓불의 기억에 대한 박준의 보다 직접적인 진술을 보고 싶었다. 앞뒤 이야기가 궁금했다. 그 전짓불이 실제로는 박준을 어느 만큼 심하게 간섭하고 있는가를 좀 더 분명히 알고 싶었다. 앞뒤를 읽어보면 분명 그런 이야기가 나올 것 같았다.

나는 사환아이에게 메모쪽지를 들려 신문사로 보냈다. 이내 신문사 친구가 보관용 스크랩을 보내왔다. 나는 곧 기사를 훑기 시작했다. 한데 내가 사환아이를 신문사로 보낸 것은 어쨌든 다행이었다. 기사는 충분히 그럴 만한 가치가 있었다. 앞서도 말했듯이 박준의 인터뷰기사는 벌써 이 년쯤 전에 씌어진 것이었다. 그러니까 거기에 진술되고 있는 박준의 말도 이 년 전의 그것임은 말할 필요가 없다. 한데 그 이 년 전에 벌써 박준은 이후로 씌어질 작품들과 자신의 운명에 대해 놀랄 만한 예언을 하고 있었던 것이다. 아니 그것은 물론 예언을 위한 예언은 아니었다. 양심적인 작가라면 당연히 문제가 되고 있을 자신의 작가현실에 관해 솔직한 심경을 털어놓고 있는 것뿐이었다. 아마 그것은 사실일 것이다. 그것이 예언이 된 것이다. 이 년이 지난 오늘날의 박준을 상상해 볼 때 그의 말은 너무도 많은 것을 암시하고 있었고, 너무도 적중한 현실로써 그 암시가 증명되고 있는 것이다.

작품의 소재는 주로 어떤 데서 구하고 있는가, 즐겨 다루는 테마로는 어떤 것을 들 수 있는가, 인터뷰는 처음 그런 식으로 지극히 평범한 얘기부터 시작되고 있었다. 그러다가 이야기는 잠시 후에 소설에 있어서의 한 작가의 경험세계와 상상력의 관계 같은, 좀 이론적인 데로 옮겨가더니 마침내는 박준의 문학 입장이 논의되기 시작했다.

——문학 행위는 크게 보아, 보다 넓은 인간의 영토를 획득하고, 이미 획득된 영토에 대해서는 이를 수호하고 그 가치를 되풀이 확인해 나가는 것이라 할 수 있다. 문학 행위를 굳이 어떤 식으로 구분하려 든다면 거기에서도 입장이 조금씩 달라질 수 있다고 생각한다. 하지만 한 작가에게서 그 문학적인 입장은 어느 쪽이라도 상관이 없을 것 같다. 어떤 사람은 전자의 방법에 자기의 문학을 봉사시킬 수 있고 또 어떤 사람은 후자 쪽에서 그것을 완성할 수도 있다. 한 작가가 자기의 문학을 어느 쪽에서부터 출발하고 있건 그것은 완전히 그 작가의 자유이다.

——그것이 작가의 자유라고 한다면 그것은 어떤 시대적인 요구나 시민으로서의 양심도 초월해 버릴 수 있다는 말인가?

——그런 뜻이 아니다. 어느 시대 어느 지역의 작가를 막론하고 그가 만약 정직한 작가라면 자기의 시대를 위기의 시대로 받아들이지 않는 사람은 없다. 하지만 그런 위기의식을 가지고 자기의 시대를 극복해 나가려는 방법은 작가에 따라 얼마든지 달라질 수 있다. 물론 주관적으로 말한다면 한 시대가 모든 작가들에게 어떤 특정한

작업방법을 요구해 올 경우를 상상해 볼 수는 있다. 그러나 대개의 경우 한 시대의 압력이란 모든 작가들에겐 상대적인 것이며, 일률적으로 그들을 강제할 기준을 지니게 된다고는 말할 수 없다. 작가는 그가 만약 자기 시대의 요구를 비겁하게 회피하지만 않는다면 그것을 성실하게 극복해 나갈 방법을 선택할 권리가 있다는 뜻이다. 다른 것은 그 방법일 뿐이다.

——자신의 얘기를 해달라. 당신이 선택하고 있는 방법 말이다.

——그것은 위험한 질문이다.

——왜 위험하다고 하는가?

——그런 질문들은 대개 한 작가에게 쓸데없는 선입견을 강요하게 된다. 그런 질문들은 작가로 하여금 자기 자신의 눈으로 정직하게 현실을 보지 못하게 할 뿐이다.

——결국 말할 자신이 없다는 얘기가 아닌가?

——핀잔을 먹어도 할 수 없다. 작가란 애초에 작품으로 말할 권리를 얻은 사람이다. 대답이 자꾸 부실해지고 있는 것 같지만, 이런 식으로 간단히 한 작가의 말을 빼앗아버린다면 그것은 결국 그 작가에게 작품을 쓰지 않아도 좋다는 얘기가 된다. 진짜 작가와의 이야기는 소설로만 가능하다. 작가에겐 소설로 말을 하게 하라. 그렇지 않을 경우 문학은 한낱 소문 속의 소문이 될 수 있을 뿐이다. 문학은 적어도 소문 속에서 태어난 또 하나의 소문이 될 수는 없다.

문답이 상당히 지열해져 가고 있었다. 반대로 이야기는 점점 암시성이 짙어져가고 있었다. 한데 진짜로 나의 관심을 끌기 시작한 대목은 여기서부터였다.

——그러나 작가는 자기의 소설을 이야기할 수는 있지 않은가?

기자가 다시 묻고 있었다. 그러자 박준은 여기서 엉뚱한 데로 이야기를 끌고 가기 시작했다. 한데 그것이 바로 이 년 후에 그의 소

설에서 다시 나타나고 있는, 그리고 하루 전에 내가 화장실 신문 조
각에서 잠깐 읽은 일이 있는, 그 전짓불의 이야기였다.

　——하지만 작가의 경우 애써 상대방의 정체를 알아야 할 필요가
있는가? 정체를 알게 되면 경우에 따라 다른 내용의 진술을 할 수
있다는 것인가?

　전짓불에 대한 기억과 '위험스러운 질문'에 대한 박준의 설명이
끝나고 나자 기자가 힐난조로 다시 묻고 있었다. 박준의 대답은 여
기서부터 진짜 열이 오르기 시작한다.

　——천만의 말씀이다. 작가는 그 전짓불 뒤에 숨은 사람의 정체
가 무엇이든 그들과 상관없이 정직한 자기진술만 하고 있으면 그만
이다. 그것이 작가의 양심이라는 것 아닌가. 나의 이야기는 다만,
그러나 나에게서는 이미 그 양심이라는 것이 나의 의지하고는 아무
상관도 없이 지켜질 수 없게 되고 있다는 것뿐이다. 전짓불이 용서
하지 않기 때문이다. 전짓불이 어떤 식으로든 선택을 요구하기 때
문이다. 아니 나에게는 어떤 선택의 여지조차 없다. 그런 것은 알지
도 못한 새에 나는 언제나 누군가의 편이 되어 있곤 하는 것이다.
그러고는 가혹한 복수를 당하곤 한다.

　——정직한 진술이 언제나 복수를 당한다고는 할 수 없지 않은가?

　——그건 그렇지 않다. 언제나 복수가 뒤따른다. 그 전짓불은 도
대체 처음부터 이쪽을 복수하고 간섭하기 위해서만 존재하는 것이
다. 아마 아무도 그 전짓불의 편이 되어본 사람은 없을 것이다.

　——결국 작가는 침묵을 지킬 수밖에 없다는 것인가?

　——그랬으면 좋겠지만 침묵을 지킬 수는 더욱 없다. 작가는 누
가 뭐래도 진술을 끊임없이 계속하지 않고는 살아갈 수가 없는 족
속이니까. 괴로운 일이지만 작가는 결국 그 정체가 보이지 않는 전
짓불의 공포를 견디면서 죽든 살든 자기의 진술을 계속해 나갈 수

밖에 다른 도리가 없는 사람들이다. 만약 그럴 수마저 없게 된다면 그는 아마 영영 해소될 수 없는 내부의 진술욕과, 그것을 무참히 좌절시켜 버리고 있는 외부의 압력 사이에서 미치광이가 되어버리지 않고는 배겨날 수가 없을 것이다.

　──마지막으로 한 가지만 더 묻고 싶다. 당신은 아까부터 자꾸 전짓불의 공포라는 말을 써왔는데, 그리고 당신은 지금도 그 전짓불의 간섭을 받고 있다고 말했는데, 당신의 소설작업과 관련하여 지금 당신은 어떤 곳에서 그것을 느끼고 있는지 그것을 좀 더 구체적으로 말해 줄 수 없는가?

　──말해 줄 수 있다. 그것은 소문 속에 있다.

　──소문 속에라면, 실제로는 존재하고 있지 않다는 말인가?

　──실제로도 존재하고 있을 것이다. 정체를 밝히지 않기 위해 소문의 옷을 입고 있는 것뿐일 것이다. 그래야 그것은 우리들에게 더욱 효과적으로 복수할 수 있을 것이 아닌가. 게다가 사람들은 원래 그런 소문을 좋아하기 때문에 그를 위해선 늘 두꺼운 소문의 벽을 쌓아주고 있는 것이다.

　인터뷰는 그렇게 끝나고 있었다. 이번에는 정말로 모든 것이 명백해지고 있었다. 박준이 마지막으로 전짓불의 이야기를 썼던 것은 역시 우연이 아니었다. 박준은 작가란 괴로운 일이지만 그 정체가 보이지 않는 전짓불의 공포를 견디면서도 끝끝내 자기의 진술을 계속해 나갈 수밖에 다른 도리가 없는 운명을 짊어진 사람들이라고 했다. 그러나 지난 이 년 동안 박준은 그만한 각오조차도 지켜내질 못해 온 셈이었다. 그의 독자들이, 안형과 내가, 그의 소설을 내보내 주지 않은 교활한(또는 지나치게 용기가 없거나 용기가 없는 체하거나, 그 용기와 관련하여 편집이 심한) 편집자들이, 그보다도 그의 전짓불 뒤에서 끝끝내 정체를 드러내지 않은 채 복수만을 음모하고 있는 모든 사람들이, 그들의 입에서 입으로 건너다니는 정체불명의 소문들이 그것을 지켜내지 못하게 한 것이다. 그래서 그는 자기의 내면에 용트림치는 진술욕과 그것을 불가능하게 하고 있는 전짓불 사이에서 심한 갈등과 불안을 느끼기 시작했다. 그리고 그 정체불명의 소문과 갈등을 빨아먹으며 전짓불은 그의 의식 속에서 엄청나게 크게 확대되어 갔다. 한데 바로 그 전짓불은 어렸을 때부터 그의 속에서 은밀히 발아를 기다리고 있던 그 갈등과 불안의 씨앗이었다. 이제 그 씨앗이 발아를 시작한 것이다. 그리고 그것은 박준의 마지막 소설 속에서 한 작가로 하여금 끝끝내 정직한 진술을 할 수 없게 만들어버린 방해요인의 상징으로 훌륭하게 완성되고 있었다. 그는 그의 소설 속에서 한 작가가 얼마나 가혹하게 자기의 진술을 간섭받고 있으며 그 때문에 결국은 얼마나 무참한 파국을 겪게 되는가를 극명하게 설명해 주고 있었던 것이다. 그가 그런 소설을 쓰게 된 것은 거의 필연적이었다.

한데 박준은 이 년 전에 벌써 그 모든 것을 예감한 모양이었다. 그리고 모든 것은 바로 그 박준의 예감대로 진행이 되어오고 있는 것이다. 박준이 그가 예언한 대로 정말 미친 사람으로 보일 만큼 전혀 자기 이야기를 하려 하지 않은 것도 사실은 누구보다도 많은 이야기를 하고 싶은 욕망을 혼자 몰래 숨겨놓고 있기 때문인 것이다.

하지만 이제 내게 확실해진 것은 그런 박준의 사정만도 아니었다. 박준의 사정이 확실해진 만큼 또 하나 확실해진 것이 있었다. 잡지 일이 탁탁해진 이유였다. 원고들이 잘 걷히지 않고 있는 것이나 걷혀들어온 원고들이라야 모두 그렇고 그런 이유가 비로소 분명해져 있었다. 전짓불 때문이었다. 박준을 괴롭히고 있는 전짓불은 비단 박준 그 한 사람만 지니고 있는 것이 아니었다. 진술이라는 것을 경험해 본 사람들은 그것이 비록 자발적이든 누구의 강요에 의해서든, 또는 일부러든 무의식중에든 조금씩은 그 전짓불빛 비슷한 것을 눈앞에 받아보지 않은 사람이 없다. 누구나 자기의 전짓불은 가지고 있게 마련이다. 한데 그 전짓불이란 이쪽에서 정직해지려고 하면 할수록, 그리고 진술이 무거우면 무거울수록 더욱더 두렵고 공포스럽게 빛을 쏘아대게 마련일 수밖에 없었다. 원고들이 잘 걷혀들 리 없었다. 쉽사리 거둬들일 수 있는 글이란 그 전짓불빛을 견디려 하지 않은 것들뿐이었다. 그런 글들이 신통할 리 없었다. 사정이 거기까지 확실해지고 나자 나는 혼자 실소를 머금지 않을 수 없었다.

——그렇다면…… 그렇다면 도대체 잡지를 만든다는 것은 무슨 의미가 있는 일인가.

오랫동안 주머니 속에 뒹굴려대고만 있던 나의 사표에 생각이 미쳐간 것이다. 그리고 이때 비로소 나는 내가 무턱대고 사표부터 써넣고 다니게 된 나의 이유를 발견할 수 있었다. 나에게는 이미 나 자신의 진술의 길이 막혀 있었던 것이다.

퇴근시간이 아직 한 시간쯤 남아 있었으나 나는 대강 책상을 정리하고 사무실을 나왔다. 김 박사가 나가기 전에 병원을 찾아가 볼 작정이었다. 김 박사는 내가 병원을 들를 때마다 기다리듯 늘 자리에 남아 있곤 하던 사람이기는 했다. 그러나 그 김 박사가 오늘도 또 밤까지 병원을 지키고 있으란 법은 없었다. 일찍부터 서두르지 않을 수 없었다. 오늘은 꼭 김 박사를 만나 결판을 내야 하기 때문이었다. 사정이 그쯤 분명해진 이상 이젠 박준을 더 이상 김 박사에게 맡겨놓을 수가 없었다. 김 박사의 신념은 더 이상 신용할 수 없었다. 그런 식으로 박준을 병원에다 팽개쳐두기보다는 차라리 나의 하숙방으로라도 끌어내 가는 편이 나을 거라 생각되었다. 이번에는 자신이 있었다. 뿐만 아니라 이제 박준을 병원에서 끌어내기만 한다면 나는 나의 치료방법에 대해서도 나대로의 확신을 가지고 있었다. 지금에야 생각이 난 일이지만 그가 두 번쨋날 다시 나를 찾아왔던 사실이, 그리고 지난 밤에 또 그 비슷한 기미를 보여왔었다는 사실이 내게 그런 확신을 갖게 했다. 하지만 그것은 김 박사의 신념이나 제도화된 병원풍속과는 아무런 상관도 지어질 수 없는 사실들이었다. 오히려 그런 것하고는 상극을 이루고 있는 것들이었다.

나는 곧장 병원으로 달려갔다. 한데 도대체 이게 어찌 된 일인가. 해도 아직 떨어지기 전에 병원에 당도한 나는 이번에야말로 정말 뜻밖의 사태에 아연해지지 않을 수 없었다. 박준의 일이 마지막 판에 가서 또 엉터리없이 빗나가버리고 있었다. 짐작대로 김 박사는 아직 병원을 나가지 않고 있었다. 한데 이날따라 김 박사는 나를 대하고 나자 이상스럽게 말을 주뼛주뼛하고 있었다.

"오늘도 오실 듯해서 미리 사무실로 전화를 드릴까 했습니다만."

지극히 거북살스러운 어조로 말문을 열기 시작한 김 박사의 고백인즉, 바로 어젯밤에 박준이 또 병원을 도망쳐 나가고 말았다는 것이었다. 그러면서 김 박사는 박준에 대해 처음으로 자신의 과실을 시인하는 듯한 말투로,

"어쩔 수가 없었어요. 환자는 어젯밤 또 발작을 일으키고 말았거든요. 아침에 깨어나 보니 병실이 비어 있지 않겠습니까. 결국은 나와 나의 방법이 환자에게 지고 만 것이에요. 나의 방법이 환자에게 이런 낭패를 보기는 처음입니다."

허탈하게 지껄여대고 있었다. 아무래도 박준으로부터는 비밀을 고백시킬 별다른 방법이 없더라고 했다. 그래서 김 박사는 마침내 그 마지막 비상수단으로 박준을 시험해 보는 수밖에 다른 도리가 없었다고 했다. 그러나 그 마지막 비상수단도 결국 빛을 보지 못한 채 박준은 병원을 나가버린 거라 했다.

"도대체 박사님이 그에게 사용한 마지막 방법이라는 건 어떤 것이었습니까?"

나는 벌써 박준이 병원을 나가버린 것을 알고부터는 김 박사 이상으로 기분이 허탈해져 있었다. 아무 말도 하기 싫고 아무것도 생각하기 싫었다. 무턱대고 김 박사가 밉살스러워지기만 했다. 그러나 나는 김 박사에게 그 마지막 방법이라는 것을 묻지 않을 수 없었다. 그것은 전부터도 이미 궁금스러운 데가 많던 일이었다. 한데다가 김 박사는 그 방법이라는 것에 대해 늘 자세한 말을 피해 버리는 눈치였다. 과연 김 박사는 얼굴빛이 금세 달라지고 있었다. 뭔가 몹시 거북한 것을 숨기고 있는 사람처럼 한동안 나의 표정만 살피고 있었다. 그러나 끝끝내 침묵으로 대답을 강요하고 있는 나를 당할 수가 없어진 모양이었다.

"좋습니다. 알고 싶다면 이제 말씀을 드려도 상관없겠지요."

이윽고 결심을 한 듯 사실을 털어놓기 시작했다.

"어느 날 밤이던가요. 그러니까 내가 언젠가 정전사고로 병원에 소동이 벌어진 일이 있었다는 말씀을 드린 적이 있지요. 박준 씨가 갑자기 발작을 일으키며 간호원에게 덮쳐들었다는 사건 말입니다. 난 그때 우연히 환자가 몹시 전짓불을 두려워하고 있다는 걸 알았지요. 전짓불 앞에서는 그가 엄청난 공포감에 기가 질려버리게 된다는 사실을 말입니다. 문제는 바로 그 점이었습니다. 뭐냐하면 난 그때 환자로 하여금 지나친 공포감으로 발작을 일으키게 하지민 않는다면 최악의 경우 그 전짓불로 환자를 완전히 굴복시킬 수가 있다고 생각했던 거예요. 그 전짓불로 환자를 적당히 고분고분하게 만들어서 비밀을 고백시킬 수가 있으리라고 말입니다. 한데 그런 생각은 노형께서 내게 들려준 박준 씨의 소설 이야기에서 더욱 확신을 얻게 되었지요. 소설의 주인공이 늘 어떤 전짓불 앞에 진술을 강제당하고 있었다는 사실 말입니다. 난 자신을 얻었어요. 물론 그것이 최선의 방법이라고는 생각하지 않았어요. 마지막 비상수단이라고 하지 않았습니까. 다른 방법으로 열심히 그를 설복시켜 보려고 애를 써왔지요. 한데 어젯밤에는 나로서도 더 이상 참을 수가 없더군요. 마지막 방법을 시험해 보기로 결심했지요. 그의 방에 스위치를 내리게 한 다음 전짓불을 켜들고 들어가 그의 얼굴을 내리비췄지요. 한데……."

"한데 그가 또 발작을 일으키고 병원을 뛰쳐나가 버렸다는 건가요?"

나는 더 이상 그의 이야기를 들을 필요가 없었다. 말을 가로막고 나섰다. 기상천외의 이야기였다. 기상천외의 방법이었다. 나는 화가 치밀어서 견딜 수 없었다. 그러나 김 박사는 아직도 내가 화를 내고 있는 것을 눈치채지 못한 모양이었다.

"아니지요. 전짓불 때문에 발작을 일으킨 건 사실이지만, 그 당장 환자가 병원을 뛰쳐나간 건 아닙니다. 박준 씨가 병원을 나간 것은 내가 그를 다시 진정시켜 잠을 재워놓고 집으로 돌아간 다음이었지요."

나는 더욱 화가 날 수밖에 없었다.

"도대체 박사님은 그렇게 해서 그의 진술을 얻어내는 것이 아직도 그의 증세를 위해 도움이 되는 일이라고 생각하셨던가요?"

거칠게 대들기 시작했다. 이미 나에겐 김 박사의 태도가 환자를 치료하는 의사의 그것으로는 보여오지 않았다. 그는 적수를 굴복시키려는 한 고집센 인간의 오기덩어리에 불과했다. 신념에 넘친 듯해 보이면서도 사실은 지극히 비겁하고 치사한 오기덩어리였다. 김 박사도 그런 자신의 행동에는 뭔가 좀 석연치 않게 느껴진 대목이 있었던 모양이었다. 한동안 침묵만 지키고 있었다. 그러더니 박사

는 언제까지나 그렇게 입을 다물고 있을 수만은 없다고 생각한 듯,

　"하기야 난 이번 일에서만은 과실을 자인하지 않을 수 없는 점이 없었던 게 아니에요. 뒤늦게 의심이 간 일이기는 하지만 그는 아마 처음부터 정신분열의 증세가 숨어 있었던 모양이었거든요. 단순한 노이로제만이 아니었으리란 말씀이에요. 아무래도 내가 그걸 재빨리 진단해 내질 못한 것 같아요."

엉뚱한 변명을 하고 있었다. 김 박사의 말인즉, 박준은 처음부터 미친 사람이었으리라는 것이었다. 그것을 김 박사가 단순한 정신신경증 환자로 다루어온 게 잘못 같다는 것이었다. 나의 기분은 마침내 최소한의 자제력마저 버리고 있었다. 이젠 나에게도 박준이 단순한 노이로제 환자라고는 생각되지 않고 있었다. 그의 정신상태가 결코 온전한 사람의 그것으로는 믿어지지 않았다. 그러나 나는 박준을 처음부터 김 박사처럼 생각하고 싶지는 않았다.

　"아닙니다. 처음부터 박준이 미친놈이라고 보신 것은 박사님의 잘못입니다. 제가 알기로는 적어도 박준이 처음 이 병원을 찾아왔을 때까지는 미쳐 있지 않았어요. 박사님께서도 늘 자신만만하게 장담하셨듯이 그는 처음부터 미쳐 있었던 것은 아니었단 말입니다. 그가 진짜로 미치기 시작한 것은 이 병원을 들어오고 난 다음부텁니다."

　나는 닥치는 대로 지껄여댔다. 내 멋대로 마구 단정적인 언사를 쓰고 있는 것이 마음에 걸리지도 않았다. 할 수 있는 한 김 박사를 매도해 주고 싶은 일념뿐이었다.

　"박준을 정말로 미치게 한 것은 박사님 당신이란 말입니다. 박준이 이 병원을 찾아오기 전부터 그 전짓불에게 견딜 수 없는 괴롭힘을 당하고 있었던 것은 사실입니다. 하지만 박준은 그래서 자신의 피난처로 이 병원을 찾아왔던 것입니다. 이 병원 안에서 자신을 광

인으로 심판받음으로써, 그 전짓불과 불안한 소문들과 모든 세상일
로부터 자신을 해방시키고 싶었던 것이지요. 한데 불행하게도 그가
피난처로 찾아온 병원이야말로 진짜 전짓불, 더욱더 무서운 전짓불
의 추궁이 그를 기다리고 있었던 것이란 말입니다. 박사님은 그가
누구보다 큰 진술의 욕망을 지니고 있기 때문에 오히려 더욱 철저
하게 그 욕망을 숨겨버리려고 했던, 그러지 않을 수 없었던 박준을
이해하지 못했던 것입니다. 박사님은 그 살인적인 사명감과 자신력
으로 어젯밤 끝내 박준을 미치게 하고 말았어요."

"말씀이 너무 지나친 것 같군요. 가령 내게 그런 과오가 있었다
고 하더라도 그처럼 심한 말씀을 하실 수 있습니까. 인간이란 아무
리 성실하려 해도 시행착오라는 것이 있지 않습니까?"

김 박사는 이제 그냥 듣고 있을 수가 없다는 듯 말을 가로막고 나
섰다. 그는 이제 막다른 골목에라도 몰린 사람처럼 이상하게 태도
가 당당해지고 있었다. 그러나 나 역시 그런 김 박사 앞에서는 이미
화를 끌 수 없게 되어 있었다.

"시행착오라고요? 그래서 박사님은 처음부터 시행착오를 각오
하고 박준을 그런 식으로 다뤄오셨다는 겁니까? 박사님께서 그렇
게 간단히 말해 버린 그 시행착오라는 것 속에서 박준이라는 한 개
인의 운명이 얼마나 무참하게 짓밟혀 버린 것인가를 상상이나 해보
십니까?"

"처음부터 그런 것을 염두에 두고서 그랬다는 건 물론 아니에요.
그러나 시행착오라는 것이 전혀 무의미한 것만은 아니지요. 박준이
라는 한 특정 환자에겐 불상사가 되고 말았지만, 그러나 그에게서
얻은 나의 경험은 이 병원을 위해서, 그리고 그와 비슷한 다른 환자
들을 위해서는 더없이 유익하게 활용될 수가 있을 테니까요."

더 이상 추궁할 말이 없었다. 나는 그만 입을 다물어버리고 말았

다. 도대체 병원이 환자를 위해 있는 곳인가. 환자가 병원을 위해
있는 것인가. 그리고 의사의 성실성이라는 것은 도대체 무엇인가.
의사의 성실성이라는 것은 그저 인간적인 성실성 그것만으로는 물
론 충분해질 수가 없다. 무엇보다도 그것은 애초에 일종의 기술인
의 그것으로부터 시작이 되어야 한다. 한데도 김 박사는 지금 무엇
을 주장하고 싶어 하는가. 너무나 뻔뻔스러운 일이다. 그런 김 박사
에게 박준을 다시 끌고 온 것이 무엇보다 잘못이었다. 박준을 미치
게 한 것은 김 박사뿐 아니라 그를 김 박사에게 끌어다 맡긴 나의
책임도 컸다. 더 이상 할 말이 없었다.

병원을 나왔을 때는 이제 겨우 땅거미가 조금씩 깔리기 시작할
무렵이었다. 병원 문을 나서고 보니 나는 갑자기 할 일이 없어진 사
람처럼 기분이 허허해 있었다. 모든 것이 한꺼번에 끝나 버리고 만
느낌이었다.
　——박준이 어디로 갔을까. 병원을 나가고 나면, 그에게 또 어디
갈 곳이 있었을까.
　얼마간 박준의 행방이 궁금스러워지고 있을 뿐이었다. 그러나
박준이 갈 만한 곳이 정말 있는지 없는지, 있다면 그게 어떤 곳일지
생각해 보려고 하지는 않았다. 그저 그런 막연한 궁금증이 머리를
지나가고 있을 뿐이었다. 아무것도 생각하기 싫었고, 어느 한곳으
로 생각이 모아지지도 않았다. 폐허처럼 가슴이 쓸쓸해져오고 있었
다. 집으로는 얼핏 발길이 돌려지질 않았다. 하숙방으로 기어들어
가기는 시간이 너무 일렀다. 하숙집 골목은 언제나 어둑컴컴한 밤
길을 취기에 얼려 지나게 되어 있었다. 어느새 내게는 그런 습관이
몸에 배어 있었다. 한데 골목은 아직도 훨씬 더 어두워질 수 있는
여지가 남아 있었다. 골목이 아직도 어두워지지 않은 것을 보자 나

는 비로소 심한 갈증을 느끼기 시작했다. 나는 하숙집 골목과는 정반대 쪽으로 발길을 돌리고 말았다. 거리로 내려가서 주막을 더듬어 들어갔다. 주막을 찾아들어가서는 정신없이 갈증을 끄기 시작했다. 조금씩 조금씩 몸이 촉촉하게 젖어오기 시작했다. 그러나 그것만으로는 아직 만족할 수가 없었다. 나는 계속해서 목구멍에다 술을 들이부었다. 정신이 몽롱해질 때까지 쉬지 않고 술잔을 비워냈다. 내일 일은 이제 아무래도 상관없었다. 잡지사 같은 건 벌써 사표를 내던져 버리고 난 기분이었다. 박준의 일도 이젠 그만 잊어버리고 싶었다. 술이나 실컷 취해 버리고 싶었다. 그렇게 술을 퍼마시고 주막을 나왔다. 주막을 나와봐도 이상스럽게 아직 완전히 마음속이 편해져 있질 않았다. 아직도 취하지 않은 구석이 남아 있었다.

——박준 녀석, 제깐 놈이 병원을 나가면 어딜 간단 말인가.

박준의 생각이 머리에서 아주 떠나버리질 않고 있었다. 어떤 미련 같은 것이 아직도 마음 한구석에 남아 있었다. 술기운 때문이었으리라. 하지만 이제 나는 술기운을 아낄 필요가 없었다.

——녀석, 어쩌면 녀석은 다시 나를 찾아올지도 모르지.

제법 확신에 찬 기대를 품어보기도 했다. 한데 박준에 대한 나의 그런 기대는 잠시 후 하숙집 골목을 들어서고 나서부터는 진짜 어떤 착각으로 변해 가고 있었다.

밤은 벌써 열한시를 훨씬 지나고 있었다. 그런데 그 열한시가 지난 밤 골목을 들어서자 나는 자꾸 어디선가 박준이 불쑥 나를 덮쳐올 것만 같아진 것이다.

——형씨 나를 좀 도와주시오. 나는 쫓기고 있는 사람이오. 제발 어서 나를 좀…….

어디선가 금세 박준의 소리가 들려오는 것 같았다. 나는 조심조심 골목을 지나면서 한참씩 어둠 속을 두리번거리기까지 했다. 그

러나 골목은 어둠뿐이었다. 골목을 다 지나고 나의 하숙집 대문 앞
을 이르도록 끝끝내 박준은 나타나지 않고 말았다. 누군가 나를 뒤
쫓아오는 기척 소리 같은 것도 없었다. 행길을 지나가는 발소리들
이 이따금 골목 이쪽까지 까만 정적을 깨뜨려오곤 할 뿐이었다.

뺑소니 사고

S일보사 배영섭 기자가 뜻하지 않은 뺑소니 교통사고로 목숨을 잃은 것은, 우리 모두가 그 유덕(遺德)을 함께 기려오고 있는바 일파(一波) 안승윤(安承允) 선생의 14주기 추념의 모임이 치러진 지 꼭 엿새째 되던 날 밤이었다.

배 기자의 사고를 하필 우리의 일파 선생 주기 추념일 기준으로 말한 것은 그의 불행한 사고가 바로 그날의 그 일파 선생의 유덕을 기리기 위한 모임에서부터 이미 어떤 상서롭지 않은 인과의 씨앗을 마련하고 있었기 때문이다.

차고를 찾아가는 밤차들이 날개를 달고 윙윙 길거리를 날아다닐 시각이었다. 사고가 있었던 날 밤 배 기자는 그의 주량에 비해 좀 과하다 싶게 술이 취해 있었다. 그야 사고의 허물이 온통 그의 과도한 술기에만 있었던 것은 물론 아니었다. 그는 이미 한길을 벗어나와 차도와 인도가 구분되어 있지 않은 서교동 그의 집 골목길 입구를 들어서 있었다. 술기가 좀 심했다 하더라도 특별히 주의를 곤두

세워야 할 곳은 아니었다. 하지만 배 기자는 재수없게도 바로 그곳에서 불쑥 골목을 튀어나와 그의 앞으로 돌진해 오는 승용차에 머리를 떠받히고 말았다. 사고를 낸 승용차는 물론 쓰러진 배 기자를 길가에 버려둔 채 순식간에 한길 쪽으로 사라져버렸다.

사고의 원인은 역시 그의 술기와 밤늦은 귀가 시각이라 할 수 있었다.

배 기자에게 분별없는 음주가 시작된 것이 바로 그 일파 선생의 추념의 모임이 있었던 날 밤부터였다. 한 해도 거르지 않고 이 열네 해 동안 일파 선생의 주기 추념회를 참석해 오던 배영섭 기자였다. 선생의 추념모임에선 이 열네 해 동안 한결같이 그 '부정한 빵'에 대한 논의가 계속되어 오고 있었다. '부정한 빵'이란 일파 선생이 눈을 감으실 때 남기신 마지막 유훈에서 연유한 선생의 고고한 양심의 상징어였다. 열네 번째 추념의 모임에서도 모든 논의와 토론의 주제는 역시 그 선생의 부정한 빵이었다. 그것은 참으로 뜻깊은 선생의 유훈이었다.

—선생께서는 우리를 위해 당신 한 몸으로 이 세상 모든 부정한 빵을 대신 잡숫고 가셨도다. 선생으로 하여 우리는 이제 다시 부정한 빵을 먹지 않을 것이다. 우리들의 빵 속엔 언제나 선생이 살아 계시도다. 선생은 우리들의 밝은 양심이니 우리로 하여금 즐거이 선생의 종이 되게 하여지이다…….

올해도 선생의 추념모임에서는 선생 생전의 고매하신 인격이 간절하게 추모되었고 선생의 유덕을 값지게 누리기 위한 무성한 논의와 토론이 전개되었다. 선생은 이제 우리들의 신앙이었다. 선생을 기리는 모든 사람들의 목소리에는 거의 어떤 순교자적 결의가 엿보이고 있었다.

한데 배영섭 기자는 그 일파 선생의 열네 번째 추념의 모임이 있었던 바로 그날 밤부터 술을 마시기 시작했다.

　세 개의 빈 유리잔 때문이었다. 그 숙연스러운 추모행사의 한가운데서 그는 느닷없이 그 수수께끼 같은 세 개의 유리잔이 떠올랐기 때문이었다. 그리고 모임을 주최한 양진욱 회장(일파 사상 연구회 회장)에게 이제는 그 빈 유리잔의 수수께끼를 만천하에 밝혀 알려야 한다고 그를 설득하고 싶은 충동을 억제할 수 없었기 때문이었다.

　이상한 일이었다. 선생의 추념모임에만 가면 그 수수께끼 같은 빈 유리잔이 떠올랐다. 지난 십사 년 동안을 줄곧 그랬다. 그 십사 년 동안 배 기자가 빠지지 않고 꼭꼭 선생의 추념모임엘 참석해 온 것도 알고 보면 그 수수께끼의 빈 유리잔들 때문이었다.

　이젠 더 이상 견딜 수가 없었다.

　그날 밤 배영섭은 마침내 아현동 그의 집으로 양진욱을 찾아갔다. 양진욱은 그와 함께 십사 년 전 그 빈 유리잔들의 비밀을 본 사람이었다.

　십사 년 전, 그러니까 자유당 정권이 막패를 던지듯 3·15 부정선거를 저지르고 나서 세상이 온통 수런수런 심상찮은 조짐을 드러내고 있을 무렵이었다. 세상은 그때까지도 아직 어떤 구체적인 움직임의 방향이나 행동목표가 눈에 보이지 않고 있었다. 결과에 대한 확신이 없었으므로 사람들은 다만 찌푸린 날씨에서 비를 느끼듯 여기저기서 음산하게 술렁이고만 있었다. 말을 하는 사람은 없으되 소리를 듣지 않는 사람이 없었으며, 사람이 모일 장소는 없으되 어디서나 군중의 함성이 엉키고 있는 어떤 우화의 세상 속에서 사람들은 저마다 무엇인가를 기다리고 있었다. 잠시 서류철을 덮어둔 채 사무실 유리창 밖으로 어렴풋이 봄을 내다보고 앉아 있는 하급 관리의 멍한 눈길 속에서도 알 수 없는 기다림이 있었고, 소중스러운 도장집을 저고리 안주머니에 쑤셔넣고 나서 점심시간 전에 잠깐 트랜지스터라디오의 정오 뉴스에 귀를 기울여보는 은행원의 뜻없이 긴장한 얼굴표정 위에도, 혹은 동네 블록 담벼락 밑을 지나가다가 찌부드드한 도회의 하늘이 못마땅한 듯 느닷없이 가래를 탁 뱉아내고 있는 어느 애국 반장 영감님의 기침소리에도 그 기다림은 묻어 있었다. 그리고 그 기다림은 나무책상을 한쪽으로 밀쳐놓고 교실 바닥에 주저앉아 며칠씩 밥을 굶고 있는 어느 고등학교 학생들의 강한 허기 속에서 좀 더 안타까운 염원을 이루고 있었다. 하지만 아직은 모두들 그렇게 기다리고만 있었다. 기다림 다음에 자신을 견딜 방법이 그들에겐 아직 나타나지 않고 있었다.

그 무렵부터 배영섭은 S일보 사회부의 병아리기자였다. 그리고 문제의 양진욱은 동업사들 가운데서도 사회정의의 실현에 가장 투철한 신념과 용기를 견지해 온 T일보의 정치부를 이끌어오고 있던 베테랑급 신문기자였다.

어느 날 배영섭이 세검정 산골 오두막으로 일파 선생을 찾아갔다. 소위 민족지로 일컬어지고 있는 T일보의 창간 발기 멤버의 한 분으로 그 집요한 일제의 강압과 회유 앞에서도 꿋꿋한 필봉을 꺾지 않으셨던 한국 언론의 거목 일파 선생, 8·15 해방 후에는 사학자로 저술가로 민족의 운명과 양심을 낱낱이 증언해 오신 우리 시대의 예지 일파 선생, 그 일파 선생도 그때는 이미 당신의 그 눈발처럼 허옇던 머리를 깎고 참괴스러운 금식기도를 시작하신 지 열흘 가까운 시일이 지나고 있었다.

하지만 배영섭은 그 선생의 금식기도가 불만이었다. 선생에겐 오히려 그것이 무의미했다. 밥을 굶으며 기다리는 사람은 많았다. 이젠 누군가가 말을 해야 했다. 기다림 다음에 올 일을 보여줄 사람이 있어야 했다. 선생께서는 보다 분명한 깨달음이 있을 거라고 사람들은 믿고 있었다. 선생이 당신의 기도 속에서 얻은 것, 당신의 기구 속에서 얻은 그 신념과 용기를 사람들은 보고 싶었다. 선생은 밥을 굶고 앉아 기도만 드리고 계실 것이 아니라 말씀을 하셔야 했다. 선생이 말씀을 하셔야 했다.

배영섭은 그 선생의 말씀을 얻기 위해 선생의 집을 찾아갔다. 한데 공교롭게도 선생은 이날 집에 머물러 계시질 않았다. 집에서는 행방을 아는 사람이 없었다. 한동안 여기저기 수소문을 해본 끝에 배영섭은 마침내 T일보 사장실에 선생이 머무르고 계시다는 사실을 알아냈다. 배영섭은 염치 불구하고 남의 신문사 사장실까지 선생을 쫓아갔다. T일보의 사장실 안에서는 선생 이외에 다른 두 사람, T일보의 현 사장과 정치부장 양진욱 단 두 사람이 선생을 은밀히 모시고 있었다. 배영섭은 T일보사의 엄중한 보호벽을 뚫고 사장실 안의 일파 선생을 만나뵐 수가 없었다. 더구나 일파 선생은 배영섭이 그 T일보사에 도착하여 어떻게 하면 선생을 한 번 바로 만나뵐 수 있을까를 궁리하고 있는 사이에 이미 현 사장과 양진욱 정치부장의 부축을 받으며 사장실 문을 나서고 계셨다. 시내 영생고등학교 학생 오백여 명이 금식기도를 시작한 지 닷새째가 되고 있는데, 선생께서 학생들의 뜻을 갸륵히 사주시고 학생들을 격려하시기 위해 이날의 거동이 있게 된 것이라 했다.

배영섭은 과연 선생다운 생각이요, 선생다운 거동이라 생각했다. 드디어 올 것이 오나 보다 생각했다. 학생들이 선생을 원했을 수도 있었고 선생께서 먼저 학생들을 만나고 싶어 하셨을 수도 있었다. 혹은 양자의 바람이 당연하다고 추측한 T일보 쪽에서, 선생의 직계후배이자 사제관계가 얽혀 있는 T일보의 현 사장이, 아니면 세상일엔 매사 빠른 판단력과 투철한 사명감으로 일관해 온 양진욱 정치부장이 먼저 일을 주선했을 수도 있었다. 어느 쪽이든 상관없는 일이었다. 배영섭은 선생의 모습이 나타나자 그만 너무도 기분이 벅차 복도 한곁으로 숙연스레 몸을 비키고 서 있었을 뿐이었다. 단식 일자가 길어져서 그런지 평소의 선생과는 너무도 딴판으로 일파 선생의 모습은 흐느적흐느적 기력이 하나도 없어 보였다. 그렇게 유독 기력이 쇠진해 보이는 선생의 모습이 현 사장과 양진욱 정치부장의 부축을 받으며 건물 계단을 천천히 내려가고 있을 때였다. 단순한 호기심에서였다고 할까, 혹은 그새 벌써 몸에 배기 시작한 기자로서의 어떤 독특한 예감 때문이었다고 할까. 배영섭은 그때 문득 일파 선생 일행이 앉아 계시다 나간 사장실 안을 잠깐 둘러보고 싶은 생각이 들었다. 그는 곧 발길을 되돌려 사장실로 들어갔다. 방 안에는 역시 아무도 없었다. 비서실 사람들마저도 사장실 근처에는 얼씬도 못하게 해두었던 것 같았다. 아무도 없는 방 안, 그 빈방의 응접소파 앞 탁자 위에 지금까지 선생과 그 방 안에 함께 있었던 사람 수를 말해 주듯 빈 유리잔 세 개가 덩그러니 놓여 있을 뿐이었다.

　—역시 선생을 모시고 있었던 사람은 두 사람뿐이었군.

　배영섭은 곧 문을 닫고 일파 선생의 일행을 뒤쫓아 계단을 뛰어내려갔다. 기분이 이상하게 꺼림칙했다. 그는 꼭 뭔가 안 볼 것을 본 것 같은 기분이었다. 하지만 그는 아직 그 텅 빈 사장실 안에서 자기가 무엇을 보았는지조차 분명하지 않았다. 무엇 때문에 그의 기분이 그토록 엇물려 돌아가고 있는지 이유를 집어낼 수 없었다. 머릿속에 남아 있는 것은 다만 그 세 개의 빈 유리잔뿐이었다.

　과연 유리잔이 문제였다.

　배영섭은 마침내 이날 그 빈 유리잔들의 수수께끼를 다시 새겨보아야 할 보다 분명한 사건을 만나고 있었다.

　그 사건은 이날 오후 일파 선생이 찾아가신 영생고등학교의 한

교실 안에서 일어났다.

  일파 선생은 이날 그 닷새째 교실 바닥을 지키고 앉아 있는 단식 학생들 앞에서 어린 학생들을 자극하게 될 말씀은 되도록 삼가고 계셨다. 학생들을 자극하거나 흥분하게 할 말씀 대신 선생은 차분하고 낮은 목소리로 할아버지처럼 인자하게 학생들을 위로하고 격려하셨다.

  ——여러 학생들, 금식은 왜 합니까. 왜 밥 굶으며 여기 앉아 있는 것입니까. 밥 굶는 것 무엇 하는 것입니까. 밥 굶는 것 우리 자신과 싸우는 것입니다. 남과 싸우는 것 아니라 우리 자신과 싸움하는 것입니다. 밥 굶어본 사람 모두 그것 알고 있습니다.

  선생은 바로 그 금식의 목적과 뜻부터 차근차근 새겨줌으로써 오히려 웅변보다 깊은 감동과 용기를 학생들에게 심어주고 계셨다.

  ——밥 굶는 것, 우리 속에 들어와 있는 모든 부정한 것 사악한 것 몰아내고 깨끗한 우리 영혼 되찾으려는 싸움입니다. 그래서 우리는 우선 우리 바깥에서 들어오는 것에서부터 우리를 지키려는 싸움이 이 밥 굶는 싸움인 것입니다. 기름진 고기도, 달고 시원한 청량수도, 심지어 은은한 꽃향기도 우리는 우선 그것들부터 우리 안으로 들어오려는 것을 거절하는 싸움 하고 있는 것입니다. 우리가 그것을 거절하면 우리는 물론 우리 안에 도사리고 있는 무서운 욕망의 복수를 받아야 합니다. 우리가 그 무서운 욕망의 사슬에서 벗어나기 위해 당하는 고통은 말로 다 형언할 수 없습니다. 여러분은 이미 그것을 경험했거나 아직도 그것을 견디고 있습니다. 우리는 스스로 그 고통을 이겨내려는 싸움을 시작했습니다. 다른 사람이 우리 시킨 것 아닙니다. 그럼 우리는 무엇 때문에 스스로 이 고통스런 싸움 시작했습니까. 영혼의 자유 위해섭니다. 싸움 이기고 난 사람 그것 알고 있습니다.

선생은 당신 자신도 아직 그 싸움의 고통에 시달리고 계신 듯 한 동안씩 말을 끊은 채 두 눈을 지그시 감고 계셨다. 머리를 말끔히 깎아버린 선생의 파리한 이마에선가는 땀방울이 쉴 새 없이 솟아 맺히고 있었다. 신음하듯 가쁜 숨을 견디며 깊이 두 눈을 감고 서 계신 일파 선생, 길고 흰 수염이 가는 경련을 일으키고 있는 선생의 모습은 참으로 처연하고 외로워 보이기까지 했다. 하지만 선생은 당신 자신의 절망적인 고통을 이겨내기 위해 스스로 용기를 구하시 듯 이윽고 눈을 다시 번쩍 뜨시곤 했다.

——혹독한 고통을 이기고 나서 육신과 본능의 욕망이 서서히 물러가고 나면 우리에겐 폭풍 뒤의 들판처럼 맑고 깨끗한 영혼의 신천지가 열리기 시작합니다. 눈이 다시 떠지고 귀가 다시 열립니다. 정신이 맑아옵니다. 눈으로는 보다 맑은 세상을 보게 되고 귀로는 보다 가까운 곳에서 하나님 말씀 들을 수 있습니다. 하나님의 섭리 대로의 세상을 밝게 보게 됩니다. 그래서 우리는 크고 눈부신 우리 자신의 영혼의 자유를 얻게 됩니다.

밥 굶는 것 우리 영혼의 자유 위한 싸움입니다. 그럼 영혼의 자유 얻고 나면 우리는 또 어떻게 됩니까. 밥 굶고 영혼의 자유 얻은 사람 그것도 알고 있습니다. 그 자유 빼앗기기 싫어합니다. 그 자유 지키고 싶어 합니다. 그 자유 지킬 신념과 용기 생깁니다. 밥 굶는 것 남 위해 하는 일 아닙니다. 더구나 남 원망하기 위해 하는 일 아닙니다. 남 위해 하는 일 아닌데 왜 남 원망합니까. 밥 굶는 것 우리 영혼의 자유 얻고 그것 지키기 위한 싸움입니다. 우리 장하게 이 싸움 이깁시다. 자유 위한 이 자신의 싸움 이기지 못하면 우리 영원한 남의 노예 되고 맙니다……

선생은 거기서도 아마 뭔가 말씀을 더 계속하시려는 것 같았다.

그러나 선생의 말씀은 거기서 그만이었다. 선생은 말씀을 채 다 끝맺지 못하시고 거기서 그만 몸이 허물어지고 마신 것이었다. 그리고 그 길로 서둘러 병원으로 옮겨가신 선생은, 이날 저녁 잠시 동안 의식이 희미하게 되돌아왔을 뿐 끝내는 그 모진 육신의 시련을 이겨내지 못하신 채 영영 눈을 감고 마신 것이었다.

——부정한 빵은 내가…… 내가 먹었소…… 내가 부정한 빵을 먹었소…….

배영섭으로선 아직도 그 뜻이 애매하나마 선생께서 눈을 감으시기 전 희미한 의식 속에서 마지막으로 남기고 가신 말씀이었다.

빈 유리잔들이 본격적으로 배영섭을 괴롭히기 시작한 것은 바로 그날 그 일파 선생의 갑작스러운 서거와 뜻이 별로 분명치 않은 마지막 몇 마디 말씀 때문이었다.

십사 년이란 세월이 짧았다고 할 수는 없지만 양진욱은 뜻밖에도 그날의 그 빈 유리잔들에 관한 일을 전혀 기억하지 못하고 있었다.

"유리잔이라뇨? 어디에 무슨 유리잔이 있었더란 말요?"

배영섭의 갑작스러운 방문에 양진욱은 다소 표정이 굳어지고 있는 것 같았다. 하지만 그는 별로 배영섭을 경계하고 있는 눈치는 보이지 않았다. 그는 도대체 그 무렵의 일에 대해서는 아무것도 기억나는 일이 없는 것 같은 얼굴이었다. 배영섭은 그 양진욱이 제법 다정한 선배처럼 권해 오는 술잔을 부지런히 비워냈다. 그리고 초조하게 물어댔다.

"그날…… 양 선생과 현 사장님이 일파 선생을 모시고 나간 다음 전 잠깐 사장실을 엿본 일이 있습니다. 그런데 거기 소파 앞 탁자 위에 뭔가 음료수를 마시고 나간 잔들이 놓여 있었어요. 빈 유리잔 세 개였습니다. 기억하십니까. 이건 언젠가 일이 있은 후에도 양 선생께 제가 한번 여쭌 적이 있는 일입니다만……."

"글쎄요. 그랬던가요? 한데 그게 무슨 상관입니까?"

양진욱이 대수롭지 않은 표정으로 되물었다.

"일파 선생께선 그때 금식 중이 아니었습니까?"

"그럼 일파 선생께서 그때 뭘 혼자 몰래 잡숫고 계시기라도 하셨다는 말인가요?"

"빈 잔이 세 개였습니다. 그때 그 방 안에는 일파 선생과 현 사장님 그리고 양 선생까지 세 분밖에 계시질 않았거든요."

"아 그야 이야기 중에 누군가가 먼저 방을 나갔겠지요. 혹은 중간에 잠깐 선생을 뵙고 나간 사람이 있었을 수도 있겠고……."

"아니 그런 사람은 없었답니다. 전 일이 생긴 뒤에 생각이 미쳐 그걸 확인해 보았습니다. 비서실 아가씨들 말에 의하면 현 사장께선 그날 그 세 분 외에 누구도 그 방을 출입시킨 일이 없었답니다."

"그럼 그 음료수는 누가 마련해 왔을까요?"

"글쎄, 그것도 이상합니다. 아가씨들도 차 심부름을 한 일이 없다니까 말씀입니다."

"……."

"선생의 금식이 그때 세상을 속이고 있었을 수도 있었겠지요."

양진욱의 눈길이 일순 배영섭을 무섭게 노려보았다. 그러나 그는 이내 자신을 달래야겠다 싶어진 듯 표정이 다시 몽롱하게 누그러져버리고 있었다.

"배형은 참으로 이상한 상상을 하고 있군요. 그 도깨비 같은 빈 유리잔들 때문에 일파 선생께서 그때 당신의 금식을 속이고 계셨다고 어떻게 그런 단정을 할 수가 있습니까?"

"그건 사실이기 때문입니다."

"이해할 수가 없군요. 도대체 난 빈 유리잔이고 뭐고 생각나는 일이 없어요."

"정말로 기억이 안 난다는 말씀입니까?"

"배형 말씀처럼 정말 그런 일이 있었는지도 알 수 없지요. 하지만 이젠 십사 년이란 세월이 흘렀습니다."

양진욱은 정말 아무것도 기억이 없는 사람처럼 눈을 껌벅이고 있었다. 하지만 배영섭은 그럴 리가 없다고 생각했다. 양진욱의 태도는 너무도 여유가 만만했다. 이제는 뭔가 이루어져버린 것에 대한 확신——그래 봐라, 이제 와서 그게 무슨 상관이란 말이냐, 아무리 네가 그 일을 새삼스럽게 들춰내고 싶다 해도 이젠 모든 게 너무 완벽하게 이루어져버린 다음인걸——도대체 양진욱이 그 너무도 분명한 사실들을 정말 잊어버리고 있을 수는 없었다. 그는 잊어버리고 있는 게 아니었다. 빈 유리잔을 부인하고 싶다면 배영섭은 그 양진욱에게 보다 더 분명한 기억들을 되살려 줄 수가 있었다. 그는 양진욱과 자기의 빈 잔에 다시 술을 가득 채워놓고 나서 이 정력적이고 사명감에 넘쳐 있는 중년 사내를 기어코 굴복시켜 놓고 말겠다는 듯 한동안 그의 얼굴만 묵묵히 건너다보고 있었다.

일파 선생의 서거는 물론 선생을 잃은 슬픔만을 남긴 것은 아니었다. 선생의 서거는 바로 그때까지 무엇인가를 초조하게 기다리고 있던 많은 사람들에게 크나큰 충격이었다. 선생의 서거는 오히려 그들의 기다림에 대한 보답이었다.

일파 선생이 쓰러지셨다! 선생은 돌아가신 게 아니라 마침내 우리들에게로 오신 것이다.

사람들은 거리로 나오기 시작했다. 일파 선생 당신은 당신의 그 육신의 복수를 이기지 못하고 쓰러져 가셨지만 그 고통은 모든 다른 사람들의 영혼의 문을 열어주기 위한 것이었다. 선생의 서거 소식을 따라 그 장엄하고 찬란한 영혼과 자유의 행렬이 시작된 것이다. 선생이 쓰러지신 것을 목도한 영생고등학교 단식 학생들이 그 행렬의 선두를 장식했다. 선생의 쓰러지심으로 하여 학생들은 교문을 박차고 나와 그 자랑스러운 행렬의 향도가 될 수 있었다. 사람들이 학생들의 뒤를 따랐다.

선생이 우리를 대신하셨다! 선생께서 우리의 부정한 빵을 대신 잡수시고 가신 것이다!

선생의 마지막 말씀이 언제나 그 행렬 위에 있었다. 선생의 ‘부정한 빵’은 십자가였다. 그것은 물론 선생께서 정말로 그 ‘부정한 빵’을 잡수시고 가셨다는 뜻이 아니었다. 아무도 선생이 정말 ‘부정한 빵’을 잡수셨다고 믿는 사람은 없었다. 그것은 선생께서 남은 사람들에게 그 ‘부정한 빵’을 경계하기 위한 비유의 말씀임을 누구도 의심치 않았다. 오히려 그 ‘부정한 빵’을 물리치시기 위해 끝끝내 그 육신의 복수를 피하지 않으신 선생의 성자적 양심의 상징이었다. 누군가가 선생의 말씀에 감사했다. 배영섭이 그의 빈 유리잔을 다시 보기 시작한 것은 이 무렵부터였다. 배영섭도 물론 행렬에 끼어 떨리는 가슴으로 눈부신 대지를 함께 걸었다. 걸으면서 선생께 감사했다. 하지만 언제부턴가 그에겐 자꾸만 빈 유리잔들의 영상이 끊임없이 떠오르고 있었다. 아니 그것은 어쩌면 선생께서 그 마지막 말씀을 남기고 눈을 감으신 바로 그 순간부터 이미 그의 뇌세포를 불편하게 간섭하고 있었던 것 같기도 했다.

부정한 빵은 내가 먹었소. 내가 부정한 빵을 먹었소……. 이 세상의 부정한 빵은 당신들을 대신하여 내가 그것을 먹고 그 고통을 대신하였으니…… 당신들은 이제 깨끗한 빵만을 먹게 될 터이오……. 풀어 말하면 그런 말씀이었다. 사람들은 그렇게 듣고 있었다. 그것은 십자가였다. 하지만 웬일이었을까. 사람들 가운데 단 한 사람 배영섭에게만은 그때 그 선생의 말씀이 기묘하게 다른 소리로만 들리고 있었다. 그 유리잔들이 선생의 말씀을 엉뚱하게 바꿔놓고 있었다. 다른 사람들은 먹지 않은 부정한 빵을 내가 먹고 말았소. 부정한 빵은 실상 당신들이 아닌 내가 먹고 있었던 것을. 그 빵을 나 혼자 몰래 숨어 먹고 있었으니 이런 책벌을 받아 마땅하지 않으리오…….

그렇게도 들을 수 있었을 터이었다. 그리고 선생은 다만 그 빵을 경계하는 비유 말씀으로가 아니라 정말로 당신이 그런 빵을 잡수신 데 대한 솔직한 고백과 회한의 말씀을 남기고 계셨을지도 모르는 일이었다.

하지만 배영섭에겐 그게 모두 악마의 말이었다. 악마의 속삭임이었다. 악마의 속삭임을 듣지 않기 위해 그는 귀를 막고 행렬을 따라나섰다. 배영섭이 그렇게 들을 수 있는 말씀이었다면 그보다도 더 가까이 선생 곁에 있었던 사람들, 이를테면 T일보의 현 사장이라든가 양진욱 부장 같은 사람들은 더욱더 일이 분명해져 있었을 터이었다. 그들의 귀에는 배영섭에게보다도 더욱더 분명한 소리가 있었을 터이었다. 하지만 그들은 아무도 그렇게는 듣지 않았다. 아무도 선생을 의심하는 눈치가 없었다. 선생께서 우리의 부정한 빵을 대신 잡숫고 가셨으니……. 선생의 말씀을 그렇게 전하기 시작한 것은 오히려 그 두 사람 근처에서부터였다. 배영섭에게 들려오고 있는 소리들은 터무니없는 악마의 거짓말이었다. 그러나 그 악마의 소리에 귀를 막으면 막을수록 그리고 선생의 말씀이 널리 번지면 번질수록 배영섭은 점점 더 분명하게 그 빈 유리잔들이 떠오르고 소리도 점점 더 크게만 들려왔다.

그는 마침내 견딜 수가 없었다. 그는 T일보사로 가서 그날의 사장실 사정을 점검하고 선생의 금식에 관한 수수께끼를 뒤쫓기 시작했다.

어느 날 배영섭은 서강 강변마을 어느 곳에 아직도 일파 선생의 옛 스승님이 한 분 은거하고 계시다는 소식을 듣고 그 강변마을 집으로 선생의 스승을 찾아간 일이 있었다. 일파 선생의 금식은 원래 그 스승의 권유에서부터 비롯된 것이었고 선생의 사상이나 학문의 기초도 애초에는 그 스승의 영향을 입은 바 크다는 귀뜀이 있었기 때문이었다. 선생의 스승을 찾아뵈면 선생의 금식이나 사상·인격 전반에 걸쳐 어떤 새로운 이해의 단서가 얻어질 수 있을까 해서였다. 무엇보다도 선생의 스승은 평소부터 늘 선생에 대해서는 마땅치 않으신 듯 근 십사 년 가까운 세월을 그 강변 고옥에 혼자 은거해 오시면서도 한사코 선생과의 대면을 거절하고 계시다는 이야기가 있어 배영섭은 그 선생의 스승이 선생에 대해 그토록 못마땅해하고 계신 부분이 무엇인가를 캐어보고 싶어졌었다.

하지만 배영섭은 그 스승 댁의 방문에서 애초의 방문 목적을 쉽게 달성할 수는 없었다. 바깥에서 들은 대로 선생의 스승은 늙은 제자에 대해 도대체 아무것도 입을 열려고 하질 않으셨다. 아니 그보다도 배영섭은 처음 선생을 뵙기조차도 무척이나 힘이 들었다. 외부 사람과는 일체 인연을 끊고 지내신다는 문간 전갈뿐이었다. 어렵사리 선생을 뵙게 되었을 때도 선생은 그 배영섭을 위해서는 거의 한마디도 입을 여신 적이 없었다.

하지만 배영섭의 방문은 어쨌든 성공이었다. 그의 성공은 정말 생각지도 않았던 뜻밖의 인연으로 해서였다.

얼마 후에 다른 방문객 한 사람이 선생을 찾아왔다. 양진욱 부장이었다. 나중에 그가 T일보와는 각별한 유대관계가 맺어지고 있는 것으로 알려진 '일파 사상 연구회'를 맡고 나선 후에야 알게 된 일이었지만, 그는 이때부터 이미 T일보의 현 사장으로부터 그 일을 권고받고 하나하나 준비를 쌓아가고 있었던 모양이었다. 양진욱이 이날 선생의 스승을 찾은 것도 일파 선생의 사상의 기초와 그 전개 과정을 당신의 스승으로부터 직접 채집해 두려는 목적에서였던 것 같았다.

　—전에도 몇 번씩 말했지만 내게는 할 말이 없어.

양진욱에게도 역시 선생은 입을 열지 않으시려는 눈치였다. 양진욱은 이전에도 벌써 몇 차례 선생을 찾아와서 말씀을 졸라대고 있었던 게 분명했다. 하지만 선생은 아랑곳없으셨다.

　—안됐지만 돌아들 가오. 내 기도시간이 가까워오고 있으니…….

일파 선생에 관해서는 일면식도 없어오던 사람처럼 말씀이 인색했다. 두 사람은 마치 농성이라도 벌이듯 덮어놓고 선생을 기다리고 있을 수밖에 없었다. 거의 억지나 다름없는 침묵으로 두 사람은 조용히 선생과 맞버티고 앉아 있기만 했다.

선생도 다음부터는 말씀이 없으셨다. 앞에 앉아 있는 두 젊은이는 안중에도 없으신 듯 두 눈을 깊이 감아버리고 계셨다.

그러나 한숨이라도 내쉬듯 이윽고 그 선생의 입술에서 흘러나온 한마디.

　—세상에 부정한 빵이 어디 있고 부정하지 않은 빵이 어디 있나.

그게 그날의 수확이었다. 순간 배영섭의 눈빛이 갑자기 생기를 되찾고 있었다. 그는 조심스럽게 입이 열리기 시작한 선생에게 다가들기 시작했다.

　—하지만 일파 선생께선 그 부정한 빵을 말씀하셨습니다.

　—부정한 빵은 없어. 사람들이 부정하게 먹을 뿐이지.

선생은 눈을 감으신 채 조용히 말씀하셨다.

　—그렇다면 일파 선생의 빵은……

　—그 역시 빵이 부정한 것은 아니지. 빵이 더러워졌다면 그 사람이 그 빵을 부정하게 먹었기 때문일 테지…….

놀랍게도 선생까지 일파 선생의 금식을 의심하고 계신 것이었다.

　—정직하게 금식을 한 사람이라면 졸도 따윈 하지 않아. 게다

가 한번 금식을 깨뜨린 사람은 절대로 그 더러운 육신의 욕망을 이겨낼 수가 없는 법이거든.

금식 중에 졸도가 오는 것은 도중취식 때 자주 있는 일이라 하셨다. 배영섭의 의구는 이제 뜻밖의 사실에서 해답의 실마리를 얻고 있었다. 그는 또다시 그 사장실의 빈 유리잔들이 떠올랐다. 이젠 더 이상 의심할 여지가 없었다. 일파 선생은 당신의 금식으로 인한 육신의 복수를 받으신 게 아니었다. 유리잔에 빵이 채워져 있었던 것은 물론 아닐 터였다. 하지만 선생의 금식은 그 유리잔 이전에 이미 깨뜨려지고 있었던 게 분명했다. 선생의 '부정한 빵'은 그 유리잔 이전부터 있어온 것이었다.

배영섭은 마침내 자리를 일어섰다. 무겁게 입을 다물고 앉아 있던 양진욱도 그제서야 황급히 배영섭을 따라 자리서 일어섰다.

—당신. 여길 뭐 하러 왔었소……?

골목길을 나오면서 양진욱은 느닷없이 배영섭을 향해 힐난조가 되고 있었다. 뭔가 못 들을 소리를 듣게 한 것처럼 양진욱은 얼굴에 이상스러운 노기까지 띠고 있었다. 배영섭은 그 양진욱을 이해할 수 있었다. 겁을 먹고 있었다. 배영섭 역시 겁을 먹고 있었다. 너무도 놀라운 사실이었다. 그야말로 배영섭은 못 볼 것을 보고 만 기분이었다. 그 엄청난 사실 앞에 배영섭은 자신을 어떻게 감당해 나가야 할지 갈피가 잡히지 않았다.

—글쎄요. 왜 제가 거길 가 있었는지…… 자신이 원망스러울 지경입니다.

배영섭은 마치 애원이라도 하듯 풀기없는 목소리로 중얼거리고 있었다.

—영감님이 노망기가 드신 모양인데…… 배형은 아마 그 소릴 모두 사실처럼 곧이듣고 있는 모양이군그래.

양진욱이 갑자기 실없는 웃음을 흘리며 배영섭을 나무랐다.

—하지만 양 부장께선 사실을 알고 계실 게 아닙니까?

—사실을 알다니요?

—일파 선생께서 금식을 속이고 계셨다는 사실 말씀입니다.

—사람이 순진하긴…… 방금도 말했지만 배형은 그 영감님의 노망기를 너무 쉽게 곧이들어 버리고 있단 말이오…….

—사실로 단정할 수도 없겠지만 그렇지 않다는 단정도 어려운 게 아닙니까?

배영섭은 다시 그 사장실의 유리잔을 생각하면서 자꾸만 자신없는 목소리가 되고 있었다. 하지만 양진욱은 이미 아무것도 문제가 될 게 없다는 표정이었다.

—그것이 사실이든 아니든 무슨 상관입니까?

—하지만 그게 만약 사실이라면…….

—세상에 대고 나팔을 불어대야겠다는 겐가요?

—전 기자가 아닙니까?

—아서요…….

양진욱의 얼굴에서 비로소 웃음기가 사라졌다. 그는 마치 이 철부지 후배에게 한바탕 선배로서의 아픈 충고를 아낄 수가 없다는 듯 일사불란하고 엄격한 목소리로 차근차근 말하기 시작했다.

—신문기자가 되려면 배형은 우선 좀 더 넓고 긴 시선으로 세상을 바라보는 방법부터 배워야겠어요. 그게 사실이든 아니든 무에 그리 문제가 된다는 거요. 배형의 추측처럼 가령 선생께서 당신의 금식 중에 정말로 부정한 취식을 하신 게 사실이라고 가정합시다. 하지만 그게 무슨 상관입니까. 선생의 금식과 서거로 해서 학생들은 마침내 교문을 나서게 되었습니다. 그리고 사람들은 학생들을 뒤따르기 시작했고 아직도 그 선생의 ‘부정한 빵’에 대해 무한한

감사를 드리고 있습니다. 선생께서 부정하게 빵을 잡수셨다는 게 사실이건 아니건 역사의 수레바퀴는 이미 분명한 방향으로 굴러나가기 시작하고 있단 말입니다.

양진욱은 일도양단식의 단호한 논리로 배영섭을 압도하고 있었다.

──배형은 먼저 이걸 알아두셔야 합니다. 역사란 사실이 아닙니다. 하나님은 우리에게 완성한 역사를 주시지는 않습니다. 처음부터 하나님이 모두 만들어주신 신성불가침한 것이 역사가 아니란 말입니다. 역사는 해석입니다.

우리들의 해석 위에 역사는 만들어져나가는 것입니다. 여기에 우리들의 역사에 대한 책임이 있는 것입니다. 그 역사에 대한 책임 앞에 사실을 너무 신봉하고 그것을 두려워하고만 있을 필요는 없습니다…….

하나부터 열까지 배영섭에겐 너무도 분명한 기억들이었다.

하지만 배영섭은 이번에도 실패였다. 양진욱은 이번에도 별로 배영섭의 기대처럼 기억력이 좋질 못했다.

"글쎄요…… 그런 일이 있었던가요?"

배영섭이 아무리 기억을 되살려 주려고 해도 양진욱은 끝내 맥 풀린 소리뿐이었다. 거기까지 자세한 이야기는 도대체 아무것도 기억에 남아 있는 것이 없다는 것이었다.

"하기야 그 무렵 일이라면 내가 일파 선생의 스승 댁을 몇 차례 드나들고 있었던 건 사실일 거요. 그리고 참 언젠간 거기서 배형을 만나 함께 그 댁을 나왔던 적도 있었던 것 같긴 하군요. 하지만 그 때 선생과 우리가 무슨 이야기를 주고받았는지, 더구나 배형과 내가 무슨 이야기를 했었는지는 통 기억이 없어요. 십사 년 전 일 아닙니까."

'일파 사상 연구회'의 양진욱 회장이 그때의 일을 아무것도 기억하지 못하고 있다는 사실은 배영섭에게 또 하나의 뜻하지 않은 충격이었다. 양진욱은 아직 사실을 기억하고 있을 수도 있었다. 그때와 마찬가지로 지금도 그는 '역사를 만들기 위해' 혹은 이미 '분명한 방향'을 잡아 구르고 있는 그 '이루어져가는 역사'를 훼손하지 않기 위해 그런 태도를 보이고 있을 수도 있었다. 어쨌든 양진욱이 사실을 시인하지 않는 것은 마찬가지였다.

양진욱의 집을 물러나온 배영섭은 십사 년 전의 그 감당할 수 없는 당혹감, 그 두려움과 어떤 지독한 무력감들이 또다시 그를 괴롭혀오기 시작했다. 십사 년 전에 비해 그것들은 배영섭을 더한층 무겁고 아득하고 그리고 초조하게 만들어버리고 있었다.

일파 선생의 스승을 찾아보고 나오던 길에 양진욱이 배영섭에게 베풀어준 충고들은 그때의 배영섭에겐 분명히 어떤 용기를 줄 수 있었다. 그는 양진욱의 충고에 차츰차츰 자신을 설득당해 가고 있었다. 그는 며칠 동안 사실을 밝히느냐 마느냐로 그 나름대로의 심각한 고민을 겪고 있었다. 그러나 그는 마침내 마음을 작정했다. 우선은 입을 다물고 말자는 것이었다. 사실을 알려야 하는 기자로서의 사명감보다 양진욱의 그 '역사에 대한 책임'이 그를 압도해 버리고 만 것이었다. 곧이곧대로 사실을 알리는 것은 일개 신문기자로서의 책임을 다할 수는 있을지언정 그로 인해 야기될 수 있는 어떤 가상의 사태들은 배영섭으로 하여금 그 역사에 대한 '올바른 책임'을 장담할 수 없게 했다. 일파 선생은 이미 확고한 우상이었다. 많은 사람들이 선생을 따르고 있었다. 그리고 선생을 따르는 사람들의 행렬은, 그 행렬의 힘의 집결은 오랫동안 진흙구덩이에 처박혀 있던 역사의 수레바퀴를 끌어내어 모처럼 눈부신 전진을 시작하고 있었다. 선생을 욕되게 할 수 없었다. 우상을 깨뜨리면 행렬도 정지한다. 역사가 정지한다. 그 우상을 대신하여 행렬을 끌어가게 할 새 선도자가 나서지 않는 한 선생을 매도하는 것은 역사에 대한 무책임하고도 몰염치한 배반행위였다. 그것은 사실에 대한 봉사는 될 수 있을망정 진실에의 봉사는 아니었다. 그는 입을 다물기로 했다. 양진욱의 충고 덕분이었다. 그리고 그 양진욱 바로 그 사람의 존재 때문이었다. 혼자서 사실을 숨기고 침묵을 견디기란 아마도 불가능한 일이었을는지 모른다. 하지만 진실을 알고 있는 사람은 배영섭 자기 한 사람만이 아니었다. 현 사장과 양진욱, 적어도 그 두 사람만은 자기와 함께 같은 비밀을 견디고 있다는 사실이 배영섭에겐 무엇보다도 큰 위안과 용기를 주고 있었다.

하지만 양진욱은 보다 더 용기가 많은 사람이었다. 역사에 대해 보다 더 투철한 의지와 사명감을 가진 인물이 양진욱이었다. 오래지 않아 그는 곧 신문사 일을 그만두고 '일파 사상 연구회'를 만들고 나섰다. 그는 본격적으로 선생의 생애와 사상을 확고한 논리 위에 정리해 나가기 시작했다. 일파 선생은 날이 갈수록 그 유덕이 빛나고 인격과 사상이 심화되어 갔다. 대학과 일반 교양강좌들에서는 선생의 학문과 사상의 체계가 끊임없이 논구, 토론되었다. 해가 바뀌어 선생 가신 날이 돌아올 때마다 '일파 사상 연구회'에선 선생의 업적을 기리는 추념의 모임이 마련되었고, 겸하여 선생에 관한 대규모 강좌와 토론회가 개최되었다. 그리고 그 강좌나 토론에서는 번번이 선생의 모습이 다시 발견되고 거기에 또 깊은 성찰과 값진 해석들이 덧붙여졌다. 선생은 자랑스러운 선각자, 민족의 예지, 경애받는 위인이 되어가고 있었다.

배영섭에게 자꾸만 어떤 충동이 되살아나고 있었다. 선생의 '부정한 빵'에 관해서 자꾸만 입을 열고 싶어졌다. 선생의 유덕이 빛나면 빛날수록 그는 자꾸만 더 사실을 밝히고 싶은 충동에 자신을 쫓기고 있었다. 배영섭에게 자꾸 그런 충동이 생기고 있는 것은 물론 어떤 분명한 목적이 있어서가 아니었다. 양진욱으로부터 충고를 받았던바 그 '역사에 대한 책임'에 관해 어떤 새로운 각성이 생겨나서도 아니었다. 그는 그저 말을 하고 싶었을 뿐이었다. 아무도 알고 있지 못하고 있는 일을 자기 혼자 알고서 입을 다물고 있을 때의 그 기묘한 승리감 같은 것이 한사코 그를 참지 못하게 했다. 때로는 그를 즐겁게도 했고 때로는 견딜 수 없도록 괴롭혀대기도 했다.

그는 이 십사 년 동안 빠짐없이 그 선생의 추념모임을 찾아다니면서 한 해 한 해 그 충동을 절감해 오고 있었다. 추념의 모임에만 가고 보면 그는 그 수수께끼 같은 빈 유리잔들을 보게 되었고, 그 유리잔 이전의 '부정한 빵'을 다시 생각하게 되곤 했다. 그가 한 해도 빠짐없이 그 추념의 모임을 찾아다닌 것은 오히려 그 빈 유리잔을 다시 보고 그 유리잔의 비밀을 털어놓고 싶은 자신의 충동을 되풀이 확인하기 위해서였을 수도 있었다.

열네 번째 추념모임에서 선생은 바야흐로 이제 새로운 신앙으로 경애받고 있는 사실을 보고 배영섭은 마침내 진실을 말할 결심을 했다. 그 '역사에 대한 책임'에 대해서도 겨우 어떤 자기 몫의 한계가 보이기 시작했다. 그가 양진욱을 찾아간 것은 그런 결심 뒤의 일이었다. 사정을 좀 더 분명히 하기 위해서는 그의 증언이 필요했기 때문이었다. 뿐만 아니라 이 일에 관한 한 양진욱과 배영섭은 어느 의미에서 일종의 공범자나 다름이 없는 처지였다. 양해를 구하는 의미에서도 양진욱에게 먼저 결심을 말하고 그의 의견을 보태는 것이 일의 순서일 듯싶었다. 하지만 양진욱은 증언이나 의견을 보태기는커녕 도대체 사실 자체도 기억을 하지 못하고 있었다. 아니, 아마도 그는 사실 자체를 한사코 기억하지 않으려고 한 편이었을 것이다. 사실을 기억하지 않으려는 그 열네 해 동안의 오랜 자기암시

속에서 그는 정말로 그 사실 자체를 완전히 망각해 버리고 있을 수
도 있었다.

하지만 어떤 식으로든 양진욱이 그때의 일을 증언할 수 없다는
사실은 배영섭에겐 크나큰 충격이었다. 이제 세상에서 진실을 알고
있는 사람은 다만 그 혼자뿐이었다. 양진욱이 그 지경이고 보면 현
사장은 말할 것도 없었다. 일파 선생의 스승이란 분도 이젠 이미 세
상을 뜨시고 안 계셨다. 이제부터는 나 혼자 견뎌야 한다. 혼자서는
견디어낼 자신이 없었다. 그는 두렵고 외로웠다. 그는 이번에야말
로 사실을 말하지 않을 수가 없게 되어버리고 있었다.

양진욱을 만나고 돌아온 다음부터 배영섭은 며칠 동안 신문사
일도 거의 손에서 놓아버린 채 까닭없이 자신을 허둥대고만 있었
다. 그는 마치 얼굴조차 본 일이 없는 어떤 암살조직의 우두머리로
부터 선생의 저격 지령이라도 받고 있는 것 같은 기분이었다. 그는
암살음모의 하수인처럼 불안하고 초조했다. 막상 결심을 하고 나니
그는 마치 거대한 철벽을 향해 몸을 내던져가고 있는 것처럼 자신
이 몹시 무모해 보이기도 했다. 그는 불안감을 씻기 위해 못난 하수
인처럼 술을 마셔댔다. 밤만 되면 술집 구석에 들어박혀 모든 사고
를 마비시키고 있었다.

어느 날 밤 그는 그렇게 술을 마시다 말고 느닷없이 다시 양진욱
을 찾아갔다. 이날 밤만은 아무리 술을 마셔도 머릿속이 잘 취해 오
질 않았다. 마지막으로 다시 양진욱을 찾아가서 그의 기억력을 유
인해 보리라 생각했다. 그가 사실을 기억해 내건, 그렇지 못하건.
그리고 배영섭의 의도를 용납하건 안 하건 이제는 그 양진욱에게
그의 결심을 분명히 해둘 작정이었다.

한데 이날 밤 양진욱의 태도는 배영섭의 예상과는 딴판으로 이
상하게 돌변해 있었다.

"또 오셨군그래."

일파 선생과 상관된 저작물과 참고자료 등속으로 모든 공간이 온통 가득 차 있는 듯한 서재에서 배영섭을 맞은 양진욱은 첫마디부터 또 무슨 실없는 소리를 늘어놓으려 나타났느냐는 식이었다. 얼핏 보아 양진욱의 그런 태도는 전날의 그것과 아무런 차이도 없는 것 같았다. 하지만 그는 이제 배영섭이 다시 나타난 것을 보고 모든 것을 지레 체념해 버리고 만 것이었을까.

"그래, 오늘도 또 내 앞에서 그 괴상한 추리극을 꾸며 보이려고 이렇게 술까지 취해 가지고 찾아오신 거요?"

배영섭이 소파로 자리를 잡아 앉자 양진욱은 그에게 담뱃불을 건네 붙여주고 나서 재촉이라도 하듯 이번에는 자기 쪽에서 먼저 이야기의 뚜껑을 열어젖히고 있었다.

"알고 계시군요. 그렇지 않아도 전 오늘 밤 제 추리극이 얼마나 훌륭하고 완벽하게 짜여져 있는가를 양 선생께 다시 보여드릴 참이었습니다."

배영섭이 그렇게 말해도 양진욱은 당황해하거나 낭패스러운 기색이 전혀 없었다.

"그렇겠지요. 술을 마시면 누구나 상상력이 훨씬 풍부해지는 법이니까요."

그는 여유있는 웃음 속에서 배영섭의 말에 맞장구까지 치고 있었다.

"정말 아무것도 생각나는 일이 없으십니까?"

확인이라도 하듯 배영섭이 다시 물었다.

"글쎄, 나야 뭐 배형처럼 상상력이 좋습니까. 게다가 배형은 지금 그 추리극이란 걸 가지고 나하고 합작을 하자는 것도 아닐 테고 말이오. 그러지 말고 어디 그 배형의 멋진 작품 얘기나 해봐요. 오늘 밤은 나도 마침 배형의 그 풍부한 상상력에 반해 볼 용의가 있으니까."

끝끝내 시치밀 떼어버렸다. 하지만 적어도 그는 이제 배영섭의 의도만은 분명히 알고 있었다. 그리고 그것을 인정하고 있었다. 이유를 알 순 없지만 어떻게 보면 그쪽에서 먼저 이야기를 원하고 있는 것 같기도 했다. 할 수 없었다. 배영섭은 처음부터 이야기를 다시 시작했다. 그가 맨 처음 세검정으로 일파 선생의 금식기도장을 찾아간 데서부터 다시 T일보사로 가서 일파 선생과 양진욱 일행이 사장실을 나가고 난 뒤 그 탁자 위에 놓여 있던 빈 유리잔들을 보게 된 경위며, 그날 오후 영생고등학교에서 있었던 일파 선생의 감동적인 연설과 선생께서 마지막으로 남기고 가신 그 '부정한 빵' 에 관한 이야기들을 기억이 미치는 한 자세히 설명했다. 그러고 얼마 뒤엔가 그가 다시 서강 강변마을로 일파 선생의 스승을 찾아뵈었던 일이며, 그 스승께서 굳이 '부정한 빵' 과 '부정하게 먹은 빵' (그것은 누구도 대신 먹어줄 수가 없음을 뜻하리라.)을 구분해 말씀하시면서 일파 선생의 졸도 사실로써 당신의 속임수 금식을 암시하려 하셨던 일들을 되풀이 상기시켜 주었다. 그리고 마지막으로 배영섭은 그 스승의 집을 나와 양진욱이 그를 설득시키기 위해 들려주던 그 '역사에 대한 책임' 에 관한 이야기를 에누리없이 되돌려주었다.

양진욱은 시종 침착하고 주의깊게 배영섭에게 귀를 기울이고 있었다. 그리고 마침내 그 배영섭의 이야기가 끝나고 나자 양진욱은 짐짓 감탄을 금치 못하겠다는 표정이었다.

"훌륭하군요. 참으로 훌륭해요. 배형은 정말 견줄 바 없이 풍부한 상상력에다 이야기를 꾸미는 재간까지 겸비하고 있는 것 같군요."

말을 한껏 비꼬아대고 있었지만, 어쨌든 이제 그 양진욱이 우회적으로나마 배영섭을 시인하고 있는 것만은 분명했다. 하지만 순순히 자기의 의도를 용납해 올 리는 없었다.

"한데 아무래도 이해할 수가 없는 건 배형의 취미로군요."

아닌 게 아니라 양진욱은 그 배영섭을 서서히 추궁해 왔다.

"도대체 배형은 그 풍부한 상상력과 재간을 동원해서 무엇 때문에 하필 그런 고약한 추리극을 꾸미려 하고 있는지 이해할 수가 없단 말입니다. 취미가 좀 지저분하지 않을까요."

물론 배영섭의 의도를 모르고 한 말이 아니었다. 그는 배영섭의 의도에 대해 노골적인 힐난을 가해 오고 있는 것이었다. 그것은 일종의 협박이었다.

배영섭은 마지막 말을 해야 할 때가 온 것 같았다. 양진욱이 먼저 그것을 재촉하고 있는 셈이었다.

"취미 삼아 이런 이야기를 꾸미고 있지 않다는 것은 선생께서 더 잘 알고 계실 줄 믿습니다."

양진욱이 웃고 있건 말건 그는 정색한 목소리로 말하기 시작했다.

"취미가 아니라면?"

"이젠 진실을 말할 때가 온 것뿐입니다. 전 제가 알고 있는 사실을 말하겠습니다."

"무엇 때문에? 누구를 위해서 말이오?"

"무엇 때문에 누구를 위해선가는 설명할 필요가 없습니다. 그건 제가 알 바도 아닌 일이구요. 다만 전 그것을 말하는 것이 제 일이기 때문입니다. 제 직업이기 때문입니다."

"당신 무언가 또 오해를 하고 있는 것 같군. 그래 이제 와서 당신이 그걸 말한다고 해서 무엇이 곧 어떻게 될 것 같소? 무엇이 달라질 수 있을 것 같으냔 말이오? 도대체 당신의 그 맹랑한 추리극 따월 어떤 바보가 냉큼 곧이듣고 나설 성이나 싶어 그러오?"

양진욱은 여전히 여유가 만만했다. 그는 계속 웃음기가 사라지지 않은 얼굴로 배영섭을 무시하고 있었다. 하지만 그는 이제 자기도 모르게 배영섭에게 끌려들고 있었다.

"배영섭 형. 가령 당신의 각본대로 일파 선생께서 정말로 속임수 금식을 하시다가 그 때문에 변을 당하고 돌아가셨다고 합시다. 하더라도 이제 와서 그것이 무엇 때문에 새삼 얘깃거리가 되어야 합니까? 그런 얘긴 이제 곧이들을 사람도 없으려니와 행여 또 그런 사람들이 있어서 세상에 무슨 변화라도 생긴다면 그게 어떤 식의 변화가 되어야겠소? 배형은 아까 덮어놓고 사실을 말하는 것만이 자기 일이라고 말했는데. 좋아요. 그럼 배형은 그렇게 사실을 알리고 난 다음의 일에 대해서는 아무런 책임을 지지 않아도 좋다는 말이오? 신문기자라는 배형의 직업은 역사까지도 초월할 수 있는 절대 신선의 것인 줄 아시오? 당신 영 겁이 없는 사람 같아요."

웃음 속에서도 양진욱의 추궁은 신랄하기 그지없었다. 하지만 배영섭은 이제 그 양진욱의 추궁에 대해서도 분명한 대답을 가지고 있었다. 그는 여전히 정색한 목소리로 양진욱과 맞서고 있었다.

"역사는 이미 분명한 방향을 얻어 바퀴가 구르기 시작했다는 말씀이군요. 그 역사에 대한 책임을 어떻게 하겠느냐는 말씀이지요. 그때도 양 선생께서 제게 그런 말씀을 하셨지요. 그리고 전 그때 두말없이 설득을 당했습니다. 하지만 전 이 열네 해 동안 내내 그것을 다시 생각해 왔습니다."

"그래서 뭐가 달라진 게 있나요?"

"물론입니다. 전 마침내 확신이 생겼습니다."

"무엇이 어떻게 달라졌지요?"

"전 역시 사실을 말해야 한다는 것이었습니다."

배영섭의 어조는 갈수록 결연스러웠다. 양진욱은 그런 배영섭의 태도에 잠시 말문이 막힌 표정이었다. 그는 한동안 말을 끊고 배영섭을 유심히 건너다보고 있더니 이번에는 목소리를 훨씬 부드럽게 하여 타이르듯 다시 물어오기 시작했다.

"당신 혹시 일파 선생께서 우리에게 가르치고 가신 자유를 생각해 본 일이 있소? 선생께서 마지막 날 우리에게 말씀하신 그 자유, 선생께서 우리들 대신 부정한 빵을 잡숫고 가심으로써 우리가 누릴 수 있게 된 자유에 대해서 생각해 본 일이 있느냔 말입니다."

"물론입니다. 많이 생각을 했습니다."

"역사에 대해서도?"

"그것도 물론입니다. 하지만 그 자유나 역사라는 것이 진실을 말해서는 안 될 구실이 되어서는 안 됩니다. 진실은 그 자유나 역사를 위해서 더욱더 분명하게 말해져야 합니다."

"어떤 식인진 모르지만 배형은 역시 자기의 신념을 지나치게 과장하고 있는 것 같군."

"과장이 아닙니다. 오히려 신념을 과장하고 계신 것은 일파 사상 연구회의 회장님 쪽인 것 같습니다. 아니 그건 과장이 아니라 과신이겠지요……. 때에 따라서는 역사란 허울좋은 명분에 불과할 때가 있습니다. 하지만 제 무식한 소견으로는 역사란 애초에 그렇게 몇몇 사람만이 독차지할 수 있는 것은 아닌 것 같습니다. 역사란 몇몇 사람들이 도맡아 만들어가는 것은 아닐 것입니다. 한데도 양 선생께서는 그 독점될 수 없는 역사를 혼자서만 독점하고 계신 듯한 착각 속에서 내내 진실을 숨기고 싶어 해오셨습니다. 그럴 경우 사실을 알고 있는 몇몇 사람들을 제외한 대다수의 다른 사람들은 바로 그 자신들의 역사에 하찮은 소도구 노릇밖에 못하게 됩니다. 함께 역사를 만들어갈 수가 없게 됩니다."

양진욱은 숫제 이제 입을 다물어버리고 있었다. 그는 이제 더 이상 배영섭에게 묻지 않아도 알고 싶은 것을 이미 다 알아버리고 난 표정이었다. 하지만 한번 말문이 터진 배영섭은 좀처럼 입을 다물려고 하지 않았다.

"……."

"누구도 자기의 역사에서 한낱 하찮은 소도구로 강요될 수는 없습니다. 그럴 경우 역사는 몇몇 사람의 허울좋은 명분으로 떨어지고 맙니다. 역사의 목적은 명분일 수가 없습니다. 역사는 명분이 아닙니다. 양 선생께서도 말씀하셨듯이 그것은 만들어져가고 있는 것이 사실일지도 모릅니다. 하지만 그것은 모두가 함께 만들어가는 것입니다. 누구나 각기 자기 능력과 분수에 따라 자기 몫의 정당한 역사를 만들어가게 해야 합니다. 역사를 혼자 독점하려고 하지 마십시오. 유리한 명분은 항상 선생 쪽에서만 혼자 움켜쥐고 있으려 하지 마십시오."

배영섭은 목이 말라오는 듯 거기서 잠시 말을 끊고 탁자 위에 놓인 술잔을 집어들었다. 목을 축이고 난 배영섭이 다시 말을 계속했다.

"하지만 전 일파 선생의 유덕에 무슨 누를 끼쳐드리고 싶어서 이런 결심을 하고 나선 건 물론 아닙니다. 감상인지 모르겠습니다만 전 오히려 그것과는 정반대의 생각을 하고 있습니다."

"……."

"누가 뭐라고 해도 선생께서 우리 현대사의 한 거인이신 것은 부인할 수 없는 사실입니다. 선생께선 지금 민족의 은인으로 끝없는 경모와 예배를 받고 계십니다. 하지만 선생께선 너무도 사랑을 받지 못하고 계십니다. 선생을 경배하는 사람은 많은데도 선생을 사랑하는 사람은 없습니다. 사랑을 받을 수 없는 위인. 그런 위인은 진짜 우상이 되기 쉽습니다. 사실상 선생께선 많은 사람들에게 거의 맹목적인 우상이 되어 계십니다. 선생께선 사랑을 받으실 수 있어야 합니다. 사랑을 받으실 수 있어야 선생께선 보다 가까이 우리들에게로 오십니다. 그리고 언제까지나 생명을 지니고 우리들에게서 살아 계실 영원한 위인이 되실 것입니다. 하지만 선생께선 지금 우리들과는 너무도 다른 곳에 계십니다.”

“……..”

“한 인간에 대한 사랑은 그 업적의 찬양에서가 아니라 거꾸로 그 인간적인 실패나 고뇌에서 가능합니다. 선생을 사랑할 수 있으려면 그분의 실패를 만나야 합니다. 사실로 선생께선 그 마지막 순간에 당신의 실패를 말씀하시려 했었는지 모릅니다. 우리를 위해서 우리들 대신 그 부정한 빵을 잡수신 게 아니라 선생께선 당신의 금식과 실패를 정직하게 고백하시려 하셨는지 모른단 말입니다. 우리는 그런 선생의 실패를 사랑할 수 있습니다. 선생께서 무엇 때문에 그런 속임수 금식을 하셔야 했느냐는 비난이 따를 수 있겠지요. 하지만 그것은 우리가 금식하시는 선생을 바라고 있었기 때문이었습니다. 선생님께선 당신께 대한 우리들의 기대를 저버릴 수가 없으셨던 거란 말입니다. 때문에 우리는 아마 선생의 그 참담스런 자기배반의 고백을 만나고 나면 보다 더 선생을 사랑할 수 있게 될 것입니다.”

“……..”

“사실이 알려지고 나면 선생의 유덕에는 다소 누가 끼쳐질 염려가 없는 것은 아닙니다. 하지만 선생의 상처는 더 많은 사람들의 따뜻한 사랑으로 아물려진 보다 귀중한 유덕의 흔적으로 남을 수 있을 것입니다. 전 그러리라고 믿습니다. 아니 그렇게 믿지 않으면 안 됩니다. 진실을 말하는 것이 제 직업에 대한 과신에서가 아니라는 이유가 바로 여기 있습니다. 이것만이 저로서는 그 선생의 ‘역사’ 앞에 제 몫의 책임을 감당하는 길이기 때문입니다. 전 이 열네 해를 기다린 끝에 비로소 그것을 깨달을 수 있었습니다.”

배영섭은 거기까지 일사천리로 지껄여대고 나서야 직성이 좀 풀린 듯 간신히 입을 다물었다. 입을 다물고 나선 상대방의 반응을 살피려는 듯 아직도 열기가 가시지 않은 눈길로 이윽히 양진욱 쪽을 건너다보았다.

하지만 배영섭이 그토록 열에 들떠 정신없이 지껄여대고 있는 동안 참을성 좋게 시종 입을 다물고 앉아 있던 양진욱의 반응은 그러나 배영섭의 기대처럼 진지한 편이 아니었다.

"당신——상상력만 풍부한 줄 알았더니 이제 보니 연설 솜씨도 보통이 아니군그래."

양진욱이 비로소 천천히 입을 열기 시작했다.

"게다가 당신의 논리는 존경을 하고 싶을 만큼 정연해서 설득력을 발휘하는 데 조금도 유감이 없었어요."

그는 다시 한 번 배영섭에게 감탄을 금치 못하겠다는 표정이었다. 하지만 양진욱의 그런 말은 배영섭에 대한 내심으로부터의 승복이나 수긍의 표시는 물론 아니었다. 더구나 배영섭을 칭찬하기 위한 말은 아니었다. 배영섭은 그것을 알고 있었다. 양진욱의 얼굴에선 어느 사이엔가 웃음기가 말끔히 가시고 없었다. 그러면서도 그에게는 알 수 없는 여유 같은 것이 엿보이고 있었다. 그의 내심이 다른 곳에 있었다. 그 때문에 그는 오히려 어떤 불길스럽도록 차분한 여유가 생기고 있는 게 분명했다.

"조금만 얘기가 길어졌으면 나도 그만 배형에게 깜박 설득을 당하고 말 뻔했지 뭡니까. 한데 배형께선 그럼 정말로 그 추리극의 각본을 세상에 내놓을 참인가요?"

양진욱은 도대체 그 뜻을 해득할 수 없는 아리송한 미소 속에서 그 역시 마지막으로 다시 한 번 다짐을 주고 싶은 듯 배영섭의 의사를 물어왔다.

"물론입니다. 그것도 될수록 빨리 그 짐에서 벗어날 작정입니다."

배영섭의 대꾸는 단호했다.

"대단하시군요. 어쨌든 나로선 고마운 일이랄 수밖에 없겠군요. 일파 선생에 대해서 배형께서 그토록 자상한 배려를 하고 계시니 말입니다. 하지만 그 십사 년을 기다려온 것은 배형 당신 혼자만이 아니라는 것도 알아주셔야 합니다. 나 역시 당신 못지않게 그 십사 년 동안을 끈질기게 기다려왔으니까요."

양진욱은 여전히 여유가 만만한 어조로, 그러나 이번에는 다소 실망기가 어린 어조로 말하기 시작했다.

"하지만 난 완전히 낭패였습니다. 당신은 그 십사 년을 기다린 보람으로 깨달음을 얻었지만 난 당신과는 정반대로 그 십사 년의 기다림이 완전히 허사였다는 말입니다."

"양 선생께서도 기다리고 계셨다면, 선생님께선 무엇을 기다리고 계셨다는 말씀입니까?"

배영섭이 영문을 알 수 없다는 듯 불안한 표정으로 묻고 있었다. 양진욱이 그 배영섭을 위협하듯 낮게 대답했다.

"그건 바로 배형 당신이었습니다."

"저를요? 무엇 때문에 저를?"

"전 당신이 언젠가는 그 모든 사실을 깨끗이 잊어줄 수 있기를, 이미 잊어버리고 있는지 어떤지조차 알아볼 수 없는 채 덮어놓고 세월만 기다리고 있었습니다. 하지만 난 오늘 비로소 그런 나의 기다림이 크게 어리석은 짓이었다는 것을 알았습니다. 당신은 너무도 정확하게 모든 걸 기억하고 있습니다. 그리고 그사이 너무도 엄청난 고집을 쌓아오고 있었습니다."

"……."

"하지만 내가 실패를 했다고 해서 날 위로하려고 하진 마십시오.

배형이 아까 이야기 중에 우리들은 누구나 하는 일이 다를 수 있고 그 다른 일 속에서 각각 자기의 명분을 만날 수 있다고 하신 말에서 난 이미 충분한 위로를 받고 있는 참이니까요."

"무슨 뜻입니까?"

"아무 별 뜻은 없습니다. 배형이 신념을 가지고 자기 일을 하듯 이 나 역시 나대로의 신념에 따라 나의 일을 할 수밖에 없다는 것뿐 입니다. 배형도 아까 그만 권리쯤은 내게 인정을 하고 계셨으니까 요. 아무쪼록 좋은 기사나 읽게 되길 기대합니다."

자욱한 담배 연기 뒤에서 양진욱은 다시 한 번 그 이상스럽게 여 유가 만만해 보이는 미소로 배영섭을 어리둥절하게 하고 있었다.

이날 밤 사고가 일어났다.

자정을 한 시간쯤 남겨놓은 시각이었다. 배영섭은 어딘가 기분 이 자꾸 아리송했다.

하지만 그는 오랜만에 어깨가 좀 홀가분해진 기분으로 양진욱의 집을 나왔다. 그리고 밤이 썩 늦었는데도 어느 뒷골목 주점으로 들어 가 통금시간이 거의 다 임박해 올 때까지 마지막 술을 청해 마셨다.

그 배영섭이 술집을 나와 서교동 그의 집 앞 건널목 근처에서 합 승을 내린 것은 자정 일이 분 전이었다.

그의 교통사고 소식이 알려진 것은 이튿날 아침이었다.

이튿날 오후.

'일파 사상 연구회' 사무실 소파에 앉아 양진욱이 방금 배달되어 온 S일보 사회면 한구석에서 그 배 기자의 사고기사를 읽고 있었다. S일보는 요즈음 범인이 통 붙잡히지 않는 뺑소니 사고의 빈발 현상 을 용서할 수 없는 사회윤리의 타락이라고 깊이 통탄하고 있었다.

하지만 일파 선생의 허위금식에 관한 폭로기사 대신 배영섭 당 자의 사고기사를 읽고 있는 양진욱 회장의 중년티가 완연한 얼굴

표정에는 흔히 상상할 수 있는 그 뺑소니 사고에 대한 일상적인 분노의 빛이 전혀 엿보이지 않고 있었다. 그렇다고 뭔가 일이 차라리 다행스럽게 되었다는 듯한 안도의 빛 같은 걸 찾아볼 수 있는 것도 물론 아니었다. 어느 편이냐 하면 그는 그저 당연한 일을 보고 난 사람처럼 덤덤한 눈길로 기사를 읽고, 그리고 무표정하게 신문을 천천히 접어버리고 있었다.

개백정

알겠지만 나는 노랑이와 복술이 놈을 구해 내야 했었어. 개백정
들로부터 말이야. 노랑이와 복술이 —— 둘 다 우리 집 개 이름이지.
한 놈은 털이 복슬복슬 많아서 복술이가 되었고, 다른 한 놈은 짧은
털이 검정과 주황색이 섞이긴 했으나 전체로 노리끼해서 노랑이가
되었지 않나. 복술이는 수놈이었고 노랑이는 암놈이었지. 쉰이 넘
은 어머니와 갓 스물 난 누님, 그리고 국민학교 이학년짜리인 나까
지 합해서 식구가 단 세 사람밖에 되지 않은(외양간에 소가 한 마리
있긴 했지만) 단출한 집안이라, 때로는 호젓할 때가 많다고 오륙 개
월 전 어머니가 동네 가까운 집에서 강아지를 두 마리씩이나 얻어
오셨던 거지. 놈들은 한 태 새끼로 남매간이었거든.(그래 그런 건 아
니겠지만, 혹은 그 반대로 남매간이란 걸 관계하지 않기 때문일지도 모
르지만.) 두 놈은 자라면서 썩 의가 좋았고 식구에게 심심찮은 재롱
도 부렸던 거야. 밤이면 마루청 밑으로 기어들면서도 소리만은 제
법 어른스럽게 캉캉 번갈아 짖어댔지. 차츰 밥그릇 주인 구실을 하

게 되지 않았겠나. 그러나 우리들(특히 어머니와 누님)은 놈들을 대견해하기보다는 역시 재롱둥이로만 여겼지. 놈들은 처음부터 재롱이나 부리고 귀염을 받기에 알맞게 태어난 것 같았어. 여느 강아지들 같으면 아직 훨씬 더 자랄 수 있는데도 어찌 된 일인지 놈들은 중개 요량이나 되어서부터는 영 더 자라지를 않더군. 언제나 고만한 몸집으로 재롱이나 부리고 있었어. 그 몸집에 재롱이 꼭 알맞았거든. 그래서 놈들이 하는 짓은 뭣이나 재롱으로만 보였지. 좀 더 지나서 놈들이 이젠 댓돌에 의젓이 버티고 앉아 사립 쪽의 인기척에 목청을 돋워 캉캉 짖어대거나 기를 쓰고 쫓아나가거나 해도 그게 우리들에겐 여전히 재롱으로만 여겨졌지. 밤마실에서 돌아오거나 할 때도 놈들은 어떻게 주인의 기척을 알아보는지 어두운 골목을 멀리까지 쫓아나와 흙발로 나의 옷자락을 할퀴며 뛰어오르곤 했어. 그렇게 놈들은 재롱을 떨었더란 말이야. 그러다가 6·25 전쟁이 시작되었어. 영 말씨가 설고 거센 총잡이들이 마을까지 들어오더군. 하지만 그 말씨가 거센 총잡이들은 얼마 안 있다가 곧 쫓겨가버렸지. 한데 그사이 마을에는 많은 변이 일어나지 않았겠나. 그야 청년들이 병정으로 뽑혀가거나 마을의 어른이 바뀌거나 사람이 죽거나 하는, 그 무렵에는 어디서나 볼 수 있었던 그런 일들이긴 했지만, 어머니에게는 유독 외삼촌댁으로 해서 많은 일이 있었어.

그러나 복술이와 노랑이로 말하면 그깟 전쟁은 별 상관이 없었지. 아무 일 없이 여전히 재롱만 피우며 지냈단 말이야. 아니지. 전혀 아무 일도 없었던 것은 아니야. 복술이란 놈이 한 달 반가량 집을 떠나 십 리 밖 외삼촌댁에 가서 지낸 일이 있었군. 유월 중순부터였을 거야 아마. 어느 날 서울서 중학교를 다니고 있던 외종형이 무슨 일론가 집엘 다니러 왔다가 우리 집까지 인사를 다녀간 적이 있었어. 한데 그 외종형이 어찌나 복술이 놈을 탐내는 바람에 어머니는 그 외종형에게 복술이 놈을 딸려보내지 않으셨겠나. 마을 뒷산 여우고개까지 내가 복술이 놈을 바래다주고 와야 했어. 아무리 달래도 놈이 낯선 외종형을 따라가려고 해야지. 그래 여우고개에서 놈을 떨치고 돌아서느라 나는 정말 진땀을 뺐어. 나는 연방 돌팔매질을 하며 놈을 외종형 쪽으로 쫓아야 했으니까. 며칠 후에 들으니 복술이 놈은 외종형이 간신히 달래 데리고 가서 거기서 잘 지낸다더군. 그것으로 우리는 복술이 놈을 잊어버렸지. 외가 쪽에서는 복술이 따위의 소식은 전해 주지도 않았고, 이쪽에서도 그런 것을 물을 겨를이 없게 되어버렸거든. 외종형이 다녀간 며칠 뒤에 6·25 전쟁이 시작되지 않았나 말이야. 전쟁 소문이 퍼지자 마을은 이상하게 술렁대기 시작했고, 사람들은 괜히 어쩔 줄들을 몰라 하더군. 외갓동네 소식도 그런 것뿐이었어. 어머니 눈치로 보아 그쪽 소식은 되레 더 나쁜 것 같았어. 마을에서 인심은 좋지만 외삼촌댁은 논밭이 너무 많고 세간살이가 좋아서 '누구나 똑같이 나눠먹는' 공산당 세상이 되면 손해가 많으리라더군. 외가 쪽과 어머니는 대략 그런 걱정과 소식을 주고받으며 지내는 눈치였어. 이윽고 진짜 공산당 세상이 되지 않았겠나. 그렇게 되고 보니 어머니의 걱정은 외삼촌네의 논밭과 세간에 대한 것 정도가 아니었어.

외삼촌과 두 외종형이 너무 똑똑해서 탈이라더군. 동네 구장을 지낸 삼촌은 말할 것도 없고 소학교 선생을 하다가 민족 청년단 간부를 지낸 큰형, 그리고 서울서 중학 오학년을 다니다 내려온 작은형이 다 같이 너무 똑똑해서 필시는 그게 화근이 될지 모르겠다고 걱정이 태산 같지 않았겠어. 어머니의 걱정은 터무니없는 것이 아니더군. 오래지 않아 이 마을 저 마을에서 돈 많은 '반동분자'들이 마구 죽어가지 않아. 같은 마을 사람들이 몽둥이로 때려죽이고 세간을 나누고 전답을 분배한다는 것이었어. 말할 것도 없이 외삼촌네는 '반동분자'였겠지. 온 가족이 다 마을 사람들에게 달린 목숨이라는군. 어머니는 안절부절이었지. 그러나 그런 빛을 함부로 내색하거나 누구와 원정을 나누지도 못했던 거야. 외가 사정을 살피기 위해 그쪽 마을로 갈 수는 더욱 없었겠지. 그것은 '반동가족'의 친척임을 스스로 드러내는 짓이니까. 게다가 그 '반동가족'과 내통 혐의가 더욱 무서웠을 게 아닌가 말야. 초조하게 소식을 기다릴 수밖에 없었던 거지. 그러나 소식은 언제나 소문으로 오는 것뿐이었어. 그리고 그 소문은 언제나 더욱 나빠져가기만 했지. 그러나 어머니는 마치 그 나쁜 소식을 듣기 위해서인 것처럼 열심히 소식을 기다리지 않으셨겠나. 그러던 어느 날 밤 불현듯 복술이가 돌아왔단 말이야. 그날 밤 새벽녘쯤 해서 나는 어머니의 조금 목이 멘 듯한 말소리에 잠이 깨었어. 눈을 떠보니 어머니의 중얼거림 같은 말소리가 문밖에서 들려오겠지.

"오냐오냐. 네가 어떻게…… 어떻게 길을 잊지 않구…… 이 밤중에……."

나는 문득 이상한 생각이 들어 문을 열고 나갔지 않아. 개 두 마리가 모깃불을 피워놓은 풀더미 곁에 서로 엉클어져서 장난을 치고 있더란 말이야. 그러다가는 갑자기 어머니에게로 덤벼들어 옷자락을 물고 뱅뱅 돌다가 다시 또 쫓기는 시늉을 하고 말이야. 물론 한 놈은 노랑이고 다른 한 놈은 외종형을 따라간 뒤에 잊어버리고 있던 복술이 놈이 분명했어. 갑자기 장난스럽게 으르렁거리는 개소리가 한 마리 같지 않아 어머니가 나가 보았더니 복술이 놈이 돌아와 있더라더군.

그러니까 복술이 놈에게 그간에 있었던 일은 그 달포 반가량의 별거뿐인 셈이지. 그러나 놈들에겐 그쯤 아무 일도 아닌 거나 다름없지. 오히려 그 일 때문에 놈들은 더욱 귀염을 받았다니까. 전쟁

소동이나 그 뒤로 일어났던 우리 집의(특히 어머니의) 일에는 아랑
곳없이 녀석들은 재롱만 부리며 수복을 맞았고 또 가을을 맞았던
거야.

 하지만 가을이 되고부터는 복술이 놈에게 진짜 액운이 찾아들었
어. 개 공출이 시작되었거든. 어디다 쓰는 것인진 모르겠으나, 개를
잡아 가죽을 벗겨간 일이 있었지 않나? 동네 개들에게는 청년들에
게 징집영장이 내려지듯 공출 표딱지가 내려지고, 표딱지를 받은
개들은 주인 허락이 없이도 도살되어 가죽이 벗겨졌었지. 그런데
개 공출 표딱지가 청년들의 징집영장과 다른 것은 표딱지를 받고서
도 요령껏 잡히지만 않으면 살아남을 수가 있고, 그렇다고 처벌을
받는 것도 아니라는 점이었어. 면사무소에선 마을에다 개가죽 벌수
만 배당하고, 공출 표딱지는 동네 구장네 집에서 떼기 때문이었을
테지. 그래서 구장은 공출표를 떼고 나서도 자진해서 가죽을 바쳐
오지 않기 때문에 사람을 내보내어 공출표를 뗀 개들을 잡아들이게
했다지 않아. 개백정들을 말이야. 개백정들은 몽둥이와 밧줄 등속
을 가지고 공출표를 뗀 개를 잡으려고 골목골목을 뒤지고 다녔어.
그러나 꼭 목적한 개가죽 벌수를 다 채울 수는 없었지.

 그래서 개백정은 마을로 배당된 개가죽 벌수를 채우기 위해서
공출표를 떼지 않은 개라도 만나기만 하면 마구 때려잡는다는 것이
었어. 우리 집에는 두 마리 중 우선 한 마리의 공출표를 받았지. 어
머니가 구장에게 사정을 했으나 두 마리 중 한 마리는 내놔야지 않
겠느냐고 하더라는 것이겠지. 표를 받은 후 어머니는 가장 극성스
런 개백정에게 애원하듯 다시 부탁을 하셨다는군. 사람 노릇 하는
우리 개들만은 잡아가지 말아달라고 말이야. 한데 그 개백정은 검
은 얼굴에 히죽이 웃음을 담으며 그러죠 뭐, 쉽게 대답을 하더라는
군. 그러나 마음을 놓을 수가 있었겠나. 그걸 귀담아 간직할 리도

없고, 그런 부탁을 넣은 사람이 한두 사람이 아닐 것이고 보니 말이야. 뻔한 얘기지. 공출표를 받은 개나 받지 않은 개나, 부탁을 넣은 개나 그렇지 않은 개나 개백정을 만나기만 하면 여지없이 가죽이 벗겨지는 판이었다니까. 놈들을 살려내기 위해서는 무엇보다 개백정의 눈에 띄지 않게 하는 게 상책이었어. 나는 낮 동안이면 늘 마을 뒤 여우골 산속에다 놈들을 숨겨놓고 있었지. 힘이 드는 일이지만 그 무렵은 아직 학교가 문을 열지 않고 있었기 때문에 나는 하루 종일 그 일에만 매달릴 수가 있었어. 아침을 일찍 먹고 개백정들이 나서기 전에 나는 외양간의 소를 끌고 나가거든. 그러면 노랑이와 복술이는 나의 뒤를 따랐어. 나는 소를 끌어다 여우고개를 넘어가는 길목에서 좀 떨어진 산속이나 고개 아래 골짜기(그러니까 여우골이지)의 풀밭에다 매어두고, 노랑이와 복술이 놈을 그 소 곁에 떼어둔 채 집으로 돌아오곤 하는 것이었어. 처음 몇 번은 놈들이 집으로 나를 따라나섰으나 그때마다 돌팔매질을 하여 떼어놓곤 했더니, 나중에는 아주 그 소 곁에 한나절씩 남아 있을 줄을 알게 되더군. 나는 집으로 돌아와 오전을 보내고 점심을 먹은 다음 고구마 찐 것이나 누룽지 같은 것을 싸들고 여우고개로 다시 가는 거야. 그러면 녀석들은 소 곁에서 영락없이 한나절을 보내고 있다가 나를 발견하고는 멀리서부터 벼락같이 뛰어오는 것이었어. 나는 녀석들에게 점심을 주고 나서, 오후 한나절은 소를 먹이지. 그리고 해가 져서 어둑어둑 해진 다음에야 놈들과 함께 집으로 돌아오는 거야. 그래서 나는 두 놈을 다 무사히 지켜나갔어. 어머니와 누님이 나의 일을 열심히 도와주었지. 특히 어머니는 어떻게 하든 개를 죽이지 않으려고 하는 마음이 나보다 훨씬 더한 것 같았단 말이야. 사실인즉 내가 그렇게 놈들을 지키는 데 힘을 기울인 것은 거꾸로 그런 어머니 때문이기도 했어. 개를 죽게 하는 것이 어머니를 굉장히 슬프게 할 것 같은 생각이 들었거든. 녀석들에 대해 어머니는 그만큼 걱정스럽고 안타까워 하셨던 거야. 아니 정직하게 말하지. 자신은 없지만 이렇게 말해도 좋을지 모르겠어. 어머니의 초조감은 반드시 그 개들에 대한 것뿐만은 아니었을 거라고 말이야. 어머니는 이제 단 하나 남았을지 모르는 외종형의 소식을 기다리고 계셨거든. 그 초가을 밤——복술이가 돌아왔던 날 말이야. 그날 아침 어머니는 복술이 놈을 무척 신통해하시면서도 한편으로는 이상하게 불안해하시질 않겠나. 어머니의 예감이나 걱정은 늘 앞을 내다보고 있는 것처럼 정확했어. 그날로 소식이 전해 오지 않았겠나. 외삼촌네가 그 전날 하룻밤 사이에 동네 사람들 손에 몰살을 당했다고 말이야. 한데 복술이를 데려갔던 외종형만은 잠결에 팬츠바람으로 마을을 도망을 쳐버려서 다른 곳 어디서 잡히게 되더라도 우선은 화를 면했다는 것이었어. 어머니는 이 친정 소식에 꼬박 하룻동안 누워 계시기만 하더군. 그러더니 드디어는 '반동가족' 친척이나 그 '반동가족'과의 내통혐의로 닥쳐올지도 모를 위험은 따질 겨를도 없이 여우고개를 넘어 외삼촌댁으로 달려가시고 말았지. 어머니는 이틀 뒤에 다시 돌아오셨는데, 소문대로 외삼촌과 큰형은 동네 정자나무 아래서 몽둥이로 머리를 얻어맞고 돌아가셨고, 이 소식에 놀라 뛰어나오던 외숙모님은 우물께서, 그리고 큰형댁은 사립께서 역시 몽둥이로 태질을 당하고 돌아가셨다지 뭐야. 그러나 끝난 일은 끝난 일, 그 뒤로 어머니를 더욱 초조하고 안타깝게 한 것은 네 사람을 한 구덩이에 덮쳐넣고 흙을 덮은 무덤을 마을 사람 눈이 무서워 제대로 나눠 묻어주지 못하고 온 일과 밤길에 홑팬츠바람으로 도망쳤다는 외종형의 소식이 아니었겠나. 수복이 되자 어머니는 다시 외삼촌네 마을로 가서 새로 무덤도 만들어주고 집도 정리를 해놓고 오셨지만 외종형의 소식만은 끝내 알 길이 없더군. 처음 예측대로 어디서 붙잡혀 돌아가셨다는 소식도, 그리고 어디에 살아 있다는 소식도 아무것도 없었어. 어머니는 내내 소식을 기다리며 날을 보내셨겠지. 수복 후에는 더욱 조급하고 초조해하시며 말이야. 그러나 외종형의 소식은 수복 후 한 달이 지나도 감감이었어.

그러니까 어머니의 초조감이나 안타깝고 우울한 얼굴은 전혀 외종형 때문이었는지 모르지. 그런데 이상하게도 어머니의 얼굴을 볼 때마다 나는 어떻게 해서든지 복술이와 노랑이를 살려내야 한다는 생각이 들지 않았겠나. 그러지 못하는 경우 어머니에게는 복술이나 노랑이 같은 건 문제도 되지 않는, 정말 상상도 할 수도 없는 슬픈 일이 일어날 것만 같았어. 나는 매일 아침 일찍 여우고개(또는, 골)에다 소를 내다 매고 점심을 마치고는 두 놈의 요깃거리를 가지고 다시 여우고개로 나가곤 했지. 그런데 그러던 어느 날이었어. 얌전히 소 곁에서 소를 지키고 있다가 내가 나타나기만 하면 앞서거니 뒤서거니 뛰어오던 놈들 중에 웬일인지 그날은 한 놈이 보이질 않겠지. 뛰어온 것은 복술이 놈뿐이었어. 처음 나는 노랑이 녀석이 어디로 여치잡이를 나갔거나 개울 같은 데로 목을 축이러 내려갔으려니만 여겼다니까. 그런데 놈은 오후 해가 다 기울 때까지도 나타나지 않질 않아. 나는 불안해지기 시작해서 산이 찌렁찌렁 울리도록 녀석을 부르며 부근 골짜기와 산등성이를 훑었어. 녀석이 끝내 나타나질 않더군. 나는 기진맥진해져버렸지. 해가 떨어진 다음 할 수 없이 소를 몰고 복술이 한 놈과 집으로 돌아오고 말았어. 녀석이 다른 길로 해서 먼저 집으로 돌아와 있을지도 모른다는 가느다란 희망을 가지고서 말이야. 그러나 집에도 노랑이 녀석은 와 있지 않았어. 아니 노랑이 놈이 먼저 다른 길로 해서 집으로 돌아갔을지 모른다는 나의 희망은 대략 옳은 것이긴 했지. 녀석이 먼저 마을로 들어온 것만은 사실이었거든. 그러나 불쌍하게도 녀석은 집에까지는 들

어올 수가 없었던 거야. 저녁을 먹고 있는데 구장에게서 연락이 왔
어. 노랑이의 고기를 찾아가라고 말이야. 노랑이 놈은 동네로 들어
오다가 개백정에게 붙잡혀 가죽을 벗기었던 거지. 나는 밥을 먹다
말고 어머니의 표정을 살폈어. 그러나 그때 어머니는 나의 두려움
을 알고 계신 듯했어. 오히려 안심시키듯 나를 한번 들여다보시고
는 심부름 온 아이에게 이르셨지.

"고긴 필요없다고 해라. 알아서 하라구. 그리고 나중에 만나더라
도 우리 노랑이 이야긴 다시 내 앞에서 꺼내지 말라구."

그런데 그런 일이 있고부터 어머니는 전보다 더욱 초조하게 외
종형의 소식을 기다리시지 않아. 그 표정이 때로는 절망적이었어.
나는 한 마리 남은 복술이 놈을 구하기 위하여 여우고개로 여전히
소를 몰고 다녀야 했지. 노랑이가 껍질을 벗기었으니 복술이 놈만
은 그대로 놔둘 개백정들이 아닌 것을 다 알았거든. 그런데 이상한
일이 생겼어. 어머니의 복술이에 대한 태도 말이야. 어머니는 외종
형의 소식에 지나친 초조감 때문인지 아직 남아 있는 복술이에게서
는 그 후 주의가 아주 멀어져버리신 거야. 오히려 누님과 내가 복술
이 놈 걱정을 하거나 놈이 어른거리면 어머니는 역정까지 내시질
않겠어.

"저것까지 또 내 속을 한차례 뒤집어놓을 참이지."

"언제 또 보기 싫은 꼴을 보게 하려노. 차라리 눈에 안 보이는 데
로나 가서 없어졌으면."

복술이 놈을 미워하신 거지. 그런데 어머니의 그런 말씀에는 어
떤 두려움이 숨어 있었어. 언제고 또 끔찍스런 꼴을 보게 될 것 같
은 두려움 말이야. 그런데 복술이가 살아 있는 것이 어머니에게는
그 두려움의 연장이고 연기인 듯했어. 어찌 보면 어머니는 그 두려
운 일과 빨리 만나버리고 싶어 하시는 것같이도 보였지. 그러니까

복술이 놈이 더 불쌍하더군. 꼭 그래서만은 아니지만 하여튼 나는 놈을 살려야 할 것 같았어. 누님이 나를 도와주었지. 그런 식으로 며칠이 지났어. 어머니는 아주 기진맥진 아무리 초조해하서도 외종형의 소식은 깜깜이 아니야. 어느 날 어머니는 드디어 다시 여우고개를 넘어 외삼촌네 집으로 가시고 말았어. 형의 소식이 있을 때까지 삼촌네 집도 지킬 겸 아주 그 마을로 가서 수소문도 해보고 소식을 기다리시겠다는 것이었어. 그런데 그날 어머니는 무슨 생각을 하셨던지 소를 몰고 여우고개까지 따라간 나에게 복술이 놈을 가리키시며,

　"복술이 잘 지켜라 응?"

하시는 것이 아니야. 말씀하시면서 가늘게 웃으시는 것이 어찌나 힘이 없어 보이던지, 나는 오히려 어머니가 복술이 놈이 어떻게 되리라는 것을 미리 알고나 그러시는 것만 같더군. 어쨌든 나는 다음 날부터 어머니를 기다리기 시작했어. 하루종일 여우고개와 골짜기를 오르내리며 소를 옮겨 매고 마을로 내려가 나와 복술이 놈의 점심거리를 나르며 어머니를 기다렸지. 그런대로 가을의 산은 시간을 보내기가 쉬웠어. 도토리도 줍고 땡감도 따며, 그런 일에 진력이 나면 나는 자줏빛으로, 또는 노랑으로 물드는 풀밭에 누워, 멀리 산비탈의 조밭에서 꼼지락거리는 사람을 내려다보기도 하고 곁에 앉은 복술이 놈의 머리와 등을 쓸어주기도 하면서 말이지. 그러면 놈은 뱀장어처럼 허리를 꼬며 땅바닥에 배를 바싹 붙이고 맹렬히 꼬리를 흔들어대든지 아니면 함부로 나의 얼굴을 핥으려고 혀를 내둘러대는 것이겠지. 그러다가도 또 부근 길목을 지나가는 사람들의 두런거리는 말소리에 귀를 기울이기도 하는 거야. 어쨌든 여우고개는 또는 그 골짜기는 이제 나와 아주 익숙해져 있었지 뭐야. 원래 이 고개는 숲이 짙어 여우가 들끓고 또 여기서 여우가 울면 마을에 상

서롭지 못한 일이 생긴다고 여우고개라 불릴 만큼 좀 으스스한 곳이었지. 하지만 이 몇 달 동안에 나와는 아주 익숙해져 있었어. 내가 어머니를 기다릴 일이 없을 때 다만 복술이와 노랑이를 지키기 위해 소를 내다 매러 나올 때도 언제나 이 여우고개를 택한 것은 그전에 벌써, 그러니까 복술이가 외삼촌네에게서 되돌아온 다음, 어머니가 그 마을로 가신 뒤로 어머니를 기다리기 위해서 이 고개로 소를 몰고 나다니면서 얼마큼은 익숙해져 있었기 때문이었지. 하지만 여우고개가 내게 전혀 무섭지 않은 것은 아니었어. 여우가 들끓는다는 식의 으스스한 기분 같은 것은 물론 없었지. 내가 정말 거기서 여우를 본 일도 없었고 또 숲만 해도 이젠 많이 옅어져 있었으니까. 거기다 이제 나는 이 여우고개나 골짜기의 가장 깊은 곳까지 샅샅이 알고 있는 터가 아닌가 말이야. 내가 가끔 놀라는 것은 그런 게 아니라 오히려 사람의 기척 때문이었어. 사람이라야 종일 가야 두서너 번, 모습도 보이지 않고 말소리만 근처 길목으로 지나갔는데, 그것이 나를 찔끔찔끔 놀라게 했던 거야. 어느 날 여우골을 올라오다 오줌을 누려고 잠시 길을 비켜선 동네 어른 한 사람에게 복술이를 들킨 일이 있었거든.

"이놈! 개를 감춰두러 나왔구나. 내 일러야지. 여기 개가 한 마리 있더라구."

어른은 오줌을 누고 나서 복술이와 나를 번갈아 보면서 눈알을 굴러대지 않아. 그러고는 기분 나쁘게 껄껄 웃으면서 고개를 내려가 버리겠지. 그날 오후 나는 소를 더 깊은 곳으로 끌고 들어갔어. 그러나 개백정이 여우고개로 개를 찾으러 오지는 않더군. 그날뿐이 아니라 다음 날도 그다음 날도 복술이를 찾으러 오는 사람은 없었어. 그러나 그런 일이 있고부터 나는 사람 기척이 무서워지기 시작했다니까. 두런두런 부근 길목을 지나가는 사람들의 소리만 나면 나는 찔끔찔끔 놀라고 불안해서 어쩔 줄을 모르게 되었어. 여우고개의 숲은 그곳을 지나가는 사람들의 말소리 때문에 나를 영 불안하게 했어. 한데 그사이 어머니로부터는 영 소식이 없지 않아. 한번 외삼촌네로 가신 뒤로는 외종형에 관한 소식도 전해 오는 게 없었어. 나는 날마다 여우골을 길게 뻗어올라오고 있는 산길을 나무숲 사이로 비켜보면서 어머니를 기다렸어. 그러나 어머니는 좀처럼 그 길목으로 모습을 나타내지 않으셨어. 어쩌다 그 길에는 어머니와 똑같이 흰 치마저고리를 입은 사람이 가물가물 나타나서 고개를 올라오곤 했지만, 그 흰옷은 가까이로 오면서 남자의 두루마기로 변해 버리기도 했고, 또는 걸음걸이가 한동안 어머니를 닮다가는 얼굴이 차츰 달라져버리거나, 했지. 그런 사람의 그림자조차 나타나지 않을 땐 창연한 기분으로 그 휑하니 쓸쓸하기만 한 산길을 내려다보고 있었어. 구름이 낀 날의 그 산길은 더 창연해 보이지. 그런때 나는 얼마 전 어머니가 그 고개를 올라오시던 때의 일을 생각하고는 더욱 기분이 창연해지곤 하는 것이었어. 어머니가 외삼촌네의 몰살 소식을 듣고 고개를 넘어가셨을 때도, 사정은 조금 달랐지만 안타깝게 산길을 내려다보며 나는 어머니를 기다렸었지. 그런데 그때 나는 어떻게 한눈을 팔고 있다가 정말 어머니가 그 길을 올라오신 것을 보지 못하고 말았거든. 길아랫목 어디선가 갑자기 아이고 아이고 하는 여자의 울음소리가 들려오지 않겠어. 깜짝 놀라 귀를 기울여보니 그게 꼭 어머니의 음성만 같지 않아. 나는 몸을 벌떡 일으켜보았으나 아직도 사람의 모습은 보이지 않았어. 아무것도 거리 낌없는 여자의 통곡소리만 계속되고 있는 거야. 어머니의 목소리가 분명했어. 나는 섬뜩해 가지고 그 자리에 굳어서 있다가 이윽고 길을 달려내려갔지. 과연 통곡을 하고 있는 것은 어머니였지 뭐야. 어머니는 조그만 보퉁이 같은 것을 풀밭에 내동댕이친 채 내가 나타난 줄도 모르시는 듯 감은 눈을 하늘로 향하고, 그리고 손으로는 마른 풀을 쥐어뜯기도 하고 그냥 땅을 비비대기도 하면서 숨이 끊어질 것처럼 울고 계셨어. 한동안 어머니의 그 거리낌 없는 울음소리가 조용하고 창연한 가을 산골을 더욱 창연하게 하고 있었지.

내가 어머니를 기다리면서 생각하는 것은 대개 그날의 일이라지 않아. 나는 어머니가 왜 하필 거기서 갑자기 울음을 터뜨렸는지를 확실히 알 수가 없었어. 그러나 그것은 아무래도 상관없지. 다만 나의 머리에는 그날의 일이 깊이 새겨져 있었고, 그 길을 내려다보고 있노라면 나는 반드시 그때처럼 창연한 기분이 되고 마는 것이라니까. 그리고 한번 그런 기분이 되기 시작하면 나는 이상하게 몸까지 노곤해 오면서 영 거기서 빠져나올 힘을 잃어버리는 거야. 내가 그런 기분에서 깨어나는 것은 대개 부근의 다른 길을 지나가는 인적을 의식하거나 복술이 놈 때문이었어. 복술이 놈은 나의 곁에서 잘 떠나지를 않았지만 어쩌다 심심하면 혼자 여치를 잡으러 다니거나 가끔 조용한 산을 향해 할 일 없이 껑껑 짖어대는 때가 있었어. 그러다 산울림이 돌아오면 놈이 이젠 아주 신이 나서 짖어대곤 하는 거야. 녀석이 그렇게 짖어대는 소리만 들으면 나는 어떤 생각을 하고 있다가도 기겁을 하고 일어나서 복술이 놈을 달랬어. 처음 그 소리를 들었을 때는 어찌나 가슴이 두근거리는지 소리가 나는 쪽으로 달려갈 힘도 없었다니까. 녀석이 영락없이 개백정에게 붙들렸느니라 했지. 그러나 그것이 그놈의 짓궂은 상난인 줄을 알게 된 뒤로도 나는 그 개 짖는 소리만 들으면 신경이 곤두서곤 했어. 첫번에 워낙 놀란 탓도 있었지만 누구에겐가 금방 들켜버릴 것만 같아서 마음이 조마조마했을 게 아냐. 복술이가 눈에 띄지 않을 때 놈을 부르는 자신의 소리에조차 겁을 집어먹곤 하는 나였으니까. 놈이 껑껑 산울림을 지으면서 짖어대는 소리란 정말 질색이었어. 하여튼 그런 식으로 하루하루 날들은 지나갔어. 그 산길엔 어머니가 나타나지 않았지만 복술이에게도 염려될 만한 일은 없었단 말이야. 이젠 마을에 배당된 개가죽 수가 거의 들어차서 개백정이 그리 심하게 설치고 다니지도 않는다는 소문도 있었어.

한데 그러던 어느 날, 비가 몹시 심하게 내린 날이었어. 가을비답지 않게 빗줄기가 몹시 세차게 말이야. 아침부터 내리기 시작한 비가 점심때를 지나서 오후까지 줄기차게도 쏟아졌어. 나는 날씨가 들 기미만을 기다렸지. 모처럼 만인 데다 어머니마저 안 계신 집에 들어앉아 있으려니 좀이 쑤시기도 하고 우선 불안해서 견딜 수가 없더군. 하늘이 조금만 트이면 소를 내매러 나갈 참이었지. 그러나 좀처럼 하늘은 들 것 같지가 않더니, 어럽쇼 오후부터는 마당물에 거품까지 만들어가며 쏟아지는 거야. 단념할 수밖에 없었지. 단념을 하고 나니 차라리 마음이 편해졌어. 나는 복술이 놈에게 고구마 찐 것을 조금 먹인 다음 뜨뜻한 아랫목에 등을 대고 누워버렸어. 그러고는 잠이 들고 말았지. 그런데 그것이 나의 잘못이었던 것 같아. 빗소리가 너무 세찼고, 아랫목이 너무 따뜻했고, 그리고 나는 기분이 후줄근하니 젖어 있어서 너무 기분 좋게 잠이 들어버렸던 거야. 그리고 너무 오래 자버리고 말았던 거야. 얼마나 자고 난 다음이었는진 모르지만, 어느 순간 내가 바깥에서 들려오는 남자들의 말소리에 눈을 번쩍 뜨고 잠이 깨었을 때는, 아까 잠이 들 때까지 고막을 가득 채우던 빗소리는 이미 그쳐 있었고 그 대신 남자들의 조심스럽게 달래는 듯한, 그러나 어딘지 좀 수런스런 말소리가 들려오질 않겠어. 뭔가 심상치가 않은 예감이었어. 나는 갑자기 숨도 제대로 쉬지 못한 채 바깥 동정에 귀를 기울이고 있었지. 건넌방 베틀에 올라앉아 있는 누님은 아직 바깥 기척을 알아차리지 못한 모양 탕탕 바디 소리만 내고 있더군. 아니, 그런데 그 바디 소리 사이로 들려오는 한 남자의 소리는 분명, 얼굴이 검은 그 개백정, 언젠가 어머니가 부탁하셨을 때 "그러죠 뭐." 쉽사리 말하고 씩 웃더라는 그 개백정, 그래 놓고도 노랑이를 때려잡아간 그 개백정의 목소리가 아닌가 말이야. 나는 더 이상 견디지 못하고 문을 열고 뛰쳐나가려고 했지. 그러나 이상한 일이었어. 손발이 마비된 것처럼 말을 잘 듣지 않는 게 아냐. 제풀에 맥이 빠져버린 데다가 온몸이 저려오는 것처럼 오그라드는 것이었어. 웬 가슴만 후들후들 떨리더라니까. 바깥에서 들려오는 개백정들의 말소리가 나를 마비시키는 주문이었지. 나는 안타까움 때문에 힘이 다 꽁꽁 쓰이더군. 그러나 기어코 문을 열고 나가긴 했지. 한데 나는 거기서 더욱 기가 죽고 말았단 말이야. 밖에는 정말 비가 개어 몇 군데 하늘이 터져 있었어. 마당이 말라 있는 것으로 보아 비가 그친 지가 꽤 오래였던 모양이야. 그러나 그때 나는 그런 것을 보고 있었던 건 아니었어. 무슨 일이 일어나고 있는지도 모르고 부엌문 앞에 무연히 먼 산을 향하고 앉아 있는 복술이 놈과, 몽둥이를 뒤에 감춰들고 그 뒤로 슬금슬금 다가가고 있는 한 사람의 개백정의 모습과, 그리고 사람 쪽에서 입으로는 복술이 복술이 하고 연신 놈을 달래 부르면서도 한편으로는 내가 나타나기를 기다리고나 서 있었던 듯한 그 얼굴 검은 진짜 개백정의 무서운 눈길, 그 세 가지가 한꺼번에 나의 눈에 들어왔던 거야. 나는 다시 무서운 독에 쏘인 것처럼 움찔하고 멈춰서 버리고 말았어. 얼굴 검은 개백정의 무섭게 부릅뜬 눈을 보자 나는 갑자기 질려버렸고, 그리고 나의 눈앞에 벌어진 급박한 광경은 나의 숨통을 눌러버린 것 같았으니까. 얼굴 검은 진짜 개백정의 시선에 붙잡혀서 나는 꼼짝을 못하고 있었어. 아아 구원은 너무나 먼 곳에 있구나. 그 순간 나는 그런 생각이 들더군. 다름 아니라 그때 내가 생각했던 구원이라는 것은 건넌방에서 아무것도 모른 채 바디 소리만

내고 있는 누님이었어. 어떻게 하든 나는 누님에게 이것을 알려야
하리라고 생각했으니까. 그러나 도대체 나는 그 누님에게조차 어떻
게 사정을 알릴 수가 없었던 거야. 하지만 그때 나에게 기회가 왔
어. 복술이 놈이 기미를 눈치챈 것인지 벌떡 일어서더니, 슬금슬금
자리를 피해 달아나질 않겠어. 몽둥이를 감춘 개백정이 발을 멈춰
서 버리더군. 나는 그 순간 나의 망막에서 얼굴 검은 진짜 개백정의
무서운 눈길이 커다랗게 확대되어 오는 것을 느끼면서 건넌방 누님
에게로 뛰어들어갔던 거지.

“웬일이야?”

아무것도 모르고 베만 짜고 있던 누님이 손을 멈추고 나를 돌아
보며 묻는 거야.

“복술이 잡아간다…… 복술이…….”

나는 몸을 부르르 떨며 간신히 말했지.

“지금 사람들이 왔어?”

누님은 그렇게 물으면서 얼굴색이 갑자기 창백해지더군. 문을
열어보려고도 하지 못했어.

“그래 지금 밖에 왔어, 나가봐!”

나는 누님을 베틀에서 떠밀어내려 했지. 그런데 그 순간이었어.
밖에서 갑자기 깨갱! 복술이의 목이 째지는 소리가 들려온 게 말이
야. 그러자 누님은 갑자기 탕탕탕 실도 넣지 않고 바디를 사정없이
두들겨대기 시작했어. 그래도 그 바디 소리 사이로 깽깽거리는 복
술이의 소리가 섞여 들려왔어. 누님은 바디를 더욱 빠르고 세차게
두들겨댔다니까. 얼굴이 벌겋게 되도록 온 힘을 다해서 말이야. 탕
탕탕탕……. 나는 감히 바깥을 나가볼 엄두도 내지 못하고 그 베틀
한 귀퉁이에 매달려 바디 소리로 귀를 막고 있었어. 그러고 서 있기
만 해도 어찌나 힘이 드는지 온몸이 곧 땀에 젖어버렸어. 가슴이 터

질 듯이 뛰고 숨이 찼어. 얼마쯤 시간이 지났을까. 누님이 갑자기 바디 잡은 손을 멈추고 베폭 위에다 머리를 푹 박아버리는 거야. 그러고는 힘이 다 빠져나간 사람처럼 꼼짝도 않고 있겠지. 그러자 사방은 갑자기 조용해졌어. 복술이의 소리도 들려오지 않더군. 개백정들의 말소리도 들리지 않고 말이야.

"좀 나가봐!"

한참 만에 비로소 머리를 든 누님이 베틀에 앉은 채 나를 쳐다보며 힘없이 말했어. 나는 조심조심 방문을 열고 바깥을 내다보았지. 마당에는 아무도 없었어. 복술이도 보이지 않고 말이야. 핏자국 같은 것도 없고. 비가 갠 마당이 쓸쓸할 만큼 정결스러웠어. 다만 그 정결스러운 마당 바닥에 두어 군데 갈퀴로 후빈 듯한 발톱 자국이 날카롭게 그어져 있을 뿐이었어.

해가 떨어질 무렵쯤엔 개었던 비가 다시 내리기 시작하더군. 처음에는 또 야단스럽더니 차츰 실비로 바뀌었어. 그때서야 누님은 베틀에서 내려와 저녁을 짓기 시작하는 거야. 나는 그사이 줄곧 마루에 걸터앉아 복술이 생각만 하고 있었겠지. 누님과는 별로 이야기를 하고 싶지가 않았어. 저녁 연기가 굴뚝에서 피어나오고, 그것이 마당으로 솔솔 깔려나가기 시작할 때에야 나는 비로소 마루에서 일어나 사립으로 나갔지. 연기를 바라보고 있노라니 이상하게도 그렇게 떨리기만 하던 가슴이 좀 진정되고, 대신 포근한 슬픔 같은 것이 스며들기 시작했어. 아직도 조금씩 두렵지 않은 건 아니지만 복술이의 소식을 다 알아버리지 않고는 배길 수가 없었던 거야. 그러나 사립을 나선 나는 바로 그 사립 앞에서 느닷없이 어머니를 만나게 되질 않았겠어. 어머니는 아마 비가 갠 것을 보고 길을 나섰다가 도중에서 또 비를 만나신 듯 후줄근하게 젖은 옷차림으로 급히 골목을 걸어오고 계시겠지. 나는 어머니를 보자 왈칵 치밀어오르는 것을 참느라고 이를 악물고 어머니에게로 달려들었어.

"어머니, 복술이가 죽었어. 오늘 복술이가……."

그러나 이상한 일이 다 있겠지. 어머니는 벌써 복술이가 죽어버렸으리라고 단념을 하셨거나, 마을로 들어오시면서 그 소식을 먼저 들으신 듯 나의 말에는 아무 반응도 없이 급히 집 안으로 달려가시더니 어머니는 젖은 옷도 벗지 않으신 채 울음을 터뜨리시는 것이었어. 짐작이 갔지. 부엌에서 곧 누님이 달려나왔으나 어머니는 누님도 아랑곳하지 않으셔. 그러나 어머니는 오래 우시지는 않았어. 그리고 울음소리도 언젠가 그 여우고개 숲 속에서처럼 목청껏 소리를 내어 우시는 게 아니었어. 소리를 죽이며 아주 부끄럽게 우시는 거야. 그리고 억지억지로 참아서 드디어 마지막 소리를 깨물어버린 어머니는 이젠 영 정신이 나간 사람처럼 멍하니 허공만 쳐다보고 앉아 계시질 않아. 그 어머니는 좀처럼 마음을 돌리실 것 같지가 않았어. 어둠이 검은 물감처럼 대기를 천천히 적시고 있었겠지. 그런데 이때였어. 벌써 가죽이 벗겨졌으리라 여겼던 복술이 놈이 비실비실 꼬리를 흔들며 사립문을 들어오고 있지 않아. 그것을 보자 나는 일순 이상한 착각에 빠져버린 거야. 어둠이 좀 더 짙은 담벽 밑에 꼬리를 어른거리는 복술이 놈이 마치 무슨 그림자나 논의 유령처럼 보였던 거야. 그러나 그것은 분명 착각이었어. 유령처럼, 그림자처럼 여겨지던 복술이 놈은 놈이 항상 쓰다듬어주기를 바랄 때처럼 목을 길게 뽑고 주둥이춤을 추면서, 그리고 간헐적으로 꼬리를 흔들어대면서 우리가 앉아 있는 마루청 아래까지 다가들지 않아. 앞발 하나를 몹시 절뚝거리고 있었어. 게다가 가까이서 보니 녀석은 두 눈마저 이미 시력을 잃고 있는 것 같더군. 오른쪽 눈은 눈두덩이 두껍게 부어올라 이미 뜰 수조차 없게 되어 있었고, 피가 흐르고 있는 왼쪽 눈은 피로 범벅이 된 눈두덩털 때문에 형체조차 잘 알아볼 수가 없었어. 피는 눈에서 흐르는 것뿐이 아니었을 거야. 녀석의 머리통 부근과 탐스럽던 털의 이곳저곳에서 피가 번져 있었고 거기다 비를 맞아서 더 낭자했어. 나는 녀석이 다가들자 나도 모르게 치를 떨었어. 복술이는 이미 재롱스럽거나 외삼촌네에서 집으로 돌아왔을 때처럼 대견스럽거나 신기하거나 또는 하루종일 소의 곁에 붙어 있다가 점심거리를 가지고 나간 나에게 덤벼들 때처럼 귀엽지가 않았어. 가엾을 뿐이었지. 그 모든 일들은 오히려 오늘 놈을 더욱 불쌍하게 만들기 위해서 있었던 일들로만 생각되었지. 이제 그런 일은 지금 이 복술이와는 아무 상관도 없는 일들이었단 말이야. 불현듯 화가 치밀었지 뭐야. 그러자 나를 화나게 한 녀석까지 미워졌어. 나는 꼼짝도 하지 않고 녀석을 노려보고만 있었지. 어머니는 아직도 복술이의 출현을 알지 못하고 계셨고. 한데 녀석은 그런 몰골을 하고도 어떻게 주인을 알아보는지 그 보이지 않는 눈을 들어 주둥이를 내 앞으로 쳐들고는 꼬리를 흔들어대지 않겠어. 그러다가는 추운 듯이 몸을 한 번 부르르 떨면서 털에 밴 물기를 튀겨대는 거야. 그 바람에 나는 더 견디지를 못하고 허엇 괴성을 지르며 어머니의 팔로 매달리고 말았지. 한데 진짜 일은 그다음에 일어났어. 멍하니 허공만 바라보고 계시던 어머니가 나의 괴성에 놀라 비로소 복술이 쪽을 보셨겠지. 갑자기 얼굴이 파랗게 질리며 까무라쳐 버리시는 거야. 저리…… 저어리……. 비슬비슬 마룻바닥으로 넘어지시며 어머니는 소름이 끼치는 얼굴로 원망스러운 듯 중얼거리셨어. 복술이더러 가까이 오지 말라거나 놈을 쫓아버리라는 뜻 같았어. 또 한 번 놀라는 소리에 부엌에서 누님이 달려나오고 찬물을 떠다 어머니 얼굴에 뿌리고 소동이 벌어졌지. 나는 누님이 어머니를 고쳐누이고, 그리고 이웃으로 사람을 부르러 달려나간 사이에 아직도 댓돌 부근에서 눈치를 살피듯 간헐적으로 꼬리를 흔들며 주둥이춤을 추고 있는 복술이 놈을 내쫓고 있었지. 어머니 때문에도 그랬지만, 나는 비적비적 입으로 새어나오는 소리를 악물며 주먹질로 마구 복술이를 몰아댄 거야. 복술이는 여전히 꼬리를 흔들며 달아나는 시늉을 하다가 다시 목을 비틀어대며 내 곁으로 다가들곤 하지 않아. 멀찌감치 뒤로 물러서서 돌멩이질을 쳤어. 그제야 복술이 놈이 사립 쪽으로 슬금슬금 달아나기 시작하겠지. 나는 더욱 심하게 달아나는 녀석에게 돌멩이질을 쳤어.

"이놈의 새끼! 나가! 가버려! 뒈져버려."

골목으로 나와서부터는 악을 쓰면서 돌팔매질을 했지. 복술이 놈은 이제 할 수 없는 듯 골목 끝의 어둠 속으로 그림자처럼 사라져가 버리는 거야. 그런데 내가 어머니에게서 복술이를 쫓아버린 일은 역시 잘한 일이었던 모양이지. 이웃 아주머니 한 분과 누님이 급히 돌아왔을 때 어머니는 우리 세 사람이 지켜보는 가운데 곧 정신이 드셨어. 그런데 어머니는 정신이 드시자마자 곧 복술이 놈부터 물으시는 것이 아냐.

"복술이…… 복술이…… 아직도 여기 있어?"

어머니는 고개를 일으키려고 하시는 거야.

"없어요. 쫓아버렸어요."

내가 재빨리 대답했지.

"왜들…… 왜들 그 꼴로 만들어…… 숨을 아주 똑 끊어놓지 못하고……."

어머니는 중얼거리시다 물을 찾으시겠지. 자리를 방으로 옮겨 누이고 나서 누님이 입술에 냉수를 적셔주자 어머니는 이번에는 아무 말씀도 없이 무슨 생각에 깊이 가라앉아 버리신 듯 멀겋게 뜬 눈을 천장에다 고정시켜 버리셨어. 답답하도록 긴 침묵이 방 안을 지키고 있었지. 이윽고 그 멀겋게 뜬 어머니의 눈망울에 눈물이 고이기 시작하더군. 그러자 누님의 눈에도 눈물이 고였어. 누님은 곧 부엌으로 나가버렸지.

느지막이 저녁을 마치고 났을 때, 나는 어두운 골목을 나섰어. 그러지 않을 수 없었다니까. 우리가 저녁을 먹는 동안 미음을 몇 술 뜨시고 난 어머니는 무슨 생각을 하셨는지, 이번에는 또 복술이 놈이 어떻게 되었나, 찾아보라는 것이었거든. 누님과 나는 등불을 들고 온 집 안을 뒤져보았지. 마루 밑도 비춰보고 외양간도 비춰보고 그리고 부엌이며 헛간의 짚벼늘 밑도 모두 말이야. 그러나 복술이 놈은 보이질 않았어. 집 안을 샅샅이 뒤져보고 난 뒤 누님은 단념을 하고 방으로 들어가 버리더군. 그러나 나는 바깥을 좀 더 찾아보고 싶었어. 놈이 골목 어디에서 데리러 오기를 기다리고 있는 것만 같았거든. 아니 어쩌면 놈은 벌써 그 개백정들에게 다시 붙들려 껍질을 벗기우고 말았을지 모른다는 생각도 들었어. 어느 것이건 나는 알아버리지 않고는 견딜 수가 없었던 거야. 아니, 그보다도 나는 이제 조금 혼자 있고 싶었어. 나는 누님이 등불을 들고 나가라는 것도 거절하고 골목을 나섰던 거야. 비는 개어 있었지만 하늘에 아직 구름이 두꺼워서 골목은 앞뒤를 가릴 수 없게 어두웠지. 나는 열 번도 더 복술이 놈이 나의 바짓가랑이를 스치고 지나가는 듯한, 또는 꼬리나 주둥이가 손끝에 와 닿는 듯한 착각에 섬뜩섬뜩 놀라며 어둠을 더듬어나갔겠지. 골목을 더듬어나갈수록 어둠은 조금씩 시계를 터주었어. 그러나 어릿어릿 시계가 벗겨지자 복술이가 옷깃과 손끝을 스치는 듯한 착각은 더 잦았어. 그리고 그런 착각으로 놀랄 때마다 나는 마치 복술이의 혼령이라도 만난 것 같아 이미 놈이 가죽을 벗기워버렸을 듯한 불안에 싸였지. 그러자 좁은 골목을 벗어나서 넓은 길로 나서게 되었어. 그리고 거기서부터는 걸음을 빨리해서 구장네 집 쪽으로 걸어올라가는 거야. 그곳 사랑채로 가보면 모든 것을 알 수 있으리라는 생각이었지. 언제나 그 사랑채에는 동네 어른들이 모여 있었거든. 마을에 무슨 일이 있을 때는 말할 것도 없고, 누구 다른 집에서 사람이 죽거나 제삿날이 되거나 시집장가를 가는 잔치가 벌어져도 사람들은 오히려 구장네 행랑채로 모였으니까. 물론 그런 특별한 일이 없어도 그 행랑채에는 언제나 몇 명씩 사람이 모여들어 있었지. 그렇게 모여서는 마을일에 관한 이야기를 하거나 그날로 제삿날을 정하고 죽은 사람이나 잔칫집 일에 관해서 이야기를 하는 거야. 개 공출이 시작된 뒤로 그 개백정들이 늘 거기에 모여 있었던 것은 말할 것도 없지 않나. 아니, 그 개백정들은 전부터도 늘 거기에 모여 지내다가 개 공출이 시작되자 개백정으로 나섰다고 하는 편이 옳을 것 같군. 만약 누가 개백정으로 나서지 않았더라면 그들 가운데서 또 다른 누군가가 개백정이 되어야 했을 것이거든. 그러나 어찌 되었건 그 얼굴 검은 사내로 말하면 그는 누구보다도 개백정 노릇을 하기에는 너무나 꼭 알맞은 사람인 듯했고, 그러고 보면 그 사람은 개백정이 되려고 오랫동안 구장네 사랑채를 드나들고 있었는지도 모를 일이긴 했어. 하여튼 그 구장네 사랑채로 가보면 모든 것을 알 수 있을 것 같았어. 복술이를 죽였다면 그 이야기가 있을 것이고, 그리고 그 가죽을 벗긴 흔적이 어디에고 남아 있을 것이니까. 나는 골목을 재촉해 올라갔겠지. 거기서는 별로 복술이가 스치는 착각을 만나지도 않았어. 그전에는 오줌을 싸러 나다니던 동네 개들조차 어른거리지 않았다니까. 앞산에 산울림을 만들며 짖어대던 개 소리가 한 곳에서도 들리지 않는 걸 보면 이제 이 동네에는 개들이 씨조차 말라붙어 버린 모양이라고 생각했지. 그래서 골목은 더욱 텅텅 빈 것 같더군. 다만 가끔씩 깡마른 기침소리를 한두 번씩 남기고 말없이 지나가는 사람의 그림자뿐이었어. 구장네 사랑채가 눈앞에 이르자 나는 다시 가슴이 떨려오더군.
잠시 어머니의 창백한 얼굴이 떠오르고 그 어머니의 얼굴과, 조금
전과는 달리 복술이를 찾아보라시던 알 수 없는 말씀이 떠올랐어.
그리고 복술이가 떠오르고. 막연한 예감으로 가슴이 더 떨려오겠
지. 나는 떨리는 가슴을 진정시키기 위해 잠시 걸음을 멈추고 노리
끼한 석유등 불빛이 물들어 있는 사랑방 창문을 노려보고 서 있어
야 했었어. 그러자 왁자한 웃음소리가 마치 그 창문을 열어젖힐 듯
쏟아져나왔고, 나는 그 웃음소리에 끌려가듯 창문 앞으로 몸을 옮
겨갔던 거야. 마루도 없는 댓돌에 여남은 켤레나 되는 고무신짝들
이 어수선하게 널려 있더군.

"그래 개가죽 공출은 끝났단 말이지?"

"아따, 그 사람 말귀가 어둡기는. 개가죽 수가 모자랐다면 왜 하
필 그 집 개를 때려잡으려고 했겠나."

예상대로 안에서는 마침 개 공출 이야기를 하고 있는 중이 아니
었겠어. 나는 숨을 죽이며 귀를 쭈뼛 세우고 있었어. 가슴이 아까보
다 더 뛰어대는 거야. 묻는 사람은 마침 아까 어머니를 돌보러 집에
와주신 이웃 아주머니네 아저씨였고, 비웃는 듯이 대답하는 쪽은
바로 얼굴 검은 그 개백정이 틀림없었어. 이웃 아저씨가 말을 잘 알
아듣지 못하는 모양이었어. 다시 개백정의 말소리가 들려나오겠지.

"하 이 사람, 그래도 알아듣질 못하는군그래. 내 더 똑똑히 말해
주지. 개가죽 공출은 끝났다 이거야. 아니 공출이 끝나지 않았대두
좋아. 어쨌든 오늘은 그 집 개를 때려잡아야 했어. 생각해 보게. 오
늘은 비가 오지 않았나 말이야. 자네도 입이 구려서 이리로 왔겠지.
개가죽은 수가 넘는다고 수납관이 벌을 주지는 않을 테거든. 그런
데 다른 집 개는 때려잡아 보았자 가죽은 벗겨 공출을 하고 고기는
개 임자에게 돌려주구, 뭐 하러 개백정 노릇을 사서 하겠어. 우린

개가죽이나 삶아먹나? 그럼 고기 먹구 싶다구 사먹을 돈이 있나?
자네 그런 돈 있나?”

더 들을 것도 없이 복술이 이야기였어. 그러나 아직도 복술이가
아주 죽었는지 어쨌는지는 알 수 없었지.

“그렇더라두 왜 하필 그 댁 개를 잡으려고 했나 말일세. 그 집에
선 벌써 한 마리가 죽었는데.”

이웃 아저씨는 아직도 납득이 잘 가지 않는다는 말투더군.

“무슨 소리야. 여태까지 설명을 했는데두.”

개백정의 목소리는 이제 짜증스러워지고 있었어.

“그 집 개를 한 마리 잡아봤으니까 오늘도 그 집 개를 잡아야 했
다지 않아. 자네 전번 그 집 노랑이 잡았을 때 고기 먹고 한 소리 생
각나지 않나? 속상하다구 고기도 안 찾아가는 집 개만 때려잡으라
구 말이야. 하여튼 모르겠거든 이따 고기나 많이 먹어. 공짜 개고기
에 배가 불러지면 자연 알게 될 테니까.”

하하하하…… 웃음소리가 또 한바탕 창문을 두들기는 것이었어.
그 웃음소리 속에는 여태까지 따지고 덤비던 그 이웃 아저씨의 소
리도 끼여 있었지. 나는 맥이 쭉 빠졌어. 복술이는 이미 죽은 게 분
명했으니까. 그러고 보니 사랑채 끝에 붙은 구장네 외양간에 석유
등이 매달려 있는 게 수상스럽더군. 막 그쪽으로 발을 옮기려다가
나는 다시 발을 멈추고 말았어. 또 다른 남자의 말소리가 들려오지
않았겠어.

“하여튼 안되었어. 그 양반 친정 일로 잔뜩 속이 상해 있는데 자
꾸 이런 일까지 보게 되어서.”

그러자 개백정 사내가 변명을 하듯 그 말을 받는 거야.

“그래 나도 그 양반이 친정 동네로 가고 없다기에 그사이에 해치
운다는 게 재수가 없다 보니까…… 내 솜씨로 꼭 한 대면 족할 걸

그 꼬마 녀석 맡느라구 서툰 손을 빌렸더니 그만…… 한데 하필 또 그 양반이 그사이에 돌아올 게 뭔가."

말이 잠시 끊어지는 듯하더니 개백정은 다시 힘을 얻어 계속했어.

"그래 난 영 틀린 줄 알았더니 그놈이 슬금슬금 목을 내밀고 나타나지 않겠나. 안됐지만 어쨌든 그 양반 속이 뒤집힌 덕분에 일이 됐지."

"속이 뒤집혀도 이만저만이 아니지……."

이번엔 이웃 아저씨의 목소리였어. 나는 등불이 매달린 외양간 쪽으로 발길을 돌리고 싶은 충동을 누르며 좀 더 귀를 기울이고 있었겠지.

"친정 조카가 세상이 아주 다 바뀐 줄 알고 돌아오다가 잡혔다던가?"

이번에는 다른 사람의 목소리였고.

"글쎄 그 녀석이 하루이틀만 더 기다렸다가 길을 나섰으면 되었을걸. 산으로 쫓기는 잔당 몇 놈에게 붙들려서 그만……."

이웃 아저씨의 대답이었다. 쯧쯧, 누군가 혀를 차는 소리.

"글쎄, 이젠 제집에래야 남은 사람두 없는데 뭐가 급하다구 그리 서둘러 나서다가 그랬규."

또 다른 사람.

"속을 상한 건 그게 아니지. 어떻게 돼 나온 소린지 놈들이 그 양반 조카 녀석을 아직 죽이지도 덜한 채 가마니에 처넣어 흙으로 닭어 묻었다는구먼. 그러니까 녀석이 구덩이 속에서 은혜를 갚겠노라며 살려달라고 애원애원하더라는 거야."

이웃 아저씨의 말이었어.

"그런데 그 양반 소문도 못 듣고 조카 소식 기다리러 친정엘 가 있었군."

"마음이 워낙 약한 분이라 어떻게 말을 일러줄 수도 없구. 그래 다 알면서도 이야길 못해 줬지. 아까 돌아왔다니 이젠 다 사정을 듣고 왔을 테지."

"에이 그런 꺼림칙한 소리들 그만해. 내가 단번에 그놈 개 숨통을 빠개놓는 것인데……."

개백정이 후회스러운 듯 혼자 중얼거리고 있었어. 나는 더 이상 거기 서 있을 수가 없어졌지. 몸을 움직여 달아나려고 했어. 그러나 나의 발걸음은 사립문 쪽으로 나가지 못하고 자꾸만 등불이 걸려 있는 외양간 쪽으로 끌려가질 않겠어. 역한 냄새가 코를 찔러오기 시작하더군. 그래 나는 될수록 숨을 작게 들이마시면서 기어코 외양간 문지방으로 들어서고 말았지. 뚜껑도 덮지 않은 커다란 가마솥이 뿌연 김을 뿜어대며 맹렬히 끓고 있더군. 희미한 등불이 그 뿌연 김 속으로 끓고 있는 가마솥을 역시 희미하게 비추고 있겠지. 역한 냄새가 더욱 짙게 몸을 적셔왔어. 나는 뿌연 김을 헤치고 가마솥을 들여다보지 않았겠나. 그리고 그 김 속에서 나의 시력이 조금씩 열렸을 때 나는 지금까지 아주 조금씩 들이마시고 있던 호흡을 아주 정지하고 말았어. 그렇다니까. 솟구쳐 오르는 물길 위에 솟아올라 있는 것은 분명 복술이의 머리통이었단 말이야. 털이 벗겨져서 잘 알 수는 없었지만, 머리통의 크기며 윤곽, 그리고 언제나 번들번들 젖어 있던 검은 콧등이며가 복술이임에 틀림없지 뭐야. 아니, 그런 것보다 먼저 나는 그 뿌연 김 속에서 끓고 있는 것의 윤곽을 보자마자 벌써 그것이 복술이의 머리통이라고 생각해 버렸어. 그 복술이의 머리통은 짧게 째진 두 개의 상처처럼 눈을 감은 채 언제나 분별없이 나의 다리와 뺨을 핥아대려고 덤비던 혀를, 윗입술이 걷어올라가서 무섭게 길어 보이는 이빨 사이로 반쯤 빼물고, 그리고 사람처럼 번들거리는 얼굴에 땀을 뻘뻘 흘리며 익어가고 있었던 거야.

병신과 머저리

화폭은 이 며칠 동안 조금도 메워지지 못한 채 넓게 나를 압도하고 있었다. 학생들이 돌아가 버린 화실은 조용해져 있었다. 나는 새 담배에 불을 붙였다.

형이 소설을 쓴다는 기이한 일은, 달포 전 그의 칼끝이 열 살배기 소녀의 육신으로부터 그 영혼을 후벼내 버린 사건과 깊이 관계가 되고 있는 듯했다. 그러나 그 수술의 실패가 꼭 형의 실수라고만은 할 수 없었다. 피해자 쪽이 그렇게 생각했고, 근 십 년 동안 구경만 해오면서도 그쪽에 전혀 무지하지만은 않은 나의 생각이 그랬다. 형 자신도 그것은 시인했다. 소녀는 수술을 받지 않았어도 잠시 후에는 비슷한 길을 갔을 것이고, 수술은 처음부터 절반도 성공의 가능성이 없었던 것이었다. 무엇보다 그런 사건은 형에게서뿐 아니라 수술 중엔 어느 병원에서나 일어날 수 있는 종류의 것이었다. 그러나 어쨌든 그 일이 형에게는 하나의 사건이었다. 그 일이 있은 후로

형은 차츰 병원 일에 등한해지기 시작했다. 처음에는 가끔씩 밤에 시내로 가서 취해 돌아오는 일이 생기더니 나중에는 아주 병원 문을 닫고 들어앉아 버리는 것이었다. 그러고는 아주머니까지 곁에 오지 못하게 하고 진종일 방에만 들어박혀 있다가, 밤이 되면 시내로 가서 호흡이 다 답답해지도록 취해 돌아오곤 하는 것이었다.

방에 들어박혀 있는 동안 형은 소설을 쓴다는 것이었다. 처음에 나는 형의 그 소설이란 것에 대해서 별반 관심을 갖지 않았었다. 다만 열 살배기 소녀의 사망이 형에게 그만한 사건일 수 있을까, 그렇다면 형은 그 사건을 어떤 식으로 받아들였기에 소설까지 쓴다는 법석을 부리는 것인가 하는 정도였다. 그러다가 어느 날 밤 우연히 그 몇 장을 들추어보다 나는 깜짝 놀라고 말았던 것이다. 놀랐다고 하는 것은 그것이 소설이기 때문이거나 의사라는 형의 직업 때문이 아니었다. 언어예술로서의 소설이라는 것은 나 따위 화실이나 내고 있는 졸때기 미술학도가 알 턱이 없다. 그것은 나를 크게 실망시키지도 않는다. 그러니까 내가 지금 형의 소설에 대해 말하고 있는 것은 문학적 관심과는 거리가 먼 것일 수밖에 없다. 형의 소설이 문학 작품으로는 이야깃거리가 못 된다는 것이 아니라, 나는 그것에 대해서 잘 알고 있질 못하다는 말이다. 그런데 내가 놀랐다고 한 것은 형이 그 소설에서 그토록 입을 다물고만 있던 십 년 전의 패잔(敗殘)과 탈출에 관한 이야기를 쓰고 있었다는 것이다.

형은 자신의 말대로 외과의사로서 째고 자르고 따내고 꿰매며 이십 년 동안을 조용하게만 살아온 사람이었다. 생에 대한 회의도, 직업에 대한 염증도, 그리고 지나가 버린 생활에 대한 기억도 없는 사람처럼 끊임없이, 그리고 부지런히 환자들을 돌보아 왔다. 어찌 보면 아무리 많은 환자들이 자기의 칼끝에서 재생의 기쁨을 얻어 돌아가도 형으로서는 아직 만족할 수 없는, 그래서 아직도 훨씬 더 많은 생명을 구해 내도록 무슨 계시를 받은 사람처럼 자기의 칼끝으로 몰려드는 생명들을 기다리고 있었다. 그런 형의 솜씨는 또한 신중하고 정확해서 적어도 그 소녀의 사건이 있기 전까지는 단 한 번의 실수도 없었다. 그 밖에 형에 대해서 내가 확실하게 알고 있는 것은 거의 아무것도 없는 셈이었다. 다만 지금 아주머니에 관해서는 좀 더 이야기를 할 수 있을 것 같다. 아주머니에게는 미안한 말이지만, 결혼 전 형은 귀와 눈이 다 깊지 못하고 입술이 얇은 그 여자를 사이에 두고 그 여자의 다른 남자와 길고 긴 싸움을 벌였었다. 그런데 어떻게 된 셈인지 내가 별반 승점을 주지도 않았고, 질긴 신념도 없으리라 여겼던 형이 마침내는 그 여자와 결혼까지 하게 되었던 것이다. 결혼을 하고 나서도 녹록지 않은 아주머니와 깊이 가라앉은 형의 성격 사이에는 별로 대단한 말썽을 일으킨 일이 없었다. 풍파가 조금 있었다면 그것은 성격 탓이 아니라 어느 편의 결함인지 모르나 그들 사이에는 아직 아이를 갖지 못하고 있다는 것이 언제나 그 근원이었다. 그러나 그것은 누구에게나 당연한 일로 여겨지는 그런 것이었다. 어떻든 형이 그렇게 지낼 수 있는 것은 형의 인내와 모든 인간성에 대한 긍정적인 사고의 덕이 아닌가 생각되기도 했으나, 그것 역시 자신있게 말할 수 있는 것은 아니었다. 형에 대하여 알고 있다는 것은 그것뿐이었다. 그리고는 확실하지 못한 대신 형에게는 내가 언제나 궁금하게 여기고 있던 일이 한 가지 더 있었다. 그것은 형이 6·25 사변 때 강계(江界) 근방에서 패잔병으로 낙오된 적이 있었다는 사실과, 나중에는 거기서 같이 낙오되었던 동료를(몇이었는지는 정확지 않지만) 죽이고 그때는 이미 38선 부근에서 격전을 벌이고 있는 우군 진지까지 무려 천 리 가까운 길을 탈출해 나온 일이 있었다는 사실에 대해서였다. 그러나 형은 그때 낙오의 경위가 어떠했으며, 어떤 동료를, 그리고 왜 어떻게 죽이고 탈출해 왔던가, 또는 그 천릿길의 탈출 경위가 어떠했었는가 하는 이야기들은 한 번도 털어놓은 일이 없었다. 어느 땐가 딱 한 번, 형은 술걸레가 되어 돌아와서 자기가 그 천릿길을 살아 도망나올 수 있었던 것은 그 동료를 죽였기 때문이라고 한 적이 있었을 뿐이었다. 이상한 이야기였다. 나는 그 말을 이해할 수도 없었으려니와 다음부터는 형이 그런 자기의 말까지도 전혀 모른 체해 버렸기 때문에 나는 그런 일이 있었던 것이 사실이었는지조차도 확언할 수가 없는 형편이었던 것이다. 그런데 형은 요즘 쓰고 있다는 소설에서 바로 그 이야기를 시작했던 것이다. 나의 화폭이 갑자기 고통스러운 넓이로 변하면서 손을 긴장시켜 버린 것은 분명 그 형의 이야기를 읽기 시작하면서부터였다. 더욱이 요즘 형은 내가 가장 궁금하게 여기는 곳에 와서 이야기를 딱 멈추고 있는 것이다. 문제는 형이 이야기를 멈추고 있는 동안 나는 나의 일을 할 수가 없는 것이었다. 이야기의 결말을 생각하는 동안 나의 화폭은 며칠이고 선(線) 하나 더해지지 못하고 고통스러운 넓이로 나를 괴롭히고만 있었다. 이야기의 끝이 맺어질 때까지 정말 나는 아무것도 할 수가 없는 것이다.

　창으로 흘러든 어둠이 화실을 채우고 네모반듯한 나의 화폭만을 희게 남겨두었을 때 나는 자리에서 일어섰다.

　그때 그림자처럼 혜인이 문에 들어서 있는 것을 알았다. 나는 불을 켰다. 그녀는 꽤 오래 그리고 서서 기다렸던 듯 움직이지 않은 어깨가 피곤해 보였다. 불을 켜자 그녀는 불빛을 피해 머리를 좀 숙여서 얼굴에 그늘을 만들었다.

　"나가실까요?"

　나는 다시 불을 껐다.

　왜 왔을까. 이 여자에게는 아직도 정리되지 않은 감정이 남아 있었던가. 그녀가 별반 이유도 없이 나의 화실을 나오지 않게 되었을 때 나는 얼마나 황급히 나의 감정을 정리해 버렸던가.

혜인은 형 친구의 소개로 나의 화실에 나오게 된 학사 아마추어였다.

학생들이 유난히 일찍 화실을 비워주던 날, 내가 석고상 앞에 혼자 서 있는 그녀의 뒤로 가서 귀밑에다 콧김을 뿜었을 때 그녀는 내게 입술을 주고 나서 그것은 내가 그림을 그리는 사람이기 때문이라고 했다. 그리고 어느 날 그녀는 이제 화실을 나오지 않겠으며, 나로부터도 아주 떠나가는 것이라고 했다. 이유는 단지 내가 그림을 그리는 사람이기 때문이라면서 그 꽃잎같이 고운 입술을 작게 다물어버렸던 것이다. 나는 혜인에게 아무것도 주장하지 못했다. 아무것도 주장할 수 없으며 떠나보내는 슬픔을 견디는 것이 더 쉽고 나중에는 보다 홀가분해지리라는 것을 알고 있는 자신이 화가 났지만, 결국 나는 그녀의 말대로 그림을 그리는 사람 이상일 수는 없었던 것이다.

"청첩장 드리러 왔어요."

다방에서 마주앉아 혜인은 흰 사각봉투를 꺼내놓으며 말했다.

나는 실없이 웃었다.

혜인은 그 후로도 한 번 화실을 찾아온 일이 있었다. 그때 혜인을 다방으로 안내하고 마주앉아서 아무렇지도 않은 자신을 발견하고, 나는 그녀가 정말로 나로부터 떠나가 버린 것을 알았던 것이다. 혜인 역시 그런 나에게 아무렇지도 않게, 자기는 어떤 개업의사와 쉬 결혼을 하리라고 했었다. 그것은 화실을 그만두기 전부터 작정한 일이었노라고.

"모렌데 오시겠어요?"

아예 혼자인 것처럼 멀거니 앉아 있는 나에게 혜인이 사각봉투를 만지작거리며 물었다. 목소리가 까마득하게 멀었다.

그날 밤, 아주머니에게 그런 말을 했을 때 아주머니는 갑자기 목소리에 희열을 담으며 말했었다.

"도련님, 그럼 그 아가씨 결혼식엔 가보실래요?"

아주머니도 물론 혜인을 알고 있었다. 아주머니는 아마 실수한 배우에게 박수를 치며 좋아할 여자임에 틀림이 없을 것이다. 나는 그런 박수를 받은 배우처럼 난처했다. 그때 나는 뭐라고 했던가, 인부를 한 사람 사서 보내리라고, 아마 그 사람으로도 혜인의 결혼에 대한 내 축원의 뜻을 충분히 전할 수 있을 것이라고. 그것은 치사한 질투가 아니었다. 사실 지금도 나는 혜인과의 화실 시절과 청첩장을 만지작거리고 있는 지금 그녀의 이야기와 또 그녀의 결혼, 모든 것에 관심이 가지 않았다.

"화가 나지 않는 게 이상하군요."

나는 하품처럼 대답했다.

"그러고 보니 도련님은 성질이 퍽 칙칙한 데가 있으시군요."

그날 밤, 아주머니는 그렇게 말했었다. 아주머니는 다른 사람의 일을 이야기하기 좋아했다. 그렇다고 그녀의 관심이 다른 사람에게 머무르고 있는 것은 아니었다.

"아주머닌 처녀 시절 형님과는 약간 밑진다는 생각으로 결혼을 하셨을 줄 아는데, 형에게 무슨 꼬임수라도 있었습니까?"

나는 혜인의 일과 형의 일에 관심을 반반 해서 물었다.

"어딘지 좀 악착 같은 데가 있었던 것이지요. 단순하다는 이야기가 될지도 모르겠네요. 머리가 복잡한 사람은 한 가지 일에 악착 같을 수가 없거든요. 여자는 복잡한 것은 싫어해요. 말하자면 좀 마음을 놓고 의지할 수 있으리라는 생각이 들었더란 말이에요. 나이 든 여자는 화려한 꿈은 꾸지 않는 법이니까 당연한 생각 아녜요?"

형에 대해서 아주머니는 완전히 정확하지는 못했다. 그러나 그런 생각이 여자의 일반통념이라는 그녀의 비약을 탓하고 싶지는 않았었다.

"전 또 일이 있습니다."

나는 갑자기 형의 소설이 생각나서 훌쩍 커피를 마시고 일어섰다. 나의 화폭이 고통스러운 넓이로 눈앞을 지나갔다.

혜인은 말없이 따라 일어섰다.

"아무 말씀도 해주시지 않는군요."

문 앞에서 혜인은 나의 말을 한마디라도 듣지 않고는 돌아가지 않겠다는 듯이 딱 멈추어섰다.

"그 아가씬 잊으세요. 여자가 그런 덴 오히려 표독한 편이니까요."

그날 밤 딱 한 번 근심스러운 얼굴로 말하던 아주머니의 단정은 결코 혜인에게 적용될 수 있는 것은 아닌 것 같았다. 그렇지 않다면 혜인은 여자가 좋아한다는 연극을 하고 있을 것이었다.

나는 돌아서 버렸다.

예상대로 집에는 형이 돌아와 있지 않았다.

——진창에 앉은 듯 취해 있겠지.

나는 저녁을 끝마친 대로 곧장 형의 방으로 가서 서랍을 뒤졌다. 소설은 언제나 같은 곳에 있었다. 형은 아주머니나 나를 경계하는 것 같지 않았다.

"형님을 갑자기 문호로 아시는군요."

아주머니는 관심이 없었다. 소리를 귀로 흘리며 나는 성급하게 원고뭉치의 뒤쪽을 펼쳤다. 그러나 이야기는 전날 그대로 한 장도 더 나아가지 못하고 있었다. 휴지통에 파지를 내놓은 것이나 하루 종일 책상에 매달려 있었다는 아주머니의 말을 들으면 형은 무척 애를 쓰기는 했던가 보았다. 망설이는 것이었다. 이야기의 결말에

대해서, 아니 하나의 살인에 대해서 형은 무던히도 망설이고 있는
것이었다. 그것은 마치 그 답답하도록 넓은 화폭 앞에 초조히 앉아
있기만 하다가 집으로 돌아와 버리곤 하는 나를 일부러 형이 골리
고 있는 것 같기도 했다. 나는 다시 서랍을 정리해 두고 나의 방으
로 돌아왔다. 일찌감치 자리를 깔고 누웠으나 눈이 감기지 않았다.
눈을 감으면 곧 잠이 들던 편리한 습관은 고등학교 때까지뿐이었
다. 나대로 소설의 결말을 얻어보려고 몇 밤을 새웠던 상념이 뇌수
로 번져나왔다.

소설의 서두는 이미지가 선명한 하나의 서장(序章)으로 시작되
고 있었다. 그것은 형의 소년 시절의 한 회상이었다. ‘나’ (얼마나
형이 객관화되고 있는지는 모르지만 이것은 그 소설 속의 주인공이다.
이하 ‘ ’ 표는 소설문의 직접 인용)는 어렸을 때 노루 사냥을 따라간
일이 있었다. 그즈음 ‘나’ 의 고향마을에는 가을부터 이듬해 초봄까
지 꼭꼭 사냥꾼이 찾아들었다. 그들은 가을에는 멧돼지를, 겨울과
초봄으로는 노루 사냥을 했다. 특히 겨울이면 그들은 마을 사람 가
운데 날품 몰이꾼을 몇 사람씩 데리고 산으로 가는 것이었다. 양은
솥을 산으로 메고 가서 사냥한 것을 끓여먹었다. 겨울철 할 일이 없
는 사람들은 몰이꾼을 자원했고, 사냥꾼이 뜸해지면 그들은 사냥꾼
이 마을에 들어오기를 기다리는 것이었다.

눈이 산들을 하얗게 덮은 어느 겨울날, 방학을 맞아 고향마을로
돌아와 있던 ‘내’ 가 그 몰이꾼들에 끼여 사냥을 따라나섰던 것이
다. 그런데 그날은 이상하게도 한낮이 기울 때까지 아무것도 걸리
는 것이 없었다. ‘나’ 는 다른 어른 한 사람과 함께 어느 능선 부근
바위틈에서 언 밥으로 시장기를 쫓고 있었다. 그때 능선 너머에서
갑자기 한 발의 총소리가 울려왔다. 그 총소리에 대해서 형은 이렇
게 쓰고 있었다.

'나는 총소리를 듣자 목구멍으로 넘어가던 것이 갑자기 멈춰버린 것 같았다. 싸늘한 음향——분명한 살의와 비정이 담긴 그 음향이 넓은 설원을 메아리쳐 올 때, 나는 부질없는 호기심에 끌려 사냥을 따라나선 일을 후회하기 시작했다.'

그러나 총알은 노루를 맞히지 못했다. 상처를 입은 노루는 설원에 피를 뿌리며 도망쳤다. 사냥꾼과 몰이꾼은 눈 위에 방울방울 번진 핏자국을 따라 노루를 쫓았다. 핏자국을 따라가면 어디엔가 노루는 피를 쏟고 쓰러져 있으리라는 것이었다. '나'는 흰 눈을 선연하게 물들이고 있는 핏빛에 가슴을 섬뜩거리며 마지못해 일행을 쫓고 있었다. 총소리를 처음 들었을 때와 같은 후회가 가슴에서 끝없이 피어올랐다. '나'는 차라리 노루가 쓰러져 있는 것을 보기 전에 산을 내려가 버리고 싶었다. 그러나 '나'는 망설이기만 할 뿐 가슴을 두근거리며 해가 저물 때까지도 일행에서 벗어나지 못하고 있었다. 핏자국은 끝나지 않았고, '나'는 어스름이 내릴 때에야 일행에서 떨어져 집으로 되돌아왔다. 그리고 '나'는 곧 굉장히 앓아누웠기 때문에, 다음 날 그들이 산을 세 개나 더 넘어가서 결국 그 노루를 찾아냈다는 이야기는 자리에서 소문만 들었으나 몇 번이고 끔찍스러운 몸서리를 치곤 했던 것이다.

서장은 대략 그런 이야기였다. 물론 내가 처음에 이 서장을 읽은 것은 아니었다. 어느 중간을 읽다간 문득 긴장하여 처음부터 이야기를 다시 읽게 된 것이었지만, 여기에서도 나는 노루의 핏자국이라든지 총소리라든지 눈 같은 것들이 묘하게 조화되어 긴장한 분위기를 이루고 있는 것을 느꼈다. 사실 여기서 암시하고 있듯이 형의 소설은 전반에 걸쳐서 무거운 긴장과 비정이 흐르고 있었다.

형의 내력에 대한 관심도 문제였지만, 형의 소설이 더욱 나를 초조하게 하는 것은 그것이 이상하게 나의 그림과 관계되고 있는 것 같은 생각이 들기 때문인 것이다. 그것은 사실일 수도 있었다. 혜인과 헤어지고 나서 나는 갑자기 사람의 얼굴이 그리고 싶어졌다. 사실 내가 모든 사물에 앞서 사람의 얼굴을 한번 그리고 싶다는 생각은 막연하게나마 퍽 오래 지니고 있던 것이었다. 그러니까 혜인과 헤어지게 된 것이 그 모든 동기라고 할 수는 없지만 어쨌든 그 무렵 그런 충동이 새로워진 것은 사실이었다.

나의 그림에 대해서는 더 이야기하고 싶지 않다. 그것은 견딜 수 없이 괴로운 일이다. 그리고 나는 내가 그것에 대해서 생각하고 화필과 물감을 통해서 의미를 부여하고자 하는 것의 십분의 일도 설명할 수가 없을 것이다. 다만 나는 인간의 근원에 대해서 좀 더 생각을 깊이 하지 않으면 안 된다는 것, 그래서 에덴의 동산으로부터 그 이후로는 아벨이라든지 카인, 또 그 인간들이 지니고 의미하는 속성들을 논리 없이 생각해 보았다. 그러나 어느 것도 전부를 긍정할 수는 없었다. 단세포동물처럼 아무 사고도 찾아볼 수 없는 에덴의 두 인간과 창세기적 아벨의 선 개념, 또 신으로부터 영원한 악으로 단죄받은 카인의 질투——그것은 참으로 인간의 향상의지로서 신을 두렵게 했을는지도 모른다——그 이후로 나타난 수많은 분화, 선과 악의 무한정한 배합 비율……. 그러나 감격으로 나의 화필이 떨리게 하는 얼굴은 없었다. 실상 나는 그 많은 얼굴들 사이를 방황하고 있었는지도 모른다. 하지만 안타까운 것은 혜인 이후 나는 벌써 어떤 얼굴을 강하게 예감하고 있다는 것이었다. 아직 나는 그것과 만날 수가 없었을 뿐인 것이다. 둥그스름한, 그러나 튀어나갈 듯이 긴장한 선으로 외곽선을 떠놓고(그것은 나에게 참 이상한 방법이었다.) 나는 며칠 동안 고심만 했다.

그러던 어느 날, 그 소설이라는 것이 시작되기 바로 전날이었을 것이다. 형이 불쑥 나의 화실에 나타났다. 그는 낮부터 취해 있었

다. 숫제 나의 일은 제쳐놓고 학생들에게 매달려 있는 나에게 형은
시비조로 말하는 것이었다.

"흠! 선생님이 그리는 그림은 외롭구나. 교합작용이 이루어지는
기관은 하나도 용납하지 않았느니……."

얼굴의 윤곽만 떠놓은 나의 화폭을 완성한 것에서처럼 형은 무
엇을 찾아내려는 듯 요리조리 뜯어보고 있었다. 나는 물끄러미 형
을 바라보았다.

"그건 아직 시작인걸요."

"뭐, 보기에 따라서는 다 된 그림일 수도 있는걸…… 하나님의
가장 진실한 아들일지도 몰라. 보지 않고 듣지 않고 오직 하나님의
마음만으로 살아가는. 하지만, 눈과 입과 코…… 귀를 주면…… 달
라질 테지 ── 한데, 선생님은 어느 편이지?"

형은 그림과 나를 번갈아 쳐다보았다. 그 눈은 무엇을 열심히 찾
고 있는 것이었다. 그러나 그것은 이미 밖에서 찾을 것이 아무것도
없는 줄 알아버린 눈이었다. 나는 어리둥절해 있기만 했다.

"흥, 나를 무시하는군. 사람 논리로만 구명될 수 있는 것이 아니
라는 건 예술가도 이 의사에게 동의해 줄 테지. 그런다면 내 얘기도
조금은 맞는 데가 있을는지 몰라. 어때, 말해 볼까?"

형은 도시 종잡을 수 없는 말을 했다. 무엇인가 열심이라는, 열
심히 말하고 싶어 한다는 것만은 알 수 있었다.

"그 새로 탄생할 인간의 눈은, 그리고 입은 좀 더 독이 흐르는 쪽
이어야 할 것 같은데…… 희망은 ── 이건 순전히 나의 생각이지만,
선(線)이 긴장을 하고 있다는 것이야."

이상하게도 형은 나의 그림에 대해서 이야기를 하고 있었다.

그날 저녁, 모처럼 술을 사겠다는 형을 따라 화실을 나와서 화신
근처를 지나고 있을 때였다. 우산을 써도 좋고 안 써도 좋을 만큼씩

비가 내리고 있었다. 부지런한 사람은 우산을 썼지만 우리는 물론
쓰지 않고 걸었다.

'ㅈ' 은행 신축 공사장 앞에는 늘 거지아이 하나가 꿇어엎드려
있었다. 열 살쯤 나 보이는 그 소녀 거지는 머리를 어깨 아래로 박
고 두 팔을 앞으로 내밀어서 손을 벌리고 있었다. 그 손에는 언제나
흑갈색 동전이 두세 닢 놓여 있었다. 한데 우리가 그 앞을 지날 때
였다. 앞서 걷던 형의 구둣발이 소녀의 그 내어민 손을 무심한 듯
밟고 지나가는 것이 아닌가. 놀란 것은 거지 아이보다 내 쪽이었다.
형의 발걸음은 유연했다. 발바닥이 손을 깔아뭉개는 감촉을 느끼지
못한 것 같았다. 더욱 이상한 것은 그때 깜짝 놀라 머리를 들었던
소녀가 벌써 저만큼 멀어져가고 있는 형의 뒤를 노려볼 뿐 소리도
지르지 않은 것이었다. 나는 소녀의 손을 내려다보았다. 아무렇지
도 않았다. 소녀는 다시 자세를 잡았다. 나는 울컥 형이 미워졌으나
잠잠히 뒤를 따르고만 있었다. 분명 형은 스스로에게 무엇인가를
확인하고 있는 것 같은, 그리고 화실에서 지껄이던 말들이 결코 우
연한 이야기들만이 아니었던 것 같은 생각이 들었다. 그것은 그 며
칠 전에 형이 저지른 실수 그것 때문일 거라고 나는 혼자 추리해 보
았다. 하지만 그것은 형의 실수는 아니었다. 그러나 중요한 것은 형
의 칼끝이 그 소녀의 몸에 닿은 후에 소녀의 숨이 끊어진 것이었다.

건널목에 이르러 신호등이 막히자 형은 비로소 나를 돌아다보았
다. 형의 눈은 무엇인가 나에게 묻고 있는 것 같았다. 절대로 대답을
할 수 없으리라고 믿는 그런 것을 자랑스럽게 묻고 있는 눈이었다.

"아까 형님은 부러 그러신 것 같았어요."

형이 자주 드나들었던 어떤 홀로 들어가서 자리를 정하자 나는
극도로 관심을 아끼는 목소리로 말했다.

"뭘?"

형은 시치미를 뗐다.

"거지 아이의 손을 밟아버린 거 말입니다."

나는 오히려 귀찮아하는 목소리로 말했다. 형은 잠시 당황하는 얼굴을 했다. 아무 생각도 없이 그저 그렇게 해야 한다는 생각 때문에 당황해 보이는.

"하지만 별수 없더군요, 형님도 발이 말을 잘 듣지 않았던 모양이죠. 아이가 별로 아파해하지 않은 것 같았어요. 형님은 나 때문에 뒤를 돌아보지 못해서 모르실 테지만."

형은 그다음 날부터 소설을 쓰기 시작했고, 그러자 나는 그림에 손을 댈 수 없게 되어버렸던 것이다.

형의 이야기의 본 줄거리는 대강 다음과 같은 것이었다. 그것은 6 · 25 사변 전의 국군부대 진중에서부터 시작되었다.

진중생활에서 형은 두 사람에 대해서 초점을 맞추고 있었다. 한 사람은 오관모라고 하는 이등중사(당시 계급)였는데, 그는 언제나 대검(帶劍)을 한 손에 들고 영내를 돌아다니는 습관이 있었다. 키가 작고 입술이 푸르며 화가 나면 눈이 세모로 이그러지는 배암 같은 인상의 사내였다. 그는 부대에 신병이 들어오기만 하면 다짜고짜 세모눈을 해가지고 대검을 코밑에다 꼬나 대며 '내게 배를 내미는 놈은 한칼에 갈라놓는다' 고 부술 듯이 위협을 하여 기를 꺾어놓는 것이었다. 그리고 그날 밤으로 가엾은 신병들은 관모가 낮에 배를 내밀지 말라던 말의 뜻을 괴상한 방법으로 이해하게 되는 것이었다. 관모에게 배를 내미는 사람은 한 사람도 없었는지 어쨌는지 모르지만, 관모가 정말로 '배를 갈라놓는' 일은 한 번도 없었다. 그런데 어느 날, 관모네 중대에 또 한 사람의 신병이 왔다. 그가 바로 형의 이야기에서 초점이 맞추어지고 있는 다른 한 사람인데 그는 김일병이라고만 불리고 있었다. 얼굴의 선이 여자처럼 곱고 살이 두

꺼운 편이었는데, '콧대가 좀 고집스럽게 높았다' 는 점을 제외하면 김 일병은 관모가 세모눈을 지을 필요도 없을 만큼 유순한 얼굴을 하고 있었다. 그런데 어떻게 된 셈인지 바로 다음 날부터 관모는 꼬리 밟힌 독사처럼 약이 바짝 올라서 김 일병을 두들겨패기 시작했다. '나' 는 김 일병의 코가 제값을 하나 보다고 생각했으나 그런 장난스러운 생각은 잠깐뿐이었다.

  '내가 뒷산에서 의무대의 들것 조립에 쓸 통나무를 베어들고 관모네 중대에 변소 뒤를 돌아오고 있을 때였다. 관모가 김 일병을 엎드려놓고 빗자루를 거꾸로 쥐고 서투른 백정 개 잡듯 정신없이 매질을 하고 있었다. 관모는 나를 보자 빗자루를 버리고 대뜸 나에게서 통나무를 나꿔갔다. 미처 어찌할 사이도 없이 관모의 세찬 숨소리와 함께 김 일병의 엉덩이살을 파고드는 통나무의 둔중한 타격음이 산골을 퍼져나갔다. 그러나 김 일병은 무서울 정도로 가지런한 자세로 관모의 매를 맞고 있었다. 김 일병이 관모의 매질에 한 번도 굴복한 일이 없다는 소문이 있었고, 그것이 더욱 관모를 약오르게 한다고는 했으나, 나는 당장 눈앞에 숙연해 있는 김 일병의 자세를 믿을 수가 없었다. 김 일병의 자세는 절대로 흐트러지지 않았다. 관모는 괴상한 울음소리 같은 것을 입에 물며 땀을 뻘뻘 흘리고 있었다. 끔찍스러운 광경이었다. 그것은 마치 김 일병이 그만 굴복해 주기를 관모가 애원하고 있는 형국이었다. 그러나 나는 정말 이상한 것을 보고 말았다. 내가 관모와 김 일병 사이로 끼어들어 내내 그 기이한 싸움의 구경꾼이 되어버린 동기는, 아마 내가 그것을 보게 된 데 있었던 것 같다. 언제까지나 자세를 허물어뜨리지 않을 것 같은 김 일병이 마침내 천천히 머리를 들어 나를 올려다보았는데, 그 때 나는 갑자기 호흡이 멈추어버린 것처럼 긴장을 하고 말았던 것이다.'

그때 '내'가 김 일병에게서 보았던 것은 김 일병의 눈빛이었다. 허리 아래에서 타격이 있을 때마다 김 일병의 눈에서는 '파란 불꽃' 같은 것이 빤짝이고 지나갔다는 것이었다.

여기서 형은 그 눈빛에 관해서 상당히 길게 설명을 하고 있었다. 그러고도 미심했던지 형은 원고지를 두 장이나 여분으로 남기고 지나갔다. 혹은 그 눈빛에 관해서 좀 더 설득력 있게 이야기를 바꾸어 보려는 것이었는지도 모른다. 어떻든지 형은 그 순간에 적어도 그 파란 눈빛의 환각에 빠졌을 만큼 강렬한 경험을 견디고 있었던 것만은 사실인 것 같았다. 형의 소설적 상상력은 절대로 그런 것을 상정해 낼 수 있을 정도는 아니기 때문이다.

'그러나 김 일병은 그 눈을 무섭게 까뒤집으며 으으으 하는 신음과 함께 몸을 비틀어버렸다. 관모가 울상이 되어 김 일병에게 달려들어 그 꿈틀거리는 육신을 타고 앉아서 미친 듯이 굴러댔다.'

'나'는 다음에도 여러 번 그 기이한 싸움을 구경했다. 그때마다 '나'는 김 일병의 '파란빛'이 지나가는 눈을 지키면서 속으로 관모의 매질에 힘을 주고 있었다. 그런 때 '나'는 그 눈빛을 보면서 이상한 흥분과 초조감에 몸을 떨면서 더 세게, 더 세게 하고 관모의 매질을 재촉하는 것이었다.

'이상한 일이었다. 나는 왜 그렇게 초조하고 흥분했었는지, 또 나는 누구를 편들고 있었는지, 그런 것을 하나도 모른 채, 그리고 그 기이한 싸움은 끝이 나지 않은 채 6·25 사변이 터지고 말았다.'

이야기는 거기서 한 단이 끝났다. 그러나 아직 이야기의 초점은 드러나지 않고 있었다. 이야기의 초점이란 형이 패잔 때 죽였노라고 했던, 그를 죽였기 때문에 그 먼 탈출에 성공할 수 있었노라던 일에 관해서 말이다. 하지만 나중까지 가보면 형은 이야기를 위해서 사건을 상당히 생략하고 초점을 향해 치밀하게 이야기를 집중시켜가고 있음을 알 수 있다.

다음에서 형은 곧 그 패잔에 관해서 이야기하기 시작했다. 강계 어느 산골에 있는 동굴로 장소를 옮겨갔다.

동굴 바깥은 '지금' 눈이 내리고 있고 '나'는 굴 어귀에 드러누워 머리를 반쯤 밖으로 내놓고 눈을 맞고 있다. 그 안쪽에 오관모 이등중사가 아직 차림이 멀쩡한 군복으로 앉아 있고, 굴의 가장 안쪽 벽 아래에는 김 일병이 가랑잎에 싸여 누워 있다. 그들은 패잔병이었다. 동굴 안에는 무거운 긴장이 흐르고 있다. '나'는 그러고 엎드려서 한창 눈에 덮이고 있는 골짜기를 내려다보면서도 신경은 줄곧 관모에게 가 있고, 관모 역시 입가에 허연 침이 몰리도록 갈대를 씹어 뱉곤 했으나, 낮게 뜬 눈은 '나'의 등에 고정되어 있다. 그런 긴장을 형은 '지금 눈이, 첫눈이 내리고 있기 때문'이라고만 간단히 말하고 지나갔다. 그런 간단한 비약이 '나'를 훨씬 긴장시켰다. 김 일병은 오른팔이 하나 잘려서(이것은 꽤 나중에 밝혀지고 있지만, 이야기를 쉽게 하기 위해서 먼저 밝히는 것이 좋을 것 같다.) 다른 두 사람을 잊어버린 듯 의식이 깊이 숨어버린 눈을 하고 있다.

'어느 곳인지도 모른다. 강계 북쪽, 하루나 이틀 뒤면 우리는 압록강 물을 볼 수 있으리라는 것이었다. 그러나 그날 새벽 우리는 갑자기 전쟁 개입설이 돌던 중공군의 기습을 받았다. 별로 전투다운 전투를 겪지 않고 여기까지 온 우리는 처음으로 같은 장소에서 꼬박 하룻동안을 총소리와 포성 속에서 지냈다. 어느 쪽이나 촌보의 양보도 없이 버티었다. 다음 날 새벽 부상병을 나르던 내가 오른쪽 팔이 겨드랑이 부근에서 동강나간 김 일병을 발견하고 바위 밑으로 끌고 가서 응급 지혈을 하고 있을 때였다. 별안간 총소리가 남으로 이동하기 시작했다. 아직 정신을 돌리지 못한 김 일병 때문이기도 했지만, 총소리는 미처 내가 어떻게 할 사이도 없이 갑자기 남쪽으로 내려가 버렸고 중공군이 이내 수런수런 산을 누비고 지나갔다. 금방 날이 밝았다. 그러나 그때는 이미 골짜기가 중공군의 훨씬 후방이 되어 있었다. 나는 바위 밑에서 옴지락도 못하고 한나절을 보냈다. 포성이 남쪽으로 남쪽으로 사라져가고 중공군도 뜸해졌다. 그날 해가 질 무렵에야 김 일병은 정신을 조금 돌렸다. 다음 날은 뜸하던 포성마저 깜박 사라져버리고 중공군도 발길이 딱 끊어졌다. 전쟁이 늘 그러듯이, 대충만 훑고 지나가면 뒤에 남은 것은 제풀에 소멸해 버리거나 이미 전쟁과는 상관없을 만큼 힘을 잃어버리고 만다. 중공군은 골짜기를 버리고 갔다. 혹시 부상당한 적의 패잔병 따위가 남아 있는 것을 눈치챘었다 해도 그들은 그냥 지나가버렸을 것이다. 하여, 이제 골짜기는 정적과 가을 햇볕으로 가득할 뿐이었다. 하지만 나는 불안했다. 싸움터에 흩어진 건빵 봉지와 깡통 몇 개를 모아가지고 김 일병을 부축하며 좀 더 깊고 안전한 곳으로 은신처를 찾아나섰다. 김 일병의 상처는 경과가 좋은 편이었지만, 포성마저 사라져버린 지금 국군을 찾아 떠나기는 불가능한 일이었다 ─ 포성이 곧 되돌아오겠지 ─ 안전한 곳에서 기다려보자.

골짜기를 타고 올라와서 잣나무 숲을 빠져나오니 산정까지 이어진 초원이 나섰다. 거기서 관목을 타고 올라오다 나는 동굴을 하나 발견했다. 내가 그 동굴 앞에서 김 일병을 부축한 채 안을 기웃거리고 있을 때였다.

"어떤 놈들이 주인 허락도 없이 남의 집을 기웃거리고 있어!"

소스라쳐 돌아보니 건너편 숲에서 우리 쪽에다 총을 겨눈 채 웃고 있는 사람이 있었다. 관모였다.

"고기가 먹고 싶던 참이라 마침 방아쇠 당길 뻔했다."

관모는 총을 거두고 훌쩍 뛰어왔다. 그리고는 내가 부축하고 있는 김 일병의 팔을 들춰보더니,

"이런! 넌 별로 쓸모가 없겠군."

하며 혀를 차는 것이었다. 그러고 나의 어깨를 툭 쳤다.

"하지만 고맙지 뭐냐. 적정을 살피러 가래놓고 다급해지니까 저희들만 싹 꽁무니를 빼버린 줄 알았더니 너희들이 날 기다려줬으니."

거기까지 이야기한 다음 소설은 다시 눈이 오고 있는 동굴로 돌아왔다.

오관모는 질겅질겅 씹고 있던 갈대를 뱉어버리고 구석에 세워둔 카빈총을 짊어지고 동굴을 나갔다. 그는 '장소'와 인적을 탐색하러 간 것이었다. 관모는 '이' 골짜기에서 총소리를 내도 좋은가를 미리 탐색할 만큼은 지략이 있었다. 이제 동굴에는 '나'와 김 일병뿐이었다.

'우리는 우선 전투지역에 흩어진 식량거리를 한데 모아놓고 동굴로 날랐다. 많은 것은 아니었으나 우리는 그것을 하루분이나 이틀분씩만 가볍게 날라올렸기 때문에 며칠을 두고 산을 내려가지 않으면 안 되었다. 그것은 우리가 아직도 군인이라는 유일한 행동이기도 했다. 김 일병을 남겨놓고 둘이는 매일 한 차례씩 산을 내려갔다. 그러나 사실을 말하자면 그런 모든 행동의 결정은 관모가 내렸고, 관모는 그렇게 함으로써 김 일병을 제외한 둘이만의 시간을 가지려는 눈치를 여러 번 보였던 것이다. 동굴에서의 관모는 언제나 이야기의 주변만 돌고 있는 것 같았다. 그래서 그에게는 틀림없이 따로 하고 싶어 하는 이야기가 있는 것 같은 눈치가 느껴지곤 했었다. 그러나 막상 둘이 되었을 때도 관모는 어떤 이야기의 주변만 맴돌 뿐 불쑥 말을 꺼내지는 못했다.

그러던 어느 날, 그날로 산 아래의 것을 마지막 메어오던 날이었다.

산을 앞장서 오르던 관모가 발을 멈추고 돌아보며 불쑥 묻는 것이었다.

"포성은 인제 안 오려나 보지?"

"겨울을 나면서 천천히 기다려야지."

나는 숨을 몰아쉬며 무심결에 대답했다. 그때 관모가 조금 웃었다.

"요걸로 얼마나 지낼까?"

관모는 자기의 어깨에 멘 쌀자루를 툭툭 쳐 보였다. 그러는 관모의 표정이 변했다.

"입을 줄이는 수밖에 없지."

말하고 나서 관모는 휙 몸을 돌려 다시 산을 오르기 시작했다. 나는 얼핏 그의 말뜻을 알아들을 수가 없었다. 대꾸를 못하고 아직 그 말을 씹으며 뒤를 따르고 있으니까 관모는 다시 발을 멈추고 돌아서서는,

"다 내게 맡기고 너 같은 참새가슴은 구경만 하면 돼. 위생병은 그런 일에는 적당치 않으니까. 한데…… 언제가 좋을까?"
하고 그는 찬찬히 나의 얼굴을 들여다보았다. 그러고 그는 모든 것을 이미 정해 놓았던 듯 별로 생각해 보지도 않고 잘라말했다.

"첫눈이 오는 날이 좋겠어. 그사이에 포성이 오면 또 생각을 달리해도 될 테니까."

관모는 금방 눈이 떨어지기라도 할 것처럼 하늘을 쳐다보는 것이었다.

그날 밤 관모는 또 나에게로 왔다. 그러나 나는 다른 어느 때보다 불쾌한 듯 그를 쫓았다. 사실로 그것은 불쾌한 일이었다.

우리가 이 동굴로 온 첫날 밤, 막 잠이 든 뒤였다. 동굴의 어둠 속에서 나는 몸이 거북해서 다시 눈을 뜨고 말았다. 정신이 들고 보니 엉덩이 아래에 뭉툭한 것이 뿌듯이 치받고 있었다. 귀밑에서 후끈거리는 숨결을 의식하자 나는 울컥 기분이 역해져서 몸을 비틀었

다. 그러나 놈은 가슴으로 나의 등을 굳게 싸고 있었다.

"가만있어……."

관모가 귀밑에서 황급히, 그러나 낮게 속삭였다. 나는 견딜 수가 없었다. 구렁이처럼 감겨드는 놈을 매섭게 밀쳐버리고 바닥에 등을 꽉 붙이고 누웠다. 그는 한동안 숨을 죽이고 있더니 할 수 없었는지 가랑잎을 부스럭거리며 안쪽으로 굴러갔다. 나는 눈을 감았다. 그리고 희한하게도 관모가 김 일병에게서 낮에 말했던 '쓸모'를 찾아낸 소리를 듣고 있었다.

아마 그것은 김 일병이 관모에게 뒤를 맡긴 최초의 일이었을 것이다.

다음 날, 김 일병의 표정은 별로 달라지질 않고 있었다. 오히려 명랑해진 쪽이었다. 그사이 김 일병에게서 의식하지 못했던 그 눈빛마저 되살아난 것 같았다. 포성의 이야기, 곧 포성이 되돌아오게 될 거라는 이야기를 해주었을 때 김 일병은 잠깐 그런 눈을 했다. 관모도 김 일병을 별로 괴롭히지 않았다. 김 일병의 상처는 더 나빠지지는 않았으나 결코 위생병 옆에서는 좋아질 수도 없을 만큼 큰 것이었다. 그렇게 며칠을 지나던 어느 날 밤 관모가 다시 나에게로 와서 더운 입김을 뿜어댔다. 김 일병에게서는 냄새가 난다는 것이었다. 나는 관모를 다시 김 일병에게로 쫓아버렸다. 그러나 그 며칠 뒤부터 관모는 절대로 다시 김 일병에게로 가지 않았다. 그러다가 첫눈에 관한 이야기를 했던 것이다. 사실 김 일병의 상처에서는 견딜 수 없을 만큼 냄새가 났다. 그날 밤도 관모는 김 일병에게 가지 않았다. 관모는 밤마다 나의 귀밑에서 더운 입김만 뿜다가 떨어져 자버리곤 했다. 내가 할 수 있는 것은 등을 바닥에서 떼지 않는 것뿐이었다. 초겨울로 접어들었는데도 눈은 무척 더디었다. 이제 김 일병은 아무리 포성의 이야기를 해도 그 기이한 눈빛을 하지 않았

고, 나중에는 하루 한 번씩 내가 소독약을 발라주는 것조차 거절해
버리고 있었다. 건빵가루로 쑤어준 미음을 꿀꺽꿀꺽 맛있게 받아먹
던 것을 거절한 지가 사흘, 포성에 대한 희망은 까마득한 채 드디어
첫눈이 내리게 된 것이다.'

여기서 첫눈에 관한 비약은 완전히 해명된 셈이었다.

'어둠이 차오르기 시작한 골짜기 아래서 가물가물 관모가 올라
오고 있었다. 관모는 조금 오르고는 한참씩 멈춰서서 동굴을 쳐다
보곤 했다. 긴장 때문에 사지가 마비되어 오는 것 같았다. 나는 후
닥닥 김 일병 쪽으로 가서 그의 눈을 들여다보았다. 그 눈동자는 천
장의 어느 한 점에 고정되어 있었으나 시신경은 작용을 멈춰버린
것 같았다. 그 눈은 시신경의 활동보다 먼저 그의 안이 텅 비어버린
것을 말해 주는 것이었다. 가끔씩 눈꺼풀이 내려와서 그 눈알을 씻
고 올라가는 것이 그가 아직 살아 있다는 유일한 증거였다.

"눈이 오고 있다. 김 일병."

나는 부드러운 목소리로 아무렇지 않게 말하고 나서 김 일병의
눈을 들여다보았다. 그 눈에는 아무런 표정도 스치지 않았다.

"김 일병, 눈이 오고 있어."

나는 좀 더 큰 소리로 말했으나 김 일병의 표정이 여전히 변하지
않는 것을 보고는 문득 손을 놀려 김 일병의 상처에 처맨 천을 풀었
다. 말라붙은 피고름에 헝겊이 빳빳하게 엉겨 있었다. 그것을 풀어
내자 나는 흠칫 놀라 숨을 들이쉬었다. 상처벽이 흙벼랑처럼 무너
져가고 있었다. 나는 다시 김 일병의 눈을 보았다. 아 그런데, 김 일
병은 나의 말을 알아들은 것일까. 아니면 아까 분위기가 말해 준 모
든 것을 이미 알아차리고 자기의 가장 깊은 곳으로 들어가서 마지
막 생명의 소리에 귀를 기울여보고 있었던 것일까. 뜻밖에도 그 눈
에는 맑은 액체가 가득히 차올라 있었다. 그리고 그것을 밀어내지

않으려는 듯이 눈꺼풀은 동작을 오래 그치고 있었다. 그러나 눈물을 다시 삼켜버린 듯 그 눈은 다시 건조해졌다. 뜻없이 눈동자가 천장의 한 점을 계속해서 응시했다.

그때 김 일병이 죽어도 좋다고 생각했다.'

이야기는 거기까지였다. 그러니까 형이 죽였다고 한 것은 김 일병이었을 것이지만, 그것이 누구의 행위일지는 아직 확실하지 않았다. 확실치 않은 것은 관모에 대해서도 마찬가지였지만, 어쨌든 거기에서 형이 천릿길을 탈출할 힘을 얻을 수 있었다면 그것은 가해자가 누구냐인가는 문제가 아닐 것 같았다. 형은 이미 살인을 저지른 것이었다. 그리고 형은 지금 그 이야기를 함으로써 관념 속에서 살인을 되풀이하려는 것이었다. 그러나 망설이고 있었다. 그것은 마치 소설의 서장으로 씌어진 눈과 사냥의 이야기에서, 그리고 관모와 김 일병의 눈빛 사이에서 아무것도 하지 못하고 초조하게 망설이고 있는 '나'를 연상케 했다. 수술에 실패한 소녀에 관해서만 생각지 않는다면 형은 무슨 이유로 지금 그 살인의 이야기를 하고 살인의 기억을 자기에게서 확인하고 싶어졌는지 모르지만, 그는 지금도 끝없이 망설이고 있는 것이었다.

매일 저녁 나는 그 형의 소설을 뒤져보고 어서 끝이 나기를 기다렸지만, 관모는 항상 아직 골짜기 아래서 가물거리고 있었고, 김 일병은 형의 결정을 기다리고만 있는 것이었다.

무엇보다도 나는 형이 그러고 있는 동안 화실에서 나의 일을 할 수가 없었다.

다음 날 내가 아침을 먹고 집을 나올 때까지 형은 얼굴을 내밀지 않았다. 나는 낮 동안은 될수록 형의 소설을 생각지 말고 나의 작업에만 전념해 보리라 마음을 다지고 일찍 화실로 나갔다. 그러나 나는 화가 앞에 앉을 마음의 준비가 없이는 아무것도 되지 않는다는 것을 알고 있었다. 나는 유리창 앞으로 가서 담배를 물었다. 화실로 학생들이 나오는 시간은 오후부터였다. 현기증이 나도록 넓은 화폭 앞에서 나는 결국 형의 소설만을 생각했다. 그 이야기 가운데 누가 나의 화폭에서 재생되기라도 할 듯 그것의 결말을 보지 않고는, 형이 김 일병을 죽이기 전에는, 나의 일을 할 수가 없었다. 결말은 명백히 유추될 수 있었다. 형은 언젠가 자기가 동료를 죽였다고 말했지만, 형의 약한 신경은 관모의 행위에 대한 자기의 살인행위로 받아들인 것인지도 모를 일이었다. 그렇다면 형은 가엾은 사람이었다. 그리고 미웠다. 언제나 망설이기만 하고 한 번도 스스로 행동하지 못하고 남의 행동의 결과나 주워모아다 자기 고민거리로 삼는 기막힌 인텔리였다. 자기의 실수만도 아닌 소녀의 사망 사건을 자기 것으로 고민함으로써 역설적으로 양심을 확인했다. 그리고 관념화한 하나의 사건을 순전히 자기 것으로 만들어 되씹음으로써 자신을 확인하는 이상한 방법으로 힘을 얻으려는 것이었다.

그러나 요즘 형은 그 관념 속의 행위마저도 마지막에는 주저하고 있었다. 악질인 체했을 뿐 지극히 비루하고 겁 많은 사람이었다. 영악한 양심이 그것을 용납지 않은 모양이었다.

나는 화실 학생들의 등 뒤에서 그들의 화폭만을 기웃거리다가 어스름 전에 집으로 돌아오고 말았다. 역시 형은 나가고 없었다. 나는 우선 형의 방으로 가서 원고부터 조사했다. 어제나 마찬가지였다. 원고를 다시 집어넣어 두고 방을 나왔다. 몸을 씻고 저녁을 먹고 아주머니와 몇 마디 농담을 주고받는 동안 나는 줄곧 화가 나서 견딜 수가 없었다. "도대체 형이란 자는……."으로부터 시작해서 생각해 낼 수 있는 욕설은 모조리 쏟아놓고 싶었다. 그러나 그것은 꼭 형을 두고 하는 생각만은 아닌 것 같았다. 그저 욕설을 하고 싶다는 것, 욕할 생각이라도 하고 있지 않으면 한순간도 견뎌 배길 수 없을 듯한 노여움 같은 것이 속에서 부글거렸다. 아주머니가 오랜만에 바람 좀 쐬고 오겠다고 집을 나간 다음, 나는 다시 형의 방으로 가서 쓰다 둔 소설과 원고지를 들고 나의 방으로 갔다. 기다릴 수가 없었다. 나는 화풀이라도 하는 마음으로 표범 토끼 잡듯 김 일병을 잡았다. 김 일병의 살해범이 누구인지 확실치도 않은 것을 '나'로 만들어버렸다. 그러니까 '내'(여기서는 형이라고 해야 좋겠다.)가 관모가 오기 전에 김 일병을 끌고 동굴로 나와서 쏘아버리는 것으로 일단 끝을 맺었다. 형은 다음에 탈출 이야기를 이을 것인지 모르지만 그것은 아무래도 좋았다. 관모의 말처럼 망설이고 두려워하기만 하는 형('나')의 참새가슴이 벌떡거리는 것을 그리다 나는 새벽녘에야 조금 눈을 붙였다.

다음 날, 나는 화폭에 약간 손을 댔다. 그러고 나서 한동안 나는 묘한 흥분에서 헤어나지를 못하고 있었다. 혜인의 결혼식을 무의식 중에나마 의식하고 있었던 때문이었는지도 모른다. 실상 나는 혜인의 결혼식을 가보는 게 옳을는지 모른다는 생각이 잠깐 들기도 했지만, 오랜만에 손이 풀리는 것 같아서 화폭에 매달리느라고 그런 생각은 금방 잊어버리고 있었던 것이다. 그런데 점심을 먹고 들어와서 막 아이들을 기다리고 있는 참에 뜻밖에 그때쯤 식장에 서 있을 혜인에게서 속달이 왔다. 하루가 지난 뒤에 뜯어보든지 아주 잊어버려지기를 바라면서 봉투를 서랍 속에다 깊숙이 넣어버렸다. 그러고는 아직 좀 이른 시간이었으나 아이들을 기다렸다. 그것들이 옆에 있어주는 것이 좋을 것 같았다. 그러나 그때 문을 벌컥 열고 들어선 것은 벌겋게 충혈된 형이었다. 사실 나는 어젯밤 형의 이야기에 손을 대놓고 형이 아주 모른 체하리라고는 생각지 않았었다. 그러나 나는 모처럼 화폭에 손을 댈 수 있었고, 막연하게나마 혜인의 결혼이 머리에 젖어 있어서 미처 형이 그렇게 나타나리라고는 생각지를 못했던 것이다.

형은 문에 기대어 서서 문을 잘못 들어선 사람처럼 방 안을 한번 휘둘러보고 나서야 천천히 나의 곁으로 다가왔다.

"혜인인가…… 그 아가씨 결혼식엔 안 가니?"

형은 물끄러미 나의 화폭을 바라보면서 말했다. 예사스러운 목소리와는 다르게 화폭에 닿은 식지가 파르르 떨리고 있었다. 혜인은 원래 형 친구의 소개로 나의 화실을 나왔던 터이니까 형도 그건 알고 있을 것이었다. 그렇다면 형은 혜인에 대해서, 그리고 그 여자의 남자에 대해서도 퍽 자세히 알고 있을 법한 일이었다. 하지만 그게 무슨 상관이란 말인가.

"형님의 관심은 그런 데 있는 게 아닐 텐데요."

나는 도사리는 소리를 했다.

"아가씨를 뺏긴 것 외에는 넌 썩 현명한 편이다."

형은 웃었다. 그러자 나는 갑자기 초조해졌다.

"제게 감사하러 오신 것 같지는 않군요."

"그럼. 더욱이 그런 오해를 하고 있을까 봐서."

하면서 형은 손가락으로 화폭을 꾹 눌러서 구멍을 내버렸다. 나는 반사적으로 자리에서 일어섰다. 형이 한 손으로 계속 그 구멍을 넓히면서 다른 한 손을 저어서 앉으라는 시늉을 했다.

"좀 똑똑한 아우를 두고 싶을 뿐이야. 화를 내지 말았으면 해. 난 너의 기분 나쁜 쌍통을 상대하기에는 지금 너무 기분이 좋아 있어. 다만 이 그림은 틀렸어, 난 잘 모르지만. 틀림없이 넌 뭔가 잘못 알고 있으니까. 곧 알게 될 거야. 늦었을지 모르지만 난 이제 결혼식엘 가봐야겠어. 신랑도 아는 처지라 말이다."

그리고 형은 나가버렸다. 어깨가 퍽 자신있게 흔들리고 있었다.

나는 한동안 형이 사라진 문을 멍하니 바라보고만 있었다. 눈을 돌렸을 때 폭풍에 시달린 돛폭처럼 나의 화폭은 흉하게 너덜거리고 있었다. 나는 갑자기 생각이 난 듯 서랍에서 혜인의 편지를 꺼내어 잠시 손가락 사이에서 부피감을 느껴보다가 봉투를 뜯었다.

—— 인제 갑니다. 새삼스럽다구요? 하지만 그젯밤 선생님은 제가 이제 정말로 떠나간다는 인사를 하게 해주지도 않으셨지요. 그건 선생님께서 너무 연극기를 싫어하기 때문이라시겠죠. 저를 위해 축복해 주시리라고는 기대하지 않습니다. 다만 안녕히 계시라고 분명한 목소리로 말을 했어야 했고, 그걸 못 했기 때문에 다시 이런 연극을 하는 거예요.

결혼식을 하루 앞둔 신부의 편지라고 겁내실 필요는 없습니다. 어떤 일도 선생님은 책임을 지려고 하지 않으셨고, 저는 선생님에게 책임을 지워보려는 모든 노력에서 한 번도 이긴 적이 없으니까요. 결국 선생님이 책임을 질 수 있는 일은 아무것도 없음을 알았어요. 혹은 처음부터 책임을 지지 않도록 하는 일이 이미 책임있는 행위라고 생각하고 계실지 모르겠어요. 감정의 문제까지도 수식을 풀고 해답을 얻어내는 그런 방법이 사용될 수 있으리라고 생각하시는지 모르지만, 그것도 결국 선생님은 아무것도 책임질 능력이 없다는 증거지요. 왜냐하면 선생님의 해답은 언제나 모든 것이 자신의 안으로 돌아가는 것뿐이었으니까요.

선생님을 언제나 그렇게 만든 것은 선생님이 지니고 계신 이상한 환부(患部)였을 것입니다. 내일 저와 식을 올릴 분은 선생님의 형님 되시는 분을 6·25 전상자라고 하더군요. 처음에 저는 그 말을 알아들을 수가 없었지만 요즘의 병원 일과 소설을 쓰신다는 일, 술(놀라시겠지만 그분은 선생님의 형님과 친구랍니다.)에 관한 모든 이야기를 듣고는 어느 정도 납득이 갔어요. 그렇지만 정말로 저는 선생님에 대해서는 알 수가 없었어요. 6·25의 전상이 자취를 감췄다고 생각하면 오해라고, 선생님의 형님은 아직도 그 상처를 앓고 있다고 하시는 그분의 말을 듣고 저는 선생님을 생각했어요. 그렇다면 이유를 알 수 없는 환부를 지닌, 어쩌면 처음부터 환부다운 환부가 없는 선생님은 도대체 무슨 환자일까고요. 더욱이 그 증상은 더 심한 것 같았어요. 그 환부가 어디에 위치해 있는지, 그것이 무슨 병인지조차 알 수 없다는 점에서 선생님의 병은 더 위험한 거예요. 선생님의 형님은 그 에너지가 어디에 근원했건 자기를 주장해왔고, 자기의 여자를 위해서 뭔가 싸워왔어요.

몇 번의 키스와 손길을 허락한 대가로 말씀드리는 것은 아닙니다. 제가 치료해 드릴 수 있었으면 하고 생각했었지만, 그것은 결국 선생님 자신의 힘으로밖에 치료될 수 없는 것이라는 것을 알게 되었습니다. 그렇게 되기를 빌 뿐입니다.

그리고 이제 저는 어떻든 행복해지고 싶으며, 그러기 위해서 분명히 떠나간다고 스스로 긍정하는 감정으로 말씀을 드리고 이 글을 끝맺겠어요.

영영 문을 열지 않을 성주(城主)에게

혜인 올림

"도련님, 오늘은 이 집에 무슨 못 불 바람이 불었나 보죠?"

가까스로 아이들을 놀보고 집으로 돌아오자, 아주머니는 전에 없이 웃는 얼굴이었다.

"바람이라뇨?"

나는 말하면서 힐끗 형의 방을 들여다보았다. 형은 역시 없었다.

"도련님 얼굴이 다른 날과 달라요."

그것은 정말일는지 모른다. 아주머니 자신의 표정이 다른 날과는 다르기 때문이다.

"무슨 일이 있었나요?"

"형님이 내일부터 병원 일을 시작하시겠대요."

아주머니는 어서 누구에게라도 그 말을 하려고 기다리고 있었던 듯 더 이상 참지 못하고 웃음의 비밀을 털어놓았다.

나는 형의 방으로 뛰어들어가서 서랍을 열고 원고뭉치를 꺼냈다. 잠시 나의 뇌수는 어떤 감정의 유발도 중지하고 있었다. 소설의 끝부분을 펼쳤다. 그러고는 거기 선 채로 나의 시선은 원고지를 쫓기 시작했다. 나의 감정은 다시 한 번 진공 속으로 빠져들어갔다. 등을 보이고 쫓기던 사람이 갑자기 돌아섰을 때처럼 나는 긴장했다. 형의 소설은 끝이 달라져 있었다. 형은 내가 쓴 부분을 잘라내고 자신이 끝을 맺어놓은 것이었다. 형의 경험이 이 소설 속에서 얼마만큼 사실성을 유지하고 있는지는 모른다. 혹은 적어도 이 끝부분만은 형의 완전한 픽션인지도 모른다. 형은 나의 추리를 완전히 거부해 버린 것이었다.

'나'는 관모가 나타날 때까지 동굴을 들락날락하고만 있다. 드디어 관모는 동굴까지 올라왔다. 그 얼굴이 어둠 속에서 땀에 번들거렸다. 그는 대뜸 '동강 나간 팔 핑계를 하고 드러누워 처먹고만 있을 테냐'고 하며, '오늘은 네놈도 같이 겨울준비를 해야겠다'면서 김 일병을 일으켜 끌고 동굴을 나간다. '내'가 불현듯 관모의 팔을 붙잡는다. 관모가 독살스러운 눈으로 '나'를 쏘아본다. '나'는 아무 말도 못하고 고개를 떨어뜨린다. '넌 구경이나 하고 있어…….' 타이르듯 낮게 말하고 관모는 김 일병을 앞세우며 산을 내려간다. 말끝에서 나는 '이 참새가슴아' 하고 말하고 싶어 하는 관모의 소리를 들은 것 같았다. 뜻밖에 기동을 해서 발걸음 침착하게 걷고 있는 김 일병은 단 한 번 길을 내려가면서 '나'를 돌아본다. 그러나 그 눈에는 아무것도 찾아볼 수가 없다. 둘은 눈길에 검은 발자국을 내며 골짜기로 내려갔다. 그리고 그들이 골짜기의 잣나무숲으로 아물아물 숨어들어가 버릴 때까지 ‘나’는 거기에 못박힌 듯 붙어서 있기만 했다. 어느덧 눈은 그치고 눈 위를 스쳐온 바람이 관목 사이로 기분 나쁜 소리를 내며 빠져나갔다. 드문드문 뚫린 구름장 사이로는 바쁜 별들이 서쪽으로 흐르고 있었다. 조금 뒤에 골짜기에서는 한 발의 총소리가 적막을 깼다. 그 소리는 골짜기를 한 바퀴 돌고 난 다음 남쪽 산등성이로 긴 꼬리를 끌며 사라졌다. ‘나’는 비로소 잠에서 깨어난 듯 깜짝 놀란다.

‘그 총소리는 나의 가슴속 깊이 어느 구석엔가 숨어서 그 전쟁터의 수많은 총소리에도 지워지지 않고 남아 있었던 선명한 기억 속의 것이었다. 어린 시절, 노루 사냥을 갔을 때에 설원에 메아리치던 그 비정한 살의를 담은 싸늘한 음향이었다.’

그러자 ‘나’의 눈앞에는 그 설원에 끝없이 번져가는 핏자국이 떠올랐다. 그때 또 한 발의 총소리가 울렸다. ‘나’는 몸을 부르르 떨고 나서 동굴 구석에 남은 한 자루의 총을 걸어메고 그 ‘핏자국’을 따라 산을 내려갔다. ‘오늘은 그 노루를 보고 말겠다. 피를 토하고 쓰러진 노루를.’ ‘날더러는 구경만 하라고?’ ‘그렇지. 잔치는 언제나 너희들뿐이었지.’ 이런 말들이 ‘내’가 그 ‘핏자국’을 따라가는 동안에 수없이 되풀이되고 있었다.

‘그 핏자국은 끝날 것 같지 않았다. 끝없이 눈 위로 계속되었다. 나는 뛰었다. 그 핏자국은 관모들이 눈을 헤치고 간 발자국이었다는 것을 안 것은 내가 가시나무에 이마를 할퀴고 정신을 다시 차렸을 때였다. 이마에 섬뜩한 촉감을 느끼고 발을 멈추어섰을 때 나의 뒤에서는 가시나무가 배를 움켜쥐며 웃고 있는 것처럼 커다란 키를 흔들고 있었다. 나는 잣나무숲 속으로 들어서 있었다. 이마에 손을 대어보니 미끄럽고 검은 것이 묻어났다. 손가락을 뿌리고 다시 발자국을 따라 몸을 움직이려고 했을 때였다.

“어딜 가는 거야.”

송곳 같은 소리가 귀에 와 들어박혔다. 나는 흠칫 놀라 발을 멈추고 그 주위를 둘러보았다. 발자국이 사라진 쪽과는 반대편 언덕 아래서 관모가 총을 내 쪽으로 받쳐들고 서 있었다. 어둠 속에 허연 이를 드러내놓고 있었다. 웃고 있는 것 같았다. 내가 발을 멈추자 그는 총을 내리고 나에게로 다가왔다.

“너 같은 참새가슴은 보지 않는 게 좋아. 모른 체하고 있으래지 않았나.”

관모는 쓰다듬어줄 듯이 목소리가 낮았다.

——하지만 나는 오늘 밤, 노루를 보고 말겠다. 피를 토하고 쓰러진 노루를.

나는 관모를 무시하고 천천히 몸을 돌렸다.

“가지 마라!”

이상하게 가라앉은 목소리가 나를 쫓아왔다. 노리쇠가 한 번 후퇴했다 전진하는 금속성이 뒤로부터 나의 뇌수를 쪼았다. 뇌수가 아팠다. 나는 등 뒤로 독사눈깔처럼 까맣게 나를 노리고 있을 총구를 의식했다.

——또 뒤를 주고 섰구나, 뒤를.

“포성이 다시 올 희망은 없다. 먹을 게 없어지면 우리가 찾아가야 한다. 난 아직 네가 필요하다. 그것은 너도 마찬가지다.”

“……”

“돌아서라.”

——그렇지, 돌아서야지. 이렇게 뒤를 주고서야 어디. 나는 돌아섰다.

관모는 그제야 안심한 듯 내게 향했던 총을 내리고 나에게로 걸어왔다. 어깨라도 짚어줄 것 같은 태도였다. 그 순간이었다. 나의 총은 다급한 금속성을 퉁기고 몸은 납작 땅바닥 위로 엎드렸다. 관모의 몸도 따라 땅 위로 낮아지고 거의 동시에 두 발의 총소리가 또 한 번 골짜기의 정적을 깼다. 그 모든 것은 거의 한순간에 일어난 일이었다.

총소리가 사라지자 골짜기에는 다시 무거운 고요가 차올랐다. 나는 머리를 조금 들고 관모 쪽을 응시했다. 흰 눈 위에 관모는 검게 늘어진 채 미동도 없었다. 나는 엎드린 채 몸을 움직여보았다. 이상한 데가 없었다. 당황한 관모의 총알은 조준이 되지 않았을 것이다.

다시 관모 쪽을 살폈다. 가슴께서부터 눈 위로 검은 반점이 스멀스멀 번져나오고 있었다. 나는 거기에서 눈을 떼지 않은 채 상체부터 조금씩 일으켰다. 그러고는 총을 비껴쥐고 조심조심 관모 쪽으로 다가갔다. 가슴께서 쏟아진 피가 빠른 속도로 눈을 물들이고 있었다. 금세 나의 발을 핥고 들 기세였다. 나무들은 높고 산골은 소름 끼치는 고요가 짓누르고 있었다. 이상스러운 외로움이 뼛속으로 배어들었다. 그때 갑자기 관모가 몸을 꿈틀했다. 그러고는 계속해서 조금씩 꿈틀거렸다. 그것은 모래성에서 모래가 조금씩 흘러내리는 것처럼 작고 신경에 닿는 것이었다.

나는 섭이 나기 시작했다. 어느새 핏자국은 눈을 타고 나의 발등을 덮었다. 나는 한참 동안 두려운 눈으로 관모의 움직임을 지켜보고 있었다. 입으로 짠 것이 흘러들었다. 손으로 이마를 짚었다. 생채기에서 볼로 미끈한 것이 흐르고 있었다.

관모의 움직임은 더 커가는 것 같았다. 금방 팔을 짚고 일어나 앉을 것 같은 생각이 들었다. 짠 것이 계속해서 입으로 흘러들어왔다. 나는 천천히 총대를 받쳐들고 관모를 겨누었다.

탕!

총소리는 산골의 고요를 멀리까지 쫓아버리려는 듯 골짜기를 샅샅이 훑고 나서 등성이 너머로 사라졌다. 그 소리의 여운을 타고 그리움 같은 것이 가슴으로 젖어들었다. 문득 수면에 어리는 그림자처럼 희미한 얼굴이 떠올랐다. 그것은 웃고 있는 것 같았다. 그리고 좀 더 확실해지기만 하면 나는 그 얼굴을 알아볼 수도 있을 것 같았다. 오래전부터 나와 익숙했던, 어쩌면 어머니의 뱃속에도 있기 이전부터 이미 알고 있었던 것 같은 그리운 얼굴이었다. 그러나 생각이 나지 않았다. 안타까웠다. 생각이 나기 전에 그 수면 위의 그림자처럼 희미하던 얼굴은 점점 사라져갔다. 나는 눈을 감았다. 그리고 계속해서 방아쇠를 당겼다. 총소리가 다시 산을 메웠다. 짠 것이 입으로 자꾸만 흘러들어왔다.

탄환이 다하고 총소리가 멎었다.

피투성이의 얼굴이 웃고 있었다. 그것은 나의 얼굴이었다.'

선 채로 소설을 다 읽고 나서 나는 비로소 싸늘하게 식은 저녁상과 싸늘하게 기다리고 있는 아주머니를 의식했다. 몸을 씻은 다음 상 앞에 앉아서도 나는 아직 아주머니에게 눈을 주지 않고 있었다. 나의 추리는 완전히 빗나갔다. 그러나 그런 건 생각할 필요가 없었다. 소설의 마지막에서 형은 퍽 서두른 흔적이 보였지만 결코 지워지지 않는 연필로 그린 듯한 강한 선으로 얼굴을 이야기하고 있었다. 형이 낮에 나의 그림을 찢은 이유가 거기 있었다. 내일부터 병원 일을 시작하겠다던 말을 알 수 있을 것 같았다. 그리고 동료를 죽였기 때문에 천릿길의 탈출에 성공할 수 있었다던 수수께끼의 해답도 짐작이 갔다.

나는 상을 물리고 나서 담배를 피워물고 마루에 걸터앉았다.

"형님은 소설 다 끝맺어 놨지요?"

아주머니가 곁에 와 앉았다.

"네, 읽어보셨어요?"

"아니요, 그저 그런 것 같아서요."

여자들의 직감은 타고난 것이었다. 지극히 촉각에 예민한 곤충처럼 모든 것을 피부로 느끼고 알아냈다.

"이상한 일이군요. 알 수가 없어요…… 형님은."

나는 아주머니의 말을 알 수 있었다.

"모르시는 대로 괜찮을 거예요."

"도련님도 마찬가지예요."

"제게도 모르실 데가 있나요?"

"요즘, 통 술을 잡수시지 않는 것, 그 아가씨에 대한 복수예요?"

아주머니는 복잡한 이야기를 싫어했다. 이야기를 따라가기가 힘들어지면 언제나 나의 꼬리를 끌어 잡아당겨 뒷걸음질을 시켜서 맥을 못 추게 해놓곤 했다.

"그 아가씨 오늘 결혼해 버렸어요."

열한시가 조금 지났을 때에 대문이 열리고 형이 들어오는 소리가 났다. 나는 천장을 쳐다보고 누워서 형의 거동 하나하나를 귀로 감시하고 있었다. 형은 몹시 취한 모양이었다. 화난 짐승처럼 숨을 식식거리며 아주머니의 말에는 대꾸도 하지 않고 방으로 들어가 버렸다. 조금 뒤에 형은 다시 문을 열고 나왔다. 그러고는 무슨 종이를 북북 찢어댔다. 성냥을 그어 거기 붙이는 소리가 나고는 잠시 조용해졌다. 형은 노래 같은 소리를 내다가는 뭐라고 중얼중얼 혼잣말을 하기도 했다. 아주머니가 곁에 서서 형을 내려다보고 있을 것이었다. 형이 바라지도 않았지만 술취한 형을 도와준 일이 없었다.

붉은 화광이 창문에 비쳤다.

──무엇을 태우고 있을까.

종이 찢는 소리가 이따금씩 들렸다. 나는 벌떡 일어나 문을 열고 밖으로 나갔다. 아주머니가 먼저 나를 보았다. 아무 표정도 없었다. 형은 댓돌을 타고 앉아서 그 원고뭉치를 한 장 한 장 뜯어내어 불에다 던져넣고 있었다. 한참 만에야 형은 천천히 고개를 돌려 나를 쳐다보았다. 그 얼굴이 비죽비죽 웃고 있었다. 형은 다시 불붙고 있는 원고지 쪽으로 얼굴을 돌려버렸다.

"병신 새끼!"

형은 나에겐지, 형 아닌 다른 사람에게라기에는 너무나 탈진한 목소리로 중얼거렸다. 그러나 그것은 나에게 한 말이었다. 다음 순간 형은 다시 나를 똑바로 쳐다보았다.

"너의 그 귀여운 아가씨는 정말 널 싫어했니?"

──형님은 6·25 전상자랍니다.

하려다 나는 아직도 형이 하고 싶은 말이 있으리라 생각하고 순순히 머리를 끄덕였다.

"병신 새끼……."

이번에는 형이 손으로는 연신 원고지를 찢어 불에 넣으면서도 눈길만은 내 쪽을 향해 분명하게 말했다.

"그래 도망간 아가씨의 얼굴이 그리고 싶어졌군!"

나는 아직도 더 참을 수 있다고 생각했다. 아주머니는 여전히 형과 나의 얼굴을 무표정하게 번갈아 보고만 서 있었다.

"다 소용없는 짓이야…… 오해였어."

형은 다시 중얼거리는 투였다. 나는 지금 형에게 원고를 불태우는 이유를 이야기시키려는 것은 소용없는 일일 것 같았다. 방으로 들어가려고 했다.

"거기 있어!"

형이 벌떡 몸을 일으키는 체하며 호령을 했다.

"기껏해야 김 일병이나 죽인 주제에…… 임마, 넌 이걸 다 읽고 있었다…… 불쌍한 김 일병을…… 그 아가씨가 널 싫어한 건 당연하다."

순서는 뒤범벅이었지만 무엇을 이야기하려는 것인지는 분명했다. 나는 형을 쏘아보았으나, 그때 형도 나를 마주 쏘아보았기 때문에 시선을 흘리고 말았다. 형은 나를 쏘아본 채 손으로는 계속 원고를 뜯어 불에 넣고 있었다.

"임마, 넌 머저리 병신이다. 알았어?"

형이 또 소리를 꽥 질렀다. 그리고 그것은 지극히 당연한 말이었다는 듯이 머리를 두어 번 끄덕이고 나서는,

"그런데 말이야……."

갑자기 장난스럽게 손짓을 했다.

형은 손에서 원고뭉치를 떨어뜨리고 나의 귀를 잡아끌었다. 술냄새가 호흡을 타고 내장까지 스며들 것 같았다. 형은 아주머니까지도 들어서는 안 될 이야기나 된 것처럼 귀에다 입을 대고 가만히 속삭이는 것이었다.

"넌 내가 소설을 불태우는 이유를 묻지 않는군……."

너무나 정색을 한 목소리여서 형의 얼굴을 보려고 했으나 형의 손이 귀를 놓아주지 않았다.

"그런데 너도 읽었겠지만, 거 내가 죽인 관모 놈 있지 않아. 오늘밤 나 그놈을 만났단 말야."

그러고는 잠시 말을 끊고 나를 찬찬히 살펴보고 있었다. 그 눈은 술에 젖어 있었으나, 생각이 멀리 있는 것처럼 보이는 것은 결코 술 때문만은 아닌 것 같았다. 그러나 형은 이제 안심이라는 듯 큰

소리로,

"그래 이건 쓸데없는 게 되어버렸지…… 이 머저리 새끼야!"
하고는 나의 귀를 쭉 밀어버렸다.

다시 원고지를 집어 사그라드는 불집에 집어넣었다.

"한데 이상하거든…… 새끼가 날 잘 알아보질 못한단 말이야……
일부러 그런 것 같지도 않았는데……?"

불을 보면서 형은 계속 중얼거렸다.

"내가 이제 놈을 아주 죽여 없앴으니 내일부턴…… 일을 하리라
고 생각하고 자리를 일어서서 홀을 나오려는데…… 그렇지 바로 문
에서 두 걸음쯤 남았을 때였어, 여어, 너 살아 있었구나 하고 누가
등을 탁 치지 않나 말야."

형은 나를 의식하고 이야기하는 것 같기도 하고 혼자 중얼거리
는 것 같기도 했다.

"놀라 돌아보니 아 그게 관모 놈이 아니냔 말야. 한데 놈이 그래
놓고는 또 영 시치밀 떼지 않아. 이거 미안하게 됐다구…… 두려워
서 비실비실 물러나면서…… 내가 그사이 무서워진 걸까…… 하긴
놈은 내가 무섭기도 하겠지. 어쨌든 나는 유유히 문까지는 걸어나
왔어. 그러나…… 문을 나서서는 도망을 했어…… 놈이 살아 있는
데 이게 무슨 소용이냔 말야."

형은 나머지 원고뭉치를 마저 불집에 집어넣고 나서 힐끗 나를
보았다.

"이 참새 같은 것, 뭘 듣고 있어. 썩 네 굴로 꺼져!"
소리를 꽥 지르는 통에 나는 방으로 쫓겨 들어오고 말았다.

비로소 몸 전체가 꺼지는 듯한 아픔이 전해 왔다. 그것은 아마
형의 아픔이었을 것이다. 형은 그 아픔 속에서 이를 물고 살아왔다.
그는 그 아픔이 오는 곳을 알고 있는 것이다. 그리하여 그것은 견딜

수 있었고, 그것을 견디는 힘은 오히려 형을 살아 있게 했고 자기를 주장할 수 있게 했다. 그러던 형의 내부는 검고 무거운 것에 부딪쳐 지금 산산조각이 나버린 것이다.

그렇다고 해도 이제 형은 곧 일을 시작하게 될 것이다. 형은 자기를 솔직하게 시인할 용기를 가지고, 마지막에는 관모의 출현이 착각이든 아니든, 사실로서 오는 것에 보다 순종하여, 관념을 파괴해 버릴 수 있는 힘이 있었다. 무엇보다도 형은 그 아픈 곳을 알고 있었으니까. 어쨌든 형을 지금까지 지켜온 그 아픈 관념의 성은 무너지고 말았지만, 그만한 용기는 계속해서 형에게 메스를 휘두르게 할 것이다. 그것은 무서운 창조력일 수도 있었다.

그러나 ─.

나는 멍하니 드러누워 생각을 모으려고 애를 썼다.

나의 아픔은 어디서 온 것인가. 혜인의 말처럼 형은 6·25의 전상자이지만, 아픔만이 있고 그 아픔이 오는 곳이 없는 나의 환부는 어디인가. 혜인은 아픔이 오는 곳이 없으면 아픔도 없어야 할 것처럼 말했지만 그렇다면 지금 나는 엄살을 부리고 있다는 것인가.

나의 일은, 그 나의 화폭은 깨어진 거울처럼 산산조각이 나 있었다. 그것을 다시 시작하기 위하여 나는 지금까지보다 더 많은 시간을 망설이며 허비해야 할는지도 모른다.

어쩌면 그것은 나의 힘으로는 영영 찾아내지 못하고 말 얼굴일는지도 모를 일이었다. 나의 아픔 가운데에는 형에게서처럼 명료한 얼굴이 없었다.

가면의 꿈

지연은 불을 끈 침실에서 남편 명식을 기다리고 있었다.

밤 열한시.

정원을 가득 채운 달빛이 그녀의 방 창문 커튼으로 희미하게 젖어들고 있다. 외등을 꺼놓은 집 안은 달빛 때문에 여름날의 대낮처럼 고요하다.

명식은 이층 육 조 다다미방 한 칸을 서재 겸 평상시의 거실로 사용했다. 그러다가 이따금 밤이 깊으면 조심조심 발소리를 죽이며, 이층 나무계단을 걸어내려오곤 했다.

그러나 명식은 지금 이층엔 없었다. 그는 외출 중이었다. 지연은 그 명식을 기다리고 있는 것이다. 일찌감치 잠옷을 갈아입고 그리고 얼마간 기대에 부푼 가슴을 달래며 침대 근처를 맴돌거나 창문 곁으로 다가가 무연스레 달빛에 젖은 정원을 내다보곤 하고 있었다.

명식은 좀처럼 돌아올 기미가 안 보인다. 그러나 지연은 신경을 곤두세우거나 조급해지지는 않았다. 그럴 필요가 없었다. 명식에 대한 그녀의 신뢰는 내세울 만큼한 것이 아니면서도 마음이 늘 그렇게 편했다.

명식의 외출은 특별한 의미가 없었다. 밤외출을 하고 돌아오는 날이면 언제나 명식이 이층 나무계단을 내려온다. 그러고는 한껏 은밀스럽게 불 꺼진 지연의 잠자리를 찾아든다. 게다가 오늘은 여간 오랜만의 밤외출이 아니었다.

뜻밖의 일이었다. 저녁을 먹을 때부터 명식의 기색이 달랐다. 밤외출의 유혹을 느낄 땐 언제나 그랬듯이 명식은 공연히 거동이 소심스러워지고 있었다. 말소리가 낮아지고, 저녁을 끝내고 나선 유리창 가에 기대 서서 초조감이 완연한 눈길로 지연의 눈치를 살피곤 했다. 어찌 보면 좀 멍청스러워 보이기까지 한 그 명식의 눈길에는 그리움 같은 것이 서리고 있었다. 밤외출에의 유혹을 느끼고 있는 게 분명했다. 지연은 속으로 웃음을 참고 있었다. 어린애 같은 생각이 들었다. 주변머리 없는 양반 같으니라구. 또 기회를 만들어 줘야겠군.

"밥 먹은 게 좋지 않나 봐요."

두통이 이는 척 명식을 혼자 놓아둔 채 침실로 틀어박혀 버렸다. 아니나 다를까, 명식은 그러자 곧 외등을 끄고는 이층으로 올라갔다. 잠시 후에 그가 다시 이층 나무계단을 내려오는 발소리가 들려왔다. 현관문 열리는 소리. 불 꺼진 정원을 그림자처럼 소리 없이 걸어나가고 있겠지.

그러나 지연은 명식이 집을 나가는 것을 내다보진 않았다. 이젠 순이 년도 대문까지 걸어나가는 명식을 뒤따르지 않았다.

——아저씨가 밤외출을 하실 때는 외등을 켜지 말고 모른 척해 드려라.

——돌아오실 때도 마찬가지야. 아저씬 밤늦게 불이 켜지는 걸

싫어하신단다. 넌 대문만 풀어드리고 들어가 자는 거야. 똑똑히 기억해 두지 않으면 야단친다. 아저씨가 돌아오실 땐 외등뿐만 아니라 집 안에 불이 하나도 없어야 한단 말이다.

그렇게 순이 년을 일러두고 있었다. 그것은 지연 자신에게도 똑같이 해당되는 말이었다. 그녀는 명식을 내다보지 않았다.

그러나 그녀는 알고 있었다.

콧수염을 달았을 거야.

조금 전의 그 소심스럽던 거동과는 딴판으로 갑자기 활기에 차서 불 꺼진 정원길을 그림자처럼 재빠르게 걸어나가고 있을 명식의 모습이 보지 않아도 선했다. 그는 더부룩한 가발과 콧수염으로 변장을 하고 있었고 달빛이 그의 어깨 위로 뽀얗게 흘러내리고 있었다.

그것은 명식이 대문을 나가고 나서 채 이 분도 지나지 않은 사이에 좀 더 분명한 사실로 드러났다. 명식이 대문을 나가고 나자 지연은 방금 명식이 발소리를 죽이며 조심스럽게 걸어내려왔던 이층 나무계단을 이번에는 그녀 자신이 역시 발소리가 너무 크지 않게 조심조심 걸어올라갔다. 그녀는 명식의 서재 겸 거실로 들어서자 곧바로 한쪽 테이블 곁으로 다가갔다. 거기에는 명식이 한 번도 지연에게 열어 보인 일이 없는, 그러나 지연에게는 이미 아무것도 비밀이 될 수 없는 서랍이 하나 있었다. 지연은 익숙하게 서랍을 열어젖혔다. 예상대로였다. 서랍 안에는 몇 벌의 가발과 콧수염과 테가 다른 안경들이 난잡스럽게 쑤셔박혀 있었다. 색깔과 모양이 다른 모자 종류도 몇 개 함께 뒹굴고 있었다. 모두가 명식의 밤외출 때 사용되는 변장용구들이었다. 더부룩한 장발 머리털 한 벌과 서양 젊은이에게나 어울릴 적갈색 콧수염이 눈에 뜨이지 않았다.

정말 오랜만의 밤외출이군.

지연은 자기도 모르게 빙긋 미소가 번져나왔다.

벌써 열한시 반이 가까워지고 있었다. 명식은 아직도 돌아오는 기척이 없었다. 지연은 다시 한차례 유리 창가로 다가가 달빛에 젖은 채 교교하게 잠들어 있는 정원을 내려다보다가는 금세 또 침대로 되돌아가서 이번에는 몸을 벌렁 뉘어버렸다. 금세 명식의 밤얼굴이 떠올랐다. 제법 멋있게 손질된 장발머리에 콧수염을 의젓하게 달고 있는 명식의 얼굴은 이상스럽게 측은한 안정감을 얻고 있었다. 그것은 지연이 명식의 기벽을 처음 발견한 날 딱 한 번밖에 본 일이 없는, 그러나 그녀로서도 이젠 퍽이나 익숙한 남편의 얼굴이었다.

생각해 보면 어이가 없는 일이었다. 남편 명식은 어렸을 적부터 소문난 '천재'였다. 그가 다닌 옛날 학교나 집안 사람들 사이에는 두루 그렇게 알려져 있었다. 그는 국민학교 오학년 때 검정시험을 거쳐 거뜬히 일류 중학교에 합격했을 만큼 머리가 총명했고 중학교 이학년 때는 전국의 꼬마 문사들이 모인 경복궁 백일장에서 「우리들의 손」이라는 시를 써서 장원을 차지한 것은 물론 심사위원 일동을 깜짝 놀라게 했을 만큼 신통한 문재를 발휘했었다고 했다. 고등학교를 거쳐 S법대를 수석으로 합격했을 때는 고등고시쯤 따놓은 당상이라 여겨졌고, 그는 과연 주위 사람들의 기대에 어긋남이 없이 대학 삼학년 재학 중에 최연소 합격자라는 영광까지 덤으로 누리면서 법관에의 관문을 돌파해 보였다. 그러니까 중매가 들어왔을 때 지연은 부모들의 싱화 등쌀에 차근차근 그를 재어볼 겨를조차 없었다. 그런 결혼을 지연은 후회한 일도 없었다. 한 쌍의 비둘기 같은 신혼생활은 소꿉장난처럼 정답고 오밀조밀했다. 군법무관 복무 삼 년을 끝내고 나자 그는 곧 현직을 택해 나섰고, 젊은 판사로서 그의 법관생활은 신념과 활기에 충만해 있었다. 적어도 지연에게는 그렇게 보이고 있었다.

한데 그 명식에게 뜻밖의 기벽 한 가지가 숨겨져오고 있었다.

어느 날이었다. 하루는 지연이 명식의 이층 방에 올라갔다가 어이없는 광경을 목도하게 되었다. 명식은 그날 이상스럽게도 피곤해져서 조금은 신경질이 돋은 얼굴로 대문을 들어섰고, 저녁을 끝내자 그는 곧 이층 자기 방으로 올라가 버렸다. 잠시 후 지연이 커피를 끓여들고 이층으로 명식을 따라 올라갔다. 명식은 창문 옆 걸상에 기대앉아 어둑어둑 어둠이 내리는 정원을 내다보면서 조용한 휴식에 잠겨 있었다. 그런데 지연의 기척에 무심히 뒤를 돌아보던 명식의 얼굴을 보자 하마터면 지연은 들고 있던 찻잔을 떨어뜨릴 뻔했다. 창가에 앉아 있던 명식의 얼굴은 전혀 딴판으로 바뀌어 있었다. 손질이 되었다곤 하지만 더부룩한 장발머리에 콧수염까지 수북한 그 얼굴은 명식이 아닌 전혀 다른 남자의 얼굴이었다. 지연이 놀라는 것을 보자 명식은 그제서야 자기의 변장이 생각난 듯 슬그머니 가발을 벗어버렸다.

"장난으로 한번 그래 본 거야."

콧수염을 떼어내면서 그는 퍽이나 낭패스러운 표정으로 멋쩍게 웃고 있었다.

"당신, 어린애처럼 별스런 장난을 하시는군요. 사람 놀라게스리."

그러나 명식의 변장은 그의 말처럼 그저 그런 단순한 장난만은 아닌 것 같았다. 다음 날 아침 명식이 출근을 하고 나자 지연은 이상스럽게 자꾸 마음이 쓰여 다시 명식의 방으로 올라갔다. 그리고 그녀는 그때 명식의 테이블 서랍 한 곳에서 언제부터 모아들이기 시작한 것인지 알 수 없는 몇 벌의 가발과 콧수염을 찾아냈다. 안경과 모자들도 있었다. 모두가 변장도구들이었다.

벽시계가 자정 오 분 전을 가리키고 있었다. 명식은 아직도 기척이 없다. 지연은 다시 침대에서 몸을 일으켰다. 멍한 얼굴로 어둠 속을 응시하고 앉아 바깥 기척을 기다렸다.

이웃에서부터 소문이 나기 시작했다. 명식이 전혀 딴 얼굴 모습으로 대문을 나서는 걸 보았노라고도 했고, 어떤 낯모를 사내가 지연이네 대문 앞에서 머뭇머뭇 서성거리고 있는 걸 보았는데, 나중에는 그가 아주 당당한 모습으로 대문 안으로 사라져 들어가는 걸 보고는 적잖이 수상쩍은 생각이 들었노라고도 했다. 명식이 변장을 하고 해괴한 바깥나들이를 하고 있는 게 틀림없었다. 지연은 명식의 거동에 신경을 곤두세우기 시작했다.

명식은 과연 밤외출이 늘고 있었다. 비로소 관심이 가기 시작한 일이지만 사무실에서 돌아오는 그의 얼굴은 딱할 정도로 피곤해 있곤 했다. 대문을 들어서는 그의 표정은 날개가 꺾인 새처럼 늘 힘이 없었고 의기소침해져 있기만 했다. 말수도 훨씬 적어진 듯했고 영문 모를 신경질 같은 것이 돋아 있을 적도 있었다. 피곤한 귀가의 연속이었다.

그런데도 명식은 저녁이 끝나면 늘 밤외출을 서둘렀다. 언제 어떻게 대문을 나간지도 모르게 혼자 살짝 집을 빠져나가곤 했다. 이층 서재쯤에서 피로를 풀고 있으려니 싶다 보면 어느새 정원의 외등이 꺼져 있곤 했다. 밤외출을 나갈 때는 반드시 외등을 끄고 나서 현관을 나서는 버릇 역시 짐작이 가는 데가 있는 일이었다.

그의 변장은 그런 밤외출 때문만도 아닌 듯했다. 외출이 없는 날도 그는 저녁을 끝내자마자 곧장 이층으로 올라가 혼자 서재 속에 깊이 파묻혀 버리기 일쑤였다. 혼자 좀 조용히 쉬고 싶다는 게 그때마다의 변명이었다.

그러나 지연은 알고 있었다. 명식은 그렇게 서재 안에 파묻혀 있을 때도 가발을 쓰고 콧수염을 붙이고, 그리고 어쩌면 그의 얼굴을 가장 잘 감춰줄 수 있는 안경까지 걸치고 있으리라는 것이었다. 남편은 그런 식으로 변장을 하고 그 자기의 가면 뒤에서 정말로 조용한 휴식을 얻고 있는 것인지도 모른다는 생각이 들기 시작했다. 사실 지연이 명식의 변장한 얼굴을 본 것은 앞서 말한 대로 그의 기벽을 발견한 그 첫날 한 번뿐이었다. 그런데 그 첫번이 중요했다. 지연은 그 첫번의 얼굴을 잊을 수가 없었다. 무엇이 그토록 피곤했던 것일까? 그것은 알 수 없었다. 그러나 그날의 명식은, 가면이 된 명식의 얼굴은 속속들이 스머든 피로를 한 오라기 한 오라기씩 조심스럽게 씻어내면서 조용한 휴식에 젖어 있는 모습이 분명했다. 뿐만 아니라, 지연은 시간이 지날수록 더욱더 피곤해져서 대문을 들어서는 명식의 얼굴 모습과, 그 얼굴을 가면 뒤에 감춘 채 조용히 창밖을 내다보고 있던 그날의 모습이 겹쳐 이상스러울 만큼 절실한 명식의 휴식과 위안을 느끼고 있었다. 그리고 그것은 바로 그녀 자신의 휴식과 위안이기도 했다.

명식의 변장에서 지연은 자신도 알 수 없는 어떤 동정과 스스로의 감동 같은 것을 경험하고 있었다. 지연은 명식을 방해하지 않았다. 해괴한 느낌은 어느새 말끔히 가셔져나갔다. 오히려 그의 변장을 돕고 나섰다. 명식이 이층 서재로 들이닥치는 것을 절대 아는 체하지 않았다. 밤외출에의 유혹을 느끼는 눈치가 보이면 외등을 끄고 자신의 침실로 숨어들어가 버림으로써 은밀스럽게 기회를 만들어주기도 했다. 그러면 명식은 영락없이 혼자 대문을 빠져나갔고, 그 가면의 외출에서 그는 퇴근 때의 피곤기와 짜증스러운 신경질을 말끔히 씻고 돌아오곤 했다. 물론 지연은 밤외출에서 돌아오는 명식을 불편하지 않게 하는 데도 배려를 소홀히 하지 않고 있었으므로 대문을 들어서는 그의 표정을 바로 만날 수는 없었지만, 그런 날 밤이면 거의 빠짐없이 어둠 속으로 이층 나무계단을 내려와서, 비로소 그녀를 발견한 듯 한껏 다감해지고 한껏 왕성한 잠자리를 갖게 되는 것으로 보아 그것은 충분히 짐작할 수 있는 일이었다. 명식의 밤외출은 날이 갈수록 잦아갔다. 이층 서재로 숨어들어가 그의 가면 뒤에서 이상스러운 휴식에 젖는 것도 마찬가지였다. 그렇게 하여 그는 사무실에서 묻어온 피곤기를 가면 뒤에서 말끔히 씻어낸 다음 지연을 찾아 밤늦은 이층 계단을 내려오곤 했다. 명식은 분명 그 가면 뒤에서라야 비로소 휴식을 얻을 수 있는 듯했다. 그것은 어쩌면 자기변신의 연극기 같은 것에서 오는, 그 가면 뒤에서 세상을 바라보고 새삼스럽게 자기를 느끼는 시간이 되고 있는지도 모를 일이었다.

그것은 어쨌든, 이제 지연이 명식을 속속들이 다 만나는 것은 그가 그 밤외출에서 이상스러운 방법으로 피로를 씻고 새 힘을 얻어 돌아오는 날뿐이었다.

이윽고 지연에게도 한 가지 괴상한 변화가 생기기 시작했다. 명식을 만나고 싶은 밤의 소망은 반드시 그의 가면을 연상시켜 주곤 했다. 지연은 명식의 가면을 사랑하기 시작했다. 그녀는 명식의 가면을 만나고 싶어 하고 있었다. 그녀에게는 명식의 가면이 어느새 그렇게 익숙하게 느껴지기 시작하고 있었고, 어찌 된 셈인지 그녀는 명식의 동기까지를 포함하여 그러는 자신을 스스로 수긍해 버리고 있었던 것이다. 명식에게서도 혹시 그런 기미가 엿보이고 있었기 때문일까. 지연은 이제 오히려 명식의 맨얼굴 쪽에서 어떤 불편스러운 가면이 느껴지고 있을 지경이었다. 그녀에게는 명식이 맨얼굴로 대문을 들어설 때의 표정이야말로 영락없이 가면을 쓰고 있는 것처럼 뻣뻣하고 변화 없고 그리고 어떤 뻔뻔스러운 피곤기 같은 것이 온통 그를 가려버리고 있는 듯한 느낌이 들곤 했다.

그러나 지연은 그토록 익숙해진 명식의 가면을 아직도 똑똑히 본 일이 없었다.

그 첫날 한 번밖엔 명식이 자기의 가면 뒤에서 편안히 쉬고 있는 모습을, 그것이 진짜 자기의 얼굴이나 되는 양 익숙해져버린 가면으로 의기양양 밤외출에서 돌아오곤 할 명식을 다시 본 일이 없었다.

지연은 보지 않아도 그것을 알고 있었다. 그리고 이미 그 명식의 얼굴을 자신 속에다 깊이 지녀버리고 말았다. 문득문득 그것을 만나고 싶은 밤이 많았다. 이날도 지연은 그런 명식을 기다리고 있었다.

대문간에서 무슨 기척이 있었던 것 같았다. 지연은 자기도 모르게 소스라치며 어둠 속으로 벽시계를 쳐다보았다. 열두시 십분이었다. 대문 쪽에서 다시 기척이 들려왔다. 이번에는 좀 더 세차게 대문을 두드리고 있었다.

분명 명식이 돌아온 모양이었다.

지연은 서서히 가슴속이 더워져오는 것을 느끼면서 가만히 숨을 죽인 채 바깥 소리에 귀를 기울이고 있었다.

지연은 대문이 열리고 명식이 정원을 지나 들어오는 것을 보지 않았다. 소리만 듣고 있었다.

명식은 절대로 초인종 단추를 누르지 않는다. 가만가만 대문만 두들긴다. 처음에는 아주 들릴락 말락 한 작은 소리로, 그러나 집 안에서 반응이 없으면 조금씩 조금씩 큰 소리로. 기척을 알아차린 순이 년이 재빨리 정원을 건너갔다 돌아오고, 그러면 그는 느릿느릿 대문을 들어서서 자신이 문단속을 끝낸 다음 그림자처럼 소리없이 집 안으로 스며들곤 한다.

이날 밤도 마찬가지였다.

술이 꽤 심했던 모양이다.

이층으로 올라가는 명식의 발소리를 들으며 지연은 이불자락을 뒤집어썼다. 서서히 더워져오던 가슴속의 열기가 아랫도리로 먼저 번져나는 모양이었다. 기분 좋은 마비 같은 것이 지나갔다.

정말이지 이날 저녁 명식의 밤외출은 여간 오랜만의 일이 아니었다. 명식은 자기의 가면에 점점 익숙해져가고 있었다. 지연 자신이 더 명식의 가면에 익숙해져가고 있었다는 말이 더 정확할는지 모르겠다. 어쨌든 마찬가지였다. 그리고 그것은 아마 틀림이 없는 것 같기도 했다. 변장하지 않은 명식의 얼굴이 어떻게 변해 가고 있는가를 보면 그것은 금세 알 수 있었다.

날마다 겹쳐 쌓인 피로감 같은 것은 이제 변장하지 않은 명식의 맨얼굴을 완전히 뒤덮어 버려서, 그것을 기묘하게 뻔뻔스럽고 그리고 어떤 스스럼이나 망설임 같은 것도 엿볼 수 없는 당당한 것으로 만들어버리고 있었다. 지연은 그런 때의 명식에게서 오히려 더 많은 가면을 느끼고 있었다. 명식은 새로운 가면을 만들고 있었다. 그 대신 그는 자기의 진짜 가면과는 깊은 애정을 가지고 친해져가고 있었다. 무엇보다도 지연 자신이 그렇게 믿고 있었다.

지연은 명식이 이층 서재에 틀어박혀 비밀스러운 휴식을 얻고 있을 때나 밤외출을 즐기고 있을 때의 그의 얼굴, 아마 틀림없이 가발을 쓰고 콧수염을 달고 있을 그 명식의 얼굴을 더 많이 그리게 되어 있었다.

그런데 언제부턴가 지연은 그 명식의 변장한 얼굴에서 또다시 어떤 불안기를 느끼기 시작했다. 그것은 그 가발과 콧수염이 어찌된 일인지 더 이상 명식에게 휴식을 보증하지 못하게 된 것 같았기 때문이었다. 당연한 노릇인지 모르지만, 명식은 자기의 가면 뒤에서도 다시 피로를 느끼기 시작한 기미였다. 그는 그 가면 뒤의 휴식이 끝나고 난 다음에도 피로의 기색은 가시지 않고 오히려 그것이 더 깊어져 있을 적이 생기곤 했다.

사무실에서 돌아와 대문으로 들어설 때마다 역력히 읽을 수 있었던 그 옛날의 가엾은 피곤기와 씁쓸한 낭패감 같은 것을 이번에는 거꾸로 그의 가면 뒤의 휴식 끝에서 발견해 낼 수 있었다. 그는 휴식의 시간을 통해 한껏 다감하고 은밀해지기는 하면서도 무엇인가 늘 못 견디게 불안해하고 그래서 때로는 자기도 모르게 맥없는 한숨을 토해 내기도 했다.

밤외출도 훨씬 횟수가 줄어들고 있었다. 그럴수록 명식의 맨얼굴은 점점 더 당당하고 뻔뻔스러워져가고 있었는데, 그는 그 가면과 같은 뻔뻔스러운 피곤기를 얼굴에다 가득가득 뒤집어쓰고 대문으로 들어섰다가도 저녁이 끝난 뒤의 그 밤외출에의 유혹만은 끊이지 않는 모양이었다.

그러나 그는 이제 조심스럽게 그것을 견디어버리는 때가 많았다. 지연 쪽에서 은근히 기회를 만들어주어도 그는 두려워하기만 하고 있었다. 그러다가 정작 밤외출이 이루어지는 것은 어쩌다 한 번씩뿐이었고, 대개는 이층 서재로나 파묻혀 들어가서 잦아진 듯 기척을 감추어버리기가 예사였다. 불 꺼진 이층 계단을 밟으며 지연을 찾아 내려오는 일도 그만큼 뜸해지고 있었다. 어쩌다 밤외출이 있는 날 밤도 명식은 옛날처럼 당당하지가 못했다.

그런 밤의 명식의 행동은 이상스럽게도 자학적이었고, 터무니없이 지연에게 미안해하는가 하면, 어떤 때는 갑자기 자신의 감정에 휩쓸리며 눈물을 흘리기 시작할 때도 있었다.

명식의 변장이나 밤외출은 이제 지연에게까지 어떤 적막감 같은 것으로 다가왔다. 까닭도 알 수 없으면서 무턱대고 명식이 측은했다. 그녀는 슬퍼지기 시작했다. 그러나 그 슬픔을 버리고 싶지가 않았다. 그녀는 측은하고 슬픈 명식을, 그녀 자신도 측은한 슬픔 속에서 그를 사랑하고 있었다.

그러던 명식이 모처럼 만에 이날 밤외출을 나갔다 온 것이다.

한데 어찌 된 일인지 이날따라 그는 또 계단을 내려오는 소리가 없었다. 다른 날 같으면 어찌 되었든 이때쯤은 이미 그녀의 방으로 스며들어와 있을 때였다. 한데도 그는 아직 아무런 기척이 없었다.

지연은 조심스럽게 잠옷을 여미었다.

두근거림 비슷한 아랫도리의 기분 좋은 마비감이 깨어나지 않도록 조심스러운 동작으로 잠자리의 자세를 보기 좋게 고쳐누웠다. 그러고서 다시 한참을 기다렸다. 역시 기척이 없었다. 이상한 일이었다.

오늘 밤에도 또?

지연은 갑자기 초조해지기 시작했다. 문득 어떤 별난 밤의 일이 떠올랐다. 그날도 명식은 썩 오랜만의 밤외출에서 돌아와 소리없이 이층으로 올라간 다음이었다. 지연은 물론 그녀의 침대 속에서 명식을 기다리고 있었다. 아무리 기다려도 그가 계단을 내려오는 기척이 없었다. 지연은 불쑥 상서롭지 않은 예감이 들었다. 술이 너무 지나쳤나 싶기도 했고, 그런 일은 워낙 처음이라 다른 무슨 변고가 생기지 않았나 싶어지기도 했다. 기다리다 못해 결국 자기가 먼저 침대를 내려오고 말았다. 여자가 먼저 남편을 찾는 것처럼 보이기가 여간 쑥스럽지 않았지만 어쨌든 그녀는 명식을 살피고 와야 한다고 생각했다. 마루에서 잠깐 발길을 망설이던 그녀는 가만가만 이층 계단을 올라갔다. 지연이 명식의 방문 앞까지 다가갔을 때 방 안의 반응은 그녀가 예상했던 것과는 너무도 딴판이었다.

"좀 들어오지그래."

기다리고 있기나 했었던 듯 문을 열기도 전에 명식의 소리가 먼저 흘러나왔다. 술이 취해 있기는커녕 너무도 정연하고 조용한 목소리였다. 지연은 쑥스러움도 잊고 끌리듯 문을 열고 방 안으로 들어섰다.

명식은 불을 켜지 않은 채 창문 근처의 어둠 속에 조용히 파묻혀 있었다.

"앉지 않구."

어둠 속이라 모습은 잘 보이지 않고 목소리만 들려왔다.

"오늘 밤은 여기서 이렇게 지내다 가아."

어떤 분명한 의미가 담긴 말이었다. 지연은 감히 명식의 곁으로는 갈 수가 없었다. 공연히 그가 두려웠다. 변장을 하고 있을 그의 얼굴을 만나버리기가 두려웠다. 그녀는 명식과 멀찌감치 떨어져서 등 없는 둥글의자 위로 몸을 주저앉혔다. 그러나 지연은 그러고 앉아서도 명식의 어떤 분명한 얼굴을 보고 있었다. 명식은 아직 변장을 풀지 않고 있었다. 그는 목소리가 너무 잔잔했다. 어딘가 한숨 같은 것이 묻어 있는 잔잔한 음성이었다.

지연은 명식의 그 음성으로 그가 지금 자기는 보지도 않고 창밖으로 시선을 내보낸 채, 그녀로서는 도저히 알 수도 없고 설명할 수도 없는 어떤 깊은 절망에 젖고 있다는 것을 어슴푸레 느낄 수 있었다.

──이렇게 불을 끄고 앉아 있으니 밤이 좋군. 대낮은 얼굴이 너무 따가워서…… 누구나 결국은 그렇게 되는 거지만 사실은 사람들이 얼굴 가득히 그 엄청난 대낮의 햇빛을 스스럼없이 견디어낼 수 있도록 잘 단련이 되고 있는 건 다행한 일이지.

──하지만 그건 다행스럽다고만은 할 수 없다면…… 그런 식으로 사람들은 제각기 자기의 가면을 튼튼하게 단련시켜 가고 있거든. 눈물을 흘릴 수가 없어…….

──가면이 우는 걸 보았을까. 물론 그런 일은 있을 수가 없지. 가면의 눈물은 속으로만 흐르게 마련이거든…….

명식은 역시 취기가 좀 숨어 있었던 모양이었다. 그는 어둠 속에서 혼잣말처럼 띄엄띄엄 중얼거리고 있었는데 앞뒤가 닿는 소리만 추려보면 대강 그런 식이었다. 지연이 보아온 대로였다. 대낮을 다니는 맨얼굴에서 가면을 느끼는 대신, 가발과 콧수염으로 변장을 하고 있는 당장의 자신에 대해서는 전혀 이질감을 느끼지 않고 있는 기미였다. 그리고, 그래서 명식은 그러한 변장 속에서 비로소 자신의 고뇌를 가장 정직하게 안을 수 있는 듯한 태도였다.

지연은 아무 말도 하지 않았다. 조용히 입을 다물고 앉아서 어둠에 싸인 명식의 희미한 모습만 더듬고 있었다. 그러다가 방을 나오고 말았다. 처음 말대로 명식은 물론 지연이 아래층으로 내려와 버린 다음에도 이날 밤만은 끝내 그 이층의 나무계단을 밟지 않았다. 그런 밤이 있었다. 하지만 그런 밤은 딱 그날 한 번뿐이었다. 밤외출만 있고 나면 그럭저럭 또 그 이층의 나무계단을 내려오곤 하던 명식이다.

웬일일까.

명식은 여전히 기척이 없었다. 지연은 또 한 번 자리를 고쳐누웠다. 그래도 견딜 수 있을 만큼은 자세가 편하지 않았다. 그녀는 마침내 침대에서 몸을 일으켜버렸다.

웬일일까. 또 한번 이층을 올라가 봐?

이층 쪽은 아직도 잠잠하기만 하다. 이젠 더 이상 명식이 그 나무계단을 내려와 주기를 기대할 수가 없었다. 그것은 지연 자신에게도 이미 의미가 없는 일처럼 여겨지기 시작했다. 가을의 밤공기는 방 안까지 싸늘하게 스며들어 있었다. 얇은 잠옷 한 겹으로 감싼 그녀의 몸은 제빨리 식어갔다.

지연은 다만 명식의 동정이 궁금할 뿐이었다. 그의 방을 올라가 보고 싶었다. 어둠 속에 가라앉아 있는 그의 어렴풋한 모습 앞에 다시 한번 묵묵히 앉아 있고 싶었다. 그럴 수만 있다면 지연 자신도 뒤죽박죽으로 구겨진 마음을 가라앉힐 수가 있을 것 같았다. 조금이라도 위안을 얻고 편한 잠을 잘 수 있을 것 같았다.

그녀는 갑자기 견딜 수 없도록 명식의 얼굴이 보고 싶어졌다. 그녀는 그리운 듯 눈을 감았다. 슬프도록 사랑스러운 명식의 얼굴이 떠올랐다. 그것은 언젠가 꼭 한 번밖에 본 일이 없는 그 더부룩한 가발과 콧수염을 달고 있는 얼굴이었다. 지연이 가지고 있는 명식의 얼굴은 그것이었다.

어느 날 그녀가 명식의 이층 방으로 올라가 그를 바라보고 앉아 있었을 때도 어둠 속에 떠오른 명식의 얼굴은 그 첫번 날의 장발과 콧수염의 윤곽이었다. 지연은 다시 눈을 떴다. 그러고는 천천히 유리창 쪽으로 다가갔다. 커튼을 들추고 뽀얗게 달빛이 내린 정원을 내다보았다.

어떻게 한다…… 꿀물?

그러나 지연은 또다시 이층으로 그를 찾아갈 수는 없다고 생각했다. 전번에도 보았지만, 명식은 아무리 술이 취해도 취기에 눌린 일은 없었다.

언제나 거동이 말짱했다. 눈이 흐린 일도 없었다. 꿀물은 구실이 될 수 없었다. 그렇다고 덮어놓고 계단을 올라다니는 일에는 전혀 습관이 되어 있지 않았다.

지연은 망연스러운 기분으로 달빛에 젖은 정원을 내다보며 망설이고만 있었다.

그때였다.

드르륵 어디선가 창문 열리는 소리가 들려왔다. 지연은 정신이 번쩍 들었다.

그 역시 이층 창유리에 붙어서서 정원을 내다보고 있었던 것일까.

소리가 난 것은 분명 이층 쪽인 것 같았다.

그렇군. 오늘은 달빛이 있으니까.

그녀는 달빛을 받아 뚜렷하게 모습을 드러낼 명식 앞에선 몇 순간도 앉아 견딜 자신이 없었다. 이층을 올라가지 않은 건 역시 잘한 일 같았다. 동시에 그녀에겐 한 가지 기묘한 호기심이 일기 시작했다.

지연은 귀청을 엷게 하여 좀 더 이층 쪽을 살피고 있었다. 창문을 닫는 소리가 없었다. 집 안은 다시 교교한 적막 속에 파묻혀 버렸다. 그러자 지연은 천천히 털스웨터를 찾아내어 잠옷 위에 걸친 다음 방문을 열었다. 조심조심 발소리를 죽이며 마루를 지나 현관 쪽으로 다가갔다. 소리가 나지 않게 현관문을 조금만 열고 정원으로 나섰다.

바깥은 밤공기가 좀 더 싸늘했다. 지연은 공연히 목구멍 안에서 콕콕 소리를 내며 솟아오르려는 웃음기를 눌러참으며 벽 쪽으로 몸을 바싹 붙여댄 채 명식의 방 창문 아래까지 다가갔다. 그러고는 버릇처럼 두 팔로 젖가슴을 싸안으며 고개를 비틀고는 이층 창문을 올려다보았다.

예상대로였다. 명식의 방 창문이 시커멓게 열려 있었다. 열린 창문으로 명식의 상체가 유령처럼 하얗게 드러나 있었다. 그는 아직도 웃저고리밖엔 와이셔츠도 벗지 않고 있었다. 얼굴을 조금 높이 쳐들고 있었기 때문에 아래서는 확실치가 않았지만 그는 가발과 콧수염을 떼지 않고 있는 게 분명했다.

그는 그런 얼굴로 마치 어린아이가 얼굴로 눈송이를 받고 있는 것처럼 이상스럽게 그리움 깃들인 모습으로 달빛 쏟아지는 하늘을 멀리 올려디보고 있었다. 그것은 마치 달빛이 따가워 얼굴을 찡그리고 싶으면서도 그것을 조금이라도 더 오래 견뎌보려고 무연스러운 모습을 가장하고 있는 것 같기도 했고, 또는 끝없이 쏟아져내리는 달빛을 향해 훌쩍 몸을 날려 하늘로 사라져 올라가 버리고 싶어 안타깝게 발돋움을 하고 서 있는 것 같기도 했다. 그는 그런 모습으로 아래쪽에서 그를 지켜보고 있는 지연의 존재는 전혀 눈치조차

채지 못한 채 언제까지나 하얗게 달빛을 받고 있었다. 지연은 그런 명식의 모습에 취해 한동안 넋을 잃은 채 꼼짝도 못하고 있었다. 그녀는 이윽고 자신도 모르게 눈물이 흐르기 시작했다. 그리고 그녀는 아마 명식도 지금 눈물을 흘리고 있는 거라고 생각했다.

가면이 울고 있다. 가면이 눈물을 흘리고 있다.

언젠가 명식은 가면이 우는 것을 보았느냐고 물은 일이 있었다. 그는 그때 지금하고는 정반대의 경우를 두고 한 말이 틀림없었다. 그리고 그는 그때 가면의 눈물은 속으로만 흐르게 마련이기 때문에 눈물지어 울 수가 없다고 했었다. 그의 말대로라면 명식은 지금 가면을 쓰고 있지 않는 쪽이었다.

그러나 지연은 지금 그 명식이, 명식의 가면이 울고 있다는 것이 가장 맘에 드는 형용이었다. 명식의 가면이 울고 있었다. 그것은 아마 지연 자신이 점점 더 견딜 수 없도록 눈물이 솟아나고 있었기 때문이었는지도 모른다. 그녀는 그렇게 까닭없이 자꾸만 눈물이 솟아오르고 있었다. 몸이 떨리도록 무서운 외로움 같은 것이 그녀를 짓눌러 오고 있었지만, 지연은 그토록 갑자기 자신이 외로워져 버리고 있는 것도 알아차리지 못하고 있었다. 뜨거운 눈물이 쉴 새 없이 볼을 타고 흘러내리고 있었다. 마침내 지연은 더 이상 참을 수가 없었다.

그녀는 획 몸을 돌이켰다. 그러고는 아직도 창가에서 움직일 줄 모르는 그 가면의 하얀 울음을 남겨둔 채 쫓겨들 듯 집 안으로 숨어 들어가 버렸다.

잠이 깊었을 리도 없는데, 이날 밤 지연이 그 가면의 추락음을 듣지 못한 것은 이상한 일이었다.

다음 날 아침, 지연의 방 유리창 아래쪽 정원에는 언제부터인지 명식의 몸뚱이가 싸늘하게 식어 누워 있었다. 그는 아직도 하얀 와이셔츠 바람인 채로 얼굴에선 그 길다란 가발과 콧수염을 떼지 않고 있었다.

달빛이 쏟아져내리는 하늘로 치솟아오르려다 거꾸로 추락을 하고 만 것일까. 가면은 정원석에 찍혀 두개골을 조금 상하고 있었다. 핏자국도 남기지 않았을 만큼 조그만 상처뿐이었다. 비교적 손질이 잘되어 있는 가발 머리털도 상처를 감추고 싶은 듯 흐트러진 데가 별로 없었다. 지연이 그 명식의 얼굴에서 무엇인가를 열심히 찾아보고 있었으나 그 자신의 말대로 거기에는 눈물자국 같은 것도 없었다.

새벽녘 달빛에 씻긴 그의 하얀 얼굴은 다만 아직 아침을 잊어버리고 있는 사람처럼 가면 속에서 꿈꾸듯 조용히 잠들어 있었다.

퇴원

나는 다시 침대에서 몸을 일으켰다. 창문은 바로 눈앞에 와닿았다. 막연한 상념이 누워 있을 때나 한가지로 유리창을 흐르고 있었다. 명색이 이층이었으나 무질서하게 솟아오른 건물들로 안계(眼界)는 좁게 차단되고 있었다. 내다볼 수 있는 끝이라고는 건물들 사이로 훨씬 저쪽 거리 맞은편에 무성영화의 영사막처럼 길게 남쪽으로 멀어져가고 있는 D국민학교의 블록 담벼락과, 그 밑으로 뻗어나간 한 줄기의 보도(步道)뿐이었다. 보도에는 언제나 몇 사람의 행인이 잠시 떠올랐다가는 소리없이 사라지고, 사라졌는가 하면 또 떠오르곤 했다. 좀 더 이쪽으로 종로거리가 이 보도와 만나고 있었으나 건물에 가려 보이지는 않았다. 가끔 끽끽거리는 전차의 경적이 날카롭게 귀를 쑤셔왔다. 그리고는 어디서나 볼 수 있는 하늘과 가옥이 있을 뿐이었다. 무엇 때문에 거기서 생각을 잘라버릴 수 없는지 모르겠다. 내게는 그 비슷한 데다 무얼 잊어놓은 기억조차 없는데, 마치 그런 것이라도 찾고 있는 듯한 기분이다. 착각이다. 착각

보다 더 막연하였다. 이 조그만 창문으로 들어오는 풍경의 이미지는 그만큼도 구체성이 없었다. 한 가지만 더 이야기한다면, 그 건물 사이에는 U병원의 탑시계가 건너다보이는 것이었다. 그것도 오래전에 고장이 나서, 항상 같은 점에만 서 있는 두 바늘을 아주 떼어버렸기 때문에 시간을 알아볼 수가 없는 것이었다. 그러니까 D국민학교의 블록 담벼락을 끼고 흐르는 그 영사막 같은 한 조각의 보도와 두 바늘을 잃어버린 시계, 그리고 가끔 고막을 울려오는 전차의 경적 외에 이 창문으로는 보이는 것도 들리는 것도 없었다. 그러면서도 이 단조로운 풍경이 자아내는 어떤 기묘한 분위기는 집요하게 나를 간섭해 오는 것이었다. 눈만 감으면 어떤 상념이 머릿속을 맴돌았다. 눈을 뜨면 그것은 벌써 그 시계탑이며 블록의 담벼락 거리로 멀찌막이 나앉아서 나를 응시하고 있었다. 독실을 쓰고 있을 때는 그쪽으로 트인 창문이 없었으니까 이런 일이 없었다. 내가 이런 상념에 매어달리게 된 것은 이삼 인용 병실로 방을 옮기던 바로 그날부터였던 것 같다.

"선생님은 매일 그 창문만 내다보고 앉아서 무얼 그리 골똘히 생각하고 계세요?"

마치 어부가 바다를 향해 그물을 던지듯 나에게 던져진 여자의 소리에 나는 비로소 상념에서 풀려나왔다. 여자가 또 입에서 구린내가 나는 모양이다. 이 병실에는 나 말고도 두 사람의 환자가 있다. 그 한 사람이 지금 이 여자가 지켜앉아 있는 침대의 주인이다. 그런데 괴상한 일은, 이 방으로 옮겨온 지가 일주일이 되는 오늘까지도 나는 그 남자의 얼굴을 바로본 적이 없다는 것이다. 그는 언제나 자기 침대에서 잔기침 한 번 하는 법이 없이 벽을 향해 드러누워 있기만 했다. 그것은 마치 애초부터 벽을 향해 만들어진 가구와도 같았다. 간호원이 가끔 혈압을 재거나 주사를 놓으러 왔다가 무슨 물건을 찾듯이 그의 이불을 들출 때까지 나는 그가 이 병실 한쪽 구석에 누워 있다는 사실조차 잊고 있는 적이 많았다. 그 남자는 목구멍 속에서 한두 마디 말을 웅얼거리는 때도 있는 것 같기는 했다. 그러나 그런 때 의사나 간호원은 대개 그 말을 잘 알아듣지 못하고 엄청나게 큰 소리로 되물으려 들었기 때문에 그는 아주 입을 다물고 돌아누워 버리는 것이 예사였다. 그러니까 나는 이 사내의 목소리 한 번 제대로 들은 적이 없었고, 무슨 병을 앓고 있는지조차 확실히 모르고 지내오는 터이다. 그런데 그 침대 곁에는 제법 깔끔한 차림새에, 아랫입술이 조금 내민 듯한 인상을 주는 그의 아내가 언제나 찰싹 붙어앉아 있었다. 그러나 이 여자 역시 자기의 환자에 관한 이야기는 한 번도 입에 올린 적이 없었다. 그렇다고 그 여자가 말이 적은 편인 것은 결코 아니었다. 여자는 침대 곁에 걸상을 끌어다 놓고, 벽을 향해 누운 남자와는 등을 지고 앉아서(이상하게 들릴지 모르지만 그것은 하나의 풍경으로서 묘한 조화를 이루고 있었다.) 연신 이쪽에다 말을 거는 것이었다. 더욱이 이야기를 하는 여자의 입끝에는 언제나 웃음기가 서려 있었다. 이웃집 처녀의 바람기라든지 만원버스, 여학교 시절의 수학여행, 심지어는 어떤 서커스단의 파산 경위 등속과 같은 일에 관해서는 무한정 이야기를 늘어놓았지만, 정작 자기의 환자에 관해서는 일언반구가 없었다. 그렇다고 그것으로 내가 여자의 불공(不恭)을 말하는 것은 결코 아니다. 하여튼 나는 원래 이야기를 좋아하지 않는 데다가 그런 수수께끼 같은 일에는 나대로 상상의 날개를 펴기 좋아하는 성미여서, 그럭저럭 그냥 지내고 있는 것이다. 그러나 여자는 그런 나의 속셈은 아랑곳하지 않았다. 무작정 말을 걸어오는 것이었다. 긴 시간을, 더구나 병실에서 입을 다물고 앉아 있으면 구린내가 난다는 것이다. 여자는 구린내의 입가심으로 나를 택할 수밖에 없었던 것이다. 이 병실에 들어 있는 다른 청년 하나는 장막(漿膜) 밖에 물이 고여서, 하루 건너마다 링거병으로 물을 하나씩 뽑아내고도, 이야기는커녕 물 한 모금 마실 여유도 없이 배가 부풀어 숨을 헐떡이고 있으니 말이다.

"아이 따분해. 이러다간 생사람 말라죽겠어."

여자가 또 입가심을 좀 하잔다.

종일 목에 가시가 걸려 있는 것 같아서 나도 잠시 기분을 돌려보고 싶기는 하다. 이야기의 머리만 떼어주면 여자는 장안의 잡동사니를 다 뱉어놓을 판이다. 대화라는 것이 있을 리는 없다. 그저 상대방의 얼굴을 빌려 자기 이야기를 지껄이면 그만인 것이다. 그러나 내게 무슨 이야기가 있을 것인가?

"부인께서 무슨 재미있는 이야기라도 들려주시겠습니까?"

나는 할 수 없이 이렇게 말하고 등을 벽에 기대었다.

"선생님께서도 가끔 얘기를 해보세요."

살아났다는 듯이 여자는 눈을 반짝이며 예(禮)까지 보인다. 이 여자가 이야기의 차례를 양보한다는 것은 분명 예의에 속할 일이었다.

"제게 얘기가 있겠어요? 만날 이러구저러구 누그러져 있는 꼴에."

"선생님은 군대까지 갔다오셨다면서 그러세요? 남자들만 지내는 곳에 여자에게 참 재미있는 얘기가 많을 텐데요."

제법 자기를 위해 이야기를 해달랜다.

"군대야 천 사람 만 사람 하는 이야기가 똑같은걸요 뭐."

"하여튼 선생님께선 아주 귀중한 얘기를 가지고 계실 거예요."

"무얼루요?"

"평소에 말이 없이 늘 무엇을 생각하고 있는 분은 으레 그런 법이에요."

여자는 단정했다. 그러나 그녀의 선명하고도 단호한 추리는 나에게 해당되는 종류의 것이 아니었다. 군영 삼 년간은 기억할 수도 없을 만큼 시시했고, 지금 내가 마치 무엇을 생각하고 있는 듯이 가장하고 있다고 해도 실상 나는 그 상념의 추상조차 알 수가 없는 것이니 말이다.

그러나 나는 더 이야깃거리를 생각할 필요가 없었다. 복도에서 미스 윤의 날렵한 발소리가 다가왔다. 미스 윤은 이 병원에 있는 단한 사람의 간호원이다. 그녀를 처음 보았을 때 나는 그녀의 흰 귀에 반해 버렸을 만큼 미스 윤은 사랑스러운 귀를 가지고 있었다. 그리고 그녀의 발걸음소리는 이 병원에서 나의 유일한 위안이었다. 미스 윤은 그렇게 시원스러운 발소리를 내면서 걸었다. 나는 언제 그렇게 시원스럽게 걸어본 적이 있었던가 싶을 지경이었다. 물론 나는 스스로의 발소리를 의식해 본 적이 없지만, 가만히 귀를 기울이고 있으면 그녀의 발걸음소리에는 분명 어떤 율동감 같은 것이 느껴지곤 하는 것이다. 그리고 그 율동감은 처음에는 바이올린의 고음처럼 아주 가늘게 떨고 있는 듯하다가, 걸음걸이가 조금씩 폭을 얻어가면서 나중에는 나의 내부를 온통 차지해 버리기 때문에, 나는 한참씩 그 율동감 속에 의식이 마비되어 버리는 수가 많았다.

나는 그녀의 발소리가 더 가까워오기 전에 몸을 누이고 담요를 뒤집어써 버렸다. 어쩐지 요즘은 그녀를 대하기가 여간 면구스럽지 않았다. 아침에 받아 내놨으니까 또 오줌병을 내밀어야 하지는 않겠지만, 체온계를 자갈처럼 입에 물고 멀뚱멀뚱 앉아 있기도 민망스럽기는 매한가지다. 그녀는 곧잘 왜 나를 그렇게 쳐다보는지 모르겠다. 나의 비밀을 눈치채고 있는 것은 아닐까? 입꼬리를 살짝 끌어올리면서 웃을 때, 그녀는 꼭 그런 것 같았다. 그리고 그 웃음은 영락없이 나를 비웃는 것이었다. 네까짓게 무얼……. 그때마다 나는 이런 식으로 마음을 도사리지만, 입 표정과는 정반대로 조심스럽게 나를 지켜보는 그녀의 눈동자만은 어떻게 해볼 재간이 없었다. 속까지 환히 들여다보는 듯한, 은근한 핀잔을 담은 그런 눈초리였다. 그 눈과 마주치면, 나는 그녀의 입에서 금방 나의 비밀이 튀어나올 것 같은 조마조마한 기분이 되어버리곤 하는 것이었다.

문이 열리는 소리가 났다. 그리고 이번에는 또박또박 끊어지는 발소리가 천천히 장막 환자 쪽으로 찍혀갔다.

"뭘 좀 먹었나요?"

미스 윤의 말에 청년은 어깨숨만 짧게 몰아쉬고 있었다. 듣고만 있어도 나까지 숨이 차오르는 것 같은 건조하고 세찬 마찰음이었다.

"어디가요. 나가는 게 있어야지 배가 이 모양이 되어가지고 어떻게……."

연신 졸고 앉아서도 손만은 청년의 배에서 떼는 법이 없는 노인이 말을 받았다.

"그렇지만 환자가 우선은 좀 먹어야 병을 견디어내지요."

미스 윤이 온 바람에 나와의 이야기를 방해당한 여자가 이번에는 그쪽을 참견했다. 청년의 얼굴은 똥 먹은 곰의 상이 되었으리라. 청년은 누구든지 먹으라고 하는 말에는 화를 냈다. 문병객이나 옆엣사람들은 청년의 마른 얼굴을 보고 당황한 나머지 으레 첫마디로 이 소리를 내놓기가 일쑤였다. 더욱이 이 여자의 경우 청년은 더 화를 냈다. 그러나 그는 얼굴을 찡그리고 묘하게 신경질적인 분위기를 자아낼 뿐 한 번도 불평을 입 밖에 내놓은 적은 없었다.

"물은 내일 뽑겠어요."

한마디를 떨어뜨려놓고 미스 윤은 바삐 문을 나가버렸다. 문밖에서 발소리가 차츰 멀어지자 나의 가슴속에서도 역시 그 바이올린의 고음 같은 율동감이 긴 선으로 사라져갔다. 나는 담요를 차고 일어나 앉았다. 창문이 눈앞에 와 닿았다. 블록 담벼락 밑으로 흐르는 그 한 줄기의 보도는 조용히 밤으로 가라앉고, 어둠을 빨아들여 빛나기 시작한 U병원 탑시계의 파란 형광이 곱게 동그라미를 그리고 있었다.

갑자기 발소리가 다시 문밖으로 와 멎었다. 미스 윤이 머리만 빠끔히 내밀고는 눈으로 나를 점찍었다.

"잠깐 보세요."

한마디를 던져넣고 그녀는 다시 문을 닫았다. 전에는 그런 일이 없었다. 그녀의 입꼬리가 어떻고, 눈에 무슨 질책을 담고 있었다고 해도 명색이 환자인 나를 그런 식으로 불러내는 일은 없었다. 그런 일은 이 내과병원의 경영주이자 의사인 준이 엄히 금해 놓은 터였다. 도대체 이 조그만 여자의 속셈은 무엇인가?

나는 결국 슬리퍼를 끌고 병실을 나섰다. 평소의 걸음걸이가 좀 흐느적거린 데다가 환자 행세까지 잔뜩 더해서 나는 슬리퍼를 바닥에서 떼지 않고 복도를 지나갔다.

"어때, 요즘 좀 괜찮은가?"

사무실에는 뜻밖에 아직 왕진 중인 줄 알았던 준이 돌아와 있었다. 그러고 보니 나를 부른 것도 미스 윤이 아니라 준이었던 모양이다. 준의 얼굴에는 어딘지 장난기가 배어 있는 것 같았다.

"환자를 그렇게 함부로 불러내는 법이 어디 있어!"

나는 화가 난 듯이 그렇게 말하면서 미스 윤을 보았다. 그녀는 무엇이 우스웠는지 고개를 돌렸다.

"몰라봐서 미안하군. 모처럼 좋은 게 있어서 불렀지."

빙글빙글 웃으면서 준은 가방을 열고 포장이 요란한 병을 하나 꺼내어 테이블에 올려놓았다. 놀라기는 미스 윤이 오히려 더한 모양이었다. 펜을 쥔 손을 엉거주춤 쳐들고 다가와서 라벨을 들여다보았다.

"영어라서 전 잘 모르지만 아마 이건 위궤양에 특효약이라 적힌 모양이죠?"

그녀는 정말로 그것이 술인 줄을 모르는 양 어리둥절한 얼굴로 준과 나를 번갈아 쳐다봤다. 나는 난처해서 어찌할 바를 몰랐다. 이 작자들은 도대체 나를 위궤양 환자로 믿어주는 것인지, 아니면 벌써 모든 것은 다 알고도 시치미를 떼는 것인지 알 수가 없었다.

"워낙 자네 병은 술에 조상을 둔 것이기는 하지만, 그렇게 갑자기 외면을 해버려도 위장의 비위를 건드려서 오히려 좋지 않을 거야. 더욱이 자넨 요즘 많이 좋아진 것 같기도 하고⋯⋯."

준은 내가 생각할 수 있는 것보다 훨씬 좋은 변명거리를 찾아주었다. 그는 테이블 위를 치우고 간략한 주석을 만들었다. 그리고 둘은 마주 앉아서 병마개를 땄다.

"선생님들께 좋은 약이라면⋯⋯ 저도 배가 좀 이상해요."

호기심이 움직였던지 미스 윤은 나까지 껴서 '선생님'으로 응대하더니 딱 한 잔을 얻어마시고는 병실로 나가버렸다. 준은 병이 바닥날 때까지도 별반 취한 기색이 없었다. 놈이 의사가 되더니 제법 독종이 된 모양이었다. 이쯤 되었으면 오늘은 무슨 시원한 소리가 있으려니 하고 나는 은근히 기다리고 있었으나, 준은 나의 병에 대해선 끝내 무관심이었다. 오히려 이렇게 된 이상 네놈의 위궤양은 술로나 고쳐보라는 듯 서슴없이 잔을 내밀곤 했다. 알 수가 없었다. 준이 드디어 퇴근 채비를 하는 것을 보고 나는 그 방을 나왔다. 복도를 지나올 때 나는 아까보다 더 요란스럽게 슬리퍼를 끌었다. 병실 문 앞까지 와서 막 손잡이에 손을 대었을 때 뒤에서 미스 윤의 소리가 들려왔다.

"선생님 이거!"

그녀는 손에 각성제를 들고 있었다.

"술 마셨으니까 좋을 거예요."

표정을 묘하게 지으며 그녀는 한마디 더 덧붙였다.

"겁이 나서 저도 두 알 먹었어요."

약을 건네주고 나서 그녀는 정색을 한 눈으로 나를 말끔히 쳐다보았다. 그래도 내가 말이 없으니까 그녀는,

"눈빛이 형편없이 탁해졌군요. 내일 거울을 가져다드릴 테니 좀 보세요."

나는 문득 이 여자의 유방을 만져주고 싶은 생각이 들었다. 팽팽한 탄력과 부드러운 촉감을 적당히 섞어놓은 유방을 여인들이 한 사람도 빠짐없이 갖고 있다는 것은 신기한 일이었다. 그러나 미스 윤은 벌써 복도 저쪽 끝으로 사라지고 있었다.

병실에서는 예의 여자가 다시 입가심을 시작하려는 눈치를 보였다. 나는 모른 체하고 담요를 뒤집어써 버렸다. 도대체 이 병원 사람들의 말을 나는 알아들을 수가 없다. 하기는 내가 병원을 들어온 것부터가 어이없는 장난이었을는지도 모른다. 제대를 하고 나서, 저고리와 신발은 그럭저럭 바꿔 꿰고, 바지는 아직 그 푸르딩딩한 제대복 채로 기어든 데가 이 준의 병원이었다. 준은 나의 학교동창이자 옛날 선생님이었다. 내가 아직 집에 있을 때, 학교에서 돌아오면 아버지는 나와 같은 고3 배지를 단 준을 꼭꼭 선생님이라 부르라고 했다. 아버지가 그러는 데는 한두 가지 곡절이 있는 것 같다.

어머니의 청으로 담임선생이 진학시험 친구로 준을 집으로 데리고 오던 날, 아버지는 몹시 화를 내고 있었다.

"너는 제구실도 한 번 못해 볼 게다 —— 날마다 네 친구 발바닥이나 핥아!"

담임선생과 준의 앞에서 아버지는 이렇게 선언했다. 담임선생의 긴 설득 끝에도 아버지는 가벼운 하품을 하고는,

244

"가정교사를 두는 건 상관 안 하지만…… 안 될 겝니다. 이틀을 굶겨놔도 배고픈 줄을 모르는 놈입니다. 저놈은."

하고 태연한 나를 못마땅해하는 눈으로 건너다볼 뿐이었다. 나는 그 말에 처음으로 얼굴이 굳어지는 것을 느꼈다.

우리 방으로 건너오자 준은,

"미안해. 내가 오지 않는 게 좋았을 뻔했어."

하고 나에게 신경을 썼다. 나는 아무 말도 하지 않았다.

"하지만 그런 말은 누구나 듣는 거지 ──."

준이 덧붙였다.

── 이틀을 굶겨놔도 배고픈 줄을 모르는 놈입니다. 저놈은 ──.

아버지의 마지막 말에 나의 얼굴이 굳어지는 내력을 알았다면 준은 그렇게 말하지 않았을 것이다. 아버지는 나를 광에다 가두고 정말로 이틀을 굶긴 적이 있었다.

소학교 삼학년 때 가을, 나는 그즈음 남몰래 즐기고 있는 한 가지 비밀이 있었다. 광에 가득히 쌓아올린 볏섬 사이에 내 몸이 들어가면 꼭 맞는 틈이 하나 나 있었다. 나는 거기다 몰래 어머니와 누이들의 속옷을 한 가지 두 가지씩 가져다 깔아놓고, 학교에서 돌아오면 그곳으로 기어들어가 생쥐처럼 낮잠을 자는 것이었다. 속옷은 하나같이 부드럽고 기분 좋은 향수 냄새가 났다. 장에는 그런 옷이 얼마든지 쌓여 있어서 내가 한두 가지씩 덜어내도 어머니와 누이들은 알아내지를 못했다. 어두컴컴한 그 광 속 굴에 들어앉아 이것저것 부드러운 옷자락을 만지작거리며 거기서 흘러나오는 냄새를 맡고 있노라면 그보다 더 기분 좋은 일이 없었다. 그러다 나는 스스로 잠이 들고, 잠이 깨면 다시 생쥐처럼 몰래 그곳을 빠져나왔다. 그런데, 어느 날은 거기서 너무 오래 잠들어 있다가 아버지가 비춘 전짓불빛을 받고서야 눈을 떴다. 아버지는 아무 말도 하지 않고 그대로 광을 나가더니 나를 남겨둔 채 문에다 자물쇠를 채워버렸다. 그 문은 이틀 뒷날 저녁때 열렸다. 나는 광에다 나를 가두어놓은 동안 밖에서 일어난 일에 대해서는 아무것도 모른다. 그러나 문이 열렸을 때, 거기 있던 옷가지는 한 오라기도 성한 것이 없이 백 갈래 천 갈래로 찢기어 있었다.

　—— 이틀을 굶겨놔도 배고픈 줄을 모르는 놈입니다. 저놈은 ——.

　—— 하지만 그런 말은 누구나 듣는 거지 ——.

　나는 준에게 나중까지 그 이야기를 하지 않았다. 그는 언제나 나보다 어른이었다. 아버지는 준을 선생님이라 부르라고 했다. 아버지가 나에게 간섭하는 것은 그 한 가지뿐이었다. 나는 아무 생각도 없이 아버지의 말을 따랐다. 준이 오고 한 달쯤 되던 어느 날 저녁 상을 받고 나서였다.

　"넌 우리 선생님에게 시집가도 좋을 거야."

　대학교 이학년을 다니고 있던 누이에게 나는 문득 이렇게 지껄였다. 숟가락을 가만히 놓고 방을 나간 준이 밤중까지 돌아오지 않았다. 다음 날 나는 학교로 가는 대신 금고에 손을 대어 꾸러미를 만들어가지고 준의 집을 찾아갔다. 영문을 모르는 준의 어머니에게 나는 별 뜻도 없이 그 꾸러미를 절반쯤 풀어놓고 그 길로 서울을 떠났다. 그 돈을 어떻게 처리했는지, 그 후로 내게는 그것을 알 필요도 권리도 없었다. 하여튼 내가 그를 다시 만났을 때 그는 조그만 개인병원을 내고 있는 내과의사였다. 남해(南海)를 밤길로만 달리는 배를 타기 전날, 우연히 신문에서 어머니의 부고를 보고 딱 한 번만 들르리라고 집을 찾아갔더니 준이 와 있었다.

　준도 나처럼 옛날 일을 회상하기 좋아하는 성미가 아니었다. 언제나 그렇듯이 내가 태도를 결정하지 못하고 미적미적 서울에 남아 있는 동안 나는 두어 번 준의 병원을 들렀다. 그러다가 나는 옛날에 벌써 징집년이 지나가 버린 나이로 군대를 지원했다. 어떻게 모든 것을 다시 시작해 보고 싶은 생각이 났던 것일까? 그런 것은 아니었다. 그는 항상 나보다 어른이었다. 그곳밖에는 준에게는 멀리 가버릴 쉬운 곳이 없었다.

군대에는 나는 아버지가 요령없는 부정관리로 붉은 벽돌집으로 갔다는 소문을 들었다.

그러니까 내가 제대를 하고 준을 다시 찾아간 것은 아예부터 무엇을 돌려받자는 생각에서였던 것은 물론 아니었다. 생각난 것이 준 한 사람뿐이었다는 것이 가장 적당한 이유일 것이다. 준은 나의 내방을 퍽 반겨주었다. 그리고 옛 주인의 근황을 알고 있던 그는 나의 고충을 자상히 이해해 주었다. 그때부터 준은 나의 편리한 금고가 되었다. 추호도 빚을 받는다는 생각은 없었다. 그 역시 그러는 나를 별로 불편하게 생각하진 않는 것 같았다. 오히려 준은 내가 혹시 간호원(미스 윤 말이다.) 나부랑이에게 이상히 보이지나 않을까 염려해 줄 정도였다. 기억할 수도 없을 만큼 돈을 꺼내갔다. 처음엔 무엇을 좀 해보려고도 했었다. 그러나 행운의 여신을 끼지 않고는 해본다는 일이 만판 허탕으로만 끝났다. 나중에는 숫제 내 목구멍으로 먹어삼키고나 말자는 심사가 되었다. 꼭 술이라고는 말하지 않겠다.

제대를 하고 일 년이 지났다.

이 개월 전 일이었다. 공복이 되면 배가 쓰려오기 시작했다. 회충인가 했더니 약을 먹고 나도 마찬가지였다. 무슨 일일까고 준에게 물었다.

"밥을 먹으면 통증이 가시지?"

그는 대수롭지 않은 일이라는 투로 물었다. 나는 좀 치사한 느낌이었으나 그렇다고 했더니, 위궤양이 아닌지 모르겠다면서 사진을 찍어보자고 했다. 물론 나는 반대했다. 그럴 리도 없으려니와 만약 그런 병을 배에 담았다면 나는 살 만큼만 살겠노라고 결연히 선언했다. 지난 일 년 동안 주릴 만큼 주리고 술에 절어들었다고는 해도 나의 위장이 그렇게 쉽사리 요절이 나리라고는 믿어지지 않았다. 그러나 준은,

"하지만 알아둬. 위궤양이 발병할 조건은 첫째 정신적 긴장감, 둘째가 조잡한 식생활, 셋째는 술이거든. 부정할 테지만 그런 점에서 자넨 영락없이 합격이야. 더욱이 공복 시에 통증이 오고 식사로 그 통증이 가신다면 의심할 여지가 없어. 잘 생각해서 하란 말야."

하고 못을 박았다. 나의 처지에다 일부러 연관을 시켰는지 준의 말은 그럴듯하기도 했다.

그런 뒤로 증세는 정말 완연해졌다. 무엇보다도 공복에 통증이 온다는 말이 끼니가 불규칙한 나에게는 금방 공포로 변해 버렸다. 끼니 생각만 하면 멀쩡하던 배가 때도 되기 전부터 쓰려오기 시작했다. 정작 한 끼라도 밥을 거르는 경우가 생기면 통증은 절망적일 정도로 심했다. 하루종일 위를 채울 궁리만 해야 했다. 그래도 금방 통증이 오고, 위가 패어들어가는 정도를 느낄 수 있을 만큼 발작이 심할 때가 있었다. 할 수 없이 다시 준을 찾아갔다.

"더 살겠다는 욕심보다 우선 견딜 수가 없어."

입원을 하라고 했다. 복도 끝에 있는 입원실을 독방으로 썼다.

일단 입원을 한 뒤로 준은 일체 개인적인 면담을 허용하지 않았다. 그리고 무슨 특별한 배려가 있었는지 간호원은 나의 병명이 위궤양이라는 것을 알고 있다면서도 매일 아침과 저녁 두 차례씩 링거병에다 오줌을 받아갔다. 그러면서도 내가 가끔 화장실로 가서 오줌을 배설해 버리는 것에 대해서는 괘념을 하지 않았다. 그런 식

으로 특정한 일과를 치러가노라니 내가 환자라는 느낌이 주머니 속의 알밤처럼 또렷또렷 실감되었다. 창문은 건물로 완전히 차단되고 시간의 변화를 느낄 수 있는 것은 체온을 재거나 무슨 이름도 알 수 없는 주사약을 놓으러 왔다가 돌아가는 간호원의 발소리와 거리의 식당에서 자극성 없는 음식으로 배달해 오도록 준비 조처해 준 세 끼의 식사 배달을 받을 때뿐이었다. 준은 하루에 한 번쯤 나타나서 지극히 사무적인 거동만 취하다 나가버리는 것이었다. 무엇보다 다행스럽게 생각한 것은 이제 배의 통증을 쫓기 위해서 꼭꼭 마련해야 할 세 끼의 식사에 대한 공포증을 갖지 않아도 된다는 점이었다. 그렇게 며칠이 지나자 이상한 일이 생겼다. 통증이 깨끗이 사라져버리는 것이었다. 거짓말 같은 일이었다. 나는 오히려 당황했다. 처음부터 나는 병에 확증이 없이 입원을 했던 터이고, 증세라는 것은 그 통증이 유일한 것이었으므로 난처할 수밖에 없었다. 그러나 그런 일을 입 밖에 내지는 않았다. 간호원은 여전히 오줌을 받아갔다. 그것이 마치 내 병세 판별에 중요한 자료라도 되는 듯이 말이다. 그리고 나는 창문도 없는 병실에서 하루종일 몸을 뉘었다 일으켰다 하는 단순한 동작을 되풀이하면서 그 간호원의 발소리에 귀를 기울이고 있었다. 견디다 못해 하루는 준에게 방을 옮겨달라고 했다. 준은 그러마고 했다. 다음 날로 나는 지금 이 방으로 이사를 해 왔다. 그리고는 창문을 향한 그 기이한 상념이 시작되었다.

여기서도 오줌은 받아내야 했다.

미스 윤의 발걸음소리도 나의 내부에서 일정한 폭을 유지했다.

준이고 미스 윤이고, 나의 병을 취급하는 엄숙한 태도는 변함이 없었다.

이튿날.

　　침대의 한 부분 같은 그 남자는 이제 숨을 쉬는 기색조차 없이 이 불자락에 묻혀서 지냈고, 장막 고장의 청년은 앙상하게 마른 팔과는 반대로 얼굴이 퉁퉁 부어 있었다. 호흡음이 한층 건조해지고 노인의 손은 그의 배 위에서 쉴 새 없이 오르내렸다. 여자가 두어 번 입가심을 하려 덤벼들었으나, 나는 한마디도 대꾸하지 않고 창문에만 붙어앉아 있었다.

　　저녁에 미스 윤은 오줌병을 내간 뒤에 다시 병실로 들어와서,

　　"거울을 부탁하셨지요?"

말을 뒤집어서 하고는 자기 것인 듯한 손거울을 내주었다. 무엇 때문에 미스 윤이 일부러 거울을 가져다주는지 알 수 없다. 이제사 거울을 주는 것을 보면, 어젯밤 미스 윤의 말에는 다른 뜻이 있었던 것 같다. 하지만 나는 아무것도 생각하기가 싫었다.

　　"지금 몇 시쯤 되었습니까?"

　　종일 바늘 없는 탑시계를 바라보고 있었던 탓인지 문득 나는 필요도 없는 시간을 묻고 있었다.

　　"제 시계…… 고장인걸요."

　　미스 윤은 팔을 들어 시계를 보였다.

　　"시계가 모조리 고장이군."

　　"모조리라뇨?"

　　나는 대답 대신 창밖을 내다보았다. 탑시계에 파란 형광이 돋아나고 있었다.

　　"그렇군요."

　　미스 윤이 등 뒤에 다가와 있었다.

　　"왜 수선하지 않을까 ── ."

　　"왜 수선해야 하나요?"

　　미스 윤은 짓궂게 웃으면서 나를 쳐다보았다. 오늘 밤은 좀 이상

하다 생각했다.

"시계니까."

나는 미스 윤이 갑자기 오랜 친구나 된 것처럼 쉬운 말을 썼다.

"의미가 있는 것 같아서 전 그대로가 좋아요. 저 시계가 꼭 선생님을 닮았거든요."

이 여자는 나에게 무슨 말을 하려는 것인가? 역시 나는 이 집 사람들의 이야기에는 서투르다. 나는 미스 윤의 장난기가 서린 듯한 눈을 바라보았다. 속눈썹이 길다. 그것은 마치 가시처럼 나의 몸 어느 부분을 찔러왔다.

"이유는 선생님께서 더 잘 아실 거예요."

그녀는 목소리를 낮추어 말하고 나서, 갑자기 어젯밤 각성제를 건네줄 때처럼 빤히 나를 쳐다보다가는 후닥닥 방을 나가버렸다. 나는 침대에 몸을 엎드리고 냄새를 맡았다. 크레졸 비슷한 냄새뿐이었다.

다음 날 아침 그 수수께끼의 남자는 죽어 있었다. 늘 하던 대로 벽을 향해 찰싹 붙어 있으니까 우리는 으레 그가 자고 있으려니만 생각했다. 아니 그런 생각을 했다기보다 그에 대해서는 아무것도 생각하지 않았다고 해야 옳을 것이다. 그런데 여자가 건드려보고는 죽었다고 했다.

병실의 변화라고는 여자가 한 사람 방을 나가버린 것뿐이었다.

"선생님의 얘기를 한 번도 듣지 못하고 헤지게 되어 섭섭해요."

집으로 남자를 옮겨가면서 여자는 그렇게 말하고 아쉬운 듯이 병원을 나갔다.

나는 여전히 창문에 기대앉아서 통행인들이 잠시 떠올랐다가 사라지곤 하는 보도를 지켜보고 있었다. 막연한 상념이 엉켜들 뿐이었다.

"시계를 고치고 있군요."

돌아다보니 미스 윤이 들어와 있었다. 그녀는 체온계도 혈압계
도 또 주사침도 들고 있지 않았다.

"시계를 고치고 있다고 말했잖아요? 무얼 저만 그렇게 보세요?"

나는 그제서야 창문으로 시계탑을 내다보았다. 좀 멀기는 하지
만 사람이 하나 그 탑시계에 매달려 바늘을 끼워넣고 있는 것이 보
였다.

"그렇군요. 바늘을 끼워넣는군요."

"그럼, 제 거울 돌려주세요."

나는 침상 귀에 팽개쳐둔 거울을 집어 미스 윤에게 내밀었다.

"용도를 몰라서 그냥 두어둔 것입니다."

"용도라뇨?"

"시계바늘을 수선하기 때문에 그걸 돌려줘야 한다는 이유는 더
욱 모르겠구요."

그녀는 한참 눈을 껌벅이고만 있었다.

"선생님은 아마 적적하실 때, 거울을 들여다보신 적이 없으신가
봐요. 거울을 들여다보노라면 잃어진 자기가 망각 속에서 살아날
때가 있거든요."

"참 괴상한 취미로군요."

"그렇게 생각되실지도 모르죠. 제가 틀리지 않다면 선생님은 분
명 내력 깊은 이야기가 있으실 분인데, 그 이야기가 너무 깊이 숨어
버린 것 같거든요."

나는 미스 윤이 왜 이런 소리를 지껄이고 있는지 알 수가 없었다.

탑시계에 매달려 있던 사람이 바늘을 두 개 얌전히 꽂아놓고 내
려갔다. 미스 윤은 거기다 시선을 준 채 전에 없이 가라앉은 목소리

로 말을 이었다.

"선생님 마음에도 이제 바늘을 꽂아보세요. 그럴 힘이 있을 거예요, 선생님에게는. 뭣하면 거울을 하루 더 빌려드리지요."

그녀는 거울을 다시 침대에 놓아두고 방을 나갔다. 이상하다. 이 여자는 틀림없이 나의 병세를 알고 있는 모양이다. 거울을 봐라? 그러면 제가 어쩌겠다는 것인가? 나는 침상 위에 벌렁 드러누워서 한동안 미스 윤과 씨름을 하고 있었다. 어쩐지 조금이라도 미스 윤의 환영을 나의 내부에 들여보내어서는 안 될 것 같은 두려운 생각이 들었다. 나는 당장 눈앞에서 미스 윤을 쫓기 위하여 그녀가 침상 끝에 놓고 간 거울을 집어들었다. 거울 속에서 나는 참으로 오랜만에 나의 얼굴을 보았다. 전체의 윤곽은 가운데가 조금 들어가고 이마와 턱이 둥그럼한 것이 내 얼굴의 특징이었다. 그리고 무엇보다 미스 윤이 흐려졌다고 하던 나의 눈은 흰자위가 조금 아래로 깔리고 검은자위가 약간 노리끼리했다. 천장에 매어달린 형광등의 동그라미가 마침 그 눈동자에 들어앉아 있어서 나는 꼭 하얀 불을 두 눈에 켜달고 있는 것 같았다.

뱀잡이 —.

무심히 지껄이다가 나는 깜짝 놀라 하마터면 소리를 지를 뻔했다. 이야기가 하나 비수처럼 가슴을 후비고 들어왔다. 그렇지, 그 여자도 미스 윤도 나에게는 틀림없이 귀한 이야기가 있으리라고 했었지.

살모사. 이놈에 대해서는 나도 이야기가 있다. 나는 거울을 내려놓고 문 쪽을 바라다보았다. 이야기가 생각났을 때 미스 윤이 냉큼 나타나주지 않는 것이 원망스러웠다.

뱀잡이 —.

그게 군대에서 나의 별명이었다. 어느 봄날, 작업장에서 돌아오다가 볕을 쬐러 나와 바위 위에 몸을 사리고 있는 꽃뱀을 한 마리 만났었다. 나는 그놈의 가죽을 벗기어 고운 나무토막에다 입혔다. 그것을 소대장에게 지휘봉으로 바친 것이 내가 정말 뱀잡이가 되어 버린 인연이었다. 중대장이 그 지휘봉에 눈독을 들였다. 중대장에게도 하나 선물했다. 그랬더니 온 대대 안의 장교와 고급하사관들이 그 뱀가죽 지휘봉을 갖고 싶어 했다. 나는 매일 틈만 나면 회초리를 저으며 뱀을 찾아다녔다. 만나는 놈마다 가죽을 벗겼다. 특히 빛깔이 좋은 놈을 만나는 날은 하루종일 기분이 좋아서 뱀을 더 찾지도 않고 놀았다. 그중에도 살모사의 가죽은 일품에 속했다. 이놈의 가죽은 대대 안에서도 꼭 대대장 한 사람의 지휘봉에밖에 입혀 주질 못했었다. 다른 장교들이 그것을 얼마나 갖고 싶어 했을 것인지 나는 지금 상상할 수도 없다. 살모사를 찾기 위해서 나는 동삼을 찾는 채약사처럼 산이란 산, 숲이란 숲은 모조리 뒤지고 돌아다녔다. 이 살모사가 특히 환영을 받는 데는 또 한 가지 이유가 있었다. 나는 뱀을 잡으러 나갈 땐 반드시 항고를 휴대했다. 가죽을 벗긴 뱀의 고기를 항고에 담아 오면 사병들에게 큰 선심을 쓸 수 있었기 때문이었다. 살모사라는 놈은 고기맛이 또한 진미였다. 쇠고기에 비할 바가 아니라고 했다. 그래서 이놈의 고기는 사병에게까지 차례가 가지 않았다. 대대장의 지휘봉을 장식한 놈의 고기는 중대장이 먹었다. 나의 선임하사는 다음부터 살모사의 고기는 아무 말 말고 자기에게 가져오라고 반 협박을 했을 정도였다. 그러지 않으면 다시는 뱀잡이를 내보내지 않겠다는 것이었다.

그쯤 되었으니 뱀에 대해서라면 나는 일견식을 자부해도 좋을 것이다. 그리고 그런 이야기는 썩 귀한 것이기도 하다. 그러나 미스 윤이 나타나질 않는다. 나는 좀이 쑤셔서 그냥 누워 있지 못하고 벌떡 자리를 차고 일어났다.

시계의 두 바늘이 세시를 가리키고 있는 것이 역력히 보였다. D국민학교의 블록 담벼락 밑을 흘러가고 있는 보도에는 웬일인지 여느 때보다 통행인이 훨씬 불어나 있었다. 그리고 아직도 눈에 띌 만큼 사람 수가 금방금방 늘어가고 있었다.

문이 열리고 손에 몇 가지 유리 기제를 든 미스 윤이 들어오더니 준이 곧 그 뒤를 따라 나타났다. 둘이는 나를 거들떠보지도 않고 다짜고짜 장막 고장의 청년에게 덤벼들어 물을 뽑기 시작했다. 나는 다시 창으로 눈을 보냈다. 안계에 떠오른 보도의 한쪽이 어느새 인파로 가득 차 있었다. 사람들은 이제 위로 올라가지도, 아래로 내려오지도 않고 그냥 그 자리에 머물러 있었다. 손에는 저마다 깃대를 들고 있는 것 같았다. 누가, 비어 있는 저 한쪽 길을 지나갈 모양인가? 길의 이쪽은 안계가 차단되어 볼 수 없고, 거기선 들려오는 소리마저 없으니 무슨 일이 벌어지고 있는지를 모르겠다. 준이들은 퍽 여러 번 방을 들락이며 장막 고장의 청년에게만 매달려 있더니 드디어 기구를 챙기기 시작했다.

"거리엔 무슨 사람들이?"

나는 누구에게랄 것도 없이 물었으나 준은 그 말을 흘려버리고,

"영양주살 놓긴 했습니다만 뒤에 뭘 좀 먹게 하십시오."

하고는 방을 나가버렸다. 시체를 내보내고 난 준이니까 기분이 좋아 있을 리 없다고 생각했다. 미스 윤은 방을 나가지 않았고, 이번에는 나한테로 혈압계를 들고 왔다. 그러나 나는 미스 윤에게 그걸 묻지 않았다. 나의 팔에다 고무줄을 잡아매고 있는 그녀의 머리 냄새가 갑자기 가슴 깊숙이 빨려들어왔던 것이다. 그 냄새는 옛날 어느 때, 아니 내가 태어나기도 전에 벌써 맡아본 경험을 가지고 있던 것처럼 그렇게 가슴속으로 젖어들어왔다. 지금까지 나는 분명히 미스 윤을 기다리고 있었던 것 같은데, 갑자기 머리가 몽롱해져서

생각이 나질 않았다. 나는 숨을 될수록 깊이 들이마시며 그녀를 쳐다보았다. 역시 미스 윤은 밉지 않은 여자라고 생각했다.

"혈압은 왜 재는 거지요?"

나는 이제 다시는 혈압을 재게 하지 않겠다고 억지를 부리는 투로 물었다.

미스 윤은 갑작스러운 나의 질문에 조금 어리둥절한 것 같았으나 곧,

"선생님은 환자니까요."

하면서 방울을 눌러 바람을 넣기 시작했다.

"바보들이로군……."

나는 혼잣말처럼 중얼거렸다.

"누가 말예요?"

"이제 내게 위궤양은 없어진 것 같소. 아니 그런 건 처음부터 없었소. 그걸 몰랐으니 당신네들은 바보지 뭐요."

말하고 나자 나는 아직 이런 소리를 하기에는 준비가 너무 덜 된 채인 것 같아서 농담인 듯이 웃어버렸다.

"위궤양이 싫으시담 더 멋진 병명을 붙여드릴 수도 있을 거예요. 가령 자기망각증 환자라든지……."

미스 윤은 더 말을 계속하지 못했다. 내가 혈압계를 팔에 낀 채 엉거주춤 일어나려 했기 때문이었다. 이야기가 생각났다. 그 살모사의 이야기 말이다.

"천만에요. 자기망각증 환자라구요? 미스 윤은 또 그 이야기라는 걸 생각하신 모양인데, 나도 노력에 따라서는 훌륭히 기억해 낼 수 있습니다."

나는 대뜸 이야기를 꺼낼 기세를 보였다. 미스 윤은 이야기 때문에 혈압 측정이 틀렸는지 잠시 기다렸다가 다시 방울을 눌러댔다.

256

나는 잠시 이야기의 머리를 어떻게 시작해서 이 여자를 놀라게 해
줄 것인가 생각했다.

"미스 윤은 뱀의 고기를 먹어본 적이 있습니까?"

나의 이 첫마디는 생각한 보람이 있어 썩 적절한 서두가 된 듯했
다. 그녀는 나의 팔에서 혈압계를 풀고 나서 겁을 먹은 듯한 얼굴로
나를 지켜보았다.

"뱀 말입니다, 뱀! 물론 없으실 겁니다."

나는 의기양양해서 일어나앉으며 이야기를 시작했다. 미스 윤도
표정을 고치고 종이에다 혈압을 기록하고 있었다. 나는 귀를 기울
이고 있으리라 믿고 한참 동안 그 뱀에 대한 이야기를 늘어놓았다.
그러나 미스 윤은 여전히 선 채로 기록지에다 연필을 움직이고만
있었다.

"앉아서 듣구려. 모처럼 이야기니."

나는 그렇게 말하면서 힐끗 미스 윤을 쳐다보았다. 그 순간 나는
참으로 이상한 것을 보았다. 미스 윤의 눈에는 웬일인지 안개같이
뽀얀 것이 서려 있었다. 그리고 그녀는 그것이 엉켜 떨어지려는 것
을 참으려는 듯이 기록지를 열심히 들여다보며 무얼 끄적이고 있었
다. 내가 종이를 넘겨다보자 미스 윤은 그 이상한 눈으로 나를 잠시
내려다보다가는 잽싸게 방을 나가버렸다. 발걸음소리가 유난히 크
게, 그리고 오래 나의 가슴을 울렸다. 소리의 긴 여운이 사라지자
나는 창으로 머리를 돌렸다. 거리에는 여전히 사람들이 가득했다.
몇 가지 의문이 한꺼번에 몰려들었다. 미스 윤이 가지고 간 나의 혈
압 기록지에는 내 혈압이 기재되어 있지 않았다. 미스 윤은 그 종이
에다 '뱀'이라는 글자를, 그것이 무슨 원망스러운 말이라도 되는
것처럼 가득 채워놓고 있었던 것이다. 그러면 미스 윤은 나를 속인
것인가? 혈압은 재는 척만 했던 것인가? 그렇다면 그녀는 나의 병

에 대해 모든 걸 다 알고 있는 것이다. 자기망각증이라는 그녀의 말에는 무슨 뜻이 있었던 것 같다. 그러면 준은? 틀림없이 공모일 게다. 놈은 매일 그녀로부터 내 병세의 진단자료를 보고받는 대신, 나를 속이는 그녀의 연기에 관한 보고를 받을 테지. 기가 막히게 친절한 배려다.

탑시계가 네시 반을 가리키고 있었다. 창문의 이미지가 어떤 가능성을 가지고 한층 무겁게 밀착해 왔다. 그러나 아무것도 떠오르지 않았다. 단지 그것은 오래 잊고 있던 어떤 기억을 되살려 내려고 할 때처럼 마음을 안타깝게 할 뿐이었다. 이제는 미스 윤을 기다릴 일도 없어졌다. 모처럼 내 이야기에 그녀는 감격을 했단 말인가? 연민을 가득 담은 눈은 그런 것이 아니었다.

"시끄러!"

갑자기 천장이 찌렁 울리는 소리에 나는 다시 병실 안으로 눈을 돌렸다. 청년이 몸을 세우고 흉하게 부은 눈꺼풀 밑으로 노인을 노려보고 있었다.

"이대로 죽을 테니 제발 그 먹으라는 소리 좀 집어치란 말예요. 의사도 먹어라, 어머니도 먹어라, 나를 보는 놈이면 어떤 놈이나 먹어라뿐이야. 다 아프질 않으니까 그러지!"

청년은 그러다가 금방 누그러지면서,

"가장 먹고 싶은 건 접니다. 먹고 싶어 죽을 지경이에요. 하지만 먹을 수가 없는걸요. 아픈 사람은 저예요. 저 혼자뿐이란 말예요."

거의 애원을 하고 있었다. 나는 숨이 막힐 듯이 긴장해 있다가 결국은 눈길을 다시 창문으로 돌렸다. 멀리 담벼락 밑을 채운 군중들 한쪽에 여태까지 비어 있던 거리를, 배낭 진 무장군인들의 행렬이 지금 막 지나가고 있었다. 태극기가 낙엽처럼 흔들리고 있었다.

청년에게는 권고가 처음부터 소용없는 짓이었다. 자기요구라는

258

것, 그것을 청년은 알고 있었다. 그리고, 그 요구라는 것이 자기에게는 용납되고 있지 않다는 것을 누구보다 더 잘 알고 있었다. 그는 괴로워하고 있었다. 그는 그 요구대로 될 수가 없었다.

노인은 훌쩍이고 있었다. 하지만 자기요구를 알고 있는 자에게 권유가 무슨 소용이 있을 것인가? 권유란 일종의 자기대화——그리고 그 대화는 죽어나간 그 사내의 여자에게서처럼 스스로를 향한 행위에 불과한 것이었다.

모든 요구는 언어가 허용될 수 있는 한계 이전의 것이었다.

팬터마임…….

그렇게도 나의 머리에 맴돌기만 하던 창문의 이미지가 문득 머리에 떠올랐다. 그렇게 안타까워했던 것은 어떤 경험의 회상이 아니라, 강한 이미지로 받아들여진 이 단어의 개념에 불과했던 것이다. 팬터마임……. '무언극' 이라는 번역어로는 도시 실감이 나지 않는 말이다. 그것은 이 단어에 세 번이나 겹친 순음(脣音)의 작용도 있겠지만, 마지막 'ㅁ' 받침이 단어의 뜻과 더욱 잘 부합하고 있기 때문인 것 같았다. 받침 자체가 이미 그 내용이 지니는 무거운 침묵을 강요하고 있었다. 마지막 음절에서 자동적으로 입을 폐쇄당하고 나서, 나는 몇 번이고 이 단어의 이미지를 실감했고 한 번도 본 일이 없는 그 연극의 본질에까지도 어떤 예감을 지니게 되었던 것이다. 언어가 완전히 소멸된 거기에는 슬프도록 강한 행동의 욕망과 향수만이 꿈틀거렸다. 허나 나에게는 이미 그 욕망마저도 죽어버리고 없는 것 같다. 완전한 자기망각. 그렇게 나는 시체처럼 여기 병실에 누워 있는 것이다.

어디서 발소리가 들려오는 것 같았다. 그러나 그것은 먼 거리의 행렬에서 오는 것인지, 복도에서 미스 윤이 울리고 있는 것인지 알 수가 없었다. 처음에는 착각인지 실제의 소리인지도 구분할 수 없을 정도로 조그맣던 것이 차츰 폭을 넓혀 나중에는 나의 전체를 가득 채워버렸다.

미스 윤은 오지 않았다. 탑시계가 다섯시를 가리키고 있었다.

저녁을 마치고 나는 옷가지를 주워입고 준의 방으로 갔다. 준은 벌써 나가고 없었다. 미스 윤이 신문을 보고 앉아 있다가 나의 차림새에 놀라 일어섰다. 나는 그러는 미스 윤이 아직도 손에 들고 있는 신문에다 눈을 주었다. '한국군 월남파병 환송식' 이라는 톱 제호가 유난히 크게 눈에 들어왔다. 그럼 오늘 낮 창문에 비친 것은 이 파월군의 행렬이었구나.

"한국 군대가 월남을 가는군요."

나는 이상한 흥분을 느끼면서 말했다. 미스 윤은 대답하지 않았다.

"준은 나갔습니까?"

미스 윤이 비로소 신문을 테이블 위에 내려놓았다. 그러고 역시 그 이상한 눈으로 나를 쳐다보았다. 이제 보니 그녀의 눈동자는 상당히 까만 것이었다. 한동안 미스 윤은 그렇게 나의 표정을 읽고 나서 침착하게 입을 열었다.

"아마 놀라시진 않을 거예요. 하지만…… 그분도 선생님에 대해서만은 절 속이고 있었어요."

"공모가 아니라는 말씀이시군요. 하긴 준은 언제나 나보다 어른이니까."

"결국 셋이서 따로따로 속이고 있었던 셈이죠."

나는 문을 열고 나왔다.

"신세진 일은 잊지 않겠습니다."

"그런 일이 있었던가요?"

"거울을 빌려주신 거라든지……."

　복도를 지나가는 나의 발걸음소리가 나 자신에게도 선명했다. 병원 현관에서 나는 걸음을 멈췄다.

　"괜찮을까요, 갑자기?"

　미스 윤은 내 쪽을 정면으로 바라보며 물었다.

　"글쎄요. 바늘을 끼워놓은 시계니까 이제 돌아가 봐야죠."

　"다시 돌아오시겠죠?"

　미스 윤은 갑자기 지금과는 정반대의 말을 하고 있었다.

　"글쎄요. 지금은 그러지 않으려고 합니다만."

　나는 거푸 두 번이나 '글쎄요'를 쓰면서 그 말로 좀 더 강하게 자기를 주장하고 있는 느낌이었다.

　"혹시 필요한 일이 있으시면, 이젠 제게로 연락해 주세요."

　이 말도 나는 사양하려고 했다. 그러나 입을 떼려다 미스 윤의 눈에 아까 낮에와 같은 뿌얀 것이 서리기 시작하는 것을 보고 나는 머리를 끄덕여주었다. 정말로 꼭 한 번쯤은 다시 이곳을 들를 일이 있을지도 모르겠다고 생각하면서, 지금 막 어둠이 깔리기 시작한 거리로 나는 천천히 병원 문을 걸어나갔다.

꽃동네의 합창

"이대로 그냥 돌아가고 말자."

동요작가 이수원(李壽元) 선생은 더 이상 지체하지 않고 현관 수위실을 물러나오고 말았다. 기분이 쓸쓸했다. 괜히 안 올 곳을 찾아왔나 싶었다.

동보물산(東寶物産) 구층 건물 현관 밖은 여전히 가랑비가 자욱하다. 이수원 선생은 그 현관 밖 돌계단 위에서 가랑빗발 자욱한 길거리를 한동안 망연히 내려다보고 서 있었다. 얼핏 발길을 잡아나설 곳이 떠오르질 않는다. 가랑비가 내리는 거리는 원래 정처를 두지 않고도 길을 걸을 만했다. 하지만 선생은 우산조차 없었다. 우산이 없이 옷을 적시면서 빗길을 헤매기엔 선생 자신도 나이가 너무 늙어버린 느낌이었다. 환갑을 지난 지가 벌써 네 해째나 되는 나이였다.

"나이깨나 드신 양반이 세상을 어떻게 살아오셨길래 아직 그만 경우도 분별이 안 가시오?"

나이 생각을 하다 보니 선생은 방금 그 동보물산 현관 수위 놈한
테 당한 엉뚱한 나이 허물이 되살아왔다.

"누굴 찾아오셨습니까? 어떻게 찾아오셨습니까? 사장님께는 미
리 면회약속이 되어 있었습니까?……."

후줄근하게 옷이 젖어들어서는 선생의 몰골에 젊은 수위 녀석은
한눈에 당신이 그리 대수롭지 않은 방문객이라는 것을 알아차려 버
린 모양이었다. 아니면 또 그 동보물산이라는 곳이 원래 그렇게 상
사의 얼굴을 쉬 내보여 주지 않을 만큼 규모가 번듯한 동네였는지
도 모른다. 어쨌거나 젊은 수위 녀석은 처음부터 너무 선생을 까다
롭게 괴롭혀대고 있었다.

선생은 물론 그 수위 녀석이 주문하고 있는 시원한 말대답을 한
마디도 해줄 수가 없었다. "나 사장의 옛날 고향친구 되는 사람이
오. 그저 지나가던 길에 잠깐 얼굴이나 보고 가려고……." 지나는
길에 얼굴이나 잠깐 보고 가려 들른 사람이 면회약속을 미리 얻어
놓았을 리가 없었다. 요령없이 어물대고 있는 선생을 보고 수위 녀
석은 짐작했던 대로 저 물을 것을 다 묻고 난 다음에야 시침 뚝 떼
고, 사장님은 지금 출타 중이시라는 것이었다. 속이 빤한 수작이었
다. 속이 너무 빤히 들여다보이는 수작이고 보니 선생은 차마 거기
서 그냥 발길을 돌이켜세울 수가 없었던 것이다. 그래 몇 마디 입바
른 소리를 건넨 것이 녀석의 엉뚱스러운 나이 허물을 불러들이고
만 것이었다.

"사장님을 기다리시겠다고요? 그건 영감님 생각대로 하십시오.
하지만 나이깨나 드신 양반이 세상을 어떻게 살아오셨길래 아직 그
만 경우도 분별이 안 가시오? 고집 부리고 만나보셔야 사장님께서도
그리 요긴한 용건은 있으실 것 같지가 않아 보이는데 말씀입니다."

사장이 안에 있더라도 당신에게 당장 그를 만나게 해주진 않겠

다는 식의 말투였다. 노골적인 모욕이었다. 영감님이니 뭐니 하고 함부로 불순한 언사를 담고 있는 걸 보면 비에 젖은 옷매무새나 윤기 없이 늙어버린 선생의 얼굴에서 녀석은 처음부터 당신에게 사장을 만나게 해줄 생각을 하지 않고 있었던 게 분명했다. 게다가 녀석에게 그런 엉뚱한 나이 허물까지 당하고 보니 이수원 선생으로선 참으로 기분이 말이 아니었다.

"버릇없는 녀석! 저 녀석은 아마 제 에미 뱃속에서부터 수염이 돋아서 태어난 녀석이었을 게다."

선생은 마침내 참을 수가 없어진 듯 다시 한 번 그 동보물산 수위실 쪽을 돌아다보며 마음 속으로 모진 저주를 보냈다. 그러고는 쫓기듯이 곧 거리의 인파 속으로 발길을 섞어들기 시작했다. 비를 맞거나 말거나 녀석의 시선이 미치는 곳에서 우선 자리부터 피해 놓고 보아야 할 것 같았다.

하지만 선생은 아직도 어디라 발길을 잡아갈 만한 정처가 떠오르질 않았다. 발길 닿는 대로 그저 아무 쪽으로나 걸음을 내맡기고 있을 뿐이었다. 발길이 혼자 멋대로 당신을 어디론가 이끌어가고 있는 꼴이었다.

빗물이 서서히 다시 옷깃으로 젖어들면서 목줄기 근처를 차갑게 흘러내리기 시작했다. 안경알이 뿌옇게 흐려와서 눈앞을 보기도 불편했다.

선생은 자꾸만 자신의 처지가 더 초라해져가고만 있는 것 같았다. 수위 녀석의 핀잔처럼 이 나이가 되도록 도대체 세상을 어떻게 살아왔는지 알 수가 없었다. 세상을 온통 헛살아 온 것만 같았다. 세상을 헛살아 온 게 아니라면 녀석의 말마따나 그런 식으로 불쑥 사람을 찾는다는 것이 요즘 경우가 아니라는 것쯤 모르고 있었을 리가 없었다.

그러니까 물론 이수원 선생이 길을 지나던 길에 고향친구의 얼굴이나 잠깐 보고 갈 셈으로 그곳을 찾아들었노라고 한 것은 거짓말이 아니었다. 그것도 아마 그 촉촉한 가랑비 속이 아니었더라면 마음이 별로 내켜오지가 않았을 것이었다. 간밤에 간신히 마무리를 지어놓은 동시 한 편을 잡지사에 전해 주고 나와보니 아침서부터 내내 뿌옇게 흐려만 있던 하늘에서 어느새 가랑비가 소록소록 젖어 내리기 시작하고 있었다. 한번 나섰던 남의 사무실을 비 때문에 다시 되돌아 들어가 기다리기도 뭣해서 그대로 그냥 머리를 적시며 큰길을 나서다 보니 우연히 눈에 들어온 게 그 동보물산 간판이 붙은 구층 건물이었다. 간판을 보니 어느 날 고향친구 최만득이란 위인이 그 앞에 푸짐하게 늘어놓고 간 순박한 넋두리들이 불쑥 머릿속에서 되살아나온 것이었다.

"니 서울 가서 잘 산다더니 아직도 쪼무래기 얼라들 소꿉노래나 짓고 사나. 이제 보니 그 나일 처묵도록 변한 게 하나도 없구마 이 자슥아!"

그 최만득 씨 역시 이수원 선생의 옛 고향 소학교 때 친구의 한 사람이었다. 이수원 선생이 도회지 상급학교 진학을 위해 고향마을을 떠난 이후로 최만득은 철이 들자마자 아버지의 가업을 이어받은 시골 장터의 쇠장수가 되었단다. 그리고 평생을 쇠장수로 늙으면서 베갯잇 속에 접어모은 재산이 먹고 남을 만큼은 되어 늦게 본 사내자식 둘을 대학교육까지 거뜬히 시켜냈더란다. 그 맏잇놈 혼사를 정해 놓고 서울에 올라와 있는 고향 유지로 주례를 삼고자 하고 수소문을 하고 다니던 최만득 씨가 어떻게 이수원 선생까지 용케 소식을 얻어듣고 찾아왔던 일이 있었다. 선생을 만나고 나서도 최만득 씨는 왠지 당신에게만은 다행히 그 주례를 간청해 온 일이 없었지만, 그날의 그 순박하고 흉허물 없는 최만득 씨의 넋두리만은 아

직도 제법 훈훈한 인정미로 선생의 기억에서 잊혀지지가 않고 있던
것이었다.

"그래도 닌 우리 고향에선 제일 유명한 인물인기라. 이 나라 사
람치고 니 그 「고향의 봄」이라는 노래 모르고 사는 사람 있는 줄 아
나. 서울 사람이나 시골 사람이나 도둑놈이나 사기꾼이나 니 노래
안 부르고 살아온 놈이 있는 줄 아나 말이다. 입만 막 떨어진 쪼무
래기 얼라새끼들에서부터 쉬엄이 허연 뻔디기 노인네들까지 니 노
래 모르는 사람은 없다. 그야 니 노래가 그렇게 참하다 보니 안 그
렇나. 나에 살던 고향은 꽃피는 산골…… 참으로 기가 맥힌 노래다.
닌 이 노래 하나만 해도 세상 헛산 게 아닌기라. 돈이 좀 없으면 어
떻고?"

최만득 씨 역시 이수원 선생이 어린 소학교 적부터 글짓기를 좋
아했던 사실을 기억하고 있었고, 선생이 고향을 떠난 후 열다섯이
던가 몇 살 때에 지은 「고향의 봄」이라는 노래가 바로 자신의 어렸
을 적 친구의 노래라는 것도 익히 알고 있었던 것이다.

그 최만득 씨가 그날 이런저런 얘기 끝에 뜻밖의 인물에 관한 다
른 소식 한 가지를 선생에게 전해 온 것이었다.

"하지만 돈이라는 건 역시 모자라는 쪽보담은 남아넘치는 기 좋
은기라. 우리 고향 소학교 동창들 가운데서도 지금 이 서울 바닥에
서 제법 내로라고 떵떵거리고 사는 자슥이 있지 않나. 니도 그 윤달
중이라는 자슥 아직 기억하고 있제? 아 그 지 아부지가 돌다리께 정
미소를 부리던 코보짱 자슥 말이다. 그 자슥이 지금 이 서울에서도
제법 큰 회사의 사장님인기라. 동보물산이라고 종로 무교동 쪽에
구층짜리 빌딩까지 갖고 있지 않나. 내사 그 동보물산이라는 데가
무얼 하는 회산 줄은 모르지만 하여튼지 그 번드름한 규모만 봐도
알속이 대단한 건 틀림없는 회살끼라. 부러워 죽겠더라……."

이수원 선생으로선 전혀 모르고 있던 일이었다. 그만큼 고향 쪽 소식엔 귀가 멀어 살아온 선생이었다. 고향 쪽뿐만 아니라 다른 세상일들에도 언제나 늘 그런 식으로 귀가 깜깜해 왔던 이수원 선생의 주위였다.

하지만 그 정미소 집 코보짱이라면 선생으로서도 아직 기억이 남아 있었다. 선생은 무턱대고 반가운 생각부터 앞장을 섰다. 한데다가 그 최만득이 또 덧붙여 온 말이 있었다.

"근데 참, 내 그 자슥한테 니 소식 알고 있을 줄 알고 닐 물었더니 자슥이 외려 내한테 니 소식을 묻는기라. 같은 서울 바닥에 살고 있으면서 얼굴이라도 한번 봤으면 싶다고 말이다. 언제 틈 있으면 네 쪽에서라도 한번 찾아가 자슥을 만나보그라. 고향친구끼리 그래 이런 식으론 못쓰는기라. 나도 금마가 자식놈 주례 부탁 하나도 안 들어준 건 섭섭터라만. 고향친구가 잘살고 있다는 건 하다못해 부좃돈이라도 한 쌈지 잘 싸들고 올 게 아닌가 말이다. 한번 찾아가 만나보그라."

굳이 한번 그를 찾아가 보라는 충고였다. 하지만 선생은 아직 일부러 그를 찾아가 만나볼 생각까지 먹어보질 않고 있던 참이었다. 부좃돈을 두둑하게 싸보냈는지 어쨌는지는 알 수 없지만 그 만득 씨네 혼인식장에서도 얼굴을 볼 수가 없던 윤달중이었다. 그런데 그 동보물산 건물이 이날 문득 선생의 눈앞을 가로막아 선 것이었다.

그러니까 이수원 선생이 그 길로 곧 동보물산 구층 건물의 현관을 들어서 버린 것은 새삼스레 무슨 다른 생각이 있어서가 아니었다. 선생 역시 동보물산이라는 곳이 무엇을 하는 곳인지조차 알지 못했다. 알아야 할 일도 물론 없었다. 최만득의 말마따나 그저 옛 친구의 얼굴이라도 한번 보았으면 싶었을 뿐이었다. 그사이 모습이 얼마나 늙어지내는지, 손주 녀석들 귀염이라도 좀 보고 사는지, 그런 얘기나 몇 마디 나누고 갔으면 싶었을 뿐이었다.

굿은 비가 허물이었다.

"하기야 녀석을 바로 만날 수만 있었다면 그런 식으로 문전 내몰림까진 당해 나오질 않았을 테지. 망할놈의 수위 녀석 같으니라고……."

선생은 다시 한 번 젊은 수위를 저주했다. 그리고 자신의 주변머리없는 성미를 원망했다.

하긴 언제나 늘 그런 식이었다. 만득의 말마따나 당신이 지은 그 「고향의 봄」은 알려질 만큼은 다 알려진 노래였다. 그리고 그 노래가 알려진 만큼은 이수원이라는 당신의 이름도 알려져 있는 편이었다. 하지만 알려지고 기려지는 것은 당신의 노래와 이름뿐이었다. 이수원 선생 자신은 알아봐 주는 사람도 없었고 기려주는 일도 드물었다. 언제나 변변치 못하고 초라한 생애였다. 노래를 지은 후부터 언제나 그 노래의 뒷전에서만 숨어살아 온 한평생이었다.

"하지만 코보짱 녀석이야 어렸을 적의 그 시골놈 본바탕 인심이 달라질 수가 있었을라고."

수위 녀석을 밀어젖히고 녀석을 만나볼 수만 있었다면 그는 아마 틀림없이 진심으로 당신을 반겨주었음에 틀림없으리라고 이수원 선생은 다시 한 번 당신의 처지를 위로하기 시작했다.

"녀석도 아마 그 고향의 봄은 잊어버리고 있을 리가 없는 일이거든, 그 복숭아꽃 살구꽃이 구름처럼 환하던 산골동네를 말이다. 내 노래가 그냥 지어진 게 아니고 그런 고향동네를 두고 난 것인데…… 녀석도 나와 같이 그런 고향동네서 자란 위인인데…… 내 노랠 알고 있을 녀석이 고향동네를 잊을 린 없어 울긋불긋 꽃동네 차리인 동네 그 속에서 놀던 때가 그립습니다…… 꽃동네 새동네 나의 고향은……."

268

이수원 선생은 어느새 웅얼웅얼 낮은 목소리로 그「고향의 봄」 노랫가락을 그렇게 읊조려대고 있었다. 빗물이 선생의 구부정한 등줄기를 끊임없이 적셔 흐르고 있었다. 하지만 선생은 이제 조금도 그 빗줄기를 아랑곳하지 않고 있는 것 같았다. 등줄기와 팔소매가 온통 비에 젖은 초라한 모습으로 선생은 그러나 꿈이라도 꾸고 있는 듯 웅얼웅얼 노랫가락을 읊조려대며 어디론지 정처없이 발길을 옮겨가고 있었다. 뽀얗게 빗물이 엉긴 안경알 너머로 선생의 눈길은 이제 그 살구꽃 복숭아꽃이 환하게 피어 있는 먼 고향동네를 보고 있는 것 같았다. 정처도 없이 어디론가 자꾸 선생을 이끌어가고 있는 당신의 발길은 아름아름 다가들고 있는 그 아득한 당신의 고향에 홀려 길을 더듬어가고 있는 것 같았다.

이윽고 그 이수원 선생의 발길이 머물러선 곳은 뜻밖에도 종로 2가 뒷골목의 한 작은 술집 앞에서였다. 출입구가 특히 아담하게 꾸며진 술집 간판 이름은 '꽃동네' ─.

"아니 내가 왜 또 여기를?"

비에 젖고 있는 그 '꽃동네' 간판 아래 무심히 발길을 머물러선 선생은 그제서야 겨우 어떤 부질없는 환상에서 의식이 되살아난 사람처럼 어릿어릿 주위를 잠시 두리번거리고 서 있었다. 하긴 그럴 수밖에 없는 일이었다. 술집 꽃동네는 실상 처음부터 이수원 신생으로선 사정을 익히 알고 있는 곳이었다. 오래전부터 선생이 단골로 목을 축이러 다니던 어떤 술가게 여자 하나가 당신의 그「고향의 봄」을 너무 좋아하던 끝에 '꽃동네' 라는 이름의 술가게를 따로 하나 내어 나온 곳이 바로 그곳이었다.

"선생님은 언제나 저희 집에선 공짜예요."

말로만이 아니라 여자는 정말로 늘 선생의 술값을 사양했다. 그뿐만이 아니었다. 선생의 노래를 워낙 좋아한 탓도 있었겠지만 주인여자는 선생을 중심으로 해서 이모저모로 늘 자기네 술가게의 새 풍속들을 만들어나가고 싶어 했다. 꽃동네의 아가씨들이나 이곳을 드나드는 사람들은 뜨내기 술손들까지도 모두 그것을 알고 있었다. 하지만 이수원 선생으로선 그게 오히려 늘 거북하고 쑥스러웠다. 그런저런 사정으로 오히려 선뜻 발길을 들여놓기가 어려웠던 곳이었다. 한데 이날은 또 어찌 된 일인지 자신도 모르게 문득 그 꽃동네 앞에 발길을 머물고 서 있는 것이었다.

난처했다. 비에 젖은 옷몰골도 말이 아니었다. 하지만 이제 와선 다시 발길을 되돌려나가기도 또한 뭣한 느낌이었다. 그대로 발길을 돌아서자니 아닌 게 아니라 세상을 온통 헛살아 온 것처럼 가슴속이 너무 허전하고 황량스러웠다. 잠시 안으로 들어가서 젖은 몸이라도 좀 말리고 가고 싶었다.

선생은 마침내 가겟문을 밀치고 안으로 들어섰다. 왁자지껄한 소음이 일시에 선생의 주위를 감싸왔다. 가게 안의 열기로 안경알이 순식간에 다시 뿌옇게 흐려왔다. 선생은 웬일인지 이날따라 그 왁자지껄한 소음이 오히려 정다웠다. 소음은 활활 타오르는 모닥불처럼 따뜻했다. 그리고 당신 자신은 그 모닥불 곁으로 젖은 몸을 말리러 비비적거리고 드는 한 추운 길손이었다.

"아유 이거 선생님 아니세요."

어느새 예의 주인여자가 선생을 알아보고 소음을 가르며 허겁지겁 곁으로 다가오고 있었다.

"이렇게 선생님을 기다리는 사람들을 두고 무정도 하시네요. 요즘은 그래 어떻게 발걸음이 그리 뜸하셨어요?"

여자가 반색을 하고 다가드는 바람에 선생의 주위가 일시에 싹 조용해져버리고 있었다. 그러자 선생은 또 언제나처럼 갑자기 거동이 다시 난처해지고 있었다. 그러나 그것도 잠시 동안뿐이었다.

"얘들아, 선생님이 오셨는데 뭣들을 하고 있니. 너희들도 벌써 선생님을 잊어버리고 있는 거냐?"

조용해진 틈을 타서 여자가 심부름꾼 처녀아이들을 향해 버릇처럼 신호를 보내고 있었다. 그러나 그 신호에 답을 하듯 주방 쪽을 걸어나오던 아가씨 하나가 문득 조그만 목소리로 노래를 부르기 시작했다.

"나의 살던 고향은 꽃피는 산골……."

그리고 그 작은 아가씨의 목소리가 신호가 되어 가게 안의 모든 아가씨들이 노래를 합창하기 시작했고, 술잔을 쥐고 앉아 있던 술손들도 일제히 그 아가씨들의 합창 소리에 자신의 목청들을 섞기 시작했다.

"복숭아꽃 살구꽃 아기 진달래
울긋불긋 꽃동네 차리인 동네……."

술집 '꽃동네'는 갑자기 번지기 시작한 「고향의 봄」 합창소리로 금방이라도 온 실내가 떠나갈 듯했다. 아가씨들은 술을 나르면서, 병마개를 따면서, 탁자를 훔치면서 「고향의 봄」을 노래했고, 술손들은 또 술손들대로 한결같이 그 정겨운 눈길들을 선생에게로 모아보내면서 어린애처럼 목청들을 돋아댔다. 선생의 한 팔을 앞으로 끼고 선 주인여자는 이마 앞까지 가까이 선생의 눈을 들여다보면서 유치원 선생처럼 또는 선생의 귀여운 막내딸처럼 크게크게 입을 벌려 「고향의 봄」을 노래했다.

"꽃동네 새동네 나의 고향은
파란 들 남쪽에서 바람이 불면……."

그건 물론 이날사 처음 있는 일은 아니었다. 이수원 선생이 꽃동네를 들어서면 누군가 먼저 당신을 본 사람이 노래를 먼저 시작했고, 그 노랫소리가 신호가 되어 가게 사람들과 술손들은 언제나 그 당신의「고향의 봄」을 합창해 주었다. 그게 꽃동네의 한 풍속이었다.

하지만 이수원 선생은 그걸 오히려 견디지 못해했다. 언제나 어정쩡하고 부끄럽고 그리고 거북한 표정으로 노래가 끝나기만을 기다리고 있던 이수원 선생이었다.

하지만 이날만은 웬일인지 선생 쪽에서도 마음이 차츰 달라져가고 있었다. 술집 처녀아이들과 술손들의 합창소리에 이끌리듯 아니면 그 극성스러운 주인여자의 허물없는 표정과 몸짓에라도 이끌리듯 이수원 선생도 이날은 마침내 입술을 들썩들썩 당신의 그「고향의 봄」을 함께 따라부르기 시작한 것이었다. 그리고「고향의 봄」을 노래 부르고 있는 선생의 눈길에선 어찌 보면 그 뿌연 안경알 너머로 어린애처럼 무슨 눈물방울 같은 것이 조용히 맺혀 흐르고 있는 것처럼도 보이는 것이었다.

"냇가에 수양버들 춤추는 동네 그 속에서 놀던 때가 그립습니다……."

문밖에선 여전히 봄비가 추적추적 길을 적시고 있는 저녁이었다.

눈길

1

"내일 아침 올라가야겠어요."

점심상을 물러나 앉으면서 나는 마침내 입속에서 별러오던 소리를 내뱉어 버렸다.

노인과 아내가 동시에 밥숟가락을 멈추며 나의 얼굴을 멀거니 긴니다본다.

"내일 아침 올라가다니. 이참에도 또 그렇게 쉽게?"

노인은 결국 숟가락을 상 위로 내려놓으며 믿기지 않는다는 듯 되묻고 있었다.

하지만 나는 이제 내친걸음이었다. 어차피 일이 그렇게 될 바엔 말이 나온 김에 매듭을 분명히 지어두지 않으면 안 되었다.

"예, 내일 아침에 올라가겠어요. 방학을 얻어 온 학생 팔자도 아닌데, 남들 일할 때 저라고 이렇게 한가할 수가 있나요. 급하게 맡아놓은 일도 한두 가지가 아니고요."

"그래도 한 며칠 쉬어가지 않고…… 난 해필 이런 더운 때를 골라 왔길래 이참에는 며칠 좀 쉬어갈 줄 알았더니……."

"제가 무슨 더운 때 추운 때를 가려 살 여유나 있습니까."

"그래도 그 먼 길을 이렇게 단걸음에 되돌아가기야 하겠냐. 넌 항상 한동자로만 왔다가 선걸음에 새벽길을 나서곤 하더라마는…… 이번에는 너 혼자도 아니고…… 하룻밤이나 차분히 좀 쉬어 가도록 하거라."

"오늘 하루는 쉬었지 않아요. 하루를 쉬어도 제 일은 사흘을 버리는걸요. 찻길이 훨씬 나아졌다곤 하지만 여기선 아직도 서울이 천릿길이라 오는 데 하루 가는 데 하루……."

"급한 일은 우선 좀 마무리를 지어놓고 오지 않구선……."

노인 대신 이번에는 아내 쪽에서 나를 원망스럽게 건너다보았다.

하지만 그건 물론 나의 주변머리를 탓하고 있는 건 아니었다. 내게 그처럼 급한 일이 없다는 걸 그녀는 알고 있었다.

서울을 떠나올 때 급한 일들은 미리 다 처리해 둔 것을 그녀에게는 내가 말을 해줬으니까. 그리고 이번에는 좀 홀가분한 기분으로 여름여행을 겸해 며칠 동안이라도 노인을 찾아보자고 내 편에서 먼저 제의를 했었으니까. 그녀는 나의 참을성없는 심경의 변화를 나무라고 있는 것이었다.

그리고 그 매정스러운 결단을 원망하고 있는 것이었다. 까닭없는 연민과 애원기 같은 것이 서려 있는 그녀의 눈길이 그것을 더욱 분명히 하고 있었다.

"그래, 일이 그리 바쁘다면 가봐야 하기는 하겠구나. 바쁜 일을 받아놓고 온 사람을 붙잡는다고 들을 일이겠냐."

한동안 입을 다물고 앉아 있던 노인이 마침내 체념을 한 듯 다시 입을 열어왔다.

"항상 그렇게 바쁜 사람인 줄은 안다마는, 에미라고 이렇게 먼 길을 찾아와도 편한 잠자리 하나 못 마련해 주는 내 맘이 아쉬워 그랬던 것 같구나."

말을 끝내고 나서는 무연스러운 표정으로 장죽 끝에 풍년초를 꾹꾹 눌러담기 시작한다.

너무도 간단한 체념이었다.

담배통에 풍년초를 눌러담고 있는 그 노인의 얼굴에는 아내에게서와 같은 어떤 원망기 같은 것도 찾아볼 수가 없었다. 당신 곁을 조급히 떠나고 싶어 하는 그 매정스러운 아들에 대한 아쉬움 같은 것도 엿볼 수가 없었다.

성냥불도 붙이려 하지 않고 언제까지나 그 풍년초 담배만 꾹꾹 눌러 채우고 앉아 있는 노인의 눈길은 어딘지 아득하고 무연스러울 뿐이었다. 너무도 간단하고 무연스러운 그 노인의 체념에 오히려 짜증이 돋았다.

나는 마침내 자리를 일어섰다. 그러고는 그 노인의 무표정에 밀려나기라도 하듯 방문을 나왔다.

장지문 밖 마당가에 작은 치자나무 한 그루가 한낮의 땡볕을 견디고 서 있었다.

2

지열이 후끈거리는 뒤꼍 콩밭 한가운데에 오리나무 무성한 묘지가 하나 있었다. 그 오리나무 그늘에 숨어앉아 콩밭 아래로 내려다보니 집이라고 생긴 게 꼭 습지에 돋아오른 여름버섯 형상을 닮아 있었다.

나는 금세 어디서 묵은 빚이라도 불쑥 불거져나올 것 같은 조마조마한 기분이었다.

애초의 허물은 그 빌어먹게 비좁고 음습한 단칸 오두막 때문이었다. 무슨 묵은 빚이 불거져나올 것 같은 불편스러운 기분이 들게 해오는 것도 그랬고, 처음 예정을 뒤바꿔 하루 만에 다시 길을 되돌아갈 작정을 내리게 한 것 역시 그러했다. 하지만 내게 빚은 없었다. 노인에 대해선 처음부터 빚이 있을 수 없는 떳떳한 처지였다.

노인도 물론 그 점에 대해선 나를 완전히 신용하고 있었다.

"내 나이 일흔이 다 됐는데, 이제 또 남은 세상이 있으면 얼마나 길라더냐."

이가 완전히 삭아 없어져서 음식 섭생이 몹시 불편스러워진 노인을 보고 언젠가 내가 지나가는 말처럼 권해 본 일이 있었다. 싸구려 가치라도 해 끼우는 게 어떻겠느냐는 나의 말선심에 애초부터 그래 줄 가망이 없어 보여 그랬던지 노인은 단자리에서 사양을 해 버리는 것이었다.

"이럭저럭 지내다 이대로 가면 그만일 육신, 이제 와 늘그막에 웬 딴 세상을 보겠다고……."

한번은 또 치질기가 몹시 심해져서 배변이 무척 힘들어하시는 걸 보고 수술 같은 걸 권해 본 일도 있었다.

노인은 그때도 역시 비슷한 대답이었다.

"나이를 먹어도 아녀자는 아녀자다. 어떻게 남의 눈에 궂은 데를 보이겠더냐. 그냥저냥 참다 갈란다."

남은 세상이 얼마 길지 못하리라는 체념 때문에도 그랬겠지만 그보다 노인은 아무것도 아들에겐 주장하거나 돌려받을 것이 없는 당신의 처지를 감득하고 있는 탓에도 그리된 것이었다.

고등학교 일학년 때 형의 주벽으로 가게가 파산을 겪은 뒤부터, 그리고 마침내 그 형이 세 조카아이와 그 아이들의 홀어머니까지를 포함한 모든 장남의 책임을 내게 떠맡기고 세상을 떠난 뒤부터 일은 줄곧 그렇게만 되어온 셈이었다.

고등학교와 대학교와 군영 삼 년을 치러내는 동안 노인은 내게 아무것도 낳아 기르는 사람의 몫을 못했고, 나는 또 나대로 그 고등학교와 대학과 군영의 의무를 치르고 나와서도 자식놈의 도리는 엄두를 못 냈다. 노인이 내게 베푼 바가 없어서가 아니라 그럴 처지가 못되었기 때문이다. 나는 나대로 형이 내게 떠맡기고 간 장남의 책임을 감당하기를 사양치 않을 수가 없었기 때문이었다.

노인과 나는 결국 그런 식으로 서로 주고받을 빚이 없는 처지였다. 노인은 누구보다 그것을 잘 알고 있었다. 그렇기 때문에 내게 대해선 소망도 원망도 있을 수가 없었다.

그런 노인이었다. 한데 이번에는 웬일인지 노인의 눈치가 이상했다. 글쎄 그 가치나 수술마저 한사코 사양을 해온 노인이, 나이 여든에서 겨우 두 해가 모자란 늘그막에 와서야 새삼스레 다시 딴 세상 희망이 생긴 것일까.

노인은 아무래도 엉뚱한 꿈을 꾸고 있는 것 같았다. 그것은 너무나 엄청난 꿈이었다.

지붕개량 사업이 애초의 허물이었다.

"집집마다 모두 도당 아니면 기와 들을 얹는단다."

노인은 처음 남의 말을 하듯이 집 이야기를 꺼냈었다. 어제 저녁 때 노인과 셋이서 잠자리를 들기 전이었다. 밤이 이슥해서 형수는 뒤늦게 조카들을 데리고 이웃집으로 잠자리를 얻어 나가버리고 우리는 노인과 셋이서 그 비좁은 오두막 단칸방에다 잠자리를 함께 폈다.

어기영차! 어기영……. 그때 어디선가 밤일을 하는 남정들의 합창소리가 왁자하게 부풀어올랐다. 귀를 기울이고 듣고 있다가 무슨 소리냐니까 노인이 문득 생각난 듯이 귀띔을 해왔다.

"동네가 너도나도 집들을 고쳐 짓느라 밤잠들을 안 자고 저 야단들이란다."

농어촌 지붕개량 사업이라는 것이었다. 통일벼가 보급된 후로는 집집마다 그 초가지붕 개초가 어렵게 되었단다. 초봄부터 시작된 지붕개량 사업은 그래저래 제격이었다. 지붕을 개량하면 정부 보조금 오만 원을 얻는다는 것이었다. 모심기가 시작되기 전 봄철 한때하고 모심기가 끝난 초여름부터 지금까지 마을 집 거의가 일을 끝냈단다.

나는 처음 그런 노인의 이야기를 들었을 때 무턱대고 가슴부터 덜렁 내려앉고 있었다. 노인에 대한 빚 생각이 처음으로 머릿속에 떠오른 순간이었다. 이 노인이 쓸데없는 소망을 지니면 어쩌나. 하지만 나는 곧 마음을 가라앉혔다. 무엇보다도 나는 노인에 대해서 빚이란 게 없었다. 노인이 그걸 잊었을 리 없었다. 그리고 그런 아들에게 섣부른 주문을 내색할 리 없었다. 전부터도 그 점만은 안심을 할 만한 노인의 성깔이었다. 한데다가 그 노인이 설령 어떤 어울리잖을 소망을 지닌다 해도 이번에는 그 집 꼴이 문제 밖이었다. 도대체가 기와고 도당이고 지붕을 가꿀 만한 집 꼴이 못 되었다. 그래저래 노인도 소망을 지녀볼 엄두를 못 낸 모양이었다. 이야기하는 말투가 영락없는 남의 일이었다.

하지만 사실은 그게 오해였다. 노인의 속마음은 그게 아니었던 것 같다.

"관에서 하는 일이라면 이 집에도 몇 번 이야기가 있었겠군요?"

사태를 너무 낙관한 나머지 위로 겸해 한마디 실없는 소리를 내놓은 것이 나의 실수였다.

노인이 다시 자리를 일어나앉았다. 그러고 머리맡에 놓아둔 장 죽 끝에다 풍년초 한 줌을 쏘아박기 시작했다.

"왜 우리 집이라 말썽이 없었더라냐."

노인은 여전히 남의 말을 옮기듯 덤덤히 말했다.

"이장이 쫓아와 뜸을 들이고, 면에서 나와서 으름짱을 놓고 가고…… 그런 일이 한두 번뿐이었으면야…… 나중엔 숫제 자기들 쪽에서 사정조로 나오더라."

"그래 어머닌 뭐라고 우겼어요?"

나는 아직도 노인의 진심을 모르고 있었다.

"우길 것도 뭣도 없는 일 아니겠냐. 지놈들도 눈깔이 제대로 박힌 인간들일 것인디…… 사정을 해오면 나도 똑같이 사정을 했더니라. 늙은이도 사람인디 나라고 어디 좋은 집 살고 싶은 맘이 없겠소. 맘으로야 천번 만번 기와도 입히고 기둥도 갈아내고 싶지만 이 집 꼴을 좀 들여다보시오들, 이 오막살이 흙집 꼴에다 어디 기와를 얹고 말 것이 있겠소……."

"그랬더니요?"

"그랬더니 몇 번 더 발길을 스쳐가더니 그담엔 흐지부지 말이 없더라. 지놈들도 이 집 꼴을 보면 사정을 모를 청맹과니들이더라냐?"

노인은 그 거칠고 굵은 엄지손가락 끝으로 뜨거운 장죽 끝을 눌러대고 있었다.

"그 친구들 아마 이 동네를 백 퍼센트 지붕개량으로 모범마을을 만들고 싶어 그랬던 모양이군요."

나는 왠지 기분이 쓸쓸하여 그런 식으로 그만 이야기를 얼버무려 넘기려고 하였다.

그런데 그게 오히려 결정적인 실수였다.

"하기사 그 사람들도 그런 소리를 하더라. 이제 오늘 밤일을 한 저 집 개량 일을 끝내고 나면 이 동네에서 지붕개량을 안 한 집은 우리하고 저 아랫동네 순심이네 두 집밖에 안 남는다니까 말이다."

"그래도 동네 듣기 좋은 모범마을 만들자고 이런 집에까지 꼭 기와를 얹으라 하겠어요."

"글쎄 말이다. 차라리 지붕에 기와나 도당만 얹으랬으면 우리도 두 눈 딱 감고 한번 저질러보고 싶기도 하더라마는, 이런 집은 아예 터부터 성주를 다시 할 집이라 그렇제……."

모범마을이 꼬투리가 되어서 이야기가 다시 엉뚱한 곳으로 번지고 있었다. 나는 비로소 다시 가슴이 섬뜩해 왔다. 하지만 이미 때가 너무 늦고 말았다.

"하기사 말이 쉬워 지붕개량이지 알속은 실상 새 성주를 하는 집도 여러 집 된단다."

한번 이야기를 꺼낸 노인이 거기서부터는 새삼 마을사정을 소상하게 털어놓기 시작했다.

그 지붕개량 사업이라는 것은 알고 보니 사실 융통성이 꽤나 많은 일이었다. 원칙은 그저 초가지붕을 벗기고 기와나 도당을 얹는 것이었지만, 기와의 하중을 견뎌내기 위해선 기둥을 몇 개쯤 성한 것으로 갈아넣어야 할 집들이 허다했다. 그걸 구실로 대부분의 사람들은 성주를 새로 하듯 집들을 터부터 고쳐지어 버렸다. 노인에게도 물론 그런 권유가 여러 번 들어왔다. 기둥이 허술해서 기와를 못 얹는다는 구실일 뿐이었다. 허술한 기둥을 구실로 끝끝내 기와 얹기를 미뤄온 집이 세 가구나 있었는데 이날 밤에 또 한 집이 새 성주를 위해서 밤일을 벌이고 있다는 것이었다. 노인이 기와 얹기를 단념한 것은 집 기둥이 너무 허해서가 아니었다. 노인은 새 성주가 겁이 나 일을 단념할 수밖에 없었던 것이다.

허술한 기둥만 믿을 수는 없었다.

일은 아직도 낙관할 수 없었다. 나는 불시에 다시 그 노인에 대한 나의 빚만을 생각하고 있었다.

노인도 거기서 한참 동안 꺼져가는 장죽 불에만 신경을 쏟고 있는 듯이 보였다. 하더니 이윽고는 더 이상 소망을 숨기기가 어려운 듯 가는 한숨을 삼키는 것이었다. 그러고는 그 한숨 끝에다 무심결인 듯 덧붙이고 있었다.

"이참에 웬만하면 우리도 여기다 방 한 칸쯤이나 더 늘여내고 지붕도 도당으로 얹어버리면 싶긴 하더라만……."

마침내 노인이 그 당시의 소망을 내비친 것이었다.

"오늘 당할지 낼 당할지 모를 일이기는 하지만, 날짐승만도 못한 목숨이 이리 모질기만 하다 보니 별의별 생각이 다 드는구나. 저런 옷궤 하나도 간수할 곳이 없어 이리 밀치고 저리 밀치다 보면 어떤 땐 그저 일을 저질러버리고 싶은 생각이 꿀떡 같아지기도 하고……."

노인은 결국 그런 식으로 당신의 소망을 분명히 해버리고 있었던 셈이었다. 지금은 아니더라도 적어도 그런 소망을 지녔던 것만은 분명히 한 것이었다.

나는 이제 할 말이 없었다. 눈을 감은 채 듣고만 있었다. 노인에 대해선 빚이 없음을 골백번 속으로 다짐하고 있었다.

"이번에는 면에서도 그냥 흐지부지 지나가 주더라만 내년엔 또 이번처럼 어떻게 잠잠해 주기나 할는지. 하기사 면 사람들 무서워 집을 고친다고 할 수도 없지마는, 늙은이 냄새가 싫어 그런지 그래도 한데서 등짝 붙이고 누울 만한 방 놔두고 밤마다 남의 집으로 잠자릴 얻어다니는 저것들 에미 꼴도 모른 체하기는 못할 일이더니라."

내가 아예 대꾸를 않으니까 노인은 이제 혼잣말 비슷이 푸념을 계속했다. 듣다 보니 노인의 머릿속엔 이미 상당히 구체적인 계획표까지 마련이 되어 있었던 것 같았다.

"나라에서 보조금을 오만 원이나 내주겠다. 일을 일단 저지르고 들었더라면 큰돈이야 얼마나 더 들 일이 있었을라더냐…… 남정네가 없어 남들처럼 일손을 구하기가 쉽진 않았겠지만 네 형수가 여름 한철만 밭을 매주기로 했으면 건넛집 용석이 아배라도 그냥 모른 체하지는 않았을 것이다……."

흙일을 돌볼 사람은 그 용석이 아버지에게 부탁을 하고 기둥을 갈아낼 나무 가대는 이장네 산에서 헐값으로 몇 개를 부탁해 볼 수가 있었다는 것이었다.

노인의 장죽 끝에는 이제 불기가 꺼져 식어 있었다.

노인은 연신 그 불 꺼진 장죽을 빨아대면서, 한사코 그 보조금 오만 원과 이웃의 도움이 아까워서라도 일을 단념하기가 아쉬웠다는 투였다.

하지만 노인은 그러면서도 끝끝내 내게 대한 주장이나 원망의 빛을 보이진 않았다. 이야기의 형식은 어디까지나 과거의 일로서 그런 생각을 해봤을 뿐이고, 그럴 뻔했다는 말일 뿐이었다. 그리고 그런 식으로 나에 대해선 어떤 형식으로도 직접적인 부담감을 느끼게 하지 않으려는 식이었다. 말하는 목소리도 끝끝내 그 체념기가 짙은 특유의 침착성을 잃지 않은 채였다.

"하지만 다 소용없는 일이다. 세상 일이 그렇게 맘같이만 된다면야 나이 먹고 늙는 걸 설워 안 할 사람이 있을라더냐. 나이를 먹으면 애기가 된다더니 이게 다 나이 먹고 늙어가는 노망기 한가지제."

종당에는 그 당신의 은밀스러운 소망조차도 당신 자신의 실없는 노망기 탓으로 돌려버리는 것이었다.

하지만 나는 이제 그런 노인의 내심을 못 알아볼 리가 없었다.

한마디 말참견도 없이 눈을 감고 잠이 든 체 잠잠히 누워만 있던 아내까지도 그것을 분명히 눈치채고 있었다.

"당신, 어젯밤 어머니 말씀에 그렇게밖에 응대해 드릴 방법이 없었어요?"

오늘 아침 아내는 마당가로 세숫물을 떠 들고 나왔다가 낮은 소리로 추궁을 해왔다. 그때 나는 아내에게 그저 쓸데없는 참견 말라는 듯 눈매를 잔뜩 깎아 떠 보였었다. 하니까 아내는 그러는 나를 차라리 경멸조로 나무라고 있었다.

"당신은 참 엉뚱한 데서 독해요. 늙은 노인네가 가엾지도 않으세요. 말씀이라도 좀 더 따뜻하게 위로를 드릴 수 있었을 텐데 말예요."

아내도 분명 노인의 말뜻을 알아듣고 있었던 것이다. 그리고 아내는 나보다도 더 노인을 걱정하고 있었다. 노인에 대한 나의 속마음도 속속들이 모두 읽고 있을 게 당연했다. 내일 아침으로 서둘러 서울로 되돌아가겠노라는 나의 결정에 아내가 은근히 분개하고 나선 것도 그런 사연을 모두 알고 있었기 때문이었다. 한다고 그년들 무슨 뾰족한 수가 있을 수가 있는가.

어쨌든 노인이 이제라도 그 집을 새로 짓고 싶어 하고 있는 건 분명했다. 아무래도 알 수 없는 일이었다. 아닌 게 아니라 나이를 먹으면 노인들은 모두 어린애가 되어가는 것일까. 노인은 정말로 내게 빚이 없다는 사실을 잊어버리고 만 것일까. 노인의 말처럼 그건 노망기가 분명했다. 그런 염치도 못 가릴 정도로 노인은 그렇게 늙어버린 것이었다. 하지만 난 노인의 노망기를 원망할 필요는 없었다. 문제는 나의 빚이었다. 노인에 대해 빚이 없다는 사실만이 내게는 중요했다. 염치가 없어져서건 노망을 해서건 노인에 대해 내가 갚아야 할 빚만 없으면 그만인 것이었다.

빚이 있을 리 없지. 절대로! 글쎄 노인도 그걸 알고 있으니까 정면으로는 말을 꺼내지 못하질 않던가 말이다.

어디선가 무덥고 게으른 매미 울음소리가 들리고 있었다.

나는 비로소 어떤 신념을 굳힌 듯 오리나무 그늘에서 몸을 힘차게 일으켜세웠다. 콩밭 아래로 흘러 뻗은 마을이 눈앞으로 멀리 펼쳐져나갔다. 아닌 게 아니라 아직 초가지붕을 이고 있는 건 노인네의 그 버섯 모양의 오두막과 또 다른 아랫동네의 한 채가 전부였다.

─빌어먹을! 그 지붕개량 사업인지 뭔지 하필 이런 때 법석들이지?

아무래도 심기가 편할 수는 없었다. 나는 공연히 그 지붕개량 사업 쪽에다 애꿎은 저주를 보내고 있었다.

3

해가 훨씬 기운 다음에야 콩밭을 가로질러 노인의 집 뒤꼍으로 뜰을 들어서려다 보니 아내는 결국 반갑지 않은 화제를 벌여놓고 있었다.

"이 나이에 내가 살면 얼마나 더 좋은 세상을 살겠다고 속없이 새 방 들이고 기와지붕을 덮자겠냐…… 집 욕심 때문이 아니라 나 간 뒷일이 안 놓여 그런다……."

뒤꼍에서 안뜰로 발길을 돌아나서려다 보니, 장지문을 반쯤 열어젖힌 안방에서 노인의 말소리가 도란도란 흘러나오고 있었다.

"날씨가 선선한 봄가을철이나, 하다못해 마당에 채일(차일)이라도 치고들 지내는 여름철만 되더라도 걱정이 덜하겠다마는, 한겨울 추위 속에서나 운 사납게 숨이 딸깍 끊어져봐라. 단칸방 아랫목에다 내 시신 하나 가득 들여놓으면 그 일을 어찌할 것이냐."

이번에도 또 그 집에 관한 이야기였다. 노인을 어떻게 위로한다는 것일까. 아니면 아내는 그 노인의 소망을 더 이상 어떻게 외면할 수가 없도록 노골화시켜 버리고 싶었던 것일까.

답답하게 눈치만 보고 도는 그 나에 대한 아내의 원망은 그토록 뿌리가 깊고 지혜로웠던 것이란 말인가. 노인의 이야기는 아내가 거기까지 유도해 내고 있었던 게 분명했다. 노인은 이제 그 아내 앞에 당신의 집에 대한 소망을 분명한 목소리로 털어놓고 있었다.

그리고 이젠 당신의 소망에 대한 솔직한 사연을 말하고 있었다. 노인의 그 오랜 체념의 습관과 염치를 방패 삼아 어물어물 고비를 지나가려던 노인의 소망이 마침내 노골적인 모습을 드러내버린 것이었다. 노인의 소망은 이미 짐작하고 있었지만 설마하면 그렇게 분명한 대목까지는 만나게 될 줄을 몰랐던 일이었다. 나는 마치 마지막 희망이 무너진 느낌이었다. 하지만 그 노인의 설명에는 나에게도 마침내 분명해진 것이 있었다. 노인이 갑자기 그 집에 대한 엉뚱한 소망을 지니게 된 당신의 내력이었다. 노인은 아직도 당신의 삶을 위해서는 새삼스러운 소망을 지니지 않고 있었다. 노인의 소망은 당신의 사후에 내력이 있었다.

"떠돌아늘어 살아오긴 했어도, 난 이 동네 사람들한테 못할 일은 한 번도 안 해보고 살아온 늙은이다. 궂은 밥 먹고 궂은 옷 입고 궂은 잠자리 속에 말년을 보냈어도 난 이웃이나 이 동네 사람들한테 궂은 소리는 안 듣고 늙어왔다. 이 소리가 무슨 소린고 하니 나 죽고 나면 그래도 이 동네 사람들, 이 늙은이 주검 위에 흙 한 삽, 뗏장 한 장씩은 덮어주러 올 거란 말이다. 늙거나 젊거나 그렇게 날 들여다봐 주러 오는 사람들을 어찌할 것이냐. 사람은 죽어서 고단해지는 것보다 더 고단한 것도 없는 법인디 오는 사람 마다할 수 없

고 가난하게 간 늙은이가 죽어서라도 날 들여다봐 주러 오는 사람
들한테 쓴 소주 한잔을 대접해 보내고 싶은 게 죄가 될 거나. 그래
서 그저 혼자서 궁리해 본 일이란다. 숨 끊어지는 날 바로 못 내다
묻으면 주검하고 산 사람들이 방 하나뿐 아니냐. 먼 데서 온 느그들
도 그렇고…… 그래서 꼭 찬바람이나 막고 궁둥이 붙여앉을 방 한
칸만 어떻게 늘여봤으면 했더니라마는…… 그게 어디 맘 같은 일이
더냐. 이도저도 다 늙고 속없는 늙은이의 노망길 테이제……."

노인의 소망은 바로 그 당신의 죽음에 대한 대비에서 비롯된 것
이었다.

알 만한 노릇이었다. 살림이 망하고 옛 살던 동네를 나와 떠돌기
시작하면서부터 언제나 당신의 죽음에 대한 대비를 게을리 해오지
않던 노인이었다. 동네 뒷산 양지바른 언덕 아래다 마을 영감 한 분
에게 당신의 집터(노인은 당신의 무덤자리를 늘 그렇게 말했다.)를 미
리 얻어놓고 겨울철에도 날씨가 좋으면 그곳을 찾아가 따뜻한 햇볕
을 즐기고 온다던 노인이었다. 이제 노인은 그 당신의 죽음에 대해
서 마지막 준비를 서두르고 있는 것이었다. 나는 아무래도 더 노인
의 이야기를 엿듣고 있을 수가 없었다. 발길을 움직여 소리없이 자
리를 피해 버리고 싶었다.

한데 그때였다. 공연히 쓸데없는 일에 감동을 잘 하는 아내마저
이번에는 아무래도 견딜 수가 없어진 모양이었다.

"전에 사시던 집은 터도 넓고 칸 수도 많았다면서요?"

아내가 느닷없이 화제를 바꾸고 나섰다. 별달리 노인을 달랠 말
이 없으니까, 지나간 일이나마 그렇게 넓게 살던 옛집의 기억을 상
기시켜서라도 노인을 위로하고 싶어진 것 같았다. 그것은 노인도
한때 번듯한 집살림을 해온 기억을 되돌이키게 함으로써 기분을 바
꾸게 해드리고 싶어서이기도 했겠지만 그 외에도 그것은 또 언제나

가난한 살림만을 보고 가게 하는 부끄러운 며느리 앞에 당신의 자존심을 얼마간이나마 되살려 내게 할 가외의 효과도 있을 수 있었다. 어쨌거나 나는 일단 자리를 피해야 할 필요가 없어지고 있었다.

"옛날 살던 집이야, 크고 넓었제. 다섯 칸 겹집에다 앞뒤터가 운동장이었더라…… 하지만 이제 와서 그게 다 무슨 소용이냐. 남의 집 된 지가 이십 년이 단 된 것을……."

"그래도 어머님은 한때 그런 좋은 집도 살아보셨으니 추억은 즐거운 편이 아니겠어요? 이 집이 답답하고 짜증나실 땐 그런 기억이라도 되살려 보세요."

"기억이나 되살려서 어디다 쓰게야. 새록새록 옛날 생각이 되살아나다 보면 그렇지 않아도 심사가 어지러운 것을."

"하긴 그러실 거예요. 그렇게 넓은 집에 사셨던 생각을 하시면 지금 사시는 형편만 더 짜증스러워지시기도 하시겠죠. 뭐니 뭐니 해도 지금 형편이 이렇게 비좁은 단칸방 신세가 되고 마셨으니 말씀예요……."

노인과 아내는 잠시 그렇게 위론지 넋두린지 분간이 가지 않는 소리들을 주고받고 있었다. 한동안 그렇게 오가는 이야기를 듣다 보니, 나는 그 아내의 동기가 다시 조금씩 의심스러워지기 시작하고 있었다. 아내의 말투는 그저 노인을 위로하기 위해서가 아니었다. 노인을 위로하기 위해서라기보다는 당신의 심기를 점점 더 불편스럽게 해드리고 있었다. 노인에게 옛집을 상기시켜 드리려는 것은 노인의 불편스러운 심기를 주저앉히기보다는 오늘을 더욱더 비참스럽게 느껴지게 만들고 있었다. 집을 고쳐짓고 싶은 노인의 그 은밀스러운 소망을 자꾸만 밖으로 후벼대고 있었다. 아내의 목적은 차라리 그쪽에 있었던 것 같았다.

아내에 대한 나의 판단은 과연 크게 빗나가지 않고 있었다.

"방이 이렇게 비좁은데 그럼 어머니 이 옷장이라도 어디 다른 데로 좀 내놓을 순 없으세요? 이 옷장을 들여놓으니까 좁은 방이 더 비좁지 않아요."

아내는 마침내 내가 가장 거북스럽게 시선을 피해 오고 있는 곳으로 화제를 끌어들이고 있는 것이었다.

바로 그 옷궤 이야기였다. 십칠팔 년 전. 고등학교 일학년 때였다. 술버릇이 점점 나빠져가던 형이 전답을 팔고 선산을 팔고, 마침내는 그 아버지 때부터 살아온 집까지 마지막으로 팔아넘겼다는 소식을 들었다. K시에서 겨울방학을 보내고 있던 나는 도대체 일이 어떻게 되어가는지나 알아보고 싶어 옛 살던 마을을 찾아가 보았다. 집을 팔아버렸으니 식구들을 만나게 될 기대는 없었지만, 그래도 달리 소식을 알아볼 곳이 있었기 때문이었다. 어스름을 기다려 살던 집 골목을 들어서니 사정은 역시 K시에서 듣고 온 대로였다. 집은 텅텅 비어진 채였고 식구들은 어디론가 간 곳이 없었다. 나는 다시 골목 앞에 살고 있던 먼 친척 누님을 찾아갔다. 그런데 그 누님의 말을 들으니 노인이 뜻밖에 아직 나를 기다리고 있다는 것이었다.

"여기가 어디냐. 네가 누군데 내 집 앞 골목을 이렇게 서성대고 있어야 하더란 말이냐."

한참 뒤에 어디선가 누님의 소식을 듣고 달려온 노인이 문간 앞에서 어정어정 망설이고 있는 나를 보고 다짜고짜 나무랐다. 행여나 싶어 노인을 따라 문간을 들어섰으나 집이 팔린 것은 분명해 보였다.

그날 밤 노인은 옛날과 똑같이 저녁을 지어 내왔고, 그날 밤을 거기서 함께 지냈다. 그리고 이튿날 새벽 일찍 K시로 나를 다시 되돌려보냈다. 나중에야 안 일이었지만 노인은 그렇게 나에게 저녁밥

한 끼를 지어먹이고 마지막 밤을 지내게 해주고 싶어, 새 주인의 양해를 얻어 그렇게 혼자서 나를 기다리고 있었다는 것이었다. 언젠가 내가 다녀갈 때까지는 그 하룻밤만이라도 내게 옛집의 모습과 옛날의 분위기에 자고 가게 해주고 싶어서였는지 모른다. 하지만 문간을 들어설 때부터 집 안 분위기는 이사를 나간 빈 집이 분명했었다.

한데도 노인은 그때까지 그 빈 집을 매일같이 드나들며 먼지를 떨고 걸레질을 해온 것이었다. 그리고 그때 노인은 아직 집을 지켜온 흔적으로 안방 한쪽에다 이불 한 채와 옷궤 하나를 예대로 그냥 남겨두고 있었다.

이튿날 새벽 K시로 다시 길을 나설 때서야 비로소 집이 팔린 사실을 분명히 해온 노인의 심정으로는 그날 밤 그 옷궤 한 가지로나마 옛집의 분위기를 되살려 나의 괴로운 잠자리를 위로하고 싶었음이 분명한 것이었다.

그러한 내력이 숨겨져온 옷궤였다.

떠돌이살림에 다른 가재도구가 없어서도 그랬지만 이 이십 년 가까이를 노인이 한사코 간직해 온 옷궤였다.

그만큼 또 나를 언제나 불편스럽게 만들어온 물건이었다. 노인에게 빚이 없음을 몇 번씩 스스로 다짐하고 있다가도 그 옷궤만 보면 무슨 액면가 없는 빚문서를 만난 듯 몹시 기분이 꺼림칙스러워지곤 하던 물건이었다.

이번에도 물론 마찬가지였다. 노인의 방을 들어선 순간에 벌써 기분을 불편스럽게 해오던 옷궤였다. 그리고 끝내는 이틀 밤을 못 넘기고 길을 다시 되돌아갈 작정을 내리게 한 것도 알고 보면 바로 그 옷궤의 허물이 컸을지 모른다.

아내도 물론 그 옷궤에 관한 내력을 내게로부터 들을 만큼 듣고 있었다.

아내가 옷궤의 내력을 알고 있는 여자라면, 그 옷궤에 관한 나의 기분도 짐작을 못할 그녀가 아니었다. 아내는 일부러 내가 두 사람의 이야기를 엿듣고 있는 걸 알고서 하는 소리일 수도 있었다.

나는 어느새 그 콧속을 후비는 못된 버릇이 되살아날 만큼 긴장을 하고 있었다. 생각지도 않았던 곳에서 갑자기 묵은 빚문서가 튀어나올 것 같은 조마조마한 기분이었다. 노인이 치사하여 그 묵은 빚문서로 나를 궁지로 몰아넣으려 덤빌 수도 있었다.

──그래 보라지. 누가 뭐래도 내겐 절대로 빚진 게 없으니까. 그래 본들 없는 빚이 생길 리가 있을라구.

나는 거의 기구를 드리듯 눈을 감고 기다렸다.

하지만 다행스러운 것은 아직도 그 무심스러워 보이기만 하는 노인의 대꾸였다.

"옷궤를 내놓으면 몸에 걸칠 옷가지는 다 어디다 간수하고야? 어디다 따로 내놓을 데가 있는 것도 아니지만, 그걸 어디다 내놓을 데가 생긴다고 해도 그것 말고는 옷가지 나부랑일 간수해 둘 데는 있어얄 것 아니냐."

알고 그러는지 모르고 그러는지 노인은 그리 그 옷궤 쪽에는 신경을 쓰고 있지 않은 것 같았다.

"옷이야 어떻게 못을 박아 걸더라도, 사람이 우선 좀 발이라도 뻗고 누울 자리가 있어야잖아요. 이건 뭐 사람보다도 옷장을 모시는 꼴이지 뭐예요."

아내는 거의 억지를 부리고 있었다.

옷궤에 대한 노인의 집착심을 시험해 보기 위한 수작임이 분명했다.

하지만 노인의 반응은 여전히 의연했다.

"그건 네가 모르는 소리다. 그 옷궤라도 하나 없으면 이 집을 누가 사람 사는 집이라 할 수 있겠냐. 사람 사는 집 흔적으로 해서라도 그건 집 안에 지녀야 할 물건이다."

"어머님은 아마 저 옷장에 그럴 만한 사연이 있으신가 보군요. 시집올 때 해오신 건가요?"

노인의 나이가 너무 높다 보니 아내는 때로 그 노인 앞에 손주딸처럼 버릇이 없어지기도 했지만, 이번에는 숫제 장난기 한 가지였다.

"내력은 무슨……."

노인은 이제 그것으로 그만 입을 다물어버리고 말았다. 옷궤 이야기는 더 이상 들추고 싶지가 않은 모양이었다.

하지만 아내도 이젠 그쯤에서 호락호락 물러설 여자가 아니었다. 노인이 입을 다물어버리자 아내도 그만 거기서 할 말을 잃은 듯 잠시 침묵을 지키고 있더니 이윽고는 다시 공세를 펴기 시작했다.

"하긴 어쨌거나 어머님 마음이 편하진 못하시겠어요. 뭐니 뭐니 해도 옛날에 사시던 집을 지켜오시는 게 최선이었는데 말씀예요. 도대체 그 집은 어떻게 해서 팔리게 되었어요?"

이번엔 또 그 집 얘기였다. 그 역시 모르고 묻는 소리가 아니었다. 아내는 그 옷궤의 내력과 함께 집이 팔리게 된 사정에 대해서도 모두 알고 있었다. 하면서도 그녀는 다시 노인에게 그것을 되풀이시키려 하고 있는 것이었다. 옷궤를 구실로 그 노인의 소망을 유인해 내려는 그녀 나름의 노력의 연장이었다.

하지만 노인의 태도도 아직은 그 아내에 못지않게 끈질긴 데가 있었다.

"집이 어떻게 팔리기는…… 안 팔아도 좋을 집을 장난 삼아서 팔았을라더냐. 내 집 지니고 살 팔자가 못 돼 그리된 거제……."

알고도 묻는 소릴 노인은 또 노인대로 내력을 얼버무려 넘기려고 하였다.

"그래도 사정은 있었을 게 아녜요? 그 집 지을 때 돌아가신 아버님이 몹시 고생을 하셨다고 하던데요."

"집이야 참 어렵게 장만한 집이었지야. 남같이 한 번에 지어올린 집이 아니고 몇 해에 걸쳐서 한 칸씩 두 칸씩 살림 형편 쫓아서 늘여간 집이었더니라. 그렇게 마련한 집이 결국은 내 집이 못 되고…… 하지만 이제 그런 소린 해서 다 뭣을 하겠냐. 어차피 내 집은 못 될 운수라 그리 된 일을 이런 소리 곱씹는다고 팔려간 집 다시 내 집이 되어 돌아올 것도 아니고……."

"하지만 그리 어렵게 장만한 집이라 애석한 생각이 더할 게 아녜요. 지금 형편도 그럴 수밖에 없고요. 어떻게 되어 그리되고 말았는지 그때 사정이라도 좀 말씀해 보세요."

"그만둬라, 다 소용없는 일이다. 그리고 이제는 세월이 흘러서 기억도 많이 희미해진 일이고……."

한사코 이야기를 피하려는 노인에게 아내는 마침내 마지막 수단을 동원하고 있었다.

"좋아요. 어머님께서 아마 지난 일을 저까지 공연히 속을 상하게 할까봐 그러시는 모양인데요, 그래도 별로 소용이 없으세요. 저도 사실은 이야기를 대강 다 들어 알고 있단 말씀예요."

"이야기를 들어? 누구한테서?"

노인이 비로소 조금 놀라는 기미였다.

"그야 물론 저 사람한테지요."

노인의 물음에 아내가 대답했다. 눈에는 보이지 않지만, 밖에서 엿듣고 있는 나를 지목한 말투가 분명했다. 그렇다면 그녀는 벌써부터 밖에서 엿듣고 있는 나의 낌새를 알아차리고 있었음이 분명해 보였다.

"제가 알고 있는 건 그 집을 팔게 된 사정뿐만도 아니에요. 어머님께서 저 사람한테 그 팔려간 집에서 마지막 밤을 지내게 해주신 일도 모두 알고 있단 말씀예요. 모른 척하고 있기는 했지만 저 옷장 말씀예요, 그날 밤에도 어머님은 저 헌 옷장 하나를 집 안에다 아직 남겨두고 계셨더라면서요. 아직도 저 사람한텐 어머님이 거기서 살고 계신 것처럼 보이시려고 말씀이에요."

아내는 왠지 목소리가 떨려 나오고 있었다.

"그렇담 어머님, 이제 좀 속 시원히 말씀해 보세요. 혼자서 참아넘기시려고만 하지 마시고 말씀이라도 하셔서 속을 후련히 털어놔 보시란 말씀이에요. 저흰 어머님 자식들 아닙니까. 자식들한테까지 어머님은 어째서 그렇게 말씀을 참아넘기시려고만 하세요."

아내의 어조는 이제 거의 울먹임에 가까웠다.

노인도 이젠 어찌할 수가 없는지 한동안 묵묵히 대꾸가 없었다.

나는 온통 입 안의 침이 다 마르고 있었다. 노인의 대꾸가 어떻게 나올지 숨도 못 쉰 채 노인의 다음 말만 기다리고 있었다.

하지만 그 아내나 나의 조바심하고는 아랑곳도 없이 노인은 끝내 심기를 흐트리지 않았다.

"그래 그 아그(아이)도 어떻게 아직 그날 밤 일을 잊지 않고 있더냐?"

"그래요, 그리고 그날 밤 어머님은 저 사람이 집을 못 들어가고 서성대고 있으니까 아직도 그 집이 안 팔린 것처럼 저 사람을 안으로 데려다가 저녁까지 한 끼 지어먹이셨다면서요?"

"그럼 됐구나. 그렇게 죄다 알고 있는 일을 뭣 하러 한사코 나한테 되뇌게 하려느냐."

"저 사람은 벌써 잊어가고 있거든요. 저 사람한테선 진짜 얘기를 들을 수도 없고요. 사람이 독해서 저 사람은 그런 일 일부러 잊어요. 그래 이번엔 어머님한테서 진짜 이야길 듣고 싶은 거예요. 저 사람 얘기 말고 어머님의 그날 밤 진짜 심정을 말씀이에요.”

“심경이나마나 저하고 별다른 대목이 있었을라더냐. 사세부득해서 팔았다곤 하지만 아직은 그래도 내 발길이 끊이지 않는 집인데, 그 집을 놔두고 그 아그가 그래 발길을 주춤주춤 어정대고 서 있더구나…….”

아내의 성화를 견디다 못해 노인은 결국 마지못한 어조로 그날 밤 일을 되돌이키고 있었다. 그러나 그 노인의 어조에는 아직도 여전히 그날 밤의 심사가 실려 있질 않은 채였다.

“그래 저를 나무래서 냉큼 집 안으로 데리고 들어갔더니라. 그리고 더운밥 지어먹여서 그 집에서 하룻밤을 재워가지고 동도 트기 전에 길을 되돌려 떠나보냈더니라…….”

“그래 그때 어머님 마음이 어떠셨어요?”

“마음이 어떻기는야. 팔린 집이나마 거기서 하룻밤 저 아그를 재워보내고 싶어 싫은 골목 드나들며 마당도 쓸며 걸레질도 훔치며 기다려온 에미였는데, 더운밥 해먹이고 하룻밤을 재우고 나니 그만만 해도 한 소원은 우선 풀린 것 같더라.”

“그래 어머님은 흡족한 기분으로 아들을 떠나보내셨다는 그런 말씀이시겠군요. 하지만 정말로 그게 그렇게 될 수가 있었을까요? 어머님은 정말로 그렇게 흡족한 마음으로 아들을 떠나보내실 수 있으셨을까 말씀이에요. 아들은 다시 학교로 돌아가는 길이었다 하더라도 어머님 자신은 그때 변변한 거처 하나 마련해 두시질 못하셨을 처지에 말씀이에요.”

“나더러 또 무슨 이야길 더 하라는 것이냐.”

“그때 아들을 떠나보내실 때 심경을 듣고 싶어요. 객지 공부 가는 아들을 그런 식으로 떠나보내시면서 어머님 자신도 거처가 없이 떠도서야 했던 그때 처지에서 어머님이 겪으신 심경을 말씀예요.”

“그만두거라. 다 쓸데없는 노릇이니라. 이야기를 한들 그때 마음이야 네가 어찌 다 알아들을 수가 있겠냐.”

노인이 다시 이야기를 사양했다.

그러나 그 체념기가 완연한 노인의 어조에는 아직도 혼자 당신의 맘속으로만 지녀온 어떤 이야기가 남아 있을 것 같았다.

나는 이제 더 이상 기다리고만 있을 수가 없었다. 아내는 나의 이런 기미를 눈치채고 있었다 하더라도 노인만은 아직 그걸 알지 못하고 있었다. 노인의 말을 그쯤에서 중단시켜야 했다. 아내가 어떻게 나온다 하더라도 내게까지 그것을 알게 하고 싶지는 않을 노인이었다. 내 앞에선 더 이상 노인의 이야기가 계속될 수가 없었다.

나는 이윽고 헛기침을 한 번 하고서 그 노인의 눈길이 닿고 있는 장지문 앞으로 모습을 불쑥 드러내고 나섰다.

4

위험한 고비는 그럭저럭 모두 지나가고 있었다.

저녁상을 들일 때 노인은 또 언제나처럼 박설리 한 되를 사셔오게 하였다. 형의 술버릇 때문에 집안 꼴이 그 지경이 되었는데도 노인은 웬일로 내게 술걱정을 그리 하지 않았다. 집에만 가면 당신이 손수 막걸리 한두 되씩을 꼭꼭 미리 마련해다 주곤 하던 것이다.

——한잔 마시고 잠이나 자거라.

그러면서 언제나 잠을 자기를 권하는 것이었다.

이날 저녁도 마찬가지였다.

“그래, 정 내일 아침으로 길을 나설라냐?”

저녁상이 들어왔을 때 노인은 조심스러운 목소리로 그렇게 한마디 나의 의견을 물어왔을 뿐이었다.

"가야 할 일이 있으니까 가겠다는 거 아니겠어요."

나는 노인에게 공연히 화가 치민 목소리로 퉁명스럽게 대꾸했다.

하니까 노인은 그것으로 그만이었다.

"그래 알았다. 저녁하고 술이나 한잔하고 일찍 쉬거라."

아침부터 먼 길을 나서려면 잠이라도 일찍 자두라는 것이었다. 나는 말없이 노인을 따랐다. 저녁 겸해서 술 한 되를 비우고 그리고 술기를 못 견디는 사람처럼 일찌감치 잠자리를 펴고 누웠다.

형수님이 조카들을 데리고 잠자리를 찾아 나가자 이날 밤도 우리는 세 사람 합숙이었다.

어쨌거나 이제 위태로운 고비는 그럭저럭 거의 다 넘겨가고 있는 셈이었다. 눈을 붙였다. 깨고 나면 그것으로 모든 건 끝나는 것이었다. 지붕이고 옷궤고 더 이상 신경을 쓸 일이 없어진다. 노인에게 숨겨진 빚문서가 있을까. 하지만 이날 밤만 무사히 넘기고 나면 노인의 빚문서도 그것으로 영영 휴지가 되는 것이다.

──잠이나 자자. 빚이고 뭐고 잠들면 그만이다. 노인에게 빚은 내가 무슨 빚이 있단 말인가…….

나는 제법 홀가분한 기분으로 눈을 감고 잠을 청했다. 술기 탓인지 알알한 잠 기운이 이내 눈꺼풀을 덮어왔다.

한데 얼마쯤 그렇게 아늑한 졸음기 속을 헤매고 났을 때였을까. 나는 웬일인지 문득 다시 잠기가 서서히 엷어져가고 있었다. 그리고 아직도 그 어렴풋한 선잠기 속에 도란도란 조심스러운 노인의 말소리가 들려오고 있었다.

"그날 밤사말로 갑자기 웬 눈이 그리도 많이 내렸던지 잠을 잤으면 얼마나 잤겠느냐마는 그래도 잠시 눈을 붙였다가 새벽녘에 일어나 보니 바깥이 왼통 환한 눈 천지로구나…… 눈이 왔더라도 어쩔 수가 있더냐. 서둘러 밥 한 술씩을 끓여다가 속을 덥히고 그 눈길을 서둘러 나섰더니라……."

나는 다시 정신이 번쩍 들고 말았다. 어찌 된 일인지 노인이 마침내 그날 밤 이야기를 아내에게 가닥가닥 털어놓고 있는 중이었다.

"처지가 떳떳했으면 날이라도 좀 밝은 다음에 길을 나설 수도 있었으련만, 그땐 아직도 그리 처지가 부끄럽고 저주스럽기만 했던지. 그래 할 수 없이 새벽 눈길을 둘이서 나섰지만, 시오리나 되는 장터 차부까지 산길이 멀기는 또 얼마나 멀더라냐."

기억을 차근차근 더듬어나가고 있는 노인의 몽롱한 목소리는 마치 어린 손주아이에게 옛얘기라도 들려주고 있는 할머니의 그것처럼 아늑한 느낌마저 깃들이고 있었다.

아내가 결국은 노인을 거기까지 유도해 냈음이 분명한 것이었다.

──이야기를 한들 네가 어찌 다 알아들을 수가 있겠냐…….

낮결에 노인이 말꼬리를 한 가닥 깔고 넘은 기미를 아내가 무심히 들어넘겼을 리 없었다.

그날 밤──아니 그날 새벽──아내에겐 한 번도 들려준 일이 없는 그날 새벽의 서글픈 동행을, 나 자신도 한사코 기억의 피안으로 사라져가 주기를 바라오던 그 새벽의 눈길의 기억을 노인은 이제 받아낼 길이 없는 묵은 빚문서를 들추듯 허무한 목소리로 되씹고 있었다.

"날은 아직 어둡고 산길은 험하고, 미끄러지고 넘어지면서도 차부까지는 그래도 어떻게 시간을 대어 갈 수가 있었구나……."

이야기를 듣고 있는 나의 머릿속에도 마침내 그날의 정경이 손에 닿을 듯 역력히 떠올랐다. 어린 자식놈의 처지가 너무도 딱해서였을까. 아니 어쩌면 노인 자신의 처지까지도 그 밖엔 달리 도리가 없었을 노릇이었는지도 모른다. 동구 밖까지만 바래다주겠다던 노인은 다시 마을 뒷산의 잿길까지만 나를 좀 더 바래주마 우겼고, 그 잿길을 올라선 다음에는 새 신작로가 나설 때까지만 산길을 함께 넘어가자 우겼다. 그럴 때마다 한 차례씩 가벼운 실랑이를 치르고 나면 노인과 나는 더 이상 할 말이 있을 수가 없었다. 아닌 게 아니라 날이라도 좀 밝은 다음이었으면 좋았겠는데, 날이 밝기를 기다려 동네를 나서는 건 노인이나 나나 생각을 않았다. 그나마 그 어둠을 타고 마을을 나서는 것이 노인이나 나나 마음이 편했다. 노인의 말마따나 미끄러지고 넘어지면서, 내가 미끄러지면 노인이 나를 부축해 일으키고, 노인이 넘어지면 내가 당신을 부축해 가면서, 그렇게 말없이 신작로까지 나섰다. 그러고도 아직 그 면소 차부까지는 길이 한참이나 남아 있었다. 나는 결국 그 면소 차부까지도 노인과 함께 신작로를 걸었다.

아직도 날이 밝기 전이었다.

하지만 그러고 우리는 어찌 되었던가.

나는 차를 타고 떠나가 버렸고, 노인은 다시 그 어둠 속의 눈길을 되돌아선 것이다.

내가 알고 있는 건 거기까지뿐이었다.

노인이 그 후 어떻게 길을 되돌아갔는지는 나로서도 아직 들은 바가 없었다. 노인을 길가에 혼자 남겨두고 차로 올라서 버린 그 순간부터 나는 차마 그 노인을 생각하기가 싫었고, 노인도 오늘까지 그날의 뒷얘기는 들려준 일이 없었던 것이다. 한데 노인은 웬일로 오늘사 그날의 기억을 돌이키고 있는 것이었다.

"어떻게 어떻게 장터 거리로 들어서서 차부가 저만큼 보일 만한 데까지 가니까 그때 마침 차가 미리 불을 켜고 차부를 나오는구나. 급한 김에 내가 손을 휘저어 그 차를 세웠더니, 그래 그 운전수란 사람들은 어찌 그리 길이 급하고 매정하기만 한 사람들이더냐. 차를 미처 세우지도 덜하고 덜크렁덜크렁 눈 깜짝할 사이에 저 아그를 훌쩍 실어담고 가버리는구나."

"그래서 어머님은 그때 어떻게 하셨어요?"

잠잠히 입을 다문 채 듣고만 있던 아내가 모처럼 한마디를 끼어들고 있었다.

나는 갑자기 다시 노인의 이야기가 두려워지고 있었다. 자리를 차고 일어나 다음 이야기를 가로막고 싶었다. 하지만 나는 이미 그럴 수가 없었다. 사지가 말을 들어주질 않았다. 온몸이 마치 물을 먹은 솜처럼 무겁게 가라앉아 있었다. 몸을 어떻게 움직여볼 수가 없었다. 형언하기 어려운 어떤 달콤한 슬픔, 달콤한 피곤기 같은 것이 나를 아늑히 감싸오고 있었다.

"어떻게 하기는야. 넋이 나간 사람마냥 어둠 속에 한참이나 찻길만 바라보고 서 있을 수밖에야…… 그 허망한 마음을 어떻게 다 말할 수가 있을 거나……."

노인은 여전히 옛애기를 하듯 하는 그 차분하고 아득한 음성으로 그날의 기억을 더듬어나갔다.

"한참 그러고 서 있다 보니 찬바람에 정신이 좀 되돌아오더구나. 정신이 들어보니 갈 길이 새삼 허망스럽지 않았겠냐. 지금까지 그래도 저하고 나하고 둘이서 헤쳐온 길인데 늙은 것 혼자서 그 길을 되돌아서려니…… 거기다 아직도 날은 어둡지야…… 그대로는 암만해도 길을 되돌아설 수가 없어 차부를 찾아들어갔더니라. 한식경이나 차부 안 나무걸상에 웅크리고 앉아 있으려니 그제사 동녘 하늘이 환해져오더구나…… 그래서 또 혼자 서두를 것도 없는 길을 서둘러 나섰는데, 그때 일만은 언제까지도 잊혀질 수가 없을 것 같구나."

“길을 혼자 돌아가시던 그때 일을 말씀이세요?”

“눈길을 혼자 돌아가다 보니 그 길엔 아직도 우리 둘 말고는 아무도 지나간 사람이 없지 않았겠냐. 눈발이 그친 그 신작로 눈 위에 저하고 나하고 둘이 걸어온 발자국만 나란히 이어져 있더구나.”

“그래서 어머님은 그 발자국 때문에 아들 생각이 더 간절하셨겠네요.”

“간절하다뿐이었겠냐. 신작로를 지나고 산길을 들어서도 굽이굽이 돌아온 그 몹쓸 발자국들에 아직도 도란도란 저 아그의 목소리나 따뜻한 온기가 남아 있는 듯만 싶었제. 산비둘기만 푸르륵 날아가도 저 아그 넋이 새가 되어 다시 되돌아오는 듯 놀라지고, 나무들이 눈을 쓰고 서 있는 것만 보아도 뒤에서 금세 저 아그 모습이 뛰어나올 것만 싶어졌지야. 그래서 나는 굽이굽이 외지기만 한 그 산길을 저 아그 발자국만 따라밟고 왔더니라. 내 자석아, 내 자석아, 너하고 나하고 둘이 온 길을 이제는 이 몹쓸 늙은 것 혼자서 너를 보내고 돌아가고 있구나!”

“어머님 그때 우시지 않았어요?”

“울기만 했겠냐. 오목조목 딛어논 그 아그 발자국마다 한도 없는 눈물을 뿌리며 돌아왔제. 내 자석아, 내 자석아, 부디 몸이나 성하게 지내거라. 부디부디 너라도 좋은 운 타서 복 받고 살거라…… 눈앞이 가리도록 눈물을 떨구면서 눈물로 저 아그 앞길을 빌고 왔제…….”

노인의 이야기는 이제 거의 끝이 나가고 있는 것 같았다. 아내는 이제 할 말을 잊은 듯 입을 조용히 다물고 있었다.

“그런데 그 서두를 것도 없는 길이라 그렁저렁 시름없이 걸어온 발걸음이 그래도 어느 참에 동네 뒷산을 당도해 있었구나. 하지만 나는 그 길로는 차마 동네를 바로 들어설 수가 없어 잿등 위에 눈을 쓸고 아직도 한참이나 시간을 기다리고 앉아 있었을 게다……."

"어머님도 이젠 돌아가실 거처가 없으셨던 거지요."

한동안 조용히 입을 다물고 있던 아내가 이제 더 이상 참을 수가 없어진 듯 갑자기 노인을 추궁하고 나섰다. 그녀의 목소리는 이제 울먹임 때문에 떨리고 있었다.

나 역시도 이젠 더 이상 노인을 참을 수가 없었다. 이제나마 노인을 가로막고 싶었다. 아내의 추궁에 대한 그 노인의 대꾸가 너무도 두려웠다. 노인의 대답을 들을 수가 없었다. 하지만 그 역시도 불가능한 일이었다.

나는 아직도 눈을 뜰 수가 없었다. 불빛 아래 눈을 뜨고 일어날 수가 없었다. 사지가 마비된 듯 가라앉아 있는 때문만이 아니었다. 졸음기가 아직 아쉬워서도 아니었다. 눈꺼풀 밑으로 뜨겁게 차오르는 것을 아내와 노인 앞에 보일 수가 없었다. 그것이 너무도 부끄러웠기 때문이었다. 아내는 이미 그러는 나를 알고 있었던 모양이었다.

"여보, 이젠 좀 일어나 보세요. 일어나서 당신도 말을 좀 해보세요."

그녀가 느닷없이 나를 세차게 흔들어깨웠다. 그녀의 음성은 이제 거의 울부짖음에 가까운 것이었다. 그래도 나는 일어날 수가 없었다. 뜨거운 것을 숨기기 위해 눈꺼풀을 꾹꾹 눌러 참으면서 내처 잠이 든 척 버틸 수밖에 없었다. 음성이 아직 흐트러지지 않고 있는 건 오히려 그 노인뿐이었다.

"가만 두거라. 아침길 나서기도 피곤할 것인디 곤하게 자고 있는 사람 뭣 하러 그러냐."

노인은 일단 아내의 행동을 말려두고 나서 아직도 그 옛얘기를 하는 듯한 아득하고 차분한 음성으로 당신의 남은 이야기를 끝맺어 가고 있었다.

눈길 301

　"하지만 이것만은 네가 잘못 안 것 같구나. 그때 내가 뒷산 잿등에서 동네를 바로 들어가지 못하고 있었던 일 말이다. 그건 내가 갈 데가 없어 그랬던 건 아니란다. 산 사람 목숨인데 설마 그때라고 누구네 문간방 한 칸에라도 산 몸뚱이 깃들일 데 마련이 안 됐겠냐. 갈 데가 없어서가 아니라 아침 햇살이 너무 눈에 시리더구나. 그때는 벌써 동네 아래까지 햇살이 퍼져들어 있는디, 눈에 덮인 그 우리집 지붕까지도 햇살 때문에 볼 수가 없더구나. 더구나 동네에선 아침 짓는 연기가 한참인디 그렇게 시린 눈을 해갖고는 그 햇살이 부끄러워 차마 어떻게 동네 골목을 들어설 수가 있더냐. 그놈의 말간 햇살이 부끄러워져서 그럴 엄두가 안 생겨나더구나. 시린 눈이라도 좀 가라앉히자고 그래 그러고 앉아 있었더니라……."

매잡이

지난봄 갑자기 세상을 등지고 만 민태준 형은, 그가 이승에 있었다는 흔적으로 단 한 가지 유물만을 남겨놓고 갔었다. 아는 이는 다 알고 있는 일이지만 그것은 별로 값지지도 않은 몇 권의 대학노트로 되어 있는 비망록이었다. 우리는 그가 원래 시골집에 논 섬지기나 땅을 가지고 있었고, 처신에도 별로 궁기를 띠지 않았기 때문에 설마 옷가지 정도는 정리할 게 좀 남아 있으리라 생각했지만, 사실은 그게 아니었던 것이다. 하지만 민형의 임종 순간이 노트 몇 권밖에 남길 수 없을 만큼 비참한 것은 물론 아니었다. 나이 서른넷이 되도록 결혼살림도 내보지 못한 민형은 모든 것을 미리 알고 주변을 말끔히 정리한 다음 스스로의 임종을 맞았으리라는, 어쩌면 그 임종은 민형 자신에 의하여 훨씬 오래전부터 계획되었는지 모른다는 추측이 유력했던 것이다. 하고 보면 그의 유품인 비망록은 그가 간 뒤에도 남겨두고 싶은 유일한 소지물이었음이 틀림없었을 거라고들 했다.

　한데 그가 죽은 뒤로 친구들을 가장 놀라게 한 것은 바로 그 초라한 유품 비망노트였다. 이것도 웬만한 친구들 사이에는 잘 알려진 일이지만 민형은 소설을 한 편도 쓰지 않은 소설가로 통하고 있었다. 소설을 쓰다가 그럴만한 사정이 있어 작품활동을 중단했다든가, 무슨 문예잡지의 추천 같은 것을 받았다든가 하는 일도 없는데 이상하게 우리는 그를 소설가로 불러왔던 것이다. 그리고 그 자신도 우리가 그렇게 불러주는 것을 전혀 불쾌해하지 않고 오히려 당연한 것처럼 여겼었다. 이유가 있기는 했다. 민형은 언제나 소설에 대해서 열심히 생각하고 있었고 또 우리와 소설에 대해서 많은 이야기를 했다. 그러나 가장 중요한 것은 그가 소설을 쓰려고 언제나 마음을 벼르고 있었다는 것이다. 그러나 그는 소설을 벼르기만 했지 실제로 그것을 쓰고 있는 것 같지는 않았다. 하지만 언젠가는 필경 소설을 써내고 정말 소설가가 되고 말 것처럼 그는 소설에 대해서 열심이었다. 우선 자기를 소설가라고 불러주는 일을 아무렇지도 않게 여기고 있는 것부터가 그 증거였다. 이것은 민형에게 썩 중요한 일면이기도 하지만, 그는 한번 어떤 식으로 자기를 규정하고 나면 그것을 아주 사실로 받아들여 놓고 다시는 의심조차 해보지 않으려는 엉뚱한 구석이 있었다. 민형이 자기를 소설가로 믿어버린 것은 그의 그런 엉뚱한 성미 탓이 아닌가도 생각되었다.

　하여튼 민형은 그렇게 우리들의 기대를 받으면서 소설을 열심히 생각하고 이야기하고 그리고 쓰려고 늘 때를 벼르고 있었다. 하지만 그것만으로는 우리도 물론 그를 정말 소설가라고 하지는 않았을 것이다. 실제로 작품을 내놓지 않은 민형에게 그런 말은 참을 수 없는 비웃음으로 들릴 수 있으리라는 점을 우리는 알고 있는 터였으니까 말이다. 한데 우리가 그를 그냥 소설가로 마음 편히 부를 수 있었던 가장 좋은 구실은 그가 일 년에 몇 번씩이고 어디론가 취재

여행을 하고 돌아온다는 점이었다. 실제로 작품을 쓰고 있는 우리들도 취재여행은 그렇게 간단히 나다니질 못하고 있는 터에 민형은 만사를 제치고 그 일을 하러 다니는 것이었다. 별로 하는 일도 없이 하숙방에서만 지내던 민형이 며칠 집을 비우고 없으면 그때는 영락없이 취재여행 중이었다. 그러나 여행을 갔다와서도 민형은 자세한 이야기를 하진 않았다.

"창원군 ○○마을에 재미있는 이야기가 있다기에 가봤더니 차비 손해봤다는 생각은 안 들더군."

이 정도로 말꼬리를 감추고는 그저 비실비실 웃을 뿐이었다. 나중에 알고 보니 그 여행 때문에 사실은 민형의 시골집 땅뙈기가 다 날아갔다는 소문이었다. 하지만 민형은 그 숱한 취재여행의 어느 것 다음에도 정말 작품을 내놓지는 않았다. 소설을 쓰는 눈치가 없었다. 그러다 그는 죽어버린 것이다. 그가 죽은 것도 병 때문이 아니었다. 그 무렵 민형은 결핵으로 조금씩 각혈을 하고 있기는 했었다.

그러나 우리는 그에게 별로 낙망할 필요는 없다고 수없이 위로를 했고, 또 사실 각혈 정도의 결핵이라면 오늘날의 의학이 충분한 구제의 가능성을 가지고 있는 것이다. 한데도 그는 스스로 목숨을 끊어버린 것이다. 아마 그 경우에는 자기는 이제 정말 난치의 병에 붙들려버린 것이며 멀지 않아 자기는 시체가 되어 있으리라고 단정하고, 그가 단정한 것이면 무엇이나 재빨리 그 상태가 되어 있고 싶어 하는 그의 성미대로 민형은 곧장 목숨을 끊어버린 것이라고 생각되었다. 그러니까 모든 죽음이 그렇듯이 그의 죽음에 대한 좀 더 중요한 부분은 전혀 알려진 바가 없는 셈이다. 민형이 죽은 뒤에 그가 남긴 조그마한 비망록이 친구들을 놀라게 했다는 것은 거기에다 그가 취재여행에서 수집해 놓은 소재들이 참으로 진기하고 귀중한 것들뿐이었기 때문이다. 전에는 소문으로밖에 별로 내용에 관해선 알려진 바가 없었던 몇 권의 비망록은, 그런 수많은 소재들에 관한 현지답사, 문헌조사, 상상 그리고 의문점들로 가득차 있어서 취재 메모라기보다는 차라리 연구노트 같은 것이었다. 그것도 대개는 산간벽지에 파묻혀 있거나 이미 사라져 없어진 민속, 설화, 명인거장 같은 것들에 관한 것이어서 지극히 얻기가 힘든 자료들일 뿐 아니라, 그것은 취재하는 태도로 족히 그 방면에 일가를 이룬 전문가의 면모를 엿보이게 하는 데가 있는 것이었다.

서커스 줄광대라든가 남해 고도의 어떤 늙은 나전공(螺鈿工), 또는 전라북도 어떤 정자에 사는 여자 궁사(弓師)들의 이야기 같은 것들은 자료를 읽어나가는 것만으로도 금방 어떤 작품의 윤곽이 잡히는 것이었다.

그러나 안타깝게도 민형은 그 어느 하나도 작품으로 다듬어내지 못하고 만 것이다. 마치 그는 작가가 되는 것은 도저히 불가능하다는 내심의 깊은 절망을 달래기 위해 그의 일은 작품의 자료를 수집하는 것만으로 만족하려고 애를 쓰고 있었던 것처럼 그 자료만 수집하고 다녔던 것이다. 적어도 민형을 알고 있는 우리 친구들은 그렇게 생각하고 있었다.

그러나 사실은 그렇지 않다. 민형은 한 편의 소설도 쓰지 않은 소설가는 아닌 것이다. 그에게는 꼭 한 편, 그것도 우수한(내 생각으로는) 작품이 있는 것이다.

이제 나는 여기서 사실을 고백해야 할 것 같다.

실상 앞에 말한 모든 이야기는 지금 내가 말하려는 고백을 전제하면서 지금까지 주변에서 생각되고 있었던 사실들을 그대로 적었을 뿐인 것이다. 그리고 이것은 나 자신으로서는 그런 것들에 좀 더 많은 것을 알고 있다는 말이 되겠다. 그것은 사실이다. 그리고 그렇다는 것을 나는 바로 오늘 아침에 알게 된 것이다.

아마 이 글을 읽는 사람은 「매잡이」라는 이 이야기의 제목이 눈에 익은 것을 먼저 알 것이고, 좀 더 주의깊게 생각했다면 나의 이름으로 발표된 소설 중에 이미 그런 제목이 또 하나 있었음을 기억해 냈을 것이다. 그리고 왜 같은 제목으로 또 이야기를 시작하는가 의심했을 것이다. 그러니까 「매잡이」라는 제목의 글은 이것으로 두 번째가 되는 것이다. 한데 한꺼번에 고백을 하자면 이 「매잡이」라는 제목의 글이 이번으로 세 번째가 된다는 것을 말하지 않을 수가 없다. 앞서 말한 대로 벌써 발표한 「매잡이」와 지금 이 글을 합한 두 편은 물론 나의 것이다. 거기에 또 한 편이 있다는 말이다. 그래서 모두 세 편이라는 것이다. 그렇다면 그 다른 하나는 누구의 것인가 ─ 그것이 바로 작고한 민태준 형의 것이다. 그것을 나는 오늘 아침에 비로소 나의 책상에서 찾아내게 된 것이다. 그러니까 그것은 물론 아직 세상에 발표된 것은 아니다. 민형이 소설을 한 편도 쓰지 않은 소설가가 아니라는 것을 안 것도 오늘 아침이었고 그 때문에 나는 다시 이 세 번째 「매잡이」라는 제목의 글을 쓰게 된 것이니까.

하지만 이 세 편의 소설은 사실 거의 같거나 비슷비슷한 것들이다.

이제 나는 민형의 그 기이한 소설이 어떻게 나에게로 들어오게 되었는가 하는 경위를 밝혀야겠다. 민형의 죽음이나, 어째서 두 개의 같은 소설이 생겨났고 거기다 또 내가 비슷한 소설을 하나 더 쓰려고 하는가는 거기에서 대강 밝혀질 수 있으리라 믿는다. 그러자면 먼저 제일 첫번의 나의 「매잡이」가 씌어지게 된 경위부터 이야기를 시작해야 할 것이다.

지난봄, 어느 날 나는 잠깐 나를 보고 싶다는 엽서를 받고 민형을 찾은 일이 있었다. 물론 그전에도 나는 자주 민형을 만났고, 그가 결핵에 대해서 가지고 있는 지나친 절망감을 덜어주려고 애를 써왔기 때문에 그날의 엽서는 나에게 퍽 이상한 느낌이 들게 했던 것이다. 그러나 나는 나를 맞는 그의 첫마디에서 약간 안심을 할 수 있었다. 그의 얼굴이 전보다 훨씬 창백해진 듯했지만 그는 그런 것은 별로 의식하고 있지 않은 사람처럼 퍽 차분하고 사무적이었다.

"잘 와주었어. 좀 상의할 일이 있어서. 자네 일에 도움이 될 것 같은 일인데."

어둡거나 초조한 빛이 조금도 없는 태도였다.

"무슨 횡재라도 할 땡순가?"

그가 단도직입으로 용건부터 꺼냈으므로, 나는 여느 사람을 만난 것처럼 그즈음 민형의 건강을 묻지도 않고 바로 그 일이라는 것에 관심을 보였다. 그러자 그는 오히려 너무 중요한 일을 서둘러서 안 됐다 싶은 듯 다리를 꼬고 앉으며 차분한 소리를 했다.

"저, 내가 아마 여행 다닌 얘기를 제대로 들려준 일이 없지?"

"왜?"

오히려 여유를 갖지 못한 것은 내 쪽이었다. 나는 별로 생각을 하지 못하고 그렇게 반문하고 말았다.

"왜라니?"

"그것은 터부였으니까. 자네가 여행 이야길 들려주지 않는다는 것은 이제 우리에겐 너무도 당연한 것으로 되어 있거든."

나는 엉겹결에 내뱉은 '왜'에 대해서 변명하고 있었지만 말해진 것은 또 그것대로 사실이기도 한 것이었다. 그러자 민형은 웃었다. 그리고는 아까부터 베개 부근에 펼쳐져 있던 노트를 끌어당겨 내 앞으로 밀어놓았다.

"아마 자넨 요즘 소설을 너무 많이 써버려서 이야기 밑천이 동이 나고 말았을 테지."

나는 그의 말에 귀를 세우며 눈으로는 그 노트를 쫓고 있었다. 그것은 민형이 아직 한 번도 보여준 일이 없는 여행 비망록이었다. 메모지를 다시 정리하여 적은 듯한 노트는 마치 중학생 수학공책처럼 가로세로 깨알 같은 글씨가 빼곡이 들어차 있었다. 말하자면 그것은 민형이 자신의 한계에서 완성해 놓은 작품이라는 생각이 드는 그런 것이었다.

그러나 잠시 후에 나는 비망노트를 내려놓고 민형을 건너다보았다. 갑자기 기분 나쁜 연상이 떠올랐던 것이다. 이 친구는 도대체 어쩔 심산인가. 사실 나는 작품의 테마에 빈곤을 느낄 때 그것이 무진장히 쌓여 있을 민형의 취재노트를 그려본 일이 여러 번 있었다. 그리고 그때마다 나는 영원히 한 편의 소설도 쓰지 못하고 말 민형을 상상했다. 그런 생각에 젖다 보면 나는 마지막까지 잔인해지고 마는 것이었다. 민형으로부터 그 테마와 소재들을 얻어내고, 그리고 그렇게 하는 데 민형이 즐거움을 가져줄 수 있다면……. 그러나 물론 그런 망상이 오래가지는 않았다.

"소재 중에서 꼭 하나 소개를 해주고 싶은 게 있어."

나의 어렴풋한, 그리고 두려운 예감은 맞아들어갔다. 민형은 나에게 그렇게 말하고 나서 나의 속셈을 환히 들여다보고 있는 것처럼 이렇게 덧붙이는 것이었다.

"하지만 소개뿐이야. 내가 알아본 것을 다 얘기해 주면 소재를 파는 꼴이 되고 말 테니까."

그리고 그는 그 소재를 꼭 나에게 한번 다루어보게 하고 싶고 또 내가 그것에 대해서 조금만 조사를 하면 가만히 둬도 쓰지 않고는 배겨나지 못하리라는 것이었다.

그러고는 나에게 비망록 중의 한 대목을 가리켰다.

그날 나는 민형의 집을 나오면서 내가 전라북도 어느 산골 촌락으로 여행을 하게 되리라는 것을 제외하고는 모든 것이 불확실했다. 그가 소개해 준 소재라는 것은 결국 그 지방 어느 마을에 살고 있다는 '매잡이'에 관한 것이었는데, 사실 나는 그의 말과는 달리 썩 호감이 가는 데가 없었다. 거기다 민형은 처음의 약속대로 자기의 조사에 대해서는 전연 이야기를 하지 않았으므로 나는 더욱 막연할 뿐이었다. 나는 그가 건네준 여행 차편과 취재요령 따위가 적힌 메모지를 아무렇게나 주머니에 쑤셔넣고 돌아오긴 했으나 아무래도 그것에 대해서 소설을 쓰게 되리라는 생각은 들지 않았다. 그리고 왜 구태여 그가 나를 택해 꼭 그곳으로 가라고 하는지, 또 어떻게 민형이 나에 관해서 모든 것을 확신해 버리는지 알 수가 없었다. 그러나 하여튼 가지 않을 수는 없었다. 이상하게도 그의 권유는 나에게 어쩔 수 없는 부채처럼 나를 강제해 왔고, 더욱이 내가 이야기에 반신반의하는 얼굴을 보고 민형이 미리 마련한 여행비용을 꺼내놓았을 때는 더 시들한 대답만을 하고 있을 수가 없었던 것이다. 한사코 사양하고 싶은 그 여행비용마저 결국 얻어담고 나오게 만든 민형의 고집이었으니까.

"내겐 이젠 돈이 필요없어. 아마 없을 거야."

그는 부득부득 돈을 떠맡기면서 아주 여유만만하게 웃었다. 나는 이제 거의 바닥이 났을 법한 그의 시골집 형편과 병세를 생각했으나 그는 정말 이제 돈이 필요없는 사람 같은 얼굴을 했다.

결국 나는 다음 날로 곧 길을 나섰다. 민형이 될 수 있으면 빨리 다녀오기를 원하기도 했지만, 어차피 다녀와야 할 형세이고 보면 하루라도 일찍 길을 나서는 편이 나을 듯싶었던 것이다. 하지만 아직도 그 산골마을에 무슨 기대를 가질 수는 없었다. 다만 한 가지 궁금한 일이 있기는 했다.

민태준——이라는 인물. 도대체 이 친구가 흐느적거리며 돌아다닌 행적이 어떤 것인지. 이번 기회에 그것을 좀 알아보고 싶었다. 그가 찾아간 마을에서, 그가 만나는 사람들에게서, 그가 무엇을 어떻게 조사하고 돌아다녔으며 그 사람들의 눈에 비친 민형이 어떤 인물이었는가를 알아보고 싶었다. 그것은 썩 재미있는 일일 듯했다. 왜냐하면 정말로 민형의 취재여행이 우리에게는 완전히 안개 속이었고, 어떤 것은 정말 터부에 속하고 있었기 때문이다. 그러니까 그 여행은 결국 민형이 처음에 기대했던 것과는 달리 오히려 민형 자신의 행적이 그 여행의 관심사가 되고 만 셈이었다. 나는 민형이 소개하고 싶다던 '매잡이'에 관해서는 거의 아무것도 생각하는 것이 없이 전라도의 그 산골마을을 들어서게 되었다.

그러나 마을로 들어간 바로 그날부터 나는 갑자기 긴장을 하지 않을 수 없었다. 그리고 나는 민형이 모든 것을 미리 알고 나를 그곳으로 보냈던 것 같은 생각이 들기도 했다. 마을에는 '매잡이'의 사건이 나를 기다리고 있었던 것이다. 매잡이 ——.

내가 「매잡이」라는 제목으로 최초의 소설을 쓰게 된 경위는 대략 그렇게 시작되었던 것이다.

마을은 사방이 산으로 둘러싸여 있는 진짜 산골이었다. 동남북 세 방향이 재를 넘게 되어 있고, 다만 서쪽 한 곳만이 계곡을 타고 마을로 들어가게 되어 있었다. 내가 마을을 찾아 들어간 것은 동쪽 새머리 재를 넘어서였다. 재를 올라설 때까지도 나는 마을이 도대체 어느 골짜기에 숨어 있는지를 짐작할 수 없었고, 더욱이 미을 남쪽으로 솟은 봉우리가 북쪽 재 너머로 겹쳐 보였으므로 나는 아직 몇 개의 산을 더 넘어야 하느니라 싶었다. 한데 고개를 올라서 보니 마을은 바로 발아래였다. 마을이라기엔 좀 뭣한 데가 있을 만큼 사십 호가량의 초가집들이 산비탈을 타고 버섯처럼 돋아나 있는 작은 산촌이었다. 그나마 서쪽으로 뻗어나간 분지형의 평지는 논을 일구

느라고 집을 짓지 않고 있었다. 그러나 그것이 민형이 말한 마을임
에 틀림이 없었다. 버스에서 내려 걸은 시간이 비슷했고, 또 그가
메모해 준 마을의 지세가 걸맞은 데가 많았다.

나는 고개 위에 벌렁 드러누워 담배를 한 대 피워물었다. 아마
폐가 나쁜 민형도 이곳을 왔을 때는 이 고개에서 숨을 가라앉혔으
리라 생각하면서 나는 잠시 묘한 감회에 젖고 있었다. 그러나 나는
문득 한 집을 찾기 시작했다. 며칠 밤을 지낼 잠자리를 얻을 수 있
을 것 같지가 않았던 것이다. 며칠이라고 하는 건 민형의 말이지만
그러나 적어도 오늘만은 이 마을에서 밤을 지내야 할 형편인 것이
틀림없었다. 민형이 미리 일러준 집이 있기는 했다. 그러나 그 버섯
같은 집들 사이에는 도대체 사랑채고 뭐고 따로 방을 내고 있을 형
편이 되어 보이질 않았다.

──민형이 반 병중에 며칠을 묵은 마을에서 설마.

나는 결국 설마에 맡겨버리고 속 좋게 담배연기만 뿜어올리고
있었다. 고개에서는 긴 봄 해가 이제 빛이 엷어지고 있었지만 마을
은 벌써 산그림자가 드리워진 지 오래였다. 그러고 누워 있으려니
나는 나의 행색이 새삼 우스워졌다. 꼭 민형의 장난에 내가 속아넘
어간 것 같기도 했다. 저 조그만 마을에서 매잡이고 뭐고 이야깃거
리가 있을 게 뭐냐. 어차피 내가 관심을 가지고 있었던 것은 이 마
을의 매잡이가 아니라 그 기이한 행장이었던 것이다.

저녁 연기가 걷히고 나서 마을이 방금 밤의 정적 속으로 가라앉
기 시작할 무렵에야 나는 고개에서 내려와 마을로 들어갔다. 밤눈
에 보아 그런지, 또는 도회의 고층건물에만 익은 눈으로 모처럼 초
가마을을, 그것도 고개 위에서 멀리 보았기 때문에 그랬었는지는
몰라도, 아까는 그렇게 초라하고 납작해 보이던 집들이 마을로 들

어서 보니 제법 처마들이 키를 넘고 마당들도 꽤 널찍널찍했다. 나는 길목에서 한두 사람을 마주쳤으나 말을 건네볼 생각도 없이 한참 마을을 오르락내리락하기만 했다. 그러다가 아주 저녁 기운이 살에 배어들기 시작할 즈음에야 골목을 내려오는 사내 하나를 붙잡고 민형이 일러준 소년의 이름을 대었다.

"중식이네가 자는 방이 어디죠?"

사내는 낯선 목소리에 생각날 듯한 사람으로나 여겼던지,

"누구야?"

아주 친근한 목소리로 물으며 다가와서는 어둠 속에서 이윽히 나를 들여다보았다. 그러고는 영 생각이 나지 않는다는 듯, 그러나 우선 말대꾸를 고쳐 해야겠다고 생각한 듯 갑자기 정중한 태도로 말했다.

"어이쿠 이거 실례했습니다. 난 아는 사람인가고……."

그러고는

"그놈들 자는데…… 일루 오십시오."

앞장을 서서 내려오던 길을 내처 걸어내려가더니 집들이 끝나는 데까지 와서야 걸음을 멈추었다.

"저 밭 건너에 집이 한 채 있지요? 바로 그 집입니다."

호롱불에 창호지 창문만 희미하게 드러나 보이는 집을 가리켰다.

"고맙습니다. 예까지 일부러."

"아닙니다. 저……."

사내는 그러나 잠시 무슨 말을 입속에서 망설이고 있는 듯하다가는 그것을 금방 잊어버린 듯,

"그럼 어서 가보십시오."

하고는 길을 되돌아가 버렸다. 나는 돌아서서 그 불빛만을 표적으로 하고 밭둑을 더듬더듬 걸어갔다. 가까이 가서 보니 호롱불이 내

비치고 있는 창호지 문은 정말 민형의 말대로 조그만 별채의 것이었고, 그 곁에는 불도 켜지 않은 본채가 벌써 시커멓게 잠이 들어 있었다. 사랑방으로 쓰인다는 그 별채의 방문 앞으로 갔으나 안에서는 아무 기척도 없었다. 나는 잠시 기색을 살피다가 가만히 방문을 두드렸다. 그래도 안에서는 대답이 없었다 ──. 불은 켜 있는데. 다시 귀를 문에 대고 동정을 살폈다. 마루가 없이 바로 문지방으로 올라서는 방이었으므로 거기서 나는 바로 창문 하나를 사이에 두고 서 있었다. 가만히 들어보니 안에서는 가는 숨소리가 새어나오고 있었다. 누가 잠을 자고 있는 모양이었다. 안되었지만 할 수 없이 문을 당겨보았다. 문은 쉽게 열렸다. 갓 열 살쯤 됐을까 말까 한 소년이 시커먼 배를 내놓고 모로 잠이 들어 있었다. 민형이 일러준 소년은 아닌 성싶었다. 중식은 오히려 청년티가 나는 아이라고 했다.

"얘, 얘."

나는 공연히 죄인처럼 가슴을 두근거리면서 소년을 불러보았다. 그래도 소년은 끄떡이 없었다. 다시 어떻게도 할 수 없게 된 나는 에라 모르겠다 신을 벗고 방으로 들어섰다. 그러고는 냅다 소년을 흔들어깨웠다. 소년은 웅웅 볼멘소리를 하며 일어날 듯 몸을 뒤채더니 손을 떼자마자 이내 반대쪽으로 몸을 꼬며 다시 식식 숨소리를 높여버렸다. 할 수 없이 소년을 버려두고 담배를 피워물었다. 언제 오게 될는지도 모르지만 중식을 기다리는 수밖에 없었다. 불을 켜놓고 놈이 자는 걸 보면 중식이란 놈이 필경 오긴 올 모양이었다. 하지만 그러고 한참 앉아 있자니 다시 짜증이 났다. 중식이란 놈은 영 소식이 없었다. 밤이 깊어지니까 이제는 아주 녀석이 나타나지 않을지도 모른다는 생각마저 들었다. 밤은 풀벌레소리조차 들리지 않았다. 나는 생각 끝에 소년을 다시 흔들었다. 이번엔 녀석이 깨어날 때까지 계속해서 흔들어댔다. 그제서야 소년은 몇 차례 짜증스러운 앙탈 끝에 겨우 눈을 떴다. 눈을 뜨고는 놈은 나의 형체가 흐려 보인 듯 한참 멀뚱거리고만 있더니 이윽고 어어 하고 이상한 감탄사 같은 소리를 하며 부스럭부스럭 자리를 일어나앉았다.

"누구요 ——?"

'요' 소리를 빼며 묻고 나더니 소년은 비로소 나의 윤곽이 완전히 들어온 듯 다소 경계의 빛을 보이기 시작했다.

"나 중식일 찾아온 사람인데 중식인 어디 갔지?"

나는 소년을 안심시키기 위하여 재빨리 말했다.

"중식이요?"

소년은 뭐가 잘 생각이 나지 않는 듯 다시 한참 멀뚱거리더니 겨우 무슨 생각이 집혀오는 듯, 그러나 그의 물음은 아랑곳도 하지 않은 채 새삼 주위를 두리번거리며,

"어어…… 아직도 안 왔어? 또 밤을 새우는게비."

하고는 늘어지게 하품을 했다. 나에 대한 경계를 풀어버린 모양이었다. 그래서 겨우 중식의 행방을 짐작했다. 소년의 말로 중식이 어디론가 가서 자주 밤을 새우고 돌아오는가 보다 짐작되었다. 그러나 이 소년은 더 도움이 될 것 같지 않았다.

중식이 지금 어떤 집 헛간청에 들어박혀 있으리라는 것만을 알아내는 데도 퍽 애를 먹었다. 소년은 늘 나의 질문을 잊어먹었고, 또 경계심을 풀어버리고 나서는 잠 기근에 오래 시달린 사람처럼 자꾸 잠으로 빨려들어가려고 했으므로 나는 재빨리 말을 쏘아대어 겨우 그 행방을 알아냈던 것이다. 우선 중식 소년을 만나고 볼 일이었다. 이 소년에게서는 그가 헛간으로 가서 밤을 새우는 연유까지 알아낼 가망이 없었다. 그래서 나는 소년에게 그 중식이 있는 곳을 같이 좀 가보자고 했다. 처음엔 달래고 나중에는 마구 녀석을 윽박질렀다. 그렇게 할 수밖에 없었다. 그러자 할 수 없이 자리를 일어

선 소년은 혼자 갔다오겠다는 것이었다. 그리고 어떻게 알아보았는지 문을 나선 소년이 이렇게 투덜거리는 소리가 들렸다.

"서울 사람은 오기만 하면 그 새끼만 찾아……."

나는 그 말을 듣고 나서야 겨우 서울의 민형을 생각했다. 사실 나는 그사이 난처한 처지 때문에 바로 이 방이 민형이 며칠 묵었다는, 그리고 내가 바로 그곳에 지금 와 있다는 것이, 깊고 깊은 산골이라는 점에서는 인연일 수도 있다는 생각을 까맣게 잊어버리고 있었던 것이다. 그러자 나는 방구석 어디에 아직 민형의 흔적이 남아 있기라도 한 듯 눈을 두리번거렸다. 그러다 방바닥에 벌렁 드러누워 민형을 생각했다. 그리고 아까 마을로 들어와서부터 지금까지 보아온 것, 이 버섯떼 같은 초가마을의 풍경이라든가, 밤길, 그리고 이 방의 불빛을 가리켜주고 간 사내라든가 방금 문을 나간 소년…… 들을 차례로 생각하면서 민형의 표정 속 어느 구석에 그런 것들의 흔적이 스며 있었던가를 곰곰이 생각해 보았다. 그러다 나는 무슨 기척소리에 깜짝 놀라 벌떡 자리에서 일어나 앉고 말았다. 방 안을 두루 살펴보았다. 어디선가 딱 한 번 캑 하는 기침소리 같은 것이 들려왔던 것이다. 소리는 크지 않았으나 그것은 분명 방 안에서 난 소리였다. 그러나 아무것도 보이는 것이 없었다. 나는 다시 방바닥에 누웠다. 그러고 한참 아까 하던 생각을 계속하고 있는데, 나의 시선 속에서 무엇인가 움직거리는 것이 있었다. 그것은 천장의 어둠 속 검은 그림자 같은 것이었다. 나는 벌떡 일어나 그 그림자를 가까이 쳐다보았다. 매 —— 나무토막을 못질해 놓은 벽에 매가 한 마리 머리를 콕 박고 앉아 있었다. 놈은 잠을 자다가 나의 기척에 깨어난 듯 눈을 굴리었으나 몸은 까딱도 하지 않았다. 내가 가까이 가자 놈은 목을 좀 빼어내더니 이내 천장에 어른거리는 자기 그림자가 이상스러워지고 있을 뿐인 듯 나를 피하려고 하지는 않았다.

그때 밖에서 소년이 돌아오는 기척이 났으므로 나는 까닭도 없이 화닥닥 다시 자리로 돌아와 앉아버렸다.

발소리가 두 사람이었다. 소리가 문 앞에 이르러 잠시 머뭇거리는 듯하더니 곧 문이 열렸다. 눈에 잠이 더덕더덕 낀 아까 그 소년의 뒤로 몸이 훨씬 마르고 입을 굳게 다문 십칠팔 세가량의 소년 하나가 나를 넘겨다보다가 다짜고짜 꾸벅 절을 했다.

"미안해! 중식이지?"

하며 나는 일어서서 소년을 맞았으나 그는 남의 집에라도 온 것처럼 두릿두릿하고 있었다.

"들어와, 널 찾아온 거야."

나는 조금 시장기가 낀 소리로 말하며 소년을 손짓했다. 그러자 소년은 먼저 들어와 설 구석부터 살피면서 조심조심 방으로 들어왔다. 행동에 비해 눈알이 분주히 움직이는 것이 소년은 퍽 영민해 보이는 편이었다. 그리고 무슨 일인지 수척한 얼굴 어느 구석엔 가는 슬픈 그림자마저 어려 있었다. 소년은 내가 자리를 가리킬 때까지 그러고 서 있기만 했다. 나는 주인이 되고 소년은 굳이 손님행세만 하려고 하는 행세였다.

"얼마 전에 여기 왔다 간 민태준이란 사람 알지?"

나는 똑바로 소년을 쳐다보며 내 소개를 하려고 했다. 그러자 소년의 눈이 갑자기 반짝 빛나는 듯하더니 그는 낑 하고 이상한 소리를 내며 힘을 주듯 몸을 한 번 비틀었다. 그러고는 그 조그만 소년을 보았다. 그러자 꼬마가 말을 했다.

"버버리라요."

전혀 뜻밖이었다. 시원시원하지 못했던 소년의 거동도 그제서야 짐작이 갔다.

민형이 그런 내색을 보인 적도 없었고 또 그걸 예상할 이유도 없

었던 것이니까. 버버리—그것은 '벙어리'의 전라도 사투리. 나중
에 알고 보니 중식은 그저 호적상의 이름이었을 뿐 마을에서는 그
냥 '버버리'를 소년의 이름으로 불러오고 있었던 것이다.

하여튼 나는 다시 한 번 어떤 절망 비슷한 답답증을 느끼며 소년
의 기색을 살폈다. 소년도 나의 표정에 무슨 충격을 받은 듯 안절부
절 말을 하고 싶어 하는 눈치였다.

그때부터 나는 꼬마 소년의 도움을 얻어가며 답답한 대화를 계
속해 나갔다. 소년은 여느 벙어리와는 달리 귀가 조금 뚫린 듯했다.
거기다 소년은 나의 입 모습과 몸짓을 빠짐없이 살펴서 대부분의
말을 알아들었다.

그러나 그가 말할 차례가 되면 눈짓 손짓을 아무리 되풀이해도
내 쪽에서 알아듣지를 못했다. 그러면 그가 꼬마를 시켜 다시 나에
게 말을 전하게 했다. 내가 이곳을 다녀간 민태준의 친구라는 설명
을 다시 듣고 소년은 꼬마를 재촉하여 그럼 민형의 소식을 잘 아느
냐고 물었다. 꼬마 소년이 자기의 말을 제대로 전한 걸 보고 그는
나에게 고개를 끄덕이며 대답을 기다렸다. 그래서 우선 민형이 잘
있다고 안부를 전하고 나서, 나는 민형에게서 그의 소개를 받고 찾
아왔으며, 원래는 민형이 이 마을에서 조사해 간 '매잡이'에 관해
서 들으려고 왔지만, 사실은 민형이 이 마을에 와서 어떻게 지내고
갔는가도 이야기해 주면 좋겠다고 여러 번 끊어서 말했다. 소년은
나의 말을 하나도 빼놓지 않고 알아들으려는 듯 눈을 가늘게 뜨고
있는 얼굴이 무척도 진지해 보였다. 가끔은 고개를 크게 주억거리
며 감동을 나타내기도 했다. 그러다가 마지막에는 아주 슬픈 표정
으로 끙끙거리는 것이었다.

매잡이 —. 그 매잡이가 지금 죽어가고 있다는 것이었다.

그 말을 듣고부터 나는 새로운 긴장을 느끼면서 다음 이야기를

재촉했다. 재촉을 하다 나는 답답하여 이번에는 바로 꼬마 소년에게 이야기를 시켰다.

매잡이. 그 쉰 살짜리 홀아비는 지금 어떤 집 헛간에서 언제 숨이 넘어갈지 모르는 지경이라는 것이었다. 그것은 옛날 자기가 밥을 얻어먹고 있던 집 헛간인데 왜 거기에 그가 누워 있는지는 아무도 모른다고 했다. 그는 벌써 일주일도 넘게 거기에 버티고 누워서 밥 한 숟갈 입에 넣지 않고 빠작빠작 말라가고 있다는 것이었다. 사내는 또 그곳에 들어가 누운 뒤로 한마디도 말을 하지 않기 때문에 왜 그가 거기서 그렇게 죽으려고 하는 것인지(그가 죽으려는 것임에는 틀림이 없고 마을에서도 모두 그렇게 생각한다는 것이었다.) 아무도 아는 사람이 없다는 것이었다. 처음에는 마을 사람들이 미음 같은 것을 쑤어가지고 가서 사내를 달래보기도 했지만 그러나 사내는 영 말을 하지 않기 때문에 요즈음은 아주 죽기만을 기다리고 있는 형편이라고. 더욱이 밤이 되면 그 근처에는 사람의 그림자조차 얼씬하지 않아서 무섭기 한이 없는데, 다만 한 사람 중식 소년만이 그곳을 자주 가 사내를 지켜주기도 하고 어떤 때는 아주 거기서 밤을 새우기까지 한다는 것이었다. 소년의 이야기는 거기까지밖에 들을 수가 없었다. 눈에 주렁주렁 매달린 잠이 소년의 입을 더 놀릴 수 없게 해버렸기 때문이었다. 소년이 이야기를 하는 동안 듣고 있던 중식도 피곤한 표정으로 기다리고 있었다. 실상 나도 시장기가 목구멍까지 올라왔다. 궁금증을 누르고 내가 중식 소년에게 이젠 자라고 손짓을 하니까 그는 갑자기 더 이야기가 하고 싶어진 듯 눈을 빛냈으나, 이내 호롱불을 끄려고 하다가는 다시 몸을 일으켜 천장에서 매를 잡아내렸다. 그 매에게서 딸랑딸랑 방울소리가 났다. 매의 어디에다 방울을 달아놓은 모양이었다.

소년은 매의 발에 맨 줄을 손에 감아쥔 다음 불을 끄고 누워서 배

위에다 매가 앉은 손을 얹었다. 그러고는 눈을 감는 모양이었다. 나는 윗도리만 벗고 그냥 자리에 누웠으나 시장기와 피로에도 불구하고 곧 잠이 오질 않았다. 일단 이야기를 거기까지 듣다 중단하고 나니까 그간의 의문점들이 한꺼번에 몰려들기 시작했다. 도대체 매잡이란 그 사내는 어떤 사람인가. 무슨 연유로 그런 짓을 하고 있는 것일까. 그리고 잠자리에서까지 배에다 매를 얹고 자는 이 소년은——아무도 가지 않는 그 사내의 반죽음 곁에서 밤을 같이 새우는 이 소년은 아마 그 연유를, 아니 그 연유뿐만 아니라 예상할 수도 없는 많은 것을 알고 있을지도 모른다. 한데 소년은 무엇 때문에 그 사내를 그렇게 가까이 하게 되었는가. 그리고 그보다도 더욱 이상한 것은 민태준이란 사내였다. 그는 도대체 이러한 모든 사태를 알고 있기나 한 듯 제때에 나를 이곳으로 보낸 것이다. 그는 그럼 모든 것을 다 알고 있었던 것인가…….

소년도 쉽사리 잠이 들지 못하는 모양이었다. 숨소리가 아직 고르게 잦아들지를 못하고 몇 번씩 몸을 움직였다. 그때마다 배 위에 얹은 매가 어둠 속에서 잠이 깨어 눈을 뒤룩거리는 게 보였다. 소년이 잠이 든다 해도 아마 매란 놈은 편한 잠을 잘 수가 없을 것 같았다. 숨결에 소년의 배가 부풀었다 꺼지고 하는 데에 따라 매도 같이 오르내리며 불안한 자세를 고쳐잡곤 했다. 그때마다 매에게서는 딸랑딸랑 방울소리가 났다. 그런데도 매란 놈은 거기서 아주 자리를 내려앉아 버리지 않고 있었다. 아마 소년은 매에게 잠을 재우지 않기 위해서 일부러 그러는 것 같았다. 그리고 나중에 안 일이지만 그것은 정말이었다.

나는 좀처럼 잠을 이룰 수가 없었다. 그러나 이미 어떤 혼란한 꿈속에 빠져 있는 기분이었다. 그 혼란한 꿈속에서 나는 어쩌면 애초에 예상과는 달리 훨씬 긴 시간을 머물러야 할지도 모른다는 생각이 들었다.

다음 날 아침, 나는 소년보다 먼저 일어나 소년을 기다렸다. 밖에서는 안채 식구들이 벌써 마당까지 나와 집안일을 하고 있었다. 매는 아직도 소년의 배 위에 얹은 팔목에 앉아 공간을 오르내리며 불안한 자세를 고쳐 앉곤 했다. 발목에 매인 명주실을 소년은 아직 손가락에 감은 채였다. 매란 놈은 밤새 깊은 잠을 자지 못했을 것 같았다.

이윽고 소년이 눈을 떴다. 그러고는 깜짝 놀라 일어나더니 나에게 조금 겸연쩍은 웃음을 웃어 보이고는 문을 박차고 밖으로 뛰어나갔다. 나는 무슨 영문인가 싶어 소년의 거동을 문틈으로 지켜보았다. 소년은 중년쯤 되어 보이는 마당의 남자에게 손짓으로 열심히 무슨 말인가를 하고 나더니 그 남자와 함께 다시 방문 앞으로 왔다. 그 남자는 소년의 아버지였다. 그는 나에게 누추한 곳을 찾아주어 감사하다고 정중한 인사를 건네고 나서는 대뜸 민형의 안부를 물어왔다. 역시 민형도 자기 집에서 묵고 갔다면서 그때는 참 신세를 많이 졌노라고 새삼 송구해하였다. 나는 민형이 취재여행에 그의 가산을 거의 다 털어 바친 일을 생각하고 소년의 아버지가 하는 말뜻을 곧 알아들을 수 있었다. 그런저런 이야기를 하던 중 소년이 옆에서 나를 기다리고 있다가 팔을 끌어당겼다.

"저 녀석이 그 매잡이에게 선생님과 같이 가고 싶다는군요. 아마 가보시면 아시겠지만 불가사의입니다. 선생님이라면 혹 무슨 소릴 할지 모르겠습니다만."

소년의 아버지 말을 듣고 나서야 나는 녀석의 뜻을 알아차렸다. 소년을 따라 나섰다.

매잡이 사내는 마을 위쪽 어떤 집의 사랑채 헛간에 누워 있었다. 지푸라기에 싸여 눈만 뻐끔히 뜨고 있는 사내는 벌써 반송장이 되

어 있었다. 부근에는 소년이 사내의 입술에 흘려넣어 주려는 듯한
물그릇이 하나 뒹굴고 있을 뿐 음식물은 이제 권해 보는 것조차 단
념해 버린 듯했다. 소년을 따라 내가 그 헛간으로 들어갔을 때도 사
내의 얼굴은 조금도 움직이질 않았다. 소년이 그 유리알처럼 움직
이지 않는 눈앞에서 끼끼 소리와 함께 분주한 손짓 발짓으로 한참
무슨 이야기를 해 보였다. 소년의 뜻을 짐작하는 데 조금 익숙해진
나는 그것이 나를 소개하는 말인 것을 알았다. 소년은 내가 서울서
온 사람이라는 것, 전에 다녀간 민 선생의 친구이며 그의 안부를 전
하러 왔다는 것을 어렵지 않게 이야기했다. 그러자 사내의 그 눈망
울이 조금 — 정말 아주 조금 움직이는 것 같았다. 그러나 그것뿐
이었다. 사내의 눈은 이내 아무것도 보고 있지 않은 것처럼 동자가
아득해져버렸다. 보다 못해 내가 소년에게 뭘 좀 가져다 먹여보지
않겠느냐고 부질없는 소리를 했더니, 소년은 아주 힘없이 고개를
젓고는 대신 물을 한 사발 가져왔다. 그리고는 숟가락으로 조금씩
사내의 입술에 물방울을 흘려 넣었다.

사내는 그 물을 뱉어버릴 힘마저 없는 듯 소년을 내버려두고 있
었다. 그러자 그가 입을 열려고 하질 않았기 때문에 물은 그의 입에
서 거품이 되어 대부분 다시 볼로 흘러내려 버렸다.

소년의 집으로 돌아와 아침밥을 먹고 나서 우리는 다시 소년의
방으로 돌아가 잠시 쉬고 있었다. 어젯밤 그 잠보 소년은 어디론가
제집을 찾아가고 없었다. 중식은 천장에 앉혀둔 매를 끌어내려서
발톱과 부리를 조사하고 있었다.

"뭘 먹이지?"

나는 드러누운 채 소년을 쳐다보며 물었다. 그러나 소년은 나를
보며 머리를 저었다. 아무것도 먹이지 않는다는 것이었다.

"아무것도 먹이지 않으면 어떻게 살아?"

소년은 대답 대신 나를 보고 이상한 웃음을 웃었다. 그 웃음은 내가 소년에게서 처음 본 것이었다. 그것은 물론 무슨 즐거움을 나타내는 웃음은 아니었다. 소년은 나에게 무슨 말을 하고 있는 것이었다. 누구나 사람들은 흔히 상대방에게 무슨 어려운 말을 할 때 대개 그런 웃음을 웃는다. 벙어리라도 그것은 마찬가지일 것이었다. 그러나 소년은 당장 그 웃음의 뜻을 고백하진 않았다. 그는 캐묻는 나를 모른 척 매만 자꾸 만지작거리고 있었다. 매의 꼬리 부근에는 조그만 방울이 두 개 매달려 있었다. 움직일 때마다 딸랑딸랑 소리를 내고 있었다. 꼬리에는 기다란 깃털을 하나 더 끼워넣고 거기에 '鷹主 ○○里 郭乭·번개쇠' 라고 붓글씨로 씌어 있었다.

매주 곽돌(郭乭)은 매를 부리는 임자이며 번개쇠는 매의 이름이라고 소년이 설명했다.

"그럼 이 매는 네 것이 아닌가 보군?"

이 말에 소년은 잠시 표정을 흐렸다. 그러고는 마지못한 듯 그것이 지금 곪어 누워 있는 사내의 것이며, 그 사람의 이름이 곽돌이라고 했다. 그리고 나서 소년은 금방 말을 돌려 매에 관한 이야기를 시작했다.

번개쇠에게는 벌써 삼 일 동안 아무것도 먹이지를 않았으며, 그만한 시간 잠도 제대로 재우지 않았다는 것이었다. 사냥을 나서기 전에는 으레 매를 그렇게 굶기는 것이라고 하면서 소년은 또 의미 있게 나를 쳐다보고 웃었다. 그것도 나중에 안 일이지만 매에게 잠을 재우지 않는 것은 매를 아주 사납게 하기 위해서라는 것이다. 잠을 재우지 않으면 매는 성질이 아주 사나워져서 사냥을 잘 한다는 것이었다. 그리고 사냥 전에 놈을 굶기는 것은 매란 놈이 배가 고플 때가 아니면 꿩이나 토끼 같은 것을 잘 쫓으려 하지 않기 때문이라고 했다. 공중에 띄운 매는 배가 부르면 꿩을 보고도 쫓지 않고 하늘 높이 떠올라 어디론가 다른 곳으로 가버리기가 쉽다고 했다. 그리고 꿩을 잡았을 때도 배가 아주 고파 있어야 잡은 꿩을 오래 뜯어먹고 있지 처음부터 배가 불러 있으면 눈알이나 빼먹고 곧 날아가 버린다는 것이다. 그렇게 날아가 버린 매는 배가 고파지면 다시 마을로 인가로 찾아들어오지만, 그때는 옛 주인을 찾는 게 아니라 아무 마을이나 들어가 잡히기 때문에 그 매를 돌려받자면 무척 많은 값을 치러야 한다는 것이었다. 그러나 어쨌든 나는 소년이 사흘씩이나 매를 굶기고 있는 것은 좀 심하다는 생각이 들었다.

"그럼 요즘도 사냥을 하고 있나?"

나의 물음에 소년은 머리를 저었다. 자기는 늘 사냥 준비만 하지 실제로 사냥을 하지는 않는다고 했다. 사냥은 몇 사람이 함께 가야 하는데 같이 갈 사람도 없고, 또 산에는 꿩이 흔하지도 않다고 했다. 그러면서 그는 또 나를 보며 웃었다. 그제서야 나는 그 웃음의 뜻을 알 수 있었다. 그는 나와 함께 사냥을 가고 싶은 것이다. 그것은 아마 전에 민형에게도 그랬을 것이다. 소년은 민형의 경험을 생각하고 나에게 같은 것을 기대하는지도 모른다. 그렇게 되어 나는 그날 소년과 함께 매를 가지고 철도 맞지 않은 사냥을 나섰다. 소년은 매잡이가 되고 나는 몰이꾼이 되었다. 소년은 발목에 맨 끈을 손가락에 감고, 매를 팔목에 앉히고는 산마루로 올라갔다. 거기서 소년은 골짜기를 살피고 나는 산고랑을 헤매며 꿩을 몰았다. 만약 꿩이 날면 소년이 산마루에서 매를 띄우고 그 매는 하늘을 맴돌다가 꿩을 발견하면 쏜살같이 뻗쳐내려가 꿩을 잡아채는 것이다. 그때 나는 급히 매의 강하지점으로 달려가 매가 배를 채우기 전에 놈으로부터 꿩을 빼앗아내기로 되어 있었다. 그러나 그날 우리는 종일 허탕을 치고 말았다. 수없이 산고개를 넘었으나 나는 꿩을 한 마리도 날려올리지 못했다. 소년은 매를 띄울 일이 없었다. 매도 마찬가지였다. 꿩을 잡으면 빼앗기기는 해도 맛있는 내장이나 가슴께 살을 몇 점 얻어먹고 더 힘을 낸다는데, 그놈은 그 살점 하나도 얻어먹지 못하고 결국 산그늘이 내릴 무렵에 소년의 팔목에 앉은 채 집으로 돌아오고 만 것이다. 그러나 그날의 일이 나에게는 전혀 허탕이 아니었다. 민형이 알아보라고 하던 것에 관해서 실제로 그 질서를 조금 알게 된 것도 수확이지만 그보다도 돌아오는 길에서, 그리고 기운이 진해 바윗돌에 걸터앉아 쉬면서 소년은 허탕을 치고 만 일에 괜히 민망해졌던지, 자기의 매에 관한 이야기를 늘어놓기 시작했던 것이다. 그것은 참으로 나에게는 중요한 이야기였다. 그때까지도 나는 이 마을에서의 민형의 행적과 실제로 눈앞에서 기이한 죽음을 기다리고 있는 매잡이 사내, 둘을 한꺼번에 쫓느라고 어느 쪽에도 확실한 관심을 집중시키지 못하고 있었는데, 소년의 이야기는 그 혼란한 나의 주의를 완전히 매잡이 사내에게로 고정시켜 버리게 했던 것이다. 그리고 그것이 나의 첫 번째 「매잡이」라는 작품을 낳게 했고, 그럼으로써 오히려 민형의 행적에만 호기심을 갖다 말아버린 것보다는 민형의 취재행각이나 매잡이에 대한 인식, 또는 나를 보낸 민형의 의도 같은 것을 나에게 훨씬 명백하게 이해시켜 줄 수가 있었던 것이다.

그날 밤 집으로 돌아오자, 나는 잠시 그 헛간의 매잡이 사내를 들러보고 그가 아직도 아침과 별 차이가 없음을 알고 나서는 소년에게 다시 이야기를 계속 시켰다. 나는 벌써 그의 시늉말에도 이해가 꽤 빨라지고 있었다. 한데 소년은 이제 매잡이 사내에 대하여 자기가 직접 보고 겪은 것 이외에도 들어서 안 것까지 자세히 이야기를 하고 있었다.

그럼 이제 여기서부터는 이야기를 나의 첫 번째 「매잡이」라는 작품에서 가져오는 것이 좋겠다. 그 작품을 읽고 아직도 줄거리를 기억하고 있는 독자는 이런 중복이 짜증나고 지루하겠지만, 매잡이 사내의 이야기는 그쪽에 비교적 간결하게 정리되어 있으므로 결국 같은 이야기를 달리하는 것보다는 정직하게 경위를 밝히고 그 일부를 인용하는 것도 나쁘진 않을 것 같으니까 말이다.

　　매잡이 곽 서방은 결국 버버리 한 놈을 데리고 마을을 나섰다. 할 수 없이 버버리 한 놈을 데리고 번개쇠를 부리는 수밖에 없었다. 이제 마을 사람들은 할 일이 없어도 몰이꾼 노릇을 하려고 하지는 않았다. 박달나무 방망이를 하나라도 더 깎아다 장터에서 조뒷박 값을 만들거나, 아니면 차라리 뜨뜻한 아랫목에서 화투판을 벌이는 편이 낫다고들 생각하는 것이었다. 하지만 예전 사람들은 몰이꾼 놀이를 무슨 삯일로 생각했나, 그저 재미만으로 즐거이 몰이꾼을 청해 나섰던 것이다. 종일 풀토끼 한 마리 잡지 못해도 좋았다. 하루종일 산을 타서 몸은 피곤하고 먹을 것은 없어도 그래도 그들은 얼굴이 붉어서 웃는 낯으로 또 틈 봐서 사냥을 나오자고 다짐하며 집으로들 돌아갔던 것이다. 꿩이 잡히면 물론 더 좋았다. 그런 날은 잔치가 벌어졌다. 적은 안주 구실밖에 못했지만 그 꿩을 구실로 술판을 벌였다. 혹시 마을에 혼사나 다른 잔치가 있으면 그 꿩을 보냈다. 그러면 그 집에서도 떡시루 아니면 술말로 답례를 해오는 것이었다. 한데 요즘은 매로 잡은 꿩이 장거리에서 돈으로 팔리는 판국이다. 안주 핑계 하고 술을 마시지도 않았고, 아예 값을 저쪽 처분에 맡기고 잔칫집에 꿩을 보내는 일도 없으니 그 답례가 있을 리도 없었다. 하긴 그런 사람들이 터무니없는 쪽일는지는 모른다——하지만 그렇게 터무니없는 짓들에 정신을 빼앗기고 살았어도 그 사람들은 걱정들이 적었는데——요즘은 가로 재고 모로 재고 해서 그런 터무니없는 일에는 정신을 팔 겨를이 없는 양 아득바득대도 그 사람들 사는 요령에는 어림이 없다. 그런 생각들을 하며 들길을 건너 산으로 접어들던 곽 서방은 문득 버버리 녀석을 찬찬히 들여다보았다. 왈칵 고마운 생각에 새삼 가슴이 후끈해 왔다. 말은 못해도 녀석은 속이 꽤나 깊었다. 이제 나이 오십 ──장가를 가지 못했다고 마을에서들은 조무래기들까지 곽 서방 곽 서방 하고 아이 이름 부르듯 함부로 그를 얼러대는 터였다. 어른들이 그를 온전한 사람으로 대접하지 않으니 아이들이 그를 그렇게 알 리가 없다. 녀석들은 곽 서방을 마치 갓 스무 살이나 먹은 떠꺼머리 총각쯤으로나 아는 형편이었다. 거기다 집이 있나, 다른 사람처럼 무슨 일재주가 있어 밥걱정이 없나, 하는 짓이란 언제나 팔뚝에다 막내아들처럼 굶고 잠 못 잔 번개쉰가 뭔가를 얹고 다니며 잠자리는 남의 사랑채 신세에다 재수가 좋아야 겨우 밥을 굶지 않았다. 그러고는 되지도 않은 꿩 사냥이랍시고 산이란 산을 다 뛰어다닌다. 그도 옛날엔 매 한 마리로 가는 곳마다 공술을 대접받는 한량 축이었다지만, 이젠 그가 매 때문에 공술이나 밥을 대접받는 일은 꿈도 꿀 수 없는 일이고, 더욱이 그의 한량 시대라는 걸 구경조차 해본 일이 없는 아이들에게 곽 서방은 참으로 기이한 거지 ──마을의 천덕구니였다.

한데 버버리 놈은 달랐다. 애초부터 말을 못하는 녀석이 남들처럼 짓까불고 곽 서방을 괴롭힐 일은 없었지만, 버버리는 그래서라기보다 이상하게 곽 서방의 사냥을 즐겨 따라나섰고, 자기 집 사랑채 방에서 잠도 곧잘 함께 자주곤 했다. 그리고 곽 서방이 매를 다루는 법 ──이를테면 비둘기로 매를 잡아서 사람과 친하여 달아나지 못하게 훈련시키고, 또 사냥에 대비하여 잠을 재우지 않거나 밥을 굶기는 일 따위를 예사로 보지 않고 있다가 꼭꼭 흉내를 내는 것이었다. 그리고 이제는 빠짐없이 곽 서방의 사냥길을 따라다니는 단 한 사람의 친구였다.

　골짜기를 하나 지나 마을이 보이지 않는 산으로 접어들자 곽 서방은 자기의 팔목에 얹어온 번개쇠를 버버리에게 건네주었다. 이제부터는 버버리가 매잡이가 되고, 곽 서방 자신은 꿩몰이가 되어야 한다. 버버리는 번개쇠를 받아가지고 곧장 능선을 타고 봉우리 쪽으로 혼자 올라가기 시작했다. 이제부터 녀석은 봉우리 봉우리만 쫓아다니며 산을 두루 살펴야 하고, 곽 서방은 그 봉우리 아래의 산고랑 중에서 볕이 드는 곳은 모조리 쏘다니며 꿩을 날아올려야 할 참이다. 일인즉 곽 서방 쪽이 훨씬 고되게 마련이다. 산을 헤매는 것은 고사하고 혹시 꿩이라도 찾아내어 날려올리면 버버리 놈은 산 정수리에서 꿩을 보고 번개쇠만 띄우면 된다. 그러나 번개쇠가 꿩을 덮치는 곳으로 재빨리 쫓아가 배를 채우기 전에 꿩을 빼앗아내야 하는 것도 곽 서방 쪽——마땅히 일이 바뀌어야 할 이치다. 아무리 산길에 발바닥이 굳었다 해도 이제 곽 서방은 조금만 뛰면 숨이 헉헉거렸다. 그가 매잡이가 되고 아직 나이가 팔팔한 버버리 녀석이 꿩몰이가 되어야 한다. 그러나 그럴 수가 없는 것이다. 녀석은 벙어리——몰이를 할 때 꿩 모는 소리를 지르지도 못했고, 꿩이 날아도 산꼭대기의 곽 서방을 향해서 ‘꿩 떴다’고 외쳐줄 수도 없는 것이다. 그러니 꿩몰이 하나마나가 된 때가 많았다. 할 수 없이 곽 서방이 꿩몰이꾼이 되었다. 그도 다행한 일이다. 버버리 녀석이라도 없으면 혼자서 꿩 쫓다 매 몰다 두 몫을 다 뛰어야 했을 것 아닌가. 그것은 어쨌든 오늘은 꿩이라도 한 마리 찾아냈으면 좋겠다. 자기가 고되게 뛰어다닌 덕으로 요즘은 전보다 더 발이 빨라진 것 같기도 했다. 그는 능선으로 멀어져가는 버버리 놈을 쳐다보며 잎담배를 꺼내어 말아 물었다. 소년이 나무숲 속으로 사라졌다가 한참 뒤에 멀리 산정 가까이에서 모습을 나타냈다. 그러고는 손을 두어 번 저어 보인 다음에 아주 정수리로 올라섰다. 곽 서방은 이윽고 피워 물었던 담배를 꺼버리고 몸을 일으켰다. 그러고는 양지 쪽을 골라 냅다 거기서부터 꿩도 없는 숲 속으로 내닫기 시작했다. 후어! 후어! 소리를 지르며 골짜기를 내닫는 곽 서방은 정말 나이가 믿어지지 않을 만큼 발이 빨랐다. 돌을 던지고 소리를 지르며 양지 쪽 골짜기 하나를 다 훑고 나서 이제는 산비탈 부근을 모로 뒤졌다. 후어! 후어! 산 하나를 다 헤매고 났을 때 소년은 그 산봉우리에서 사라졌다. 그러고 조금 뒤에는 또 골짜기를 하나 건너 다음 산봉우리로 올라섰다. 소년이 거기서 손을 뱅뱅 맴돌렸다. 곽 서방도 거기따라 다음 골짜기로 들어섰다. 바짓자락이 가시나무에 걸려 찢어지고 몇 번 자갈밭에서 발을 잘못 디디고 넘어졌다. 찢은 손바닥에는 피가 말라붙어 있었다. 그러나 여직 골짜기에서는 비둘기 새끼 한 마리도 날아오르지를 않았다. 후어! 후어! 곽 서방의 외침소리가 메아리 되어 산을 기어오를 뿐 꿩꿩꿩 장끼가 날아오르는 소리는 먼 꿈속에서나 들었던 것처럼 기억마저 희미했다. 차츰 곽 서방의 발길이 무디어지고 외침소리도 자꾸만 목구멍 속으로 기어들어가고 있었다. 네 번째 봉우리에서 소년은 이제 다음 봉우리로 옮겨가지를 않고 곽 서방을 기다리고 있었다. 아까부터 밀려들던 구름장들이 이젠 해를 많이 가리어버리기도 했지만, 때도 웬만큼은 기운 것 같았다. 곽 서방도 이제는 아주 지쳐늘어져서 엉금엉금 기다시피하여 봉우리로 올라갔다. 거기에서 곽 서방은 소년의 꽁무니에 찬 점심을 나누어먹었다. 그러고는 잠시 바람을 피해 휴식을 취했다. 번개쇠 놈에게 감기기가 조금 있는 것 같았다. 오후에는 햇빛이 나지 않아 그만 하산해 버릴까 하다 좀 더 뒤져보기로 했다. 소년은 여전히 매잡이가 되고 곽 서방이 골짜기를 헤매었다. 그러나 결과는 오전과 마찬가지였다. 해가 서산을 기웃거리고 산그늘이 골짜기를 메우기 시작할 때쯤 해서 곽 서방은 거의 녹초가 되어 있었다.

'후어 후어' 소리가 자꾸만 목구멍 속으로 기어들어가다 이제는 아주 중얼거림으로 변해 있었다. 한데 그때 뜻밖에도 장끼 한 마리가 푸드등 산을 날아올랐다. 꿩꿩꿩꿩꿩꿩꿩……. 오랜만에 들어보는 장끼 소리가 산골짜기를 가득 채웠다. 곽 서방은 갑자기 기운이 치솟았다. "떴다! 꿩 떴다아." 그는 목청을 돋워 외치며 산봉우리를 쳐다보았다. 기다렸다는 듯이 산꼭대기에서는 번개쇠가 떠올랐다. 놈은 바람을 탄 연처럼 좀 더 떠올라 골짜기 위의 하늘을 맴도는 듯하더니 이윽고 살처럼 골짜기로 내려박혔다. 곽 서방은 놈이 내려꽂힌 지점을 향해 내닫기 시작했다. 어디서 솟아난 힘인지 그는 무섭게 내달렸다. 발이 거의 땅에 닿고 있지 않은 듯했다. 그러나 곽 서방은 이내 자갈밭으로 곤두박질을 치고 말았다. 그리고 달려오던 기세와 정비례해서 오랫동안 꼼짝을 하지 않고 늘어져 있었다. 산정수리에서 동정을 살피고 있던 소년에게는 아무리 기다려도 곽 서방의 신호가 들려오지를 않았다. 그는 번개쇠가 내려박힌 근방으로 내려가 볼까 생각하며 눈어림을 하고 있었다. 한데 어찌 된 일인지 그때 느닷없이 번개쇠 놈이 다시 하늘로 솟아오르고 있었다. 그리고 그 매는 끝없이 하늘을 날아오르다가는 이윽고 방향을 잡기 시작하더니 이내 먼 곳으로 산을 넘어가 버렸다. 그렇다면 ─ 소년은 급히 산을 내려뛰기 시작하였다. 매란 놈은 꿩의 내장과 부드럽고 기름진 곳을 다 파먹고 배가 불러 떠올라 버린 것이다. 그동안 곽 서방은 무엇을 하고 있었는가. 필시 무슨 변이 생긴 게 틀림없다.

산을 내려오다 소년은 자갈밭에 늘어져 있는 곽 서방을 발견하였다. 그러나 그때 곽 서방은 자세를 바꿔 하늘을 쳐다보고 있었다. 그는 그리고 누워서 매가 날아가는 것을 보고 있었던 듯 놈이 사라진 쪽으로 눈을 고정시키고 있었다. 그리고 그는 소년을 보자 지금껏 가장 편한 자세로 휴식을 취하고 있었던 사람처럼 부시시 몸을 털고 일어섰다.

집으로 돌아오는 길에 곽 서방은 생각하였다. 아마 서 영감은 되레 시원해할지도 모르지. 한사코 매잡이 노릇일랑 그만두고 이젠 다른 일을 해서 밥을 마련하라는 서 영감이었다. 그러기만 한다면 우선 자기 집 사랑채에 잠자리도 주고 세 때 끼니도 함께 나누도록 하겠다는 것이다. 까닭없이 곽 서방의 매잡이 노릇을 못 봐하는 영감이었다.

"자넨 요순 세상의 선비로군."

하며 곽 서방을 비웃거나

"지금이 어느 때라고…… 그래 밥을 먹고 살겠다는 건가."

하고 까놓고 싫은소리를 하는 것이었다. 하지만 그 영감인즉슨 옛날 매잡이들의 단골주인이었다. 마을의 매잡이는 언제나 그 서 영감이 부렸고, 다른 마을로 들어간 매를 찾아올 때 그 매값을 치러주는 것도 언제나 서 영감이었다. 그래서 서 영감네 사랑채는 늘 매잡이의 차지였고, 또 서 영감은 그 만년 손을 싫다 않고 일 년 내내 매잡이를 사랑채에 묵게 했다가 겨울 한철 매를 부리곤 했다. 그런 정이 미더워 그랬는지 곽 서방은 아직도 서 영감에게 가끔 떼를 쓰다시피 하여 연명을 해오곤 하는 터였다. 그러나 이젠 서 영감도 달랐다. 오히려 마을의 누구보다도 매잡이 곽 서방을 더 귀찮아했고 싫은소리를 많이 했다. 그래서 대부분 곽 서방은 버버리 신세를 질 수밖에 없었고, 이번 경우만 해도 매를 길들인 곳은 바로 버버리네 방이었다. 한데도 서 영감은 그것도 못 보겠다는 듯 곽 서방에게 자꾸 딴 짓으로 밥먹을 생각을 하라고 만나기만 하면 성화가 대단했던 것이다.

——번개쇠가 떠버린 것을 들으면 영감은 아마 춤이라도 출지 모르지. 그리고 아주 매를 잊어버리라고 할 테지.

하지만 그날 밤부터 곽 서방은 다시 새로운 걱정에 싸이기 시작했다. 장날이 나흘 남아 있었다. 그날 날아가 버린 매의 소식이 장으로 올 것이다. 매는 배가 고프면 다시 인가로 찾아내려오게 마련이었다. 너무 멀리 날아가지만 않았다면 매의 기별은 그 꽁지에 쓰인 주소로 매주에게 정확하게 전해지는 것이었다.

한데 문제가 있었다. 번개쇠의 기별이 오면 곽 서방으로서는 매를 찾으러 갈 수도 안 갈 수도 없는 처지였다. 번개쇠를 찾자면 우선 매값으로 쌀말값은 마련을 해야 한다. 매를 찾아올 때는 으레 그러게 되어 있었다. 하지만 지금 곽 서방이 가지고 있는 것이라곤 아무것도 없다. 한 가지 희망은 있었다. 그리고 그렇게만 된다면 오히려 곽 서방 쪽에서 바라는 바이기도 했다. 매를 찾을 때 매주가 매값을 치를 수 없으면 매가 들어간 마을로 가서 이삼 일 매를 놀아주어야 하는 것이다. 그때 매잡이는 매를 가지고 산 정수리를 다니며 꿩이 떠오르면 그걸 보고 띄우는 것뿐 꿩몰이는 마을에서 나서주었다. 그러고도 매잡이는 술과 밥과 잠자리를 얻으며 마을의 손님 노릇을 하는 것이다. 그러나 그것은 어떤 마을에라도 매 한 마리만 가지고 들어가면 밥걱정 잠자리걱정을 하지 않던 시절의 이야기 ── 요즘은 어떤 마을에도 매를 부리는 사람이 없었고 매잡이가 그런 곳엘 들어갔다간 괴상한 구경거리나 되지 않으면 다행이었다. 전혀 기대할 수가 없는 일이었다. 두 가지 중에 어느 쪽도 곽 서방은 별수를 낼 재주가 없을 것 같았다. 매값 대신 번개쇠로 며칠 놀아주겠다는 일은 저쪽에서 천부당만부당한 소리나 들은 듯할 터이고 돈을 마련할 재주도 없다. 그렇다고 그도 저도 아니게 그냥 매나 받아가지고 돌아오는 것은 더욱 도리가 아니다. 매값을 치르기 위해서는 매주가 마을로 팔려가는 한이 있더라도 매를 그냥 받아오는 것만은 용서되지 않는 습관이었다. 명문의 규범은 아니지만 그렇게 되어

내려오는 풍습이었다. 거기다가 매의 기별을 받고도 모른 체하고 있을 수는 더욱 없는 일 —— 매값을 치르지 않고 매를 받아오는 일이 곽 서방 스스로 용서할 수 없는 금기라면 매의 기별을 듣고도 모른 체하는 것은 마을이 용서하지 않을 죄악이었다.

곽 서방은 마침내 한 가지로 생각을 정했다. 장날로 번개쇠의 기별이 들어올 것은 거의 확실한 일이었다. 그렇다면 어떻게 하든지 매값을 마련해 보는 수를 내야 했다. 그는 서 영감에게 사정을 이야기해 보기로 했다. 마을에서 그런 사정을 이야기할 수 있는 사람은 그 영감뿐이었다. 그래도 그 사람은 전날 자기를 부려준 일도 있었고 타관 매잡이가 마을로 들어왔을 때는 잠을 재워주기도 했던 사람이니까. 그리고 무엇보다도 곽 서방이 서 영감을 애걸의 상대로 먼저 생각하게 된 것은 그가 곽 서방의 매잡이 일에 제일 간섭이 심했기 때문이었다. 다른 마을 사람들은 벌써 곽 서방을 절반이나 넋이 나간 사람으로 여기고 있는 데 비해 서 영감은 그래도 그러는 곽 서방을 한사코 나무라들기라도 해오고 있었다. 그래서 곽 서방은 오히려 그 영감에게서 자기의 사정을 이야기할 만한 틈을 본 것이다. 그날 밤으로 곽 서방은 서 영감을 찾아갔다. 영감은 펄쩍 뛰었다. 막연히나마 이미 짐작을 하고 간 일이었다. 곽 서방의 이야기를 듣고 나서야 비로소 그의 매가 떠나버린 것을 안 서 영감은, 그것 참 매란 놈이 곽 서방 사람 될 기회를 주느라고 그리 된 것이라며 다행스러워하기부터 했다.

"이제 딱 마음을 잡고 딴 일을 손대 보게. 우리 집에서도 할 일이 많으이. 그간 자넨 매라는 놈에게 미쳐 있었지. 한데 그 매 귀신이 제풀에 떠나주질 않았나."

"모레 장터로 번개쇠의 기별이 올 텐데요."

곽 서방은 고집스럽게 말했다.

"글쎄, 내 생각 같에선 요즘 어느 넋 나간 녀석이 그런 걸 찾아주 겠다고 건드럭건드럭 장터로 매를 가지고 나올 턱도 없지만, 또 오 면 어때. 모른 체해 버리든지 자네 병 여윈 셈 치구 그 사람더러 아 주 가져다 매를 모시라지."

"하지만 그런 짓을……."

"하여튼 나는 매값 낼 수 없어. 그런 줄 알게. 그리고 절대루 장날 기별을 보내올 놈도 없어. 만약 그런 놈이 있다면 진짜 후리배지."

곽 서방은 물러나왔다.

"매 소리를 하겠거든 다시 내 집에 발을 들여놓지 말게. 인간이 불쌍해서 그쯤 알아듣게 살 궁리를 해보라고 했으면 귀가 좀 뚫릴 법도 한데 원 사람이라군……."

그런 소리를 뒤에 남기고 버버리네 아랫방으로 돌아온 곽 서방 은 밥도 굶고 생각에만 잠겨 있었다. 밤이 늦어서야 버버리 소년이 부엌을 뒤져다 준 식은 밥덩이를 목구멍으로 조금 넘기고 나서, 곽 서방은 거의 뜬눈으로 밤을 새웠다.

— 에이 번개쇠 놈, 아무리 생각이 없는 날짐승이기로서니…….

그러나 다음 날 오후 늦게 곽 서방은 또다시 서 영감을 찾아갔 다. 장날을 하루 앞두고 먼저 마을로 번개쇠의 기별이 들어왔던 것 이다. 삼십 리 바깥 천관리(天冠里) 마을로 대낮에 매가 들어왔다고 천관리를 지나 들어온 마을 사람이 기별을 가지고 왔다. 그리고 매 주는 내일 장으로 매를 가지러 나오라더라는 것이었다.

"큰 병일세그려. 그래 자네 요즘 매를 부려서 꿩을 한 마리나 잡 은 일이 있나, 마을에서 몰이를 나서주나. 대관절 그건 찾아다 뭘 하겠다는 건가, 이 갑갑한 사람아."

영감은 이제 화를 내지도 못하고 답답해 못 견디겠다는 듯 곽 서 방을 건너다보았다.

334

“사냥을 못하더라두요. 기별이 왔는데 모른 체하고 있을 수가 없어서……."

“그래, 자네가 지금 도리를 찾을 땐가."

“……."

곽 서방은 대답을 하지 않았다. 그러나 그의 침묵은 영감의 말에 승복을 하고 있는 증거는 아니었다. 오히려 바위처럼 버티고 앉아 있는 모양이 서 영감이 무슨 말을 하든 기어코 매값만은 받아가야겠다는 결심을 다짐하고 있는 것 같았다.

“내 매값 몇 푼이 아까워서가 아니야. 매를 찾아오면 또 자네 꼬락서니를 못 보겠다는 말야."

“저도 사냥이 문제가 아니에요. 이제 사냥은 되지도 않구요."

“그럼 자넨 지금 정말로 그 매주의 도리라는 것 때문에 이러는 것인가?"

서 영감의 목소리가 갑자기 은근해졌다.

“하여튼 번개쇠를 찾아야겠어요."

“그럼 약속해 주겠나?"

영감은 무슨 생각이 들었는지 자꾸 목소리가 낮아졌다. 곽 서방은 영문을 몰라 처음으로 영감을 정시했다.

“매를 찾기만 하고 사냥 따윈 다시 나서지 않는다고……."

“……."

곽 서방은 또다시 입을 다물어버렸다.

“매는 찾아오되 맷병은 가져오지 말라는 말일세. 실상은 나도 전혀 자네 심정을 모르는 바는 아니지. 왜 나도 전에는 자네들을 부리지 않았나. 하지만 지금은 달라. 내가 미쳤다고 뭐 얻어먹은 것 없이 자네 하는 일을 못마땅해하겠나. 세상이 그래서는 안 되겠기에, 더구나 자넨 근본이 선량한 줄을 내가 아는 터라 좀 사람다운 대접을 받게 되라고 이러는 거지. 나도 실상 어떤 때는 뭐가 옳은지 그른지를 잘 모르게 될 때가 많기는 하지. 하지만 어쨌든 자네가 지금 이런 곤욕을 당하고 있는 것은 매라는 놈 때문이 아닌가 말일세.”

결국 그날 영감은 하고 싶은 말을 실컷 다 하고 나서 쌀 한 말 값을 내놓았다. 그 돈으로 매를 찾아오더라도 절대로 다시 사냥을 나서지 않는다는 조건에서라고 몇 번씩이나 다짐을 했다. 그러나 곽 서방은 돈을 움켜쥐고 나오면서 끝내 거기 대한 약속의 말을 하지는 않았다. 시류를 좇아서 사는 사람들은 그 시류에 맞춰 생활을 잘 요리해 갈 수 있을 뿐 아니라, 자기가 얼마나 그 시류에 민감하고 영리하게 적응하는가를 자랑스럽게 이야기하며 스스로 만족한다——곽 서방은 영감의 집을 나오면서 어렴풋이나마 그 비슷한 생각을 느끼고 있었다. 하지만 곽 서방은 실상 그 이전부터 벌써 그것을 느끼고 있었는지도 모른다. 영감이 그렇게 곽 서방을 걱정해 주고 충고를 해주는 데도 곽 서방이 한 번도 그것을 고맙게 생각해 본 일이 없다는 것은 바로 그 때문이 아니었을는지.

곽 서방은 서 영감에게서 받은 매값을 꼬깃꼬깃 접어 허리춤에 넣고 다음 날 아침 일찌감치부터 장터를 나와 돌아다니고 있었다. 매를 찾으러 나오기는 했어도 어디서 어느 때 만나자는 약속이 없었으므로 무작정 사람들 사이를 어슬렁거리고 다녔다. 더구나 누가 매를 가졌는지도 모르는 터. 비단점 앞으로 가서 점포 안을 기웃거리기도 하고 대장간 앞에서 벌건 숯불을 보면서 쌀쌀한 봄추위를 달래기도 했다. 그러다가 아는 사람을 보면 혹시 어디서 자기를 찾는 매를 보지 못했느냐고 묻기도 했고 자신이 사람들 사이에서 혹시 매 든 사람이 끼이지 않았나 눈을 두리번거리고도 했다. 소란스럽기는 했지만 어디서 매방울소리가 들려오지 않나 귀를 기울여보기도 했고 좋아하는 소줏가게 앞에서는 허리춤의 매값을 한참씩 만지작거리다 자리를 비켜가기도 했다.

곽 서방이 번개쇠를 만난 것은 오정이 지나서였다. 어떤 소줏가게 앞을 지나려는데, 그 안에서 얼굴이 벌겋게 취해 가지고 앉아 있는 얼굴이 얼핏 눈에 들어왔다. 전에 다른 마을에서 매잡이를 하다 지금은 어디로 가버렸는지 종적조차 알 수 없었던 얼굴이라 반가운 김에 곽 서방이 안으로 들어갔더니 그가 무릎 위에 매를 올려놓고 있었다.

"이 사람 올 줄 알았네. 한데 좀 일찍 오지 않구 이제야?"

"흥, 이런 데 박혀 있으니 어떻게 찾아내겠나. 벌써부터 장바닥을 열 바퀴는 돌았을걸세, 한데 어떻게 자네가 내 번개쇠를?"

그들은 썩 친한 사이였다. 한쪽은 이제 매잡이 노릇을 아주 그만두었고 또 한쪽은 그 매 때문에 속을 썩이고 있지만 그 순간 두 사람은 그래도 옛날 한창 사냥이 성하던 때나 된 것처럼 매를 찾아 전해 주는 거드름이 완연했고 또 곽 서방도 귀한 것을 찾아낸 기쁨을 이기지 못하는 것 같았다.

"요놈의 매가 사람을 알아보고 찾아들었지 않나. 오늘은 매값을 톡톡히 받아가야겠어. 마침 끼니도 쪼들리던 참이고……."

곽 서방은 씩 웃었다. 그리고 허리춤에 꽁꽁 접어넣은 매값을 생각했다.

"이 사람, 좀 앉기나 해, 우선 몸을 좀 녹여야지. 왜 아들놈만 찾아 도망갈 생각을 하나?"

그러나 곽 서방은 곁으로 걸상을 끌어 잡아당겨 앉으며 번개쇠를 안아올렸다.

"요놈의 자식, 내 속을 몰라보구……."

번개쇠의 눈이 깨끗지가 않았다. 꼬리도 좀 늘어져 있었다.

"감기가 걸려 있었어. 놈이 춥고 배고프고 눈곱이 끼어가지고 왔더구만."

그날도 조금 감기기가 있던 놈이었다. 곽 서방은 번개쇠를 무릎 위에 앉히고 사기컵에다 소주를 따랐다.

"한데 자네 요즘도 매를 부리고 있는 줄 알고 난 깜짝 놀랐네. 꿩이 잡히나? 요즘 매가 잡을 꿩도 있나 말야. 그리고 몰이꾼도 있구?"

그러나 곽 서방은 대답 대신 술잔만 말없이 들이켜고 있었다.

"알만하지. 오죽했으면 내가 마을을 떠났을까. 신통치도 않은 품팔이꾼으로. 어쨌든 자넨 매잡이로 아직 굶어죽진 않은 걸 보니 부럽구만."

"죽지 않는 것이 대순가?"

술이 몇 순배 더 돌았다.

"한데 자네 매값은 많이 준비해 왔나?"

"이 사람, 그 걱정 때문에 술을 못 마시나?"

곽 서방은 당장이라도 매값을 치를 기세로 허리춤을 뒤지는 시늉을 했다.

"정말?"

친구의 눈이 번쩍했다.

"쌀 한 말 값 해왔어. 아무래도 매를 놓아주라고는 하지 않을 것 같아서."

그러자 이번에는 친구가 정말 술맛을 잃은 얼굴을 했다. 그는 표정이 이상하게 일그러지더니 갑자기 결심을 한 듯 술잔을 훌짝 마셔버리고 자리를 일어섰다.

"이제 그만 가보지."

"왜, 벌써 그러나?"

곽 서방은 영문을 몰라 아직 엉거주춤한 채였다.

"매 주인을 찾아줬으니까 이젠 가야지 않나. 술에 몸두 녹혔구."

"하지만…… 그러고 매값은……?"

"매값? 가지고 가게. 가지고 가서 꾸어온 사람에게 돌려주게. 보나마나지. 매잡이에게 그런 돈이 있었겠나? 그만 돈을 꾸어온 것만도 용허네."

그러면서 술값까지 자기가 치르고 있었다.

"아니 이 사람이? 자네 정 이러긴가. 자네가 이러면 내 도리가……."

"도리고 뭐고가 있나. 아뭇소리 말구 매나 안구 돌아가게. 내게 술값쯤은 있으이."

결국 그러고 주막을 나왔다. 그리고 그는 정말로 곧 장천관 마을로 들어가겠다고 했다. 그러나 곽 서방은 아직도 뭔가 아쉬운 것이 옷깃을 꽉 붙잡고 놓아주질 않는 것 같았다.

"그럼 내 자네 마을로 가서 며칠 이놈을 부려주기라도 해야 할 텐데……."

"하하하…… 자넨 그래서 부럽단 말야. 속 편한 세상을 혼자 다 살고 있거든."

그래도 곽 서방은 속이 뚫리지를 않았다.

"그냥 매만 받아갈 수가 있나."

"내 말을 해주지. 매가 들어오니까 천상 누가 매를 돌려주러 나올 사람이 있나 말야. 마을에서들은 그냥 다시 산으로 날려보내 버리라는 거야. 자넨 날 거꾸로 도리가 없는 사람으로 여기는지 모르지만, 그래도 사람을 찾게 매를 훈련시켜 놓은 그 인간들을 찾아 내려온 매를 산으로 다시 쫓아보내지 않고 일부러 자네를 찾아 청승맞게 놈을 안고 장터까지 나온 건 나란 말일세. 알겠나? 그래도 매를 돌려받은 게 감사한가?"

하더니 그는 멍해 있는 곽 서방을 찬찬히 들여다보며 이번엔 아주 진지한 어조로 물었다.

"한데—마을로 가서 자넨 여전히 사냥질을 할 참인가?"

"……."

그 말엔 곽 서방도 대답을 하지 않았다. 그의 표정에는 마치 마을의 서 영감 앞에서처럼 아무 의사도 내비치지를 않았다. 곽 서방의 그런 얼굴을 한참 쳐다보던 친구가,

"그럼 난 가네."

하고 발길을 옮기기 시작했을 때도 곽 서방은 여전히 그 멍한 표정으로 멀뚱멀뚱 그를 바라보고만 있었다.

그날 오후, 마을로 돌아오는 곽 서방의 심경은 허전하기 짝이 없었다. 그는 다리에 힘이 하나도 없이 흐느적흐느적 넘어질 듯 길을 걷고 있었다. 차라리 매값이 적다고 투정이라도 잔뜩 들었다면 마음이 후련할 것 같았다. 마음이 꺼림칙하다 못해 화가 치밀어올랐다. 영리한 서 영감도 그것까지는 미처 예상을 하지 못했을 것이다. 애초부터 매값 대신 마을로 들어가 매를 부려줄 수 있으리라고는 기대를 하지 않았다. 하지만 녀석이 매를 안겨주고는 사례를 한 푼도 받지 않고 도망치듯 자리를 비켜버리리라고는 상상조차 해볼 수가 없었던 일이었다. 한데다 오히려 제 편에서 술값까지 치르고 가는 녀석의 언사는 분명 곽 서방을 몹시도 동정하고 있는 눈치였다. 그래 가령 생활이 궁색하다 치자—그렇다고 매를 그냥 돌려받아서야 얼굴이 서는 일인가. 그는 오는 길에 다시 주막을 한 곳 들러 술을 마시기 시작했다. 아무래도 매값을 다시 마을로 가지고 돌아갈 수는 없었다. 낯선 영감들이 몇 술자리를 펴고 앉아 있다가 곽 서방이 매를 가지고 주막을 들어서는 것을 보고,

"어허 매잡이로군?"

하며 저희끼리 아는 체들을 했다. 신기한 사람을 보게 되었다는 눈들이었다. 곽 서방은 그들을 본체만체 자리를 따로 잡고 앉아 술을 청했다. 그러자 영감들은 이내 자기들의 이야기로 관심이 다시 돌아가 버렸다.

곽 서방이 주막을 나온 것은 그의 허리춤에 접어넣었던 매값이 다 떨어지고 난 다음이었다. 그러나 그는 워낙 호주인 데다가 아까 밑자리를 깐 술이 되어 별로 걸음걸이가 흐트러지지는 않았다. 거기다 그는 술값을 정확히 따지지도 않고 주모가 갖다주는 대로 안주를 먹었기 때문에 실상 술기가 그렇게 과하지는 않았던 것이다. 무엇보다 그 쌀 한 말 값이라는 것이 대단한 술값은 아니었으니까. 그러나 이제 그의 기분은 아까처럼 꽉 막혀 있지를 않았다. 그는 매잡이로 산을 탈 때 가끔 부르던 노래를 흥얼거리기 시작했다. 그리고 산길을 오르다 보니 다리가 몹시 떨려오기 시작했다. 해가 저녁나절 양지를 비추고 있어서 곽 서방은 이른 봄 날씨에도 등골에서 땀이 흘렀다. 그렇게 산길을 오르다가 곽 서방은 문득 다리를 좀 쉬어야겠다고 생각했다. 부지런히 마을을 찾아들어가야 할 이유가 없었다. 마을도 집이 있고 가족이 있는 사람의 마을, 곽 서방에게는 매잡이를 불러주는 곳이 제 마을이었고 제집이었다. 한데 이제는 그를 불러주는 마을이나 집이 없다. 물론 가족도 없다. 지금 그가 드나드는 곳이 제 마을이 되어버린 것은 그가 바로 그 마을에서 영 주인 없는 매잡이 신세가 되어버렸기 때문이었다. 피곤한 다리를 서둘러 갈 이유가 없었다. 그는 바람이 막힌 양지를 골라 다리를 뻗고 누웠다. 그러고 언제나 버릇대로 번개쇠를 팔목에 앉혀 배 위에 얹고 곧 깊은 잠 속을 빠져들어갔다.

한데 마을에서 옛날대로 곽 서방을 본 것은 그것이 마지막이었다. 그날 장길에서 돌아오다 곽 서방을 만난 사람들은 여느 때처럼

약간 빈정거리거나 우스개로 보이기는 했어도,

"곽 서방 장에 갔다오는구려."

"매를 찾았으니 아들을 찾았구려."

하고들 인사를 했고, 곽 서방도 그땐 술김에 기분 좋은 대꾸를 해왔는데, 그것이 마을 사람들과 곽 서방의 마지막 대화였던 것이다.

그 산길 한모퉁이에서 어스름이 들 때까지 잠을 자고 있는 곽 서방을 발견하고 그를 깨운 것은 해 늦은 장길에서 돌아오던 버버리네 아버지였다. 그런데 그때, 잠에서 깨어났을 때부터 곽 서방은 영 사람이 달라져 있었던 것이다. 어떻게 달라졌는지는 알 수 없다. 혹은 달라진 게 없다고 해야 할지도 모른다. 달라졌거나 달라지지 않았거나, 또는 달라졌으면 어떻게 달라졌는가는 아무것도 말할 수 없다. 그는 그때부터 갑자기 벙어리가 된 것처럼 누구의 말에도 일체 대답을 하는 일이 없었고 혼잣말을 하는 일조차도 없어져버렸기 때문이다. 그때 그는 무슨 꿈을 꾸었던 것일까. 그래서 그 꿈이 그에게 어떤 무서운 충격이나 암시를 준 것이었을까. 버버리 아버지가 곽 서방을 깨어놓았을 때 그는 무슨 꿈을 꾸다 깨어난 사람처럼 주위를 두리번거렸고, 그리고 낯선 사람을 보듯 이상한 눈으로 자기를 쳐다보더라고 했다. 그러나 그가 꿈을 꾸었는지, 또 꿈을 꾸었다면 어떤 꿈을 꾸었는지 역시 알 수가 없는 것은 물론이다. 그러나 곽 서방이 분명 사람이 달라진 게 사실이라는 것은 그때 순순히 매를 안고 마을로 돌아온 그가 취한 기이한 행동들이었다. 곽 서방은 마을로 돌아오자 버버리 소년의 방을 차지하고 누워서 번개쇠를 굶기기 시작했다. 그가 가장 친한 버버리 소년에게마저도 한마디 말이 없이 방구석에만 누워 뒹굴면서 매를 굶겨댔다. 중식 소년은 처음에 곽 서방이 또 사냥을 준비하고 있는 것이라고 생각했다. 그러나 이상한 것은 그가 가져다주는 음식물을 곽 서방 자신도 입에 대지 않는다는 점이었다. 그러니까 곽 서방은 매와 자신이 함께 굶은 것이었다. 그리고 번개쇠를 잠재우지 않듯이 자신도 잠을 자지 않았다. 소년이 없을 때만 잠을 자는지는 모르지만, 적어도 소년이 곁에 있을 때는 곽 서방의 눈이 언제나 천장을 향해 멀뚱멀뚱 떠 있었다는 것이었다. 처음부터 배를 주리다 마을을 찾아들어왔던 번개쇠는 급속히 기운이 마르기 시작했다. 기운이 약해져가는 탓인지 감기도 점점 더 심해져가기만 했다. 곽 서방이 사냥 준비를 하려는 것이 아니라고 소년이 확실히 짐작하게 된 것은 번개쇠가 영 기력을 잃고 만 것을 보게 되었을 때였다. 사냥 준비로 매를 굶긴다 해도 그것은 정도 문제였다. 이제 번개쇠는 숨을 깔딱거리며 몸을 이기지 못하고 자꾸 모로 쓰러지려고만 했다. 더구나 곽 서방 자신은 그 매에 못지않게 눈두덩이 움푹 패어들어가고 있었다. 소년은 까닭을 알 수 없었다. 곽 서방은 말을 하지 않았다. 그 사람 좋던 곽 서방이 눈이 움푹 패어서 말도 하지 않고 멀뚱거리기만 하거나 자기를 멍하니 쳐다볼 때 소년은 오싹 소름이 끼쳐오기까지 했다. 그러나 소년은 곽 서방을 내쫓을 수는 없었다. 마을에서들은, 특히 서 영감은 곽 서방에게 진짜 매귀신이 붙은 거라고 했다. 그러나 소년은 기다렸다. 자기는 필경 곽 서방의 곡절을 알게 되고 말리라는 자신이 있었다. 한데 그러기를 꼬박 나흘——그 나흘째 되던 날 저녁 무렵 곽 서방이 별안간 문을 열고 밖으로 나왔다. 그러고는 엉금엉금 버버리네 안채로 가더니 마루짱 밑에 얽어놓은 닭장에서 지금 막 저녁 잠자리로 들어온 장닭 한 마리를 꺼내들었다. 그러고는 다시 사랑채 방으로 들어가서 번개쇠를 안고 나왔다. 버버리 소년과 아버지는 보았으나 지금부터 정말 무슨 일이 일어나려나 싶어 숨을 죽이고 곽 서방의 거동을 바라보고 있었다. 곽 서방은 자기를 지켜보는 눈들에는 아무 관심도 없는 듯 천천히 번개쇠의 다리에서 줄을 풀어주었다. 줄을 풀어주면서 그는 번개쇠를 찬찬히 들여다보았다. 조그만 콧구멍에서는 물이 흐르고, 놈은 연신 그 물을 튀기며 킥킥 재채기를 하고 있었다. 그는 줄을 다 풀고 나서 닭을 땅에 떨어뜨려 주었다. 번개쇠의 방울소리만 듣고도 겁에 질려 오금을 펴지 못하고 있던 닭은 곽 서방의 손을 벗어나자마자 무작정 마당가로 내달리기 시작했다. 곽 서방은 그 닭이 도망가는 쪽으로 매를 던졌다. 번개쇠는 그 짧은 공간을 날아 닭을 쫓았다. 그러자 번개쇠의 추격을 알아차린 닭은 거기서 그냥 납작하니 땅에 붙고 말았다. 번개쇠는 그 닭을 호되게 때렸다. 감기에 시달려온 놈이기는 하지만 거기까지는 그래도 제 기개를 잃지 않은 것 같았다. 한데 곧바로 닭의 목을 집어문 번개쇠가 헐떡거리기 시작하는 것이었다. 곽 서방은 방문을 열어젖히고 문지방에 걸터앉아 그 광경을 멍하니 바라보고 있었다. 닭은 아직 숨이 끊기지를 않아서 목을 물리고도 푸덕거리기를 그치지 않았다. 죽을 힘을 다 내뽑는 닭을 약한 번개쇠가 쉽사리 처리하지를 못하고 있었다. 놈은 닭의 목 부근을 물고 흔들고 찢고 하면서 퍼덕이는 닭과 거의 함께 땅에서 뒹굴고 있었다. 닭의 목에서인지 번개쇠의 어디에서인지 드디어 검붉은 피가 튀기 시작했다. 버버리와 아버지는 손끝 하나 꼼짝하지 않은 채 끝까지 그 광경을 지켜보고 있었다. 끔찍한 번개쇠의 공격이 성공을 하여 마침내 닭의 가슴이 열렸다. 그리고 번개쇠는 마치 새 귀신처럼 머리에 붉은 피를 뒤집어쓰고 닭의 내장을 쪼아먹기 시작했다. 핏빛이 진한 가슴께 내장만 파먹었다. 그러면서 놈은 가끔 부리를 흔들어댔기 때문에 제 깃에는 물론 부근 땅바닥에도 핏방울을 뿌려대는 것이었다. 이윽고 번개쇠는 이제 허기가 가신 듯 닭을 버리고 부리를 문질렀다. 그러나 놈은 갑자기 포식을 하여 기력이 끊어진 듯 처음보다도 더욱 몸을 비틀거렸다. 다른 때 같으면 하늘로 날아올라 버릴 궁리부터 했을 텐데 계속 어정거리고만 있었다. 한두 번 수상한 몸짓을 해 보였으나 놈은 그냥 머리를 내버리곤 했다. 그러자 놈의 거동만 가만히 지켜보고 있던 곽 서방이 드디어 자리에서 일어났다. 그러고는 천천히 번개쇠 곁으로 다가가더니 놈을 덥석 집어들었다. 그러고는 말 한마디 없이 사립문을 걸어나가 버렸다. 바깥은 방금 어스름이 내리고 있었다. 곽 서방은 번개쇠를 안은 채 바로 뒷산 솔밭 속으로 사라져가고 있었다. 버버리 부자는 그제서야 겨우 자기 집 닭 한 마리가 엉뚱하게 죽어간 것을 생각했다. 그리고 곽 서방의 거동을 좀 더 따라가 봐야겠다고 생각했다. 한데 곽 서방의 거동을 엿보고 돌아온 버버리 소년은 곽 서방이 매를 하늘로 띄워보내려고 한사코 애를 쓰고 있더라는 것이었다. 아무래도 날 생각이 없어 보이는 번개쇠를 자꾸만 하늘로 띄워올리려고, 잡아서는 날리고 또 잡아서는 날리고…….

한데 그날 밤 곽 서방은 버버리 소년의 방으로 돌아오지 않았다. 이상하다고 생각했으나 밤이 늦어서 어디로 그를 찾아볼 수가 없었다. 늦도록 곽 서방을 기다렸으나 소년은 할 수 없이 혼자 잠이 들고 말았다. 아침에 눈을 떴을 때도 곽 서방은 곁에 있지 않았다. 간밤에 방을 왔다 간 흔적도 없었다.

아침을 먹으면서 소년은 아버지에게서 이상한 이야기를 들었다. 곽 서방이 윗마을 서 영감네 헛간에 누워 있다는 것이었다. 여전히 말을 하지 않고 가져다준 음식도 입에 대질 않는다는 것이었나. 번개쇠는 기어이 날려보내고 말았는지 이제 곽 서방은 매를 가지고 있지도 않다더라고.

소년은 상을 물러나자마자 서 영감네 헛간으로 달려갔다. 거기에는 과연 곽 서방이 멀뚱멀뚱 눈을 뜬 채 죽어가고 있는 사람처럼 조용히 누워 있었다. 숨을 쉬는 기색도 알아볼 수 없었다. 구경 삼아 달려온 마을 사람들이 곽 서방을 달래고 있었다. 어떤 여자들은 누룽지 그릇을 가져다 놓고 있기도 했다. 그러나 곽 서방은 그 어느 사람에게도 대꾸를 하지 않았다. 그는 이미 절반쯤은 죽어 있는 사람 같았다.

이제 다시 이야기를 본 줄거리로 돌리는 것이 좋겠다. 매잡이 곽 서방의 그 기이한 단식은 그렇게 시작된 것이었고, 그러니까 내가 갔을 때는 이제 마을 사람들조차 곽 서방의 일엔 싫증을 내고 있었을 때였던 것이다. 곽 서방이 누워 있는 헛간의 안채에서 서 영감은 '정말 매 귀신이 들어앉았다'고 화를 냈지만 그러고 있는 곽 서방을 내다본 일은 한번도 없다고 했다.

그런데 또 한 가지 신기한 것은 소년이 가지고 있는 매에 관해서였다.

"그럼 네가 가지고 있는 곽 서방 매는 어떻게 다시 갖게 된 거지?"

한데 소년은 곽 서방이 매를 아주 날려보냈으려니 하고 있었는데, 다음 날, 그러니까 곽 서방이 헛간으로 가서 누운 다음 날 번개쇠가 다시 마을로(그것도 바로 버버리 소년의 집으로) 들어왔다는 것이었다. 그래서 소년은 처음 번개쇠를 다시 곽 서방에게로 가지고 갈까도 생각했으나 어쩐지 그래서는 안 될 것 같은 생각이 들었다는 것이다. 그리고 지금은 번개쇠를 자기가 가지고 있는 것조차도 곽 서방이 알면 굉장히 화를 낼 것 같아서 곽 서방에게는 사실을 감추고 있다는 것이었다. 소년이 매를 다시 기르기 시작하는 것을 보고 아버지마저 몹시 핀잔을 주기는 했지만 소년은 그 매를 다시 돌려보내지는 않겠다고 했다. 소년은 자기의 매를 갖고 싶으며 또 사냥도 하고 싶다고 했다. 소년의 아버지는 한 번도 자기의 고집을 꺾어본 일이 없는 이 버버리를 잘 알기 때문에 할 수 없다 싶어 그대

346

로 버려둔 눈치였다.

하여튼 그 모든 이야기를 듣기 위해서 나는 산을 이틀이나 더 타야 했다. 물론 사냥 수확은 없었다. 그러나 이제 소년은 허탕만 치는 일로 나에게 미안해하는 것 같지는 않았다. 그는 허탕을 치고 돌아오면서 마치 나를 부린 값이라도 치르듯 곽 서방의 이야기를 열심히 들려주었다. 그러나 사흘째 되는 날부터 나는 더 이상 소년을 따라나설 수가 없었다. 번개쇠가 불쌍하니 사냥을 그만하고 이제 먹을 것을 주자고 했더니 소년은 머리를 끄덕이고 그날은 사냥을 나가지 않았다. 그리고 어디서 구해 왔는지 참새 두 마리를 잡아다 매에게 먹였다.

"언제나 참새를 주나?"
하고 물었더니 개구리철에는 개구리를 먹이고 어떤 때는 닭을 잡아 먹이기도 한다고 했다. 그래서 가을이 되어 길이 다 든 매는 제값을 받자면 쌀 몇 가마 값은 된다는 것이었다. 그런 이야기 저런 이야기로 그날은 방 안에서 소년과 해를 보냈다. 그날 저녁이었다. 초저녁에 소년이 윗마을 영감네 헛간으로 간 뒤 나는 방에 남아 뒹굴다가 그냥 불을 끄고 잠을 청했다. 소년은 전에도 가끔 나를 혼자 남겨두고 헛간으로 갔다가는 영 돌아올 기미가 없다가도 아침에 일어나 보면 곁에서 잠이 들어 있곤 했던 것이다.

나 역시 그사이 곽 서방을 몇 번 헛간으로 찾아가 봤지만 그는 언제나 마찬가지 자세로 눈두덩만 더 앙상하게 드러내고 있을 뿐이었다. 도대체 사람이 온 기척조차 느끼지 못하는 곽 서방을 오늘 밤은 찾아가고 싶지 않았다. 음식이 입에 닿지 않는 데다 이 며칠 무리하게 산을 탔고 또 뭔지 모를 긴장마저 계속되어 왔으므로 오늘은 그 모든 피로가 한꺼번에 풀려나오는 바람에 몸이 축 늘어졌던 것이다.

이윽고 자리를 고쳐앉을 때 울리는 매의 방울소리가 점점 희미하게 들려오기 시작했다. 바로 그때 버버리 녀석이 헐레벌떡 방으로 뛰어들어오더니 냅다 나를 흔들어깨웠다. 나는 녀석이 방으로 들어설 때부터 정신이 들어 있었으므로 대뜸 일어나며 불을 켜댔다. 그러나 소년은 불빛에 잠시 눈을 찡그리더니 또다시 나를 재촉했다.

"왜 그래, 무슨 일야?"

무턱대고 팔을 끌어내던 소년이 그제야 사연을 일러주었다. 곽서방이 나를 찾고 있다는 것이었다.

"곽 서방이 말을 했단 말야?"

나는 번쩍 기묘한 예감이 지나갔다. 어슴푸레하나마 소년이 서두르는 이유를 짐작할 수 있었다. 아니 소년이 서두르는 것과 정반대 이유로 나는 서둘러댔다. 곽 서방은 정말 말을 했다고 소년은 밭둑 길을 뛰어가다시피 하며 설명했다. 그리고 꼭 나를 좀 불러달라더라는 것이었다. 이상한 일이었다. 곽 서방은 어떻게 말을 시작했을까. 그리고 왜 그가 나를 만나자고 했을까. 그러나 그보다도 더욱 이상한 것은 그때 나는 그런 것을 실제로는 조금도 이상하게 생각하지 않고 있었다는 점이었다. 그가 말을 시작한 것도, 하필 나를 찾는 것도 모두가 다 당연한 것처럼, 그리고 나는 여태까지 바로 그때를 기다리고 있었던 것처럼 서둘러 곽 서방에게로 뛰어갔던 것이다.

곽 서방은 정말 나를 기다리고 있었다. 그는 전과 다름없이 꼬직히 헛간 지푸라기에 싸여 누워 있었으나, 깊이 가라앉아가기만 하던 눈망울이 처음으로 나를 향해 움직이고 있었다. 얼굴 근육까지 조금씩 움직이는 것 같았다. 나는 그것으로 곽 서방이 나를 아는 체하는 줄을 알 수 있었다.

"민…… 민 선생을 가서 만나지요?"

이윽고 그는 꺼져가는 듯한 목소리로 물었다. 그리고 그 말 한마디 마디마다 곽 서방은 너무나 여러 번씩 입술을 움직인 끝에 겨우 소리를 만들어냈기 때문에 마치 조금씩밖에 벌리지 않은 입술 사이에서는 소리가 미처 되어 나오질 못하거나, 아니면 너무 오래 말을 하지 않고 있어서 잊어버린 말이 생각나기를 기다리는 것처럼 보였다. 그는 그렇게 띄엄띄엄 말했다. 그러나 그의 말은 흐린 눈동자와는 달리 일단 의사가 확실했다.

"친굽니다. 가서 만납니다."

나는 그의 귀가 이미 깊은 영혼 속에서만 열려 있어서 그곳까지 소리가 들리게 하기는 퍽 어려울 것만 같이 생각되어 큰 소리로 말했다. 곽 서방이 조금 머리를 끄덕였다. 반가움을 표하는 것이 아니라 이미 알고 있다는 표정이었다.

"내 이야기를 전해 주시겠소?"

곽 서방은 다시 나에게 말하면서 눈을 치떠 나를 쳐다보았다.

"물론이지요. 한데 뭐라고 전해야 할지. 이러고 계시는 까닭이 뭡니까?"

그 말에 곽 서방은 염려스럽게 나를 쳐다보았다.

"좋은 사람입니다. 내 평생 가장 긴 이야기를 했던 사람이 민 선생이었소."

얼핏 딴소리 같은 말만 하더니,

"아마 민 선생은 짐작할지 모르지요. 마음이 깊은 분이니까……."
하고 한마디를 덧붙였다.

"민 선생에게 짐작되는 일이라면 제게 말씀해 주셔도 무방할 텐데요."

그러나 곽 서방은 다시 입을 다물어버렸다. 하니까 나는 그때 바로 두고두고 후회할 실수를 저지르고 만 셈이었다. 사실을 말하자면 나는 그때 곽 서방이 민형과 무슨 이야기를 했었는지를 그에게 물었어야 했던 것이다. 그리고 민형이 곽 서방에게 했던 말을 알아놨어야 했다. 그랬더라면 이번 일의 사연도 짐작할 수가 있었을는지도 모른다. 허나 나는 너무 사건에 맞닿아 있었기 때문에 그런 여유마저도 가질 수가 없었던 것이다.

하여튼 그날 밤 곽 서방과의 이야기는 그것뿐이었다. 그러나 나는 다시 버버리네 집으로 돌아오지 못했다. 어떤 예감이 있었기 때문이었다. 나는 그날 밤 날이 샐 때까지의 모든 일을 빠짐없이 보아두었다가 민형에게 전하리라 생각했다. 그러나 나는 사실 민형에 대한 그런 부채감보다도 나 스스로 그곳을 떠날 수 없는 어떤 강한 힘에 붙잡혀 있었던 것이다. 버버리 소년도 물론 나와 같이 있었다. 그리고 그런 나의 예감은 틀리지가 않았었다. 우리는 조금 뒤에 곽 서방 곁에 쪼그리고 앉아 잠시 눈을 붙인 것 같았는데, 우리가 정신이 들었을 때는 벌써 날이 희끄무레 밝아오고 있었다. 한데 그때 곽 서방은 이미 숨을 거두고 있었던 것이다.

곽 서방은 그날 아침으로 대발에 말려 어떤 산모퉁이에 묻혔다. 그리고 장례가 끝나자마자 나는 서울로 떠날 채비를 했다. 한데 그때부터 버버리 소년이 영 말대답을 하지 않는 것이었다. 녀석은 원래 벙어리니까 소리를 내어 말을 하진 않았다. 그러니 소리를 내지 못하는 대신 어떤 경우에는 소리를 가진 사람보다 더 수선스러운 행동을 할 때도 있었다. 한데 그러던 녀석이 영 나의 말대꾸를 하지 않게 되어버린 것이다. 하염없이 매만 만지작거리고 있었다.

"이제 사냥철도 지나갔는데 그 매 산으로 보내주지 않을래?"

그런 물음에도 소년은 역시 묵묵부답이었다. 숫제 듣지조차 못한 표정이었다.

"그리고 그건 원래 곽 서방 거였다는데, 이젠 주인도 죽고 없는데……."

“……”

그러나 나는 끝내 소년이 가장 강한 반응을 나타내는 말을 찾아내고 말았다.

“그러고 보니 이번엔 네가 또 매잡이가 되고 싶은 게로구나.”

그 말에 소년은 번쩍 머리를 쳐들고 나를 쳐다보았던 것이다. 그런데 그때 소년의 표정이 참으로 이상한 것이었다. 소년이 처음 머리를 들고 나를 쳐다보았을 때 그 눈에는 뜻밖에도 어떤 무서운 증오 같은 것이 서려 있었다. 그리고 무서운 반발이 숨어 있었다. 나는 소년의 그런 눈길을 받고 나서 처음에는 움찔 몸을 한 걸음 물러서기까지 했다. 괴팍하고 사나운 벙어리의 본능이 덩어리져 나오고 있는 것 같기도 했다. 나는 그 눈 때문에 방금 내가 소년에게 무슨 말을 했는지도 잠시 동안 잊어버리고 있었다. 소년이 무엇 때문에 그런 눈을 하는지 알 수가 없었다. 그리고 나의 말이 생각났을 때도 나는 소년이 무엇을 그토록 증오하는지 또는 반발하는 것인지 알 수가 없었다. 어느 쪽이라고 해야 할지도 구분을 못할 지경이었다. 왜냐하면 소년의 눈은 그때 다시 또 어떤 슬픔과 애소 같은 것을 담기 시작하고 있었기 때문이었다. 소년의 눈은 나에게서 영 떠날 줄을 몰랐다. 그래서 그렇게 보였던 것일까. 소년의 눈에는 애초의 증오 대신 서서히 슬픔이 차올랐고 그리고 그 멍한 눈은 간밤의 곽 서방의 눈길을 연상시키기까지 했다.

나는 어쩌면 녀석이 또 매잡이 노릇을 계속할지도 모른다는 생각을 하면서 그날로 소년과 마을을 하직하고 서울로 돌아왔다.

그리고 서울로 가는 차를 타게 되면서부터는 비로소 민형을 다시 생각하기 시작했다. 나는 그때 떠날 때와는 또 다른 수수께끼를 하나 가지고 있었다. 그 수수께끼를 민형과 함께 풀어보리라고 생각했다. 도대체 곽 서방의 죽음은 무슨 뜻을 지닌 것인가. 곽 서방은 왜 그런 해괴한 죽음의 방법을 생각한 것인가.

곽 서방의 소식을 듣고 민형은 그 모든 수수께끼의 대답을 어떻게 풀어낼 수 있을 것인가.

그러나 서울에는 또 하나의 수수께끼가 나를 기다리고 있었다. 뜻밖에도 민형이 그사이에 자살을 하고 만 것이다. 내가 시골로 떠난 다음 날이었다고 했다. 내가 서울로 돌아왔을 때는 민형은 이미 자신의 유언에 따라 한 줌 재가 되어 한강으로 뿌려진 다음이었다. 나를 기다리고 있는 것은 그의 간단한 유서 한 장과 유서에서 밝힌 두 가지 비장품뿐이었다. 앞에서도 말했듯이 그에게서는 다른 아무 것도 남은 것이 없었다. 그러니까 나는 그가 가지고 있는 마지막 재산으로 여행을 한 셈이 되었다.

"──여행 이야기가 꼭 좋은 소설이 되기 바라네. 그리고 여기 나의 취재노트를 자네에게 넘기고 가네. 혹 소설로 만들 만한 것이 있을는진 모르겠네만. 또 하나 밀봉한 봉투는 이삼 개월 날짜가 지나서 적당한 시기에 꺼내 보라고 특히 부탁하네── ."

마치 한 일 년 어디로 여행을 떠나면서 부탁을 남기고 있는 투였다. 유서 가운데는 자세히 보면 세 가지 다짐이 들어 있었다. 첫째로 여행에서 돌아오면 꼭 소설을 한 편 써서 발표하라는 것, 두 번째로는 가능한 대로 자기의 취재물을 소설로 완성시켜 보라는 것, 그리고 세 번째 부탁은 무엇인지 모를 그 봉투의 물건을 반드시 일정한 기간이 지난 후에 꺼내 보라는 것이었다. 어세가 그렇게 강한 것은 아니었지만, 죽음을 이마에 대고 있는 사람의 이야기라는 것을 생각할 때, 그것은 산 사람이 몇십 번을 강조하고 되풀이하는 것보다도 더 엄숙하고 확실한 것이었다.

나는 그의 첫 번째 부탁을 금방 이행했다. 아니 그것은 그의 부탁 때문이 아니었다. 나는 서울로 돌아올 때부터 벌써 작품을 생각하고 있던 터였다. 민형의 예언은 적중한 셈이었다. 매잡이 사내의 죽음이 순간순간 나를 긴장시켰다. 확실하지는 않았지만, 필경 나는 소설을 쓰지 않고는 견딜 수가 없으리라는 것을 벌써부터 알고 있었다. 나는 민형에게 그 매잡이 사내에 대해서 훨씬 많은 것을 들을 수 있으리라 생각하고 있었다. 한데 서울로 돌아와 보니 민형은 이미 저세상 사람이었다. 그것은 한층 더 나를 긴장시켰다. 그 우연은 마치 민형이 매잡이의 죽음을 미리 알고 있었던 듯한 생각마저 들게 했다. 그리고 매잡이의 죽음과 민형의 죽음에는 자꾸만 어떤 관련이 있는 것처럼 나의 머릿속으로 함께 얽혀들었다. 나는 매잡이 사내의 죽음을 민형의 죽음을 중심으로 한 소설 계획에 관련시키려고 생각했다. 그러나 그것은 다만 나의 욕심뿐이었다. 두 죽음을 연결시킬 근거가 나에게선 아무래도 분명해지질 않았다. 모든 것이 그저 느낌뿐이었다. 소설이 무척 애매하고 어려워졌다. 나는 할 수 없이 이야기에서 민형을 다시 제외할 수밖에 없었다. 매잡이 사내의 이야기만으로 한 편의 소설을 썼다. 그것이 나의 최초의 「매잡이」였다. 그것으로 일단 나는 민형의 첫 번째 부탁을 이행한 셈이었다. 하지만 그것으로 내가 매잡이 사내와 민형 사이의 그 이상한 관련감을 포기해 버린 것은 물론 아니었다. 두 사람의 관계에 대해서는 나의 느낌이 틀림없으리라는 확신도 가지고 있었다. 나는 그 확신을 증명하려고 했다. 한데 방법이 없었다. 민형이 남긴 흔적이라고는 거의 아무것도 없다는 것이 그 일을 더욱 어렵게 했다. 밀봉한 봉투는 그 적당한 시기라는 것이 언제가 될지 몰라 당분간은 거의 잊어버린 상태로 서랍 깊숙한 곳에 넣어두고 있었다. 민형에 관해서 생각할 수 있는 유일한 물건은 민형이 나에게 소설로 만들어주기를 바라면서 남겨준 비망노트뿐이었다. 그러나 그 노트도 민형의 죽음과 매잡이 사내와의 관계를 추리하는 데는 별반 도움이 되지 않았다. 앞서도 얘기한 일이 있지만, 그 취재노트는 정말 경탄할 만한 것이었다. 아까운 일이었다. 물론 지금도 나는 그중의 대부분을 언젠가는 소설로 만들 욕심이고 또 실제로 몇몇 머지않아 곧 작품이 이루어지게 되리라고 단언을 할 수도 있다. 그러나 어떻게 내가 그 하나하나의 소재를 취재할 때의 민형의 뜻을 충분히 살려낼 수 있을 것인가. 망인에게 죄스럽기는 하지만 천상 소재해석은 나의 방법을 따를 수밖에 없다는 것이다. 그러자면 그 많은 민형의 노력의 결과는 한낱 사전지식 구실밖에 할 수가 없게 될 것이다. 그것은 마땅히 민형 자신의 소설구상을 통해서 작품으로 이루어져야 했을 것이다. 가령 그런 점을 떠나 민형에 대한 인간적 관심으로 볼 때도 그것은 역시 안타까운 일일 수밖에 없다. 민형의 그러한 생은 마치 자기는 소설가가 될 수는 없다는 것을 너무나 일찍 체념으로 받아들이고, 자료수집 그것으로나마 문학의 어떤 몫에 참여하고 있다는 최소한의 인간적 요구를 만족시키고 있었던 것같이 생각되는 것이었다. 정말로 민형은 소재수집 자체를 생의 과업으로 이해했던 것일까. 그것도 한편으로는 머리가 숙여지는 일이었다. 그러나 그보다도 역시 그와 가까운 친분으로서는 민형의 그러한 생 전체가 오히려 하나의 큰 좌절로 느껴졌다. 그래서 그가 안타깝고 아쉬웠던 것이다. 한데 중요한 것은 바로 그 민형의 자상하고 철저한 취재노트에는 하필 전에 그가 나를 내려보내면서 얼핏 펼쳐 보여줬던 매잡이에 관한 기록이 뜯어 없어져버린 사실이었다. 노트 석 장이 떨어져 없어지고 그 뜯어진 다음 장에 매잡이에 관한 아주 평범한 사전지식이 조금 계속되고 있을 뿐이었다. 하지만 뒤에서 이어지고 있는 것으로 보아 뜯어 없앤 것은 분명 매잡이에 관한 기록이 틀림없었다.

　──매과 매속의 맹조의 총칭. 수리에 비하여 몸이 소형인데 부

354

리가 짧으며 윗부리의 가장자리 중앙에 이빨 모양의 돌출부가 있다. 발가락이 가늘고 날개와 꽁지가 비교적 폭이 좁다. 다리의 발꿈치에 있는 비늘은 앞뒤가 모두 그물 모양이며 머리 위와 눈주위 주둥이 근처가 흑색이고 등은 회색, 허리와 꼬리는 연한 색이고 검은 가로무늬가 있다. 주둥이는 창각색(蒼角色) —— 엽막(蠟膜)과 다리는 황색, 민속하게 날개를 놀리어 수리보다 빠르게 난다.

—— 날개 길이 30cm, 부리 27cm.

—— 보라매, 새매, 송골매, 해동청(海東靑).(한국산, 특히 중국에서 진가가 인정되고 있음.)

—— 한, 중, 일, 아시아, 북아프리카, 동유럽 등지에 서식.

한 1년 길들인 것→갈지개. 2년→초진이(初陳伊) = 초지니. 3년→3진이. 산진이 = 산지니.

—— 한국 북쪽 지방.(중국 대륙에서 들어옴. 몽고 풍속→유럽 일부에도 있음.)

—— 매두피, 매를 잡는 기구, 명주 그물, 매사냥, 매찌, 매의 똥, 매치, 매를 놓아 잡는 꿩, 짐승, 매팔자 = 개팔자.

—— 매잡이. 매를 잡는 사내→사전. ×(현지에서는 ‘매를 부리는 사내를 매잡이’ 라고 함. ○) ※손잡이.

—— 매치는 절대로 팔지 않았음. 마을 잔치에 부조를 하고 부조받는 사람은 떡시루나 술말로 보답. 요즘은 시장으로 나가는 일이 있고 약이나 총으로 잡은 것보다 값이 있다고 함.

이것이 뜯어지지 않고 남아 있는 매나 매잡이에 관한 기록의 전부였다. 그것은 다만 사전지식에 불과했고, 그의 의견이 엿보이는 곳이라고는 ‘매잡이’ 를 사전해석에 따르지 않고 취재지역에 따르려고 했다는 것 정도였다.

나로서는 그것이 옳은 듯했다. 매잡이는 ‘잡이’ 는 잡는 이라는 뜻이기보다 민형이 참고로(※표로) 보인 것처럼 잡는 것, 즉 '손잡이'의 '잡이'에 가까운 것 같았다. 매잡이 사내는 언제나 매를 팔뚝에 올려앉히고 다녔다. 사내의 팔뚝은 매의 앉을잡이였다. 그래서 아마 그쪽 사람들은 매 부리는 사내를 매잡이라고 하는 것 같았다. 그러니까 이 매잡이라는 말은 물론 나 역시 지금까지도 그런 뜻으로 써오고 있는 터이다. 한데 어쨌든 이 정도는 나에게도 기록이 남아 있으나 마나였다. 그것을 뜯어 없앤 것은 물론 민형이었을 것이다. 나는 그 뜻을 짐작하기가 어려웠다. 그러나 어떤 이유에서든 매잡이 기록을 뜯어내면서 뒷부분을 조금 남겨둔 것은 민형이 자신도 그건 있으나 마나 한 거라고 생각했음에 틀림이 없는 사실이었다. 따라서 그것은 내가 민형과 그 곽 서방의 죽음 사이의 비밀을 캐내 보려는 노력에서는 아무 소용도 없었다.

왜 민형은 그것을 뜯어 없애버린 것일까. 상식적으로 이해하자면 민형은 나에게 취재여행을 권유한 터였으므로 그 기록을 남겨서 내가 쓸 작품의도에 어떤 간섭을 주지 않으려고 그랬다고 생각할 수가 있었다. 그러나 앞뒤 사정이나 그의 죽음 같은 것이 그렇게 간단할 것 같지는 않았다. 어째서 그는 나에게 하필 그 산골로 여행을 권한 것일까. 그리고 자기가 얻어낸 모든 자료를 끝내 감추고 죽어 버린 것일까. 더욱이 왜 나에게 군이 그 매잡이에 관한 소설을 쓰게 한 것일까. 아무것도 해명되지 않았다. 나의 생활은 자꾸만 그 사실의 거죽 위에서 겉돌고만 있는 느낌이었다. 사실 그 모든 것은 단순한 몇 가지 우연의 연속에 지나지 않을지 모른다는 생각도 들었다. 그러고는 그만 그런 생각에서 떠나려고 해보기도 했다. 그러나 나는 어느 틈에 다시 그 의문 속에서 머리를 썩이고 있었다.

그러나 그런 관심도 어느 땐가는 시간과 더불어 차츰 퇴색이 되게 마련이었다. 영영 해답을 얻어낼 길은 없고, 해답을 위해 조사를 해볼 자료도 없고, 거기다 또 나대로의 작품의욕에 휘말리기도 하다 보니 그것은 결국 나의 심층 속으로 깊이 숨어버리는 듯했다. 더욱이 그것을 아주 의식의 밑바닥까지 밀어넣어 버리기로 마음먹은 것은 내가 또 한 번 그 시골 산골을 다녀오고 난 다음이었다. 답답하다 못해 나는 다시 그 산골마을을 찾아갔었다. 물론 거기서 신통한 해답을 얻을 수 있으리라고 기대를 갖지는 않았다. 만약 그러리라고 생각했다면 나는 벌써 열 번이라도 그곳을 찾아갔을 것이다. 그러나 나는 그곳을 다시 가보지 않을 수 없었다. 어쩌면 거기서 얻은 나의 가없는 의문들을 다시 그곳에다 씻어버리고 싶었는지도 모른다. 그리고 나의 그런 모든 예상은 거의 전부 적중했다. 마을에는 어느 구석에도 민형의 흔적을 찾을 길이 없었다. 곽 서방은 이미 저 세상 사람, 마을 사람들은 이제 그의 매사냥에 대해서, 아니 곽 서방이 마을에 살고 있었다는 사실마저도 까맣게들 잊어버리고 있었다. 아무도 그에 관해선 말을 하려고 하지 않았다. 그의 일로 마을을 드나들었던 나를 이젠 옛날에 곽 서방을 보듯이 했다. 벙어리 소년마저 마을을 나가고 없었다. 그는 내가 서울로 올라간 뒤부터는 밥도 잘 먹지 않고 화를 내고 있다가 어느 날인가는 마침내 그 번개쇠를 가지고 어디론가 마을을 나가버렸다는 것이다.

　나는 곽 서방에 대해서, 더욱이 민형에 대해서는 아무것도 새로운 사실을 얻어내지 못한 채 다시 마을을 떠나왔다. 그러나 그때 나는 어쩌면 가장 귀중한 것을 얻고 돌아왔는지도 모른다. 왜냐하면 나는 그 여행만으로 이제 모든 것을 결말내기로 약속받고 있었던 것처럼 마음이 편했기 때문이다. 나는 정말 마을로 들어와서 얻은 의구를 거기에다 다시 씻어버린 것처럼 마음이 편했다. 그리고 서울로 돌아와서도 나는 그렇게 그럭저럭 마음을 잡아앉히고 있었다. 하니까 민형과 곽 서방의 죽음에 대한 애초의 비밀은 마음의 밑바닥에서 한동안 그렇게 잠을 자고 있었던 셈이다.

한데 오늘 아침, 바로 오늘 아침 나는 크나큰 놀라움과 함께 그 대부분의 비밀에 해답을 얻어냈던 것이다. 아침에 우연히 책상서랍을 뒤지다가 나는 그때 민형이 적당한 시기가 경과한 후에 개봉하라고 남겨준 봉투를 찾아내게 된 것이다. 그리고 나는 그사이 적당한 시기라는 말에 충분할 만한 기간이 흘렀으리라는 오히려 너무 긴 기간 동안 나는 그것을 서랍에 넣어두고 잊고 있었는지 모른다는 생각을 하면서 봉투를 뜯었던 것이다.

솔직히 말해서 나는 그 봉투에 대해서 퍽 많은 궁금증을 갖고 있었다. 허나 포장이 너무 견고하여 바깥 촉감으로는 내용을 짐작하기도 힘들었고 그렇다고 슬그머니 미리 열어보는 것도 고인에 대한 예가 아닐 듯해서 그냥 꾹 참고 서랍 속에 집어넣어 둔 것이었다. 아침에 그것을 본 순간 나의 그런 궁금증이 다시 순식간에 불붙어 올랐음은 말할 것도 없다. 한데 봉투를 뜯고 나서 나는 놀라지 않을 수 없었다. 그것은 이백여 매 남짓한 원고지 뭉치였고, 그 원고지에는 빽빽하게 글자가 들어차 있었던 것이다. 「매잡이」——그 원고의 겉장에 쓰인 제목이 그것이었다. 나는 책상서랍을 닫을 생각도 않고 원고를 읽어내려가기 시작했다. 그 소설을 읽어내려가던 나는 거듭 놀라지 않을 수 없었다. 매잡이라는 제목의 소설, 그것은 너무나 내가 썼던 것과 비슷한 이야기가 아닌가. 다른 것이 있다면 민형의 소설은 나라는 화자(話者)가 등장하고 곽 서방은 그 화자의 눈을 통해 볼 수 있게 된 데 반하여 나의 것은 곽 서방이 '나'라는 화자 없이 삼인칭으로 직접 묘사되고 있다는 것뿐이었다. 그러고는 거의 아무것도 다른 것이 없었다. 곽 서방이 단식을 시작한 구체적인 동기가 조금 다를 뿐 줄거리도 마찬가지였다. 아니 내가 놀라고 있다는 것은 민형이 그런 소설을 써놓았고 그것이 소설로서 거의 완벽한 느낌을 갖게 했기 때문이라는 것은 벌써 아니었다. 생각해 보라. 그의 이야기가 나의 이야기와 마찬가지로 곽 서방의 죽음까지 가 있다는 것은 얼마나 괴이한 일인가. 물론 민형이 그 소설을 썼을 무렵에는 곽 서방의 죽음이 미래에 속한 일이었을 것이다. 말하자면 민형의 이야기는 곽 서방의 운명에 대한 일종의 예언이었다. 그런데 그 예언이 너무나 정확한 것이다. 민형은 마치 나와 함께 곽 서방의 최후를 보고 와서 역시 나와 함께 소설을 쓰기 시작한 것처럼 나의 그것과 거의 틀림이 없는 결말을 맺고 있었다. 그렇다면 민형은 분명 나를 앞지르고 있는 셈이었다.

하지만 무엇이 민형으로 하여금 곽 서방의 운명에 대한 그런 정확한 예언을 하게 한 것일까. 작품에서의 예언은 작가 자신의 어떤 필연성의 요구다. 곽 서방의 운명의 종말로서 왜 그와 같은 형태의 죽음을 민형은 요구한 것일까. 그리고 어떻게 하여 곽 서방은 민형에 의해 요구된 자기 운명의 필연성을 의식하고 그것을 좇았을까. 그런 여러 가지 의문에 대해서 민형의 소설 가운데에는 단 한 가지 해답만을 암시하고 있었다. 그것은 다음과 같은 소설 중의 화자인 '나'로 변장한 민형과 곽 서방과의 대화에서였다.

——당신은 매를 아끼는 것입니까?

——아끼고 있습니다.

——그렇다면 매의 운명에 대해서 생각해 본 일이 있습니까?

——…….

——이상하군요. 학대와 굶주림과 사역이 당신이 매를 생각하는 방법의 전부라는 것은.

——알 수 없습니다. 나는 매를 부리는 사람일 뿐입니다. 하지만 그건 매잡이를 부리는 쪽도 마찬가집니다.

——어떻게 마찬가질 수 있습니까?

　　—선생은 매가 하늘을 빙빙 돌거나 땅으로 내려박힐 때 그 곱고 시원스런 동작을 보신 일이 있겠지요. 그건 아름답습니다. 아마 선생도 그렇게 생각하셨겠지요. 하지만 난 알고 있습니다.

　　나는 눈으로 다음 말을 재촉했다—.

　　—그 아름다움이 무엇인지를 말입니다. 한데 선생은 이 일에 관해서…….

　하다가 사내는 다시 말을 끊고 한참 동안 '나'를 쏘아보았다. 그 눈에 이글이글 타는 것이 있었다. 그것은 나에게 이상하게도 성난 매의 눈을 연상시켰다. 사내는 그 자기 눈 속의 불길을 의식하고 있는 듯 한참 더 기다리다 말했다.

　　—가시오. 당신은 나를 못 견디게 하오. 몇 번이고 당신을 죽이려고 생각했소. 가지 않으면 지금 당장이라도 당신을 죽이려들지 모르오.

　　그러고 나서 얼마 후에 곽 서방은 내가 실제로 본 것과 같이 굶어 죽어 가고 있었다.

　　그러니까 그것은 아름다움이라는 것의 전제를 암시하고 있다고 할 수도 있지만, 그보다는 곽 서방이 자기의 운명을 매의 그것과 같이 이해하고 있다는 것을 증명해 주려는 쪽이거나 또는 매에게서 그 스스로는 다시 인간으로 돌아와 그가 지금까지 얻은 진실을 위하여 마지막으로 한 번 더, 그러나 지금까지와는 다른 싸움을 치르게 하려는 것처럼 보여지기도 했다. 그러나 어느 편인지는 정확하지 않다. 상황은 별 군소리 없이 그렇게만 묘사되어 있고, 더욱이 민형은 작품을 해명하거나 하는 따위의 별지를 일절 첨부하지 않고 있었기 때문이다. 하지만 그 대화가 중요한 시사를 하고 있는 것만은 사실인 것이, 그 후로 곽 서방은 가끔 낭패한 얼굴로 깊은 사념에 빠지는 때가 생겼고 그러다가는 드디어 매를 날려보내고 스스로는 그 죽음을 향한 단식을 시작하고 있었기 때문이다.

어쨌든 민형은 한 편의 소설을 쓴 셈이다. 그것은 내가 전에 직접 보고 들은 자료로 모든 정력을 기울여 써냈던 같은 이름의 소설에 비하여, 결말부에 가서는 순전한 민형의 상상력만으로 되어진 작품이었다. 그러면서도 모든 것이 똑같다. 경탄할 수밖에 없는 일이다. 훌륭한 작품이라고, 그리고 민형은 훌륭한 소설가였다고 말하고 싶은 것이다.

욕심대로 한다면 그가 수집한 모든 자료를 그의 구상과 상상력에 일치하는 작품으로 만들 수 있다면 하는 아쉬움을 갖지 않을 수가 없다. 그러나 이제 민형이 '한 편의 소설도 쓰지 않은 소설가' 라는 누명 아닌 누명에서 벗어난 것은 다행스러운 일이다. 민형을 위해서는 그것이 무엇보다 다행스러운 일처럼 보인다.

이제 '매잡이' 라는 이름의 소설이 세 편이나 나오게 된 이유가 모두 밝혀진 셈이다. 그리고 이젠 민형을 위한 나의 증언을 끝내도 좋을 것 같다. 왜 민형이 그 소설을 처음부터 내게 내밀지 않고 나로 하여금 같은 제목으로 소설을 발표하게 했는가는 별로 중요한 일이 아닌 것이다. 그것은 그가 자살로써 생을 종말지은 일이나 마찬가지로 그가 자신의 능력을 공정하게 시험받고 증명되고 싶었을지 모른다는 가장 인간적인 동기에서였으리라고 이해해도 무방할 것 같다.

이야기를 끝내려고 하면서 곁다리로 생각나는 것은 사물의 본질을 투시할 수 있는 눈을 가진 훌륭한 작가라면(그 점에서 나는 벌써 민형을 훌륭한 작가였다고 생각하지만) 그는 어느 정도 미래를 예견할 수 있는 능력을 가진다는 것이다. 민형에 의해서 예견된 어떤 필연성이 곽 서방에게 받아들여지느냐 않느냐는 별개의 문제인 것이고, 하여튼 그런 작가의 눈(양심이라고 해도 좋겠다.)이라는 것은 내가 민형을 증언하거나 매잡이라는 세 편의 소설에 관한 해명 못지 않게 관심이 가는 일이다.

중복감이 있기는 하지만, 멀지 않아 나는 민형의 「매잡이」도 곧 소개할 예정이므로 이 소설에서는 긴 변명 대신 이런 관심도 함께 가져볼 수 있었다는 점만을 고백해 둔다. 다만 한 가지 유감스러운 것은 그 버버리 소년이 앞으로도 정말 매잡이 노릇을 계속할 것인가 하는 의문이 남을 수 있는데, 이 점에 대해서는 나 자신도 별로 확신을 가지고 대답할 말을 가지고 있지 못하다는 점이다.

하지만 나의 기분대로 말한다면 소년의 일에 대해서는 더 이상 자세한 사실을 알아낼 필요도 없을 것 같다. 어느 땐가 인연이 닿으면 다시 소년의 소식을 듣게 될 때가 있을는지 모르겠다. 하지만 소년이 다시 매잡이가 되어 있다고 한들 이제 와선 그게 내게 무슨 뜻을 지닐 수가 있단 말인가. 민형에게라면 그건 아마 틀림없이 중요한 사실이 되고도 남을 것이다. 하지만 그것은 민형의 경우다. 이번에 또 소설을 쓰게 된 나의 관심은 아무래도 민형과 그의 소설에 대한 쪽이며, 곽 서방과 소년을 포함한 매잡이의 풍속 자체에 대한 것은 아니었다. 그리고 그것은 민형에게서처럼 나에게도 절실한 나의 풍속이 될 수는 없었다. 나 자신이 이미 그렇게 될 수가 없게 되어 있는 것이다.

언어와 현실의 갈등

김치수

1

한 사람의 작가에게서 그 작가의 고유한 세계를 발견한다고 하는 것은 비평이 해야 할 가장 중요한 일 가운데 하나일 것이다. 아니 그 고유의 세계를 발견할 뿐만 아니라 그 세계가 가지고 있는 의미를 분석해 낸다고 하는 것은 바로 그 작가와 작품을 제대로 읽어내는 방법이 될 것이다. 그러나 정작 어떤 작가를 들고 그의 문학세계를 이야기하고자 했을 때 그것이 대단히 추상적이거나 무의미한 것이 되지 않게 한다는 것은 생각만큼 쉬운 일은 아니다. 왜냐하면 작가가 하나의 작품을 쓴다고 하는 것은 그 작가로서는 그때까지의 여러 가지 경험을 추체험하는 것이며 동시에 새로운 경험을 창조하는 일이기 때문이다. 여기에서 새로운 경험을 창조한다고 하는 것은 바로 '작품을 만드는 경험'의 창조성을 의미한다. 물론 작가는 작품을 쓸 때마다 이처럼 경험 창조를 하고 있지만, 이때의 창조의 경험은 개개의 작품에 따라 다른 것이다. 작품을 쓴다는 것이 언제나 다시 시작한다는 의미를 띠는 것도 이 때문이겠지만, 만일 그렇지 않다고 한다면 작품 자체가 일종의 유형화로 떨어짐으로써 새로운 작품의 긴장을 우리로 하여금 경험하게 해주지 못하는 것이다. 그렇기 때문에 작가가 하나의 작품을 쓴다는 것은 설사 그가 쓰고 있는 이야기 자체가 이미 경험된 것이라고 할지라도 새로운 경험의 창조가 되는 것이며, 따라서 그 작품은 우리에게 새로운 경험을 하게 만든다. 작가가 작품을 쓰는 행위가 창조적 행위임은 두말할 필요도 없거니와 독자가 작품을 읽는 행위도 창조적 행위일 수 있고 또 그래야 할 당위성을 갖는다. 이 말은 작가의 새로운 경험인 작품을 독자가 단순한 경험으로서 소비해 버릴 경우에 그 작품과 독자 사이의 관계가 비진정한 관계로 끝나고 만다는 것을 의미한다. 여기에서 비진정한 관계란 작품과 어떤 독자 사이에 이루어지는 고유한 관계가 아니라, 그 작품의 일차적 독서만으로 어떤 독자하고나 이루어지는 관계이다. 그렇기 때문에 이 비진정한 관계에 의할 것 같으면 하나의 작품과 어떤 독자 사이에 은밀하고 심오한 만남은 이루어지지 않게 되고 개별적인 의미가 사라진 유형화된 부딪침만이 있을 뿐이다.

이러한 현상은 오늘의 산업사회가 부딪치고 있는 문화의 유니폼화라고 할 수도 있을 것이고 문화의 소비재화 현상이라고 부를 수 있을 것이다. 다시 말해서 옛날의 개인은 자신이 입게 되는 옷을, 자신이 살고 있는 사회에서 쉽게 구할 수 있는 재료를 자신의 신체적 조건에 맞추어서 그 사회의 미적 감각에 맞는 디자인과 색상에 맞게 만들어 입었기 때문에 그 개인이 살고 있는 사회에 따라 옷의 형태와 색깔이 달랐다. 그러나 오늘날에는 웬만큼 개방된 사회에서는 그것이 동양이든 서양이든 신체적 조건이 어떠하든 동일한 형태의 옷을 입게 된다. 전 세계의 이러한 유니폼화를 순전히 경제적 측면에서 대량생산으로 인한 가격의 저렴화로 설명할는지 모르지만, 이것은 그 이면에 자리 잡고 있는 무수한 모순을 외면한 채 눈앞의 이익으로 모든 것을 설명하려고 하는 조직화된 게임에 지나지 않는다. 즉 전 세계를 자신들의 시장으로 삼으려고 하는 대자본과 새로운 식민주의는, 한편으로 저렴한 가격이라는 이름으로 세계시장을 획득하고 다른 한편으로는 그러한 유니폼화를 통해서 정신적 식민지를 개척하게 되며 또 한편으로는 저렴한 유니폼을 제공하는 대가로 희귀한 자원을 흡수하는 것이다. 물론 여기에서 함정은, 스스로 신체적 조건에 맞는 옷을 만들어 입는 것보다 대량생산의 유니폼을 사 입는 것이 손쉽다는 데 있다.

이러한 현상은 가령 우리가 살고 있는 주택이나 문명의 여러 가지 이기(利器)에서 일반화되고 있다. 물론 이러한 현상에 대해서 분개하고 개탄하는 것은 자칫하면 경제와 문화의 고립주의에 빠질 위험이 있다. 그러나 여기에서 우리가 의식화해야 하는 것은, 이와 같은 모든 분야에서의 유니폼화가 결국 우리로 하여금 창조적 사유를 할 수 있는 기회를 박탈하면서 모든 것을 소비재로만 만들어버리지 않을까 하는 질문의 세계이다. 이러한 가능성이 독서 행위에서 일어났을 경우 문학작품과 어떤 독자 사이의 관계의 유형화로 드러난다.

소설은 바로 이처럼 유형화한 관계로부터 스스로를 벗어나게 하려는 내재화한 노력을 하면서 동시에, 유형화하고 있는 모든 것을 의식화하려는 외재적인 노력을 하는 문학의 장르이다. 역사적으로 소설이 끊임없이 변화해 온 것은 소설 자체의 유형화로부터 벗어나고자 하는 소설의 노력의 표현이며, 삶의 여러 가지 양상뿐만 아니라 동일한 사건까지도 다양한 각도에서 바라보아 온 것은, 삶이나 그 삶을 살고 있는 우리의 의식 자체의 유형화를 극복하고자 하는 소설의 또 다른 노력의 표현이다. 여기에서 극단적인 예를 하나 들면, 김옥균(金玉均)이라고 하는 역사적인 실제 인물을 소설로 다룬 역사소설이 한 편, 혹은 여러 편 있다고 해서 그를 다룬 역사소설이 다시 나올 수 없는 것이 아니라는 데서 찾아볼 수 있다. 새로운 역사소설은 김옥균이라는 인물을 지금까지와는 다른 방법으로, 또 다른 각도로 다룬 것이 될 것이다. 여기에서 주목해야 할 것은 어떤 대상을 묘사하거나 서술한다고 하는 것은 단번에 그 대상을 파악하여 완전히 안다는 것을 의미하지 않는다는 사실과, 따라서 묘사나 서술을 통해서 그 대상과 하나의 관계를 맺게 된다는 사실이다. 그렇기 때문에 하나의 대상은 그 대상을 바라보는 사람에 따라 다른 특성을 드러내게 되고 그 사람과 새로운 관계를 맺게 된다. 따라서 작가의 개성이란 그 작가가 대상과 맺게 되는 관계에서 드러날 수 있는 것이며 그 구체적인 예가 작가에게는 작품일 수밖에 없다. 작가는 그러한 자신의 독특한 안목으로 대상의 정체를 밝히고자 하는 사람이며, 다른 사람에 의해서 밝혀진 대상의 정체에 대해서 만족하지 못하는 사람일 뿐만 아니라, 끊임없이 대상의 정체를 탐구하는 사람이다.

그러한 이유로 작가는, 이 세상에 수없이 많은 작품이 이미 써졌음에도 불구하고 새로운 작품을 쓰는 것이며, 그 새로운 작품을 통해서 우리에게 현실을 이해하는 새로운 방법을 알려주는 것이다. 그러나 이처럼 현실의 정체에 대한 탐구가 외형적으로 드러날 만큼 실용적인 의미를 띨 수 없는 것은 소설의 미학이 갖는 고유성에서 기인한다고 할 수 있다. 왜냐하면 소설은, 르포르타주나 논픽션처럼 있는 그대로 보고하는 것으로 완성되는 것도 아니고 관공서의 공문서나 재판관의 판결문처럼 현실적인 기능을 수행하는 것도 아니기 때문이다. 소설은, 르포르타주나 논픽션, 공문서나 판결문과 동일한 언어를 사용하지만 그 언어의 사용방법이 다르다. 언어의 사용 방법이 다르다고 하는 것은 그 언어의 사용을 지배하고 있는 질서가 다르다는 것을 의미한다. 공문서나 판결문의 언어는 그 글의 현실적인 효과와 그 의미의 단일성을 최대의 질서로 생각하고 있는 데 반하여 소설의 언어는 그 글의 문학적인 효과와 그 의미의 복합성을 최대의 질서로 삼고 있다. 물론 여기에서 '문학적인 효과'와 '의미의 복합성'이 바로 문학비평과 문학 연구의 대상이 되거니와, 이와 같은 문학 언어의 특성 때문에 작가가 현실을, 다시 말해서 대상을 탐구한다고 하는 것은, 학자나 수사관이나 신문기자가 현실을 분석하고 해석해 내는 것과 다른 의미를 띠고 있다. 작가가 탐구하고 있는 현실은 그 자체가 이미 겉으로 드러날 수 있는 성질의 것이 아닐 뿐만 아니라, 그 작가에 따라서 얼마든지 그 모습을 달리할 수 있는 성질의 것이다. 다시 말해서 학자나 수사관이 대상으로 삼고 있는 현실은, 그걸 다룬 학자가 누구이든, 그걸 수사한 수사관이 누구이든 똑같은 것으로 나타나야 하지만, 작가가 다룬 현실은 그 작가에 따라서 모두 다른 모습을 띤 것으로 나타나야 한다. 만일 어떤 작가에게서 나타난 현실의 모습이 다른 작가에게서도 동일하게 나타난다면 표절이라든가 아류라든가 하는 시비가 생기게 되는 이유도 여기에 있다. 따라서 하나의 작가가 태어난다고 하는 것은 지금까지 존재한 어떤 작품에서도 볼 수 없었던 현실의 어떤 모습을 새로운 탐구의 방법에 의해 드러낸 작가가 나왔다는 것을 의미한다. 그러나 그것이 지나치게 강조됨으로써 어떤 작가의 '기괴성'에 대해 지나친 의미를 부여하는 따위의 이야기를 문제로 삼는 것은 아니다. 적어도 작가의 개성이 얼마만큼 설득력을 갖고 있느냐 하는 데 따라서 그 작가의 개성의 뛰어남이 있기 때문이다. 그리고 이러한 점에서 이청준(李淸俊)의 작품 세계를 탐구해 본다

고 하는 것이 독자에게 대단히 보람 있는 만남이 될 수 있으리라고
하는 것은 바로 그의 그러한 개성 때문이라고 해도 지나치지 않을
것이다.

2

　1965년에 사상계(思想界) 사의 신인 작품 모집에 단편 「퇴원」이
당선됨으로써 문단에 등장한 이청준은 여러 가지 측면에서 대단히
특기할 작가이다. 그에게 관심이 있는 독자라면 쉽게 간파할 수 있
는 일이기는 하지만 첫째, 그는 1965년 이후 오늘에 이르기까지 거
의 중단 없이 작품을 발표하고 있다. 모두 70편이 넘는 장단편을
15년여에 걸쳐 계속 발표한다고 하는 것은 얼핏 보면 별로 주목할
만한 사실이 아닌 것처럼 보일지도 모른다.
　그러나 다른 작가들과 비교할 때 그처럼 기복이 없이 꾸준히 작
품 활동을 지속적으로 해온 작가는 그 유례가 대단히 드물다. 특히
그의 작품을 읽은 독자들은 누구나 알고 있는 것처럼, 어떤 주제든
지 쉽게 넘어가지 않는 그가 작가적인 개성을 가지고 이처럼 많은
작품을 거의 비슷한 속도로 발표해 왔다는 것은 작가로서의 그의
직업의식이나 지성으로서의 작가 의식에서나 괄목할 만한 저력을
소유하고 있음을 말한다. 어떤 작가에게서 그가 쓴 모든 작품이 걸
작이기를 기대하는 것은 대단히 어려운 일일지 모르겠지만, 이청준
에게는 태작이 대단히 드물다. 이 말은 그의 작품 대부분이 우리에
게 긴장을 요구하고 있고, 우리로 하여금 한국에서 사는 삶의 의미
에 대해서 생각하게 하며 나아가서 소설과 문학에 대한 근본적인
질문을 던지게 한다는 것을 의미한다. 그러한 사실들을 이제 검토

368

해 보기는 하겠지만, 이처럼 독자를 오랫동안 긴장시킬 수 있다는 그의 능력은 그의 작가적 생명의 장수를 보장해 주는 것이다. 게다가 그가 받은 '동인문학상', '한국일보 창작문학상', '이상문학상', '중앙문화대상' 등의 상을 보게 되면, 작가에게서 상을 거론하는 일이 좀 우스운 일이지만, 적어도 이청준의 수상에 대해서는 일반적으로 납득하고 있는 것처럼 보인다.

그러나 이청준이 주목을 받아야 할 이유 중에서 그가 15년 동안 열네 권의 창작집과 장편소설을 갖고 있다는 사실보다 더 중요한 것은 그의 작품 세계가 하나의 경향을 가지고 있는 것이 아니라 여러 가지 경향을 가지고 있다는 사실이다. 여러 가지 경향이라고 하는 이유는 물론 그의 작품의 소재가 다양하다는 것도 포함된다. 그의 작품 속에는 6·25 사변이라는 충격에 관한 이야기도 있고, 활 쏘는 사람이나 매잡이나 항아리 굽는 사람과 같은 장인의 이야기도 있고, 오늘날의 단순한 월급쟁이 이야기도 있으며, 소설을 쓰거나 잡지사 기자를 하는 지식인의 이야기도 있다.

이러한 소재의 다양성도 그의 소설의 다양성에 기여한 것 가운데 하나이기는 하겠지만, 그리고 바로 그 소재의 다양성이 필연적으로 주제의 다양성을 불러일으키는 데 공헌한 것은 사실이겠지만, 그의 소설이 여러 가지 경향을 띠고 있다고 하는 것은, 각각의 소설에서 추구하고 있는 것이 다양하고, 따라서 그 추구하는 방법도 다양하다는, 그래서 삶이나 문학에 대해서 제기하고 있는 문제도 다양하다는 것을 의미한다. 물론 이러한 다양성은 이청준이라는 작가 자신이 세계를 보는 관점이나 자신의 삶을 보는 관점의 다양성에서 기인하고 있을 것이다. 이 말은 작가 자신이 세계나 삶에 대해서 이미 기성의 관념을 가지고 있다는 것이 아니라 작가가 작품을 통해서 그 관념을 추구하고 있고 형성하고 있다는 것을 의미한다. 실제

로 이청준 소설은 외형적으로 눈에 보이는 현실을 추구하는 것이
아니라 현실의 눈에 보이지 않는 감추어진 세계를 끊임없이 찾아가
고 있다. 이것이 이 작가에게서 주목해야 될 세 번째 특기 사항이기
도 하지만, 그의 소설의 서두는 어느 작품에서나 단정적이고 확실
한 상황이 등장하는 것이 아니라 미지의, 불확실한, 그래서 소설 속
에서 찾아가야 될 상황이 등장한다. 그러나 그렇다고 해서 그 상황
의 진정한 의미가 소설의 결말에 가면 완전히 드러난다고 할 수는
없다. 왜냐하면 그의 소설에서는 그러한 상황을 가능하게 한 여러
가지 조건들이 차츰 밝혀질 뿐, 그 상황에 하나의 의미만을 작가가
부여하고 있지는 않기 때문이다. 오히려 작가는 그 상황에 의미를
부여함으로 인해서 상황 자체를 닫힌 상황으로 만드는 결과를 초래
하는 것을 두려워한 나머지, 그 상황을 가능하게 한 조건들만을 밝
혀냄으로써 그 상황의 의미를 열어놓고 있는 것처럼 보인다. 말을
바꾸면 독자들 각자가 그러한 여러 가지 조건들과 상황의 관계를
스스로 생각함으로써 소설의 독서 자체를 소비적이 아니라 창조적
인 행위가 되도록 하고 있다는 말이다.

물론 여기에는 그러나 가능성을 뒷받침해 주는 기술적인 전거가
있다. 이청준 소설의 화법의 특색이라고 할 수 있는 그것은 화자의
관점으로서 드러난다. 다시 말하면 그의 소설의 대부분의 화자는
항상 전지전능의 위치에 있는 것이 아니라 작중인물 가운데 한 사
람이거나 혹은 한 작중인물의 관점을 빌리고 있다. 그러한 예를 그
의 세 편의 중요한 소설의 서두를 살펴보면 쉽게 알 수 있다.

(1) 지난봄 갑자기 세상을 등지고 만 민태준 형은, 그가 이승에 있
었다는 흔적으로 단 한 가지 유물만을 남겨놓고 갔었다. 아는 이는
다 알고 있는 일이지만 그것은 별로 값지지도 않은 몇 권의 대학노

트로 되어 있는 비망록이었다. 우리는 그가 원래 시골집에 논 섬지기나 땅을 가지고 있었고, 처신에도 별로 궁기를 띠지 않았기 때문에 설마 옷가지 정도는 정리할 게 좀 남아 있으리라 생각했지만, 사실은 그게 아니었던 것이다. 하지만 민형의 임종 순간이 노트 몇 권밖에 남길 수 없을 만큼 비참한 것은 물론 아니었다. 나이 서른넷이되도록 결혼살림도 내보지 못한 민형은 모든 것을 미리 알고 주변을말끔히 정리한 다음 스스로의 임종을 맞았으리라는, 어쩌면 그 임종은 민형 자신에 의하여 훨씬 오래전부터 계획되었는지 모른다는 추측이 유력했던 것이다. 하고 보면 그의 유품인 비망록은 그가 간 뒤에도 남겨두고 싶은 유일한 소지물이었음이 틀림없었을 거라고들했다.

——「매잡이」 중에서

위의 인용에서 볼 수 있는 것처럼 화자는 '나'라고 하는 작중인물이고, 지금 여기에서는 지난봄에 죽은 '민태준'의 유일한 유품으로 하나의 비망록이 있을 뿐이라는 정보를 우리에게 제공한다. 그러나 그의 죽음이 어떤 성질의 것이고 화자 자신에게 무슨 의미를갖고 있는 것인지에 관해서는 구체적으로 언급이 없지만 '모든 것을 미리 알고 주변을 말끔히 정리한 다음 스스로의 임종을 맞았으리라'고 함으로써 앞으로 그 인물의 죽음을 중심으로 한 '알려진바 없는' 중요한 부분을 화자가 찾아간 것임을 암시하고 있다. 따라서 독자는 이제 중요한 부분을 찾아가기 위해서는 화자를 따라가면 되는 셈이며 그것이 이 소설의 독서가 된다는 것을 알 수가 있다. 물론 여기에서 화자가 독자보다 많이 아는 것이 없다는 것은 아니다. 벌써 앞에서 인용한 사실 자체가 화자의 눈앞에서 벌어진 현장의 전달이 아니라는 섬에서 화자가 독자보다 더 많은 정보를 기지고 있다. 이 소설을 조금만 더 읽으면 화자가 '사실을 고백해야 할 것 같다.'고 하면서 '실상 앞에 말한 모든 이야기는 지금 내가 말하려는 고백을 전제하면서 지금까지 주변에서 생각되고 있었던 사실들을 그대로 적었을 뿐인 것이다. 그리고 이것은 나 자신으로서는 그런 것들에 대해 좀 더 많은 것을 알고 있다는 말이 되겠다. 그것은 사실이다. 그리고 그렇다는 것을 나는 바로 오늘 아침에 알게 된 것이다.'라고 함으로써 독자보다 화자가 더 많은 것을 알고 있음을 인정한다.

그러나 이 소설의 그다음의 전개는 기지(旣知)의 사실이 아니라 미지의 사실을 찾아가는 이야기로 가득 차 있다. 다시 말하면 화자 자신이 다른 사람보다 더 많이 알고 있다는 사실 자체가 '오늘 아침'에야 드러난 것처럼 소설의 주제는 화자에 의해 밝혀져가는 부분이지 이미 알고 있는 부분이 아니다. 따라서 이미 알고 있는 사실은 바로 그러한 주제를 찾아가는 데 필요한 전제 조건에 지나지 않는다. 그러니까 이청준 소설에서 화자가 독자보다 더 아는 것이 있다면, 그것은 이러한 전제 조건에 지나지 않을 뿐, 정작 화자 자신이 알고 싶어 하는 것 —— 그것은 또한 독자 자신이 알고 싶어 하는 것이기도 하다 —— 은 화자가 찾아가는 형식을 취하고 있다. 그러한 예를 「소문의 벽」 서두에서도 쉽게 주목할 수 있다.

(2) 아무리 깊은 취중의 일이었다고는 하지만, 그날 밤 내가 박준을 대뜸 나의 하숙방까지 끌어들이게 된 데는 어딘지 꼭 그럴만한 이유가 있었을 것만 같다. 왜냐하면 그날 밤 박준이 처음 나의 눈앞에 나타났을 때까지만 해도 그는 아직 나에게는 얼굴도 성도 모르는 생면부지의 사내에 불과했고, 또 그런 박준은 아무리 그가 기괴한 모습으로 나를 놀라게 하려 했다 해도 다방, 거리나 신문 같은 데서,

나는 하루에도 몇 차례씩 그런 돌발적인 사건들을 만나고 있었으니까 말이다. 한데 그런 내가 그런 박준을 하숙방까지 끌어들여 함께 밤을 지낸 것이다. 아무래도 무슨 이유가 있었을 것만 같다. 하지만 나는 지금 당장 그 이유를 생각해 낼 수가 없다. 도대체 어떻게 해서 내가 그를 나의 하숙방까지 끌어들일 생각을 먹게 되었는지, 스스로 납득할 만한 동기가 떠오르질 않는단 말이다.

위의 예문에서도 (1)에서와 마찬가지로 화자 자신이 소설의 작중 인물인 것은 틀림없지만, 그렇다고 해서 그가 남들보다 사태를 분명히 알고 있는 것은 아니다. 위의 예문 (1)과 (2)에서 공통적으로 볼 수 있는 것은 이 두 화자의 말 속에 '추측'이 잔뜩 자리 잡고 있다는 사실이다. 예문 (1)에서 '임종을 맞았으리라', '오래전부터 계획되었는지 모른다'는 추측과 '남겨두고 싶은 유일한 소지물이었음이 틀림없었을 거'라는 추측이 있는 반면에 예문 (2)에는 '그럴 만한 이유가 있었을 것만 같다.'든가 '아무래도 무슨 이유가 있었을 것만 같다.'고 하는 추측이 들어 있다. 이러한 추측을 통해서 이청준의 화자는 독자의 호기심을, 아니 독자의 긴장을 불러일으키는 한편, 자기 자신이 앞으로 그 소설 속에서 해야 할 일을 암시하고 있다. 그것은 소설의 서두에서 독자와 함께한 화자 자신의 추측이 사실인지 아닌지, 그리고 사실이라면 그것이 무슨 의미를 띠는지 찾아가는 것이다. 그리고 이처럼 찾아가기 위해서 화자는 언제나 '그럴 만한 이유'가 있을 것으로 추측을 하면서도 그걸 지금 당장은 확실히 알 수 없는 것으로 제시한다. 그러나 이처럼 몇 가지 추측을 가능하게 하려면 그 추측의 전제 조건에 해당하는 정보들을 화자가 제공할 수밖에 없고, 그런 점에서 화자가 독자보다 다소간 많은 정보를 갖게 되는 것은 피할 수 없는 사실이 된다. 이와 같은

현상이 「병신과 머저리」에서 나타나고 있다는 것은 결코 우연일 수
없다.

   (3) 형이 소설을 쓴다는 기이한 일은, 달포 전 그의 칼끝이 열 살
배기 소녀의 육신으로부터 그 영혼을 후벼내 버린 사건과 깊이 관계
가 되고 있는 듯했다. 그러나 그 수술의 실패가 꼭 형의 실수라고만
은 할 수 없었다. 피해자 쪽이 그렇게 생각했고, 근 십 년 동안 구경
만 해오면서도 그쪽에 전혀 무지하지만은 않은 나의 생각이 그랬다.

여기에서도 이미 두 가지의 중요한 정보가 화자에 의해 제공되
고 있지만 그 두 정보 사이의 관계는 추측으로 나타나 있을 따름이
다. 즉 형이 소설을 쓴다는 정보와, 의사인 그 형이 수술한 소녀가
달포 전에 죽었다는 정보는 화자가 독자보다 더 많이 알고 있는 사
실이지만, 이 두 사실 사이에 어떤 관계가 있을 것이라는 추측은
(1)과 (2)에서 이미 '무슨 이유'라는 이름으로 제시된 것과 마찬가
지로 화자가 만들어낸, 다시 말해서 그 관계에 관해서 독자로 하여
금 상상을 하게 하는 것이다. 만일 화자가 그 관계에 관한 추측을
하지 않았더라면 독자로서는 그 관계가 어떠할 것이라고는 생각조
차 할 수 없는 성질의 것이다. 그러나 일단 화자가 거론한 이상 독
자는 그 화자가 일으켜놓은 호기심을 갖지 않을 수 없다. 따라서 독
자의 관점은 이제 화자가 이끄는 대로 화자와 '함께' 움직이게 된
다. 이것을 화법에서 '동반(同伴)의 관점'이라고 명명한다면, 이청
준의 소설은 바로 그 동반의 관점으로 소설적 긴장의 출발점을 삼
는다. 일단 이처럼 추측을 하게 하고 상상을 하게 함으로써 독자로
하여금 앞으로 화자와 함께하게 될 여행이 미지의 모험으로 가득
찰 것임을 기대하게 하고 끝없는 의혹 속에 빠지게 될 것임을 느끼

게 한다. 특히 예문 (1), (2), (3)과 같은 소설의 서두 다음에는 반드시 무언가 밝혀지지 않은 대목들이 있음을 이야기함으로써 바로 그 대목을 밝혀가는 과정을 소설의 전개 과정으로 삼게 된다. 가령 (1)의 예문 뒤에 '그러니까 모든 죽음이 그렇듯이 그의 죽음에 대한 좀 더 중요한 부분은 전혀 알려진 바가 없는 셈이다.' 라고 한다든가 예문 (2)에 뒤이어서 '그 밖에 형에 대해서 내가 확실하게 알고 있는 것은 거의 아무것도 없는 셈이다.' 라고 하는 것은 그의 소설이 끊임없이 '왜' 라는 질문을 하고 그 질문에 대한 대답을 추구하는 양식을 띠고 있음을 이야기하기에 충분하다.

3

이와 같이 질문과 대답의 추구로 일관되고 있는 이청준의 소설들에게 그 작중인물들이 던지고 있는 질문의 근본은 무엇인가? 여기에 대한 대답을 얻기 위해서는 아마도 그의 소설 속에서 소설을 다루는 작품을 검토해 보는 것이 가장 좋은 방법일 것이다. 왜냐하면 바로 그러한 작품에서 이 작가의 소설에 관한 의견이 가장 직접적으로 드러나고 있기 때문이다.

이청준의 소설에는 여러 가지 다양한 직업인들이 등장하고 있지만, 이 직업인들이 모두 자기 분야에 대해서 만족하고 있지 못하고 자기가 살고 있는 세계와 불화 속에 빠져 있다. 그 가운데서 소설가를 직업으로 택하고 있는 주인공의 소설들이 여러 편 있지만, 모두 실패한 소설가로 다루고 있다. 가령 「조율사(調律士)」에서 글을 쓰지 못하는 소설가 '나' 와 좌절을 겪는 평론가 '지훈' 이 그렇고 「소문의 벽」에서 결국 미쳐버리고 마는 소설가 '박준' 의 경우도 바찬

가지이며,「병신과 머저리」의 '형'이 소설을 불태우는 것도 소설가로서 스스로의 패배를 이야기하는 것이다. 그렇다면 이들 주인공에게 소설을 쓴다는 것은 무엇인가?「소문의 벽」에서 주인공은 '작가는 누가 뭐래도 진술을 끊임없이 계속하지 않고는 살아갈 수 없는 족속'이라고 하고 있고「지배와 해방」의 주인공은 '작가는 언제나 그가 도달한 세계에서 또 다른 다음번의 이념의 문을 향해 끝없이 고된 진실에의 순례를 떠나야 하는 숙명적인 이상주의자일 수밖에 없다.'고 한다. 이러한 주인공들의 발언을 통해서 이청준에게 소설을 쓴다는 것은, 진실을 이야기할 수 없는 상황에서도 그것을 말하는 행위이며 하나의 진실을 이야기하는 것이 아니라 끊임없이 새로운 진실을 찾아서 이야기하는 것임을 알 수 있다. 위의 예문에서 '누가 뭐래도'라는 조건 절은 작가 자신의 글 쓰는 행위가 작가의 외부적 조건과는 상관없이 작가의 개인적 윤리적 결단으로 이루어짐을 이야기한다. 그렇기 때문에「지배와 해방」에서 '독자와 사회에 대한 한 작가의 책임이란 그러니까 결국 그의 개인적 삶의 욕망과 독자들의 삶을 위한 어떤 일반적인 가치 질서의 실현이라는, 복수가 기여가 되어야 한다는 그 지극히도 이율배반적인 관계 속에서 힘들게 마련되어야 할 운명의 것'이라고 한다.

작가가 자기의 외부의 조건과 상관없이 진실을 이야기한다고 하는 것은, '작가라는 것은 세상을 향해 뭔가 끊임없이 자기진술을 계속할 의무를 자청하고 나선 사람들'이라고 한 것처럼 스스로 작가이기를 선택한 사람이다. 그런데 그러한 작가에게 외부의 압력이 주어진다면 그 작가는 필연적으로 갈등을 느끼게 될 것이고 그 갈등이 심화되면 결국 정신적인 상처를 갖게 된다. 바로 그러한 의미에서 이청준의 소설 속의 소설가는 바로 정신적인 질환을 가지고 있고 따라서 소설가로서 실패한 사람들이다. 물론 이청준의 소설은 바로 이들 소설 속의 소설가들의 실패를 통해서, 혹은 그 실패의 대가를 치르고 이루어진 것이다. 「소문의 벽」의 마지막에 오면 이 소설의 주인공 박준이 '자기의 내면에 용트림치는 진술욕과 그것을 불가능하게 하고 있는 전짓불 사이에서 심한 갈등과 불안을 느끼기 시작했다. 그리고 그 정체불명의 소문과 갈등을 빨아먹으며 전짓불은 그의 의식 속에서 엄청나게 크게 확대되어 갔다. 한데 바로 그 전짓불은 어렸을 때부터 그의 의식 속에서 은밀히 발아를 기다리고 있던 그 갈등과 불안의 씨앗이었다. 이제 그 씨앗이 발아를 시작한 것이다. 그리고 그것은 박준의 마지막 소설 속에서 한 작가로 하여금 끝끝내 정직한 진술을 할 수 없게 만들어버린 방해요인의 상징으로 훌륭하게 완성되고 있었다.'고 해석을 내린다. 말하자면 소설가 박준의 실패 요인을 어렸을 때의 정신적인 상처 때문이라고 밝혀냄으로써 이 소설은 끝나고 있다. 여기에서 주목을 해야 할 것은 박준 자신이 어려서 정신적인 상처를 입게 된 '전짓불'에 대한 공포가 이 작가에 의해 단순히 심리주의적 해석으로 끝나고 있지 않다는 사실이다. 이 소설뿐만 아니라 다른 소설에서도 그렇지만 이청준의 주인공들은 모두 '불행한 과거'를 가지고 있다. 그러나 이 '불행한 과거'가 과거의 '한때' 일어난 일로서 이미 끝난 이야기라면 이 소설에서 현재의 불행의 원인을 거기에서 찾는 것 자체가 심리주의일 것이다.

　물론 「소문의 벽」의 박준이나 「병신과 머저리」의 '형'이 모두 과거에 깊은 정신적 상처를 갖고 있는 것은 사실이다. 6·25 사변 때의 기억으로 나타나고 있는 '박준'의 전짓불 사건은 상대편의 정체에 따라 진실을 말해서 죽을 수도 있고 거짓을 말해서 죽을 수도 있다. 이것은 '나'의 생각이나 이데올로기와는 상관없이 그리고 그 생각과 이데올로기를 토론할 수 있는 여지도 없이 그것이 자아가 아닌 상대편과 같은 '편'이냐 아니냐에 의해서만 삶과 죽음이 결정되는 택일적인 상황인 것이다. 따라서 상대편의 정체를 모른 채 상대편이 누구냐에 따라 양극의 결과를 가져온다는 것은 '우연'에다 모든 것을 맡기는 결과가 된다. 미친개에게 물리는 것과 같은 이러한 상황을 폭력의 지배를 받는 공포의 상황이라고 일컬을 수 있을 것이다. 이청준의 주인공에게서 '전짓불'과 연관된 어린 시절의 상처는 「퇴원」에서도 나타난다. 주인공이 어린 시절에 남몰래 즐기던 비밀이 있었는데 그것은 광 속에 가득 찬 볏섬 사이에 있는 틈 속에 '어머니'와 '누이'의 속옷을 깔아놓고 잠시 잠을 자고 나온다는 것이다. 이 사실이 아버지의 '전짓불'에 발견되어 주인공은 이틀 동안 이유도 모른 채 그 속에 갇혀 있었다. 여기에서는 '전짓불'을 든 사람의 정체는 분명히 '아버지'였으나 왜 '아버지'가 화를 내고 '그'를 광 속에 가두어버렸는지 전혀 설명이 되지 않는다. 다시 말하면 '나'의 행위가 왜 이틀간의 감금에 값하는 것이었는지 전혀 설명이 없다. 이 말은 아버지의 분노의 원인을 알 수 없다는 것이다. 그것은 「소문의 벽」에서 자신이 어느 쪽이라고 밝히면 상대편의 마음에 들 수도 있고 안 들 수도 있는 것과 마찬가지이다. 이와 같이 비논리에 의한 어린 시절의 정신적 상처는 「개백정」에서도 똑같이 드러난다. 6·25 전쟁 때 '말씨가 설고 거센 총잡이들'이 나타나면서 그 산골에 살던 어린 주인공의 집안에 이치를 따질 수 없이 죽음의 그림자가 드리우고 있다. 그러한 가운데 '개 공출'로 이미 '노랑이'의 죽음을 경험한 주인공에게는 죽은 줄로 알고 있던 '복술이'가 '앞발 하나를 몹시 절뚝거리고', '두 눈마저 이미 시력을 잃고', '오른쪽 눈은 눈두덩이 두껍게 부어올라 이미 뜰 수조차 없게 되어 있었고', '피가 흐르고 있는 왼쪽 눈은 피로 범벅이 된 눈두덩 털 때문에 형체조차 잘 알아볼 수가 없'게 된 채로 나타난

다. 그러나 이처럼 '복술이'까지 죽이려고 든 것은 '개가죽' 숫자
가 모자라서 그런 것이 아니라, '노랑이'의 가죽을 취한 뒤에 공짜
로 먹어본 고기 때문이었던 것이다. 다시 말하면 개를 잡을 수 있는
권력을 손아귀에 쥐고 있는 사람이 권력 없는 사람의 정신적인 상
처는 전혀 생각하지 않아도 되는 두려운 상황, 무쇠탈처럼 논리적
인 사유도, 토론의 여지도 없이 무조건 강요되는 두려운 상황에 의
해서 주인공이 입은 상처는 「소문의 벽」에서 '박준'이 전짓불에 입
은 상처에 못지않은 것이다.

이 두 상황에서 공통적인 특색을 살펴보면 우선 그것은 비논리
가 지배하는 것으로 나타난다. 비논리가 지배한다는 것은 합리적인
사고를 할 수 없게 할 뿐만 아니라 호소할 길조차 없다는 것이다.
여기에는 힘이 지배할 뿐 '말'로 할 수 있는 상황이 아니다. 말이
지배할 수 없다는 것은 '법'이 없다는 것을 의미한다. 왜냐하면
'법'은 곧 말이기 때문이다.

그러나 주인공의 어린 시절에 입은 상처는 이러한 폭력에 대한
공포만으로 드러나는 것이 아니다. 가령 「눈길」 같은 작품에서는
주인공의 어린 시절에 경험한 가난에 대한 공포가 정신적인 상처를
이루고 있다. 다시 말하면 도회지에서 고등학교를 다니던 시절에
'집'을 잃은 어머니의 가난으로 인한, 아니 자기 자신의 가난으로
인한 상처는, 주인공으로 하여금 '어머니'에게 '빚진 것'이 없다고
생각하려고 하게 만들지만, 이렇게 겉으로 드러난 '적대감' 이면에
는 그 반대의 '친화감'이 깔려 있다. 아니 주인공에게서 나타나는
어머니에 대한 적대감은 사실은 주인공이 자신의 상처를 되돌아보
고자 하지 않는 과거 기피증이지 어머니에 대한 문자 그대로의 적
대감은 아니다. 그것은 '내'가 '아내'에게 어린 시절의 가난에 관
해서 이야기해 주고자 하지 않고, 따라서 그 이야기가 나올 만했을

때 다시 서울로 떠남으로써 어머니로부터 그 이야기가 나오는 것을 방지하려고 했지만, 일단 그 이야기가 '어머니' 에게서 '아내' 에게로 전달되는 순간에 '부끄러움' 을 느끼는 것으로 충분히 설명된다. 그렇기 때문에 어린 시절의 가난은 그에게 '부끄러움' 이 되어 가능하면 그것에 관한 이야기를 하지 않으려고 한다.

그러나 주인공의 어린 시절의 정신적인 상처에 대해서 하나는 '전짓불' 에 대한 공포 때문에, 다른 하나는 '가난' 에 대한 부끄러움 때문에 이야기하기를 꺼려한다고 하는 것은 '진실' 을 말하지 않는다는 점에서 똑같은 행위이다. 개인적인 차원에서 '말' 을 하지 않는다고 하는 것은 그것이 외부에서 금기로 되어 있기 때문인 경우와 자기 내부에서 스스로 자제를 하는 경우로 나눌 수 있고, 그런 점에서 위에서 말한 공포와 부끄러움은 그 두 가지를 설명하기에 충분한 것처럼 보인다. 이와 같은 사실에 대한 인식은 가령 「소문의 벽」에서 '박준' 의 두 편의 소설이 잡지에 발표되지 못하고 있는 사실에 대해서 다음과 같이 이야기하는 데서도 드러나고 있다.

그런데 이 두 편의 작품들은 결국 양쪽 다 빛을 보지 못하고 만 것이다. 하나는 '시대양심' 이라는 것에 바탕을 둔 편집자의 문학이념과 어긋난다는 이유에서, 그리고 다른 하나는 소위 그 '말썽의 소문' 을 두려워하는 용기없는 편집자의 조심성에 의해서.

위에서 전자는 자율적인 제동에 의해서 후자는 타율적인 제동에 의해서 두 작품이 햇빛을 보지 못하는 경우를 설명하고 있다. 작품이 발표가 되지 않는다고 하는 것은 작품의 사물의 상태를 말하는 것이며, 작품이 발표된다고 하는 것은 작품의 언어의 상태라고 일컬을 수 있다. 따라서 진실을 이야기하지 않는 것은 진실의 사물적 상태이지만 진실을 이야기하는 것은 진실의 언어화라고 할 수 있다.

　이러한 관점에서 볼 때 이청준의 주인공은 어렸을 때부터 그것이 '공포'에 의해서든 '부끄러움'에 의해서든 자신의 의사를 표시할 수 있는 자유를 박탈당한 정신적 상처를 가지고 있다. 자신의 의사를 자유롭게 표시할 수 없다고 하는 것은 그 주인공이 살고 있는 세계가 논리적이지도 이성적이지도 않다는 이야기이며 동시에 그곳은 비논리가 지배하는 세계일 수밖에 없다는 것을 말한다. 그리고 이렇게 주인공이 살고 있는 세계의 부조리성은 어린 시절만의 추억이지 않다는 데 주인공의 보다 큰 비극이 있는 것이다. 즉 「뺑소니 사고」라는 소설에서 주인공 '배영섭'은 '기자'로서의 사명감과 '역사에 대한 책임' 사이에서 '양진욱'이라는 인물과 부딪친다. 그는 '금식'이라는 이름으로 백성들을 속이면서 '우상'이 되었던 '일파 선생'의 죽음의 정체를 파악하고 그것을 신문에 알리려고 한다. 반면에 '양진욱'은 '일파 선생'의 금식에 속임수가 있지만 그것이 수행하게 된 역사적 역할의 중요성 때문에 자신의 본래의 직업마저 던져버리고 '일파 사상 연구회'를 맡고 나선다. 그러나 결과는 일파 선생의 허위 금식에 관한 폭로 기사가 신문에 나간 것이 아니라 배영섭 기자의 뺑소니 사고에 의한 사망 기사가 신문에 나간 것으로 나타난다. 말하자면 이 주인공은 우리가 살고 있는 사회에서 역사에 대한 책임이라는 이름 아래 그것이 몇 사람의 독점물로 바뀌는 모순을 경험한다. 그리고 그 모순을 드러내고자 기사를 쓴 순간에 우연인지 아닌지 모를 뺑소니 사고를 당한다. 그러나 여기에서 보게 되는 '뺑소니 사고'는 전쟁 중에 경험했던 '전짓불' 사건이나 '개백정' 사건과 유사한 것이다. 그것은 논리로 설명되지 않는 어떤 것의 존재에 대한 이청준의 투철한 인식이며, 전쟁 때처럼 겉으로 드러난 무서움이 아니라 보이지 않는 공포가 끊임없이 우리를 둘러싼 채 위협하고 있는 상황에 대한 인식이다. 그리고 이러한 인식을 통해서 이청준의 주인공은 이야기하지 못하게 되어 있는 체제 쪽의 금기와 싸우게 되지만 결과는 언제나 실패로 나타나고 있다.

4

이청준의 이러한 소설 세계를 그 자신이 설명해 준 소설을 든다면 그것은 아마 「빈 방」일 것이다. 이 소설은 주인공이 살고 있는 세계와 주인공 사이에 있는 갈등을 단적으로 보여주면서 동시에 이 작가의 작품들에 나타난 여러 가지 상징적인 징조들을 설명해 준다. 이 소설에는 '지승호'라는 인물이 '나'라는 신문기자의 하숙집에 동숙인으로 들어온다. 그런데 '지승호'는 딸꾹질이 시작되면 그치지 못하고 계속하게 된다. 얼핏 보면 이 소설도 '지승호'의 딸꾹질의 정신적인 원인을 찾아가는 형식을 취하고 있다. 그는 원래 어느 공장에서 그 회사의 생산부 직원으로 근무를 하다가 충격적인 사건을 경험한 뒤에 딸꾹질을 하기에 이르렀다. 바로 그 충격적인 사건이란, 노임을 올려달라는 여공들에 의해 조합 책임자로 받들어진 지승호가 그러나 여공들의 알몸 항의에 소방 호스의 찬물 세례가 주어진 다음, 자신의 입장을 설명할 수 없을 정도로 난처한 입장에 빠지는 것이다. 그러나 그의 딸꾹질은, 자신의 거북한 입장 때문에 생긴 것도 아니고 찬물을 끼얹은 알몸 때문에 생긴 것도 아니다. 그것은 그 사건을 취재해 간 기자의 기사를 기다리는 과정에서 생겨난다. 그 순간에 그는 11월의 추위 속에서 알몸에 찬물 세례를 받은 여공들의 사건을 정신적으로 다시 체험하게 된다. 그가 여기에서 경험한 것은 두 가지 무서움이다. 하나는 찬물 세례로서 눈에 보이는 무서움이라면, 다른 하나는 기사가 활자화되지 않는 눈에 보이지 않는 무서움이다. 그리고 그가 딸꾹질이라는 중세를 나타내게 된 것은 바로 눈에 보이지 않는 힘을 경험하고 난 다음이다. 여기에서 기사가 활자화되지 않았다는 것은 진실이 언어화되지 않았다는 것을 의미한다. 다시 말하면 무서움에 대해서 이야기할 수 없는 포비아(phobia)의 상황이 그로 하여금 말 대신에 딸꾹질을 하게 하고 그 때문에 주인공은 고통을 받는다. 특히 신문기자로 있는 '나' 마저 이 이야기를 모두 알고 난 다음에는 딸꾹질을 시작한다고 암시되고 있는 것을 보면 오늘날 우리는 모두 딸꾹질 환자일는지도 모른다.

물론 이처럼 이청준의 주인공이 거의 모두 '병신'이거나 '환자'이며 그들에게 그럴 만한 원인이 무엇인지 찾는 것이 그의 소설 세계라면, 이른바 그 정신적 상처가 '심리학적'이거나 '정신분석학적'으로 과연 현재의 병의 원인으로 굳어질 수 있는 것인가 질문을 던지게 된다. 왜냐하면 주인공들의 현재의 정신 상태에 대한 원인으로서만 과거의 정신적 상처가 존재한다면, 그것은 다분히 심리학과 정신분석학에 모든 것을 맡기고 마는 결과가 될 것이기 때문이다. 그러나 위에서 살펴본 바와 같이 그의 주인공은 어렸을 때에만 무서움에 의해 정신적인 상처를 입은 것이 아니라 나이가 들면서도, 그리고 지금까지도 포비아의 상황에 의해 끊임없이 위협받고 상처받고 있는 것이다. 따라서 「소문의 벽」의 '박준'이 소설을 못 쓰고 있는 것은 과거의 '전짓불' 때문만이 아니라 오늘의 '전짓불'의 존재 때문이기도 하며 「병신과 머저리」에서는 형만이 과거의 상처로 인해서 소설을 끝맺지 못하고 있는 것이 아니라 '나의 아픔 가운데에는 형에게서처럼 명료한 얼굴이 없었'지만 그러한 '나'도

화폭을 완성시키지 못하고 있다. 이 말은 6·25의 전상이라는 정신적인 상처를 가진 '형'이 소설을 끝맺지 못하지만, 그 이유를 단순히 과거의 상처 탓으로 돌릴 수만은 없음을 말한다. 그것은 그러한 과거가 없지만 그림을 완성시키지 못하는 '나'의 정신적인 상처로 설명될 수 있다. 말을 바꾸면 스스로 책임지는 일을 두려워하고 그래서 자신의 그림마저 형의 소설의 결말에 의존하게 된 '나'의 습관의 원인을 말한다. 또한 「가면의 꿈」에서 지연의 남편 '명식'은 어렸을 적부터 소문난 '천재'로서 현재의 직위인 판사가 되기까지 일종의 '천재' 놀음만을 해온 것이다. 바로 이 '천재 놀음'에 대한 자각으로 인해서 자신의 본래의 얼굴이 사실은 가면을 쓴 얼굴에 지나지 않는다는 것을 깨닫고서 그 가면 쓴 얼굴에 가면을 뒤집어 쓰는 행위를 하게 된다. '천재 놀음'만을 해온 자신의 본래의 얼굴이 바로 가면을 쓴 얼굴임을 깨닫고 그 가면을 쓴 얼굴을 혼자 있는 시간에만은 보이고 싶지 않아서 또 다른 가면을 쓰게 된 주인공의 상처는, 주인공이 직장에서는 가면을 쓰지 않는다는 사실로써 설명된다. 왜냐하면 체제 속에서 생활하는 일상적인 자신의 모습이 가짜라는 의식은, 그동안 자신의 삶이 보이지 않는 힘의 지배를 받아왔다는 사실의 자각이기 때문이다. 따라서 현재의 주인공의 불행이 과거에만 그 원인이 있다고 주장하기 위해서 이청준의 소설이 주인공의 과거를 찾아간다면 그것은 심리주의요 정신분석학에의 호소일 따름이다. 그러나 그러한 불행이 과거에도 있었고 오늘날에도 있었다는 사실의 의식화를 위해 찾아지고 추구된 것이라면 그것은 심리주의에 빠질 수 없는 것이다.

그렇다면 이청준의 주인공들 가운데 소설가라든가 기자, 혹은 판사가 많다는 것은 무엇을 말하는가? 그것은 이들이 모두 '말'을 다루는 것을 직업으로 갖고 있다는 사실로써 설명될 수 있다. 앞에서도 언급한 것처럼 이들 주인공들이 경험한 세계는 진실을 '말'로 바꿔놓는 것을 금지한 세계이다. 진실을 진술한다는 것이 불온하게 취급당하고 무서움의 지배를 받는 포비아의 상황에서 이들이 '말'을 다루는 직업을 가지고 있다는 것은 그들이 직업적으로 성공할 수 없는 근본적인 이유를 내포하고 있다. 역사적으로 그들은 진실의 진술이 필요한 사회에서 살고 있는 것이 아니라 마음에 드는 진술만이 필요한 사회에서 살고 있으면서 동시에 진실의 진술을 하고자 한다. 따라서 그들은 정신적인 갈등을 느낄 수밖에 없고 그 상처로 인해서 때로는 미치거나 때로는 죽거나 때로는 글을 쓸 수 없게 된다. 그러나 그럼에도 그들이 글을 쓴다는 것은, 그들이 비논리가 지배하는 포비아의 상황에 '말'로써 대항하는 것이지 힘으로 대항하지 않는다는 것을 의미한다. 이것은 이청준의 소설 세계 전체가 우리의 삶에서 기막힌 알레고리의 세계임을 증언해 주고 있다.

  이청준의 소설이 가지고 있는 또 하나의 힘은, 그의 소설 어디에나 존재하는 정신적 상처가 사실은 우리가 흔히 갖게 되는 상처들이라는 것이다. 따라서 그가 탐구하고 있는 상처의 종류가 다양하고 그 상처의 성질이 다양하다는 것은 그가 삶의 정체를 그처럼 여러 가지 각도에서 탐구하고 있음을 의미한다. 특히 그의 소설들 가운데 「매잡이」라든가 「과녁」이라든가 「줄」과 같이 오늘날에는 볼 수 없는 '매를 부리는 사람'과 '활을 쏘는 궁사', '줄타는 광대'를 다루고 있는 것은 삶의 다양한 탐구로서 그의 소설 세계를 풍부하게 하는 요소 가운데 하나일 것이다. 그러나 이청준이 이들 장인(匠人)들의 세계를 다루는 보다 근본적인 이유는 장인들의 삶이 교환가치의 지배를 받지 않는다는 사실, 이들의 쇠퇴가 오늘의 막강한 문명에 기인한다는 사실, 이들이 피해자일 따름이지 전혀 가해자일 수 없다는 사실, 그리고 그러한 사실의 언어화가 소설의 탐구적 성격의 중요한 부분일 수 있다는 사실에 있을 것이다.

그러나 그러한 진실의 언어화가 힘 앞에서 실패하고 좌절할 수밖에 없다는 사실을 이청준은 그의 주인공들의 상처를 통해서 너무나 잘 알고 있지만, 그리고 그렇게 언어화한 것이 현실적으로 무슨 효용을 지니고 있는지 알 수 없는 세계에 살고 있지만, 그는 바로 우리 자신이 할 수 있는 일이 그것임을 이야기하고 있다. 그것은 작가가 선택한 것이 말이며 진실일 뿐 폭력이 아니기 때문이다. 그리고 작가가 꿈꾸는 사회는 힘이 아니라 '말'이 지배하는 사회이기 때문이다. 그는 갈등을 느끼게 하는 사회에서 어떻게 사는 것이 가장 사람답게 사는가 끊임없이 질문을 하며 '말'을 통해서만 그 질문이 가능하고 또 극복이 가능해야 한다고 생각하는 작가인 것이다. 따라서 이청준의 일련의 작품에 '언어학 서설'이라는 부제가 붙어다니는 것은, 진실에 관한 자유로운 추구와 '말'의 완벽한 지배로 요약되는 그의 문학관을 표현하기 위한 것이다. 언어의 영토가 완전히 자유롭게 되는 것을 우리가 꿈꾸는 이념이라고 한다면, 이청준은 우리의 이념을 의식화해 주는 작가이다.

(이화여대 교수 · 불문학)

작가 연보

1939년 전남 장흥에서 태어남.

1954년 광주 서중학교 입학.

1960년 광주 제일고등학교 졸업.

1960년 서울대 문리대 독문과 입학.

1965년 《사상계》 신인 작품 모집에 단편 「퇴원」 당선.

1967년 단편 「병신과 머저리」로 제13회 동인문학상 수상.

1969년 단편 「매잡이」로 대한민국문화예술상 수상.

1971년 단편집 『별을 보여드립니다』 출간.

1972년 단편집 『소문의 벽』 출간.

1973년 『조율사』 출간.

1974년 「당신들의 천국」을 쓰기 위해 소록도 취재.

1975년 중편 「이어도」로 한국일보 창작문학상 수상.
        『가면의 꿈』, 『병신과 머저리』 출간.

1976년 『당신들의 천국』, 『이어도』 출간.

1977년　단편집『자서전을 쓰십시다』,『예언자』출간.

1978년　중편「잔인한 도시」로 제2회 이상문학상 수상.

　　　　『이제 우리들의 잔을』, 산문집『작가의 작은 손』출간.

1979년　단편「살아 있는 늪」으로 중앙문예대상 수상.

1980년　『살아 있는 늪』출간.

1981년　『잃어버린 말을 찾아서』,『낮은 데로 임하소서』출간.

1986년　중편「비화밀교」로 대한민국문학상 수상.

1989년　『자유의 문』출간.

1990년　장편「자유의 문」으로 이산문학상 수상.

1993년　『서편제』출간.

1994년　장편「흰옷」으로 제2회 대산문학상 수상.

1995년　『흰옷』출간.

1996년　『축제』출간.

1998년　중편「날개의 집」으로 제1회 21세기문학상 수상.

2000년　『인문주의자 무소작 씨의 종생기』, 단편집『목수의 집』
　　　　출간.

2003년　『신화를 삼킨 섬』(전2권) 출간.

2004년　『꽃 지고 강물 흘러』, 산문집『이청준의 인생』출간.
　　　　제36회 대한민국문화예술상 수상.

2005년　산문집『머물고 간 자리, 우리 뒷모습』출간.

2007년　소설집『그곳을 다시 잊어야 했다』출간.
　　　　제1회 제비꽃 서민 소설상, 제17회 호암 예술상 수상.

2008년　폐암으로 별세.
　　　　금관문화훈장 추서.

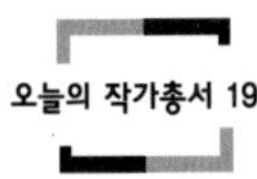

매잡이

1판 1쇄 펴냄 1980년 11월 30일
1판 12쇄 펴냄 1994년 9월 5일
2판 1쇄 펴냄 1996년 3월 20일
2판 12쇄 펴냄 2004년 10월 10일
3판 1쇄 펴냄 2005년 9월 26일
3판 12쇄 펴냄 2022년 9월 21일

지은이 · 이청준
발행인 · 박근섭, 박상준
펴낸곳 · (주) 민음사

출판등록 1966. 5. 19. 제16-490호
서울특별시 강남구 도산대로1길 62(신사동) 강남출판문화센터 5층(우편번호 06027)
대표전화02-515-2000 팩시밀리 02-515-2007

www.minumsa.com

ISBN 978-89-374-2019-1 04810
ISBN 978-89-374-2000-9 (세트)